COLIN FORBES • Das Inferno

COLIN FORBES

Das Inferno

ROMAN

Aus dem Englischen
von Thomas A. Merk

Die Originalausgabe erschien unter dem Titel »Rhinoceros«
bei Simon & Schuster, London.

Für Ian S. Chapman

Umwelthinweis:
Alle bedruckten Materialien dieses Buches sind chlorfrei
und umweltschonend.

Vollständige Ausgabe 2008

Umschlaggestaltung: Nele Schütz Design, München
Satz: Leingärtner, Nabburg
Herstellung: Ursula Maenner
Druck und Einband: GGP Media GmbH, Pößneck
Made in Germany

PROLOG

Es begann alles am Flughafen Heathrow, wo Bob Newman einen Gast aus Amerika abholte. Nachdem Newman mit seinem SIS-Ausweis problemlos durch alle Sicherheitskontrollen gekommen war, sah er sich in der Gepäckausgabe noch einmal das Foto an, das sie aus Washington erhalten hatten. Auf der Rückseite stand die Beschreibung des Mannes.

Einen Meter fünfundachtzig groß, sechsundachtzig Kilo schwer, glatt rasiert, fünfunddreißig Jahre alt. Es dauerte nicht lange, bis Newman besagten Mark Wendover unter den auf ihr Gepäck wartenden Passagieren erkannt hatte. Er trat von hinten an ihn heran und legte ihm eine Hand auf die Schulter.

»Willkommen in England, Mr. Wendover ...«

Newman hatte alles erwartet, nur nicht Wendovers Reaktion. Der athletisch gebaute Amerikaner wirbelte herum und hob die rechte Hand wie zu einem Karateschlag.

»Ich bin Bob Newman«, beeilte sich Newman zu sagen. »Wir haben Ihnen doch geschrieben, dass ich Sie abholen komme.«

»Ach, natürlich. Danke, dass Sie gekommen sind, Bob. Ich darf Sie doch Bob nennen, oder?«

»Natürlich, Mr. Wendover.«

»Sagen Sie Mark zu mir. Tut mir Leid, wenn ich Sie erschreckt habe, aber ich habe seit zwanzig Stunden nicht geschlafen.«

»Sie sollten lieber auf das Gepäckband achten«, sagte Newman.

»Stimmt. Ah, da kommt ja auch schon mein Koffer ...«

Erst als sie in Newmans Wagen auf dem Weg in die Innenstadt waren, stellte Newman die Frage, die ihn schon die ganze Zeit beschäftigte: »Wir sind uns über Ihre Stellung nicht ganz im

Klaren, Mark. Wir haben zwar mit Cord Dillon, dem stellvertretenden Direktor der CIA, über Sie gesprochen, aber der war mal wieder so beschäftigt, dass er uns keine richtige Antwort gegeben hat.«

»Kein Wunder«, sagte Wendover. »Es ist ja auch ziemlich kompliziert. Ich habe nämlich nach fünf Jahren bei der CIA meinen Abschied genommen. Die Arbeit dort hat mir zwar gefallen, aber der damit verbundene Papierkrieg war einfach zu viel für mich. Aber ich habe auch Einsätze im Außendienst gehabt«, fügte Wendover mit einem Seitenblick auf Newman rasch hinzu. »Einmal, in Denver, habe ich sogar einen Saboteur erschossen. Aber dann habe ich die Firma – wie wir Insider die CIA nennen – verlassen und mein eigenes Detektivbüro aufgemacht. Inzwischen beschäftige ich zwanzig Mitarbeiter und bekomme jede Menge gute Aufträge rein.« Er hielt inne und sah Newman mit einem kalten Lächeln an. »Aber deshalb bin ich nicht hier.«

»Ich weiß. Sie wollen uns vertrauliche Informationen über den Selbstmord von Jason Schulz überbringen, dem persönlichen Berater des amerikanischen Außenministers.«

»Stimmt«, sagte Wendover. »Nur dass es kein Selbstmord war, sondern kaltblütiger Mord, den man ziemlich stümperhaft als Selbstmord getarnt hat.«

Warum werde ich bloß mit diesem Kerl nicht warm?, fragte sich Newman. Und wieso ist er so nervös? Als sie kurze Zeit später im Stau standen, musterte Newman seinen Beifahrer genauer.

Wendover hatte hellblondes, sehr kurz geschnittenes Haar und ein hübsches Gesicht, das bei Frauen bestimmt gut ankam. Dass seine lange Nase schon einmal gebrochen war, tat diesem Eindruck keinen Abbruch. Wendover hatte einen breiten, entschlossen aussehenden Mund und ein etwas vorgeschobenes Kinn, das Stärke signalisierte, ohne aggressiv zu wirken.

»Wenn es wirklich so stümperhafte Arbeit war, wieso spricht man dann nicht offiziell von einem Mord?«

»Genau das macht die Sache ja so mysteriös. Hinzu kommt, dass das FBI von dem Fall abgezogen wurde, was seinem Chef überhaupt nicht gefallen hat. Schließlich war Schulz einer der wichtigsten Männer im Außenministerium. Angeblich soll er sich in einem Washingtoner Park an einem Baumstamm lehnend eine Kugel in den Kopf gejagt haben.«

»Und was soll daran nicht stimmen?«, fragte Newman, während sich der Stau auflöste und er weiterfahren konnte. »Theoretisch wäre es doch möglich, oder?«

»Erstens schwört Mrs. Schulz Stein und Bein, dass ihr Mann keine Pistole besessen hat, und wir glauben ihr das auch. Bei der Tatwaffe, einer Smith & Wesson, ist übrigens die Seriennummer weggefeilt worden, sodass ihre Herkunft nicht nachverfolgt werden kann. Zweitens war die Art, wie der tote Schulz die Pistole in der Hand gehalten hat, ziemlich merkwürdig. Sah ganz so aus, als hätte man sie ihm erst nach seinem Tod zwischen die Finger gesteckt. Und drittens wurde Schulz' Wagen nicht im Park gefunden, sondern auf seinem normalen Stellplatz in der Tiefgarage.«

»Wenn es so viele Ungereimtheiten gab, wieso hat man dann das FBI von dem Fall abgezogen?«

»Genau das frage ich mich auch. An der Sache ist irgendetwas ziemlich faul.«

»Wir haben Ihnen übrigens ein Zimmer im Ritz reserviert. Ich bringe Sie jetzt erst einmal dorthin, und wenn es Ihnen recht ist, dann komme ich später wieder vorbei und hole Sie zum Abendessen ab. Wäre sieben Uhr zu früh für Sie?«

»Nein, überhaupt nicht. Ich springe nur rasch unter die Dusche, dann bin ich zu allen Schandtaten bereit.«

Auf dem Weg zum Hotel Ritz redeten die beiden nicht mehr viel. Als Newman direkt vor dem Eingang anhielt, nahm Wendover seine Tasche vom Rücksitz und sagte: »Schulz ist jetzt seit fünf Tagen tot. Ich bin mir ziemlich sicher, dass Cord mich nach England geschickt hat, weil Mr. Tweed sich Sorgen wegen des angeblichen Selbstmords macht. Habe ich Recht?«

»Darüber können wir beim Abendessen reden.«

Newman sah Wendover nach, wie er mit seiner schweren Tasche in der Hand wie ein Schuljunge die Stufen zum Ritz hinauflief. Dafür, dass der zwanzig Stunden lang nicht geschlafen hat, ist er noch erstaunlich munter, dachte er.

Tweed, Newmans Chef und stellvertretender Direktor des SIS, war an diesem Tag nach East Sussex gefahren, um seinen alten Freund Lord Barford zu besuchen. Auf den Ausflug hatte Tweed seine persönliche Assistentin Paula Grey mitgenommen.

Als die beiden bei herrlichem Sonnenschein durch ein schmiedeeisernes Tor in Barfords weitläufigen Park hineinfuhren, war es bereits später Nachmittag. Paula, die auf dem Beifahrersitz saß, bemerkte, dass auf dem hervorragend gepflegten Rasen links und rechts der Auffahrt weiße Frostkristalle schimmerten. Offenbar war die Sonne, die das stattliche Herrenhaus im Tudorstil am Ende der langen, kerzengeraden Auffahrt in ein mildes Licht tauchte, hier erst vor kurzer Zeit zwischen den Wolken hervorgekommen.

»Sie kennen Lord Barford wohl schon lange?«, sagte Paula zu Tweed.

»Als ich beim SIS anfing, war er der Leiter der Special Branch«, antwortete Tweed. »Damals arbeiteten die beiden Dienste noch vorbildlich zusammen. Die idiotische Rivalität, die heute zwischen uns und der Special Branch herrscht, kam erst später. Barford ist Brigadegeneral im Ruhestand, aber obwohl er steinreich ist, sieht er es immer noch als seine Pflicht an, unserem Land zu dienen. Außerdem ist er ein schlauer Fuchs.«

»Da scheint ja der halbe Geldadel des Landes versammelt zu sein«, bemerkte Paula mit einem Blick auf die Luxuskarossen, die vor der lang gestreckten Terrasse des Herrenhauses geparkt waren. Sie zählte vier Mercedesse, einen Porsche, einen Lamborghini, fünf Audis und zwei Rolls-Royces.

Als sie neben Tweed die Stufen zum Eingang hinauf ging, öffnete sich ein Flügel der massiven Doppeltür, und ein groß gewachsener Mann um die siebzig kam ihnen mit einem freundlichen Lächeln entgegen. Obwohl es schon Ende März war, fegte ein bitterkalter Nordwind über die Terrasse.

»Das ist Lord Barford«, flüsterte Tweed.

Ihr Gastgeber hatte ein längliches Gesicht mit einer scharf gebogenen Nase und lebendigen grünen Augen, die auf Paula so wirkten, als ob ihnen nicht so leicht etwas entginge.

»Willkommen in Barford Manor, Tweed. Ich habe Sie ja eine Ewigkeit nicht mehr gesehen. Wer ist denn Ihre reizende Begleiterin?«

»Das ist Paula Grey, meine rechte Hand.«

»Freut mich sehr, Sie kennen zu lernen«, sagte Paula, während sie Barford die Hand schüttelte. »Aber Sie sollten lieber zurück ins Haus gehen. Es ist eiskalt hier draußen, und Sie haben keinen Mantel an.«

»Kälte macht mir nichts aus, meine Liebe. Ich war einmal zur Bärenjagd in Finnland, und da war es so kalt, dass das Thermometer die Minusgrade gar nicht mehr anzeigen konnte. Aber treten Sie doch bitte ein.«

Während Lord Barford Paula die Tür aufhielt, musterte er sie eingehend. Er sah eine attraktive Frau Mitte dreißig mit glänzendem schwarzem Haar, einem klassisch geschnittenen Gesicht und energisch wirkendem Kinn. Während sein Butler in der Eingangshalle den Gästen die Mäntel abnahm, wandte Barford sich im Plauderton an Paula: »Wenn man unter einem dynamischen Jungtyrannen wie Tweed arbeiten muss, braucht man wohl eine Menge Disziplin und Selbstbeherrschung.«

»Jung?«, sagte Tweed lachend. »Sehen Sie mich doch einmal an, altes Haus. Ihre Augen sind wohl nicht mehr die allerbesten.«

Tweed, ein mittelgroßer Mann mit Hornbrille, dessen Alter sich nur schwer erraten ließ, wirkte durchtrainiert und hatte keinerlei Bauchansatz. Er sah so unauffällig aus, dass man auf der Straße an ihm vorbeigehen konnte, ohne sich später an ihn zu erinnern, ein Umstand, der ihm in seinem Beruf schon oft von großem Nutzen gewesen war.

Lord Barford geleitete Tweed und Paula in einen geräumigen Salon, der luxuriös, aber geschmackvoll eingerichtet war. Auf lederbezogenen Sofas und Sesseln saßen einige Gäste, die an Drinks nippten und sich jetzt interessiert den Neuankömmlingen zuwandten.

»Das ist Mr. Tweed, den ich Ihnen ja bereits angekündigt habe«, sagte Lord Barford, »und die bezaubernde junge Dame, die er zu meiner großen Freude mitgebracht hat, ist seine Assistentin Miss Paula Grey. Und das hier ist Lance, mein ältester Sohn.«

Lance, ein etwa vierzigjähriger Mann in Reitkleidung, erhob sich aufreizend langsam aus seinem Sessel. Sein glatt rasiertes, arrogant dreinblickendes Gesicht wirkte bei weitem nicht so vornehm wie das seines Vaters. Als Paula ihm lächelnd die Hand hinstreckte, führte er sie an seine Lippen und gab ihr einen feuchten Handkuss, den Paula als extrem widerwärtig empfand.

»Solche Schönheiten wie Sie verirren sich leider nicht allzu oft in unsere Gegend. Ich schlage deshalb vor, dass Sie für ein paar Tage hierbleiben, meine Liebe. Wir haben jede Menge Gästezimmer.«

»Danke für die Einladung, aber wir müssen noch heute Abend nach London zurück.«

»Und das hier ist mein anderer Sohn Aubray«, sagte Barford rasch, während er Lance von der Seite einen tadelnden Blick zuwarf. »Er ist zwar jünger, dafür aber etwas höflicher als sein Bruder.«

Aubrey, der bereits aufgestanden war, lächelte Paula freundlich und zuvorkommend an und begrüßte sie mit einem festen, aber nicht zu kräftigen Händedruck. Sein Anzug ließ darauf schließen, dass er ein Geschäftsmann war.

»Und das ist Lisa Trent«, fuhr Lord Barford fort. »Sie ist momentan bei uns zu Gast und ist ebenso gescheit wie schön.«

Was Lisa Trents Aussehen anbelangte, hatte Barford nicht übertrieben, fand Tweed, als er nach Paula der schlanken, rothaarigen Frau die Hand drückte. Lisa musterte Tweed mit einem etwas schiefen Lächeln und sah ihm dabei tief in die Augen. Ihr Gesicht wirkte intelligent, und ihre Bewegungen waren geschmeidig und graziös.

»Ich freue mich schon lange darauf, Sie kennen zu lernen, Mr. Tweed«, sagte sie, während sie ihn aus ihren blauen Augen unverwandt ansah. »Bitte, setzen Sie sich doch neben mich auf die Couch.«

»Mit dem allergrößten Vergnügen ...«

Nachdem Barford ihnen die weiteren Gäste vorgestellt hatte, von denen die weiblichen Paula mit teils bewundernden, teils an Eifersucht grenzenden Blicken bedachten, setzte sich Tweed neben Lisa. Der Butler brachte ihnen etwas zu trinken, und die beiden begannen angeregt miteinander zu plaudern. Paula versuchte inzwischen, sich so weit wie möglich von Lance entfernt zu halten, aber schließlich kam er direkt auf sie zu und führte sie zu einer noch unbesetzten Couch.

»Ich habe gehört, dass Sie einen aufregenden Job haben«, sagte Lisa mit leiser, angenehm klingender Stimme zu Tweed. »Sie sollen der stellvertretende Direktor einer ganz speziellen Versicherung sein, die reiche Leute gegen das Risiko einer Entführung versichert. Soviel ich weiß, führen Sie auch die Lösegeldverhandlungen, falls einer Ihrer Klienten doch einmal gekidnappt werden sollte.«

»So was in der Art«, antwortete Tweed. In Wirklichkeit war die Versicherungsgesellschaft, von der Barford seinen Gästen erzählt hatte, nur eine Tarnfirma für den SIS. »Und was machen Sie?«, fragte er Lisa. »Täusche ich mich, oder habe ich in Ihrer Stimme einen ganz leichten Akzent entdeckt?«

»Sie haben gute Ohren. Mein Vater war Deutscher, meine Mutter Engländerin.«

»Dann habe Sie beruflich bestimmt mit Sprachen zu tun?«, fragte Tweed schmunzelnd.

»Nicht ganz«, antwortete Lisa nach einem kurzen Zögern. »Zwar spreche ich fließend Deutsch, Französisch, Spanisch, Italienisch und Schwedisch, was mir in meinem Beruf eine große Hilfe ist, aber eigentlich bin ich eine Vertrauensperson. Ich weiß, das klingt ein wenig albern«, fügte sie entschuldigend hinzu, »aber es ist nun mal so. Menschen kommen zu mir, wenn sie ein schwieriges Problem haben, mit dem sie allein nicht mehr fertig werden.« Sie dämpfte die Stimme. »Im Augenblick allerdings habe ich selbst so ein Problem, über das ich aber hier nicht reden möchte. Ich weiß, dass Sie sehr viel zu tun haben, aber dürfte ich in der nächsten Zeit einmal bei Ihnen vorbeikommen, um es mit Ihnen zu besprechen?«

Tweed gab ihr eine seiner Visitenkarten, die Lisa sofort in ihrer Handtasche verschwinden ließ. Auf der Karte standen Tweeds Name, die Adresse der General & Cumbria Versicherung sowie die Telefonnummer für nicht eingeweihte Anrufer.

Seit sie in Besitz von Tweeds Visitenkarte war, wirkte die zuvor spürbar nervöse Lisa sehr viel entspannter und fing jetzt an, mit Tweed über diverse Orte in Europa zu plaudern, die sie beide kannten.

Die Bombe platzte zwei Stunden nach dem Essen. Gerade als Tweed auf die Uhr blickte, um überrascht festzustellen, wie spät es schon war, zog Lord Barford ihn beiseite.

»Ein wichtiger Anruf für Sie«, flüsterte er. »Von niemand Geringerem als Gavin Thunder, dem Rüstungsminister – nomen est omen. Ihre Sekretärin hat ihm Ihre Nummer gegeben. Sie können das Telefon in der Bibliothek benützen …«

Als Tweed wieder in den Salon zurückkehrte, machte er dasselbe freundliche Gesicht wie zuvor, winkte aber Paula zu sich und flüsterte ihr etwas ins Ohr. Dann wandte er sich wieder an Lisa.

»So Leid es mit tut, wir müssen jetzt aufbrechen.«

»Ist schon in Ordnung«, antwortete Lisa lächelnd. »Ich muss auch langsam wieder nach London zurück. Meine Schwester passt in meiner Wohnung auf meinen Hund auf – oder vielleicht sollte ich lieber sagen: Mein Hund passt in meiner Wohnung auf meine Schwester auf.«

»Denken Sie dran: Sie können mich jederzeit in meinem Büro besuchen …«

»Wissen Sie, wie man von hier nach Alfriston kommt?«, fragte Tweed, als er und Paula wieder im Wagen saßen.

»Ja. Ich war vor ein paar Jahren mal dort. Es ist sehr alt und hat eine Menge Atmosphäre. Fahren Sie einfach zurück zur A 27, von dort aus sage ich Ihnen, wie es weitergeht.« Paula blickte hinüber zu Tweed, der auf einmal ein todernstes Gesicht machte. »Ist was passiert?«

»Jeremy Mordaunt, der Unterstaatssekretär des Rüstungsministers, hat sich in Alfriston das Leben genommen. Gavin Thunder persönlich hat mich am Telefon gebeten, der Sache nachzugehen. Er hat dabei allerdings so arrogant geklungen, dass ich mich jetzt frage, wieso ich überhaupt darauf eingegangen bin.«

»Sind solche Untersuchungen denn nicht Angelegenheit der Polizei?«

»Genau das habe ich mir auch gedacht und deshalb sofort meinen alten Freund Roy Buchanan von Scotland Yard angerufen. Den hatte Thunder seinerseits aber schon darüber informiert, dass ich den Selbstmord untersuchen soll.«

»Das klingt irgendwie nach Mauschelei«, sagte Paula.

»Finde ich auch. Aber viel wichtiger erscheint mir die Frage, woher der Minister sich so sicher ist, dass wir es mit einem Selbstmord zu tun haben. Mordaunts Leiche hat man erst vor einer Stunde gefunden. Er soll sich in den Kopf geschossen haben.«

»Wahrscheinlich hat Thunder an Sie gedacht, weil Sie einmal der jüngste Superintendent im Morddezernat von Scotland Yard waren.«

»Trotzdem kommt mir die Sache nicht ganz koscher vor ...«

Sie befanden sich jetzt auf der Schnellstraße A 27, und Paula sah auf ihre Uhr. Es war kurz vor Mitternacht.

»Mein Gott, ist es wirklich schon so spät?«, rief sie erstaunt aus.

»Na ja, wir haben schließlich ausgiebig zu Abend gegessen und danach noch lange geplaudert. – Ach, da vorn links ist ja schon der Wegweiser nach Alfriston.«

»Richtig. Tja, irgendwie ahne ich, wieso Sie diesen seltsamen, um nicht zu sagen illegalen Auftrag angenommen haben. In letzter Zeit haben Sie zweimal mit Cord Dillon über den angeblichen Selbstmord von Jason Schulz in Washington gesprochen. Cord hat Sie sogar von einem öffentlichen Telefon außerhalb der CIA-Zentrale in Langley angerufen, was nur bedeuten kann, dass er seinen eigenen Leuten nicht traut.«

»Heute Nachmittag müsste dieser mysteriöse Mark Wendover, den er uns geschickt hat, hier eingetroffen sein. Newman wollte ihn vom Flughafen abholen. Ich bin gespannt, was er uns zu erzählen hat.«

Sie bogen von der A 27 auf eine kleine, schmale Landstraße ab. Paula fand es an der Zeit, ein bisschen für bessere Stimmung zu sorgen.

»Sie scheinen sich ja recht gut mit dieser Lisa zu verstehen«, sagte sie in heiterem Ton.

»Stimmt. Sie ist eine hochintelligente Frau, die genau weiß, was sie will«, antwortete Tweed. »Trotzdem, irgendetwas ist merkwürdig an ihr.«

Während Tweed und Paula auf dem Weg nach Alfriston waren, fuhr Lisa Trent in ihrem Cabriolet nach London zurück. Sie hatte das Verdeck geschlossen und die Heizung voll aufgedreht, weil die Temperatur in dieser mondhellen Märznacht knapp unter dem Gefrierpunkt lag.

Nachdem sie die A 27 verlassen hatte, fuhr sie auf einer kurvigen, schmalen Landstraße durch eine herrliche Hügellandschaft. Erst als sie den Nordrand der Downs erreicht hatte, konnte sie ordentlich Gas geben. Zu dieser späten Stunde war die zwischen ausgedehnten, im Mondlicht vom Frost glitzernden Feldern schnurgerade verlaufende Straße völlig leer, sodass Lisa gut vorankam. Sie war mit dem Verlauf des Abends sehr zufrieden. Es ist noch nicht ganz Ende März, dachte sie, und ich habe mich schon mit Tweed in Verbindung gesetzt.

Als sie die Stadtgrenze von London erreichte, drosselte Lisa das Tempo, weil sie keine Lust hatte, von der Polizei aufgehalten zu werden. Wie üblich stellte sie das Cabrio in einer kleinen

Seitenstraße nahe ihrer Wohnung so ab, dass sie im Notfall rasch die Flucht ergreifen konnte.

Auf dem Weg zu ihrer Wohnung blieb sie mehrmals stehen und schaute sich um, konnte aber auf den verlassenen Straßen keine Menschenseele entdecken. Hinter den Gardinen ihrer Wohnung im ersten Stock brannte noch Licht. Ihre Schwester Helga hatte es offenbar versäumt, die schweren, lichtdichten Vorhänge zuzuziehen, wie sie selbst es jeden Abend tat. Diese Vorsichtsmaßnahme war Helga offenbar zu lästig gewesen.

Während Lisa ihre Schlüssel aus der Tasche kramte, sah sie noch einmal nach oben und runzelte die Stirn. An einem der erleuchteten Fenster war das Glas zerbrochen. Hatten Vandalen die Scheibe eingeworfen? Zum Glück war ein Einbruch praktisch ausgeschlossen. Tiger, ihr deutscher Schäferhund, hätte nämlich jeden Eindringling sofort in der Luft zerrissen.

Nachdem Lisa das Haus betreten hatte, sperrte sie die Tür hinter sich zu und legte leise die Kette vor. Irgendetwas war ihr nicht geheuer. Ohne das Licht anzuknipsen, schlich sie die Treppe hinauf, wobei sie vorsichtig die zwei Stufen mit den knarzenden Brettern vermied. Sie verspürte ein innerliches Zittern, das sie aber zum Teil ihrer Müdigkeit zuschrieb.

Als Lisa ganz leise und verstohlen die Tür zu ihrer Wohnung aufschloss, kam sie sich beinahe lächerlich vor. Drinnen rief sie leise den Namen ihrer Schwester, weil sie Helga nicht erschrecken wollte. Sie erhielt keine Antwort. Die Stille in der Wohnung kam ihr auf einmal unheilvoll und beängstigend vor. Normalerweise hätte Tiger sie längst gehört und wäre freudig bellend zur Tür gelaufen.

Vorsichtig schlich Lisa zur halb offen stehenden Wohnzimmertür. Leise drückte sie sie nach innen – und erstarrte vor Schreck. Vor dem Fenster lag ihre Schwester mit seltsam verdrehten Beinen auf dem Rücken. Auf ihrer weißen Bluse prangte gleich über dem Herzen ein großer, dunkelroter Blutfleck. Neben ihr lag Tiger ebenso reglos wie sie. In seinem Kopf klaffte dort, wo sein rechtes Auge hätte sein sollen, ein großes, blutiges Loch.

»Nein!«, flüsterte Lisa. »Lieber Gott, bitte lass das nicht wahr sein.«

Sie betrachtete die zerfetzte Gardine, an der Tiger offenbar noch im Todeskampf mit seinen Krallen gekratzt hatte. Dahinter befanden sich zwei Löcher in der Fensterscheibe. Auf einmal spürte Lisa einen Kloß im Hals, und dann wurde ihr so schlecht, dass sie sich setzen musste.

»Reiß dich zusammen«, sagte sie zu sich selbst. Während die eine Hälfte ihres Gehirns vor Entsetzen gelähmt war, versuchte die andere herauszufinden, was passiert war. Den Einschusslöchern in der Scheibe nach zu schließen, musste der Mörder vom Haus gegenüber aus geschossen haben. Vermutlich hatte er Helga hinter der Gardine für ihre Schwester Lisa gehalten, die in etwa so groß war wie sie und auch das gleiche, leuchtend rote Haar hatte. Als Tiger sich danach auf das Fenster gestürzt hatte, war auch er erschossen worden. Lisa ließ sich auf den Boden gleiten und krabbelte auf allen vieren hinüber zu ihrer Schwester, um ihr den Puls zu fühlen. Nichts. Helga war ebenso tot wie Tiger, dem die Zunge aus dem halb geöffneten Maul hing. Lisa kroch weiter bis zu einer Stelle des Zimmers, die nicht durch das Fenster eingesehen werden konnte. Hier stand sie auf und lehnte sich schwer atmend an die Wand.

»Tu was!«, feuerte sie sich selbst an.

Genau das hätte ihr Auftraggeber von ihr erwartet: dass sie in einer Situation wie dieser nicht zusammenbrach, sondern überlegt und effizient handelte. Da sie für Helga nichts mehr tun konnte, musste sie sich jetzt einzig und allein darauf konzentrieren, wie sie lebendig aus dieser Wohnung kam. Schließlich hatte sie eine äußerst wichtige Mission zu erfüllen. Sie war die Botin, die Kontakt mit Tweed aufnehmen und ihn vor einer schrecklichen Gefahr warnen musste. Einer Gefahr, die die ganze westliche Welt bedrohte.

Leise schlich sich Lisa durch den dunklen Gang in ihr Schlafzimmer, wo sie rasch, aber sorgfältig ein paar Dinge in einen kleinen Koffer packte. Dann schlug sie den Teppich beiseite und entfernte mit Hilfe eines Schraubenziehers eine Bodendiele, unter der sie sehr zu ihrer Erleichterung auch die Papiere vorfand, die sie vorsichtshalber dort versteckt hatte. Sie steckte sie in die äußere Reißverschlusstasche ihres Koffers, bevor sie die Diele zurück an ihren Platz legte und den Teppich wieder darüberschlug.

An der Tür zum Wohnzimmer blieb sie noch einmal stehen. »Das tut mir so Leid, Helga«, flüsterte sie. »So fürchterlich Leid. Aber wie hätte ich ahnen können, dass so etwas geschehen würde?«

Leise schluchzend verließ sie die Wohnung, sperrte die Tür hinter sich zu und ging vorsichtig die Treppe hinab. Ihre 6,35 mm Beretta Automatic, die sie normalerweise in der Handtasche trug, hatte sie sich noch in der Wohnung hinter den Gürtel ihres Hosenanzugs gesteckt. Den Koffer in der linken und den Schlüssel für die Haustür in der rechten Hand, blieb sie vor der Haustür stehen und zögerte.

»Na los, bring's schon hinter dich!«

Lisa holte tief Luft, bevor sie die Tür aufschloss und vorsichtig hinaus auf die Straße spähte. Im Haus gegenüber brannte kein Licht, und an dem Fenster, von dem aus ihrer Meinung nach die tödlichen Schüsse abgefeuert worden waren, konnte sie ein Schild entdecken, auf dem »Zu verkaufen« stand.

Entschlossen riss Lisa die Haustür auf, rannte durch die menschenleere Straße zu ihrem Auto und fuhr los. Immer wieder warf sie einen Blick in den Rückspiegel, aber niemand verfolgte sie. Sie war allein in der kalten Nacht.

Nachdem sie den Wagen nahe der Victoria Station abgestellt hatte, ging sie zu einer Reihe von Telefonzellen und rief die Notrufnummer der Polizei an. Als sich ein Mann mit mürrisch klingender Stimme meldete, nannte sie ihm die Adresse ihrer Wohnung und sagte, dass dort eine tote Frau liege. Auf die Frage des Mannes nach ihrem Namen legte sie auf und ging dann sofort zurück zu ihrem Wagen.

»Mehr kann ich leider nicht für dich tun, Helga«, sagte Lisa leise. Die Wohnung hatte sie unter einem ihrer vielen falschen

Namen angemietet und die Miete gleich für drei Monate im Voraus bezahlt.

Nahe der Ebury Street stellte Lisa ihren Wagen in einer breiten Seitenstraße ab und ging mit ihrem Koffer um die Ecke zu einem kleinen Hotel, in dem noch Licht brannte. Hinter der Empfangstheke stand eine dicke Frau mit knallrot gefärbtem Haar.

»Na, wen haben wir denn hier mitten in der Nacht?«, fragte sie mit verschränkten Armen.

»Ich hätte gern ein Zimmer.«

»Bisschen spät für so was, finden Sie nicht?«

»Was kostet bei Ihnen ein Zimmer pro Nacht?«, fragte Lisa und zückte ihre gut gefüllte Brieftasche. »Ich bin Stewardess, und mein Flugzeug ist mit Verspätung angekommen.« Die Frau warf einen Blick auf Lisas Geld und nannte ihr einen exorbitant hohen Preis für das Zimmer. »Ich zahle drei Nächte im Voraus«, sagte Lisa, ohne mit der Wimper zu zucken.

Das Zimmer war im ersten Stock und spartanisch eingerichtet, aber sauber. Nachdem Lisa die Tür geschlossen und den Riegel vorgeschoben hatte, ließ sie sich aufs Bett fallen. Sie sehnte sich nach einer Dusche, aber sie hatte einfach nicht die Kraft dafür. Bis jetzt hatte sie sich zusammengenommen, nun aber drängten sich die Bilder ihrer toten Schwester, die neben dem toten Hund auf dem Boden lag, mit aller Macht in ihr Bewusstsein.

Obwohl Lisa mit Helga, die ihren Mann wie einen Dienstboten behandelt hatte, eigentlich nie gut ausgekommen war, fing sie jetzt beim Gedanken an sie leise zu schluchzen an. »Ich konnte einfach nicht mehr tun«, murmelte sie mit tränenerstickter Stimme. »Wenn ich geblieben wäre, hätte mich die Polizei mitgenommen und verhört. Aber ich habe eine wichtige Mission zu erfüllen…« Von Weinkrämpfen geschüttelt, schlief sie ein, und als sie am Morgen aufwachte, war ihr Kopfkissen tränennass.

Tweed fuhr langsam durch den alten Ort Alfriston, und Paula, die neben ihm auf dem Beifahrersitz saß, überkam ein unheimliches Gefühl. Das ist ja so finster wie im Mittelalter, dachte sie.

Nur hier und da tauchten an eisernen Wandhalterungen angebrachte Straßenlaternen die dunklen, aus Feldstein erbauten Häuser in ein spärliches Licht. In der High Street, die an manchen Stellen so eng war, dass keine zwei Autos aneinander vorbeifahren konnten, hielt sie ein Polizist an. Tweed kurbelte das Fenster herunter und sagte dem Beamten, wer er war.

»Ich bin Sergeant Pole«, stellte sich der Polizist vor. Als Tweed ausstieg, flüsterte Pole ihm vertraulich zu: »Ich habe schon gehört, dass ein Superintendent aus London kommen soll.« Tweed nickte, ohne den Sergeant darauf hinzuweisen, dass er kein Superintendent war. »Ich dürfte das wohl nicht sagen«, fuhr Pole fort, »aber wir haben hier ein Problem, seit ein Bursche namens Bogle, seines Zeichens Assistant Chief Constable, hier aufgetaucht ist. Er hat sich ziemlich schnell unbeliebt gemacht und…«

Pole hörte abrupt zu sprechen auf, weil ein kleiner, stämmiger Mann auf sie zutrat. Er trug einen dunklen Mantel und einen breitkrempigen Hut und erinnerte Paula vom Körperbau her irgendwie an ein Schwein. Auch seine Manieren schienen dazu zu passen.

»Wer sind denn Sie, Teufel noch mal?«, raunzte er Tweed an.

»Das ist Superintendent Tweed aus London«, sagte Pole schnell.

»Und die Dame ist meine Assistentin Paula Grey«, sagte Tweed. »Könnten wir uns gleich die Leiche ansehen? Ich nehme doch an, dass sich niemand an ihr zu schaffen gemacht hat.«

»Natürlich nicht, Sir«, erwiderte der Mann und fügte ein wenig beleidigt hinzu: »Schließlich verstehe ich mein Handwerk. Ich bin Assistant Chief Constable Bogle aus der Nachbargrafschaft. Fast die ganze Mannschaft in Eastbourne hat die Grippe, und außerdem gab es heute einen schlimmen Unfall auf der A 27. Na ja, ein Unglück kommt eben selten allein. Was stehen Sie hier so blöd rum, Pole? Heben Sie das Absperrband hoch und lassen Sie den Superintendent und Miss Grey durch. Folgen Sie mir bitte…«

Nachdem sie eine dunkle, mit unebenen Kopfsteinen gepflasterte Straße entlanggegangen waren, kamen sie auf einen winzigen Platz, auf dem neben einem geschlossenen Bekleidungsgeschäft ein von einer trüben Straßenlaterne beleuchteter Wegweiser stand.

»Durchgang zur Kirche und zum Pfarrhaus« war auf dem Wegweiser zu lesen.

Bogle schaltete eine Taschenlampe ein und ging, ohne die beiden zu warnen, durch ein gusseisernes Tor, hinter dem eine enge Treppe steil nach unten führte. Nach einem guten Dutzend Stufen machte die Treppe einen rechtwinkligen Knick nach links, bevor sie nach weiteren sechs Stufen in einen engen Betontunnel überging. Paula schlug den Kragen ihres Pelzmantels hoch und zog aus ihrer Umhängetasche eine starke Taschenlampe, mit der sie Tweed voranleuchtete. Etwa in der Mitte des Tunnels, durch dessen entfernte Öffnung bläuliches Mondlicht hereinschimmerte, blieb Bogle stehen.

»Da ist er«, sagte er. »Ist schon komisch, was für Orte sich manche Leute für ihren Selbstmord aussuchen.«

Obwohl die Hälfte des Gesichts fehlte, erkannte Paula die Leiche, die mit gespreizten Beinen an der Tunnelwand hockte, sofort als Jeremy Mordaunt, den sie erst kürzlich auf einer Cocktailparty kennen gelernt hatte. Der Kopf war auf die Brust gesunken, und dunkelrotes Blut hatte das Jackett des teuren Armanianzugs durchtränkt. An den Schultern entdeckte Paula grauen Abrieb von der Betonwand. Mordaunts linke Hand hielt einen schweren Revolver, der Zeigefinger war immer noch um den Abzug gekrümmt.

»Ein Selbstmord, wie er im Buche steht«, tönte Bogle. »Der Mann hat sich an die Wand gesetzt, die Knarre an den Kopf gehalten, und peng … das war's dann.«

»Meinen Sie?«, sagte Tweed, der neben dem Toten in die Hocke gegangen war. »Wieso hat er dann keine Schmauchspuren an der Hand?«

»Außerdem war er Rechtshänder«, mischte Paula sich ein. »Ich habe ihn erst vor ein paar Wochen auf einem Empfang gesehen. Da hat er sein Glas immer in der rechten Hand gehalten, und wenn er geraucht hat, auch die Zigarette.«

Unmittelbar neben dem Toten lag sein Pass, der noch von der alten Sorte mit dem schwarzen Einband und dem in Gold eingeprägten Wappen war. Er war so aufgeschlagen, dass man Namen und Lichtbild sehen konnte.

»Wieso sind Sie sich so sicher, dass es Selbstmord war, Mr. Bogle?«, fragte Tweed, der noch immer in der Hocke war.

»Na, das ist doch so klar wie sonst was, oder?«

»Finden Sie? Wen haben Sie als Erstes verständigt, nachdem Ihnen der Fund der Leiche gemeldet wurde?«

»Na, London natürlich.«

»London ist groß und hat viele Einwohner. Wen genau in London haben Sie angerufen?«

»Na ja, ich habe ja an dem Pass gesehen, wer er war, und dachte, dass es sich vielleicht um eine politische Geschichte handelt. Deshalb habe ich gleich beim Rüstungsministerium angerufen.«

»Natürlich«, sagte Tweed in freundlichem Ton, sah aber Bogle immer noch nicht an, was diesen zunehmend verunsicherte. »Und mit wem genau haben Sie gesprochen?«

»Ich weiß zwar nicht, wieso das wichtig ist, aber es war Gavin Thunder, der Rüstungsminister höchstpersönlich. Ich muss sagen, ich war schon ein wenig erstaunt, dass er mitten in der Nacht selbst am Telefon war.«

»Ja, sehr merkwürdig. Sieht fast so aus, als ob er den Anruf erwartet hätte. War er es vielleicht, der als Erster von einem Selbstmord gesprochen hat?«

»Wenn Sie mich das jetzt so direkt fragen …«, sagte Bogle und verlagerte sein Gewicht verlegen von einem Fuß auf den anderen. »Die Antwort ist ja. Der Minister sagte etwas wie ›Oh mein Gott, Jeremy hat sich umgebracht, der arme Teufel. Bewahren Sie Stillschweigen. Kein Wort an die Presse. Ich schicke Ihnen sofort jemanden, der sich um die Angelegenheit kümmert.‹ Dann hat er aufgelegt.«

»Und haben Sie dem Minister geschildert, was wir hier vor uns sehen?«

»Dazu war keine Zeit. Ich habe ihm nur erzählt, dass man die Leiche in einem Fußgängertunnel in Alfriston gefunden hat. Mehr nicht.« Bogle wich Tweeds fragenden Blicken aus. »Aber der Minister hatte doch Recht, oder? Wir haben es hier mit einem klassischen Selbstmord zu tun.«

»Haben Sie nicht gehört, was Miss Grey vorhin gesagt hat? Mordaunt war Rechtshänder, und als solcher hätte er bestimmt nicht die Linke benützt, um sich mit einer so schweren Waffe in den Kopf zu schießen. Oder wollen Sie etwa behaupten, dass er die rechte Hand mit dem Revolver so verdreht hat, dass er sich in die linke Schläfe schießen konnte, um, kurz bevor er starb, noch schnell die Waffe in die linke Hand zu transferieren?«

»Diese Frage wird hoffentlich die Autopsie klären«, entgegnete Bogle mit auffallend lauter Stimme, die gespenstisch durch den düsteren Tunnel hallte.

»Apropos Autopsie«, sagte Tweed. »Jeden Moment kann ein Krankenwagen aus London hier eintreffen, mit einem gewissen Professor Charles Saafeld, der die Leiche dann mit in sein Labor nehmen wird. Saafeld ist einer unserer besten Pathologen. Ich habe ihn angerufen und gebeten, die Autopsie vorzunehmen.«

»Zum Teufel mit diesem Saafeld«, brauste Bogle auf. »Ich habe schon die Gerichtsmedizin in Eastbourne verständigt. Dort gibt es auch fähige Pathologen.«

»Wenn das so ist, sollten Sie schleunigst zu ihrem Handy greifen und die fähigen Pathologen wieder abbestellen«, sagte Tweed und stand auf. »Ich sehe am Fingerabdruckpulver hier an der Wand, dass Ihre Spurensicherung den Tatort schon untersucht hat. Vermutlich hat sie auch schon Fotos gemacht.«

»Natürlich haben sie das«, brummte Bogle und stapfte in Richtung Treppe davon. Auch Paula ging mit nach oben.

»Ich glaube, Saafeld ist gerade angekommen«, berichtete sie, als sie kurze Zeit später wieder herunterkam. »Ich werde ihn gleich zu Ihnen bringen.«

»Wenn Sie so freundlich wären ...«

Für seine gewaltige Leibesfülle stieg Charles Saafeld erstaunlich leichtfüßig die Treppe hinab. Er hatte ein rundes, dickliches Gesicht mit roten Backen und strahlte eine natürliche Autorität aus. Nachdem er Tweed kurz zugenickt hatte, blickte er sich über den Rand seiner Halbbrille hinweg genauestens um.

»Na, wie fühlen Sie sich, Paula?«, fragte er, nachdem er alles in Augenschein genommen hatte.

»Wie im Innern einer Gruft«, antwortete Paula und zog den Kragen ihres Pelzmantels enger um den Hals. »Es ist eiskalt hier unten.«

»Wie im Innern einer Gruft«, wiederholte Saafeld nachdenklich. »Irgendwie kommt das ja auch hin, eine Leiche haben wir zumindest schon.« Er winkte einen jungen Mann herbei, der ihm mit einer Kamera in der Hand gefolgt war.

»Machen Sie schnell ein paar Bilder, Reg.«

Nachdem Reg mit seiner Arbeit fertig war, streifte sich Saafeld ein paar Latexhandschuhe über und untersuchte vorsichtig Mordaunts rechte Hand. »Noch keine Totenstarre«, murmelte er. »Trotzdem sollten wir uns beeilen.«

»Der hiesige Chief Constable behauptet, dass es Selbstmord war«, flüsterte Tweed, während er neben dem Pathologen in die Hocke ging.

»Selbstmord? Nie im Leben. Nach dem ersten Eindruck vielleicht«, sagte Saafeld. »Mir gefällt es nicht, wie er die Waffe hält. Und wenn er sich im Stehen erschossen hätte, dann wäre er wohl zur Seite gekippt und nicht an der Wand heruntergerutscht, so wie es den Anschein hat. Es ist allerdings noch zu früh, um endgültige Schlüsse zu ziehen.«

»Kann ich Sie am Morgen anrufen? In ein paar Stunden also?«

»Versuchen Sie's mal um acht. Wie Sie wissen, macht es mir nichts aus, die Nacht über zu arbeiten. Aber versprechen kann ich Ihnen nichts ...«

Tweed lieh sich Paulas Taschenlampe aus und leuchtete damit den Betonboden des Ganges ab, konnte dort aber keine Spuren entdecken. Am Ende des Durchgangs angelangt, trat er hinaus ins Freie, wo hinter einer mondbeschienenen Rasenfläche eine hübsche, von alten Häusern flankierte Kirche mit spitzem Turm aufragte. Auf dem Kiesweg unmittelbar vor dem Tunnel fand Tweed mehrere Reifenspuren.

»Möglicherweise hat ihn jemand mit dem Auto hergebracht und unter einem Vorwand in den Tunnel gelockt«, sagte Tweed zu Paula, die ihm gefolgt war. »Hier ist es still wie in einem Grab.«

Die beiden gingen zurück in den Durchgang, wo Reg inzwischen seine restlichen Bilder gemacht hatte und gerade die Kamera einpackte.

»Reg, holen Sie die Bahre«, sagte Saafeld. »Wir bringen ihn jetzt nach draußen. Wird nicht gerade einfach werden, ihn die enge Treppe hinaufzutragen.« Tweed bot Saafeld seine Hilfe an, aber der lehnte ab. »Nein, danke, das schaffen wir schon zu zweit.«

Oben trafen Tweed und Paula wieder auf Bogle, der an einem Streifenwagen lehnte und sie mit verkniffenem Gesicht böse anschaute.

»Ich fahre jetzt aufs Revier und schreibe meinen Bericht«, knurrte er. »Und seien Sie sicher, dass ich Ihr selbstherrliches Benehmen gebührend würdigen werde.«

Er stieg ein und bellte dem Fahrer einen Befehl zu, woraufhin sich der Streifenwagen in Bewegung setzte, um schnell um die Ecke zu verschwinden.

»Leben Sie schon lange hier in dieser Gegend?«, fragte Tweed Sergeant Pole, der am Ort zurückgeblieben war.

»Seit meiner Geburt, Sir.«

»Wissen Sie, ob in der Nähe von Alfriston prominente Leute wohnen?«

»Ja, Lord Barford, Sir. Seine Familie ist seit Generationen bei uns ansässig.«

»Das ist mir bekannt. Aber ist vielleicht in letzter Zeit jemand neu zugezogen?«

»Da muss ich nachdenken …«, sagte Pole und legte den Zeigefinger an die Nasenspitze. »Vor zwei Jahren ist ein gewisser Mr. Rondel hier aufgetaucht, ein Ausländer. Sehr wohlhabend, würde ich sagen. Er hat sich in einem aufgelassenen Steinbruch ein großes Herrenhaus bauen lassen. Rondel hat sich dafür Arbeiter aus Deutschland kommen lassen, die das Ding in Rekordzeit hochgezogen haben. Soviel ich gehört habe, ist Rondel häufig auf Auslandsreisen.«

»Können Sie ihn mir beschreiben?«

»Ich habe ihn nur einmal ganz kurz gesehen, Sir, wie er in seinem roten Ferrari die Straße entlanggebraust ist, als ob er auf einer Rennstrecke wäre. Ich konnte nur einen ganz kurzen Blick auf ihn werfen. Ziemlich jung, würde ich sagen. Blonde Haare. Normalerweise lässt er sich im Hubschrauber zu seinem Anwesen fliegen, wo er sich einen eigenen Landeplatz hat bauen lassen.«

»Wissen Sie, wo er gewöhnlich hinfliegt?«

»Eine Bekannte von mir, die als Stewardess arbeitet, hat mir erzählt, dass sie ihn mal gesehen hat, wie er in Heathrow in eine Gulfstream gestiegen ist. Soviel ich weiß, ist das ein sündteurer Privatjet.«

»Wie kommen wir mit dem Auto zu Rondels Haus?«

»Um diese Zeit?«, sagte Pole und schaute Tweed zweifelnd an. »Sie müssen zurück auf die A 27 und kurz hinter Alfriston nach links abbiegen, aber die Ausfahrt ist leicht zu übersehen. Rondels Anwesen ist oben in den Downs. Es heißt übrigens ›Eagle's Nest‹.«

»Ich glaube, ich habe die Ausfahrt auf dem Herweg gesehen«, mischte Paula sich ein.

»Die Straße ist unter aller Sau – entschuldigen Sie den Ausdruck, Miss, aber so ist sie nun mal. Ungeteert, steil und mit vielen Kurven. Gleich hinter der Passhöhe sehen Sie linkerhand den Steinbruch, in dem Rondels Haus steht.« Stirnrunzelnd betrachtete Pole einen Wagen, der mit eingeschaltetem Fernlicht und hoher Geschwindigkeit heranfuhr. Nicht weit von ihnen hielt er an – und Newman sprang heraus.

»Monica hat mich gleich nach dem Abendessen angerufen«, sagte Newman, als er mit Tweed auf dem Beifahrersitz die A 27 entlangfuhr.

Hoffentlich übersieht Tweed nicht die Abzweigung, dachte Paula, die ihnen in Tweeds Wagen folgte. Vielleicht hätte sie doch lieber vorausfahren sollen.

»Sie hat mich auf dem Handy erwischt, als ich gerade mit Mark Wendover beim Essen im Santorini's war«, sagte Newman zu Tweed. »Ich habe ihn in Heathrow abgeholt und erst einmal ins Ritz gebracht, um mich dann später mit ihm zum Abendessen zu treffen.«

»Erzählen Sie mir später mehr über Wendover, jetzt muss ich mich darauf konzentrieren, die Ausfahrt zu finden. Außerdem muss ich Sie über einige Dinge aufs Laufende bringen ...«

Nachdem er die Abzweigung von der großen Straße gefunden hatte, erzählte Tweed Newman alles, was geschehen war, von seinem Gespräch mit Lisa auf Lord Barfords Party bis hin zu der grausigen Entdeckung in Alfriston.

Während er sprach, wurde Newmans Geschick als Fahrer auf eine harte Probe gestellt, weil die ungeteerte, mit Schlaglöchern gespickte Straße sich in engen Serpentinen so steil bergauf wand, sodass er ständig am Lenkrad kurbeln musste.

Auch Paula meisterte das schwierige Wegstück mit Bravour und freute sich, dass es im Innern des Wagens schön warm war. Mit ihrer behandschuhten Hand hatte sie sich ein kleines Sichtfenster in die beschlagene Seitenscheibe gewischt, durch das sie ab und zu hinausblickte. Der Ausblick war atemberaubend.

Am Fuß der Downs erstreckte sich frostüberstäubtes Flachland weit nach Westen. Durch diese endlos erscheinende Ebene kroch eine beleuchtete Raupe, die Paula als einen Passagierzug identifizierte, der wohl auf dem Weg ins Depot war. Sie hatte das Gefühl, als ob ihr ganz England zu Füßen läge.

Im vorderen Wagen erzählte Tweed gerade von Lisas außergewöhnlicher Persönlichkeit und Intelligenz. »Ich weiß allerdings nicht, was für eine Rolle sie wirklich spielt«, sagte er. »Außerdem frage ich mich, warum sie unbedingt mit mir sprechen will.«

»Wir sind gleich auf der Passhöhe«, sagte Newman. »Wir müssen aufpassen, dass wir nicht an der Abzweigung zu Rondels Steinbruch vorbeifahren.«

»Richtig«, sagte Tweed.

Als sie den Pass erreichten, hielt Paula die Luft an und starrte auf das grandiose Panorama, das vor ihren Augen ausgebreitet war. Auf der anderen Seite der Downs sah sie im Osten wie im Westen vom Mondlicht beschienene Hügelketten, und in der Ferne glitzerte das Meer wie ein riesiger See aus Quecksilber. Nun führte die Straße wieder nach unten, und Newman fuhr rechts ran. Er ließ den Motor laufen und stieg aus. Tweed und Paula folgten seinem Beispiel.

»Da ist der Steinbruch mit dem Haus. Ziemlich unheimliche Bude«, sagte Newman. »Sie hier zu bauen hat bestimmt eine Stange Geld gekostet.«

»Sehen Sie mal, da steht etwas«, sagte Paula.

An einem hohen Maschendrahtzaun, der ihnen den Zugang zum Steinbruch verwehrte, hing eine Aluminiumtafel, auf der mit großen Lettern »Eagle's Nest« eingeprägt war. Ein ebenfalls aus Maschendraht bestehendes Tor versperrte die lange Einfahrt, an deren Ende zwischen den Felswänden des aufgelassenen Steinbruches ein merkwürdiges Gebäude stand. Paula kam das Haus wie surrealistische weiße Würfel vor, die in verschiedenen Winkeln übereinander geschichtet waren. Auf einer Seite des Hauses erhob sich ein großer, runder Turm.

»Da, sehen Sie!«, rief Paula. »Aus dem Turm fährt etwas heraus.«

»Das habe ich auch gerade bemerkt«, sagte Tweed.

Von hinten war auf einmal ein gedämpftes Motorengeräusch zu hören. Paula drehte sich um und sah, wie ein Geländemotorrad einen steilen Pfad hinauffuhr, der wohl zum Rand des Steinbruchs führte.

»Das ist Harry Butler«, beruhigte sie Newman, der ihr besorgtes Gesicht bemerkt hatte. »Er hat darauf bestanden, mir von London aus folgen zu dürfen, um mich zu beschützen ...«

Er hörte auf zu sprechen, weil der lange, schlanke Metallmast, der aus dem Turm hervorgekommen war, gerade etwa sieben Meter oberhalb des Steinbruchrands zum Stehen kam. Die Vorrichtung, die Paula an das Periskop eines U-Boots erinnerte, trug an ihrem oberen Ende mehrere Parabolantennen. Paula stieß Tweed mit dem Ellenbogen an.

»Da ist jemand aus dem Haus gekommen. Sieht aus, als wäre es eine alte Frau mit einem Gewehr.«

Die Gestalt eilte mit entschlossenen Schritten die Ausfahrt entlang und richtete, als sie auf der anderen Seite des Maschendrahttors angelangt war, ihre Schrotflinte direkt auf Tweed und die beiden anderen.

»Das hier ist Privatbesitz«, bellte sie mit barscher Stimme. »Wer sind Sie, und was haben Sie hier zu suchen?«

»Welche der beiden Fragen soll ich denn nun zuerst beantworten?«, sagte Tweed freundlich.

Die Frau trug einen schweren, dunklen Wintermantel, der ihr fast bis an die Knöchel reichte. Paula fragte sich, wie sie sich in einem solchen Kleidungsstück überhaupt so flink bewegen konnte. Die Alte mochte wohl Ende sechzig sein und konnte einem mit ihrem knochigen Gesicht und ihrer Hakennase durchaus Angst einjagen.

»Müssen Sie uns mit dieser Flinte vor der Nase herumfuchteln?«, sagte Newman. »Solche Dinger gehen manchmal von ganz allein los. Sie wollen doch nicht den Rest Ihres Lebens hinter Gittern verbringen, weil Sie aus Versehen drei Menschen erschossen haben, oder?«

»Ich kann ganz gut mit der Waffe umgehen«, knurrte die Frau, senkte dann aber doch den Lauf der Waffe. In diesem Augenblick löste sich auch prompt ein Schuss, der aber keinen weiteren Schaden anrichtete.

»Sehen Sie jetzt, was ich meine?«, schrie Newman. »Wer sind Sie überhaupt?«

»Mrs. Grimwood. Die… Haushälterin… wenn Sie's unbedingt wissen müssen.«

Der Schuss hatte so laut durch die klare Nacht gehallt, dass ihn jeder in dem seltsamen Haus gehört haben musste. Tweed kümmerte sich nicht um den Wortwechsel zwischen Newman und der Frau, sondern ließ den periskopartigen Mast über dem Turm keine Sekunde aus den Augen. Kurz nachdem die Schrotflinte losgegangen war, fuhr dieser langsam nach unten, bis er schließlich wieder vollständig im Turm verschwunden war.

»Das ist Privatbesitz!«, schrie Mrs. Grimwood, die Paula vorkam wie eine alte Grammophonplatte, die einen Sprung hatte. Tweed zuckte mit den Achseln und fragte sich, wieso Paula sich eigentlich so dicht hinter ihn gestellt hatte.

»Die Göre hinter Ihnen hat eine Kamera«, keifte die Alte. »Ich will den Film haben. Und zwar dalli!«

»Wovon reden Sie überhaupt?«, sagte Paula. »Das ist doch keine Kamera, das ist ein Fernglas. Ich glaube, Sie brauchen eine Brille.« *Blöde alte Kuh,* fügte sie in Gedanken noch hinzu, während sie mit Tweed und Newman zurück zu den Autos ging.

Bevor sie einstiegen, warf sie noch einen Blick hinunter aufs Meer, das Paula jetzt wie eine glatte, unbewegte Kristallscheibe vorkam. Von hinten hörte sie das gedämpfte Knattern von Butlers Motorrad, das sich schnell näherte.

»Ich habe einen Vorschlag«, sagte Newman, als Butler bei ihnen angelangt war. »Harry hat eine lange Fahrt in der Kälte hinter sich. Er könnte doch sein Motorrad hinten in meinem Kombi verstauen und dann Tweeds Auto nach London zurückfahren. Dann nehmen wir meinen Wagen und beratschlagen auf der Fahrt, wie wir weiter vorgehen.«

»Gute Idee«, sagte Tweed und wandte sich dann an Paula. »Haben Sie denn ein Foto machen können?«

»Nicht nur eines. Halb hinter dem Haus verborgen habe ich den Landeplatz mit einem Hubschrauber darauf gesehen. Den habe ich genauso fotografiert wie den Mast. Vielleicht finden wir anhand der Fotos ja heraus, wozu die seltsame Apparatur an der Mastspitze gut ist …«

Newman, Tweed und Paula stiegen in den Kombi und fuhren, gefolgt von Butler in Tweeds Wagen, zurück zur A 27. Alle drei dachten über das seltsame Haus im Steinbruch nach und sagten eine ganze Weile kein Wort. Erst als sie die Schnellstraße erreicht hatten, ließ sich Paula, die durch ein Seitenfenster hinauf zum Himmel geblickt hatte, von der Rückbank her vernehmen.

»Hinter uns fliegt in ziemlicher Höhe ein Hubschrauber«, sagte sie. »Es sieht so aus, als würde er aus der Richtung von Lord Barfords Anwesen kommen. Hat Barford denn einen Helikopter?«

»Keine Ahnung«, sagte Tweed mit halb geschlossenen Augen.

»Was halten Sie eigentlich von Mark Wendover, Bob?«, fragte Paula.

»Ich halte ihn für einen hochintelligenten Burschen, der sein Handwerk perfekt beherrscht und dem so schnell nichts entgeht. Er nennt sich selbst einen Freiberufler, was ich aber für ziemlich merkwürdig halte. Er ist übrigens davon überzeugt, dass Jason Schulz ermordet wurde und der Selbstmord nur vorgetäuscht ist.«

»Dann haben wir es jetzt also schon mit zwei vorgetäuschten Selbstmorden zu tun«, sagte Tweed nachdenklich. »Auch wenn sie sich dreieinhalbtausend Meilen voneinander entfernt ereignet haben, weisen sie doch erstaunliche Parallelen auf. Beide Opfer haben hohe Regierungsämter bekleidet und hatten damit Zugang zu Staatsgeheimnissen. Da muss es doch eine Verbindung geben. Ich weiß zwar nicht, welche, aber an einen puren Zufall kann ich auch nicht glauben. Könnte es nicht sein, dass die beiden Männer demselben Mörder zum Opfer gefallen sind?«

»Durchaus«, sagte Newman. »Die angeblichen Selbstmorde liegen fünf Tage auseinander, eine Zeitspanne, in der der Täter mit Leichtigkeit von Washington nach Alfriston hätte reisen können.«

Als die beiden Wagen sich langsam der A 27 näherten, hörte der Pilot des Hubschraubers eine ruhig klingende Stimme in seinem Kopfhörer.

»Folgen Sie den Fahrzeugen, die soeben von Eagle's Nest abgefahren sind. Berichten Sie mir, wohin sie fahren. Es kann sein, dass ihr Ziel die Park Crescent in London ist. Bronze erwartet regelmäßige Lageberichte von Ihnen ...«

Der Mann mit der ruhigen Stimme unterbrach die Verbindung und wählte eine neue Nummer.

»Hören Sie mir gut zu, Bronze. Und machen Sie bloß keinen Fehler. Sie wissen ja, was Ihnen dann passiert. Der Pilot des Hubschraubers wird Ihnen regelmäßig mitteilen, wo sich die beiden Wagen gerade befinden, aber ich bin mir jetzt schon sicher, dass sie zur Park Crescent in London fahren. Stehlen Sie sich ein Fahrzeug, möglichst ein besonderes, die Zielperson ist nämlich nicht auf den Kopf gefallen. Und sagen Sie Zero, er soll Tweed töten, bevor dieser die Park Crescent erreicht.«

»Der Hubschrauber fliegt immer noch hinter uns her«, sagte Paula, als sie sich der Innenstadt von London näherten.

»Das muss nicht unbedingt derselbe sein wie vorhin«, wandte Newman ein. »Über London fliegen diese Dinger doch ständig herum. Übrigens, Tweed schläft tief und fest.«

»Dann sollten wir wohl mit unserem Geplapper aufhören.«

»*Sie* sollten mit *Ihrem* Geplapper aufhören«, gab Newman zurück. »Außerdem sind wir sowieso gleich in der Park Crescent.«

»Sehen Sie mal, was da auf uns zufährt. Und das um diese Uhrzeit. Kaum zu glauben.«

Das Vehikel, das ihnen auf der sonst völlig leeren Straße entgegenkam, war ein für Stadtrundfahrten umgerüsteter Doppeldecker-Bus, dessen Oberdeck ohne Dach war. Es war eines dieser Vorkriegsmodelle, wie die Touristen sie liebten. Das Schild über der Fahrerkabine, auf dem LEERFAHRT stand, war eigentlich überflüssig, denn wer wollte sich schon um drei Uhr früh die Stadt ansehen? Paula rutschte nach unten, um den alten Bus besser sehen zu können. Dabei bemerkte sie über dem Fahrer im Oberdeck des Busses eine Gestalt, die mit einem Gewehr nach unten zielte.

»Newman!«, schrie sie. »Da schießt jemand vom Bus herunter...«

Newman riss das Steuer herum und kreuzte unmittelbar vor dem Bus die Fahrbahn. Fast zeitgleich hörte Paula zwei Schüsse und sah zwei Einschusslöcher im vorderen Seitenfenster. Die Kugeln hatten den noch immer schlafenden Tweed nur um Haaresbreite verfehlt. Newman machte eine Vollbremsung, konnte aber nicht mehr verhindern, dass der Wagen mit dem linken Kotflügel eine Hausmauer streifte.

»Alles in Ordnung?«, fragte Paula den inzwischen aufgewachten Tweed, nachdem Newman den Kombi zum Stehen gebracht hatte.

»Ja«, antwortete Tweed. »Jetzt interessiert mich aber brennend, wer uns diesen Killer auf den Hals gehetzt hat. Kam der Befehl aus Alfriston? Oder aus Barford Manor?«

1

Eine Stunde nachdem sie sich vollständig angezogen aufs Bett geworfen hatte und vor Erschöpfung eingeschlafen war, erwachte Lisa schweißgebadet. Von einer unbestimmten Angst gepackt, stand sie auf, schlich vorsichtig zum Fenster und spähte zwischen den Vorhängen hinaus ins Freie. Was sie dort sah, trug nicht gerade zu ihrer Beruhigung bei.

Gleich neben dem Fenster führte eine an der Hauswand befestigte Feuerleiter hinunter in die stille Gasse, in der sie ihren Wagen abgestellt hatte. Falls jemand Lisa bis zu dem Hotel verfolgt hatte, brauchte er nur die Feuerleiter hinaufzuklettern und war damit praktisch schon in ihrem Zimmer. Lisa fühlte sich auf einmal äußerst gefährtet.

Nachdem sie das Fenster mit einem schwachbrüstigen Riegel verschlossen und die Vorhänge wieder fest zugezogen hatte, knipste sie das Licht an und legte die zwei billigen Stühle, die zusammen mit dem Bett und einem klapprigen Tisch das gesamte Mobiliar des Hotelzimmers darstellten, so vor dem Fenster auf den Boden, dass ein Eindringling im Dunklen darüber stolpern musste.

Bevor sie sich wieder ins Bett legte, steckte sie noch ihre Beretta unter das tränenfeuchte Kissen. Dann schaltete sie das Licht aus und versank wieder in einen unruhigen, von Albträumen heimgesuchten Schlaf.

Als sie zum fünften Mal wach wurde, war es draußen bereits hell. Lisa schaute auf die Uhr, sah, dass es sieben war, und beschloss aufzustehen.

Obwohl sie sich nach einer Dusche sehnte, entschied sie sich dagegen. Wenn wirklich jemand über die Feuerleiter einsteigen sollte, könnte ihr das winzige Badezimmer zur Todesfalle werden. Sie wusch sich also nur kurz am Waschbecken, bürstete sich den roten Haarschopf und legte etwas Make-up auf. Danach fühlte sie sich ein wenig besser. Gerade als sie sich wieder angezogen hatte und überlegte, was sie als Nächstes tun sollte, klingelte das Telefon.

Obwohl Lisa einen fürchterlichen Schreck bekam, hob sie ab und sagte mit leiser Stimme: »Ja?« Es war die alte Frau vom Empfang, die ihr in der Nacht das Zimmer gegeben hatte.

»Wollte Sie bloß vorwarnen«, sagte sie. »Da sind ein paar Männer auf dem Weg hinauf zu Ihrem Zimmer. Behaupten, dass sie von der Polizei sind, aber mir kamen die eher wie Raufbolde vor ...«

»Vielen Dank.«

Lisa war klar, dass die Frau sie nur deshalb gewarnt hatte, weil ihr die Männer verdächtig vorgekommen waren. Wenn sie daran zweifelte, dass sie von der Polizei waren, konnten sie auch nicht in Uniform gewesen sein. Vorsichtshalber hatte Lisa außer ihrem Kulturbeutel nichts aus ihrem Koffer genommen, sodass sie ihn jetzt nur zuklappen musste.

Dann brachte sie ihn zum Fenster, stellte ihn draußen auf den Absatz der Feuerleiter und wollte gerade selbst hinaussteigen, als sie hörte, wie jemand gegen die verriegelte Zimmertür klopfte.

»Aufmachen, Polizei! Wir wissen, dass Sie da drin sind. Öffnen Sie sofort die Tür ...«

Die Stimme klang hart und fordernd. Lisa schwang sich hinaus auf die Feuerleiter und begann sie hinabzusteigen. Aus dem Zimmer hörte sie das Splittern von Holz. Offenbar wurde die Tür aufgebrochen.

Sekunden später stürmten zwei Männer in dunklen Geschäftsanzügen in das Zimmer. Der eine war dick und von mittlerer Größe, und seine dunklen, buschigen Augenbrauen waren über der Boxernase fast zusammengewachsen, der andere war kleiner und schlanker und hatte ein grausam wirkendes, schmales Gesicht mit hohen slawisch wirkenden Wangenknochen. Sein fettiges Haar, das ebenso dunkel war wie die langen Koteletten, hatte er zu einem Pferdeschwanz zusammengebunden. In der rechten Hand hielt er ein großes Messer, weil man ihm gesagt hatte, dass er seine Arbeit unter allen Umständen *leise* verrichten solle.

»Im Bad ist sie nicht«, sagte der kleine Mann.

»Schau aus dem Fenster, Panko!«, bellte der Dicke.

Der kleine Mann beugte sich aus dem Fenster und blickte nach unten. Lisa, die inzwischen am unteren Ende der Leiter angekommen war und bereits zu ihrem Auto lief, konnte ihn deutlich sehen. Panko fluchte leise vor sich hin.

»Sie hat einen Wagen!«, rief er nach hinten ins Zimmer hinein.

»Worauf wartest du dann?«, zischte der andere Mann. »Klettere die Feuerleiter hinunter, und sieh zu, dass du sie aufhalten kannst. Ich hole inzwischen unser Auto und lasse dich dann unten in der Gasse einsteigen.«

Lisa sah durch die Windschutzscheibe ihres Wagens, wie der kleine Mann, so schnell er konnte, die Feuerleiter hinunterkletterte, aber sie behielt die Nerven. Ohne zu zittern, steckte sie mit ruhiger Hand den Zündschlüssel ins Schloss und ließ den Motor an. Der kleine Mann war inzwischen unten angelangt und baute sich mit gezücktem Messer mitten in der Gasse auf. Ohne zu zögern, gab Lisa Gas und raste direkt auf ihn zu, sodass er sich nur noch mit einem beherzten Satz zur Seite retten konnte.

Auf dem schlüpfrigen Kopfsteinpflaster der Gasse konnte Lisa nicht so schnell fahren, wie sie wollte. Im Rückspiegel sah sie, wie ein großer, blauer Ford bei der Feuerleiter anhielt. Der kleine Mann stieg ein, und der Ford nahm wieder Fahrt auf.

»Das sind keine Polizisten«, sagte Lisa zu sich selbst. »Polizisten fuchteln nicht mit dem Messer herum. Jetzt bist du echt in Schwierigkeiten, Mädchen …«

Sie beschloss, in Richtung Waterloo Station zu fahren, geriet aber bald in dichten Berufsverkehr. Richtig gefährlich wurde es aber erst, als kurz vor der Themsebrücke eine Ampel auf Gelb schaltete und der Wagen vor ihr stehen blieb.

»Wenigstens sind um mich herum Autos mit lauter Leuten«, versuchte sie sich zu beruhigen, aber als sie wieder in den Rückspiegel blickte, sah sie, dass der kleine Mann soeben aus dem Ford stieg, der sechs Autos hinter ihr stand. Flink wie ein Wiesel schlängelte er sich an den wartenden Fahrzeugen vorbei auf sie zu. Lisas Auto war ein älteres Modell ohne Zentralverriegelung. Leider hatte sie in der ganzen Hektik vergessen, die hintere Tür wieder zu verriegeln, nachdem sie vorhin ihre Sachen dort hineingeworfen hatte. Der Dünne musste sie also nur aufreißen, um ihr dann sein Metzgermesser in den Leib zu rammen. Lisa tastete nach ihrer Beretta, die sie sich in den Hosenbund gesteckt hatte, aber weil sie darüber ihren Mantel trug, kam sie an die Waffe nicht heran. Nervös flogen ihre Blicke zwischen dem Rückspiegel und der roten Ampel hin und her.

»*Grün!*«, flehte sie leise. »Werde doch endlich grün ...«

Der kleine Mann kam immer näher, aber die Ampel blieb beharrlich auf Rot. Jetzt war nur noch ein Auto zwischen ihnen, aber Lisa hatte immer noch nicht die Hand an ihre Beretta bekommen. Der kleine Mann steckte die Hand unter seine Windjacke und verzog das Gesicht zu einem widerwärtigen Grinsen.

»*Grün! Bitte!*«, beschwor Lisa die Ampel.

Der Dünne war jetzt am Kofferraum ihres Wagens angelangt, und Lisa glaubte in seinen Augen ein triumphierendes Funkeln voll teuflischer Vorfreude erkennen zu können. In diesem Augenblick sprang die Ampel auf Grün, und der Wagen vor Lisa fuhr an. Während sie ihm folgte, sah sie im Rückspiegel, dass der Dünne die Hand wieder aus der Jacke zog und, vom Verkehr umbrandet, mitten auf der Fahrbahn stehen blieb.

»Fahrt den Dreckskerl über den Haufen«, zischte sie zwischen zusammengebissenen Zähnen hervor.

In einer Tiefgarage nahe der Waterloo Station stellte Lisa den Wagen ab und eilte mit ihrem Koffer in der Hand hinauf in den Bahnhof. Sie war sich sicher, dass sie ihre beiden Verfolger abgeschüttelt hatte. Die Bahnhofshalle wimmelte von Pendlern, die gerade mit den Vorortzügen angekommen waren, um mit der

U-Bahn weiter zu ihrem Arbeitsplatz zu fahren, was Lisa gerade recht war. In der Menge konnte sie sich gut vor etwaigen Verfolgern verstecken.

In einer Doppelreihe von Telefonzellen suchte sie sich eine freie Kabine und rief von dort aus die Autovermietung an, bei der sie den Wagen geliehen hatte. Sie sagte, wo sie ihn abgestellt habe und dass sie ihn nicht mehr benötige. *Das wird ihnen gefallen*, dachte sie, während sie den Hörer auflegte. Schließlich hatte sie die Miete für zwei weitere Wochen im Voraus bezahlt.

Als Nächstes nahm sie die Karte, die Tweed ihr gegeben hatte, aus ihrer Handtasche und wählte die Nummer darauf. Als sich eine Frauenstimme meldete, sagte sie hastig: »Hier spricht Lisa Trent. Ich muss unbedingt mit Mr. Tweed sprechen. Ich habe ihn auf einer Einladung kennen gelernt, und er hat mir gesagt, dass ich ihn jederzeit anrufen könne.«

»Tut mir Leid, aber Mr. Tweed ist nicht im Büro. Kann sein, dass er längere Zeit fort ist.«

»Könnte ich dann bitte mit Paula Grey sprechen? Sie war mit Mr. Tweed zusammen auf besagter Gesellschaft.«

»Leider geht auch das nicht, Miss Grey begleitet nämlich Mr. Tweed. Kann ich ihm vielleicht etwas ausrichten?«, fragte die Frau am anderen Ende.

»Nein, eigentlich nicht. Ich muss mit Mr. Tweed persönlich sprechen. Bitte sagen Sie ihm, dass ich ihm etwas Dringendes mitzuteilen habe. Ich rufe später noch einmal an.«

Lisa legte auf und wollte gerade die Telefonzelle verlassen, als ihr fast das Blut in den Adern gefror. Der Dicke und der Dünne steuerten durch die belebte Bahnhofshalle geradewegs auf sie zu.

Monica saß gerade vor dem Computer, als Harry Butler ins Büro kam und sich mit dem Rücken gegen einen Stuhl lehnte. Er nahm den Schal ab, der ihn vor der bitteren Kälte draußen geschützt hatte.

»Ich habe den Kombi in die Reparatur gegeben, Monica«, sagte er. »Und zwar bei einer Werkstatt, die die Einschusslöcher in der Scheibe nicht der Polizei meldet. Tweed wollte kein Aufsehen erregen. Leider war ich nicht direkt hinter Newmans Wagen, als es passiert ist, sonst hätte ich mir die Typen geschnappt. Was schreiben Sie denn so eifrig?«

»Tweeds Bericht über den angeblichen Selbstmord von Jeremy Mordaunt.« Monica schaltete das Diktiergerät aus. »Tweed hat ihn mir auf Band gesprochen. Er sagt, dass er dabei besser nachdenken kann. Wollen Sie hören, zu welchen Schlüssen er kommt?«

»Ich schätze, Sie werden es mir ohnehin sagen.«

Butler war ein kleiner Mann mit breiten Schultern, der über große Körperkräfte verfügte. Er hatte einen rundlichen Kopf und ein ausdrucksloses Gesicht und war mit Worten normalerweise so sparsam, als würde ihn jedes einzelne bares Geld kosten.

»Tweed zweifelt nicht daran, dass Mordaunt ermordet wurde. Die Selbstmordhypothese findet er absurd. – Hach, können Sie mir vielleicht mal sagen, wieso dieses Telefon immer dann läutet, wenn ich gerade dabei bin, jemandem etwas zu erklären?« Monica hob den Hörer ab und sagte: »General and Cumbria Versicherung … ach, Sie sind's, Professor Saafeld. Tweed ist leider nicht da, aber er ist schon sehr gespannt auf Ihren Autopsiebericht.«

»Den kann er haben«, erwiderte Saafeld mit barscher Stimme. »Er liegt vor mir auf dem Schreibtisch und zwar in mehreren Exemplaren.«

»Dann schicke ich Ihnen gleich einen Kurier, der ihn abholt«, antwortete Monica und fügte ein wenig zögerlich hinzu: »Könnten Sie mir vielleicht schon verraten, zu welchen Schlüssen Sie gekommen sind?«

»Es war kaltblütiger Mord. Daran besteht nicht einmal der Hauch eines Zweifels. Genau dasselbe werde ich auch auf der gerichtlichen Untersuchung aussagen. Die Einzelheiten stehen alle in dem Bericht.«

Saafeld legte auf, und Monica rief einen ihrer Kuriere an, damit er den Autopsiebericht bei Saafeld abholte und in die Park Crescent brachte.

»Auch Saafeld ist der Meinung, dass es Mord war«, sagte sie dann zu Butler. »Jetzt kann niemand mehr Tweed widersprechen.«

»Wer kriegt denn die Kopien des Autopsieberichts?«, fragte Butler.

»Eine davon geht an Gavin Thunder. Der wird vor Ärger in die Luft gehen.«

Butler stand auf. »Ich denke schon die ganze Zeit darüber nach, wer wohl hinter dem Anschlag auf Tweed steckt. Newman hat mir erzählt, dass Tweed gestern bei Lord Barford eingeladen war. Haben wir eigentlich eine Akte über den?«

»Ja, im Safe. Die Kombination ist siebenundachtzig, vierundzwanzig, fünfundneunzig. Wieso interessieren Sie sich für Barford?«

»Aus reiner Neugier.«

Butler ging zu dem großen Safe, der erst kürzlich in eine der Wände des Büros eingebaut worden war, und stellte an dem geriffelten Metallrad die Kombination ein. Nachdem die schwere Tür geöffnet war, suchte er sich in den alphabetisch unterteilten Metallfächern die Akte von Lord Barford heraus und machte den Safe dann wieder zu.

»Lord Barford ist doch über jeden Zweifel erhaben«, sagte Monica. »Er ist einer der angesehensten Männer in ganz Großbritannien.«

»Das war Robert Maxwell auch. Zumindest eine Zeit lang.«

Monica nickte. Sie wusste, dass Butler niemandem ganz vertraute und sich von keinem beeindrucken ließ, bevor er sich nicht persönlich von dessen Integrität überzeugt hatte.

»Monica, könnten Sie bitte mitstenografieren, was ich Ihnen vorlese. Vielen Dank. Ich fange jetzt an:

Brigadegeneral Bernard Barford. Diente im Golfkrieg als Nachrichtenoffizier. Wurde mit dem Military Cross ausgezeichnet. Soll später lukrative Waffengeschäfte mit verschiedenen Ländern im Nahen Osten und in Asien vermittelt haben. Darunter war angeblich auch Indonesien, ein

Land, an das die britische Waffenindustrie große Mengen militärischer Ausrüstung geliefert hat. Diese Gerüchte wurden allerdings nie bestätigt. Vor dem Golfkrieg war Barford Oberst in der Fernmeldetruppe. Er pendelt mit einem Sikorsky-Hubschrauber zwischen dem London City Airport und seinem Landsitz hin und her.

»Das wär's«, sagte Butler. »Das sind jedenfalls die Auszüge, die ich interessant finde. Ich frage mich nämlich schon seit längerem, warum die Regierung kürzlich ein eigenes Rüstungsministerium geschaffen und diesen Bereich aus dem Verteidigungsministerium ausgegliedert hat.«

»Das war wieder so ein Schachzug der Politiker. Auf diese Weise muss sich das Außenministerium keine Kritik wegen des britischen Waffenhandels anhören. Und was da über Barford steht, sind eigentlich bloß Gerüchte.«

»Außer der Information über den Hubschrauber.«

»Und was ist daran so interessant?«

»Dass uns ein Hubschrauber von den Downs bis nach London hinein verfolgt hat.«

»Aber Paula hat doch gesagt, dass dieser seltsame Mr. Rondel auch einen Hubschrauberlandeplatz hat«, sagte Monica.

»Ich hatte aber eher den Eindruck, dass der Helikopter aus der Nähe von Barfords Anwesen gekommen ist«, sagte Butler. »Wo sind Tweed, Newman und Paula eigentlich hin?«

»Tweed ist auf die Idee gekommen, Jeremy Mordaunts Witwe aufzusuchen. Sie wohnt am Eaton Square. Er hat mir allerdings nicht erlaubt, sie telefonisch auf seinen Besuch vorzubereiten.«

2

Als Lisa den Dicken und den Dünnen in der Bahnhofshalle der Waterloo Station auf sich zukommen sah, reagierte sie unwillkürlich. Sie packte ihren Koffer, wartete bis eine Gruppe von Geschäftsleuten vorbei war und verließ dann unter deren Schutz die Telefonzelle. Auf diese Weise gelangte sie zu einem großen Zeitschriften- und Bücherladen in der Mitte der Halle, schlüpfte unbemerkt hinein und rannte, nachdem sie sich in Rekordgeschwindigkeit an den Kunden vorbeigeschlängelt hatte, auf der anderen Seite wieder hinaus.

Hinter einer Reklametafel blieb sie kurz stehen, riss einen gefalteten Schal aus ihrer Tasche und wickelte ihn sich um den Kopf, um ihr rotes Haar zu verbergen. Nun musste sie nur noch den Koffer loswerden, der sie in ihrer Bewegungsfreiheit einschränkte.

Nachdem sie ihn in der Gepäckaufbewahrung abgegeben hatte, begab sie sich hinunter in die U-Bahn und kaufte sich dort eine Karte nach Highgate, einer Station, die sie sich willkürlich auf dem Streckenplan herausgesucht hatte. Als sie zur Rolltreppe ging, sah sie aus den Augenwinkeln, wie hinter ihr der Dicke unwirsch andere Fahrgäste zur Seite rempelte und ihr dabei immer näher kam.

»Mein Gott«, murmelte sie. »Diese Typen sind vielleicht hartnäckig.«

Schnellen Schritts ging sie auf einen uniformierten Angehörigen der U-Bahnwache zu und sagte mit gespielt zittriger Stimme: »Sehen Sie den Mann dort drüben? Der hat mich soeben belästigt, und jetzt rennt er mir hinterher. Ich weiß nicht, was ich tun soll …«

»Keine Angst, Lady. Den knöpfe ich mir gleich mal vor. Lassen Sie mich nur machen ...«

Als Lisa mit der Rolltreppe nach unten fuhr, sah sie sich noch einmal um. Der Mann von der U-Bahnwache stand vor ihrem Verfolger und sagte etwas zu ihm, woraufhin ihm der Dicke einen Magenschwinger verpasste. Der Wachmann krümmte sich vor Schmerz, und Lisa rannte die fahrende Rolltreppe hinunter auf den Bahnsteig, wo soeben die U-Bahn einfuhr.

Sie stieg ein, drehte sich um und sah, wie der Dünne mit einem fiesen Grinsen auf sie zukam. Er hatte eine Hand in die Tasche seiner Windjacke gesteckt. Ob er wohl immer so widerlich grinst?, fragte sich Lisa, während sie nun auch den Dicken von der Rolltreppe heranstampfen sah.

In dem überfüllten Waggon standen die Leute dicht an dicht, sodass Lisa sich, Entschuldigungen murmelnd, an ihnen vorbei ins Innere des Waggons drängeln musste. Dann schlossen sich die Türen, und die U-Bahn fuhr los.

»Wollen Sie sich setzen, Madam?«, fragte sie ein Mann und machte Anstalten aufzustehen.

»Nein, danke, ich fahre nicht weit.«

Drei Haltestellen hintereinander fragte sich Lisa, ob sie nun aussteigen solle, aber jedes Mal kam sie zu dem Schluss, dass sie hier drinnen im Zug sicherer war. Ihre Verfolger hatten sichtlich Probleme, sich in ihre Nähe vorzuarbeiten. Viele der Fahrgäste, die sie zur Seite schieben wollten, protestierten und versperrten ihnen absichtlich den Weg. Als sich der Zug wieder in Bewegung setzte, sah sie, wie ein uniformierter Kontrolleur den Dicken um seine Fahrkarte bat. Er hatte natürlich keine, weil er im Bahnhof ja zusammen mit dem Dünnen einfach über die Barriere gesprungen war.

»Entschuldigen Sie bitte vielmals«, sagte der Dicke höflich. »Mein kleiner Freund hier muss dringend ins Krankenhaus ...«

»Schwarzfahren kostet zehn Pfund Strafe.«

Der Dicke zog einen Zwanzig-Pfund-Schein aus der Brieftasche und drückte ihn dem Kontrolleur in die Hand, während der Dünne sich weiter durch die Fahrgäste schob und ihr nun doch bedrohlich nahe kam. Auf einmal kam der Waggon Lisa wie eine tödliche Falle vor. Der Dünne brauchte nur zu warten, bis die U-Bahn wieder anhielt, und ihr sein Messer in den Leib zu rammen, um dann seelenruhig auszusteigen, als wäre nichts geschehen.

Nervös trat Lisa von einem Fuß auf den anderen. Der Zug fuhr gerade in den Bahnhof Tottenham Court Road ein, eine Gegend, in der sie sich auskannte. Kurz nachdem der Zug hielt, hatte sich der Dünne zu ihr durchgekämpft. Die Türen gingen auf, und Lisa trat dem Dünnen mit aller Kraft gegen das linke Schienbein, was ihn vor Schmerz aufschreien ließ. Als Lisa den Zug verließ, packte der Dicke den Dünnen, der vor Schmerz offenbar nicht mehr laufen konnte, unter den Achseln und rief laut: »Platz da, mein Freund hat ein verletztes Bein.«

Lisa hastete zur Rolltreppe und fuhr mir ihr nach oben. Von dort aus blickte sie noch einmal zurück und sah, wie der Dicke und der Dünne ihr vom unteren Teil der Rolltreppe aus hinterherstarrten.

Draußen an der frischen Luft verspürte Lisa eine enorme Erleichterung. Sie rannte die Tottenham Court Road entlang, bog in eine Seitenstraße ab und kam so auf den Bedford Square, wo sie tief Luft holte und ihre Schritte verlangsamte. Der von schönen alten Häusern umstandene Platz war menschenleer.

»Fast hätte ich es nicht mehr geschafft«, seufzte sie leise, während sie zu der Grünanlage in der Mitte des Platzes ging. Im Schutz der Bäume sah sie sich noch einmal um und erblickte tatsächlich ihre beiden Verfolger wieder, die gerade aus einer Seitenstraße kamen. Der Dünne hatte sich offenbar von dem Tritt ans Schienbein erholt und ging wieder ganz normal, ohne zu humpeln. Fieberhaft suchte Lisa nach einem Versteck. Die beiden hatten sie bisher noch nicht entdeckt, aber das konnte sich jeden Augenblick ändern.

Wo sollte sie sich nur verstecken, um alles in der Welt? Plötzlich fiel ihr etwas ein, woran sie eigentlich schon längst hätte denken können: Jedes der Häuser rings um den Platz hatte ein Tiefparterre, zu dem ein paar Stufen hinunterführten. Nach einem weiteren Blick auf ihre Verfolger rannte Lisa zum nächstbesten Haus und sprang die Stufen hinab ins Tiefparterre. Erst als sie unten war, sah sie, dass dort ein alter Penner hockte. Er hielt eine Flasche Whisky in der Hand und begrüßte sie, indem er zwei schmutzige Finger an seine abgewetzte Mütze legte.

»Auch ein Schlückchen, schöne Frau?«, fragte er in breitem Cockneyakzent und streckte ihr die Flasche entgegen. In seinem faltigen, verbraucht aussehenden Gesicht funkelten intelligente und hellwache Augen. Lisa beschloss spontan, dem Mann zu vertrauen.

»Ich werde von zwei üblen Typen verfolgt«, hauchte sie mit übertrieben ängstlicher Stimme, was ihr angesichts ihrer Lage aber nicht weiter schwer fiel. »Sie wollen mir wehtun.«

Lisa sagte absichtlich nicht, dass die beiden offensichtlich vorhatten, sie umzubringen, weil sie unter allen Umständen wollte, dass der Penner ihr glaubte. Der Mann deutete mit der Flasche in der Hand auf eine kleine Nische unterhalb des Straßenpflasters.

»Da hinein, schöne Frau. Stinkt zwar ein bisschen, aber sonst gibt's hier nichts, wo man sich verstecken könnte.«

Lisa schlüpfte in das dunkle Loch, das dem Geruch nach der Abstellplatz für die Mülltonnen sein musste. Gleich würden ihre Verfolger hier sein.

Zum Glück habe ich ja meine Beretta bei mir, dachte sie. Aber die zeige ich dem Penner lieber nicht, sonst kriegt der am Ende noch Angst vor mir.

Dann hörte sie, wie auf dem Gehsteig über ihr schwere Schritte immer näher kamen. Lisa lief es eiskalt den Rücken hinunter. Der Penner hob seelenruhig die Flasche, nahm einen tiefen Schluck und zog sich die Mütze tief ins Gesicht.

»He, du da unten«, schnarrte eine unsympathische Stimme unmittelbar über Lisa. »Hast du vielleicht eine Rothaarige hier herumlaufen sehen?«

Der Penner schob die Mütze zurück und öffnete die Augen. Und dann tat er etwas, was Lisa schon befürchtet hatte. Er drehte sich um und sah sie an. Schlagartig erkannte sie, dass sich eine Strähne ihres Haares aus dem Schal gelöst hatte. Wenn ihr der Penner jetzt die beiden Killer auf den Hals hetzte, war sie in diesem Loch gefangen wie eine Maus in der Falle.

Als Tweed mit Paula und Newman zum Eingang des großen, alten Reihenhauses am Eaton Square hinaufstieg, öffnete sich auf einmal die Tür, und ein Mann in einem altmodischen Anzug trat heraus. Mit einem abschätzigen Seitenblick ging er, seinen Spazierstock mit Silberknauf schwingend, an Tweed vorbei, der gerade die Namen auf dem Klingelschild studierte.

»Überlassen Sie mir das Reden«, flüsterte er Newman zu, während sie ins Haus traten.

»Kein Problem. Dann werde ich heute mal den stillen Teilhaber mimen.«

Ein kalter Wind fegte über den Platz, und die kahlen Bäume im Park auf der anderen Straßenseite wirkten auf Paula wie schwarze Skelette. Drinnen im Haus suchte Tweed die richtige Tür und drückte dann dort auf den Klingelknopf. Kurz darauf hörten sie, wie drinnen ein Schlüssel umgedreht und eine Sicherungskette entfernt wurde.

»Ja bitte?«, fragte eine Frau mit kurz geschnittenem braunem Haar, die vorsichtig durch die einen Spalt weit geöffnete Tür spähte.

»Mein Name ist Tweed, und das hier sind meine Mitarbeiter Paula Grey und Robert Newman. Sind Sie Mrs. Mordaunt?«

»Ja. Was ist denn?«

Die Frau trug ein schwarzes Kleid mit einem weißen Spitzenkragen. Sie hatte eine lange Nase, einen vollen Mund, bleistiftdünne Augenbrauen und kalte, dunkle Augen. Tweed räusperte sich.

»Tut mir sehr Leid, dass wir Sie belästigen, aber ich bin damit betraut, den Tod Ihres Mannes zu untersuchen. Bitte gestatten Sie, dass ich Ihnen mein aufrichtiges Beileid ausspreche.«

»Danke. Kommen Sie doch herein.«

Mrs. Mordaunt führte sie in ein geräumiges Wohnzimmer mit hohen Fenstern, das geschmackvoll mit bequemen Sofas und

Sesseln möbliert war. Unter den restlichen Möbeln entdeckte Paula auch einige richtig antike Stücke. Über der Lehne eines der Sofas hing eine unfertige Stickarbeit.

»Bitte, nehmen Sie Platz.«

»Vielen Dank. Wir werden Sie nicht lange belästigen.«

»Das ist gut, ich muss nämlich selbst bald gehen«, sagte Mrs. Mordaunt mit kultivierter Stimme, nachdem ihre Gäste sich gesetzt hatten. »Möchten Sie vielleicht ein Glas Sherry?«

»Nur, wenn Sie auch einen trinken.«

Tweed bemerkte erstaunt, dass die Frau ihn nicht einmal nach seinem Ausweis gefragt hatte. Wenn man trauert, reagiert man oft seltsam, dachte er. Auf einem Beistelltisch sah er eine halb leere Flasche Sherry und einen Aschenbecher, in dem eine Menge nicht zu Ende gerauchte Zigaretten ausgedrückt waren. Daneben stand ein Wasserglas mit einem Fingerbreit Sherry darin. Tweed machte sich nicht viel aus Sherry, aber er hoffte, dass es vielleicht die Atmosphäre entspannte, wenn er einen trank.

»Entschuldigen Sie bitte das Wasserglas. Ich weiß, es ist ein Stilbruch«, sagte Mrs. Mordaunt, »aber woher sollte ich denn wissen, dass Sie zu Besuch kommen würden? Ich hole uns ein paar richtige Sherrygläser.« Sie öffnete die Türen eines großen Schranks, in dem aber nur Regale mit in Leder gebundenen Büchern zu sehen waren. »Tut mir Leid, ich bin so fürchterlich durcheinander, dass ich mich in der eigenen Wohnung nicht mehr auskenne«, sagte sie mit zittriger Stimme, während sie einen weiteren Schrank aufsperrte und dort dann vier geschliffene Gläser herausnahm. Während Mrs. Mordaunt sie auf den Couchtisch stellte, bemerkte Paula, dass Tweed die Frau keine Sekunde aus den Augen ließ.

»So, jetzt geht es mir wieder besser«, sagte sie, während sie den Sherry eingoss. »Womit kann ich Ihnen denn behilflich sein?« Sie setzte sich auf eines der Sofas, schlug die Beine übereinander und nippte an ihrem Sherry.

»Ist Ihnen vielleicht in letzter Zeit aufgefallen, dass Ihr Mann unter einem besonderem Druck stand?«, fragte Tweed.

»Druck ist noch viel zu milde ausgedrückt«, sagte Mrs. Mordaunt und blickte dabei auf einen Punkt oberhalb von Tweeds linker Schulter. »Dieser Gavin Thunder ist der reinste Sklaventreiber. Er hat Jeremy so eingespannt, dass er wochenlang kaum geschlafen hat. Oft ist er erst so spät nach Hause gekommen, dass ich schon längst geschlafen habe. Ich habe mir große Sorgen um ihn gemacht. Sehr große sogar.«

»Mrs. Mordaunt«, begann Paula und beugte sich vor. »Ich frage mich, ob Sie wohl einen Kosenamen für Ihren Mann hatten. Wenn ja, wären Sie vielleicht so freundlich, ihn mir zu sagen?«

»Ich verstehe nicht ganz, was das soll ...«

Tweed, der über Paulas Einmischung nicht gerade glücklich war, fing an sich die Brille zu putzen. Derartige Unterbrechungen konnten die ganze Befragung ruinieren. Aber Paula ließ nicht locker.

»Ich meine einen Kosenamen, der nur ihnen beiden und vielleicht ein paar sehr engen Freunden bekannt war. So etwas ist doch bei verheirateten Paaren nichts Ungewöhnliches.«

»Darüber möchte ich nicht sprechen.«

»Könnte es sein, dass Ihr Mann unter Depressionen litt?«, nahm Tweed seinen Faden von vorhin wieder auf.

»O ja, und wie«, erwiderte Mrs. Mordaunt eifrig. »Jeremy litt unter äußerst starken Depressionen.«

»War Gavin Thunder jemals zu Besuch in diesem Haus?«

»Zum Glück nicht. Ich habe den Mann nie kennen gelernt, und ich will ihn auch nicht kennen lernen. Er hat mit seinen maßlosen Anforderungen Jeremy an den Rand des Nervenzusammenbruchs getrieben.«

»Meine nächste Frage ist mir etwas peinlich, aber ich muss sie Ihnen stellen«, sagte Tweed vorsichtig. »Wäre es möglich, dass Ihr Mann aufgrund der außergewöhnlichen Anspannung mehr als das Übliche getrunken hat?«

»Er hat eine Whiskyflasche nach der anderen geleert«, sagte Mrs. Mordaunt wie aus der Pistole geschossen. Seit Paulas Zwischenfrage kamen ihre Antworten sowieso sehr viel schneller als am Anfang des Gesprächs. Nun sah sie auf ihre mit Diamanten besetzte Armbanduhr. »Ich möchte nicht unhöflich erscheinen, Mr. Tweed, aber sind Sie mit Ihren Fragen bald fertig? Ich habe noch eine wichtige Verabredung und werde gleich von einem Wagen abgeholt.«

Tweed erhob sich, und Paula und Newman taten es ihm gleich. Während ihre Gastgeberin nach einem Zobelmantel griff, der über einem der Sessel hing, sah Paula sich noch einmal im Zimmer um. Tweed dankte Mrs. Mordaunt für ihre Geduld und folgte ihr zur Wohnungstür, wo sie aus ihrer Handtasche einen Schlüsselbund kramte. Sie musste drei Schlüssel durchprobieren, bis sie den richtigen fand.

»Ich habe mir nie merken können, welcher Schlüssel der richtige ist«, entschuldigte sie sich. »Und jetzt, mit all der Aufregung …« Sie öffnete die Tür und hielt sie ihren Gästen auf. »Seien Sie mir nicht böse, aber ich muss jetzt wirklich gehen.«

Auf der Straße vor dem Haus stand eine dunkle Limousine, vor der ein uniformierter Chauffeur auf und ab ging. »Joseph ist schon ganz ungeduldig«, sagte Mrs. Mordaunt. »Er weiß, dass ich schon jetzt zu spät zu meiner Verabredung kommen werde …«

Die Absätze ihrer Stöckelschuhe klapperten die Treppe hinunter, während der Chauffeur den Wagenschlag aufriss, um sie einsteigen zu lassen. Dann eilte er nach vorn ans Steuer, startete den Motor und fuhr los. Kurz bevor die schwere Limousine um die nächste Ecke verschwand, prägte sich Paula noch die Nummer ein.

Tweed stand immer noch mit der offenen Haustür in der Hand da. Eine große, etwa siebzigjährige Frau im Pelzmantel stieg gerade die Stufen herauf.

»Vielen Dank, junger Mann«, sagte sie, als Tweed ihr die Tür aufhielt. »Suchen Sie etwas?«

»Nein, wir sind gerade am Gehen«, erklärte er. »Wir waren bei Mrs. Mordaunt, aber die ist soeben in die Limousine gestiegen.«

»Das war nicht Mrs. Mordaunt, junger Mann«, herrschte die alte Dame ihn von oben herab an. »Ich habe diese Person noch nie gesehen.«

»Entschuldigen Sie bitte, aber irren Sie sich auch nicht?«

»Wieso sollte ich mich irren?«, gab die Dame indigniert zurück. »Schließlich wohne ich seit zehn Jahren in diesem Haus und dürfte inzwischen ja wohl wissen, wie meine Nachbarn aussehen, meinen Sie nicht auch?«

Mit diesen Worten ließ sie Tweed stehen und segelte wie eine Fregatte, die gerade eine vernichtende Breitseite auf ein feindliches Schiff abgefeuert hatte, in das Gebäude hinein.

3

»Tweed ist tot.«

Der Mann, der einigen speziellen Ermittlern von Scotland Yard unter dem Namen Mr. Blue bekannt war, saß in einer Bar im Londoner Stadtteil Maifair und sprach über sein Handy, obwohl das durch ein Schild an der Wand ausdrücklich verboten war. Aber er hätte ohnehin niemand stören können, weil er der einzige Gast in der Bar war.

Kurz nach dem Betreten des exklusiven Lokals hatte er beim Barkeeper einen teuren Brandy bestellt und ihm ein großzügiges Trinkgeld gegeben. Auf diese Weise hatte er sichergestellt, dass er hier tun konnte, was er wollte.

Bevor er zum Handy gegriffen hatte, war er noch zu einer Tür gegangen, auf der in großen Lettern NOTAUSGANG stand. Dort hatte er den stählernen Riegel zurückgeschoben, die Tür geöffnet und hinausgeschaut. Der Notausgang führte in einen schmalen Durchgang, der nach ein paar Metern in eine belebte Straße mündete.

Zufrieden darüber, dass er einen Fluchtweg hatte – so etwas brauchte er immer –, war der Mann an seinen Platz zurückgekehrt, hatte einen Schluck von seinem Brandy getrunken und dann mit leiser Stimme den Anruf getätigt. Die Stimme seines Gesprächspartners klang hart und aggressiv.

»Wie wollen Sie sich sicher sein, dass er tot ist?«

Mr. Blue ließ sich mit seiner Antwort Zeit und zündete sich erst einmal eine Mentholzigarette an. Schon vor langer Zeit war er zu der Erkenntnis gelangt, dass einem die Leute so gut wie alles glaubten, wenn man sich nur die Informationen Stück für Stück aus der Nase ziehen ließ.

»Man hat mir gesagt, dass zwei Kugeln ihr Ziel getroffen haben. Tweed ist zusammengesackt, und der Wagen ist in eine Hauswand gerast. Niemand ist ausgestiegen, jedenfalls nicht, solange meine Gewährsleute noch am Tatort waren. Wenn Ihnen das nicht genügt, dann ist das Ihr Problem.«

Mr. Blue legte auf, bevor der Mann am anderen Ende der Leitung ihm in seiner aufbrausenden Art antworten konnte.

Hör endlich auf, mich anzustarren, dachte Lisa verzweifelt und hoffte inständig, der Penner würde woanders hinschauen.

Ihr stummer Befehl schien gewirkt zu haben, der Penner senkte nämlich auf einmal den Blick und verkorkte umständlich seine Whiskyflasche. Dann rülpste er laut und sah hinauf zu den beiden Männern, die über Lisa auf dem Gehsteig standen.

»Eine Rothaarige sucht ihr?«, fragte er.

»Bist du taub?«, fauchte der Dicke. »Das habe ich doch grade eben gesagt. Gib mir gefälligst eine ordentliche Antwort, du Laus.«

»Rothaarige habe ich momentan drei hier unten«, sagte der Penner grinsend. »Dazu noch zwei Brünette und eine Blondine, aber die teile ich mit niemandem. Kommt nur runter, dann schlag ich euch mit meiner Flasche den Schädel ein.«

Er packte die Flasche am Hals, stand schwankend auf und taumelte mit unsicheren Schritten auf die kleine Treppe zu.

»Ich gehe jetzt runter und stopfe dem Arschloch das Maul, Barton«, sagte eine böse klingende Stimme direkt über Lisas Kopf.

»Halt die Fresse, Panko. Wir können unsere Zeit nicht mit einem voll gesoffenen alten Penner vergeuden. Los jetzt, wir müssen uns beeilen …«

Mit einem unterdrückten Seufzer der Erleichterung hörte Lisa, wie sich die beiden über ihr wieder in Bewegung setzten. Außerdem wusste sie jetzt auch noch die Namen ihrer Verfolger: Barton und Panko. Der zweite Name klang irgendwie osteuropäisch. Erst jetzt fiel Lisa ein, dass der Mann ja auch einen merkwürdigen Akzent gehabt hatte.

Der Penner deutete mit dem Finger auf sie. »Bleiben Sie, wo Sie sind. Ich sehe nach, ob der Abschaum auch wirklich weg ist.«

Der Mann blieb so lange weg, dass Lisa sich bereits fragte, ob er sich irgendwo anders einen neuen Unterschlupf gesucht hatte, aber dann hörte sie, wie sich seine leicht schlurfenden Schritte näherten.

»Die Mistkerle sind in der Gower Street verschwunden. Am besten gehen Sie in die andere Richtung. Tut mir Leid, dass es da drinnen so stinkt.«

»Nicht der Rede wert. Ich bin Ihnen ja so dankbar. Der Himmel weiß, wovor Sie mich bewahrt haben.«

Lisa verließ die Nische und stand auf. Sie griff nach ihrem Geldbeutel, zögerte dann aber. Sie fragte sich, ob es der Penner nicht als Beleidigung auffassen würde, wenn sie ihm Geld anbot. Der Mann schien ihre Gedanken erraten zu haben, er zog nämlich unter seinem abgerissenen Mantel eine Brieftasche hervor und zeigte sie Lisa. Sie war voller Banknoten.

»Ich brauche kein Geld«, sagte er. »Ich arbeite bei der Müllabfuhr. Ist zwar nicht der allersauberste Job, aber man verdient dabei gut. Und jetzt machen Sie, dass Sie weiterkommen…«

Lisa warf ihm einen Luftkuss zu und stieg die Treppe hinauf. Oben schaute sie nach links, und als sie dort niemanden sah, eilte sie in die andere Richtung davon. In der Tottenham Court Road hielt sie ein Taxi an.

»Zum Reefers Wharf im East End. Kennen Sie das?«

»Na klar, was denken Sie denn? Schließlich habe ich meine Taxiprüfung ja nicht umsonst gemacht. Allerdings fahre ich nicht oft jemanden dorthin.«

Nach einer knappen Stunde Fahrt zahlte Lisa den Taxifahrer, stieg aus und ging zu Fuß weiter. Sie hielt es für klüger, wenn der Fahrer nicht ihr wirkliches Ziel kannte. Es war gerade Markttag, und die breite Straße war voller Verkaufsstände, an denen die Händler mit lauten Rufen ihre Waren feilboten. In ihrem teuren Kamelhaarmantel wurde Lisa sofort zur Zielscheibe ihrer Anpreisungen.

»Hallo, Lady, heute kriegen Sie bei mir sogar was geschenkt. Das ist kein Aprilscherz – obwohl heute der erste April ist …«

Lisa ging nicht darauf ein und eilte weiter, bis sie zu einem alten Pub namens *The Hangman's Noose* kam. Sie trat ein und sah, dass dort mehrere Markthändler beim Bier saßen. Hinter dem Tresen stand ein Mann, der sie mit einer Handbewegung herbeiwinkte.

»Hallo, Herb«, sagte Lisa mit leiser Stimme. »Ich brauche ein Zimmer. Ich habe vierundzwanzig Stunden lang nicht richtig geschlafen. Zwei finstere Gestalten haben mich verfolgt, aber ich habe sie Gott sei Dank abgehängt.«

»Zimmer drei«, sagte Herb und holte unter der Theke einen Schlüssel hervor. »Die Treppe hinauf und dann geradeaus den Gang entlang. Das Zimmer geht nach hinten raus und ist ziemlich ruhig. Du siehst zwar ein bisschen mitgenommen aus, Lisa, aber trotzdem bist du so schön wie eh und je. Hast du denn schon etwas gegessen?«

»Nein.«

»Das dachte ich mir. Wie wär's denn mit Schinken und Rührei?«

»Wunderbar. Ich sterbe vor Hunger. Aber ich habe da noch ein Problem. Ich habe meinen Koffer in der Gepäckaufbewahrung im Waterloo-Bahnhof abgegeben. Hier ist der Abholschein …«

»Gib nur her. Bert kann mit meinem Wagen hinfahren und den Koffer holen. In höchstens zwei Stunden dürfte er wieder hier sein.«

»Vielen Dank, Herb. Ich nehme nur kurz eine Dusche.«

»Zimmer drei ist mit allem Komfort.« Er beugte sich über die Theke und flüsterte Lisa zu: »Keine Nachricht von Rhinozeros, wer immer das auch sein mag.«

»Angeblich soll er ein mächtiger Mann sein, der sich viel im Ausland aufhält. Mehr weiß ich auch nicht über ihn.«

Als Newman und Paula zusammen mit Tweed zurück ins Büro kamen, hob Newman warnend den Finger in Richtung Monica und deutete auf Tweed, der stumm seinen Mantel auszog und sich dann an seinen Schreibtisch setzte.

»Sprechen Sie ihn lieber nicht an. Auf der ganzen Fahrt vom Eaton Square hierher hat er nicht ein einziges Wort geredet.«

»Ich habe aber eine wichtige Mitteilung für ihn«, sagte Monica. »Auf seinem Schreibtisch liegen außerdem Professor Saafelds Untersuchungsergebnisse sowie sein eigener Zwischenbericht, den ich für ihn abgetippt habe.«

»Vielen Dank, Monica«, sagte Tweed ruhig und öffnete die beiden Umschläge. »Dann wollen wir mal sehen, was der gute Saafeld herausgefunden hat.«

»Paula, auf Ihrem Schreibtisch liegt ein gelber Umschlag von Art Baldwin«, fuhr Monica fort. »Es sind die Fotos, die Sie vom Eagle's Nest in den Downs geschossen haben. Art möchte übrigens dabei sein, wenn Sie sich alle die Fotos anschauen.«

»So sind sie nun mal, unsere Eierköpfe«, sagte Newman. »Wie die meisten anderen Wissenschaftler auch laufen sie ständig mit Scheuklappen herum. Für sie gibt es nichts außer ihrer eigenen kleinen Welt.«

»Lassen Sie den Umschlag noch zu, Paula«, sagte Tweed. »Ich bin gleich mit dem Autopsiebericht fertig und würde Ihnen dann erst einmal gern mitteilen was drinsteht …«

Nicht zum ersten Mal bewunderte Paula Tweeds hellen Verstand. Nicht genug damit, dass er sich jedes Gespräch, das er führte, bis in die kleinsten Einzelheiten merken konnte, er war auch ein extrem schneller Leser.

Tweed legte den Autopsiebericht zurück auf den Schreibtisch und putzte sich nachdenklich die Brille, bevor er sie sich wieder auf die Nase setzte.

»Saafelds Bericht lässt keinen Zweifel zu«, begann er. »Jeremy Mordaunt ist einem heimtückischen Mord zum Opfer gefallen. Monica, seien Sie doch bitte so gut und schicken Sie eine Kopie des Autopsiebefunds zusammen mit meinem Zwischenbericht an Gavin Thunder, und schreiben Sie ›Nur vom Empfänger persönlich zu öffnen‹ darauf.«

»Dem Minister wird das gar nicht gefallen«, sagte Paula. »Er schien so überzeugt davon zu sein, dass es Selbstmord war.«

»Da kann ich ihm auch nicht helfen«, sagte Tweed, während Monica sich die Papiere holte. »So jetzt wollen wir mal über unseren Besuch am Eaton Square sprechen. Hat jemand von Ihnen nicht auch bemerkt, dass etwas nicht in Ordnung war, als wir dort im Wohnzimmer saßen?«

»Ja, ich«, sagte Paula. »Die Frau wusste nicht, in welchem Schrank die Gläser aufbewahrt wurden. Als wir kamen, hat sie Sherry aus einem Wasserglas getrunken. Anscheinend hat sie vor unserer Ankunft keine Zeit mehr gehabt, nach einem richtigen Glas zu suchen und sich stattdessen irgendeines aus der Küche geholt. Als sie dann die Wohnung verlassen wollte, hat sie zuerst den falschen Schlüssel ins Schloss gesteckt. Und außerdem haben die Möbel in dem Zimmer nicht zu ihr gepasst.«

»Sehr gut, Paula. Aber jetzt verraten Sie mir bitte noch, weshalb Sie ihr die Frage nach dem Kosenamen ihres Mannes gestellt haben.«

»Ich habe gehofft, sie dadurch aus dem Gleichgewicht zu bringen, was mir ja auch gelungen ist. Deshalb habe ich so getan, als wüssten wir den Kosenamen, den sie mir nicht nennen konnte.«

»Und dann treffen wir beim Hinausgehen auf die alte Dame, die unseren Verdacht, dass die angebliche Mrs. Mordaunt eine Hochstaplerin ist, auch noch bestätigt.«

»Aber weshalb hat sie sich für Mordaunts Witwe ausgegeben?«

»Wahrscheinlich hat jemand vorausgesehen, dass ich Mrs. Mordaunt aufsuchen würde, und deshalb diese Frau in deren Wohnung geschickt«, sagte Tweed. »Die sollte dann mit ihren Antworten den Verdacht erhärten, dass Mordaunt Selbstmord begangen hat. Ich könnte mir vorstellen, dass hinter dieser Scharade dieselbe Person steckt, die auch den Mordanschlag auf mich veranlasst hat. Oder halt, das kann nicht stimmen. Wenn jemand glaubt, dass ich tot bin, hätte er sich ja den Aufwand mit der falschen Mrs. Mordaunt getrost sparen können. Irgendwie passt das noch nicht richtig zusammen.«

»Wo könnte eigentlich die wirkliche Mrs. Mordaunt sein?«, fragte Paula.

»Diese Frage bereitet mir große Sorgen. Ich werde gleich Roy Buchanan anrufen, damit er nach ihr suchen lässt.«

Als Tweed zum Telefonhörer griff, betrat Harry Butler das Büro. Er hielt ein Blatt Papier in seiner großen Hand.

»Was haben Sie denn da?«, fragte Paula neugierig.

»Warten Sie noch einen Augenblick, bis Tweed fertig telefoniert hat.«

Kaum hatte Tweed aufgelegt, reichte Butler ihm das Blatt Papier.

»Erinnern Sie sich noch an den Hubschrauber, der uns auf dem Weg von Alfriston hinterhergeflogen ist?«, sagte er. »Mir jedenfalls kam es so vor, als ob er von Lord Barfords Anwesen gestartet wäre.«

»In welcher Höhe, würden Sie sagen, ist er geflogen, als Sie ihn zum ersten Mal bemerkt haben?«

»Schätzungsweise dreihundert Meter.«

»Und war er im Steigflug?«

»Nein, er flog in der Horizontalen.«

»Dann könnte es doch aber auch der Helikopter gewesen sein, den wir auf dem Landeplatz bei Rondels Haus gesehen haben.«

»Lesen Sie meinen Bericht«, sagte Butler. »Das sind Auszüge aus der Akte, die wir über Lord Barford haben.«

Tweed war erstaunt, dass Butler sich Barfords Akte angesehen hatte, und las den Bericht deshalb gleich zweimal durch. Dann lehnte er sich zurück und starrte stirnrunzelnd hinauf zur Zimmerdecke.

»Das war eine gute Idee, Harry«, sagte er schließlich. »Aber Sie haben in Ihrem Bericht nicht erwähnt, dass Bernard Barford nach seinem Abschied aus der Armee eine Weile Chef der Special Branch war.«

»Das schien mir nicht wichtig zu sein.«

»Da stimme ich Ihnen zu. Wirklich wichtig in unserem Fall ist es, dass Barford einen Sikorsky-Hubschrauber besitzt, mit dem er offenbar regelmäßig nach London fliegt. Er muss einen Piloten dafür beschäftigen, ich weiß nämlich definitiv, dass er keinen Flugschein besitzt.«

Tweed schaute hinüber zu Paula, die ihm gleich mitteilte, dass Monica inzwischen die Kopien der Berichte fertig habe. Dann richtete er den Blick auf Newman.

»Jetzt wissen wir zwar immer noch nicht, wem der Hubschrauber gehört, der uns bis nach London verfolgt hat«, sagte der Auslandskorrespondent. »Aber eins dürfte ziemlich sicher sein, nämlich dass der Pilot dem Attentäter mitgeteilt hat, wo er uns auflauern musste.«

»Ich würde jetzt gerne Art Baldwin holen«, sagte Paula. »Ich bin schon ganz gespannt, wie die Bilder vom Eagle's Nest geworden sind. Wenn ich den Umschlag ohne Art öffne, ist er bestimmt sauer auf mich.«

»Der Himmel bewahre mich vor den Eierköpfen«, seufzte Newman. »Allerdings muss ich zugeben, dass Art wahrscheinlich der beste Fotoauswerter im ganzen Land ist.«

Tweed nickte Monica zu, die daraufhin Baldwin anrief und ihn bat, in Tweeds Büro zu kommen. Eine Minute später klopfte es leise an der Tür.

»Herein!«, rief Tweed. Die Tür ging auf, und ein kleiner Mann, dessen Gesicht leicht an das eines Eichhörnchens erinnerte, trat ein. Er trug eine Brille mit dicken Gläsern. Paula bat ihn, an ihren Schreibtisch zu kommen, und gab ihm den großen Umschlag.

»Was Sie hier sehen, sind die Fotos, die Sie in Sussex gemacht haben«, erklärte Art Baldwin, nachdem er den Umschlag geöffnet hatte. »Ich habe sie einmal normal abgezogen und dann noch ein paar Ausschnittsvergrößerungen gemacht. Letztere sind hochinteressant.

Alle bis auf Monica standen auf und gingen hinüber zu Paulas Tisch, wo Baldwin inzwischen die Abzüge ausgebreitet hatte. Bei der Aufnahme hatte Paula eine von den Eierköpfen entwickelte neue Spezialkamera verwendet, mit der man nachts auch ohne Blitz hervorragende Aufnahmen machen konnte.

»Könnte ich mal eine Lupe haben?«, sagte Newman. »Ich würde mir gerne den Hubschrauber etwas näher anschauen.«

Baldwin holte ein Vergrößerungsglas aus der Tasche seines Laborkittels und gab es Newman, der sich damit dann dicht über eines der Fotos beugte. Als er sich wieder aufrichtete, pfiff er durch die Zähne.

»Das ist ein Sikorsky, daran besteht überhaupt kein Zweifel.«

»Dann muss also der Hubschrauber, der uns verfolgt hat …«, begann Paula, hielt aber inne, weil Baldwin bei ihnen war. Sie hatte sagen wollen, »… von Rondels Haus gekommen sein«.

»Mich interessiert vor allem der Mast mit den merkwürdigen Parabolantennen«, sagte Tweed.

»Fred, der ja unser Experte für solche Sachen ist, hat sich das Ding mal genauer angesehen«, sagte Baldwin. »Er meint, dass es sich dabei um ein völlig neues und sehr hoch entwickeltes Kommunikationssystem handeln dürfte …«

Paula hatte das Gefühl, als ob Baldwin nervös geworden wäre und nichts weiter sagen wollte. Sie sah hinüber zu Tweed und erkannte, dass er offenbar denselben Eindruck hatte. Newman besah sich das Bild mit dem Vergrößerungsglas und schüttelte den Kopf. Es sagte ihm überhaupt nichts.

»Sonst noch was?«, fragte Tweed.

»Fred hat noch ein paar Ideen dazu, aber die würde er Ihnen lieber erst dann mitteilen, wenn er mit seinen Untersuchungen fertig ist«, erwiderte Baldwin.

»Was will er mir denn verheimlichen?«, sagte Tweed. »Ich will alles wissen, was mit diesem Mast zu tun hat.«

»Fred fragt sich, ob die Antennen nicht in der Lage sein könnten, mittels extrem starker Laserstrahlen die Kommunikation zwischen Satelliten und ihren Bodenstationen zu stören«, antwortete Baldwin zögerlich. »Und zwar von allen Satelliten, die da draußen im All herumfliegen.«

»Sagen Sie Fred, er soll alles andere hintanstellen und sich nur noch auf diese Schüssel konzentrieren.«

»Mache ich. Kann ich jetzt gehen?«

Paula wusste, dass der schüchterne Art Baldwin sich in Gegenwart so vieler Leute nicht sonderlich wohl fühlte. Er kam praktisch nie aus dem Keller heraus, in dem die Wissenschaftler des SIS ihre Experimente machten. Sogar sein Essen ließ er sich meistens aus einem nahe gelegenen Imbiss bringen. Sie zwinkerte Tweed zu.

»Natürlich, Art, gehen Sie nur«, sagte Tweed unbekümmert. »Und haben Sie vielen Dank für Ihre ausgezeichnete Arbeit.«

»Ich tue nur meine Pflicht«, murmelte Art. Beim Verlassen des Büros rannte er fast.

Tweed trat ans Fenster und blickte hinaus auf den Regent's Park. Er steckte die Hände in die Jackentaschen und blieb dort mehrere Minuten lang bewegungslos stehen, während Paula einen Finger auf die Lippen legte und den anderen damit bedeutete, ihn nicht beim Nachdenken zu stören. Schließlich drehte Tweed sich um und ging eilig zurück zu seinem Schreibtisch.

»Ich habe inzwischen die Nummer der Limousine überprüfen lassen, mit der die falsche Mrs. Mordaunt vom Eaton Square abgefahren ist«, verkündete Newman, nachdem Tweed sich wieder gesetzt hatte, »ich habe da nämlich gewisse Verbindungen. Also, sie wurde von einer Firma namens Malibu Motors in Mayfair angemietet. Ich habe dort angerufen und mich als jemand von der Special Branch ausgegeben. Eine gewisse Miss Leatherbrother, die mit einem uniformierten Chauffeur in der Firma aufgetaucht ist, hat die Kaution und die Leihgebühr in bar bezahlt. Der Chauffeur hat den Wagen übrigens inzwischen wieder zurückgebracht.«

»Sieht aus wie eine Sackgasse«, sagte Tweed. »Genau das, was ich erwartet habe.«

»Auch ich wollte Ihnen noch was sagen«, meldete sich Harry Butler zu Wort. »Es ist vielleicht nicht wichtig, aber als ich mit dem Motorrad den Down hinunter zu diesem seltsamen Haus gefahren bin ...«

»Sie meinen das Eagle's Nest«, half Paula ihm auf die Sprünge.

»Richtig. Oben auf dem Gipfel des Bergs, etwa drei Meter vom Rand des Steinbruchs entfernt, waren eine Menge Löcher, die ich zunächst für Kaninchenbauten gehalten habe. Ich bin stehen geblieben und habe einen Arm in eines von ihnen gesteckt, konnte dabei aber keinen Boden ertasten. Es sieht aus, als würden die Löcher zu einem Riss gehören, der in etwa drei Metern Entfernung um den Rand des Steinbruchs herumläuft. Der Fels dort scheint ziemlich instabil zu sein.«

»Aber wer sich sein Haus in einen solchen Steinbruch baut, lässt doch bestimmt zuvor die Umgebung geologisch genauestens untersuchen«, gab Tweed zu bedenken. »Ich persönlich glaube, dass meine ersten Ahnungen richtig waren. Dem Szenario, das sich vor unseren Augen zu entfalten beginnt, liegt etwas sehr, sehr Böses und Gefährliches zugrunde, das höchstwahrscheinlich nicht nur England allein bedroht. Fragen Sie mich bitte nicht, was es ist, noch habe ich nämlich keine genaue Vorstellung davon.«

Das Telefon klingelte, und Monica hob ab. Sie hörte sich den Anrufer kurz an, legte ihn dann in die Warteschleife und sagte Paula, dass Aubrey Barford sie zu sprechen wünsche. Paula machte ein erstauntes Gesicht, zuckte mit den Achseln und ließ sich von Monica den Hörer geben. Mit kühler Stimmer fragte sie, was sie für ihn tun könne. Das Gespräch dauerte nur ein paar Minuten, dann gab Paula den Hörer an Monica zurück, zuckte abermals mit den Achseln und ging wieder an ihren Schreibtisch zurück.

»Aubrey Barford hat mich aus irgendwelchen unerfindlichen Gründen zum Mittagessen ins Martino's eingeladen. Ich habe zugesagt. Auf diese Weise bekomme ich von ihm vielleicht ein paar Einzelheiten über seinen Vater heraus. Wenigstens ist er der nettere der beiden Brüder, diesen Lance, diesen verkappten Zuhälter, kann ich nämlich überhaupt nicht ausstehen.«

»Das haben Sie gut gemacht, Paula«, sagte Tweed. »Auch mich würde interessieren, was sein Vater zur Zeit so treibt.«

Das Telefon klingelte abermals. Diesmal verzog Monica das Gesicht und wandte sich an Tweed.

»Der Rüstungsminister Gavin Thunder. Anscheinend hat er gerade die Berichte über den Tod von Jeremy Mordaunt bekommen ...«

Tweed hob den Hörer von seinem Telefon ab, und Monica verband ihn mit dem Rüstungsminister.

»Hallo, hier Tweed.«

»Haben Sie vielen Dank für die Berichte, Tweed. Sehr interessant, das muss ich sagen. Aber ich würde gern mit Ihnen von Angesicht zu Angesicht darüber sprechen. Wären Sie vielleicht so freundlich und würden mich für ein kurzes Gespräch in meinem Club treffen? Ich bin Mitglied bei Marlows, das ist ein nicht allzu vornehmer Club in der Pall Mall.«

»Kann ich denn meine Assistentin Paula Grey mitbringen?«

»Aber natürlich. Bei Marlows dürfen Gott sei Dank auch Frauen hinein.«

»Und wann sollen wir Sie dort treffen?«

»Würde es Ihnen in einer halben Stunde passen? Oder bereitet Ihnen das zu große Umstände?«

»Einen Augenblick bitte.« Tweed sah auf seine Uhr. Wenn die Unterredung nicht allzu lange dauerte, kam Paula noch bequem zu ihrer Verabredung im Martino's. »In Ordnung. Wir fahren gleich los.«

»Wunderbar. Dann freue ich mich darauf, Sie beide bald zu treffen. Nochmals vielen Dank ...«

Als Tweed auflegte, verdrehte Paula die Augen. »Ich wette, Thunder hat wegen der Berichte richtig getobt.«

»Im Gegenteil. Er war ausgesucht freundlich, um nicht zu sagen herzlich. Er möchte sich mit mir und Ihnen in seinem Club treffen. Monica, rufen Sie uns bitte ein Taxi?«

Monica suchte gerade eine Information im Internet, als auf einmal ein höllisches Kreischen das Büro erfüllte. Monica hielt sich die Ohren zu, starrte ungläubig auf den Bildschirm ihres Computers und winkte die anderen herbei.

Das schreckliche Geräusch war so laut, dass sich alle die Ohren zuhalten mussten. Ungläubig blickte Paula auf den Monitor. So etwas hatte sie noch nie gesehen. Dicke Linien, die wie die Flugbahnen von Raketen aussahen, schossen ohne Unterlass von allen Rändern her quer über den Bildschirm. Newman schnappte sich die Maus und begann zu klicken, aber der Computer reagierte überhaupt nicht darauf. Sofort ließ Newman die Maus los und legte sich die Hand wieder über sein rechtes Ohr.

Nach einer Weile brach der Höllenlärm abrupt ab, und die Linien auf dem Monitor verschwanden so schnell, wie sie gekommen waren. »Der ganze Spuk hat genau sechzig Sekunden gedauert«, sagte Paula, die beim Einsetzen des Geräuschs geistesgegenwärtig auf die Uhr geschaut hatte.

»Jetzt wissen Sie hoffentlich, warum ich diesen neumodischen Kram nicht mag«, sagte Tweed. »Steckt eben doch noch alles in den Kinderschuhen. Gehen wir, Paula, wir haben eine Verabredung mit Gavin Thunder.«

»Aber Moment mal«, sagte Monica aufgebracht. »Der Vorfall hier muss doch aufgeklärt werden. So etwas habe ich bisher noch nie erlebt...«

Aber die beiden hatten bereits das Büro verlassen.

4

Es war elf Uhr dreißig. Lisa, die sich nach einer ausgedehnten Dusche am ganzen Körper herrlich erfrischt fühlte, hatte gerade das Frühstück gegessen, das Herb ihr aufs Zimmer gebracht hatte, und wollte nun nach draußen gehen. Dazu zog sie sich passend zur Umgebung des Hangman's Noose eine schäbige alte Jeans und eine Windjacke an, die auch schon einmal bessere Zeiten gesehen hatte. Ihr Haar verbarg sie unter einem verwaschenen Tuch, und über der Schulter trug sie eine abgeschabte Tasche. Auf dem Weg nach unten freute sie sich schon auf ihren Gang über den Markt, dessen Atmosphäre ihr sehr gefiel.

Als sie durch den Gastraum zur Tür ging, rief Herb ihr von der Bar aus hinterher. »He, warte einen Augenblick. Ich komme mit.« Er wandte sich an eine dicke Frau, die jetzt neben ihm hinter der Bar stand. »Halt mal kurz die Stellung, Millie. Ich geh kurz etwas frische Luft schnappen …«

Als sie hinaus auf die Straße traten, kam gerade die Sonne hinter den Wolken hervor. Lisa spazierte zwischen den Marktständen herum und sog genüsslich den Duft von frischem Obst und Gemüse ein. Auf dem Kopfsteinpflaster lagen abgezupfte Kohlblätter herum, und die Bewohner der umstehenden Häuser standen, angelockt von der Vormittagssonne, an den Fenstern im ersten Stock und beobachteten von oben das bunte Treiben. Auf einmal blieb Lisa kurz stehen, setzte dann aber ihren gemächlichen Bummel fort.

»Du hast ihn also gesehen«, sagte Herb zu ihr.

»Ja.« Lisa nahm eine Brille mit getönten Gläsern aus ihrer Tasche und setzte sie auf. »Delgado. Was macht der denn hier?

Ist ein verdammt langer Weg von Bulgarien hierher – oder von wo er auch immer herkommen mag.«

»Siehst du, es war doch gut, dass ich mitgekommen bin.«

Delgado, der eine große braune Papiertüte in der linken Hand hielt, stand auf dem Gehsteig gegenüber und suchte mit seinen dunklen Augen langsam die Umgebung ab. Er war nicht nur dick, sondern auch fast einen Meter neunzig groß, was ihn wie einen Riesen wirken ließ. Seine schwarzen Haare waren fettig und ungepflegt und hätten dringend einen Haarschnitt nötig gehabt, und die dicke Nase in seiner Verbrechervisage sah so aus, als ob sie ihm schon mehrmals gebrochen worden wäre. Um den breiten Mund hatte er einen grausamen Zug, und das weit vorgeschobene Kinn wirkte aggressiv. Delgado trug einen langen dunklen Mantel, der ihm bis an die Knöchel reichte.

»Scheint so, als ob er eine ganze Bande von Schlägertypen mitgebracht hätte«, sagte Herb. »Da drüben steht zum Beispiel einer.«

Lisa sah einen kleinen, kräftig gebauten Mann, der sich eine schmutzige Baseballkappe verkehrt herum aufgesetzt hatte. Er stand vor einem Stand mit Bananen und schnappte sich eine davon, um sie dann langsam zu schälen und genüsslich in den Mund zu schieben. Als der Händler den Mann aufforderte, die Banane zu bezahlen, aß er sie aufreizend langsam zu Ende und warf dem Händler schließlich die leere Schale ins Gesicht. Dann baute er sich mit vor der Brust verschränkten Armen vor ihm auf und wartete. Nachdem der Händler den Übeltäter eingehend gemustert hatte, hielt er es offenbar für angeraten, die Sache nicht mehr weiter zu verfolgen.

»Ich habe gerade gesehen, wie Delgado sich einfach eine Lammkeule in seine Papiertüte gesteckt hat. Der Händler hat das gemerkt und ihn zur Rede gestellt, aber Delgado hat plötzlich ein Messer gezogen. Die Klinge war mindestens zwanzig Zentimeter lang. Er hat nicht gezahlt.«

»Was geht hier eigentlich vor?«, fragte Lisa.

»Die sehen sich schon den ganzen Tag lang in der Gegend um. Auch mein Pub haben sie sich verdammt genau angeschaut.

Wahrscheinlich suchen sie einen Unterschlupf. Siehst du den Typ da drüben mit der Baseballmütze? Die hat er von Bert geklaut.«

»Wann denn?«

»Heute früh, als sie schon einmal hier waren. Als sie dann wieder weggefahren sind, habe ich ihnen Bert auf dem Motorrad hinterhergeschickt. Sie sind zum West End gefahren und haben sich dort teure Lokale und Diskotheken angesehen. Lauter Nobelschuppen. Tja, und jetzt sind sie wieder hier.«

»Glaubst du, die wollen Ärger machen?«

»Im Moment noch nicht«, antwortete Herb. »Jedenfalls sehe ich keine Anzeichen dafür. Aber mir kommt es so vor, als ob sie sich Ziele für später aussuchten. Da, sieh nur. Da kommen gleich sechs schräge Vögel die Straße entlang. Die gehen absichtlich nicht als Gruppe und tun so, als würden sie sich nicht kennen.«

Lisa nahm einen Apfel von einem Stand und fragte den Händler, wie viel er dafür haben wolle. Der schüttelte lächelnd den Kopf. Nachdem er Herb wegen dessen Begleiterin ein bisschen aufgezogen hatte, gingen die beiden weiter.

»Siehst du diese Ganoven da drüben?«, fragte er, während Lisa in ihren Apfel biss. »Die sind gerade angekommen, und jetzt gehen sie an Delgado vorbei, als ob sie ihn nicht kennen würden. Das machen die absichtlich. Hast du Delgado eigentlich schon mal gesehen?«

»Ja. In einer Bar in Brüssel. Er hat damals bemerkt, dass ich ihn angesehen habe, und ich halte ihn für einen Mann mit einem guten Gedächtnis für Gesichter. Sag mal, brauchst du denn keinen Schutz, wenn Delgados Mob die ganze Gegend hier unsicher macht?«

»Ich habe eine Schrotflinte. Die ist zwar illegal, aber wenn Delgado reinkommt und mich mit seinem Messer bedroht, ist mir das egal. Aber jetzt sollten wir wieder zurückgehen, damit Millie den Laden nicht ganz allein schmeißen muss.«

»Hat Bert alles aufgelistet, wo Delgado und seine Leute hier und im Westend waren?«

»Natürlich.«

»Kann ich mir eine Kopie machen?«

»Klar doch. Ich lasse mir die Liste gleich von Bert geben. Ich verstehe zwar nicht, wozu du die brauchst, aber du wirst schon wissen, was du willst. Bist halt ein gescheites Mädchen …«

Hinter der Bar schrieb sich Lisa Berts Liste ab und rief dann noch einmal bei Tweed an. Dieselbe freundliche Frau wie beim ersten Mal sagte ihr, dass ihr Chef noch immer nicht da sei und fragte, ob er sie nicht zurückrufen könne.

»Nein, danke, ich rufe später noch einmal an …«

Tweed und Paula betraten den Club Marlows, der inmitten der anderen, viel bekannteren Clubs in der Pall Mall lag. Tweed fragte gerade den Portier, ob Mr. Gavin Thunder schon da sei, als ein durchtrainiert aussehender Mann in einem eleganten grauen Maßanzug in der Lobby erschien. Paula schätzte ihn nicht größer als einen Meter fünfundsechzig, aber trotz seiner geringen Körpergröße schien er vor Energie nur so zu strotzen.

»Herzlich willkommen«, sagte er und streckte Tweed lächelnd die Hand hin. »Wir beide haben uns ja eine Ewigkeit lang nicht mehr gesehen. Und das muss Ihre hypereffiziente Assistentin Paula Grey sein, von der ich schon so viel Gutes gehört habe. Eine äußerst attraktive junge Dame, wenn Sie mir die Bemerkung gestatten.«

»Danke für die Blumen«, sagte Paula lächelnd, während sie Thunders angenehm fest wirkende Hand drückte. »Ich weiß zwar nicht, ob ich wirklich so effizient bin, wie Sie behaupten, aber ich tue mein Bestes.«

»Und das mit großem Erfolg, wie ich mir von mehreren Leuten habe sagen lassen. Wollen wir es uns in der Bibliothek bequem machen? Da haben wir die nötige Ruhe, um uns unterhalten zu können. Gestatten Sie, dass ich vorausgehe …«

Thunder war genau so, wie Paula ihn sich vorgestellt hatte. Mitte vierzig, mit dunkelbraunem Haar, hoher Stirn, einer herrischen Nase und einem starken Mund. Er ging mit raschen, federnden Schritten und hatte eine freundliche Ausstrahlung, die seine Gegenwart angenehm und wohltuend erscheinen ließ. Sein hervorstechendstes Merkmal waren seine intensiv blauen Augen, aus denen er einen direkt und offen anblickte.

Tweed und Paula folgten ihm in einen Raum, in dem an allen Wänden bis zur Decke reichende Bücherregale standen und in dem sich derzeit bis auf einen Kellner niemand aufhielt. Thunder führte seine Gäste zu einem kleinen Tisch, um den herum bequeme Sessel standen.

»Kaffee?«, fragte er und nickte dem Kellner zu. Dann beugte er sich vor, faltete die Hände in seinem Schoß und betrachtete nacheinander Tweed und Paula.

»Ich habe Ihre Berichte aufmerksam gelesen, Tweed. Und zwar beide.« Er sprach schnell, wie ein Mann mit einem schnellen Verstand. »Seither bin auch ich davon überzeugt, dass der arme Jeremy Mordaunt ermordet wurde.«

»So ist es«, erwiderte Tweed knapp.

»Ehrlich gesagt, ich mache mir Sorgen wegen der offiziellen Leichenbeschau«, fuhr Thunder fort, als er merkte, dass Tweed nichts weiter sagen wollte. »Die wird ja sicherlich in Eastbourne stattfinden, was wenigstens dafür sorgen dürfte, dass nicht allzu viel Presse anwesend ist. Die Regierung kann jetzt keinen weiteren Skandal gebrauchen.«

Thunder verstummte, weil der Kellner den Kaffee brachte. Erst nachdem der Mann wieder gegangen war, fuhr er fort.

»Wissen Sie was? Nennen Sie mich doch einfach Gavin. Und darf ich Paula zu Ihnen sagen? Vielen Dank. Ich bin es Leid, ständig mit ›Herr Minister‹ angesprochen zu werden.« Er lächelte. »Wenn ich das höre, komme ich mir immer wie bei einem Staatsakt vor.«

Paula kicherte, und Thunder machte eine Handbewegung, die wohl bedeuten sollte: So ist es nun mal. Dann setzte er wieder eine ernste Miene auf und wandte sich an Tweed.

»Dürfte ich Ihnen eine persönliche Frage stellen? Ich würde es durchaus verstehen, wenn Sie mir darauf nicht antworten wollen.« Er beugte sich vertraulich vor. »Werden Sie dem Leichenbeschauer in Eastbourne sagen, dass Sie in dem Fall noch weiter ermitteln und deshalb eine Vertagung beantragen?«

»Genau das habe ich vor.«

»Danke für die offene Antwort.«

»Darf ich daraus schließen, dass ich nach wie vor mit der Untersuchung des Falles betraut bin?«, fragte Tweed scharf.

»Natürlich sind Sie das, Tweed. Ich weiß, dass es ungewöhnlich ist, und manche Leute würden es wohl sogar als irregulär bezeichnen. Aber jetzt, wo wir wissen, dass es ein Mord war, tun sich vielleicht politische Implikationen auf. Sie sollten wissen, dass Jeremy ein technisches Genie war.« Er hielt inne. »Ich muss Sie bitten, dass das, was ich Ihnen jetzt erzähle, unter uns bleibt. Ein paar Tage bevor Jeremy nach Alfriston gefahren ist, hat er eine Wanze in meinem Büro entdeckt.«

»In einem Raum, in dem Sie vertrauliche Dinge erörtert haben?«

»Natürlich. Schließlich habe ich mich dort sicher gefühlt. Jeremy hat sofort sämtliche Abhöreinrichtungen entfernt, und ich habe mich entschlossen, niemandem davon zu erzählen.«

»Warum das?«

»Weil ich nicht mehr wusste, wem ich überhaupt noch trauen konnte.«

»Gilt das auch für die anderen Kabinettsmitglieder?«

»Wenn Sie gestatten, würde ich diese Frage lieber nicht beantworten. Tja, bisher habe ja nur ich geredet. Ich könnte mir vorstellen, dass auch Sie ein paar Fragen an mich haben.«

»In der Tat. Wissen Sie zum Beispiel, warum Jeremy Mordaunt nach Alfriston gefahren ist? Wollte er sich dort mit jemandem treffen?«

»Darüber weiß ich leider überhaupt nichts. Ich habe ihn immer an der langen Leine gelassen, Jeremy war nämlich ein intelligenter Kopf, der mir manche Dinge erst dann berichtet hat, nachdem er ihnen wirklich auf den Grund gegangen war. Aber ich habe meine eigenen Nachforschungen angestellt.«

»Worüber?«

»Darüber, wer in der Nähe von Alfriston wohnt. Ganz diskret natürlich. Bis jetzt weiß ich allerdings bloß von Lord Barford, aber der ist ja im Ruhestand, seit er seinen Job bei der Special Branch an den Nagel gehängt hat.«

»So sieht es zumindest aus.«

»Ach ja, da ist noch etwas.« Thunder warf einen Blick auf seine Rolex. »Ich muss leider ziemlich bald gehen, weil wir gleich eine Kabinettssitzung haben.« Er lächelte Paula an. »Sie hätten nicht zufällig Lust, mich zu begleiten? Dann würde ich mich dort nicht so unerträglich langweilen wie sonst.«

»Ich glaube nicht, dass ich in diesem erlauchten Kreis willkommen wäre«, gab Paula ebenfalls lächelnd zurück.

»Gibt es sonst noch etwas, was Sie mir sagen wollten?«, fragte Tweed.

»Ja. Ich würde es sehr schätzen, wenn Sie sich bei den Untersuchungen mit Chief Inspector Roy Buchanan zusammentäten. Damit hätte die Situation einen etwas offizielleren Anstrich.«

»Das hatte ich ohnehin vor.«

Die drei verließen die Bibliothek und traten, nachdem Thunder sich seinen Mantel hatte aushändigen lassen, hinaus auf die Straße. Sofort fuhr eine große Limousine heran und kam vor ihnen zum Stehen. Thunder fluchte leise vor sich hin, wofür er sich aber sofort bei Paula entschuldigte.

»Ich habe ausdrücklich verlangt, dass ein normaler Wagen geschickt wird, ich hasse nämlich diesen ganzen Pomp. So, jetzt muss ich mich wohl von Ihnen verabschieden. Vielen Dank, dass Sie mir Ihre wertvolle Zeit geopfert haben. War schön, mit Ihnen zu plaudern.« Als der Chauffeur mit einer übertriebenen Geste den Wagenschlag für ihn aufriss, fügte er im Flüsterton noch an: »Viel schöner als das, was mich jetzt gleich in der Downing Street erwartet …«

Nachdem sich die Limousine in Bewegung gesetzt hatte, sagte Tweed zu Paula: »Sie müssen langsam an Ihr Essen mit Aubrey Barford denken. Haben wir denn noch Zeit für einen kleinen Spaziergang die St. James's Street hinauf, bevor wir Ihnen ein Taxi suchen?«

»Aber sicher doch.« Die beiden gingen los. »Ehrlich gesagt, Thunder hat mich überrascht. Ich dachte, er würde uns eine Standpauke halten.«

»Was er übrigens ausgezeichnet beherrscht, wie ich mir habe sagen lassen. Wenn beispielsweise ein Untergebener begriffsstutzig ist oder einmal etwas vergisst. Außerdem macht Thunder seinem Namen alle Ehre, wenn er vor dem Unterhaus seine donnernden Reden hält, was eine seiner größten Stärken sein soll. Man munkelt sogar, dass es im Kabinett Bestrebungen gibt, den Premierminister zum Rücktritt zu bewegen, um Thunder auf dessen Posten zu hieven.«

»Was halten Sie denn von den Wanzen, die Mordaunt in Thunders Büro gefunden haben soll?«

»Eine hübsche Geschichte, aber mehr auch nicht …«

5

Etwa zur selben Zeit, als Tweed und Paula den Club von Gavin Thunder betraten, landete auf dem Flughafen Heathrow ein Hubschrauber und ließ zwei Passagiere aussteigen. Beide waren Männer Mitte vierzig und etwa gleich groß. Aber damit war es mit den Gemeinsamkeiten auch schon wieder vorbei.

Einer der Männer war athletisch gebaut und hatte blondes Haar, das in der gerade hinter den Wolken hervorgekommenen Sonne golden schimmerte. Er trug einen Armani-Anzug, Schuhe von Gucci, eine Chanel-Krawatte und einen teuren Aktenkoffer und bestieg einen Kleinbus, der kurz nach der Landung des Hubschraubers aufs Rollfeld hinausgefahren war.

Der Bus brachte den Mann zu einem Privatjet, der gleich darauf die Turbinen startete. Eine hübsche Stewardess brachte dem Mann ein Glas Champagner, und während er sich behaglich in seinem Sessel zurücklehnte, gab der Pilot vollen Schub und hob ab.

Nach nicht einmal einer Stunde landete das Flugzeug auf dem Amsterdamer Flughafen Schiphol, wo der Passagier von einer schwarzen Limousine abgeholt wurde. Der Chauffeur fuhr ihn zum besten Hotel der Stadt und übergab, während der Passagier zur Rezeption ging, den Aktenkoffer einem livrierten Hoteldiener.

Der Mann, der sich als Victor Rondel eintrug, begab sich auf seine Suite, wo er zufrieden feststellte, dass dort bereits ein Eiskübel mit einer Flasche Champagner auf ihn wartete. Dann ging er ins Badezimmer, verriegelte die Tür und nahm die blonde Perücke ab, unter der dichtes, schwarzes Haar zum

Vorschein kam. Er beschloss, erstmal ein kurzes Nickerchen zu machen, um später dann im Hotelrestaurant zu Abend zu essen. Nach Einbruch der Dunkelheit würde er schließlich das Hotel verlassen und durch eine bestimmte Straße schlendern, für die Amsterdam berühmt war. Unter den hübschen und sehr leicht bekleideten Mädchen, die dort in Schaufenstern auf zahlungskräftige Kunden warteten, würde er sich in aller Ruhe eine aussuchen, mit der er die Nacht verbringen wollte.

Der zweite Passagier, der in Heathrow aus dem Hubschrauber gestiegen war, trug ein Barett, einen dunklen Mantel und hatte ebenfalls einen Aktenkoffer bei sich, der aber bei weitem nicht so schick und teuer war wie der von Victor Rondel. Als der Kleinbus vom Privatjet zurückkam, ließ er sich von ihm zum Abflugterminal fahren. Dort zeigte er seinen Pass, der auf den Namen René Pinaud lautete, und kam gerade noch rechtzeitig zu seinem Anschlussflug in der Touristenklasse einer ganz normalen Linienmaschine.

Auf dem fünfzigminütigen Flug blickte er mehrmals gelangweilt aus dem Fenster, konnte aber nichts als ein dichtes, weißes Wolkenmeer erkennen. Die angebotenen Erfrischungen lehnte er ab, und als das Flugzeug gelandet war, stieg er als einer der Ersten aus. Auf dem Rollfeld wartete bereits ein Wagen auf ihn, der ihn zu dem Teil des Flugplatzes brachte, der für Privatflugzeuge reserviert war. Der Mann bestieg einen zwölfsitzigen Gulfstream-Jet und ließ sich in dessen luxuriös ausgestatteter Kabine mit einem Seufzer der Erleichterung in einen ledergepolsterten Lehnsessel sinken. Ein weiß uniformierter Steward trat auf ihn zu.

»Wünschen Sie etwas zu trinken?«, fragte er auf Deutsch.

»Einen Brandy bitte«, antwortete der Mann in derselben Sprache. »Und eine Flasche Mineralwasser. Ich bin von dem Flug hierher richtiggehend ausgetrocknet.«

Als der Steward zurückkam, hatte sein Passagier das Barett abgenommen, das er zuvor, tief ins Gesicht gezogen, getragen hatte. Er nahm einen Spiegel aus der Tasche und kämmte sich seine blonden Haare.

»Möchten Sie auch etwas essen?«

»Nein, danke, Hans. Ich bin heute noch zum Abendessen eingeladen ...«

Der Mann blickte aus dem Fenster und sah abermals nichts als die von der Sonne beschienene Wolkendecke. Nachdem der Steward die Kabine verlassen hatte, nahm er ein spezielles Mobiltelefon aus der Tasche, das nicht abgehört werden konnte und das man auch an Bord eines Flugzeugs benutzen durfte. Er tippte eine Nummer ein, und kurz darauf meldete sich am anderen Ende eine Stimme auf Deutsch. »Ja?«

»Hier spricht Rondel. Ich werde in einer halben Stunde landen. Die Situation spitzt sich gefährlich zu. Sie sammeln sich bedrohlich und ...«

»Es wäre mir lieb, Sie würden mir das alles nach der Landung erzählen ...«

Rondel hörte ein Klicken in der Leitung. Sein Gesprächspartner hatte einfach aufgelegt. Die Stimme war wie immer autoritär, aber in keiner Weise arrogant gewesen. Sein Gesprächspartner hatte langsam gesprochen und jedes Wort klar artikuliert. Es war die Stimme eines bemerkenswerten Gehirns.

Als sie über Travemünde waren, riss die Wolkendecke auf, und Rondel konnte unter sich die blaue Wasserfläche der Ostsee sehen.

Das Flugzeug ging in den Sinkflug über, und Rondel erblickte die Insel Berg, die weit ab von allen Schifffahrtsstraßen mitten in der Ostsee lag und so etwas wie eine private Festung darstellte. Die Gulfstream setzte zu einer Kurve an, und Rondel hatte einen guten Blick auf den hoch aufragenden Gipfel in der Mitte des Eilands, der nach Süden in einer steilen Felswand abbrach, an deren Fuß sich die Wellen brachen. Der Hafen und die Landebahn waren auf der Nordseite der Insel. Ganz oben auf dem Berg befand sich der Leuchtturm, der nicht nur nachts seine Strahlen hinaus aufs Meer schickte, sondern auch dann, wenn die Insel tagsüber in dichten Nebel gehüllt war. Knapp darunter sah Rondel ein schlossartiges Gebäude mit einem an einen Kamin erinnernden Turm, der eines der ausgefeiltesten elektronischen Systeme auf der Welt beherbergte.

»Ich kann den Mann, den ich sprechen muss, einfach nicht erreichen«, klagte Lisa. »Jetzt habe ich ihn schon mehrmals angerufen, aber er ist immer unterwegs.«

»Wer immer es auch ist, du musst dranbleiben«, sagte Herb.

Die beiden saßen in einem Nebenzimmer hinter dem Schankraum des Hangman's Noose beim Mittagessen. Obwohl sich Herb redlich bemühte, um Lisa zu beruhigen, war ihm kein sonderlicher Erfolg beschert.

»Ich *bin* drangeblieben, verdammt noch mal«, fauchte Lisa und legte die Gabel neben den Teller.

»Hast du denn bloß die Telefonnummer von dem Mann oder auch seine Adresse?«, fragte Herb.

»Die Adresse habe ich auch.«

»Wieso fährst du dann nicht einfach hin?«

»Weil man ihn ohne Termin nicht sprechen kann.«

»Dann lass dir doch einfach einen Termin bei ihm geben.«

»Was glaubst du eigentlich, dass ich die ganze Zeit mache? Besonders jetzt, wo ich gesehen habe, dass dieser Delgado hier herumschleicht.« Sie hielt inne, weil sie laut geworden war. »Da braut sich etwas sehr Gefährliches zusammen …«

Lisa verstummte, weil die Tür zur Bar plötzlich aufgegangen war. Ein Mann starrte sie an. Es war Delgado. Lisa griff unter ihre Jacke, wo sie die Beretta im Gürtel stecken hatte. Der dicke Mann machte einen Schritt auf sie zu.

»Ich habe eben meinen Namen gehört. Was treibt ihr beiden denn hier im Hinterzimmer?«

»Das geht Sie gar nichts an«, sagte Herb.

»Ich finde doch«, erwiderte Delgado und kam näher.

Hinter ihm sah Lisa auf einmal Millie auftauchen, die sich in der Küche mit einem großen Nudelholz bewaffnet hatte. Sie war ganz rot im Gesicht und fuchtelte mit ihrer Waffe gefährlich in der Luft herum.

»Raus!«, schrie sie. »Und zwar sofort, sonst schlage ich dir deinen blöden Schädel ein.«

Millie kam Lisa größer vor, als sie wirklich war. Delgado blickte über die Schulter, und als er Millie sah, machte er kehrt und ging zurück in Richtung Tür. Verfolgt von der noch immer in voller Lautstärke auf ihn einschimpfenden Millie, eilte er zurück in den Barraum.

»Diese Spelunke wird als Erste abgefackelt!«, schrie er Herb mit einem bösen Funkeln in den Augen zu. Als Millie daraufhin ihre Lautstärke verdoppelte, rannte er in seiner Panik einen Tisch um, bevor er sich ins Freie retten konnte.

»Tut mir Leid, meine Herren, der Typ hat einen über den Durst getrunken und wollte randalieren«, entschuldigte sich Herb bei den Gästen, deren Biergläser der flüchtende Delgado umgeworfen hatte. »Eine neue Runde ist schon unterwegs. Auf Kosten des Hauses, versteht sich ...«

Herb schloss die Tür des Nebenzimmers, in dem Lisa schon wieder zum Telefon gegriffen hatte. Sie war so aufgeregt, dass sie ihren Atem kontrollieren musste, als sich am anderen Ende der Leitung wieder die Frauenstimme meldete. Lisa sagte ihren Namen und verlangte Tweed zu sprechen.

»Ja, jetzt ist er da. Tut mir Leid, dass Sie so oft anrufen mussten.«

»Hier Tweed. Mit wem spreche ich?«

»Lisa Trent. Wir haben uns gestern auf Lord Barfords Party kennen gelernt. Sie erinnern sich doch noch, oder?«

»Aber natürlich. Sie wollten mich doch besuchen, um irgendetwas mit mir zu besprechen.«

Herb, der mit einem Eimer und einem Schrubber ins Zimmer kam, sah Lisa fragend an und machte eine Geste, ob er wieder rausgehen solle. Lisa lächelte ihn an und sprach weiter.

»Könnte ich denn um sechs Uhr zu Ihnen kommen? Dann ist es dunkel und damit sicherer.«

»Was meinen Sie mit sicherer?«

»Mr. Tweed, in dieser Stadt treiben sich organisierte Banden herum, die sich gerade Ziele für ihre zerstörerischen Ausschreitungen suchen. Ich glaube zwar nicht, dass sie in den nächsten Stunden losschlagen werden, aber ich kann Ihnen schon einige Orte nennen, die sie sich ausgeguckt haben.«

»Sind Sie sich da sicher?«

»Ich habe die Typen mit eigenen Augen gesehen. Sie treiben sich im West End und im East End herum und haben offenbar eine große Aktion vor. Haben Sie vielleicht ein paar Männer, harte Männer, meine ich, die Sie mitbringen könnten? Nur für den Fall, dass etwas passiert.«

»Ich glaube, wir werden mit ein paar Randalierern schon fertig werden, aber zuerst einmal kommen Sie bitte zu mir. Wäre Ihnen halb sechs recht? Dann können wir alles in Ruhe besprechen. Meine Adresse haben Sie ja.«

»Ich werde um Punkt halb sechs bei Ihnen sein. Aber wundern Sie sich nicht, wenn ich etwas komisch angezogen bin.«

»Ich freue mich auf Ihren Besuch ...«

Lisa dankte Tweed und legte auf. Dann wandte sie sich zu Herb um, der noch immer Eimer und Schrubber in der Hand hielt und sie kopfschüttelnd ansah.

»Du hast ja ganz schön übertrieben, findest du nicht? Organisierte Banden ... So viele waren es nun auch wieder nicht. Und denk doch bloß dran, wie Delgado gerannt ist, als Millie mit dem Nudelholz auf ihn losgegangen ist.«

»Bert hat eine ziemlich lange Liste von den Orten im Westend zusammengestellt, die sie sich angesehen haben. Wenn Delgado ein so großes Gebiet terrorisieren will, braucht er eine Menge Leute. Deshalb bin ich mir sicher, dass er noch eine Anzahl von Schlägertypen in Reserve hat.«

»Wer ist dieser Tweed eigentlich?«

»Ein Bekannter. Aber erwähne seinen Namen unter keinen Umständen gegenüber irgendjemand anderem.«

»Ist schon wieder vergessen. Ich wollte, ich wüsste, wo du warst, als du wochenlang im Ausland gesteckt hast.«

»Darüber möchte ich nicht reden. Und jetzt würde ich mich gern noch ein bisschen aufs Ohr legen, damit ich bei meiner Verabredung richtig ausgeschlafen bin.«

Während Tweed seinen Mitarbeiten Paula, Newman und Butler erzählte, was Lisa ihm soeben berichtet hatte, ging die Tür auf, und Marler kam herein, ein weiterer von Tweeds wichtigsten Leuten.

Marler war Ende dreißig und wie üblich hervorragend gekleidet. Er trug einen beigefarbenem Wollanzug, ein blütenweißes Hemd mit Valentino-Krawatte und einen militärisch anmutenden Regenmantel mit breiten Kragenaufschlägen. Nachdem er den Mantel an die Garderobe gehängt hatte, lehnte er sich wie üblich mit dem Rücken an die Wand und zündete sich eine King-Size-Zigarette an.

»Mir scheint, hier liegt eine gewisse Spannung in der Luft«, bemerkte er mit seiner vornehm klingenden, leicht näselnden Stimme. »Ist denn etwas vorgefallen?«

Tweed gab auch Marler einen kurzen Bericht über das, was Lisa erzählt hatte, und informierte ihn auch über das, was in Alfriston geschehen war, einschließlich des Mordanschlags auf ihn selbst.

»Ich sag's ja immer: Sie sind unverwundbar, Tweed«, sagte Marler. »Und Newmans Kombi ist offenbar schon wieder repariert – ich habe ihn jedenfalls draußen auf der Straße stehen sehen. Sieht aus wie neu. Kann man dieser Lisa Trent eigentlich vertrauen?«

»Ehrlich gesagt, das weiß ich nicht«, sagte Tweed. »Deshalb habe ich sie auch um halb sechs hierher gebeten. Wenn sie kommt, fühle ich ihr gründlich auf den Zahn. Ach, Harry, haben Sie eigentlich schon mit Pete Nield gesprochen? Er müsste seit heute aus dem Urlaub zurück sein.«

»Er hat mich heute früh angerufen«, antwortete Butler. »Der Arme langweilt sich zu Tode. Wenn Sie wollen, kann er in einer halben Stunde hier sein.«

»Ja, geben Sie ihm Bescheid.«

»Brauchen wir denn Waffen, wenn wir den Banditen auf den Zahn fühlen?«, fragte Butler.

»Keine Schusswaffen. Wir wollen jede Schießerei vermeiden.«

»Wie wäre es mit Tränengasgranaten?«

»Wenn Sie wollen, nehmen Sie welche mit. Aber wenn wir mit Lisa später rausgehen – wohlgemerkt, ich habe *wenn* gesagt –, dann nur, um die Lage zu sondieren.«

»Organisierte Banden«, sagte Newman. »Kommt mir ziemlich weit hergeholt vor. Ich glaube, diese Lisa übertreibt.«

»Ich nicht«, warf Paula ein. »Sie haben sie im Gegensatz zu mir noch nicht kennen gelernt. Sie kam mir vor wie eine Frau, die nicht so leicht aus der Ruhe zu bringen ist.«

»Am Telefon kam sie mir auch nicht besonders aufgeregt vor«, sagte Tweed. »Obwohl ich aus ihrer Stimme eine gewisse Besorgtheit heraushören konnte.«

»Noch was zu diesen organisierten Banden, Bob«, sagte Marler zu Newman. »Sie haben doch eine Menge Kontakte ins Ausland. Ich selber bin gerade aus Brüssel zurückgekehrt. Ein Informant, der in der Vergangenheit immer zuverlässig gewesen war, hat mich dort darauf aufmerksam gemacht, dass in den Ardennen eine große Anzahl von so genannten Flüchtlingen militärisch ausgebildet wird – mit scharfen Schießübungen und allem, was dazugehört.«

»In Belgien geht es sowieso drunter und drüber«, erwiderte Newman abfällig.

»Mag sein«, fuhr Marler fort, »aber was sagen Sie dazu, dass mich ein anderer Informant aus einem kleinen Dorf in der Nähe von Weymouth angerufen hat? Er hat berichtet, dass dort seit Wochen nach Einbruch der Dunkelheit immer wieder Boote mit illegalen Ausländern am Strand anlanden. Ich dachte, ich fahre mal runter und gehe der Sache auf den Grund.«

»Aber das sind doch auch wieder bloß Gerüchte«, sagte Newman. »Vermutlich ruft demnächst ein weiterer Informant an und erzählt Ihnen, dass in Schottland die Marsmenschen gelandet sind.«

»Ich fahre trotzdem runter nach Dorset«, sagte Marler. »Wenn ich etwas finde, rufe ich Sie sofort an, Tweed. Ach, übrigens, Newman, meine Informanten sind ausgesprochen zuverlässig. Bis die mal Marsmenschen sehen, muss schon viel passieren …«

Als Gavin Thunders Limousine am Trafalgar Square in den üblichen Stau geriet, klopfte der Minister, der gerade ein Gespräch über sein Handy beendet hatte, an die Trennscheibe zum Fahrer.

»Ich steige hier aus, Carson«, sagte er, nachdem der Chauffeur die Scheibe heruntergefahren hatte. »Den Rest des Weges gehe ich zu Fuß.«

»Wie Sie wünschen, Sir.«

Als Thunder außerhalb der Sichtweite des Fahrers war, ging er zurück zur Pall Mall, und als er sich dem Marlows näherte, kam ihm auf dem Gehsteig ein großer, dicker Mann entgegen. Am Hintereingang des Clubs trafen die beiden aufeinander.

»Perfektes Timing«, sagte Thunder. »Kommen Sie mit rein und berichten Sie mir, wie die Dinge sich entwickeln.«

Oskar Vernon trug einen grauen Mantel, der vorn nicht zugeknöpft war. Darunter konnte man einen hellgrauen Anzug, ein rosa Hemd und eine graue Fliege erkennen. Er mochte wohl Anfang fünfzig sein und hatte ein dickliches Gesicht mit hervorquellenden, blaugrauen Augen, eine Knubbelnase, dicke Lippen und ein ausgeprägtes Doppelkinn. In der rechten Hand hielt er einen Spazierstock mit einem merkwürdigen, runden Knauf.

»Möchten Sie etwas trinken?«, fragte Thunder, nachdem sie in der Bibliothek Platz genommen hatten.

»Aber immer«, sagte Vernon kichernd. »Einen doppelten Scotch, wenn's geht.«

»Ich werde mir auch einen genehmigen. Ich hatte gerade eine Verabredung, bei der ich mich nur mit Mühe beherrschen konnte.«

Thunder bestellte die Drinks und musterte Oskar Vernon dann von Kopf bis Fuß. Der dicke Mann strahlte.

»Müssen Sie sich eigentlich so auffällig anziehen?«

»Das haben Sie mich schon mal gefragt, und ich habe Ihnen geantwortet, dass es ein großer Vorteil ist, wenn einen niemand ernst nimmt. Alle halten mich für einen Clown. Wenn die wüssten …«

Thunder erwiderte nichts darauf, sondern wartete, bis der Kellner die Getränke serviert und die Bibliothek wieder verlassen hatte. Vernon hob sein Glas, trank es halb leer und grinste Thunder abermals an. Der Minister beugte sich vor und fragte mit leiser Stimme: »Und, wie geht es voran?«

»Gut, wie immer, wenn ich das Kommando habe«, antwortete Vernon. Er trank den Rest seines Whiskys und starrte auffordernd auf das leere Glas, aber Thunder ignorierte den Wink mit dem Zaunpfahl. »Wir bekommen jetzt täglich Verstärkung. Für heute Nacht habe ich eine erste Probeaktion angesetzt.«

»Aber seien Sie vorsichtig. Es ist noch viel zu früh zum Zuschlagen.«

»Das weiß ich doch. Aber Sie können beruhigt sein. Es wird alles ganz diszipliniert ablaufen. Wenn ich das Kommando habe ...«

»Das haben Sie schon einmal gesagt. Wo trainieren und verstecken Sie eigentlich die Verstärkungen?«

»Im Bodmin Moor in Cornwall.«

»Aber fällt das denn nicht auf?«, fragte Thunder.

»Nein. Ich lasse sie mit Touristenbussen herumfahren, die ich eigens dafür gemietet habe. Außerdem überwache ich alles selbst und betreibe dazu eine Pension namens Jamaica Inn. Dort kommen die Leute erst mal hin, bevor ich sie weiter ins Bodmin Moor schaffen lasse.«

»Sie haben offenbar an alles gedacht«, sagte Thunder widerstrebend. »Jetzt muss ich aber gehen.«

»Wie bitte?«, sagte Vernon und grinste Thunder herausfordernd an. »Da fehlt doch noch was, oder?«

Thunder zog sich ein paar Baumwollhandschuhe an, griff in die Tasche und holte einen dicken weißen Umschlag voller Fünfzig-Pfund-Noten hervor, den er seinem Gast aushändigte. Es waren genau zehntausend Pfund, die er schon für Vernon vorbereitet hatte, aber indem er den Dicken um das Geld nachfragen ließ, hatte er das Gefühl, alles unter Kontrolle zu haben. Die Handschuhe trug Thunder, damit später auf dem Umschlag keine Fingerabdrücke von ihm festgestellt werden konnten. Während Vernon die Scheine zählte, verließ Thunder die Bibliothek.

Auf dem Weg nach draußen wies er den Kellner an, seinem Gast noch einen doppelten Scotch zu bringen. Das würde Vernon gefallen, aber – und das war viel wichtiger – es würde ihn auch daran hindern, das Gebäude gleich hinter Thunder zu verlassen. Der Minister wollte unter keinen Umständen in Begleitung eines so seltsam gekleideten Menschen wie Oskar Vernon gesehen werden.

Schon während Paula an der Garderobe des in der Nähe des Piccadilly gelegenen Restaurants Martino's ihren Mantel abgab, entdeckte sie Aubrey Barford, der an einem Tisch in einer Nische saß und Rotwein trank. Die Flasche vor ihm war schon halb leer.

Das kann ja heiter werden, dachte Paula. So wie der aussieht, ist er schon ziemlich dicht.

Als Aubrey sie sah, stand er auf und warf dabei fast die Flasche um, die er im letzten Moment aber noch zu fassen bekam. Offenbar stolz auf seine Reflexe, grinste er Paula selbstzufrieden an und wollte ihr einen Begrüßungskuss geben, dem sich Paula aber dadurch entzog, dass sie schnell auf die Bank ihm gegenüber schlüpfte.

»Willkommen zu unserem kleinen Bankett«, sagte Aubrey mit einer schon etwas undeutlichen Stimme. »Was wollen Sie trinken?«

Paula ignorierte ihn und wandte sich selbst an den Kellner, der soeben an den Tisch getreten war. »Ich hätte gern die Seezunge, mit Bohnen, aber ohne die Kartoffeln, wenn das möglich ist«, sagte sie. »Und keine Vorspeise, bitte. Zu trinken möchte ich ein stilles Mineralwasser ohne Eis oder Zitrone.«

»Ich nehme dasselbe wie die Dame«, sagte Aubrey. »Und ein kleines Schäumchen dazu, sagen wir eine Flasche Krug.«

»Aber Sie bestellen den Champagner hoffentlich nicht für mich«, sagte Paula.

»Wieso denn nicht? Heute … machen … wir … einen … drauf.«

In den Pausen zwischen den Worten ließ er seine Finger über das Tischtuch wandern, das der Kellner wieder glatt gestrichen hatte.

»Nun seien Sie doch keine Spielverderberin«, sagte Aubrey, als er Paulas indigniertes Gesicht sah. »Den Schampus habe ich doch extra wegen Ihnen bestellt.«

»Aber ich möchte keinen. Wenn die Flasche also für mich sein sollte, bestellen Sie sie bitte wieder ab.«

Aubrey schüttelte den Kopf und machte ein seltsames Gesicht. Dann füllte er sein Glas und trank es auf einen Zug halb leer. Paula griff nach einem Stück Weißbrot und strich Butter darauf. Aubrey sah ihr zu und grinste sie blöde an.

»Wie geht es Ihrem Vater?«, fragte Paula.

»Der alte Haudegen geht mir zurzeit ziemlich auf den Geist. Von wegen Ruhestand. Der kann keine fünf Minuten stillsitzen. Wissen Sie ...« Er beugte sich vertraulich vor. »Ich will Ihnen mal ein ... Geheimnis anvertrauen. Muss aber ... unter uns ... bleiben. Mein alter Herr fliegt wie ein Verrückter in der Weltgeschichte herum ... Brüssel, Paris, Berlin, Stockholm.« Er hielt inne und trank von seinem Wein. »Woher ich das weiß ... fragen Sie sich jetzt bestimmt.«

Paula wurde mit einemmal klar, dass sich ihr die einmalige Gelegenheit bot, den angetrunkenen Aubrey auszuhorchen, ohne dass dieser sich dessen bewusst war. Sie trank einen Schluck Wasser und schaute ihm offen in die glasigen Augen.

»Ich glaube Ihnen kein Wort«, sagte sie. »Das haben Sie doch alles frei erfunden.«

»So, meinen Sie? Dann will ich Ihnen mal was erzählen, meine schöne Paula. Ich verstecke mich öfter mal im Arbeitszimmer meines alten Herrn im Schrank und bekomme da die sonderbarsten Telefonate mit. Na, was sagen Sie jetzt?«

Dass du ein widerlicher kleiner Schleicher bist, dachte Paula insgeheim, aber sie lächelte Aubrey an.

»Tatsächlich?«

»*Tatsächlich*? *Tatsächlich*? Na klar doch. Oder trauen Sie mir das etwa nicht zu?«

Obwohl Aubrey sie gerade auf eine ziemlich blöde Art nachgeäfft hatte, stützte Paula das Kinn in eine Hand und lächelte wohlwollend zu ihm hinüber.

»Ich kann mir nur nicht vorstellen, was an solchen Telefonaten so interessant sein soll«, sagte sie.

»Ach so, das können Sie nicht? Sie haben wohl noch nicht viel erlebt, Paula. Die Telefonate meines Vaters sind *geheim*. Ah, da kommt ja unser Fisch!«

Der Kellner servierte die Seezunge, und Paula begann sofort zu essen. Aubrey starrte auf seinen Teller und machte keine Anstalten, nach seinem Besteck zu greifen. Stattdessen trank er aus seinem Glas und grinste Paula verschwörerisch an.

»Mein alter Herr ist gar nicht … im Ruhestand«, flüsterte er.

»Wie schön für ihn.«

»In Wirklichkeit matrikuliert er die Leute.«

»Wie bitte? Tut mir Leid, aber das verstehe ich nicht.«

»Ma-ni-puliert wollte ich sagen. Er manipuliert die Leute.« Aubrey grinste sie abermals an. »Mein Gott, sind Sie schön, Paula.«

Während er das sagte, griff er unter dem Tisch nach Paulas Knie. Paula ließ ihr Besteck fallen, packte seine Hand und entfernte sie.

»Wenn Sie mich noch einmal anrühren, verlasse ich auf der Stelle das Lokal«, sagte sie mit ruhiger, aber eiskalter Stimme. »Ich dachte, Sie wären der nettere der beiden Brüder, aber da habe ich mich wohl getäuscht. Und jetzt benehmen Sie sich gefälligst. Essen Sie etwas, und lassen Sie die Flasche stehen.«

»Ich bitte tausendmal um Entschuldigung. Ich weiß gar nicht, was in mich gefahren ist. Ich mag Sie wirklich, Paula.«

»Ihr Essen wird kalt.«

»Sie glauben wohl, dass ich betrunken bin.«

»Reden wir nicht darüber.«

»Paula, womit habe ich Sie so verärgert?«

»Lassen Sie mich in Ruhe«, sagte Paula kühl. »Und wissen Sie was? Dieses Essen mit Ihnen finde ich höchst unerfreulich. Sie haben mir gründlich den Appetit verdorben. Ich glaube, ich werde jetzt lieber wieder gehen.«

»Das können Sie mir nicht antun«, sagte Aubrey und verzog das Gesicht. »Mich hat noch niemand sitzen gelassen. Und schon gar nicht in einem Lokal, wo das ganze Personal mich kennt.«

»Das ist Ihr Problem. Benehmen Sie sich besser, dann passiert so was nicht. Und jetzt adieu, Mr. Barford.«

Paula stand auf und verließ eilig den Tisch. Nachdem sie sich ihren Mantel hatte geben lassen, ging sie hinaus, um sich ein Taxi zu rufen. Was sie getan hatte, war vielleicht nicht die feine englische Art gewesen, aber immerhin hatte sie auf diese Weise aus Aubrey wertvolle Informationen herausgeholt, die sie sonst nie bekommen hätte.

6

Oskar Vernon schlenderte die St. James's Street entlang und hatte dabei seinen Spazierstock unter den Arm geklemmt wie ein Stabsfeldwebel, der gerade eine Parade abnahm. Passantinnen, die ihn wegen seiner seltsamen Kleidung verstohlen beäugten, schenkte er ein strahlendes Lächeln und eine kleine Verbeugung. Ihm wäre nie in den Sinn gekommen, dass sie ihn für eine bizarre Erscheinung hielten. Auf dem Weg zum Piccadilly Circus blickte er auf die Uhr und schlug eine schnellere Gangart an. Er musste sich beeilen.

Für den Anruf, den er jetzt zu tätigen hatte, brauchte er eine Telefonzelle, aber auf der Straße war weit und breit keine zu sehen. Erst unten in der U-Bahn fand Oskar Vernon eine leere Zelle und wählte dort die Nummer, die er sich auf einem Zettel aufgeschrieben hatte.

Am anderen Ende der Leitung, in einer anderen Telefonzelle in der Nähe von Reefers Wharf, wurde sofort abgehoben.

»Wer ist dran?«, verlangte Vernon zu wissen.

»Delgado. Machen Sie schnell, vor der Zelle stehen die Leute schon Schlange.«

»Das ist mir doch egal. Hören Sie mir gut zu. Heute Nacht um zehn Uhr steigt die Generalprobe. Wir haben das Okay von ganz oben.«

»Dann sage ich meinen Leuten, sie sollen langsam in Stellung gehen.«

»Und jetzt passen Sie auf. Ihre Leute werden sich alles ansehen, aber keine Gewalt ausüben, außer es ist nötig, um sich zurückziehen zu können. Haben Sie mich verstanden?«

»Ja. Ich werde es weitergeben …«

Delgado ließ den Hörer fallen, stieß einen üblen Fluch aus und schob die vor der Telefonzelle wartenden Leute rüde beiseite. Wieder einmal hatte Oskar Vernon ein Gespräch einfach dadurch beendet, dass er aufgelegt hatte. Dieser verdammte Bastard!

Nachdem Paula in ihr Taxi gestiegen war, ging Tweed den ganzen Weg von der Pall Mall zur Park Crescent zu Fuß. Die Sonne schien angenehm warm, und außerdem konnte er beim Gehen am besten nachdenken.

Als Tweed sein Büro betrat, saßen dort Newman, der eine Zeitung las, und Harry Butler, der sich ein Tuch auf den Schoß gelegt hatte und eine frisch gereinigte 7.65er Walther wieder zusammenbaute. Tweed gab Monica seinen Mantel, nahm einen frischen Schreibblock aus der Schublade und begann, Namen darauf zu schreiben. Es gefiel ihm gar nicht, dass Monica ausgerechnet jetzt zu einem wahren Redeschwall ansetzen musste.

»Erinnern Sie sich noch an diese seltsame Störung des Internets vorhin? Während Sie fort waren, habe ich mich so gut wie möglich darüber informiert. Hören Sie mir überhaupt zu?«

Tweed brummte etwas, aber Newman klappte seine Zeitung zusammen und sah sie erwartungsvoll an.

»Ich wollte herausfinden, ob es sich nur um eine lokale Störung gehandelt hat, aber das war nicht der Fall. Ich habe in Birmingham, Manchester, New York, San Francisco, Miami, New Orleans, Paris, Berlin, Oslo und sogar in Prag angerufen, und überall haben meine Kontaktpersonen mir gesagt, dass ihre Computer genau zur selben Zeit dasselbe Problem hatten wie der unsere. Alle haben dieses infernalische Kreischen aus den Lautsprechern gehört und gleich darauf die raketenähnlichen Linien über den Bildschirm huschen sehen.«

»Na und?«, gab Tweed zurück. »Das Internet stürzt doch ständig ab. Das ist ja auch einer der Gründe, weshalb ich es nicht mag.«

Monica wollte gerade protestieren, als Paula mit hochrotem Kopf ins Büro stürmte. Sie ging zu ihrem Schreibtisch, hängte die Schultertasche über die Lehne des Stuhls und setzte sich, ohne ein Wort zu sagen.

»Na, wie war Ihr Mittagessen mit Aubrey?«, fragte Tweed.

»Ein Albtraum.«

Tweed hörte mit dem Herumkritzeln auf, und Paula erzählte in aller Ausführlichkeit, was sich in dem Lokal zugetragen hatte. Während sie Aubreys betrunkenes Geplapper Wort für Wort wiederholte, notierte sich Tweed ein paar weitere Namen auf seinem Block.

»Tut mir Leid, dass Sie ein unangenehmes Erlebnis hatten«, sagte er zu Paula.

»Immerhin hat er uns ein paar Informationen über die Aktivitäten seines Vaters preisgegeben. Sieht aus, als ob der alte Herr noch ganz schön aktiv wäre. Was er auf seinen Reisen genau macht, ist mir allerdings schleierhaft.«

Sie stand auf, trat hinter Tweed und las die Namen, die er auf den Block geschrieben hatte: Jason Schulz (tot), Jeremy Mordaunt (tot), Bogle, Lord Barford – Brüssel, Paris, Berlin, Stockholm – Aubrey Barford, Gavin Thunder, Mark Wendover, die falsche Mrs. Mordaunt, Rondel, Lisa.

»Ich versuche gerade, all diese Personen miteinander in Verbindung zu bringen«, erklärte Tweed, »aber bis jetzt bin ich noch nicht weit gekommen. Ich weiß zwar, dass sich etwas zusammenbraut, aber ich weiß nicht, was.«

»Sie haben die Technik mit den Namen schon öfter angewendet«, bemerkte Paula. »Normalerweise ziehen Sie einen Kreis um jeden Namen und schreiben etwas hinein. Hier hat aber nur ein Namen einen Kreis, in dem etwas steht: der von Lord Barford. Bei dem haben Sie die Namen der Städte hingeschrieben, mit denen er nach Auskunft seines Sohns Telefonate führt.«

»Aber das bringt mich auch nicht viel weiter.«

»Warum haben Sie Lisa als Letzte auf Ihre Liste geschrieben?«

»Weil sie momentan die Einzige ist, die uns in irgendeiner Weise weiterbringen kann. Aber das auch nur, wenn sie um halb sechs wirklich hier erscheint.«

»Warum sollte sie nicht?«

»Warum sollte sie? Wir wissen so gut wie nichts von ihr.« Er schaute hinüber zu Newman. »Können Sie mir vielleicht sagen, wieso Mark Wendover noch nicht hier ist?«

»Er hat mich heute Morgen zu einem Arbeitsfrühstück in sein Hotel gebeten und ist danach losgegangen, um etwas zu erledigen.«

»Der Mann ist uns wahrlich eine große Hilfe«, brummte Tweed sarkastisch und begann, sich die Brille zu putzen. »Wie lange hat dieses Arbeitsfrühstück denn gedauert?«

»Eine gute Stunde.«

»Und Sie haben ihm vermutlich alles über unseren Ausflug nach Sussex erzählt – von meinem Besuch bei Lord Barford bis zu dieser grausigen Geschichte in Alfriston?«

»Ja.«

»Verstehe.« Tweed setzte die Brille wieder auf die Nase. »Ich bin mir gar nicht sicher, ob das eine so gute Idee war.«

Kurz nach seinem Frühstück mit Newman hatte Mark Wendover an diesem Morgen das Ritz verlassen. Er trug ein weißes Polo-Shirt, Bluejeans und Turnschuhe und hatte einen Trenchcoat locker über den Arm gelegt. Wendover hatte viel vor und musste sich beeilen.

Als Erstes ging er zu einer Autovermietung am Piccadilly, die ihm aufgefallen war, als Newman ihn tags zuvor zum Hotel gebracht hatte, und mietete sich dort einen cremefarbenen Jaguar. Seine nächste Anlaufstelle war der Buchladen Hatchards, wo er eine topographische Karte von East Sussex kaufte und noch im Geschäft zwei Minuten lang betrachtete. Einen Plan von London brauchte er nicht, weil er die Stadt von seinen früheren Besuchen fast so gut wie Washington kannte.

Auf der Ausfallstraße nach Petworth überholte ihn eine blonde Frau in einem Audi und winkte ihm dabei triumphierend zu. »Das lasse ich mir nicht gefallen«, sagte sich Wendover und trat aufs Gas. Als sein Jaguar an dem Audi vorbeischoss, winkte er lässig zu der Frau hinüber, die einsehen musste, dass sie keine Chance gegen den cremefarbenen Blitz hatte, der vor ihr schnell kleiner wurde.

Als Wendover schließlich von der A 27 nach Alfriston abbog, fuhr er etwas langsamer. Es war ein herrlicher Tag, an dem die Sonne aus einem wolkenlosen Himmel strahlte. In Alfriston stellte Wendover den Jaguar in einer stillen Straße am Ortsrand ab und warf seinen Trenchcoat in den Kofferraum. Mit großen Schritten ging er in den Ort hinein und betrat ein Pub, das gerade aufgemacht hatte. Auf dem Land war das Pub der beste Ort, um den lokalen Klatsch zu erfahren. Wendover lächelte dem Mann hinter dem Tresen zu, bestellte ein Pint braunes Ale und setzte sich auf einen Barkhocker.

»Sie sind heute mein erster Kunde«, sagte der Wirt. »Machen Sie hier Urlaub?«

»Ich habe mich noch nicht entschieden. Alfriston scheint ja ein ziemlich ruhiger Ort zu sein. Viel passiert hier bestimmt nicht.«

»Seien Sie sich da mal nicht so sicher. Sie werden es kaum glauben, aber wir hatten erst gestern einen Mord hier.«

»Tatsächlich? Es gibt ja nichts Spannenderes als einen guten Mord«, erwiderte Wendover gut gelaunt. »Ich bin ein begeisterter Krimileser. Wer ist denn ermordet worden? Jemand von hier?«

»Nein. Soviel ich weiß, war es ein hoher Staatsbeamter.«

»Der aber hier in Alfriston wohnt.«

»Nein. Der Mann ist hier noch nie gesehen worden. Niemand weiß, wieso er ausgerechnet hierher kommen und sich im Durchgang zur Kirche eine Kugel in den Kopf jagen musste.«

»Aber das klingt ja eher nach Selbstmord.«

»Ich will Ihnen mal was sagen«, flüsterte der Wirt und beugte sich vertraulich über die Theke. »Die Polizei steht vor einem Rätsel. Wenn Sie wollen, zeige ich Ihnen, wo es passiert ist. Der Tunnel ist nur ein paar Schritte von hier entfernt.«

Wendover, der erst einen einzigenSchluck von seinem Bier getrunken hatte, nahm das Glas mit nach draußen. Der Barkeeper zeigte ihm die Stelle, wo immer noch das Absperrband der

Polizei hing. Zwei Bauern gingen an ihnen vorbei und verschwanden im Pub.

»Kundschaft. Entschuldigen Sie mich bitte …«

Wendover wartete bis der Wirt im Pub verschwunden war, dann schüttete er das Bier in einen Gully. Er achtete peinlich darauf, niemals zu trinken, wenn er Auto fuhr. Danach brachte er das leere Glas zurück, dankte dem Wirt und ging weiter in das nächste Pub, das nicht weit vom ersten entfernt war. Auch hier stand der Wirt allein hinter dem Tresen. Wendover bestellte sich wieder ein Ale und hatte kein Problem, mit dem kleinen, dicken Wirt ins Gespräch zu kommen.

»Morgenstund hat Ale im Mund«, witzelte der Mann. »Aber natürlich nur, wenn man nicht Auto fahren muss.«

»Sie leben in einem hübschen Ort«, sagte Wendover. »Komisch, dass hier keine Prominenten leben.«

»Na ja, so pauschal kann man das auch nicht sagen«, erwiderte der Wirt fröhlich. »Keine fünf Meilen von hier hat zum Beispiel Lord Barford seinen Landsitz. Barford Manor heißt das Anwesen. Ist seit Generationen in Familienbesitz.«

»Tatsächlich? Ich dachte immer, die Steuer hätte solche Aristokraten vom alten Schlag schon längst an den Bettelstab gebracht.«

»Da könnte was dran sein. Erst kürzlich waren zwei Landvermesser hier. Ich habe gehört, wie der eine dem anderen erzählt hat, dass Lord Barford Problem mit seinem Anwesen hat. In den Mauern sitzt der Hausschwamm, die Hälfte der Fenster muss ersetzt werden, und das Dach ist auch nicht mehr dicht. Der Landvermesser meinte, dass die Reparaturen Barford mindestens eine Million Pfund kosten dürften. Es geht ihm zwar finanziell nicht schlecht, aber soviel Geld hat er bestimmt nicht. Schließlich leistet er sich einen Hubschrauber und unterhält einen Reitstall. Er reitet nämlich gern in die Downs in Richtung Eagle's Nest.«

»Was ist denn das?«, fragte Wendover und nippte an seinem Bier.

»Ach, eines von diesen verrückten modernen Häusern. Riesiger Kasten. Gehört einem Typen namens Rondel.«

»Klingt irgendwie ausländisch der Name. Dann sind Barford und Rondel wohl gute Freunde, oder?«

»Glaube ich eher nicht. Lord Barford war früher mit der Armee viel im Ausland und mag deshalb die Ausländer nicht so besonders. Ich kann's ihm nachfühlen.«

Wendover bemerkte auf einmal, dass schon seit geraumer Zeit jemand hinter ihm stand, aber er drehte sich absichtlich nicht um. Schließlich wandte sich der Neuankömmling mit einer unangenehmen und arroganten Stimme an ihn.

»Würde es Ihnen etwas ausmachen, mir zu sagen, was Sie hier tun?«

»Ja, würde es.« Wendover drehte sich um und musterte den Mann. Er war klein, trug einen dunklen, schlecht sitzenden Anzug und machte ein grimmiges Gesicht. »Wer sind Sie überhaupt?«

»Chief Constable Bogle.«

»Assistant Chief Constable«, verbesserte der Wirt.

»Halten Sie sich da raus, Barrow«, raunzte der Polizist. »Geben Sie mir lieber eine Limonade.«

»Sagten Sie Boogle?«, fragte Wendover. »Ich kannte mal einen Mr. Boogle, der ...«

»Bogle«, wiederholte der Polizist. »B-o-g-l-e. Kapiert?«

Jetzt geht's los, dachte Wendover, dem Newman beim Frühstück von Tweeds Begegnung mit Bogle erzählt hatte. Er wandte dem Polizisten wieder den Rücken zu und trank von seinem Bier. Kurze Zeit später tippte Bogle ihm auf die Schulter. Wendover stellte sein Glas ab und drehte drehte sich um.

»Ich mag es nicht, wenn man mich anfasst.«

»Und ich mag es nicht, wenn man mich ignoriert. Schließlich habe ich einen Mord aufzuklären. Sie sind jetzt schon in der zweiten Kneipe und stellen seltsame Fragen. Das finde ich verdächtig. Weisen Sie sich bitte aus.«

»Das werde ich nicht tun. Muss ich auch nicht, außer Sie bezichtigen mich eines Vergehens. Ach, übrigens, Ihre Limonade wird kalt.«

Mit diesen Worten verließ Wendover das Pub. Als er auf dem Weg zu seinem Wagen wieder an dem ersten Lokal vorbei kam, rief ihm der Wirt durch die offene Tür etwas zu.

»Ihnen ist vorhin etwas aus der Hosentasche gefallen, als Sie Ihren Geldbeutel herausgezogen haben.«

Er kam heraus auf die Straße und gab Wendover ein kleines, in blaues Leder gebundenes Notizbuch. Wendover schlug es auf und sah, dass auf der Innenseite des Umschlags in Gold die Buchstaben MoA eingeprägt waren. Er blätterte kurz durch die Seiten und sah, dass sie voller Zahlen und scheinbar sinnloser Buchstaben waren.

»Vielen Dank«, sagte er zu dem Wirt. »Ohne dieses Büchlein wäre ich in meiner Arbeit völlig aufgeschmissen.«

Wendover steckte das Notizbuch ein und eilte zurück zu seinem Auto. MoA war die Abkürzung für Ministry of Armaments, das Rüstungsministerium. Vermutlich hatte Bogle das Notizbuch fallen lassen, als er sich in dem Pub seine Handschuhe angezogen hatte, um offizieller zu wirken. Jetzt galt es, die Ortschaft zu verlassen, bevor Bogle den Verlust bemerkte, und so schnell wie möglich zur Park Crescent zu fahren.

Seattle, Washington, an der Pazifikküste.

Dass die World Liberation Front ihr Hauptquartier ausgerechnet in einer teuren Wohnung mit Blick auf den Lake Washington hatte, war kein Zufall. In einem Viertel, in dem viele wohlhabende Bürger wohnten, vermutete niemand – das FBI eingeschlossen –, dass sich hier eine revolutionäre Terrororganisation versteckte.

Im geräumigen Wohnzimmer saß ein Mann vor einem Computer und surfte im Internet. Sein langes, fettiges Haar hatte er zu einem Pferdeschwanz zusammengebunden, und über der Lehne seines Stuhls hing das Jackett seines teuren Geschäftsanzugs. Wenn er sich außerhalb der Wohnung aufhielt, trug der Mann immer einen Hut, unter dem er den Pferdeschwanz verbarg. Die Nachbarn hielten ihn für eines von diesen Computergenies, die sich mit Programmieren eine goldene Nase verdient hatten.

Jetzt war es mitten in der Nacht, und der Mann surfte auf der Website eines Gartencenters, wo er sich für die Preise verschiedener Rosensorten interessierte. Nachdem er mehrere davon auf ein Blatt Papier geschrieben hatte, schlug er eine Tabelle in einem kleinen schwarzen Notizbuch auf und übersetzte mit ihrer Hilfe die Zahlenkolonnen in eine kurze Nachricht. Dann griff er zum Telefon und wählte eine Nummer in London, die aber in keinem Telefonbuch zu finden war.

»Hier Oskar«, meldete sich eine raue Stimme.

»Sie klingen wie ein Komödiant«, sagte der Pferdeschwanz. Das war eine vorher abgesprochenes Losung, mit der er seine Identität bestätigte.

»Haben Sie den Geschäftsbericht?«, fragte Oskar Vernon.

»Ja. Bei dieser Übernahme kommen wir mit einem Minimum an Druck aus.«

In seinem Zimmer über einem wenig benützten Lagerhaus am Reefers Wharf kaute Oskar Vernon an seinem Bleistift herum. Die wirkliche Bedeutung des Wortes »Druck« war »Gewalt«.

»Das ist es wohl, was die Briten eine Eskalation nennen«, sagte er zu sich selbst. »London dürfte eine heiße Nacht bevorstehen.«

7

Nach dem Abendessen, das Monica vom Imbiss um die Ecke geholt hatte, ging Tweed zum Händewaschen ins Bad. Als er wieder zurück ins Büro kam, machte er ein verärgertes Gesicht.

»Ich frage mich, ob wir wohl jemals wieder etwas von diesem Wunderknaben Mark Wendover hören werden. Sollte er wieder hier auftauchen, werde ich ihn mir mal gehörig zur Brust nehmen.«

»Ich bin auf einigen amerikanischen Websites herumgesurft«, sagte Monica. »Unter anderem auf der eines Gartencenters, das sich auf Rasen spezialisiert hat. Sie wissen ja, dass ich passionierte Rosenzüchterin bin. Na ja, jedenfalls haben sich auf dieser Website fast stündlich die Preise für die Rosen geändert. Wenn Sie mich fragen, handelt es sich dabei um codierte Botschaften, die auf raffinierte Weise an ihre Empfänger gebracht werden.«

»Haben Sie eigentlich nichts Besseres zu tun, als in Ihrer Arbeitszeit im Internet herumzu*surfen*?«, schnaubte Tweed. »Das klingt ja fast so, als ob sie in Devon am Strand in den Wellen geplanscht hätten. Und was die angeblichen codierten Botschaften anbetrifft …«

»Bevor Monica zu uns kam, hat sie für den SIS geheime Codes entschlüsselt«, mischte sich Paula ein.

»Ich habe mir die Rosenpreise notiert und würde die Zahlen gern unserem Chefkryptologen vorlegen«, sagte Monica.

»Ich rufe gleich mal Jacko an und sage ihm, dass er herüberkommen soll«, sagte Paula und griff nach dem Telefon.

»Machen Sie nur, was Ihnen gerade in den Sinn kommt, und kümmern Sie sich nicht um mich«, brummte Tweed. »Ich bin ja bloß der Chef hier.«

Tweed nahm wieder seinen Block mit den Namen zur Hand und kritzelte darauf herum. Nach ein paar Minuten klopfte es an der Tür, und eine schlanke, blonde Frau Anfang dreißig kam herein. Sie trug einen rehbraunen Hosenanzug, dessen Farbe gut zu der ihrer Haare passte.

»Ich bin Jenny«, sagte sie. »Jacko ist kurzfristig versetzt worden. Ich bin jetzt die Chefkryptologin.«

Jenny nahm das Blatt Papier, das Monica ihr gab, und studierte es eingehend. Dabei bemerkte sie, wie Newman sie interessiert anschaute.

»Kommt mir ziemlich simpel vor«, sagte sie.

»Wenn es überhaupt ein Code ist«, bemerkte Tweed.

Jenny schrieb etwas auf einem Block, riss dann das Blatt ab und reichte es Tweed, der es mit geschürzten Lippen in Empfang nahm.

Bei dieser Übernahme kommen wir mit einem Minimum an Druck aus. Ende des Berichts.

»Es war ein simpler Zahlen-Buchstaben-Code«, erklärte Jenny. »Jede Zahl entspricht einem Buchstaben des Alphabets.«

»Sieht aus wie eine geschäftliche Nachricht«, sagte Tweed skeptisch. Paula war hinter ihn getreten und schaute ihm über die Schulter. »Sehen Sie, das hat keine Bedeutung«, sagte er zu ihr.

»Ich weiß nicht so recht. Als diese Krawalle in Washington waren, habe ich im Fernsehen gesehen, wie einer der Krachmacher in die Fernsehkamera ›Das ist eine Übernahme‹ gerufen hat. Er hat damit wohl gemeint, dass er und seine Spießgesellen die Macht in Washington übernehmen wollten – oder es zumindest probieren.«

»Tatsächlich?« Tweed machte ein nachdenkliches Gesicht und sagte dann: »Ich finde, wir sollten jetzt unsere Leute für den Ausflug mit Lisa zusammentrommeln. Harry, rufen Sie doch bitte Pete Nield an, und sagen Sie ihm, dass er so schnell wie möglich hierher kommen soll. Schade nur, dass Marler nach Dorset gefahren ist.«

»Wenn Sie mich noch einmal brauchen, rufen Sie mich doch einfach an«, sagte Jenny und stand auf.

»Vielen Dank für Ihre Hilfe.«

»Nicht der Rede wert. Das war wirklich kinderleicht.«

Kurz nachdem Jenny gegangen war, klingelte das Telefon. Monica ging ran und informierte Tweed, dass Mark Wendover unten am Empfang sei.

»Lassen Sie ihn heraufkommen. Ich hätte gute Lust, ihn ins nächste Flugzeug nach USA zu setzen.«

Paula betrachtete interessiert den groß gewachsenen und gut gebauten Mann, der ein paar Augenblicke später das Büro betrat. Ihr gefiel auf Anhieb seine lässige Art, sich zu kleiden, und das schiefe Lächeln, mit dem er Tweeds unterkühlter Aufforderung, sich zu setzen, nachkam.

»Ich muss Sie ganz eindringlich darauf hinweisen, dass wir hier als ein Team arbeiten«, begann Tweed sichtlich verärgert. »Da bin ich es nicht gewohnt, dass ich nicht weiß, wo meine Leute sich den ganzen Tag über herumtreiben. Wo waren Sie? Und wenn Sie mir das beantwortet haben, dann hätte ich noch eine Menge Fragen zu Ihrer Vergangenheit.«

»Ich habe vom Hotel aus bei Bob Newman angerufen, aber es hat niemand abgehoben.«

»Das kommt daher, dass ich direkt hierher gefahren bin«, sagte Newman.

»Nun gut …« Wendover sah Tweed gerade in die Augen. »Ich bin nach Alfriston gefahren und habe dort etwas gefunden, das Sie bestimmt interessieren wird. Darf ich Ihnen davon erzählen, oder wollen Sie mich stattdessen lieber an der nächsten Straßenlaterne aufhängen?«

»Schießen Sie los.«

Während Wendover detailliert schilderte, was er in East Sussex erlebt hatte, verschwand langsam der Ärger aus Tweeds Gesicht. Zum Schluss zog der Amerikaner das in blaues Leder gebundene Notizbuch aus der Tasche und reichte es ihm.

»Sie haben hervorragende Arbeit geleistet«, sagte Tweed, während er das Buch durchblätterte. »Vergessen wir das mit Ihrer Vergangenheit. Tja, ich kann mir gut vorstellen, wie Bogle in den Besitz dieses Notizbuchs gelangt ist. Er war ja vor Paula und mir am Tatort und konnte dort dem toten Jeremy Mordaunt das Buch aus der Tasche ziehen. So etwas nennt man üblicherweise Unterschlagung von Beweismitteln. Ach, Paula, würden Sie bitte Jenny noch einmal zu uns bitten?«

Kurze Zeit später betrat Jenny wieder das Büro. »Haben Sie vorhin was vergessen?«, fragte sie.

»Nein. Aber ich habe soeben dieses Notizbuch hier erhalten. Könnten Sie mir vielleicht sagen, ob die Eintragungen darin codiert sind?«

»Möglich wäre es schon«, sagte Jenny, nachdem sie einen kurzen Blick in das Buch geworfen hatte. »Aber ich müsste es mir genauer ansehen.«

»Das ließe sich machen. Aber Sie müssten mir versprechen, dass es niemand außer Ihnen zu Gesicht bekommt. Ist das machbar?«

»Ja. Ich habe ein eigenes kleines Büro mit drei Sicherheitsschlössern an der Tür und einem Safe für geheimes Material.«

»Dieses Notizbuch ist streng geheim.«

»Das habe ich mir schon gedacht. Wem soll ich meine Ergebnisse mitteilen, falls ich welche zustande bringe?«

»Mir oder Paula. Sollten wir beide nicht erreichbar sein, dann Monica.«

»Dann werde ich mich gleich mal ans Knacken des Codes machen. Könnten Sie mir vielleicht einen großen Umschlag geben, damit niemand das Notizbuch sieht, wenn ich es in mein Büro bringe?«

Monica gab ihr einen Umschlag, und Jenny steckte das Buch hinein und klebte ihn zu. Im Hinausgehen zwinkerte sie Newman zu. Mark Wendover würdigte sie keines Blicks, aber Paula war sich sicher, dass Jenny den Amerikaner jederzeit wieder erkennen würde.

»Kann sein, dass diese Arbeit etwas länger dauert«, sagte Jenny noch zu Tweed, während sie aus der Tür trat.

Nachdem sie gegangen war, erklärte Tweed Wendover die Sache mit Lisa. Er erzählte ihm, wie er sie kennen gelernt habe und dass er nicht wisse, ob er ihr vertrauen könne.

»Schon wieder dieser Lord Barford«, sagte Wendover nachdenklich.

»Ja. Und nach dem zu schließen, was Sie uns vorhin erzählt haben, steckt Bernard Barford obendrein auch noch in finanziellen Schwierigkeiten. Das hätte ich mir nicht gedacht …«

Während Tweed sprach, klingelte das Telefon, und Monica hob ab. »Lisa Trent ist unten beim Pförtner«, sagte sie. »Pünktlich auf die Minute.«

»Bitten Sie sie herauf.«

Als Lisa das Büro betrat, wollte Monica ihr den grauen Regenmantel abnehmen, aber sie schüttelte den Kopf und setzte sich, ohne den Mantel auszuziehen, auf den Stuhl, den Tweed ihr anbot. Tweed stellte ihr alle Anwesenden mit ihren Vornamen vor, wobei er Paula, die Lisa ja schon kannte, ausließ.

»Bevor wir mit Ihnen irgendwo hingehen, muss ich mehr über Sie wissen«, sagte er. »Wo wohnen Sie?«

»In einer Wohnung in der Nähe der Ebury Street, aber ich möchte Ihnen lieber nicht die genaue Adresse nennen. Ich wurde von zwei finsteren Gestalten dorthin verfolgt, konnte sie aber noch rechtzeitig vorher abschütteln.«

»Was waren das für Leute? Wissen Sie, wer sie geschickt haben könnte?«

»Ich habe keine Ahnung. Nicht die geringste.«

»Das klingt alles ziemlich vage«, meinte Tweed. »Auf Lord Barfords Party haben Sie mir erzählt, dass Sie beruflich als Vertrauensperson tätig sind. Könnten Sie mir das bitte etwas näher erklären?«

»Vielleicht wäre Sicherheitsberaterin das bessere Wort gewesen«, sagte Lisa, die sich etwas entspannt zu haben schien und nicht mehr ganz so stocksteif auf dem Stuhl saß. »Ich beschütze einen der mächtigsten Männer der Welt. Er hat mich beauftragt, mich mit Ihnen in Verbindung zu setzen.«

»Woher weiß er überhaupt von meiner Existenz?«, fragte Tweed.

»Er hat überall auf der Welt die besten Beziehungen. Deshalb weiß er auch, wer Sie wirklich sind.«

»Und wer bin ich wirklich?«

»Stellvertretender Direktor des SIS. Das ganze Theater mit der Versicherungsgesellschaft ist nur eine Tarnung. Er weiß auch, dass es in London demnächst großen Ärger geben wird, und hat mich deshalb damit beauftragt herauszufinden, in welchen Gebieten die Gegner losschlagen werden, um es Ihnen dann zu berichten. Inzwischen weiß ich es: Es sind das West End und das East End. Und losgehen soll es heute Nacht.«

»Was sollen das für Gegner sein?«

»Ihre Regierung hat in letzter Zeit zu viele angebliche Flüchtlinge ins Land gelassen und dabei nicht erkannt, dass viele dieser Leute im Ausland für den Guerillakrieg ausgebildet wurden. Ich bin mir ziemlich sicher, dass heute Nacht nur die Generalprobe für einen noch viel größeren Angriff steigen soll. Die wollen damit testen, wie Ihre Polizei auf Straßenkrawalle reagiert. Ich weiß zwar nicht, wann genau es losgehen soll, aber bestimmt erst nach Einbruch der Dunkelheit.« Lisa strich ihr volles, rotes Haar aus dem Gesicht. »Wie viele Leute können Sie mobilisieren?«

»Mit mir zusammen vielleicht sechs. Bis auf einen, der gleich zu uns stoßen wird, sind sie alle schon hier in diesem Raum. Einer von ihnen wurde beim SAS trainiert«, fügte er an, ohne Newman dabei direkt anzuschauen. »Die anderen, darunter Paula, haben die normale Ausbildung. Wenn ich Sie wäre, würde ich aber Paula nicht unterschätzen.«

»Das wäre mir nicht mal im Traum eingefallen«, sagte Lisa und lächelte. »Ich habe sie ja bereits auf Lord Barfords Gesellschaft kennen gelernt.«

»Möchten Sie vielleicht eine Tasse Kaffee?«, fragte Monica etwas verspätet. Sie hatte Lisa fasziniert zugehört.

»Ja, bitte, wenn es Ihnen keine Mühe macht.«

»Mir wäre wohler, wenn Sie mir den Namen des Mannes nennen würden, für den Sie arbeiten«, sagte Tweed.

»Tut mir Leid, aber ich habe versprochen, ihn niemandem mitzuteilen.«

»Es ist nicht zufällig ein gewisser Rondel?«, fragte Tweed beiläufig.

»Nein«, antwortete Lisa und senkte den Blick.

»Ein Problem habe ich noch«, fuhr Tweed fort, während er kleine Gesichter auf seinen Block kritzelte. »Wenn ich nicht weiß, wie ich Sie erreichen kann, können wir unmöglich zusammenarbeiten.«

»Mein Auftraggeber hat Sie mir nicht nur als hochintelligent, sondern auch als knallhart und äußerst hartnäckig beschrieben. Er hatte Recht. Also gut, ich wohne nicht mehr in der Nähe der Ebury Street, sondern im Hangman's Noose. Das ist ein Pub im East End in der Nähe von Reefers Wharf. Wenn ich nicht da sein sollte, können Sie einem gewissen Herb eine Nachricht hinterlassen. Er ist der Besitzer der Kneipe.«

»Kann man ihm vertrauen?«

»Unbedingt.«

»Und warum sollten wir, wenn ich fragen darf?«, mischte Mark Wendover sich ein.

»Warum?«, fragte Lisa zurück und sah ihn an. »Weil er früher mal für den militärischen Geheimdienst gearbeitet hat. Deshalb.« Sie holte ein gefaltetes Blatt Papier aus ihrer Schultertasche und gab es Tweed. »Hier ist eine Aufstellung der Orte, an denen es heute Nacht Ärger geben könnte.«

Tweed las die mit Schreibmaschine geschriebene Liste sorgfältig durch und achtete darauf, sich von seiner Bestürzung nichts anmerken zu lassen. Dann sah er Lisa in die Augen.

»Das ist ein ganz schön großes Gebiet. Ich schätze mal, dass Herb mit seiner militärischen Erfahrung Ihnen beim Zusammenstellen der Liste geholfen hat.«

»Sie haben den Nagel auf den Kopf getroffen«, sagte Lisa lächelnd. »Er hat mir übrigens auch noch gesagt, dass Sie eine schnelle Auffassungsgabe haben.«

»Wer? Herb?«

»Nein. Mein Auftraggeber, der mich zu Ihnen geschickt hat, damit ich Sie warne. Wir sind also zu sechst ...«

»Zu siebt, zusammen mit Ihnen.«

»Dann brauchen wir noch Fahrzeuge, um vom West End ins East End zu kommen.«

»Die haben wir haufenweise«, sagte Harry Butler. »Und zwar in allen Marken und Größen.«

»Wir nehmen drei Wagen«, sagte Tweed. »Ich fahre Wagen eins und Paula kommt mit mir. Wagen zwei wird Newman fahren, zusammen mit Lisa und Mark. Sie, Harry, nehmen Wagen drei. Sollte Pete Nield noch hier aufkreuzen, nehmen Sie ihn mit.«

»Er kommt schon, keine Bange«, sagte Butler. »Am besten nehme ich den Allradwagen, bei dem ich die vordere Stoßstange verstärkt habe. Die ist jetzt praktisch ein Rammbock, und wer weiß, wozu man das gebrauchen kann.«

»Könnte ich vielleicht kurz auf die Toilette?«, fragte Lisa, die ihren Kaffee ausgetrunken hatte. »Das hat gut getan«, sagte sie zu Monica. »Nochmals vielen Dank.«

»Ich zeige Ihnen den Weg«, sagte Paula und verließ zusammen mit Lisa das Büro.

»Na, was halten Sie von ihr?«, fragte Tweed in die Runde, nachdem sich die Tür hinter den beiden Frauen geschlossen hatte.

»Sie ist in Ordnung«, meinte Butler. »Ich habe sie eingehend beobachtet.«

»Einfallsreich und vertrauenswürdig«, sagte Newman.

»Genau das wollte ich auch sagen«, sagte Wendover.

»Falls jemand an meiner Meinung interessiert ist«, meldete sich Monica zu Wort, »ich halte die Frau für einen Top-Profi. Ich bin mir sicher, dass die aus jeder noch so gewalttätigen Situation unbeschadet herauskommt. Haben Sie bemerkt, dass sie Schuhe mit Metallkappen trägt?«

»Nein«, musste Newman zugeben.

»Kein Wunder. Sie hat sie auch dick mit Schuhcreme zugeschmiert.«

»Sieht so aus, als könnte die Kleine ihren Mann stehen«, sagte Wendover zu Newman. »Und ich habe geglaubt, wir müssten auf sie aufpassen, wenn sie mit uns im Auto fährt …«

»Sehen Sie lieber zu, dass Lisa nicht auf Sie aufpassen muss«, sagte Monica mit einem frechen Grinsen.

»Was für Waffen nehmen wir mit?«, fragte Butler.

»Ich verlasse mich wie üblich auf meine Smith and Wesson«, sagte Newman.

»Jetzt hören Sie mir mal alle gut zu«, sagte Tweed mit lauter Stimme. »*Auf diesem Ausflug wird nicht geschossen, ist das klar?* Nur wenn Sie selber angegriffen werden, dürfen Sie von Ihren Waffen Gebrauch machen. Alles Übrige überlassen wir der Polizei.«

»Falls die überhaupt zur Stelle ist«, warf Newman ein.

In diesem Augenblick betrat Pete Nield das Büro und begrüßte Tweed mit einem kurzen Nicken.

»Entschuldigen Sie, dass ich mich verspätet habe, aber ich musste erste Hilfe bei einem Unfall leisten. Eine darin verwickelte Frau hat sich ein Bein gebrochen, und natürlich wusste wieder mal niemand, was zu tun ist. Ich habe sie notdürftig versorgt und dann in einen Wagen gehoben, der sie anschließend zum Krankenhaus gefahren hat. Außerdem habe ich mir in einem Haus an der Straße ein Glas Wasser besorgt und der Frau ein paar Schmerztabletten gegeben. Gut, dass ich immer welche bei mir habe.«

»Der Mann ist ein wandelnder Arzneikoffer«, sagte Butler spöttisch.

Er und Nield arbeiteten seit vielen Jahren zusammen und wussten, dass sie sich jederzeit aufeinander verlassen konnten. Dabei waren sie so unterschiedlich, wie man nur sein konnte. Butler hatte praktisch immer eine fadenscheinige Windjacke, einen Pullover mit ausgefranstem Kragen und eine abgewetzte Jeans an, während der schlanke und stets aufrecht gehende Nield zumeist tadellose Anzüge sowie Hemd und Krawatte trug.

Tweed informierte Nield, der sich auf die Kante von Paulas Schreibtisch gesetzt hatte, im Schnelldurchgang über alles, was geschehen war. Nachdem Tweed seine Warnung vor dem Gebrauch von Schusswaffen wiederholt hatte, reichte er Nield die Liste, die Lisa ihm gegeben hatte. Nield pfiff leise durch die Zähne.

»Wollen die ganz London ins Chaos stürzen oder was?«

»Jetzt noch nicht, aber vielleicht später.«

»Meinen Sie wirk...«

Er hörte auf zu sprechen, weil Lisa und Paula zur Tür hereinkamen. Alle schauten Lisa an, die ihren schweren Regenmantel mit den großen Taschen jetzt über den Arm gelegt hatte und einen nicht ganz knielangen Lederrock und eine ärmellose, knalleng sitzende Bluse trug. Es kostete Newman einige Mühe, nicht auf Lisas lange Beine zu starren.

»Entschuldigen Sie bitte diesen aufreizenden Aufzug«, sagte Lisa, »aber eines der Angriffsziele ist eine große Diskothek im West End. Ich möchte mich dort unters Publikum mischen. Wenn wir losfahren, ziehe ich mir den Pullover und die Jeans an, die ich dabei habe.« Sie lächelte. »Ich wollte Ihnen dieses Outfit nur vorab mal zeigen, damit Sie später nicht in Ohnmacht fallen.«

Mit diesen Worten zog sie ihren Mantel an und schaute auf die Uhr.

»Was, so spät ist es schon? Ich glaube, wir sollten jetzt schleunigst aufbrechen«, sagte sie zu Tweed.

»Ich hole schon mal den Wagen«, brummte Butler und sprang auf.

Tweed machte Lisa mit Pete Nield bekannt, der ihr die Hand gab und sie anlächelte.

»Willkommen bei unserem kleinen Feldzug«, sagte er.

»Lassen Sie dieses blöde Dahergerede, Pete«, sagte Tweed scharf. »Schließlich befinden wir uns nicht im Krieg.«

»Hoffen wir's«, murmelte Newman.

»Ist denn das SAS-Team schon da, das ich von Hereford angefordert habe?«, raunzte Gavin Thunder seinen neuen Mitarbeiter an, der für Jeremy Mordaunt gekommen war.

»Ja. Drüben im ehemaligen Gebäude von Scotland Yard, Sir. Verzeihen Sie mir die Bemerkung, Sir, aber untersteht der SAS nicht dem Verteidigungsministerium?«

»Ja, aber ich habe den Minister dazu überredet, mir die Jungs für ein paar Stunden auszuleihen. Der Mann frisst mir aus der Hand. Sie haben ja wahrscheinlich die Gerüchte gehört, die zurzeit in der Stadt kursieren. Heute Nacht wollen finstere Typen aus dem Ausland, die wir als Flüchtlinge ins Land gelassen haben, hier den Aufstand proben. Da finde ich es wichtig, dass wir den SAS in Reserve halten, für den Fall, dass die Situation außer Kontrolle gerät.«

»Hoffentlich sehen das Ihre Kabinettskollegen auch so, Sir.«

»Das geht Sie einen Dreck an. Aber wenn Sie es unbedingt wissen müssen: Das Kabinett hat mir freie Hand gegeben. Widerwillig zwar, aber immerhin. Kann sein, dass wir heute Nacht mit eiserner Faust für Ordnung sorgen müssen.«

»Genau das ist Ihr Spitzname im Kabinett, Sir. Eisenfaust.«

8

Sofort handeln.

Diese codierten Worte schickte der Mann mit dem Pferdeschwanz von seiner Wohnung am Ufer des Lake Washington per Internet hinaus in die Welt, wo sie in London, Paris, Rom, Brüssel, Berlin und Stockholm von den dortigen »Geschäftsführern« entschlüsselt wurden.

Kurze Zeit später machten sich dort überall »Touristenbusse« von verschiedenen Richtungen aus auf den Weg in die Zentren der Städte – auf diese Weise gab es keine langen Autokonvois, die vielleicht den Argwohn der Polizei hätten erwecken können.

Als Nächstes wandte sich der Pferdeschwanz der Heimatfront zu und schickte dieselbe codierte Botschaft an seine Leute in San Francisco, Chicago, New York, Los Angeles und New Orleans. Daraufhin wurden an vorher festgelegten Stellen Greyhound-Linienbusse aufgehalten und geentert. Nachdem man ihren Fahrgästen sämtliche Mobiltelefone abgenommen und sie in bereits ausgekundschaftete Scheunen gesperrt hatte, bestiegen Banden von brutal aussehenden Männern die Busse, die daraufhin in die Zentren der Städte weiterfuhren.

Keinem der an der Aktion Beteiligten fiel auf, dass die codierten Worte einer der Lieblingssprüche von Winston Churchill gewesen waren, mit dem er träge Angestellte des öffentlichen Dienstes zur augenblicklichen Ausführung seiner Befehle angespornt hatte.

In London war es zehn Uhr abends, als Tweed und seine Leute in drei Gruppen ein im Keller gelegenes Restaurant in der Nähe des Piccadilly betraten und dort an drei verschiedenen Tischen

Platz nahmen. Der Einzige, der fehlte, war Harry Butler, der sich draußen noch ein bisschen umsehen wollte.

Sie aßen nur eine Kleinigkeit und tranken keinen Alkohol. Gerade als sie mit dem Essen fertig waren, kam Butler ins Lokal geeilt und forderte sie auf zu gehen.

Lisa, die Pullover und Jeans trug, schnappte sich ihren Regenmantel und verschwand damit in der Damentoilette. Dort zog sie sich Rock und Bluse und darüber wieder den Regenmantel an.

»Die Diskothek heißt ›Vorina's‹«, sagte Butler, während sie die Treppe nach oben hasteten.

Auf Tweeds Anweisung hin hatten sie die Rechnung schon im Voraus beglichen, sodass sie das Restaurant jederzeit verlassen konnten.

Sie verteilten sich auf die vor dem Restaurant geparkten Wagen und warteten auf Lisa, die kurze Zeit später ebenfalls das Lokal verließ und zu Newman und Mark Wendover ins Auto stieg. Tweed, der sein Fahrzeug vor den anderen beiden geparkt hatte, fuhr los.

»Wo ist denn dieses Vorina's?«, fragte er Paula.

»In einer Seitenstraße der Regent Street. Ich sage Ihnen, wie Sie fahren müssen.«

Schon beim Einbiegen in die Straße stach Tweed die Diskothek ins Auge, deren riesige, hell erleuchtete Fenster nicht zu übersehen waren. Auf Paulas Anraten hin hatte Butler drei Clubcarten für jeweils drei Leute besorgt.

»Hat mich die Kleinigkeit von neunzig Pfund gekostet«, hatte er Paula vorhin auf der Straße erzählt.

»Neunzig Pfund! Das muss ja der reinste Nobelschuppen sein.«

»Urteilen Sie selbst, wenn wir dort sind«, hatte Butler geantwortet.

Jetzt stellten sie die Autos in einer breiten Nebenstraße ab. Diesmal allerdings nahm der Geländewagen die vordere Position ein. Während ein Türsteher in blauer Uniform ihre Eintrittskarten überprüfte, warf Paula einen Blick ins Innere der

Disko. Vor den Fenstern tanzten hübsche Mädchen, die nur sehr wenig anhatten. Als der Türsteher die Tür ganz öffnete, schlug ihr in voller Lautstärke äußerst moderne »Tanzmusik« entgegen.

An der Decke hingen farbige Scheinwerfer, die ihr Licht im Rhythmus der Musik durch den Raum zucken ließen. Auf einer Bühne an der linken Wand des Raumes standen fünf junge Musiker, die auf Saxophonen, Gitarren und weiß Gott was für anderen Instrumenten einen Höllenlärm veranstalteten, der von riesigen Lautsprecherbatterien noch einmal zu gehörschädigenden Dezibelzahlen verstärkt wurde. Es war so laut, dass sich die Pärchen, die am Rand der Tanzfläche an kleinen Tischen saßen, ins Ohr brüllen mussten, wenn sie sich unterhalten wollten. In verschwiegenen Nischen gingen männliche Diskobesucher ihren Freundinnen an die Wäsche, während ältere Semester ihren jungen Begleiterinnen ein Glas Champagner nach dem anderen aufnötigten. Trotzdem sah Tweed nichts, was die Polizei als ausgesprochen obszön hätte bezeichnen können. Es schien ihm so, als würden sich hier erwachsene Menschen einfach gut amüsieren. Allerdings gingen ihm die laute Musik und die zuckenden Scheinwerfer gewaltig auf den Geist. *C'est la vie*, würden die Franzosen sagen, dachte er. Paula, die sich umgedreht hatte, fasste ihn am Arm.

»Sieht nach Ärger aus«, sagte sie.

Lisa bekam mit, was Paula sagte.

»Nach verdammt viel Ärger.«

Ein riesenhafter Kerl hatte die Eingangstür aufgerissen und drängte, gefolgt von einer Bande rau aussehender Gesellen in abgerissenen Tarnjacken, in die Diskothek herein. Als der Türsteher nach ihren Eintrittskarten fragte, packte ihn Delgado am Handgelenk und wirbelte ihn herum, sodass jener mit dem Gesicht gegen den Türstock knallte und zusammensackte. Nun war der Weg ins Innere der Diskothek frei.

Delgados Schlägertypen liefen von Tisch zu Tisch und wischten die Gläser der Gäste auf den Boden, während einer von ihnen mit einer Spraydose *Tod den reichen Säken* an die Wand sprühte. Rechtschreibung ist offenbar nicht seine Stärke, dachte Tweed.

In der Diskothek brach Panik aus. Frauen kreischten laut auf, während ihre männlichen Begleiter versuchten, sie durch das Chaos sicher zum Ausgang zu bringen. Als eine Frau sich weigerte, von ihrem Platz aufzustehen, rannte Delgado auf sie zu und riss ihr mit einem Ruck das tief dekolletierte Kleid vom Leib. Butler trat von hinten an ihn heran, packte ihn bei den Haaren und schmetterte den Kopf mit voller Wucht auf die Tischplatte. Als Delgado sich benommen erhob, war Butler längst anderswo.

Die Musiker hatten aufgehört zu spielen, blieben aber starr vor Angst auf dem Podium stehen. Einer von den Schlägern kletterte hinauf, riss einem der jungen Männer das Saxophon aus der Hand und sprühte aus seiner Spraydose Farbe hinein. Als der Musiker daraufhin aufbegehrte, schlug ihm der Rüpel mit dem Saxophon voll zwischen die Beine, sodass jener mit einem lauten Schmerzensschrei zusammenbrach.

»Raus hier«, sagte Tweed zu Wendover, der gerade einen der Schläger mit einem Handkantenschlag niedergestreckt hatte.

»An der Wand entlang geht's am schnellsten«, sagte Lisa. Tweed winkte den anderen, und Butler zog eine Trillerpfeife aus der Hosentasche und blies so laut hinein, dass das Geräusch auch durch das ganze Chaos hindurch zu hören war. Lisa hatte Recht gehabt. An den jetzt leeren Nischen entlang gab es einen relativ freien Durchgang zur Tür. Als sie die Diskothek verließen, sah Paula, wie der inzwischen wieder genesene Delgado sich durch die verängstigte Menge ebenfalls einen Weg nach draußen bahnte.

Butler und Nield waren die Ersten, die hinaus auf die Straße kamen. »Wenn Sie in Ihrem Wagen sitzen, warten Sie noch einen Augenblick«, sagte Paula zu ihnen. »Der Typ hat bestimmt eine neue Teufelei vor.«

Als sie alle in ihren Autos saßen und die Motoren angelassen hatten, sah Paula, wie Delgado einen riesigen Vorschlaghammer vom Pflaster aufhob, den er vermutlich zuvor dort deponiert hatte.

Er schwang den Hammer und ließ ihn in eines der großen Fenster der Vorina's krachen, das sofort in tausend kleine Splitter zerbarst. In diesem Augenblick kam eine junge Frau, deren teures Kleid in Fetzen gerissen war, auf die Straße gestürzt. Einer von Delgados Schlägern packte sie und warf sie durch das zerbrochene Fenster wieder ins Innere des Lokals, wo sie inmitten der Scherben auf den Rücken fiel und liegen blieb. Lisa sprang aus Newmans Wagen und rannte nach vorn zu Butler und Nield.

»Zum Piccadilly Circus«, rief sie, bevor sie zurück zu Tweeds Wagen lief, um ihm dasselbe auszurichten.

»Ich weiß«, sagte Tweed. »Steigen Sie wieder in Ihren Wagen.«

Der Geländewagen fuhr los, gefolgt von Newmans Kombi. Tweeds Wagen bildete den Schluss der kleinen Kolonne. Es dauerte nicht lange, bis sie über die Regent Street zum Piccadilly Circus kamen.

»Das war ja fürchterlich«, sagte Paula. »Ich bin mir fast sicher, dass sie einem der Männer da drinnen das Genick gebrochen haben. Wer sind bloß diese widerlichen Typen?«

»Ein paar von ihnen waren Engländer, aber die meisten kamen mir wie Ausländer vor. Kosovaren oder so. Wenigstens wissen wir jetzt, mit wem wir es zu tun haben. Am wichtigsten ist aber, dass wir den Kopf hinter dem Ganzen ausfindig machen.«

»Großer Gott, sehen Sie sich nur mal das hier an!«

Bei allen Autos, an denen sie in der Regent Street vorbeifuhren, hatte man die Windschutzscheibe eingeschlagen. Bei vielen fehlten auch die Seitenscheiben, und selbst an mehreren großen Geschäften waren die Schaufenster zertrümmert worden. Finster dreinblickende Gestalten räumten gerade die Auslagen aus. Die Plünderungen hatten begonnen.

Weil Butler mit dem Geländewagen vorausfuhr, kamen sie unbeschadet durch die Regent Street. Immer, wenn sich ihnen Gruppen von Randalierern in den Weg stellten, trat Butler aufs

Gas, woraufhin die Schlägertypen sofort auseinander rannten. Am Circus, wo die Statue des Eros bereits mit Graffitis verunstaltet war, hatte sich eine neue Bande zusammengerottet. Eine Gruppe dieser »Revolutionäre« lungerte auf dem Denkmal herum, und als Butler um den Platz herumfuhr, schleuderte einer davon einen Ziegelstein auf den Geländewagen. Butler, der mit offenem Fenster fuhr, behielt eine seiner behandschuhten Hände am Lenkrad und fing mit der anderen das Wurfgeschoß ab. Dann blieb er kurz stehen, warf den Ziegelstein zurück und traf den Werfer damit am Kinn.

»Denen werden wir's zeigen«, sagte Nield. »Fahren Sie einfach einmal um die Statue herum.«

Während Butler das tat, hielt Nield seine neueste Waffe aus dem Fenster. Es handelte sich um ein langes Metallrohr, aus dem heraus Nield die Schläger mit einem dicken Strahl eiskalten Wassers bespritzte. Nachdem Butler den Eros einmal ganz umrundet hatte, waren die Männer und Frauen auf dem Denkmal bis auf die Knochen durchnässt.

»Das wird sie ein bisschen abkühlen«, sagte Nield, als Butler den Platz verließ.

Auf dem Rücksitz von Newmans Wagen hatte Lisa sich einen Pullover über die enge Bluse gezogen und den Lederrock wieder gegen die Jeans getauscht. Nachdem sie damit fertig war, klingelte ihr Handy.

Sie hörte zu, bedankte sich bei dem Anrufer und sagte, dass sie unterwegs seien. Dann rief sie mit dem Handy Butler und Paula an und teilte den beiden mit, was sie soeben erfahren hatte.

»Das war Herb. Er sagt, dass es am Hangman's Noose Zoff gibt. Gewaltigen Zoff. Ich habe ihm versprochen, dass wir ihm zu Hilfe kommen.«

Als sie das West End hinter sich gebracht hatten, wurde es bedeutend ruhiger auf den Straßen. Paula atmete auf, primitive Gewalt war nämlich etwas, was sie zutiefst verabscheute. Irgendwann überholte Tweed die beiden anderen Wagen und setzte sich an die Spitze des Konvois. Paula, die einen aufgeschlagenen Stadtplan auf den Knien liegen hatte, musste navigieren.

Tweed bemerkte, dass es Zeit für die Nachrichten war und schaltete das Radio ein.

»Auch aus Paris und Berlin werden schwere Ausschreitungen gemeldet«, sagte der Sprecher. »Offenbar handelt es sich um ein organisiertes Vorgehen, weil die Unruhen in allen Hauptstädten zur selben Zeit ausgebrochen sind …«

Tweed schaltete aus und grinste ausdruckslos vor sich hin.

»Und hier auch«, sagte er.

»Was hat das alles wohl nur zu bedeuten?«, sagte Paula.

»Dass es sich um eine internationale Gefahr handelt. Und das beunruhigt mich ziemlich. Wir müssen unbedingt herausfinden, wer hinter dieser ganzen Sache steckt.«

»Ich glaube, dass Lisa weiß, wer derjenige ist. Was allerdings wiederum bedeuten könnte, dass sie auf der anderen Seite steht.«

»Das Ganze ist jedenfalls sehr mysteriös. Trotzdem, ich werde dieses Geheimnis lösen, das verspreche ich Ihnen.«

Die beiden schwiegen, bis sie im East End ankamen. Hier verringerte Tweed die Geschwindigkeit und fuhr vorsichtiger. Im Rückspiegel sah er, dass Newman und Butler dicht hinter ihm waren.

»Wir sind gleich am Reefers Wharf«, sagte Paula nach einem Blick auf den Stadtplan.

»Ich frage mich, warum der Ort wohl so heißt. Vermutlich liegt er direkt am Fluss.«

»Nein. Lisa hat es mir auf dem Weg zur Toilette erklärt. Die Themse ist noch gut dreihundert Meter entfernt, aber früher hat mal ein Kanal dorthin geführt. Dann aber ist irgendein geldgieriger Spekulant auf die Idee gekommen, den Kanal zuschütten zu lassen und Häuser darauf zu bauen. Deshalb sind die alten Lagerhäuser heute allesamt Bürogebäude mit exorbitant hohen Mieten. Aber sehen Sie selbst, wir sind so gut wie da.«

Tweed bog um eine Ecke in die Straße, auf der tagsüber der Markt abgehalten wurde. Im Schein lodernder Flammen konnte

Tweed das Wirtshausschild des Hangman's Noose erkennen, das aus einem Galgen bestand, an dem ein grotesk aussehender Kopf baumelte.

»Wenn das, was wir im West End gesehen haben, Chaos war, dann ist das hier die schiere Anarchie«, bemerkte Paula.

Auch Tweed kam es so vor, als ob hier noch mehr Randalierer auf den Straßen wären als in den Straßen rings um den Piccadilly Circus. Sie hatten die Tische der Marktleute – Tische, die nachts normalerweise zusammengeklappt am Straßenrand standen – zu einem Haufen zusammengetragen und in Brand gesteckt. Vor dem Hangman's Noose, dessen Fenster Herb vorsorglich mit Brettern vernagelt hatte, hielt Tweed an. Dicht hinter ihm parkten Newman und Butler ihre Fahrzeuge.

Lisa rannte hinüber zu Tweed und zeigte ihm einen untersetzten Mann, der gerade aus dem Pub kam. Es war Herb, der einen dicken Knüppel in der Hand hielt.

»Es war die Hölle«, sagte Herb zu Tweed. »Die Dreckskerle haben Frauen ebenso angegriffen wie Männer.«

Lisa ließ die beiden stehen und rannte zu einem der Schläger, der gerade mit einem Knüppel auf einen Mann eindrosch. Als er Lisa sah, grinste er und schwang mit dem Knüppel nach ihr, aber Lisa streckte ihn mit einem gekonnten Handkantenschlag nieder und wand ihm dann den Knüppel aus der Hand. Ein Löschzug kam mit Sirenengeheul herangefahren, und behelmte Feuerwehrmänner gingen daran, die gefährlich lodernden Feuer auf der Straße zu löschen. Tweed bemerkte, wie sich auf einem der Gehsteige eine Gruppe von Randalierern zusammenrottete. Ein seltsam gekleideter dicker Mann in einem rosa Hemd, der einen Spazierstock in der Hand hielt, schien ihnen Anweisungen zu geben.

Harry Butler sah, wie sich einer der Rowdys von hinten an einen Feuerwehrmann heranpirschte, der gerade einen Schlauch an einem Hydranten befestigte. Um besser am Hydranten hantieren zu können, hatte der Mann seinen Helm abgenommen.

»Vorsicht!«, schrie Butler und rannte los.

Der Angreifer schlug dem Feuerwehrmann seinen Knüppel über den Kopf, woraufhin dieser bewusstlos zu Boden sank. Butler stürmte heran, schlug dem Rowdy mit der Faust ins Gesicht und packte ihn an den langen Haaren. Dann schlug er dessen Hinterkopf mit solcher Wucht gegen eine Ziegelmauer hinter dem Hydranten, dass er zu hören meinte, wie der Schädel zerbarst.

Butler ließ den Mann zu Boden sinken und schaute sich um. Die restlichen Randalierer hatten sich in drei Gruppen aufgeteilt und versuchten ihn einzukreisen. Ein Stück von ihm entfernt waren Wendover, Newman und Nield in heftige Schlägereien verwickelt. Butler bückte sich und prüfte, ob der Schlauch richtig am Hydranten befestigt war. Dann nahm er das Endstück in die eine Hand und drehte mit der anderen unter Aufbietung all seiner Kräfte das Sperrrad auf. Das Wasser schoss in den Schlauch, und Butler richtete ihn auf den ersten der ihn angreifenden Schlägertrupps. Der Wasserstrahl war so kräftig, dass er die Randalierer einfach umwarf.

Mit Messern bewaffnete Rowdys hinderten inzwischen die Feuerwehrleute daran, weitere Schläuche auszurollen, aber Butler, der mit dem Wasserstrahl alle seine Angreifer umgeworfen hatte, begann nun damit, die in der Mitte der Straße lodernden Feuer zu löschen.

Paula arbeitete sich inzwischen immer näher an den dicken Mann im rosa Hemd heran. Er fuchtelte mit dem Rohrstock herum, als ob er den Angriff dirigieren würde. Überzeugt davon, dass er der Leiter der Aktion war, trat Paula von hinten auf ihn zu und rammte ihm die Mündung ihrer .32er Browning in den Rücken.

»Das ist eine Waffe!«, schrie sie ihn wütend an. »Haut ab und kommt bloß nicht wieder!«

Der Dicke ließ seinen Spazierstock fallen und hob die Hände, aber dann sprang einer seiner Schläger Paula von hinten an. Paula wirbelte herum und schlug dem Angreifer mit dem Lauf der Pistole ins Gesicht. Er taumelte ein paar Schritte zurück, wo er schließlich lautlos zusammensackte. Als Paula sich wieder dem Mann im rosa Hemd zuwenden wollte, war dieser aber verschwunden. So sehr sie auch nach ihm Ausschau hielt, sie konnte weder ihn noch seinen Spazierstock irgendwo entdecken.

Tweed rannte hinter Lisa her, die mit wehendem Regenmantel Delgado verfolgte. Dieser verschwand um eine Ecke, und als Lisa ebenfalls dort anlangte, hieb er mit einem Knüppel nach ihrem Kopf. Weil Lisa sich im letzten Moment abwenden konnte, streifte sie der Knüppel zwar nur an der Schläfe, aber trotzdem ging sie zu Boden. Delgado beugte sich über sie, um ihr mit dem Knüppel den Rest zu geben, aber Tweed griff geistesgegenwärtig nach Lisas Beretta, die ihr aus der Tasche gefallen war. Angesichts der auf ihn gerichteten Waffe überlegte Delgado es sich anders. Er drehte sich um und fing an zu rennen. Tweed blickte ihm hinterher, und als er davon überzeugt war, dass der Unhold nicht wiederkommen würde, wandte er sich Lisa zu.

Sie hatte die Augen geschlossen, und ihr Puls ging schwach und unregelmäßig. Gerade als Tweed sie aufheben wollte, kam Newman herbei. Er erschrak sichtlich, als er die bewusstlose auf dem Boden liegende Lisa sah.

»Wir müssen sie sofort in ein Krankenhaus bringen«, sagte Tweed. »Los, tragen wir sie zu meinem Wagen.«

Tweed hob Lisa vom Boden auf, und Newman bahnte ihm mit Gewalt einen Weg durch das noch immer tobende Chaos. Als sie den Wagen erreicht hatten, legte Tweed Lisa vorsichtig auf den Rücksitz. Dann setzte er sich neben sie und bettete ihren Kopf behutsam auf seinen Schoß. Newman klemmte sich hinters Steuer und gab Vollgas. Unter ständigem Hupen raste er wie ein Wilder in Richtung des Krankenhauses, das Tweed ihm genannt hatte.

9

Eine Stunde lang warteten Tweed und Newman nun schon im blendend weiß gestrichenen Gang der Klinik. Newman saß auf einem Stuhl, während Tweed ruhelos auf und ab tigerte.

»Wieso brauchen die bloß so lang?«, grummelte er.

»Ich denke mal, dass sie sie gründlich untersuchen müssen«, sagte Newman. »Ist sie denn auf einer Privatstation?«

»Hier gibt es nur Privatstationen. Wen haben Sie vorhin eigentlich auf ihrem Handy angerufen?«

»Harry Butler. Er hat den anderen gesagt, wo wir sind, und sich dann sofort auf den Weg hierher gemacht.«

Newman hatte noch nicht richtig ausgeredet, als Butler auch schon den Gang entlanggeeilt kam. Sein Gesicht war schweißnass.

»Wie geht es ihr?«, fragte er.

»Das wissen wir noch nicht.«

In diesem Augenblick kam Mr. Master, der Chefarzt des Krankenhauses um die Ecke. Master, ein alter Bekannter von Tweed, war in Begleitung einer pferdegesichtigen Krankenschwester, die Tweed auf Anhieb unsympathisch war.

»Ich habe da ein Problem, Tweed ...«, begann Master mit besorgter Miene.

»Wie geht es ihr, verdammt noch mal? Alles andere interessiert mich nicht.«

»Verstehe. Nun, sie hat vermutlich eine Gehirnerschütterung. Aber sie ist wieder bei Bewusstsein und will unbedingt mit Ihnen reden. Das Problem ist nur, dass Schwester Vandel, die sie betreut, strikt dagegen ist.«

»Es ist völlig ausgeschlossen, dass die Patientin irgendwelchen Besuch empfängt«, fauchte die Krankenschwester böse.

»Das haben Sie mir jetzt schon mindestens fünf Mal gesagt«, entgegnete Master. »Was meinen Sie, Tweed? Wenn ich Sie mit ihr sprechen lasse, wird sie das vielleicht beruhigen. Ich gebe Ihnen aber nicht länger als ein paar Minuten.«

»Bringen Sie mich zu ihr«, sagte Tweed entschlossen.

Master ging voran und öffnete die Tür zu Zimmer 25. Es war ein großer, gedämpft beleuchteter Raum, in dem Lisa unter einer weißen Decke auf einem Krankenbett lag. Ihr bandagierter Kopf ruhte auf einem Kissen, und sie hatte die Augen geschlossen. Tweed erschrak, weil Lisas Gesicht eine aschgraue Farbe hatte und ihr leuchtend rotes Haar fast vollständig unter dem Kopfverband verschwunden war.

»Sehen Sie, die Patientin ist schon wieder bewusstlos«, zischte Schwester Vandel. »Und jetzt machen Sie, dass Sie hier rauskommen.«

Als Lisa die Stimme hörte, öffnete sie ihre blauen Augen und erkannte Tweed sofort. Sie hob eine schlaffe Hand und winkte ihn näher an sich heran. Tweed, der seine Besorgnis nur mühsam verbergen konnte, lächelte sie an und setzte sich auf den Stuhl neben dem Bett.

»Es wird alles wieder gut«, sagte er leise.

Lisa lächelte matt und streckte Tweed ihre Hand hin. Tweed nahm sie und drückte sie sanft. Lisa lächelte und öffnete den Mund, als ob sie etwas sagen wollte.

»Sie darf nicht sprechen«, raunzte Schwester Vandel von der anderen Seite des Bettes.

Tweed warf der Schwester einen so grimmigen Blick zu, dass sie sich irritiert abwandte.

Tweed schaute wieder zu Lisa und erkannte an ihren Augen, dass sie ihm unbedingt etwas mitteilen wollte. Abermals öffnete sie den Mund, hatte aber Schwierigkeiten mit der Artikulation.

»Ham… Dan…«, brachte sie mit Mühe hervor. »Vier… Ja…«

Weiter kam sie nicht. Sie schloss die Augen und gab Tweeds

Hand wieder frei. Tweed stand auf und ließ sich widerstandslos von Schwester Vandel aus dem Zimmer scheuchen. Draußen sagte er Master, dass man die Rechnung für Lisas Behandlung in die Park Crescent schicken solle. Dann wandte er sich an Schwester Vandel.

»Ihre Patientin ist eine wichtige Zeugin, Schwester«, sagte er. »Es ist nicht ausgeschlossen, dass jemand versuchen wird, in ihr Zimmer einzudringen. Ich werde deshalb rund um die Uhr eine Wache auf dem Gang postieren.«

»Das ist gegen die Vorschriften ...«

»Sehen Sie sich mal das hier an, Schwester«, sagte Tweed und zeigte ihr seinen Ausweis als stellvertretender Direktor des SIS. »Wenn Sie mir weiter Schwierigkeiten machen, muss ich ein ernstes Wort mit Dr. Master reden.«

»Das ist nicht nötig, ich habe schon verstanden«, beeilte sich die Schwester zu sagen.

Tweed winkte Butler herbei. »Ich möchte, dass Sie hier im Gang Wache halten, Harry«, sagte er. »Lassen Sie niemanden außer dem Krankenhauspersonal zu Lisa hinein.«

»Verstanden«, sagte Harry und sah Schwester Vandel geringschätzig an.

»Falls es ihr wieder besser geht, müssen wir sie aber in den Röntgenraum bringen«, sagte die Schwester.

»In Ordnung. Aber Mr. Butler wird sie begleiten. In ein paar Stunden werde ich ihn von einem anderen meiner Leute ablösen lassen. Bis dahin wäre es sehr freundlich, wenn Sie ihm etwas zu essen und zu trinken besorgen würden.«

»Ich hätte gern eine große Tasse Tee mit Milch und viel Zucker«, sagte Butler. »Außerdem wäre ein Sandwich nicht schlecht – mit Schinken, falls Sie so was haben.«

»Wir sind hier kein Hotel«, sagte Schwester Vandel empört.

»Dann muss ich wohl doch mit Dr. Master sprechen ...«

»Ach, ich will mal sehen, was ich auftreiben kann ...«

Die Schwester stürmte den Korridor entlang und verschwand. Butler holte sich einen Stuhl und stellte ihn unmittelbar neben die Tür von Lisas Krankenzimmer. Dann öffnete er den Reißverschluss seiner Windjacke und zeigte Tweed den Griff der Walther-Pistole, die er im Hosenbund trug.

»Ich lasse niemanden außer den Leuten vom Krankenhaus da rein. Diese Wandal scheint ein ziemlicher Drache zu sein.«

»Vand*e*l«, verbesserte Tweed.

»Ich finde, Wandal passt besser zu ihr. Erinnert mich irgendwie an die Wandalen.«

»Ich schicke Ihnen sobald wie möglich Pete Nield als Ablösung.«

»Kein Grund zur Eile ...«

Auf dem Weg nach draußen traf Tweed noch einmal Master und dankte ihm für seine Bemühungen.

»Eines macht mir noch Sorgen«, sagte er. »Schwester Vandel hat gesagt, *falls* sich Lisa wieder erholt. Hat sie mir damit nur Angst machen wollen, oder steht es wirklich so schlecht um Lisa?«

»Man kann natürlich nie hundertprozentig sicher sein«, antwortete Master, »aber ich glaube, Schwester Vandel hat damit gemeint, *wenn* Lisa sich wieder erholt. Ich werde sie mir gleich mal vorknöpfen. Seien Sie versichert, dass Ihre Patientin bei uns in besten Händen ist.«

Draußen wartete Newman bereits hinter dem Steuer von Tweeds Wagen.

»Ich dachte, ich schaue mich mal hier auf der Straße ein wenig um«, erklärte er, als Tweed sich auf den Beifahrersitz gesetzt hatte. »Es ist zwar nicht sehr wahrscheinlich, dass die Typen von vorhin diese Gegend hier unsicher machen, aber man kann ja nie wissen. Wie geht es Lisa?«

»Mir kam sie sehr erschöpft vor«, antwortete Tweed, während Newman losfuhr. »Sie braucht jetzt viel Schlaf und Ruhe. Schon in der Park Crescent hat sie keinen allzu frischen Eindruck auf mich gemacht.«

Tweed nahm sein Notizbuch zur Hand und schrieb *Ham ... Dan ... Vier ... Ja* hinein, bevor er Newman die Worte vorlas. »Können Sie sich vielleicht einen Reim darauf machen? Lisa hatte große Mühe zu sprechen, aber ich glaube, das war es, was sie gesagt hat.«

»Klingt wie wirres Zeug.«

»Lisa schien es für sehr wichtig zu halten. Sonst hätte sie sich nicht so angestrengt.«

»Vielleicht haben Sie sie ja nicht richtig verstanden. In ihrem Zustand wäre es nicht ungewöhnlich, wenn sie etwas zusammenphantasiert.«

»Kann sein, aber ich glaube es nicht. Möglicherweise hat sie uns mit diesen Worten den Schlüssel zu Lösung dieser bizarren internationalen Situation mitgeteilt.«

»Ich habe im Radio gehört, dass in Paris, Berlin und Brüssel ähnliche Unruhen ausgebrochen sind«, sagte Newman.

»Und mir ist gerade eingefallen, dass Lord Barford genau diesen drei Städten erst kürzlich einen Besuch abgestattet hat – falls man dem betrunkenen Gefasel von Aubrey Barford Glauben schenkt, was ich persönlich durchaus tue.«

10

Marler war nach Dorset gefahren und hatte seinem Kontaktmann, einem pensionierten leitenden Angestellten eines Sicherheitsdienstes, einen Besuch abgestattet. Der Mann wohnte in einer hübschen, nordwestlich von Weymouth gelegenen Ortschaft namens Abbotsbury. Nach dem Gespräch hatte Marler ihn eingeladen, mit ihm an die Küste zu fahren, aber sein Kontaktmann hatte das Angebot mit dem Hinweis abgelehnt, er sei zu alt für solche Einsätze.

»Außerdem haben die Typen, die hier an Land gebracht wurden, so ausgesehen, als ob mit denen nicht gut Kirschen essen wäre ...«

Also war Marler allein zur Küste gefahren und saß nun schon seit ein paar Stunden in seinem Wagen auf einem Parkplatz oberhalb des Strandes Chesil Beach. Das Fahrzeug hatte er hinter einem Gebüsch verborgen, durch dessen Geäst er jetzt mit einem starken Nachtsichtglas hinunter zum Strand spähte. Von seinem Beobachtungspunkt aus hatte er nach Osten einen hervorragenden Blick bis nach Weymouth, während er im Westen Bridport erkennen konnte.

Der Strand von Chesil Beach bestand aus einer zehn Kilometer langen Kiesbank. Marler kannte die Gegend und wusste, dass die Steine in der Nähe von Weymouth fast so groß wie kleine Felsbrocken waren, aber immer kleiner wurden, je weiter sich die Bank nach Westen erstreckte. Er wusste auch, dass früher die Fischer, wenn sie bei Nebel an Land kamen, anhand der Steingröße erkennen konnten, an welcher Stelle sie gelandet waren.

Seit Stunden schon war es dunkel, und die Luft draußen war bitterkalt. Weil Marler weit genug vom Strand entfernt war, konnte er es sich leisten, den Motor laufen zu lassen, um das Innere des Wagens zu beheizen. Die Sandwiches, die er sich in einem Café am Straßenrand gekauft hatte, hatte er zwar längst verspeist, aber die Literflasche Mineralwasser war noch halb voll.

Marler war nicht nur einer der besten Scharfschützen Westeuropas, er verfügte auch über eine schier endlose Geduld. Es war kurz nach zehn Uhr, als er draußen auf dem dunklen Meer östlich von Weymouth etwas aufleuchten sah. Er stellte sein Nachtsichtglas scharf und sah ein kleines Fischerboot, das lichterloh in Flammen stand. An Deck war niemand zu sehen.

»Das ist der Lockvogel für die Küstenwache«, murmelte er leise vor sich hin. »Damit sorgen sie dafür, dass sie hier freie Bahn haben.«

Ein paar Minuten später hörte er das Geräusch eines starken Außenbordmotors und sah, wie ein großes Boot, das Deck voll gepackt mit Männern, sich einem Teil von Chesil Beach näherte, den die Einheimischen »The Swannery« nannten. Kurze Zeit später trieb dichter Nebel vom Meer herein, der das Boot vollständig einhüllte. Marler fluchte leise und wartete.

Es dauerte nicht lange, bis ein alter Touristenbus aus der Richtung von Bridport an den Strand herangefahren kam, wendete und genau an der Stelle stehen blieb, wo Marler schätzte, dass das Boot anlanden würde. Marler konnte gerade noch die Aufschrift *Topsy Tours* lesen, dann verschluckte der Nebel auch den Bus.

Marler kurbelte das Fenster herunter und streckte die Hand ins Freie. Als er nach ein paar Minuten spürte, wie ein leichter Wind aufkam, schloss er das Fenster wieder und nahm sein Fernglas zur Hand. Der Nebel kam in Bewegung und wurde schließlich ganz weggeblasen, sodass der Bus ebenso wiederzusehen war wie das Boot, dessen Bug gerade auf den Kiesstrand knirschte.

Ein großer Mann in Wathosen und Ölzeug kam an Land und hob einen Kieselstein auf. In der anderen Hand hielt er etwas, was Marler auf die Entfernung nicht genau erkennen konnte.

Der Mann kletterte den Strand hinauf und entdeckte den Bus, woraufhin er wieder zum Boot zurückkehrte. Jetzt erkannte Marler, dass das Ding in der Hand des Mannes ein Megaphon war, mit dem er den Männern im Boot Anweisungen in einer fremden Sprache gab.

Marler konnte zwar nicht verstehen, was er sagte, aber er sah, wie die Männer einer nach dem anderen auf den Strand sprangen und zu dem wartenden Autobus eilten. Als Marler sich deren Gesichter ansah, musste er seinem Informanten Recht geben. Die Kerle sahen wirklich gefährlich aus.

Die meisten von ihnen wirkten so, als kämen sie vom Balkan. Was Marler erstaunte – und zugleich beunruhigte –, war die militärisch disziplinierte Art, mit der sie sich in Reih und Glied vor dem Bus aufstellten. Ein jeder der Männer trug eine Stofftasche in der Hand. Marler nahm sein Handy und wählte die Nummer der Polizei in Dorchester, die er zuvor in einer Telefonzelle nachgeschaut und einprogrammiert hatte.

»Polizei«, meldete sich eine gelangweilte Stimme.

»Ich beobachte gerade, wie eine Gruppe illegaler Einwanderer ins Land geschmuggelt wird. Ein Boot hat sie soeben bei der Swannery an Land gebracht. Schicken Sie sofort ein paar Streifenwagen …«

»Darf ich fragen, wer Sie sind, Sir?«

»Das tut nichts zur Sache. Wenn Sie sich nicht beeilen, sind die Burschen über alle Berge. Stellen Sie mich also sofort zu Ihrem Vorgesetzten durch.«

»Einen Augenblick, Sir, ich werde mal sehen, ob der Sergeant Zeit für Sie hat.«

»Schnell, sonst ist es zu spät«, rief Marler wütend ins Telefon, aber der Polizist hatte die Leitung bereits stumm geschaltet.

Während Marler ungeduldig wartete, beobachtete er, wie die Männer – Marler zählte insgesamt zwanzig – einer nach dem anderen in den Reisebus stiegen. Als alle drinnen waren, fuhr der Bus in Richtung Bridport los. Der große Mann in den Wathosen stand immer noch am Strand und leuchtete mit einer Taschenlampe hinaus aufs Meer. Kurz darauf erschien ein zweiter Touristenbus, der ebenso wie der erste wendete und so parkte, dass sein Kühler in Richtung Bridport zeigte. Nun hörte Marler vom Meer her ein dumpfes Motorengeräusch und sah, wie sich zwei weitere Boote dem Strand näherten.

»Kann ich Ihnen behilflich sein, Sir? Mein Name ist Sergeant Haskins. Worum geht's?«

»Es geht darum, dass gerade eine große Anzahl illegaler Einwanderer ins Land geschmuggelt wird, und zwar bei der Swannery am Rand von Chesil Beach. Sie werden in alten Touristenbussen mit der Aufschrift *Topsy Tours* in Richtung Bridport weggebracht.«

»Habe ich eben richtig gehört, Sir? Haben Sie ›Topsy‹ gesagt?«

»Ja.«

»Seltsamer Name.«

»Himmel Herrgott, das ist doch egal. Schicken Sie endlich ein paar Streifenwagen los, um die Busse abzufangen. Sie fahren vom Strand aus in Richtung Bridport ...«

»Das habe ich schon verstanden, Sir. Darf ich erfahren, von wo aus Sie anrufen?«

»Wenn Sie nicht sofort etwas unternehmen, werde ich mich beim Chief Constable über Sie beschweren ...«

Marler hatte genug. Die Neuankömmlinge hatten erstaunlich schnell die beiden Boote verlassen und kletterten nun die Böschung zu dem wartenden Bus hinauf. Der große Mann saß schon wieder in seinem Boot und steuerte es hinaus aufs Meer, wo vermutlich ein Frachter darauf wartete, es wieder an Bord zu nehmen, um zurück zu seinem Ausgangshafen zu fahren, wo er womöglich weitere Randalierer für den Transport nach England an Bord nehmen würde.

Marler schaltete sein Handy aus. Es war hoffnungslos. Jetzt konnte er nur noch den Bus verfolgen und schauen, wo die Leute hingebracht wurden. Er wendete den Wagen und fuhr auf die Straße nach Bridport. Der Bus war schon losgefahren, und er musste sich beeilen, wenn er ihn noch einholen wollte.

Er war noch nicht lange unterwegs, als im Rückspiegel ein Streifenwagen auftauchte. Zunächst freute sich Marler darüber, dass die Polizei doch noch reagiert hatte, aber dann schaltete der Wagen sein Blaulicht ein und signalisierte ihm, dass er anhalten solle. Marler hatte die Geschwindigkeit reduziert, als er den Streifenwagen kommen sah, und war sich keiner Schuld bewusst. Nachdem er angehalten hatte, fuhr der Streifenwagen an ihm vorbei und stellte sich so vor seinen Wagen, dass die beiden Stoßstangen nur noch Zentimeter voneinander entfernt waren. Ein sehr junger Polizist stieg aus und kam auf Marler zu, der bereits sein Fenster heruntergekurbelt hatte.

»Bisschen schnell unterwegs, Sir, oder?«

»Wir sind hier nicht in einer Ortschaft.«

Ein zweiter Polizist, der nicht viel älter war als sein Kollege, war an den Wagen getreten. Es handelte sich um einen untersetzten Mann, der so aussah, als ob er sich fürchterlich wichtig nähme. Er hielt etwas in der Hand und beugte sich zu Marler hinunter.

»Bitte stellen Sie den Motor ab.«

Marler tat, was der Polizist verlangte, und verschränkte dann die Arme vor der Brust.

»Haben Sie etwas getrunken,Sir?«

»Ja, das hier.«

Mit diesen Worten griff Marler nach der Mineralwasserflasche und zeigte sie dem Beamten.

»Sind Sie mit einem Alkoholtest einverstanden, Sir? Falls nicht, müsste ich Sie bitten, uns auf die Wache zu begleiten.«

Marler holte tief Luft und nahm das Röhrchen, das ihm der untersetzte Polizist hinhielt. Nachdem er mit voller Kraft hineingeblasen hatte, gab er es an den Polizisten zurück. Der betrachtete es eingehend, konnte aber keine Verfärbung feststellen.

»Vielen Dank, Sir. Wenn wir unseren Wagen weggefahren haben, können Sie weiterfahren.«

»Dürfte ich Ihnen einen guten Rat geben? Setzen Sie sich sofort mit Ihren Vorgesetzten in Dorchester in Verbindung. Hier wurden illegale Einwanderer angelandet…«

»Gute Fahrt, Sir.«

Als Marler um drei Uhr früh zurück in die Park Crescent kam, wunderte er sich, dass es schon so spät war. Gleichfalls verwunderlich fand er es, dass Paula, Newman, Butler, Nield und Mark Wendover noch immer in Tweeds Büro waren, wo sie alle Kaffee tranken. Monica brachte auch ihm eine Tasse, die er dankend annahm.

»Sie haben gute Arbeit geleistet«, sagte Tweed. »Und vielen Dank auch, dass Sie mich auf der Rückfahrt vom Wagen aus angerufen haben. Die Polizei dort unten war ja nicht gerade besonders kooperativ.«

»Ich hätte die Blödmänner erwürgen können.«

»Machen Sie sich nichts draus. Gleich nach unserem Gespräch habe ich Roy Buchanan in Scotland Yard angerufen und ihm die Sache erklärt. Er hat dann sofort den Chief Constable in Dorchester angerufen und ihm genaue Instruktionen gegeben. Sie haben sogar zwei Hubschrauber losgeschickt, um nach den Bussen zu suchen.«

»Ich glaube nicht, dass die sie noch finden werden. Von Bridport aus hätten sie vier oder fünf verschiedene Straßen nehmen können.«

»Stimmt. Wenn Sie wollen, erzähle ich Ihnen jetzt, was in der Zwischenzeit hier passiert ist.«

Marler lehnte sich wie üblich mit dem Rücken an die Wand und zündete sich, nachdem er seinen Kaffee ausgetrunken hatte, eine Zigarette an.

»Das Ganze scheint sich zu einem internationalen Problem zu entwickeln«, sagte Tweed. »Erst hatten wir die Unruhen hier in Europa, und jetzt gehen sie auch in den Vereinigten Staaten los.«

»Wir haben es uns im Fernsehen angeschaut«, mischte Monica sich ein. »Die Bilder aus Washington waren schrecklich, und die Regierung glaubt, dass noch weitere Städte angegriffen werden sollen. Man fragt sich nur, welche.«

»Keith Kent müsste eigentlich jeden Augenblick hier sein«, sagte Tweed. »Sie wissen schon, Kent ist unser Finanzexperte und ein anerkannter Spezialist für das Aufspüren von geheimen Geldtransaktionen, bei denen auf illegale Weise riesige Summen verschoben werden. Ich frage mich nämlich, wer das Geld für diese bestens organisierten Krawalle zur Verfügung gestellt hat. Randalierer wie die, mit denen wir es zu tun hatten, machen ihre schmutzige Arbeit nicht umsonst, auch wenn sie Parolen wie ›Nieder mit dem Kapitalismus‹ schreien. Außerdem wurden sie über weite Entfernungen hierher und in die anderen Hauptstädte gebracht, was schließlich auch eine Stange Geld kostet. Wie gut organisiert das alles vonstatten geht, haben uns ja Marlers Beobachtungen eindringlich vor Augen geführt. Wer also stellt das Geld für diese riesige Organisation zur Verfügung? Und warum?«

Das Telefon klingelte, und Monica sagte Tweed, dass Keith Kent unten sei. Tweed bat sie, ihn heraufkommen zu lassen.

»Der arme Kerl«, sagte Mark Wendover. »Es ist mitten in der Nacht.«

»Keith ist eine Nachteule«, sagte Tweed. »Meistens arbeitet er um diese Zeit sowieso noch.«

Keith Kent trat ein. Er war mittelgroß und schlank und trug einen teuren Geschäftsanzug. Er war Ende dreißig, glatt rasiert und hatte dichtes, dunkles Haar und graue Augen, mit denen er seinen Gesprächspartnern offen ins Gesicht sah. Nachdem Tweed ihm Mark Wendover vorgestellt hatte, fragte er Kent, wer seiner Meinung nach als Finanzier der Krawalle in Frage komme.

»Ich könnte mir noch am ehesten vorstellen, dass es die Zürcher Kredit Bank ist«, sagte er, nachdem er sich gesetzt und die Beine übereinander geschlagen hatte.

»Wie bitte?«, fragte Tweed sichtlich erstaunt. »Das ist doch eine Schweizer Bank.«

»Das war sie einmal. Vielen Dank, Monica, das kann ich jetzt sehr gut gebrauchen«, sagte Kent, weil Monica ihm eine Tasse Kaffee gereicht hatte. »Ich habe mich lange mit dieser Bank beschäftigt und sie genauestens unter die Lupe genommen. Die Geschichte ist ziemlich merkwürdig.«

In den letzten Jahren des 18. Jahrhunderts gründete Meyer Amschel Rothschild in der Frankfurter Judengasse ein Bankhaus, von dem er nicht wissen konnte, dass es einst eines der größten der Welt werden würde.

Die Judengasse lag damals im Ghetto, in dem die Juden leben und arbeiten mussten. Dort tauchte eines Tages ein gewisser Salomon Frankenheim auf, der zwar selbst kein Jude war, aber die jüdischen Rituale und die jüdische Lebensweise bis ins Detail studiert hatte. Frankenheim bat Rothschild um Arbeit, und Rothschild, der nach genauer Überprüfung erkannt hatte, dass der junge Mann ein mathematisches Genie war, stellte ihn ein.

Nach und nach weihte Rothschild den jungen Frankenheim in alle Geheimnisse des Bankgeschäfts ein, bis dieser, noch keine dreißig Jahre alt, die Judengasse verließ und in Paris sein eigenes Bankhaus gründete, aus dem später die Frankenheim-Dynastie hervorgehen sollte.

Die Jahre vergingen, und Frankenheim heiratete und zeugte drei Söhne, die nach dem Tod ihres Vaters die Frankenheim-Banken in Paris, Wien und Rom übernahmen und zu prosperierenden Unternehmen machten.

Im Jahr 1925, nach vielen Generationen von Frankenheims, hatte der greise Chef der Dynastie, Joseph Frankenheim, keinen leiblichen Sohn, der das erfolgreiche, mächtige und in weiten Teilen im Verborgenen arbeitende Netzwerk von Banken hätte weiterführen können.

Und als ob die Geschichte sich nach so vielen Jahren noch einmal wiederholen würde, adoptierte Joseph einen Jungen unbekannter Herkunft, der sich später, wie Salomon Frankenheim zuvor, als genialer Mathematiker herausstellen sollte. Als dieser alt genug war, um das Imperium zu übernehmen, tat er das unter denselben Prinzipien, die die Frankenheims so unermesslich reich gemacht hatten.

Vor einigen Jahren gelang es diesem Mann, die Zürcher Kredit Bank zu erwerben, und seit dieser Zeit firmierte das Frankenheim-Imperium unter dem Namen dieses traditionellen Geldinstituts. Der Name seines Chefs hingegen war nur ganz wenigen bekannt. Wenn überhaupt, kannte man ihn unter dem Decknamen Rhinozeros.

»Das war jetzt eine Menge an Informationen«, schloss Keith Kent seinen Bericht und nahm dankbar eine zweite Tasse Kaffee entgegen, die Monica ihm reichte.

»Wieso ›Rhinozeros‹?«, fragte Tweed.

»Weil einer der Frankenheimschen Vorfahren, der gern auf Großwildjagd in Afrika ging, dort einmal ein riesiges Rhinozeros geschossen und daraufhin den Kopf dieses Tiers zum neuen Symbol für sein Bankenimperium erkoren hat. Er hat Metallplatten mit dem Bild des Tieres gießen und sie an allen Filialen anbringen lassen.«

»Eines verstehe ich nicht«, sagte Newman. »Wie kann dieser geheimnisvolle Oberboss überhaupt eine Schweizer Bank übernehmen? Schließlich legt doch gerade die Schweiz großen Wert darauf, dass ihre Kreditinstiute sich ausschließlich im Besitz von Einheimischen befinden.«

»Rhinozeros ist eben ein cleverer Bursche. Er hat die Direktoren der Zürcher Kredit dazu überredet, nach und nach immer mehr Geld in teure Immobilien außerhalb der Schweiz zu investieren. Niemand hat offenbar bemerkt, dass sämtliche Immobilien zuvor über Strohmänner in den Besitz des Frankenheim-Imperiums übergegangen waren. Als er so achtzig Prozent des Kapitals besaß, fing Rhinozeros damit an, die Immobilien zu verkaufen – mit enormem Gewinn natürlich, so etwas versteht sich bei ihm von selbst –, bis er schließlich die Zürcher Kredit in der Tasche hatte. Dann ist er darangegangen, sie umzustrukturieren, und hat seine Frankenheim-Banken in Hamburg, Paris, Wien, Rom, Berlin und Brüssel in ihr aufgehen lassen, ebenso wie die Zweigstellen, die diese Banken in anderen großen Städten besaßen.«

»Und wie haben die Schweizer darauf reagiert?«

»Die Direktoren der alten Zürcher Kredit hat Rhinozeros sehr großzügig abgefunden. Die sind jetzt alle Multimillionäre. Aber was taten die? Sie benützten die restlichen zwanzig Prozent Beteiligung an ihrer Bank, um auf Frankenheims Vorschlag hin weitere Immobilien im Ausland zu erwerben, was nach dem Schweizer Bankengesetz nicht verboten war. Schließlich wurden auch diese Immobilien verkauft, und zwar mit dem Ergebnis, dass Rhinozeros fortan hundert Prozent der Zürcher Kredit gehörten.«

»Eine faszinierende Geschichte«, sagte Tweed. »Mich interessiert natürlich brennend, wer dieser Rhinozeros ist, wo er lebt, und was für ein Landsmann er ist.«

»Das weiß ich leider nicht und habe es auch nicht herausfinden können«, antwortete Kent.

Das Telefon klingelte. Monica hob ab und machte ein erstauntes Gesicht.

»Für Sie«, sagte sie zu Tweed. »Ein gewisser Mr. Rondel.«

»Hier Tweed. Ich glaube nicht, dass ich schon Ihre Bekanntschaft gemacht habe ...«

»Das haben Sie auch nicht. Noch nicht.« Die Stimme klang freundlich und munter. »Ist diese Leitung sicher?«

»Ja.«

»Ich habe meine Hausaufgaben gemacht und weiß jetzt eine Menge über Sie. Damit meine ich nicht Ihre Tarnung mit der Versicherung, die sich auf den Schutz wichtiger Persönlichkeiten vor Entführungen spezialisiert hat, sondern die Tatsache, dass Sie stellvertretende Direktor des SIS sind.«

»Was Sie nicht sagen ...«

»Mr. Tweed, ich würde mich gern mit Ihnen unterhalten. Schlagen Sie mir einen Ort auf dem Kontinent vor, der Ihnen genehm ist, und ich werde hinkommen. Zu jedem Zeitpunkt, der Ihnen passt.«

»Bevor ich darüber überhaupt nachdenken kann, muss ich wissen, weshalb Sie mit mir sprechen wollen.«

»Aber natürlich«, sagte Rondel mit einem fröhlichen Glucksen. »Jetzt verstehe ich auch, weshalb Sie es so weit gebracht haben. Es geht darum, was wir dagegen tun können, dass der Westen im Chaos versinkt. Ich meine damit die jüngsten Unruhen, die, wie ich finde, dazu angetan sind, unsere demokratischen Systeme zu destabilisieren. Ich möchte herausfinden, wer diese höchst gefährlichen Ausschreitungen organisiert und wer sie finanziert.«

»Können Sie mir eine Telefonnummer geben, unter der ich Sie erreichen kann?«

»So, so, eine Telefonnummer wollen Sie haben!« Rondel gluckste abermals vor Vergnügen. »Das Problem ist nur, dass ich praktisch ständig unterwegs bin. Manchmal weiß ich nicht einmal, wo ich am nächsten Tag sein werde. Es wäre besser, wenn ich Sie zurückrufen dürfte.«

»Tun Sie das. Und danke für Ihren Anruf...«

Tweed legte auf und blickte hinüber zu Keith Kent, der gerade seine dritte Tasse Kaffee trank.

»Sagt Ihnen der Name Rondel etwas?«

»Nie gehört.«

»War er das wirklich?«, fragte Paula.

»Ja.«

»Und wie hat er geklungen?«

»Kompetent, gescheit, humorvoll, alles in allem sehr angenehm. Ich würde ihn als eine starke Persönlichkeit bezeichnen.« Dann schaute er wieder zu Kent. »Aber erzählen Sie uns noch mehr von diesem Mann namens Rhinozeros. Wie ist seine Arbeitsweise?«

»Alles, was er tut, geschieht unter strengster Geheimhaltung. Angeblich lebt er auf einer weit abgelegenen Basis, von der niemand weiß, wo sie ist.«

»Das erinnert mich irgendwie an Howard Hughes, den amerikanischen Multimillionär, der sich auch vor aller Welt zurückgezogen hatte. Ist Rhinozeros auch so ein Einsiedler?«

»Nicht im Geringsten. Er reist viel herum, allerdings immer inkognito. Dazu verwendet er eine Menge falscher Identitäten, und zwar für jede Reise eine andere. Fast immer fliegt er in normalen Linienflugzeugen, manchmal in der Business Class, manchmal Touristenklasse. Niemals Erster Klasse. Aber das ist schon alles, was ich über seine Gewohnheiten herausgefunden habe.«

»Ich habe Sie auch nicht nach seinen Gewohnheiten, sondern nach seiner Arbeitsweise gefragt. Ist er ehrlich?«

»Er tut das, was die Frankenheims vor langen Jahren von den

Rothschilds gelernt und seither eigentlich immer beibehalten haben. Rhinozeros verleiht nur ganz selten Geld. Reiche Leute haben großes Vertrauen in seine Bank und deponieren dort riesige Vermögen, obwohl er dafür exorbitant hohe Gebühren kassiert. Aber das ist ihnen egal, weil sie wissen, dass ihr Geld bei ihm sicher ist. Sie fragen mich, ob er ehrlich ist. Ich will es mal so ausdrücken: Rhinozeros gilt als der vertrauenswürdigste Bankier der Welt. Deshalb hat mich das, was ich kürzlich herausgefunden habe, auch so erschüttert.«

»Und was war das?«

»Dass große Summen gewaschenen Geldes aus unbekannter Quelle über die Zürcher Kredit gelaufen sind. Ich konnte es kaum glauben, aber es ist wahr.«

»Das passt aber gar nicht zu dem Rhinozeros, den Sie uns gerade geschildert haben.«

»Es widerspricht allen seinen Prinzipien. Allerdings waren die Transaktionen buchhalterisch äußerst gut kaschiert. Ich bin nur durch Zufall darauf gekommen.«

»Könnten Sie sich vorstellen, dass er diese internationalen Unruhen finanziert?«

»Dazu kann ich Ihnen jetzt noch nichts sagen, aber ich werde die Augen offen halten.«

»Eine Frage noch. Wie groß ist das Vermögen der Zürcher Kredit?«

»Achtzig Milliarden Dollar. Das ist mehr, als das Firmenvermögen von Microsoft ...«

11

Der Mann, der den französischen Strafverfolgungsbehörden als »Monsieur Bleu« bekannt war und die Morde an Jason Schulz in Washington und Jeremy Mordaunt in Alfriston zu verantworten hatte, tat so, als würde er an seinem schweren Motorrad herumschrauben, das er nicht weit vom Élysée-Palast in Paris am Randstein abgestellt hatte.

In seinem schwarzen Lederzeug sah Bleu, ein großer, schlanker Mann, viel massiver aus, als er war. Durch das Visier seines Helms blickte er immer wieder hinüber zum Eingang des Élysée-Palasts, in dem der französische Staatspräsident residierte.

Monsieur Bleu wartete auf Louis Lospin, den persönlichen Assistenten und einflussreichsten Berater des Premierministers und sah mit Missbehagen, wie ein Passant auf ihn zukam und vor dem Motorrad stehen blieb.

»Kann ich Ihnen helfen?«, fragte der Mann, der von Beruf Motorradmechaniker war.

»*Merde!*«, fauchte Bleu den Mechaniker rüde an.

Der Mann zuckte mit den Achseln und ging kopfschüttelnd weiter. Jetzt wurde man schon beleidigt, wenn man jemandem seine Hilfe anbot. Hinter ihm wandte Bleu sich wieder dem Élysée-Palast zu, wo gerade ein Wagen aus dem Hof fuhr. Am Nummernschild erkannte er, dass es Louis Lospins Limousine war. Bleu setzte sich auf seine Maschine, die mit dem ersten Druck auf den Starterknopf ansprang, und fuhr dem Wagen hinterher.

Lospins Limousine folgte derselben Route, die sie schon am Tag zuvor genommen hatte. Als sie schließlich vor einem Wohnhaus im noblen Vorort Neuilly parkte, hielt auch Bleu an, blieb aber auf seinem Motorrad sitzen.

Mit der linken Hand nahm er eine Stoppuhr aus der Lederjacke und maß damit die genaue Zeit, die Lospin benötigte, um den Wagen zu verlassen und die Treppe zum Eingang des Hauses hinaufzusteigen. Außerdem bemerkte er, dass der Chauffeur sofort abfuhr, nachdem Lospin den Schlüssel in die Haustür gesteckt hatte. Genau so hatte es sich am Tag zuvor auch abgespielt.

Monsieur Bleu bereitete alle seine Attentate mit allergrößter Sorgfalt vor und verfolgte seine Opfer tagelang, um ihre Gewohnheiten genauestens auszukundschaften. Erst wenn er alles über sie wusste, legte er einen genauen Zeitplan für die Tat sowie Anfahrt und Fluchtweg fest. So konnte er rasch an sein Opfer gelangen, es töten und ebenso schnell wieder verschwinden.

Allerdings wusste er nicht, dass Interpol, deren Zentrale sich in einem festungsgleichen Gebäude weit entfernt von Paris befand, bereits eine Akte über ihn angelegt hatte.

In seinem winzigen Büro in diesem Gebäude studierte gerade ein Ermittler namens Pierre Marin eine Kopie dieser Akte, weil die französischen Botschaften in Washington und London ihm neue Erkenntnisse über die angeblichen Selbstmorde von Schulz und Mordaunt geschickt hatten.

Es gab zwar keine Beweise für eine Verbindung zwischen den beiden Taten, aber Marin war sich sicher, dass es eine gab. Und er hätte viel Geld darauf gewettet, dass der mysteriöse Monsieur Bleu dahintersteckte. Obwohl die Akte nur wenige neue Informationen enthielt, las er sie dreimal hintereinander aufmerksam durch. Tweed hätte seine helle Freude an ihm gehabt.

Letztlich kam Marin zu dem Schluss, dass Monsieur Bleu vielleicht in Amerika und England sein Unwesen treiben konnte, jedoch nicht in Frankreich. Dazu waren die französischen Behörden viel zu wachsam. Da war es schon viel eher wahrscheinlich, dass Deutschland das nächste Ziel des Attentäters sein würde. *Nichts für uns, aber vielleicht interessant für Sie*, schrieb er auf Französisch auf die letzte Seite der Kopie. Dann rief er seinen Assistenten und sagte ihm, er solle sie sofort per

Kurier zu Otto Kuhlmann, dem Chef des deutschen Bundeskriminalamtes, bringen lassen.

Kuhlmann, der eine rasche Auffassungsgabe besaß, las sich die Akte aufmerksam durch, und als er bei Marins handschriftlichem Kommentar auf der letzten Seite angekommen war, schrieb er nur ein einziges Wort darunter.

Dummkopf.

Am selben Tag bekam Tweed in der Park Crescent einen Anruf von seinem alten Freund und Sparringspartner Superintendent Roy Buchanan. Obwohl Buchanan nicht in allen Dingen mit Tweed übereinstimmte, war er der beste Kriminalist in ganz England.

»Schauen Sie doch auf einen Sprung bei mir vorbei, wenn es Ihnen passt«, sagte Tweed zu Buchanan.

»Das mache ich glatt«, antwortete der Superintendent. »Ich würde Ihnen nämlich gern etwas zeigen.«

Keine fünfzehn Minuten später kam Buchanan mit einem großen Umschlag in der Hand in Tweeds Büro. Er war Mitte vierzig, ein großer, schmalgesichtiger Mann mit einer schlanken Figur. Sein Haar war dunkelbraun, und unter seiner langen Nase trug er einen exakt geschnittenen Schnurrbart derselben Farbe. Buchanan musterte mit seinen klugen Augen die im Büro Anwesenden, die er alle kannte. Paula saß hinter ihrem Schreibtisch, Newman in einem Sessel und Marler lehnte mit dem Rücken an der Wand.

»Ich habe Sergeant Warden unten gelassen«, sagte Buchanan.

Tweed bot ihm einen Stuhl an, und Monica eilte nach draußen und holte eine Tasse Kaffee. Wer ihn nicht kannte, hätte den schlacksigen Buchanan leicht für einen ebenso harmlosen wie unbedarften Menschen halten können – eine Fehleinschätzung, die schon so manchem Verbrecher zum Verhängnis geworden war.

»Geht es um die Krawalle, Roy?«, fragte Tweed.

»Ja und nein. Es würde mich interessieren, wie Sie das einschätzen, was Sie selbst davon miterlebt haben. Einer meiner Beamten hat Sie in der Nähe von Reefers Wharf gesehen.«

»Komisch, wir haben nicht einen einzigen Polizisten gesehen«, sagte Newman bissig. »Erst als alles vorbei war.«

»Stimmt. Das liegt aber nur an einer unorthodoxen Entscheidung, die ich getroffen habe. Ich habe mehrere Trupps in Zivil ins Eastend geschickt, die auch zwanzig von den Rowdys festgenommen haben. Uniformierte Kräfte wären viel zu auffällig gewesen.«

»Das war ein kluger Schachzug«, sagte Tweed anerkennend. »Also, was haben wir gesehen ...?«

Während er Buchanan in groben Zügen berichtete, was er und seine Leute erlebt hatten, machte sich dieser laufend Notizen. Allerdings erwähnte Tweed bei seiner Erzählung Lisa mit keinem einzigen Wort. Als Buchanan sein Notizbuch wieder einsteckte, kam Monica mit dem Kaffee. Buchanan trank die Tasse halb leer, bevor er seine Frage stellte.

»Haben Sie schon eine Ahnung, wer hinter den Unruhen hier und in den Staaten stecken könnte? Schade, dass wir niemanden aus Amerika hier haben.«

Mark Wendover war wieder einmal nicht gekommen. Und er hatte Tweed, der sich langsam an die Eigenheiten des Amerikaners gewöhnte, einmal mehr nicht Bescheid gesagt. Tweed schüttelte den Kopf.

»Nein, keine Ahnung, was dahinter steckt. Aber ich versuche herauszufinden, wer das Ganze finanziert.«

»Gute Idee. Eine sehr gute sogar. Aber jetzt mal zu etwas ganz anderem. Hat jemand hier schon einmal von einem Mr. Blue gehört?«

»Ja, ich«, sagte Marler. »Was wissen Sie über ihn?«

»Ich kenne lediglich seinen Namen. Einer meiner verdeckten Ermittler hat gehört, wie jemand den Namen in einem zwielichtigen Nachtclub hat fallen lassen. Es war ein Mann, der normalerweise mehr weiß als alle anderen. Ich habe nur gefragt, weil mir der Name seltsam vorkam.« Er schaute Marler auffordernd an. »Jetzt sind Sie dran.«

»Mr. Blue«, sagte Marler, »ist der seltsamste Fall, der mir je untergekommen ist. Man munkelt – aber wohlgemerkt, das sind nur Gerüchte –, dass er einer der hochkarätigsten Killer sein soll, die es gibt. Das Besondere an ihm ist, dass man ihn nicht engagieren kann – nicht für alles Geld in der Welt. Mr. Blue sucht sich seine Opfer selbst aus und bringt sie um, wann und wie er will. Das ist wirklich bizarr.«

»Danke, Marler«, sagte Buchanan. »Mal sehen, ob wir noch mehr über ihn herausfinden können. Aber nun möchte ich noch ein drittes Thema anschneiden. Einen Mordfall, der sich hier in der Stadt ereignet hat, und zwar in einer Wohnung in der Nähe der Ebury Street. Weil ich gerade in der Gegend war, habe ich ein paar Worte mit der Vermieterin gesprochen. Das Opfer, eine gewisse Helga Trent, wurde vom Fenster des gegenüberliegenden Hauses aus erschossen. Ihr Schäferhund übrigens auch.«

»Das klingt ungewöhnlich«, sagte Tweed.

»Ich habe hier das Phantombild von der Schwester dieser Helga, das unser Zeichner nach Angaben der Vermieterin angefertigt hat. Diese Schwester hatte die Wohnung gemietet, ist aber seit dem Tod ihrer Schwester verschwunden.«

Tweed besah sich mit ausdrucksloser Miene die Zeichnung, die eine Frau mit langen, roten Haaren zeigte und erstaunliche Ähnlichkeit mit Lisa aufwies.

Er stand auf und ging hinüber zu Newman und Paula, wobei er Buchanan den Rücken zuwandte. Dabei machte er eine Grimasse, um die beiden zu warnen. Paula schaute das Bild an und schüttelte den Kopf.

»Nie gesehen, tut mir Leid.«

Tweed zeigte das Porträt auch Newman, der sich mit dem Betrachten aber Zeit ließ.

»Sieht gut aus, die Kleine. Schade, dass ich sie nicht kenne.«

»Na ja, einen Versuch war es wert«, sagte Buchanan, während er das Bild wieder in den Umschlag steckte. »Schließlich kommen Sie ja mit einem Haufen Leute zusammen.«

»Das stimmt allerdings«, sagte Tweed. »Wenn Sie mir eine verkleinerte Version des Bildes besorgen, nehme ich sie mit und schaue, ob mir die Frau in der Stadt über den Weg läuft.«

»Ich werde Ihnen drei Kopien zukommen lassen. Eine für Sie und je eine weitere für Paula und Newman.«

Buchanan stand auf und ging zur Tür.

»Halt, bevor Sie gehen, wüsste ich noch gern, ob es irgendetwas Neues aus Dorset gibt«, sagte Marler.

»Wusste ich's doch, dass da noch was war«, sagte der Superintendent und setzte sich wieder. »Der Chief Constable dort unten hat seinen Hubschrauber die ganze Nacht lang herumfliegen lassen und ihn bei Tageslicht mit einer frischen Crew noch einmal losgeschickt, aber er hat nichts gefunden, weder die illegalen Einwanderer, von denen Tweed mir erzählt hat, noch die Busse. Aber die hätte man natürlich gut in irgendwelchen alten Scheunen verstecken können.«

»Wäre es vielleicht möglich, dass unser Mr. Blue diese Helga Trent getötet hat?«, fragte Marler.

»Es handelt sich wirklich um einen mysteriösen Fall«, sagte Buchanan nachdenklich. »Die Vermieterin hat ausgesagt, dass Helga zwar älter war als ihre Schwester, ihr aber ziemlich ähnlich sah. Auch sie hatte langes, rotes Haar. Die Leiche lag vor einem Fenster mit zugezogenen Gardinen. In der Scheibe waren zwei Einschusslöcher. Eine Kugel für Helga, die andere für den Hund. Mir ist in den Sinn gekommen, dass der Mörder die beiden Schwestern vielleicht verwechselt und deshalb die falsche getötet haben könnte, weil er sie im Gegenlicht hinter der Gardine nicht genau erkennen konnte.«

»Gibt es irgendwelche Beweise für diese Hypothese?«, fragte Tweed.

»Die Tatsache, dass die jüngere Schwester verschwunden ist und dass sie sich nie bei der Polizei gemeldet hat, ist zumindest merkwürdig. Nach Aussagen der Vermieterin sind die beiden nicht gut miteinander ausgekommen. Helga hat ihre Schwester offenbar ziemlich unter der Fuchtel gehabt. Die Vermieterin hat die beiden öfter streiten hören. Aber jetzt muss ich wirklich los …«

Als Monica dem Superintendent die Tür aufhielt, warf sie einen Blick hinunter ins Treppenhaus, wo Sergeant Warden stumm wie ein hölzerner Indianer auf einem Stuhl vor George, dem Wachmann, saß.

Als Monica zurück ins Büro kam, hatte Paula ihren Stuhl an Tweeds Schreibtisch geschoben.

»Buchanan hat mir einen ganz schönen Schrecken eingejagt«, sagte sie. »Die Frau auf der Zeichnung sah genau wie Lisa aus.«

»Gut, dass Bob und Sie sich nichts haben anmerken lassen.«

»Ich wollte nur nicht, dass Lisa im Krankenhaus von der Polizei belästigt wird«, sagte Newman.

»Das natürlich auch. Aber ich glaube, dass Lisa den Schlüssel zu der Krise hat, in die wir gerade hineinsteuern. Und ich denke, dass Buchanan mit seiner Vermutung Recht gehabt hat. Der Killer hatte es in Wirklichkeit auf Lisa abgesehen. Wir müssen sie rund um die Uhr bewachen.«

»Pete Nield ist gerade zur Klinik gefahren, um Harry Butler abzulösen«, sagte Newman. »Als Nächster bin ich dran. Wir sorgen schon dafür, dass ihr nichts passiert.«

»Ich rufe mal im Krankenhaus an und frage, wie es ihr geht«, sagte Tweed.

Während er mit Master sprach, waren Paula, Marler und Newman ganz still. Paula konnte die Spannung förmlich spüren, die über dem Büro lag. Nach ein paar Minuten legte Tweed den Hörer wieder auf.

»Lisa hat eine schwere Gehirnerschütterung«, sagte er. »Master will, dass sie im Krankenhaus bleibt, bis sie vollständig genesen ist. Das kann seiner Ansicht nach mehrere Wochen dauern. Er hält mich auf dem Laufenden.«

»Ich hatte gehofft, es würde ihr besser gehen«, sagte Paula enttäuscht.

»Das haben wir alle. Aber Gott sei Dank hat sie keinen Schädelbruch. Master meinte noch, dass sie auf irgendeine Weise völlig erschöpft ist, was einer raschen Heilung nicht gerade förderlich ist.«

»Ich habe da eine Idee«, sagte Marler. »Wie wäre es, wenn ich die Gegend rings um die Ebury Street einmal genauer unter die Lupe nehmen würde? Der Mörder wusste, wo Lisa wohnte, und das bedeutet wiederum, dass er ihr gefolgt sein muss. Möglicherweise hat er ihre Wohnung schon vor Tagen ausgekundschaftet. Ich jedenfalls hätte das an seiner Stelle getan.«

»Wonach wollen Sie denn suchen?«, fragte Newman.

»Nach seinem Unterschlupf, in dem er auf eine günstige Gelegenheit zum Zuschlagen gewartet hat. Vielleicht kann mir dann ja einer der Nachbarn eine Beschreibung des Killers geben. Könnte allerdings ein paar Tagen dauern.«

»Machen Sie's trotzdem«, sagte Tweed. »Es ist die einzige Spur, die wir in diesem geheimnisvollen Fall bisher haben.«

Paula schaute auf Tweeds Notizblock, auf den er einen weiteren Namen gekritzelt und mit einem Kreis versehen hatte. Mr. Blue.

»Noch kann ich den mit niemandem in Verbindung bringen«, sagte Tweed. Dann legte er sich eine Hand an die Stirn und stand langsam auf. Er war so wackelig auf den Beinen, dass er sich am Schreibtisch festhalten musste. Paula trat auf ihn zu und stützte ihn, bevor sie ihn sanft in den Stuhl zurückdrückte.

»Geht es Ihnen nicht gut?«, fragte sie.

»Ich habe fürchterliche Kopfschmerzen. Als würde mir jemand von innen mit einem Hammer an den Schädel schlagen. Und heiß ist es hier drinnen. Furchtbar heiß.«

Monica holte schnell ein Fieberthermometer und reichte es Paula, die es Tweed vorsichtig in den Mund steckte. Dann sah sie auf die Uhr und fühlte seine Stirn. Sie war glühend heiß. Als sie nach drei Minuten Tweed das Thermometer aus dem Mund nahm, zeigte sie es Newman.

»Er hat Fieber«, flüsterte sie.

»Und teuflisch hohes dazu«, flüsterte Newman zurück.

»Wir müssen Sie ins Krankenhaus bringen«, sagte Paula und beugte sich über Tweed. »Sie sind nicht …«

»Nein, nicht ins … Krankenhaus …« Tweed hatte Mühe, die Worte zu artikulieren. »Sie wissen doch … ich hasse diesen medizinischen Kram … Krankenhäuser … nervige Schwestern. Bringen Sie mich nach Hause. Das ist ein Befehl. Und rufen Sie Dr. Abbott an …«

Mit großer Mühe gelang es Tweed, sich aus seinem Drehstuhl zu erheben. Er schwankte so sehr, dass Paula und Newman ihn fest am Arm packen mussten. Gemeinsam geleiteten sie ihn zur Tür.

»Seien Sie vorsichtig auf der Treppe«, sagte Monica, die vor Aufregung ganz blass war.

»Geben Sie mir den Block, Monica ... Auf meinem Schreibtisch«, sagte Tweed mit matter Stimme.

»Das halte ich für keine gute Idee ...«, sagte Monica.

»*Bringen Sie mir den Block!*«, rief Tweed so laut, dass alle erschraken. So ungehalten hatten sie ihren Chef nur selten erlebt. Monica eilte zum Schreibtisch und schnappte den Block.

»Ich gehe vor ihm die Treppe runter«, sagte Marler. »Der Kombi steht gleich vor dem Haus.«

»Wasser ...«, krächzte Tweed, dessen Stimme jetzt wieder viel leiser klang.

Monica goss ein Glas ein und gab es Paula. Tweed wollte es nehmen, aber Paula führte es ihm an die Lippen. Nachdem er es in zwei Schlucken ausgetrunken hatte, musste er husten. Ganz vorsichtig brachten Paula und Newman ihn Schritt für Schritt die Treppe hinunter, während Marler, der sich an beiden Geländern festhielt, ihn zusätzlich nach vorn abstützte. Als sie unten waren, hielt George, der die Situation sofort begriffen hatte, ihnen bereits die Tür auf. Marler lief nach draußen und sperrte den Kombi auf.

Auf dem Gehsteig holte Tweed tief Luft und lächelte Paula matt an.

»Die frische Luft tut gut ...«

Nachdem sie Tweed auf den Rücksitz verfrachtet hatten, setzte Paula sich neben ihn, während Marler vorn einstieg.

»Ich bleibe hier und löse später Nield in der Klinik ab«, sagte Newman.

Als sich der Kombi in Bewegung setzte, rief Monica oben im Büro gerade Dr. Abbott an und erklärte ihm, was vorgefallen war.

12

In Tweeds Wohnung, die Erdgeschoß und ersten Stock eines Hauses einnahm, gab es den nächsten Krach. Nachdem Paula mit Tweeds Schlüsseln die drei Sicherheitsschlösser an der Eingangstür aufgesperrt hatte, führten sie und Marler ihn zum Sofa im Wohnzimmer.

»Nicht da«, sagte Tweed. »Ich möchte nach oben ins Schlafzimmer.«

»Großer Gott«, platzte Marler heraus. »Sie wollen doch nicht etwa die Treppe hinaufsteigen?«

»Haben Sie nicht gehört, was ich gesagt habe? Ich will ins Schlafzimmer. Aber das schaffe ich auch allein.«

Tweed schob die beiden beiseite, hielt sich mit beiden Händen am Geländer fest und begann sich die Treppe hinaufzuziehen. Paula und Marler rannten auf ihn zu, griffen ihm unter die Arme und halfen ihm.

In seinem großen Schlafzimmer hockte sich Tweed auf die Bettkante und wollte seine Schuhe ausziehen, aber Paula bückte sich und nahm ihm die Arbeit ab. Dann zog sie ihm Jackett und Krawatte aus und legte ihn aufs Bett. Gerade als sie es mit Marlers Hilfe geschafft hatte, Tweed vollständig auszukleiden und einen Schlafanzug anzuziehen, klingelte es unten an der Tür.

»Das muss Dr. Abbott sein«, sagte Paula, während sie Tweed mit einem altmodischen Federbett zudeckte. »Würden Sie bitte runtergehen und ihn reinlassen, Marler?«

Tweed, der mit geschlossenen Augen dagelegen hatte, richtete sich trotz Paulas Protesten halb auf.

»Meinen Block!«, sagte er.

»Den brauchen Sie jetzt nicht«, erwiderte Paula mit fester Stimme.

»Er ist in meiner Jacketttasche. Legen Sie ihn mir auf den Nachttisch, und geben Sie mir meinen Füller. Der ist in der anderen Tasche.«

»Sie sind krank und dürfen jetzt nicht arbeiten ...«

»Das ist ein Befehl, Paula. Legen Sie Block und Füllhalter auf den Nachttisch.« Während Paula tat, was Tweed ihr aufgetragen hatte, gab er ihr weitere Anweisungen. »Niemand darf erfahren, dass ich im Bett liege. Wenn jemand anruft, soll Monica sagen, ich sei fort und sie wisse nicht, wann ich wiederkomme. Sagen Sie das auch den anderen, verstanden?«

Als Tweed sich erschöpft zurücksinken ließ, betrat Dr. Abbott zusammen mit einem anderen Mann, der einen Apparat dabeihatte, das Schlafzimmer. Abbott hatte raue Manieren, aber ein freundliches Lächeln und war wie ein alter Freund zu Tweed. *Der weiß, wie er mit ihm umgehen muss,* dachte Paula.

»Was machen Sie denn für Sachen, Tweed? Haben Sie sich jetzt endlich entschieden, mal gründlich auszuspannen?«

Paula ließ die Männer allein und ging nach unten, wo Marler auf dem Sofa saß. Während sie neben ihm Platz nahm, verdrehte sie die Augen.

»Das ist vielleicht ein schwieriger Patient«, seufzte sie und erzählte Marler, was Tweed von ihr verlangt hatte.

»So ist er nun mal«, sagte Marler. »Der Mann hat einen eisernen Willen ...«

Nach einer Viertelstunde kam Dr. Abbott nach unten. Während sein Gehilfe den Apparat hinaus zum Wagen brachte, erstattete er Marler und Paula, die den Arzt ebenfalls kannte, Bericht.

»Er hat eine schlimme Grippe«, sagte er. »Sieht so aus, als ob die Viren zu einem hier bisher unbekanntem Stamm gehörten. Hatte er in letzter Zeit mit jemandem vom Kontinent zu tun?«

»Ja. Er war mit uns bei den Krawallen, und da ist er mit Leuten aller möglichen Nationalitäten in Berührung gekommen.«

»Dann muss er sich den Virus dort geholt haben. Ist wohl ein verdammt rasch wirkender Stamm, den ich erst noch identifizieren muss. Ich habe ihm ein Antibiotikum und ein Schlafmittel gegeben. Eigentlich müsste er in eine Klinik, aber das hat er kategorisch abgelehnt. Er sagt, er könne keine plappernden Krankenschwestern ertragen. Wenn er hier bleibt, muss sich jemand um ihn kümmern.«

»Das mache ich«, sagte Paula. »Ich kann heute Nacht hier auf der Couch schlafen, und morgen löst mich dann Monica ab. Sie kennen doch Monica, Tweeds Sekretärin.«

»Ja. Sie ist genau die Richtige. Wenn es ihm schlechter geht – was ich aber nicht glaube –, rufen Sie mich sofort an. Und jetzt muss ich gehen und ein paar Tests machen.«

»Informieren Sie mich über das Ergebnis?«

»Natürlich. Sie oder Monica, je nachdem, welche von Ihnen hier ist. Aber denken Sie dran: Tweed darf auf keinen Fall aufstehen.«

»Wie lange wird es dauern, bis er wieder gesund ist?«

»Das fragen mich immer alle«, sagte Abbott mit einem Lächeln. »Aber ich kann Ihnen in diesem Fall leider keine konkrete Antwort darauf geben, außer dass es nicht allzu schnell gehen wird.«

Nachdem der Arzt gegangen war, zog Marler seine Jacke an. »Ich werde mich mal zur Ebury Street aufmachen und sehen, was ich dort herausfinden kann. Kann sein, dass ich ein paar Tage weg sein werde. Aber Sie sehen so aus, als ob Ihnen gerade etwas eingefallen wäre.«

»Stimmt. Ich frage mich, wo wohl Mark Wendover abgeblieben ist.«

Im Hangman's Noose war nicht viel los. Herb polierte gerade den Tresen, als Mark Wendover hereinkam und einen trockenen Martini bestellte. Herb sah ihn fragend an.

»Sie haben einen amerikanichen Akzent, wenn auch nur einen ganz leichten.«

»Englische Mutter, amerikanischer Vater. Ich habe mein halbes Leben hier verbracht. Irgendwelche Probleme damit?«

»Nein. Nur dass Amerikaner ein bisschen heikel sind, was Martinis anbelangt«, erwiderte Herb. »Sagen Sie mal, haben Sie nicht gestern bei den Unruhen ein paar von diesen Dreckskerlen vermöbelt?«, sagte er, während er mit größter Sorgfalt den Martini mixte. »Mein Name ist übrigens Herb.«

»Und ich bin Mark.« Wendover hielt kurze inne. »Ich suche einen Mann namens Delgado, der sich möglicherweise hier in der Gegend aufhält.«

»Das ist ein übler Bursche. Ich weiß zwar nicht, wo er jetzt grade ist, aber er schnüffelt seit einiger Zeit am Reefers Wharf herum. Das ist da drüben, gleich über der Straße. Und, wie ist der Martini? Wenn er nicht schmeckt, müssen Sie ihn nicht bezahlen.«

Wendover nahm einen kleinen Schluck, fuhr mit der Zunge über die Lippen und trank noch einmal aus dem Glas.

»Das ist der beste Martini, den ich seit New York getrunken habe«, sagte er schließlich und prostete Herb zu. »Drüben in den Staaten könnten sie keinen besseren machen.«

»Vielen Dank. Man tut, was man kann.«

Herb wandte sich wieder dem Tresen zu. Wendover hatte gehofft, dass sein ehrlich gemeintes Kompliment den Barkeeper vielleicht zum Reden brächte, aber diese Engländer passten verdammt auf, was sie Fremden erzählten. Er musste es auf eine andere Art versuchen.

»Ganz unter uns: Ich suche diesen Delgado, weil ich bei der CIA bin.« Er zog einen Ausweis aus der Tasche, den er beim Verlassen des Dienstes eigentlich hätte abgeben müssen, und zeigte ihn Herb, bevor er ihn wieder einsteckte. »Ich muss alles über diesen Mann erfahren.«

»Ich werde niemandem weitersagen, dass Sie bei der CIA sind. Aber dann müssen Sie das, was ich Ihnen jetzt sage, auch für sich behalten. Delgado kommt manchmal in dieses Pub, und eines Tages habe ich ihn belauscht, wie er sich hier an der Bar mit einem anderen unterhalten hat. ›Ich wünschte, wir könnten mehr über diesen Rhinozeros herausfinden‹, hat er gesagt.«

»Aber ein Rhinozeros ist doch ein Tier«, sagte Wendover.

»Stimmt, aber so, wie Delgado es gesagt hat, schien es sich eher um einen Menschen zu handeln. Mir ist das auch komisch vorgekommen. Wahrscheinlich habe ich es mir deshalb gemerkt.«

Wendover verließ das Pub und ging in Richtung Reefers Wharf. Auf dem Weg dorthin suchte er sich eine von den alten roten Telefonzellen, die er den hässlichen neuen bei weitem vorzog, und rief in der Park Crescent an. Newman hob ab.

»Hallo, Bob, hier Mark. Sagt Ihnen der Name Rhinozeros etwas?«

»Wo haben Sie denn den her?«, fragte Newman in scharfem Ton. *Jetzt weiß ich wenigstens, dass es wirklich ein Name ist*, dachte Wendover und verlangte, Tweed zu sprechen. Er hatte die Erfahrung gemacht, dass man sich am besten immer gleich an den Chef des Ganzen wandte.

»Der ist unterwegs, aber ich weiß nicht, wann er wiederkommt. Aber Sie haben mir meine Frage noch nicht beantwortet. Wo haben Sie den Namen Rhinozeros her? Und wo sind Sie, verdammt noch mal? Wir sind es hier gewohnt, als ein Team zu arbeiten. Alleingänge wie die Ihren mögen wir nicht besonders ...«

Newman sprach mit einer toten Leitung, weil Wendover längst aufgelegt hatte. Er würde später noch einmal versuchen, Tweed an die Strippe zu bekommen. Im Augenblick wollte er sich im Reefers Wharf umsehen und blieb deshalb am Ende der breiten Straße stehen, die hinunter zur Themse führte. Links und rechts von ihm standen hohe, fünfstöckige Gebäude mit steilen Dächern und Mansarden. Die etwas weiter entfernten hatte man modernisiert und dabei versucht, den Charakter der alten Lagerhäuser zu bewahren, was dem Architekten aber nach Wendovers Auffassung nicht gelungen war. Mit ihren großen, bläulich reflektierenden Spiegelglasfenstern erinnerten sie ihn an ähnliche Projekte in der Park Avenue in New York.

Die Häuser, vor denen er jetzt stand, hatte man nicht renoviert. Sie waren noch immer die alten Lagerhäuser mit ihren vewitterten Holzlattenwänden, die weiß Gott wie lange schon hier standen und offenbar seit längerer Zeit nicht mehr im Gebrauch waren. Die Gauben hoch oben auf den schrägen Dächern wirkten so, als könnten sie jeden Augenblick herunterrutschen.

Wendover ging ein paar Schritte die Straße entlang, bevor er wieder stehen blieb. Die Sonne war hinter den Wolken herausgekommen und tauchte die eine Straßenseite in gleißendes Licht, während die andere in tiefem Schatten lag. Hier und da zweigten schmale, kopfsteingepflasterte Seitengassen ab. Und dann sah Wendover auf einmal Delgado.

Der riesenhafte Mann hielt eine Flasche der Hand und kam etwas schwankend auf der sonnigen Seite der Straße auf ihn zu. Wendover trat in eine Nebenstraße und beobachtete, wie Delgado an den renovierten Lagerhäusern vorüber auf die alten Gebäude zuging.

Ein Bus fuhr langsam die Straße entlang und verbarg Delgado eine Weile vor Wendovers Blicken. Als er wieder freie Sicht hatte, war Delgado verschwunden – vermutlich in einem der Lagerhäuser. Aber in welchem? Insgesamt kamen vier davon in Frage.

Wendover machte kehrt und ging zurück zum Hangman's Noose, wo er Herb von seiner Begegnung berichtete.

»Ich muss hier bleiben, bis mir Delgado wieder über den Weg läuft«, sagte er. »Und das kann gut ein paar Tage dauern. Wissen Sie, wo ich hier in der Gegend ein Zimmer mieten kann?«

»Ja. Bei mir. Ich habe ein paar Gästezimmer im ersten Stock. Eines davon habe ich Lisa gegeben, der hübschen Frau, mit der ich Sie bei den Unruhen gesehen habe. Heute Morgen hat ein Taxi ihren Koffer abgeholt.« Herb musterte den Amerikaner. Er war groß und blond und hatte einen durchtrainierten Körper. Aber es war seine Kleidung, die Herb interessierte. »Nehmen Sie es mir nicht übel, aber Sie sind viel zu elegant angezogen, um tagelang hier abzusteigen. Mit solchen Klamotten fallen Sie in dieser Gegend auf wie ein bunter Hund. Ganz in der Nähe gibt es ein Geschäft, das Wingers heißt. Dort können Sie sich neu einkleiden.«

»Danke. Ich gehe gleich mal hin.«

Als er zurückkam, hatte er eine große Plastiktüte dabei, in der sich die Kleider befanden, die er vorher getragen hatte. Anerkennend nahm Herb Wendovers neues Outfit in Augenschein: abgetragene Bluejeans, eine schäbige Tarnjacke und ein rotes Fallschirmjägerbarett.

»Das sieht schon besser aus. Und jetzt zeige ich Ihnen das Zimmer.«

Marler hatte die Wohnung, in der Helga Trent ermordet worden war, bald ausfindig gemacht. Das war auch nicht weiter schwer gewesen, da die Polizei immer noch die Straße vor dem Haus abgesperrt hatte. In einem Fenster im ersten Stock bemerkte Marler zwei Einschusslöcher.

Bevor er nach dem Haus gesucht hatte, hatte er sich in einem billigen Hotel – das in Wirklichkeit kaum mehr als eine Pension war – ein Zimmer gemietet. Es dämmerte bereits, als er über das Absperrband stieg und an der Haustür klingelte. Eine mittelalte Frau mit mürrischem Gesicht öffnete die Tür und sah ihn misstrauisch an. Wie eine Wächterin verschränkte sie ihre feisten Arme vor der Brust.

»Sind Sie die Vermieterin?«, sagte Marler.

»Die Hausbesitzerin, aber das geht Sie einen Dreck an.«

»Ich bin ein Freund der verstorbenen Helga Trent«, sagte Marler und schenkte der Vermieterin sein strahlendstes Lächeln, ein Lächeln, bei dem die Frauen normalerweise nur so dahinschmolzen. »Hätten Sie vielleicht ein paar Minuten Zeit für mich? Ich würde mich mit Ihnen gern über Helga unterhalten.«

»Hauen Sie ab. Sie sind doch bloß wieder einer von diesen ekelhaften Presseheinis. Typen wie Sie würde ich sogar mit verbundenen Augen erkennen.«

»Nein, ich bin kein Reporter. Ich möchte mich nur …«

»Scheren Sie sich zum Teufel.«

Die Frau schlug Marler die Tür vor der Nase zu. Er hörte, wie sie drinnen mehrere Riegel vorschob, und musste sich eingestehen, dass bei diesem Exemplar des weiblichen Geschlechts sein berühmter Charme komplett versagt hatte. Er ging zurück zu seinem Hotel und setzte sich dort in die Bar. Beim Einchecken hatte er sich als Vertreter für Solaranlagen ausgegeben, weil er dachte, dass er auf diese Weise wohl kaum auf jemanden treffen würde, der denselben Beruf hatte und mit ihm fachsimpeln wollte.

Eine wasserstoffblond gefärbte Frau in einem knallengen Minikleid setzte sich auf den Barhocker neben ihm. Sie zündete sich eine Zigarette an und musterte Marler vom Scheitel bis zur Sohle.

»Na, Süßer, spendierst du mir was zu trinken?«

»Wohnen Sie hier in der Gegend?«

»Kann sein. Na, was ist? Lädst du mich nun ein oder nicht?«

»Ich glaube nicht.«

»Dann trink doch allein, du Stoffel.«

Sie stand auf und verließ hüftschwingend die Bar, worüber Marler nicht sonderlich böse war. Er wollte nur mit jemandem sprechen, der sich wirklich hier in der Gegend auskannte.

Marler musste fünf Tage warten, bis sich die ersehnte Gelegenheit ergab. Draußen war es schon dunkel, als ein großer Mann in einem schäbigen Anzug in die Bar kam und sich so selbstverständlich auf einen Hocker setzte, als ob ihm das ganze Hotel gehörte.

»Einen doppelten Scotch«, rief er der jungen Frau hinter der Theke zu. »Und schenk nicht so knauserig ein wie beim letzten Mal.«

»Natürlich nicht, Mr. Barton.«

»Hast du irgendwo die Frau mit den langen roten Haaren gesehen, nach der ich dich gestern Abend gefragt habe? Schlank, gute Figur, eine echte Schönheit?«

»Nein«, antwortete die Barkeeperin und stellte dem Mann seinen Whisky hin. »Hier war sie jedenfalls nicht.«

»Den Drink übernehme ich«, sagte Marler spontan.

Er setzte sich auf den Barhocker neben Mr. Barton und bemerkte, dass dieser große, stark behaarte Hände hatte. Barton hob sein Glas und schaute Marler mit feindseligen Augen an. Nachdem Marler der Barkeeperin das Geld für den Drink gegeben hatte, zog sie sich ans Ende des Tresens zurück.

»Eine gut aussehende Frau mit langen roten Haaren?«, flüsterte Marler. »Die suche ich auch. Ich zahle sogar für Informationen über sie. Was können Sie mir über sie erzählen?«

»Gehen wir nach draußen«, sagte der große Mann. »Hier drinnen haben die Wände Ohren ...«

Die Nacht war sehr dunkel, und die Straße zudem schlecht beleuchtet. Marler ging um eine Ecke, aber Barton wurde immer langsamer. Auf einmal kam ein Junge auf einem Skateboard auf sie zugefahren, und Marler spürte, wie ihm etwas Hartes in den Rücken gedrückt wurde.

»Das ist eine Waffe«, grummelte Barton drohend. »Und jetzt sagen Sie mir, was *Sie* über die rothaarige Schlampe wissen ...«

In diesem Augenblick verlor der Junge auf dem Skateboard das Gleichgewicht und kollidierte mit Marler, den er dadurch rückwärts gegen Barton schleuderte. Dabei stieg Marler dem Mann auf den Fuß, woraufhin dieser die Waffe fallen ließ und vor Schmerz stöhnend herumhumpelte. Marler bückte sich schnell und hob die Waffe auf. Es war ein .455er Colt, und Marler merkte an dessen Gewicht, dass er geladen war, vermutlich mit sieben Patronen. Nicht schlecht. Barton, der noch immer humpelte, rief um Hilfe.

»Komm her und hilf mir, Panko ...«

Marler schlug seinem Angreifer den Lauf der Pistole ans Kinn, woraufhin dieser halb bewusstlos die Stufen zu einem Souterrain hinuntertaumelte. Dabei schlug er mit dem Kopf gegen eine Ziegelwand und brach stöhnend zusammen. Marler drehte sich um und sah, wie von der anderen Straßenseite aus ein dünner Mann mit einem gefährlich aussehenden Schnappmesser auf ihn zukam. Marler wartete, bis der Mann vor ihm stehen blieb, blickte dann über dessen Schulter und rief: »Schnapp ihn dir, Larry!«

Es war der älteste Trick der Welt, der aber trotzdem immer wieder funktionierte. Als Panko sich umdrehte, verpasste Marler ihm ebenfalls mit dem Colt einen Schlag an die Schläfe, der so präzise ausgeführt war, dass auch Panko die Stufen hinunterstürzte, um schließlich auf Barton zu liegen zu kommen. Marler sah sich um. Der Skateboardfahrer war längst verschwunden, und die Straße lag leer da. Vorsichtig stieg Marler die Stufen hinab und fühlte Pankos Puls, der regelmäßig, aber langsam war. Nachdem er den Bewusstlosen in eine Ecke geschleift hatte, wandte er sich Barton zu, der immer noch leise vor sich hin stöhnte.

»Was hattet ihr mit der Rothaarigen vor?«, fragte Marler, während er mit dem Colt auf Barton zielte.

»Ich sollte ihr eine Lektion erteilen ...«

»Mund auf, oder ich knalle dich ab.«

Vor lauter Schreck öffnete Barton den Mund, aus dem auch gleich etwas Blut floss. Marler steckte den Lauf des Revolvers hinein, woraufhin Barton fast die Augen aus dem Gesicht zu fallen schienen.

»Ich frage dich nur noch ein Mal«, sagte Marler mit stahlharter Stimme. »Was hattet ihr mit ihr vor? Ich zähle bis drei. Wenn ich dann noch keine Antwort habe, drücke ich ab.«

Barton machte Anstalten zu reden, und Marler zog ihm den Lauf des Revolvers aus dem Mund. Es dauerte aber noch eine gute halbe Minute, bis Barton seine Worte wenigstens halbwegs artikulieren konnte.

»Wir sollten sie töten.«

»Ach ja. Und wer hat euch dafür bezahlt?«

»Um Himmels willen, Mister, das weiß ich nicht. Es war jemand wie wir ... mit dunkler Sonnenbrille ... hat uns in bar bezahlt ...«

Marler spürte, dass Barton seinen Auftraggeber tatsächlich nicht kannte. Außerdem wäre der Mann mit der dunklen Sonnenbrille ohnehin nur ein Glied einer langen Kette gewesen, die bis weiß Gott wohin zurückreichte. Nachdem er sich noch einmal davon überzeugt hatte, dass der schwer angeschlagene Barton ihm ebenso wenig gefährlich werden konnte wie der noch immer bewusstlos daliegende Panko, stieg er die Treppe hinauf zur Straße und rief über sein Handy Buchanan auf dessen privater Leitung an.

Der Superintendent war sofort dran.

»Ja?«

Marler meldete sich mit seinem Namen und gab Buchanan den Straßennamen und die Hausnummer durch. »Da können Sie zwei etwas lädierte Halunken abholen lassen. Schicken Sie doch gleich einen Streifenwagen vorbei.«

»Augenblick.«

Marler wusste, dass Buchanan über eine andere Leitung den Streifenwagen in Marsch setzte, deshalb sprach er, als er Buchanans Stimme wieder hörte, so rasch wie möglich, um noch vor dem Eintreffen der Beamten das Weite suchen zu können.

»Der dickere der beiden heißt Barton, aber ich bezweifle, dass das sein richtiger Name ist. Den Dünnen hat er Panko genannt, ist aber vielleicht nur ein Spitzname. Barton hatte den Auftrag, eine Frau umzubringen.«

»Sie haben vorhin gesagt, die beiden wären etwas lädiert. War das Ihr Werk, Marler?«

»Ich muss jetzt auflegen. Mir geht das Kleingeld aus ...«

Marler eilte zurück zum Hotel und schloss sich dort auf seinem Zimmer ein. Als er fünf Minuten später eine Polizeisirene hörte, rief er Newman in der Park Crescent an und erzählte ihm, was vorgefallen war.

»Wieso muss so was immer mir passieren?«, sagte er schließlich. »Wie geht es übrigens Tweed?«

»Besser, glaube ich. Er soll allerdings nicht gerade der einfachste Patient sein.«

»Das kann ich mir vorstellen. Und Lisa?«

»Die ist immer noch im Krankenhaus. Die Ärzte sind zwar zufrieden mit ihr, aber sie ist noch immer nicht ganz genesen.«

»Okay. Übrigens, beim Telefonat mit Buchanan vorhin, habe ich so getan, als würden wir Lisa nicht kennen.«

»Das wäre Tweed bestimmt recht gewesen. Und jetzt schlage ich vor, Sie suchen sich ein paar neue Verbrecher, mit denen Sie sich unterhalten können ...«

»Tut mir Leid, ich habe mich etwas verspätet«, sagte Paula, als sie an Tweeds Bett trat, um Monica abzulösen. »Wie geht es Ihnen?«

»Besser«, antwortete Tweed, dessen Oberkörper halb aufgerichtet auf einem großen Kissen lag. »Abbotts erstes Antibiotikum hat so gut gewirkt, dass ich die zweite Spritze gar nicht mehr brauche.«

»Doch, die brauchen Sie. Sonst erleiden Sie einen Rückfall. Also tun Sie das, was der Onkel Doktor sagt.«

»Sie führen doch was im Schilde, Paula«, sagte Tweed. »Ohne Grund hätten Sie sich niemals um eine ganze Stunde verspätet. Sagen Sie mir sofort, was es ist.«

»In Ordnung. Ich habe mir schon gedacht, dass Sie den Braten riechen würden. Seit Monica mich heute Nachmittag abgelöst hat, bin ich zu Fuß und per Taxi durch die Straßen gestreift und habe versucht herauszufinden, was zur Zeit vorgeht. Möglicherweise bin ich dabei auf etwas Interessantes gestoßen.«

»Spannen Sie mich nicht auf die Folter.«

»Also gut. Ich habe mich von einem Taxi in die Nähe des Santorini's bringen lassen – Sie wissen schon, das teure Restaurant mit der Terrasse über dem Fluss –, und da habe ich Lord Barford und seinen widerlichen Sohn Aubrey gesehen, der, mit dem ich einmal beim Mittagessen war. Die beiden waren ebenfalls gerade aus einem Taxi gestiegen. Aubrey hatte einen großen Koffer mit vielen Aufklebern dabei, wie man sie bekommt, wenn man viel im Ausland unterwegs ist und ...«

»Ich kenne solche Koffer«, sagte Tweed ungeduldig.

»Ich hatte irgendwie das Gefühl, als ob einer von beiden den anderen gerade vom Flughafen abgeholt hätte. Wer allerdings unterwegs gewesen war, konnte ich nicht herausfinden, es war nämlich gut möglich, dass Aubrey nur seinem Vater den Koffer trug. Die beiden sind also ins Santorini's gegangen.«

»Und?«

»Mir ist da eine verrückte Idee gekommen«, fuhr Paula fort. »Ich habe ein paar Minuten gewartet und bin dann auch in das Restaurant gegangen. An der Garderobe habe ich den Koffer mit den vielen Aufklebern stehen sehen. Ich bin zur Garderobiere gegangen und habe ihr gesagt, dass Mr. Swanton mich geschickt hat, weil er dem Restaurant noch zehn Pfund schuldet. Ich hatte zehn Ein-Pfund-Münzen in der Hand, und als ich sie ihr gab, habe ich mich absichtlich so ungeschickt angestellt, dass mir die Hälfte davon aus der Hand gefallen ist. Während die Frau sich gebückt hat, um das Geld aufzuheben, habe ich schnell mit meiner lichtstarken Kamera ein Bild von dem Koffer geschossen. Das habe ich dann in der Park Crescent entwickeln lassen.«

»Und jetzt haben Sie den Abzug dabei.«

»Ja.«

»Her damit.«

Paula reichte Tweed das Foto und kramte aus ihrer Schultertasche eine Handlupe hervor, die sie ebenfalls Tweed gab. Der sah sich damit den Abzug genau an.

»Da sind Hotelaufkleber aus Brüssel, Berlin, Paris und Stockholm zu sehen. Genau die Städte also, von denen Ihnen der angetrunkene Aubrey erzählt hat, dass sein Vater sie in letzter Zeit besucht hat.«

»Richtig.«

»Aber hier ist eine Stelle, die so aussieht, als ob jemand einen Aufkleber entfernt hätte.«

»Und zwar einen, der erst kürzlich draufgeklebt wurde«, sagte Paula. »Wenn diese Dinger erst mal eine Zeit lang festkleben, kriegt man sie kaum wieder runter.«

»Wahrscheinlich wäre aus dem Aufkleber hervorgegangen, von wo aus er heute zurückgeflogen ist. Wozu diese Geheimniskrämerei auf einmal?«

»Das habe ich mich auch gefragt«, sagte Paula, während Tweed den Abzug in die Nachttischschublade legte. »Und? Sie haben hoffentlich nicht schon wieder gearbeitet, oder?«

»Doch, ich habe einen weiteren Namen auf die Liste gesetzt. Rhinozeros.«

Monsieur Bleu hatte inzwischen Frankreich verlassen, weil er bei der Verfolgung von Louis Lospin sehr zu seinem Erstaunen hatte feststellen müssen, dass seine Zielperson ganz woanders hingefahren war, als er vermutet hatte: zum Flughafen Charles de Gaulle.

Nachdem Lospin seinen Wagen dort in einem überfüllten Parkhaus abgestellt hatte, war er zum Schalter von Air France gegangen und hatte für einen Flug nach Korsika eingecheckt. Achselzuckend hatte sich Bleu gedacht, dass Lospin vermutlich Urlaub machen wollte.

Er selbst hatte keine gesteigerte Lust aufs Fliegen, der Flughafen wimmelte nämlich vor Sicherheitspersonal, weil die Maschine des Staatspräsidenten erwartet wurde. Also ließ Bleu sein Motorrad im Parkhaus stehen und nahm ein Taxi zum Gare du Nord.

Dort bestieg er den Schnellzug nach Amsterdam. Wenn man mit der Bahn fuhr, gab es keine Tickets und Passagierlisten, anhand deren sich später eine Reiseroute nachverfolgen ließ. Nicht einen Augenblick lang hatte Bleu daran gedacht, in Paris auf Lospins Rückkehr zu warten, damit hätte er vermutlich nur den Argwohn der französischen Behörden auf sich gezogen.

In Amsterdam angekommen, ließ sich Bleu von einem Taxi zu einem Hotel in der Nähe des Flughafens Schiphol bringen. Nachdem er dort unter einem seiner zahlreichen falschen Namen eingecheckt hatte, ging er auf sein Zimmer und erkundigte sich telefonisch danach, wann am nächsten Tag das erste Flugzeug nach Großbritannien ging. Zu seinem Erstaunen erfuhr er, dass es sogar noch am Abend einen Flug gab. Also verließ er das Hotel bereits wenige Minuten nach seiner Ankunft und nahm ein Taxi zum Flughafen.

13

Die nächsten Wochen vergingen wie im Flug. Tweed erlitt zwar einen kleinen Rückfall, aber danach ging es ihm mit jedem Tag besser. Auch Lisa erholte sich langsam von ihrer Gehirnerschütterung. Ende Juni war Tweed wieder vollständig genesen, und er bestellte für den nächsten Tag das ganze Team in die Park Crescent. Als er dort ankam, waren die anderen bereits vollständig versammelt. Tweed setzte sich kerzengerade hinter seinen Schreibtisch.

»Herzlich willkommen«, begrüßte ihn Paula.

»Hört, hört«, sagte Newman.

»Kommen wir zur Sache«, sagte Tweed. »Ich habe mir während meiner Abwesenheit viele Gedanken gemacht, und inzwischen habe ich ein sehr viel klareres Bild als zuvor. Noch immer ein bisschen undeutlich zwar, aber trotzdem. Wir haben viel zu tun …«

Tweed brach ab, weil die Tür aufging und Lisa hereinkam. Newman, Paula, Mark Wendover, Butler und Nield starrten sie ebenso an wie Monica und Marler, niemand hatte nämlich gewusst, dass sie schon aus dem Krankenhaus entlassen war. Lisa wirkte gesund und energiegeladen und schaute Tweed strahlend in die Augen.

»Ich habe mich selbst entlassen«, verkündete sie.

»War das klug?«

»Ich weiß genau, wenn ich wieder fit bin. Außerdem habe ich eine Menge zu tun. Ich muss sofort los.«

»Es hat wohl keinen Zweck, Sie zu fragen, wohin.«

»Richtig.« Lisa beugte sich über Tweed und küsste ihn auf beide Wangen, bevor sie wieder zur Tür ging. »Auf Wiedersehen, alle miteinander. Und vielen Dank für alles, was Sie für mich getan haben.«

»Können Sie mir nicht einmal einen kleinen Hinweis geben?«, sagte Tweed.

»Sie wissen, wo ich hingehe.« Lisa öffnete die Tür. »Ich habe es Ihnen gesagt. Seien Sie kein Dummkopf, Tweed.«

Dann war sie fort. Tweed griff in seine Aktentasche und holte den Notizblock heraus.

»Ich bin wirklich ein Dummkopf«, sagte er, während er eine Seite auf dem Block aufschlug. »Ich hatte die Lösung die ganze Zeit vor meinen Augen. Die Worte, die Lisa mir in der Klinik gesagt hat: ›Ham... Dan... Vier... Ja.‹ Das ›Ham‹ bedeutet Hamburg, und das ›Vier Ja‹ ist die Abkürzung für das berühmte Hotel Vier Jahreszeiten. Und genau dorthin werden wir uns jetzt hinbegeben.« Er schaute zu Monica. »Buchen Sie uns für morgen Sitze in der Business Class. Und Sie alle packen sich leichte Sommerkleidung ein. Auf dem Kontinent soll es noch heißer sein als hier.«

Auch in London herrschte seit zwei Tagen entsetzliche Hitze, und natürlich hatte wieder einmal kein Wetterbericht den plötzlichen Wetterumschwung gemeldet. Tweed, der einen sommerlichen Leinenanzug trug, hatte bereits das Jackett ausgezogen und über die Lehne seines Stuhls gehängt.

»Dummkopf ist wirklich die richtige Bezeichnung für mich«, fuhr er fort. »Das hat mir auch Buchanans Anruf gezeigt, mit dem er mich vom Mord an Lisas Schwester Helga informiert hat.«

Das Telefon klingelte. Monica hob ab und sagte, dass Keith Kent unten sei.

»Lassen Sie ihn heraufkommen. Normalerweise kommt er doch nicht von selbst hierher. Das ist höchst ungewöhnlich.«

Kurze Zeit später kam Kent ins Büro. Er lächelte Paula an, machte eine Grimasse in Richtung Newman, lehnte aber den Kaffee ab, den Monica ihm anbot.

»Ich habe nicht viel Zeit, mir ist nur jemand eingefallen, der Ihnen bei der Suche nach diesem Rhinozeros vielleicht hilfreich sein könnte. Ich hätte eigentlich schon vor Wochen dran denken sollen.« Kent legte Tweed ein Blatt Papier auf den Schreibtisch. »Der Mann heißt Dr. Kefler. Er wohnt in Hamburg und wird in Deutschland als Finanzgenie angesehen. Und zwar zu Recht. Ich habe Ihnen hier seine Adresse und Telefonnummer aufgeschrieben.«

»Das trifft sich gut, Keith, wir fliegen nämlich morgen sowieso nach Hamburg. Da werde ich diesem Dr. Kefler einen Besuch abstatten.«

»Seien Sie aber vorsichtig. Er wohnt in der Hafengegend, und dort schleichen nachts oft ziemlich zwielichtige Typen herum. Ach, ich wollte, ich könnte mitkommen. Ich liebe Hamburg.«

»Dann begleiten Sie uns doch. Wir wohnen im Hotel Vier Jahreszeiten.«

»Jetzt machen Sie mir aber wirklich den Mund wässrig. Aber morgen kann ich auf gar keinen Fall fliegen. Möglicherweise schaffe ich es in ein paar Tagen, aber versprechen kann ich es nicht.«

»Was für ein Mensch ist denn dieser Dr. Kefler?«

»Er ist ein ganz schlauer Fuchs, der es faustdick hinter den Ohren hat. Ansonsten erinnert er mich irgendwie an einen freundlichen Teddybären. Aber jetzt muss ich wirklich gehen. Einen schönen Urlaub wünsche ich Ihnen.«

»Ein Urlaub wird es bestimmt nicht …«

»Bis die Tage dann …«

Kent war genauso schnell verschwunden, wie er aufgetaucht war. Tweed zeigt den anderen das Blatt Papier, das er ihm gegeben hatte.

»Sehen Sie, schon haben wir eine zweite Spur, die nach Deutschland führt. Bevor Sie jetzt alle losziehen und sich Sommerklamotten kaufen, möchte ich noch einmal kurz die Lage zusammenfassen, wie sie sich uns heute präsentiert. Ich hatte auf meinem Krankenlager ja weiß Gott genügend Zeit, um nachzudenken.

Ich kann Ihnen nicht genau erklären, weshalb, aber ich habe den Eindruck, als ob wir es mit zwei starken Parteien zu tun haben, die in einen harten Kampf miteinander verstrickt sind. Ich weiß auch noch nicht, wer von den diversen Leuten, die uns bisher über den Weg gelaufen sind, zu welcher der beiden Parteien gehört. Lisa scheint auf der guten Seite zu stehen, aber es wäre eventuell auch möglich, dass sie zu den Bösewichten gehört. Eines aber weiß ich: Es handelt sich um eine enorm wichtige Angelegenheit, in die auch einige Regierungen verstrickt sind. Zwei persönliche Mitarbeiter von maßgeblichen Politikern wurden ermordet – Jason Schulz in Washington und Jeremy Mordaunt in Alfriston …«

»Machen Sie mal eine Pause, Tweed, und lassen Sie mich etwas sagen«, sagte Newman.

»Von mir aus. Was gibt's denn?«

»Offenbar haben Sie heute noch keine Zeitung gelesen«, sagte Newman und hielt ein Exemplar der *Daily Nation* hoch. »Gestern wurde in Paris ein gewisser Louis Lospin unmittelbar vor seiner Haustür ermordet. Lospin war die rechte Hand des französischen Premierministers.«

Paula hatte es nur selten erlebt, dass Tweed eine ganze Weile gebraucht hatte, bis er eine neue Information verdaut hatte. Jetzt saß er lange still da und machte ein sehr ernstes Gesicht. Dann schürzte er die Lippen.

»Diese Nachricht bestätigt nur das, was ich vorhin gesagt habe. In diese Angelegenheit sind mehrere Regierungen verwickelt. Und zwar auf höchster Ebene. Wir müssen sehr vorsichtig vorgehen. Ganz sicher war jemand der Meinung, dass die drei Männer – Schulz, Mordaunt und jetzt auch dieser Lospin – zuviel gewusst haben.«

»Ich habe da noch was«, sagte Newman.

»Spucken Sie's aus.«

»Während Sie im Bett waren, habe ich die Zeit genutzt und meine Verbindungen mit ein paar alten Reporterkollegen wieder aufleben lassen. War übrigens eine ziemlich feuchtfröhliche Angelegenheit. Einer der Burschen, der früher mal bei der Special Branch war, schreibt viel über internationale Sicherheit. Er hat mir erzählt, dass ziemlich bald eine streng geheime internationale Konferenz stattfinden soll ...«

»Eine Konferenz? Mit wem?«, unterbrach ihn Tweed.

»Wenn Sie mich ausreden lassen würden, könnte ich es Ihnen sagen. Einer der Teilnehmer ist Ihr alter Freund Gavin Thunder, ein weiterer der amerikanische Außenminister, ein dritter der französische Premierminister. Nummer vier soll der deutsche Außenminister sein. Sie alle werden auf die Bahamas fliegen, um dort dann per Boot zu einer Insel zu fahren, deren Name bisher nicht bekannt ist. Eine SAS-Einheit fliegt ebenfalls hin, sowie ein komplettes Wachregiment. So, das war's.«

Tweed stand auf und ging zu einer Karte der westlichen Welt, die an einer der Bürowände hing.

»Die Bahamas bestehen aus verdammt vielen Inseln«, bemerkte er. »Sie sagten, dass die Konferenz ziemlich bald stattfinden soll. Wie bald?«

»Mein Kollege meint, irgendwann im nächsten Monat. Er vermutet, dass sie irgendetwas mit den Krawallen im Frühjahr zu tun hat. Aber das sind nur Spekulationen, die Geheimhaltung ist bei dieser Sache nämlich außergewöhnlich streng.«

»All das passt in das Bild, das ich mir gemacht habe«, sagte Tweed, während er zurück zu seinem Schreibtisch ging. »Starke Kräfte, die sich gegenseitig bekämpfen und die, wie ich vermute, unser aller Leben grundlegend verändern könnten.«

»Und worum es genau geht, hoffen Sie in Hamburg zu erfahren?«, fragte Mark Wendover. »Ich spreche übrigens fließend Deutsch, das könnte vielleicht nützlich sein.«

»Ich hoffe tatsächlich, dass wir dort die Antwort auf viele noch offen stehende Fragen finden«, sagte Tweed. »Ich verspreche mir viel von diesem Dr. Kefler. Übrigens, Paula und Marler sprechen ebenfalls fließend Deutsch, und ich kann mich auch gut verständlich machen ...«

»Sie sprechen so gut Deutsch, dass man Sie für einen Deutschen halten könnte«, sagte Paula. »Das wissen Sie ganz genau.«

»Eigenlob stinkt«, sagte Tweed.

»Ihre Flüge nach Hamburg sind gebucht«, verkündete Monica. »Morgen um zwölf müssen Sie am Flughafen Heathrow sein. Die Tickets kommen per Kurier. Sobald ich sie habe, verteile ich sie an Sie. Ich habe übrigens Hin- und Rückflüge gebucht.«

»Was sonst?«, sagte Tweed. »Oder zweifeln Sie etwa daran, dass wir wieder zurückkommen?«

Paula hatte Tweed noch nie so entschlossen und gleichzeitig so düster erlebt. *Diese Reise wird alles andere als ein Kinderspiel,* sagte sie sich.

»Wie verteilen sich unsere Sitzplätze?«, fragte Butler, der bisher noch nichts gesagt hatte.

»Gute Frage«, sagte Tweed. »Paula und ich werden nebeneinander sitzen, ein paar Reihen weiter hinten sitzen Newman und Mark. Sie, Harry, bekommen zusammen mit Pete Nield zwei Plätze im hinteren Teil des Flugzeugs, von wo aus Sie immer ein Auge auf uns werfen können. Hinter Ihnen sitzt dann nur noch Marler, der uns alle im Blick haben wird.«

»Wie halten wir's mit den Waffen?«, fragte Marler, der wie üblich mit dem Rücken an der Wand lehnte.

»Ausgerechnet Sie stellen diese Frage?« Tweed beugte sich vor. »Wir wissen, dass drei Regierungsbeamte der höchsten Ebene ermordet wurden, und Paula hat mir erzählt, dass einer der beiden Vögel, die Buchanan festgenommen hat, den Auftrag hatte, Lisa zu töten. Als wir im März aus Alfriston zurückkamen, hat auch noch jemand auf mich geschossen. Damit dürfte die Antwort auf Ihre Frage doch wohl auf der Hand liegen.«

»Dann brauchen wir also Waffen«, sagte Marler unbeeindruckt. »Zum Glück kenne ich in Hamburg einen netten kleinen Burschen, der in einer Seitenstraße der Reeperbahn wohnt. Aber wenn der uns mit Waffen ausstatten soll, brauche ich bestimmt an die fünfzigtausend Euro.«

»Was wollen Sie denn kaufen? Einen Leopard-Panzer?«, sagte Harry.

»Das wäre vielleicht nicht schlecht«, gab Marler zurück.

Paula rechnete im Kopf kurz nach. Fünfzigtausend Euro waren etwa dreißigtausend Pfund. Illegale Waffen, die nie zuvor benutzt worden waren und deren Seriennummern man sorgfältig weggefeilt hatte, waren nun mal ein teurer Spaß.

»Übrigens, Tweed, ich habe Ihnen noch nicht alles über den Mord an Lospin erzählt«, sagte Newman. »In der Version, die von den französischen Zeitungen verbreitet wird, soll es ein Selbstmord gewesen sein. Dort kann man lesen, dass Lospin sich von seinem Chauffeur nach Hause bringen hat lassen und sich dann vor seinem Wohnhaus in den Kopf geschossen hat. Man fand ihn mit der Waffe in der Hand.«

»Genau wie bei Jason Schulz«, sagte Wendover. »Auch der soll sich ja eine Kugel in den Kopf gejagt haben.«

»Und bei Jeremy Mordaunt war es das Gleiche«, sagte Tweed. »Nach allem, was Bob uns gerade erzählt hat, werde ich am besten jetzt gleich zum Rüstungsministerium fahren. Vielleicht habe ich ja Glück und treffe Gavin Thunder persönlich an.«

»Wollen Sie, dass ich Sie begleite?«, fragte Paula.

»Nein. Sonst fragt Thunder Sie noch nach Ihrer Telefonnummer. Er ist zwar verheiratet, aber nach allem, was ich von ihm gehört habe, soll er ein ziemlicher Weiberheld sein. Ich mache mich jetzt gleich auf den Weg.«

Lord Barford saß in seinem Arbeitszimmer und blickte durch das große Fenster auf die Berge der Downs, wo er in der Ferne die fast senkrechte Felswand eines Steinbruchs in der Nachmittagssonne glitzern sah. Barford hatte eine Schublade aufgesperrt und dort ein Flugticket herausgeholt, das er sich am Abend zuvor in Heathrow gekauft hatte. Als er sah, wie sein jüngerer Sohn Aubrey das Zimmer betrat, steckte er es schnell in seine Brieftasche.

»Na, Paps, war das nicht wahnsinnig nett von mir, dass ich dich gestern Abend vom Flughafen abgeholt habe?«, fragte Aubrey, während er sich setzte und lässig die Beine übereinander schlug.

»Was hast du denn da für einen roten Fleck an der Stirn?«, fragte Barford brummig. »Du bist doch nicht schon wieder mit diesem Motorrad rumgefahren, womöglich noch mit einem Mädchen auf dem Soziussitz.«

»Nee, das Motorradfahren habe ich doch längst aufgegeben, Paps. Die rote Stelle kommt von einem Reiterhelm, der ein bisschen zu klein für mich ist.«

»Ich glaube dir kein Wort. Übrigens muss ich morgen schon wieder geschäftlich verreisen, und zwar in aller Früh. Ich weiß nicht, wann ich wieder nach Hause komme.«

»Soll ich dich zum Flughafen fahren, Paps?«

»Nein, ich lasse mich von meinem Hubschrauber hinbringen.« Barford legte die Brieftasche in die Schreibtischschublade und schloss sie wieder ab. »Und jetzt würde ich gern ein Bad nehmen...«

Kaum hatte Lord Barford sein Arbeitszimmer verlassen, nahm Aubrey die französische Zeitung zur Hand, die vor einer Woche gekommen war. Sein Vater ließ sich täglich per Luftpost eine große Auswahl an ausländischen Zeitungen schicken.

Nachdem er sich aus dem Barschrank seines Vaters einen doppelten Scotch genehmigt hatte, machte er es sich in einem Sessel bequem und las zum zweiten Mal die Meldung, in der davon berichtet wurde, dass Louis Lospin nach Paris zurückgekehrt sei, nachdem er mit der korsischen Polizei über das Terrorproblem auf der Insel konferiert habe.

Im Kontrollraum seines in einem Steinbruch gelegenen Eagle's Nest drückte Rondel einen Knopf, mit dem man den Apparat aus dem hohen Turm herausfahren konnte. Dann trat er hinaus auf den Balkon und beobachtete, wie die Parabolantennen an der Spitze des Mastes sich automatisch auf einen Punkt oberhalb der Downs ausrichteten. Zufrieden kehrte Rondel in den Kontrollraum zurück, wo er einen weiteren Knopf drückte, der den ganzen Mechanismus wieder einfahren ließ.

»Darf ich das Abendessen auftragen, Sir?«, fragte Mrs. Grimwood, als er kurz darauf in den geräumigen Speisesaal trat. »Die Köchin hat Ihnen ein schönes Hühnchen gebraten, aber Sie müssten noch den passenden Wein dazu aussuchen.«

»Sie dürfen, Mrs. Grimwood. Ach, übrigens, ich werde morgen verreisen. Kann sein, dass ich eine ganze Weile wegbleiben werde. Ich rufe Sie an, wenn ich wieder zurückkomme.«

»Meine Güte, Sir, Sie verreisen aber viel in letzter Zeit. Wenn ich Sie wäre, würde mich das schrecklich müde machen. Fliegen Sie wieder mit dem Flugzeug?«

»In der heutigen Zeit muss man mobil sein, Mrs. Grimwood.«

Wenn Rondel unterwegs war, nahm Mrs. Grimwood manchmal eines seiner älteren Autos und fuhr damit nach Alfriston, um dort in einem Pub den neuesten Klatsch zu hören. Mrs. Grimwood liebte Klatsch. »Stimmt es wirklich, dass Mildred schwanger ist? Die ist doch nicht einmal verheiratet ...«

Manchmal fragte eine ihrer Freundinnen sie, wo Rondel denn diesmal hin sei. »Ständig unterwegs, der Gute, wo der sich wohl immer rumtreibt«, warf dann meistens eine andere hoffnungsfroh ein, aber Mrs. Grimwood trank lediglich einen Schluck von ihrem Gin und setzte ein geheimnisvolles Gesicht auf.

»Du weißt doch genau, Elsie, dass ich nicht über meinen Arbeitgeber reden darf. Ich musste ihm versprechen, dass ich schweigen werde wie ein Grab.«

In Wahrheit allerdings hatte Mrs. Grimwood selbst nicht die geringste Ahnung, wohin Rondel verschwunden war.

14

Der Beamte, der im Rüstungsministerium am Empfang saß, starrte Tweed abweisend an. Alles in seiner Miene schien zu sagen, dass Tweed das geheiligte Protokoll aufs Schändlichste mit Füßen trat.

»Es ist völlig ausgeschlossen, dass der Herr Minister jemanden empfängt, der keinen Termin bei ihm hat.«

»Sagen Sie ihm, wer ich bin, dann empfängt er mich sofort.«

»Ich muss Ihnen leider noch mal sagen, dass so etwas ganz und gar unmöglich ist. Ohne vorherige …«

»Dann sehen Sie sich mal das hier an«, sagte Tweed und hielt dem Mann seinen SIS-Ausweis so kurz unter die Nase, dass dieser unmöglich lesen konnte, was darauf stand. »Sie haben zwei Möglichkeiten. Entweder Sie werden morgen strafversetzt, oder Sie hören augenblicklich auf, meine Zeit zu vergeuden, und tun, was ich sage. Glauben Sie mir, ich kann Ihnen die größten Schwierigkeiten bereiten.«

Es war selten, dass Tweed derartig schwere Geschütze auffuhr, aber er wusste, wie man mit von ihrer eigenen Wichtigkeit überzeugten Beamten wie diesem umgehen musste. Als er auch noch ungeduldig mit seinem Regenschirm herumfuchtelte – den er auch nur höchst selten dabeihatte –, machte er den Eindruck, als ob er auf der politischen Leiter weit oben stände.

»Ich werde sehen, was sich machen lässt«, sagte der arrogante junge Mann und stand langsam auf. »Wie war noch gleich Ihr Name? Tweed?«

»Sind Sie taub oder was?«, knurrte Tweed zurück.

Der Beamte war jetzt vollends verunsichert und eingeschüchtert und eilte eine breite Treppe nach oben. Als er vom ersten Stock aus herabblickte, sah Tweed demonstrativ auf die Uhr.

Kurze Zeit später betrat Tweed das geräumige Büro des Rüstungsministers. Gavin Thunder stand hinter seinem massiven Schreibtisch auf und kam mit ausgestreckter Hand auf ihn zu.

»Mein lieber Tweed, wie schön, dass Sie bei mir vorbeischauen. Nehmen Sie doch Platz. Darf ich Ihnen eine Tasse Kaffee anbieten – oder etwas Stärkeres?«

»Nein, vielen Dank, Gavin.«

»Sicherlich sind Sie gekommen, um mir etwas über den Mord an unserem armen Jeremy Mordaunt mitzuteilen. Ich weiß, dass Sie Superintendent Buchanan zur Leichenschau geschickt haben.«

»Ich war leider wegen einer äußerst wichtigen Angelegenheit verhindert.«

Thunder war noch liebenswürdiger als sonst. Menschen, von denen er etwas erwartete, schmierte er gern Honig ums Maul.

»Das kann ich gut verstehen, schließlich tragen Sie ja eine riesige Verantwortung. Buchanan hat ja auch eine Vertagung der Anhörung bewirkt, deren Länge vom Fortgang der Untersuchungen abhängen soll. Aber Sie sind doch jetzt nicht etwa zu dem Schluss gekommen, dass es doch Selbstmord war und der Fall deshalb zu den Akten gelegt werden kann?«

»Nein. Es war ganz bestimmt kein Selbstmord, sondern Mord.« Bildete sich Tweed es bloß ein, oder hatte er bei seinen Worten wirklich einen Schatten der Enttäuschung über Thunders große, braune Augen huschen sehen? »Ehrlich gesagt«, fuhr er fort, »ich vermute sogar, dass der Mord an Mordaunt nur Teil einer sehr viel größeren Affäre mit internationalen Verflechtungen ist.«

»International?«, sagte Thunder, und sein langes Gesicht wirkte auf einmal gar nicht mehr so freundlich. »Wie kommen Sie denn darauf?«

»Weil der Mörder von Mordaunt wahrscheinlich auch Jason Schulz in Washington auf dem Gewissen hat. Und jetzt ist Louis Lospin in Paris auf dieselbe Weise umgebracht worden.«

»Lospin? Das ist doch der persönliche Assistent des französischen Premierministers.« Thunder holte ein goldenes Zigarettenetui aus der Tasche und zündete sich eine Mentholzigarette an. »Das ist so ungeheuerlich, dass ich es kaum glauben kann.«

»Es ist aber wahr«, fuhr Tweed unbeirrt fort. »Lospin wurde auf genau dieselbe Art getötet wie die anderen beiden. Ich will Sie nicht mit Details langweilen, aber Sie können mir glauben, dass es stimmt.«

»Ich glaube Ihnen aufs Wort, Tweed.«

Es entstand eine lange Pause.

»Darüber hinaus lassen meine Untersuchungen in einer anderen Angelegenheit den Schluss zu, dass auch sie mit diesen drei Morden in Verbindung stehen könnte.«

»Und? Weiter?« Thunder drückte seine Zigarette in einem Aschenbecher aus Kristallglas aus. »Wollen Sie mir nicht sagen, um was für eine Angelegenheit es sich da handelt?«

»Das werde ich, aber erst muss ich noch ein paar Fragen klären. Sobald mir das gelungen ist, erhalten Sie einen vollständigen Bericht von mir.«

»Verstehe.« Eine weitere Mentholzigarette wanderte aus dem goldenen Etui zwischen Thunders Lippen. »Und wann wird das in etwa sein?«

»Das lässt sich schwer sagen. Aber es könnte ziemlich bald geschehen.«

»Dann bin ich möglicherweise nicht da.« Thunder wählte seine Worte sorgfältig. »Aber ich werde wohl nicht länger als eine Woche fort sein. Ich muss ein Land besuchen, das möglicherweise einen größeren Rüstungsauftrag für unsere Industrie hat. Da steht eine Menge Geld für England auf dem Spiel. Wenn ich wieder da bin, melde ich mich bei Ihnen.«

Er drückte auch die zweite Zigarette aus, ohne mehr als ein paar Züge von ihr geraucht zu haben.

»Ist die Regierung eigentlich auf eine zweite Welle von Krawallen vorbereitet, die sehr viel schlimmer sein könnte als die erste?«, fragte Tweed.

Thunders rechte Hand glitt schon wieder in die Tasche mit dem Zigarettenetui, aber dann wurde er sich dessen bewusst und faltete beide Hände hinter dem Kopf.

»Glauben Sie wirklich, dass diese Gefahr besteht?«

»Sie nicht?«

»Ich habe Ihnen ja schon einmal gesagt, dass ich bei den Krawallen vor vielen Wochen eine Sonderabteilung vom SAS in Bereitschaft hatte. Damals mussten wir sie ja glücklicherweise nicht zum Einsatz bringen.« Er lächelte. »Die Jungs waren keine fünfhundert Meter von hier stationiert.«

Wo auch sonst, dachte Tweed. *Auf diese Weise können sie Downing Street und eine Menge Ministerien schützen, darunter dein eigenes.* Er sah auf die Uhr.

»Ich muss jetzt gehen, Gavin. Vielen Dank, dass Sie Zeit für mich hatten.«

»Und Sie halten mich auf dem Laufenden, was die Untersuchung dieser mysteriösen Angelegenheit betrifft?«, fragte Thunder, während er Tweed die Tür aufhielt.

»Wenn ich alle damit verbundenen Fragen vollständig beantwortet habe, hören Sie von mir ...«

Kurze Zeit später verließ Tweed mit dem guten Gefühl, einen völlig verunsicherten Gavin Thunder zurückgelassen zu haben, das Ministerium.

»Ich habe schlechte Nachrichten für Sie, Tweed. Ehrlich gesagt, ich bin stinksauer.«

Tweed war noch keine fünf Minuten zurück in der Park Crescent gewesen, als Roy Buchanan angerufen hatte.

»Was ist los, Roy?«, fragte Tweed. »Ist Ihnen eine Laus über die Leber gelaufen?«

»Und ob. Erinnern Sie sich noch an Barton und Panko, die beiden Typen, die Helga Trents Schwester Lisa ermorden sollten?«

»Ja.«

»Die beiden sind aus dem Gefängnis ausgebrochen und seither wie vom Erdboden verschluckt. Dabei habe ich ausdrücklich den Befehl gegeben, sie im Hochsicherheitstrakt von Parkhurst auf der Isle of Wight unterzubringen, aber irgendein Idiot hat meine Anweisungen ignoriert und die beiden in ein Londoner Gefängnis gesteckt, das für seine laschen Sicherheitsvorkehrungen berüchtigt ist.«

»Wann sind die beiden ausgebrochen? Und wie haben sie das geschafft?«

»Gestern Abend. Sie haben einen Wärter niedergestochen – der Mann ringt übrigens mit dem Tod. Wie sie es geschafft haben? Mit einem uralten Trick: Sie haben sich in einem Lastwagen mit schmutziger Wäsche versteckt und auf diese Weise aus dem Gefängnis geschmuggelt. Es war ziemlich starker Verkehr, sodass der Wagen auf dem Weg zur Wäscherei mehrmals im Stau stecken geblieben ist. Bei einem dieser Aufenthalte müssen sie wohl getürmt sein. Ich habe natürlich sofort eine Großfahndung eingeleitet. Die beiden sind zu allem Überfluss auch noch bewaffnet.«

»Womit denn?«

»Sie haben ein Messer, mit dem sie dem Wärter siebzehn Stichwunden zugefügt haben, viele davon vermutlich nur deswegen, um den Mann zu quälen.«

»Wir verlassen morgen das Land. Wohin, will ich allerdings vorläufig lieber nicht sagen. Darf ich Sie aus dem Ausland anrufen?«

»Könnten Sie mir vielleicht sagen, wie viele von Ihnen weg sein werden?«

»Auch das möchte ich lieber für mich behalten.«

»Geheimniskrämerisch wie immer. Aber passen Sie gut auf sich auf. Sind Sie denn überhaupt schon wieder voll auf dem Damm, Tweed?«

»Ich bin fit wie ein Turnschuh.«

»Na dann, viel Glück, alter Turnschuh.«

Wer von Tweeds Leuten bisher mit Delgado in Berührung gekommen war, hätte sich wohl nie träumen lassen, wie dieser lebte. Der Mann hatte sich im vierten Stock eines der alten Lagerhäuser am Reefers Wharf eine schicke Wohnung mit exklusiven Möbeln eingerichtet. Auf den alten Bodenbrettern lag ein teurer perlgrauer Teppichboden, und der Fernseher verbarg sich in einem antiken Schrank aus Mahagoni.

Delgados Küche war mit den neuesten Geräten ausgestattet, darunter einer Geschirrspülmaschine, einem Umluftherd und einem großen amerikanischen Kühlschrank, und in Schlafzimmer und Bad gab es nur Möbel aus den teuersten Einrichtungshäusern.

So, wie der riesenhafte Mann jetzt vor dem Spiegel stand, hätte ihn wohl auch keiner von Tweeds Leuten wiedererkannt. Er trug einen leichten Sommeranzug von Aquascutum, der ihm das Aussehen eines erfolgreichen Geschäftsmanns verlieh. Außerdem war er bei einem neuen Friseur gewesen, dem er seine langen und fettigen Haare damit erklärt hatte, dass er soeben von einer Safari in Afrika zurückgekehrt sei. Der Friseur hatte Delgado daraufhin einen modischen Kurzhaarschnitt verpasst, der ihm ein völlig anderes Aussehen verlieh.

Außerdem hatte sich Delgado einen Krückstock mit Gummispitze besorgt und eine gebückte Körperhaltung einstudiert, die ihn sehr viel kleiner wirken ließ, als er tatsächlich war. Einen Tag nach seiner gründlichen Verwandlung bekam er um die Mittagszeit den Anruf, auf den er gewartet hatte.

»Hier Donau. Ich weiß jetzt, wo sie hinfliegen.«

Donau war der Codename, den Delgado seinem Informanten am Flughafen Heathrow verpasst hatte. Der Informant war ein kleiner, dreißigjähriger Mann mit fahrigen Bewegungen, und er hatte mehrere Tage lang in Delgados Auftrag von einem Gebüsch im Regent's Park aus Tweeds Büro in der Park Crescent mit einem starken Fernglas beobachtet.

Als Tweed und seine Leute gegen elf Uhr das Gebäude verlassen hatten und in mehrere Autos gestiegen waren, war er ihnen mit seinem Wagen, den er an einer Parkuhr in der Nähe abgestellt hatte, bis auf den Langzeit-Parkplatz am Flughafen Heathrow gefolgt.

Mit einem Koffer, der nichts weiter als ein paar Kleidungsstücke enthielt, war er Tweed und seinem Team hinterhergegangen. Im Flughafen hatte er sich ein Ticket nach Paris gekauft, weil am Schalter von Air France gerade niemand angestanden hatte.

Bewusst langsam gehend – wenn man jemanden längere Zeit verfolgte, war es ratsam, von Zeit zu Zeit seine Gangart zu verändern –, erreichte er Tweeds Gruppe gerade, als diese eincheckte. Weil es gerade Ferienzeit war, wurde er bei der Passkontrolle einfach durchgewinkt, als er seinen Ausweis auf den Namen Donaldson hochhielt.

Das Einzige, was Donau Unbehagen bereitete, war die Hitze. Schon im Park hatte ihm die Sonne ständig von hinten auf den Kopf geschienen, und auch jetzt, als er seinen Zielpersonen bis zum Abfluggate folgte, auf dem *Hamburg* stand, schwitzte er stark.

Sobald er das gelesen hatte, ging er auf die nächste Toilette und rieb sich weiße Kreide ins Gesicht. Dann suchte er sich jemanden vom Bodenpersonal und erklärte, dass ihm auf einmal schlecht geworden sei und er lieber nicht wegfliegen würde. Er habe am Vorabend einen Hummer gegessen, der etwas seltsam geschmeckt habe, vielleicht käme seine Übelkeit ja davon. Nachdem man sich die Passdaten notiert und seinen Koffer einer gründlichen Untersuchung unterzogen hatte, durfte Donau den Abflugbereich wieder verlassen.

Draußen ging er betont langsam – für den Fall, dass man ihn noch immer beobachtete –, zu einer Telefonzelle und rief Delgado an.

»Und wo zum Teufel sind sie hingeflogen?«

»Nach Hamburg. Ich habe sie bis zum Warteraum vor dem Abfluggate verfolgt.«

»Gute Arbeit, Donau. Bleib am Flughafen und warte auf mich. Wir nehmen ein späteres Flugzeug nach Hamburg. Einen Augenblick, ich schaue mal kurz im Flugplan nach …«

Delgado hatte ständig die neuesten Kursbücher sowie die Flugpläne aller großen Fluggesellschaften parat und konnte Donau bereits eine Minute später sagen, wo er auf ihn warten solle. Danach rief er Oskar Vernon an. Der Mann mit dem rosa Hemd hob nach dem ersten Klingeln ab.

»Ich fliege mit«, sagte Vernon, nachdem Delgado ihm die Lage erklärt hatte. »Sagen Sie mir die Flugnummer, und ich buche drei Tickets, die dann am Schalter für uns bereitliegen. Ihre Instruktionen bleiben dieselben: Töten Sie Lisa Trent. Und töten Sie Tweed …«

»Lisa hat das Krankenhaus verlassen. Momentan wissen wir nicht, wo sie sich aufhält.«

»Früher oder später wird sie da auftauchen, wo auch Tweed ist. Die kriegen wir schon.«

»B und P haben es geschafft«, informierte Delgado seinen Boss. Damit meinte er, dass Barton und Panko aus dem Gefängnis ausgebrochen waren. »Ich sage ihnen, dass sie den Schnellzug nach Newcastle nehmen sollen. Von dort gibt es eine Fährverbindung nach Hamburg. Sie werden im Hotel Renaissance in der Großen Bleichen absteigen.« Es war dasselbe Hotel, das sich auch Oskar Vernon ausgesucht hatte.

Delgado sprach zwar nur gebrochen Englisch, aber sein Deutsch war fehlerfrei. Auch Vernon konnte fließend Deutsch, was er aber Delgado nicht wissen ließ. Möglicherweise sagte dieser ja irgendwann einmal etwas auf Deutsch und meinte, dass er es nicht verstehen würde.

»Das haben Sie gut gemacht, Delgado«, sagte er.

»Aber wir haben keine Verteidiger«, gab Delgado zu bedenken.

»Verteidiger« war das Codewort für Waffen.

»Ich habe einen Freund in Bremen«, beruhigte ihn Vernon. »Den rufe ich gleich mal an und sage ihm, er soll uns ein paar Verteidiger zum Hamburger Hauptbahnhof bringen. Die beiden Städte sind ja nicht weit voneinander entfernt. Aber jetzt muss ich Schluss machen.«

Vernon wollte Delgado nicht erklären, dass die Waffen in einem Frachter nach Bremen geschmuggelt wurden, er hielt es nämlich immer für besser, wenn seine Untergebenen so wenig Details wie möglich erfuhren.

Delgado legte auf und ging ins Badezimmer, wo er sich noch einmal wohlgefällig im Spiegel betrachtete. Er sah jetzt wie ein erfolgreicher Geschäftsmann aus. Dabei fragte er sich zum wiederholten Male, von wem Oskar Vernon eigentlich *seine* Befehle bekam.

15

Hamburg.

Als Tweed und Paula den Flughafen Fuhlsbüttel verließen, schlug ihnen die Hitze wie eine Mauer entgegen. Die Limousine des Hotels Vier Jahreszeiten wartete bereits auf sie und brachte sie in die Innenstadt. Auf der Fahrt bewunderte Paula die herrschaftlichen Villen an der Rothenbaum-Chaussee.

Obwohl es Ende Juni und damit schon Beginn der Ferienzeit war, war das Flugzeug halb leer gewesen, sodass sich Tweed und seine Leute unterhalten konnten, ohne Angst vor Lauschern haben zu müssen.

»Wir sind bis zum Abfluggate in Heathrow verfolgt worden«, sagte Paula.

»Ich weiß«, sagte Tweed. »Ein kleiner Mann mit einem Handkoffer. Bestimmt ein Profi. Er hat mehrfach seine Gangart verändert, manchmal federnd, manchmal langsam. Würde mich nicht wundern, wenn uns in Hamburg schon ein Empfangskomitee erwarten würde.«

»Können Sie sich vorstellen, wer dahintersteckt?«

»Keine Ahnung.«

Mark Wendover war im Flugzeug den Gang entlangspaziert und wie aus Zufall gegen Tweeds Tablett gestoßen.

»Oh, Pardon«, hatte er gesagt.

»Macht nichts«, antwortete Tweed, der so tat, als ob er Wendover nicht kennen würde. »Bisher war es ja zum Glück ein ruhiger Flug.«

»Ich habe stundenlang am Reefers Wharf gewartet, ob Delgado wieder auftaucht«, flüsterte Wendover. »Ich wollte sehen, wo er wohnt. Aber ich habe ihn nicht wieder zu Gesicht bekommen. Als ich das Harry erzählt habe, meinte er, ich solle mir doch mal die Gasse hinter dem Warenhaus ansehen. Dort gibt es eine Feuerleiter, und ich glaube jetzt, dass Delgado mich bemerkt und über die Feuerleiter das Weite gesucht hat. Ich wünsche Ihnen noch einen guten Flug …«

Jetzt fuhren sie den Neuen Jungfernstieg entlang, wo Paula einen Blick auf die Binnenalster erhaschte, den kleineren der beiden Seen in der Stadtmitte. Beim Anblick des in der Sonne glitzernden blauen Wassers strahlte sie vor Freude. An der Landungsstelle Jungfernstieg legte gerade ein kleines Passagierboot ab.

»Wir sind gleich da«, sagte Tweed.

Als die Limousine vor dem Hotel zum Stehen kam, zog ein Motorrad, das ihnen vom Flughafen aus hinterhergefahren war, eilig an ihr vorbei. Tweed zuckte mit den Achseln und betrat die große Empfangshalle.

»Guten Tag, Mr. Tweed«, sagte der Mann am Empfang. »Schön, dass Sie uns wieder einmal mit Ihrem Besuch beehren.«

»Wir haben beide je eine Suite im dritten Stock«, sagte Tweed mit gedämpfter Stimme zu Paula. »Sehen wir uns doch einmal kurz im Hotel um. Es war seit Generationen im Familienbesitz, bevor eine ausländische Hotelkette es gekauft hat. Ich will mich nur davon überzeugen, dass die neuen Eigentümer die einzigartige Atmosphäre hier bewahrt haben.«

Während sie durch die geräumige Lobby spazierten, ereignete sich ein seltsamer Zwischenfall. Einer der Aufzüge kam gerade im Erdgeschoss an, und ein gut gebauter Mann Ende fünfzig mit einer Goldbrille blickte zu Tweed kurz, bevor er einen Knopf drückte und wieder nach oben fuhr.

»Merkwürdig«, sagte Paula.

»Vielleicht hat er ja nur was auf seinem Zimmer vergessen.«

Tweed zeigte Paula eine Galerie mit in Goldrahmen gefassten Porträts, unter denen luxuriös bezogene Stühle zum Ausruhen einluden, und danach das Restaurant mit seinen weiß gedeckten Tischen und seiner gepflegten Atmosphäre.

»Wunderschön ist das alles hier«, sagte Paula. »Ich würde gern einmal dort droben sitzen.«

Sie deutete auf einen Balkon im ersten Stock, von dem aus man das ganze Restaurant überblicken konnte. Auf dem Weg zurück zu den Aufzügen zeigte Tweed ihr noch einen kleineren Raum. »Das Café Condi«, erklärte er. »Schön für einen Nachmittagstee, aber man kann hier auch zu Mittag essen. Der Service ist exzellent und das Essen sehr gut. Aber ich glaube, wir sollten jetzt auf unsere Zimmer gehen. Ich würde gern Dr. Kefler anrufen, Keith Kents Finanzgenie. Je früher wir mit ihm sprechen, desto besser ...«

Als sie an der Rezeption vorbeikamen, sahen sie, wie Marler, der vom Flughafen aus ein Taxi genommen hatte, gerade eincheckte. Er bemerkte Tweed und Paula, sah aber an ihnen vorbei, als würde er sie nicht kennen.

»Wie lautet noch mal meine Zimmernummer?«, fragte er den Mann am Empfang mit lauter Stimme. Als dieser antwortete, wussten Paula und Tweed, wo Marler zu finden war.

Auf seiner Suite angekommen, trat Tweed als Erstes hinaus auf den Balkon. Die Bäume vor dem Hotel trugen dichtes Laub, reichten aber nicht bis zum dritten Stock hinauf, sodass Tweed einen ungehinderten Blick auf die Binnenalster hatte.

Er ging wieder hinein und wählte die Nummer, die Kent ihm gegeben hatte.

»Wer spricht da?«, fragte eine barsche Stimme auf Deutsch.

»Mein Name ist Tweed. Wir haben einen gemeinsamen Bekannten ...«

»Sie sind aber schnell«, unterbrach ihn der andere, der jetzt schon viel freundlicher klang. »Keith hat mir Ihren Besuch bereits angekündigt. Eine notwendige Vorsichtsmaßnahme. Ich bin Dr. Kefler.«

»Ich wohne im Vier Jahreszeiten, Dr. Kefler«, sagte Tweed und gab ihm die Nummer seiner Suite. »Ich möchte Sie so schnell wie möglich sehen. Außerdem würde ich gern meine Assistentin, Miss Paula Grey, und Robert Newman, einen bekannten Auslandskorrespondenten, mitbringen.«

»Sie sind mir alle willkommen. Aber warten Sie bis nach Einbruch der Dunkelheit. Nehmen Sie ein Taxi und sagen Sie dem

Fahrer, er soll sie kurz vor dem Fischmarkt aussteigen lassen. Dann müssen Sie nur die Große Elbstraße entlanggehen, bis Sie rechts eine hohe, grasbewachsene Böschung sehen. Dort führt ein Fußweg hinauf zu einer Reihe alter Häuser. Ich wohne in Nummer dreiundzwanzig. Wenn Sie um elf Uhr da sein könnten, wäre mir das am liebsten.«

»Heute Abend?«, fragte Tweed.

»Ja, heute Abend. Wer kann schon sagen, ob es überhaupt ein Morgen geben wird? Danke für Ihren Anruf...«

Es klopfte an der Tür, und als Tweed öffnete, kam Paula herein. Sie sah sich in der Suite um, holte draußen auf dem Balkon, wo es immer noch sehr heiß war, tief Luft und kam dann wieder herein.

»Ich hätte vielleicht fragen sollen, ob ich Sie störe.«

»Aber Sie stören mich doch nie, Paula. Setzen Sie sich, ich habe Ihnen etwas zu erzählen.«

Auch Tweed nahm Platz und wiederholte ihr dann Wort für Wort sein Gespräch mit Dr. Kefler. Paula runzelte die Stirn und sah Tweed nachdenklich an.

»Das war's«, endete dieser mit einer knappen Handbewegung.

»Dann gehen wir um elf also zu ihm.«

»Ja.«

»Dieser Dr. Kefler klingt nicht gerade zuversichtlich. Besonders seine Frage, ob es überhaupt ein Morgen geben wird, finde ich ziemlich beunruhigend«, sagte Paula.

»Mag sein, aber trotzdem hat er sehr freundlich und aufgeschlossen auf mich gewirkt.«

»Na ja, Keith hat ihn uns ja auch als einen freundlichen Teddybären beschrieben. Aber ganz geheuer finde ich das, was er zu Ihnen gesagt hat, trotzdem nicht.«

»Sie haben Recht, Paula, und deshalb müssen wir für unseren Schutz sorgen. Wir gehen später hinüber zum Hotel Renaissance, in dem Harry Butler und Pete Nield wohnen. Ich möchte, dass Harry uns den Rücken freihält.«

»Und was ist mit Mark?«

»Den brauchen wir heute Nacht nicht. Wenn wir zu viele sind, ist es auch nicht gut.«

Es klopfte an der Tür, und Tweed öffnete sie. Draußen stand ein groß gewachsener Mann.

»Mr. Tweed, ich bin Victor Rondel.«

Paula musterte den unerwarteten Besucher interessiert und fand ihn ziemlich beeindruckend. Rondel war zwischen Ende dreißig und Anfang vierzig, einen Meter fünfundachtzig groß und athletisch gebaut. Er war glatt rasiert, hatte sein blondes Haar sauber nach hinten gebürstet und trug einen hellblauen Rollkragenpullover, rehbraune Hosen mit einer messerscharfen Bügelfalte und weiße Bootsschuhe. Sein Lächeln war einnehmend, und seine braunen Augen funkelten humorvoll.

Rondel gab Paula die Hand – er hatte einen angenehmen, festen Händedruck –, ließ sich dann von Tweed einen Stuhl anbieten und sagte, als dieser auf die Flasche Champagner deutete, die das Hotel ihm in einem Eiskübel hingestellt hatte: »Die ist aber noch nicht geöffnet. Wollen Sie sie sich nicht für später aufheben?«

»Das Eis in dem Kübel ist schon fast geschmolzen«, sagte Tweed. »Sie würden uns einen Gefallen tun, wenn Sie ein Glas mit uns trinken würden.«

»Wenn das so ist, dann sage ich nicht Nein.«

Während Tweed mit der Flasche ins Bad ging, um sie zu öffnen, lächelte Rondel Paula, die sich auf der Armlehne eines Sessels niedergelassen hatte, freundlich an.

»Sind Sie zum ersten Mal in Hamburg, Miss Grey?«

»Nennen Sie mich doch bitte Paula. Nein, ich war vor ein paar Jahren schon einmal hier, als das Hotel noch in Familienbesitz war.«

»Tja, das Ende einer Dynastie. Leider passiert so etwas heutzutage immer öfter. Aber zum Glück hat die Hotelkette, der jetzt das Vier Jahreszeiten gehört, ihm seinen Charakter gelassen. Wie ich höre, sind Sie Tweeds rechte Hand?«

Paula konnte sich die Antwort sparen, weil Tweed gerade mit der geöffneten Flasche aus dem Badezimmer zurückkam. Nachdem er drei der sechs Gläser, die auf dem Tisch standen, gefüllt hatte, erhob er das seine und sagte:

»Auf Frieden und Wohlstand.«

»Darauf trinke ich jederzeit«, sagte Rondel.

»Woher wussten Sie eigentlich, dass ich hier bin?«, fragte Tweed unvermittelt.

»Ich habe Sie und Miss Grey gesehen …«

»Paula, bitte«, erinnerte ihn Paula mit einem Lächeln.

»Ich haben Sie und Paula gesehen, wie Sie ins Hotel kamen. Ich habe gerade in der Halle einen Kaffee getrunken, so wie das die Patrizier in Hamburg gern tun.«

»Aber wie haben Sie mich erkannt?«, fragte Tweed.

»Es gehört nun mal zu meinem Job, dass ich mir Informationen verschaffe. Sie sind der stellvertretende Direktor des SIS.«

»Und darf ich fragen, was Sie beruflich machen?«

»Das haben Sie gerade getan«, sagte Rondel und lachte freundlich. »Ich bin einer von zwei Partnern, denen die Zürcher Kredit Bank gehört.«

»Dann kann man Sie nur beglückwünschen. Die Zürcher Kredit soll zu den vertrauenswürdigsten Banken der Welt zählen.«

»Das möchte ich doch hoffen.« Rondel trank sein Glas aus und stellte es zurück auf den Tisch. »Danke für den Champagner, er war ausgezeichnet. Aber jetzt möchte ich Ihnen nicht noch mehr von Ihrer wertvollen Zeit stehlen. Ich wollte mich Ihnen nur vorstellen und Sie fragen, ob wir Sie vielleicht in eines der besten Restaurants der Stadt einladen dürfen.« Er zückte eine elegante Lederbrieftasche und entnahm ihr eine längliche, cremeweiße Karte, die er gleich darauf Paula gab. »Hier ist die Adresse. Wir haben morgen Abend dort einen schönen Tisch für Sie beide reserviert. Die Nummer steht auf der Rückseite der Karte. Ich hoffe, Sie nehmen mein Angebot an.«

»Das ist sehr freundlich von Ihnen. Wäre es Ihnen recht, wenn ich außer Paula noch einen anderen Mitarbeiter mitbringen würde? Es ist ein Mann namens Robert Newman.«

»Ach, der berühmte Auslandskorrespondent? Auch der ist uns höchst willkommen.«

»Natürlich bezahle ich Mr. Newmans Rechnung.«

»Das kommt nicht in die Tüte«, erwiderte Rondel lachend. »Ich werde den Geschäftsführer anweisen, alles, was Sie drei konsumieren, auf unsere Rechnung zu schreiben. Bitte, keine Widerrede. Ich hoffe, Sie halten mich nicht für unhöflich, wenn ich nicht mit Ihnen speise, aber ich werde mit meinem Partner im selben Restaurant an einem anderen Tisch essen. Bis morgen Abend erwarten wir ein wichtiges Telegramm, aufgrund dessen wir eine weitreichende Entscheidung zu treffen haben.«

»Kein Problem. Wenn Sie ›wir‹ sagen, meinen Sie dann sich und Ihren Partner?«

»Ja, den Mann, mit dem ich zu Abend essen werde.« Rondel stand auf. »Vielleicht laden wir Sie ja demnächst einmal in unser Hauptquartier ein.«

»Und wo ist das?«

»Ich gebe nie Informationen im Voraus preis.« Rondel lächelte abermals und gab den beiden dann die Hand. »Wir bleiben in Verbindung …«

Als sie wieder allein waren, sah Tweed Paula bedeutungsvoll an. Dann nahm er seine Brille ab und putzte sie sorgfältig mit einem sauberen Taschentuch.

»Was halten Sie von Rondel?«, fragte er.

»Lebhaft wie ein Wirbelwind, aber irgendwie finde ich ihn sympathisch. Menschen wie ihn gibt es nicht viele.« Sie gab Tweed die Karte mit dem Namen des Restaurants. »Ich habe übrigens schon von dem Lokal gehört. Es soll ganz toll sein.«

»›Fischereihafen Restaurant‹«, las Tweed laut vor. »Große Elbstraße hundertdreiundvierzig. Das ist nicht weit von Dr. Keflers Wohnung entfernt.«

»Wie haben denn Sie Rondel empfunden?«, fragte Paula.

»Als ziemlich geheimniskrämerisch. Er hat es geschickt vermieden, uns den Namen seines Partners oder die Lage seines Hauptquartiers zu nennen. Außerdem weiß ich noch immer nicht, wie er mich erkannt hat und woher er weiß, dass wir in

Hamburg sind. Paula, auf dieser Reise ins Ungewisse können wir niemandem trauen als unserem eigenen Team. Niemandem.«

»Fanden Sie Rondel verdächtig?«

»Das habe ich nicht gesagt.« Es klopfte wieder an der Tür. »Vielleicht ist das Newman. Er wohnt, ebenso wie Mark Wendover, auch hier im Hotel.«

Tweed öffnete die Tür und trat erstaunt einen Schritt zurück. Vor ihm stand mit einem schiefen Lächeln auf dem Gesicht – Lisa Trent.

16

»Willkommen in Hamburg«, sagte Lisa, während sie in die Suite trat, um Paula zu umarmen. »Kompliment«, meinte sie dann, an Tweed gewandt. »Sie haben meine Botschaft also doch entschlüsselt. Nicht schlecht«, fügte sie frech hinzu.

»Möchten Sie ein Glas Champagner?«, fragte Tweed.

»Eins? Von dem Zeug könnte ich eine ganze Flasche vertragen«, erwiderte Lisa nach einem Blick auf das Etikett. »Darf ich mich setzten? Draußen ist es wahnsinnig heiß.«

Lisa trug eine weiße Bluse, khakifarbene Shorts und luftige Sandalen. Schmuck hatte sie keinen angelegt, nicht einmal einen Ring. Tweed gab ihr ein Glas Champagner, das sie auf einen Schluck halb leer trank.

»Woher wissen Sie eigentlich, dass wir hier sind?«, fragte Tweed beiläufig.

»Ich versuche nun mal auf dem Laufenden zu bleiben. Ich dachte, das wäre Ihnen klar, seit ich Sie in London vor den bevorstehenden Krawallen gewarnt habe. Wachen Sie endlich auf, Tweed«, sagte sie, abermals mit einem frechen Unterton.

»So glücklich wir auch sind, Sie wiederzusehen, Lisa, ich muss Sie trotzdem fragen, weshalb Sie hier sind.«

»*Touché!* Ich vermute, dass Sie auf der Suche nach Rhinozeros sind.«

»Ach ja?« Tweed setzte sich ihr gegenüber und sah ihr ins Gesicht, als ob er keinen Wechsel ihres Mienenspiels verpassen wollte. »Was würden Sie sagen, wenn das tatsächlich einer der Gründe für unsere Anwesenheit wäre?«

»Dass Sie hier in Deutschland auf der richtigen Spur sind.«

»Soll das heißen, dass Rhinozeros in Deutschland ist? Wo genau?«

»Keine Ahnung«, sagte Lisa. Sie goss sich noch ein Glas Champagner ein und trank es abermals bis zur Hälfte leer. »Ein bisschen was müssen Sie schon selbst tun.«

»Machen Sie sich deshalb keine Sorgen. Aber könnten Sie mir nicht wenigstens einen kleinen Tipp geben?«

»Leider nein, ich weiß nämlich selbst nicht mehr als Sie.« Auf einmal gab Lisa ihre schnippische Art auf und sah Paula offen in die Augen. »Aber ich kann Ihnen sagen, dass sie alle in großer Gefahr sind.«

»In welcher denn?«

»Ihre Art geht mir langsam auf die Nerven, Tweed«, sagte Lisa mit zornesrotem Gesicht. »Das hier ist doch kein Kreuzverhör. Ich *weiß* es nicht. Glauben Sie denn wirklich, ich würde es Ihnen nicht sagen, wenn ich es wüsste?« Sie stand auf und trat ganz nahe an ihn heran. »Haben Sie schon mal was von Vertrauen gehört, oder ist das ein Fremdwort für Sie? *Vertrauen!*« Sie schrie ihm das Wort fast entgegen. »Da Sie mir ganz offensichtlich nicht vertrauen, scheint mir jedes weitere Gespräch mit Ihnen völlig sinnlos zu sein.« Lisa griff nach ihrem Glas, sah dass es leer war und warf es auf den Tisch, wo es in tausend Scherben zersprang. »Du meine Güte! Ich habe mich in London in Lebensgefahr gebracht, um Ihnen zu helfen, und jetzt behandeln Sie mich so!«

»Ich weiß, was Sie für uns getan haben, Lisa ...«, begann Tweed.

»Ich verbiete Ihnen, mich Lisa zu nennen. Mein Name ist Trent, verstanden? T-R-E-N-T.« Mit diesen Worten stürmte sie zur Tür, wo sie sich noch einmal umdrehte und zu Paula sagte: »Sie tun mir Leid, Paula, weil Sie für diesen Mann arbeiten müssen.«

Dann knallte sie die Tür hinter sich zu.

»Ich hab's vermasselt«, sagte Tweed.

»Das war nicht Ihre Schuld. Lisa hätte sich nicht so aufführen dürfen.«

»Trotzdem hab ich's vermasselt«, sagte Tweed. Er trat hinaus auf den Balkon, und Paula folgte ihm. »Vielleicht wäre es besser für sie gewesen, wenn sie noch etwas länger im Krankenhaus geblieben wäre, aber die Frau ist ja nicht zu bremsen. Ich persönlich kann es ihr nicht verdenken, ich hätte die Klinik bestimmt schon viel früher verlassen. Wir haben mit ihr einen wichtigen Schlüssel zu unserem Fall verloren.«

»Soll ich ihr nachlaufen?«

»Lassen Sie nur. Lisa wird sich schon wieder beruhigen. Immerhin dürfen wir nicht vergessen, dass ihre Schwester ermordet wurde, und vermutlich dürfte ihr inzwischen klar geworden sein, dass der Anschlag eigentlich ihr gegolten hat.« Er atmete tief durch. »Wenigstens treffen wir uns heute Abend mit Dr. Kefler.«

»Und morgen mit Rondel.«

»Das ist schon eine seltsame Art, einen zum Abendessen einzuladen und dann nicht am selben Tisch mit einem zu sitzen. Irgendwie finde ich das merkwürdig.«

»Wir werden morgen Abend ja sehen, was dahinter steckt«, sagte Paula ruhig.

»Richtig. Aber jetzt sollten wir uns mal zum Hotel Renaissance begeben und wegen heute Abend mit Harry sprechen. Niemand kann sagen, was uns da unten im Hafen erwartet.«

Wie auf ein Stichwort hin erschien kurz darauf Marler, der eine große Tasche bei sich trug. Er grinste und schlug Tweeds Einladung auf ein Glas Champagner aus.

»Ich komme gerade von der Reeperbahn. Newman habe ich schon getroffen und ihm seine bevorzugte Smith and Wesson mit Halfter und Extramunition gegeben. Er meint, dass er sich jetzt viel besser fühlt.«

»Warum? War er nervös?«, fragte Tweed.

»Diese Stadt kann einen schon nervös machen. Ich war übrigens auch bei Mark. Der schwört auf eine Walther.«

»Woher wussten Sie, auf welchen Zimmern die beiden sind?«

»Ich bin ihnen ganz diskret gefolgt. Sie haben es überhaupt nicht mitbekommen.«

»Newman war auch schon mal wachsamer«, sage Paula lachend.

»Sie haben gerade gesagt, dass Hamburg einen nervös machen kann«, sagte Tweed. »Was hat Sie zu dieser Bemerkung veranlasst?«

»Mein Kontaktmann auf der Reeperbahn, von dem ich die Waffen gekauft habe. Er meinte, dass sie hier ohnehin schon genügend zwielichtige Typen hätten und nicht auch noch die Schlägertruppe bräuchten, die angeblich in letzter Zeit von England aus hier eingereist ist – manche mit dem Flugzeug und manche mit der Fähre. Aber wir sind gerüstet, ich habe nämlich genügend Waffen gekauft, um eine kleine Armee damit auszustatten.«

Marler griff in seine Reisetasche und holte für Paula eine .32er Browning Automatic mit Munition heraus. Paula prüfte die entladene Waffe, schob ein Magazin hinein und versteckte die Pistole dann in einem speziellen Geheimfach ihrer Schultertasche.

»Jetzt fühle ich mich erst richtig angezogen«, sagte sie.

»Sie sind genauso schlimm wie Newman«, bemerkte Marler. »Wie wäre es noch mit ein paar Handgranaten und einer kompakten Ampulle mit Tränengas?«

»Nur her damit«, sagte Paula und streckte die Hand aus.

»Und jetzt zu Ihnen, Tweed. Sie bevorzugen eine Walther, wenn ich mich recht entsinne.«

»Sie wissen doch, dass ich nur ganz selten eine Waffe trage«, sagte Tweed und starrte die Pistole, die Marler ihm entgegenstreckte, mit unverhohlenem Abscheu an.

»Nun nehmen Sie sie schon«, sagte Paula. »Ich habe das Gefühl, dass diese Mission kein Zuckerschlecken werden wird. Oder wollen Sie mir etwa nicht das Leben retten können, wenn ich wieder einmal in Gefahr bin?«

»Ihre Überredungskünste sind geradezu diabolisch«, meinte Tweed. »Sie sollten versuchen, in der Werbebranche unterzukommen.«

Nachdem sich Tweed von Newman die Walther mit Schulterhalfter und Munition hatte geben lassen, prüfte auch er die Waffe gründlich. Dann sah er auf die Uhr.

»Paula und ich wollten gerade ins Hotel Renaissance zu Harry und Pete gehen.«

»Das trifft sich gut, da wollte ich auch noch hin. Ich gebe Ihnen also dreißig Sekunden Vorsprung, dann komme ich nach und halte Ihnen den Rücken frei ...«

Als Tweed und Paula das Hotel verließen und wie Touristen die Straße entlangflanierten, schien die Sonne noch immer so stark, dass sie den beiden auf der Haut brannte.

Am Ende der Straße blieb Paula kurz stehen und schaute hinüber zum Jungfernstieg und zur Binnenalster, auf der jetzt, am frühen Abend, fast noch mehr kleine Passagierboote verkehrten als am Nachmittag.

»Morgens und abends nehmen die Pendler, die in der Nähe der Alster leben, gern diese Boote«, erklärte ihr Tweed. »Auf diese Weise müssen sie sich keinen Parkplatz suchen.«

»Es ist wunderschön hier«, seufzte Paula mit einem Blick auf die schönen, stattlichen Häuser am anderen Ufer der Binnenalster.

»Wir müssen weiter«, sagte Tweed und schaute sich um. Marler kam heran und überholte sie. Er hatte gerade auf seinem Mobiltelefon Butler angerufen. Als er an Tweed vorbeiging, sagte er leise: »Harry hat mir seine Zimmernummer durchgegeben. Folgen Sie mir, wenn wir im Hotel sind ...«

Nachdem sie an einigen großen Kaufhäusern vorbeigegangen waren, die so aussahen, als ob sie schon seit Ewigkeiten hier gestanden hätten, bog Marler nach rechts in die Große Bleichen ab, wo sehr viel weniger Menschen unterwegs waren. Gefolgt von Paula und Tweed, betrat er das Hotel Renaissance, das einen bequemen und ruhigen Eindruck machte. Paula warf einen Blick ins Restaurant und trat gleich wieder einen Schritt zurück.

»Was ist denn los?«, fragte Tweed.

»Sie werden es nicht glauben, wer im Restaurant sitzt. Erinnern Sie sich noch an den Kerl im rosa Hemd, der während der Unruhen auf dem Gehsteig gegenüber vom Hangman's Noose war? Es war so ein Dicker mit einem rundlichen Gesicht.«

»Ja.«

»Der sitzt da drinnen beim Essen. Und ich glaube, er hat mich erkannt.«

»Beeilen Sie sich, Marler wartet schon auf uns.«

Nachdem Marler in bestimmter Weise an die Zimmertür geklopft hatte, öffnete Harry Butler und winkte die drei sofort herein. Danach schloss er die Tür eilig, sperrte sie ab und legte den Riegel vor.

»Was ist denn los?«, fragte Tweed.

»Schlechte Nachrichten«, antwortete Butler. »Der Fettsack im rosa Hemd, der die Schläger bei den Unruhen geführt hat, ist hier im Hotel.«

»Den haben wir gerade unten gesehen«, sagte Paula.

»Aber das ist noch nicht alles«, fuhr Butler fort. »Auch Delgado ist hier abgestiegen. Man erkennt ihn zwar kaum, weil er sich die Haare hat schneiden lassen und an einem Stock durch die Gegend humpelt, aber mich kann er damit nicht täuschen. Ich erkenne solche Typen immer an ihren Augen.«

»Wie sind die alle bloß so schnell hierher gekommen?«, sagte Paula.

»Mit dem Flugzeug. Wie denn sonst?«

»Aber woher wussten sie, dass *wir* nach Hamburg kommen würden?«

»Erinnern Sie sich an das kleine Kerlchen, das uns bis zum Abfluggate in Heathrow gefolgt ist?«, sagte Tweed. »Über dem Gate stand in riesigen Lettern Hamburg. Das Kerlchen musste bloß noch seinen Auftraggeber anrufen, mehr nicht.«

»Den hatte ich tatsächlich schon wieder vergessen. Die Gegenseite scheint erstaunlich gut organisiert zu sein.«

»Wenn dem so ist, muss unsere Organisation noch besser sein«, sagte Tweed.

Inzwischen hatte Marler eine weitere Walther aus seiner Tasche genommen und diese Butler überreicht. Dann gab er ihm noch eine für Nield, dazu ein paar Handgranaten und Tränengasampullen sowie eine Uzi-Maschinenpistole.

»Rüsten Sie uns für einen neuen Golfkrieg auf oder was?«, fragte Paula grinsend.

»Gut möglich, dass uns was Ähnliches erwartet«, meinte Butler.

»Wo logiert Nield eigentlich?«, fragte Tweed.

»Nebenan«, sagte Butler und deutete mit dem Daumen nach rechts. »Es war reiner Zufall, dass wir die Zimmer nebeneinander gekriegt haben, obwohl wir ja getrennt hier angekommen sind. Pete ist grade draußen, um sich ein bisschen umzusehen.«

»Ich muss Ihnen allen etwas sagen…«, begann Tweed auf einmal.

Butler verschränkte die Arme vor seiner breiten Brust und hörte zu, ohne ein Wort zu sagen. Tweed erzählte von seinem geplanten Besuch bei Dr. Kefler um elf Uhr abends. Er gab Butler die Adresse und zeigte ihm auf dem Stadtplan, den er sich am Empfang des Vier Jahreszeiten hatte geben lassen, wo Keflers Wohnung lag.

»Ich komme hin«, sagte Butler, während er das Scharfschützengewehr untersuchte, das Marler ihm zusätzlich zu den anderen Waffen mitgebracht hatte. »Ich habe mir ein Motorrad besorgt, mit dem kann ich dem Taxi folgen. Was Kefler Ihnen da gesagt hat, gefällt mir ganz und gar nicht. So eine Hafengegend kann bei Nacht ein verdammt gefährliches Pflaster sein…«

Als Paula mit Tweed das Renaissance wieder verließ, sagte sie zu ihm: »Ich bin froh, dass Harry mitkommt.« Dann packte sie ihn am Arm und flüsterte: »Sehen Sie mal, wer da vorn ist.«

Vor ihnen ging eine gebeugte Figur, die sich auf einen hölzernen Krückstock stützte, den Gehsteig entlang. Der Mann hatte kurz geschnittenes Haar. Tweed nahm Paula am Ellenbogen und drehte sie so, dass es aussah, als würde er ihr im Schaufenster etwas zeigen.

»So hat Harry eben den veränderten Delgado beschrieben«, sagte er.

»Ohne diese Beschreibung hätte ich ihn nie erkannt«, flüsterte Paula.

»Wir haben eine Menge zu tun«, sagte Tweed. »Ich würde

gern zurück ins Hotel, kurz unter die Dusche gehen und etwas essen, bevor wir zu Dr. Kefler fahren.«

»Ja, eine Dusche wäre nicht schlecht«, sagte Paula. »Aber hungrig bin ich nicht.«

»Es wäre trotzdem gut, wenn Sie etwas essen würden, sonst bekommen Sie später Hunger, wenn wir bei Dr. Kefler sind.«

»Jetzt ist Delgado verschwunden!«

Paula hatte einen verstohlenen Blick die Straße entlang geworfen und festgestellt, dass sie leer war. Tweed schaute ebenfalls, brummte etwas und nahm Paulas Arm. Er führte sie auf die gegenüberliegende Straßenseite, wo eine lange Reihe von Fahrzeugen – darunter auch viele Lastwagen – für die Nacht geparkt war.

»Er wird wohl in den Arkaden sein, an denen wir auf dem Hinweg vorbeigekommen sind«, sagte Tweed. »Wenn wir uns hinter diesen Autos halten, kann er uns nicht sehen, falls er irgendwo nach uns Ausschau halten sollte …«

Als sie wieder auf der Hauptstraße waren, gingen sie in Richtung Binnenalster zum Landungssteg dort. Tweed wollte gerade nach links abbiegen, als Paula ihn zurückhielt und nach rechts deutete.

Nicht weit von ihnen entfernt, stand ein Mann mit einem großen Strohhut und filmte mit einer Videokamera. Es war Mark Wendover, der ihnen den Rücken zudrehte. Sie beobachteten ihn, wie er Aufnahmen von einem der Passagierboote machte, das gerade auf den Landungssteg zufuhr. Dann machte er einen raschen Schwenk und richtete die Kamera auf den Eingang eines Gebäudes, von wo aus er sie hinauf in den ersten Stock wandern ließ. Ein Schild neben dem Eingang verkündete, dass das imposante Gebäude der Zürcher Kredit Bank gehörte.

»Der Bursche kocht schon wieder sein eigenes Süppchen«, sagte Paula.

»Tja, so ist er nun mal.«

»Eines wollte ich Ihnen schon lange sagen«, begann Paula, als sie sich dem Hotel näherten, »aber es ist mir immer wieder entfallen. Kurz bevor wir die Park Crescent verlassen haben – Sie waren gerade nicht im Zimmer –, hat mir Monica erzählt, dass neulich während des fürchterlichen Kreischens aus dem Internet auch das Telefon vollständig ausgefallen ist.«

»Tatsächlich?«, sagte Tweed wenig interessiert. »Ich dachte, Monica hätte alle möglichen Leute angerufen und gefragt, ob bei ihnen auch so eine Störung war.«

»Das war später«, sagte Paula. »Nur als das Internet tatsächlich verrückt gespielt hat und die nächsten Minuten danach war das Telefon tot.«

»So was kommt vor.«

»Hören Sie mir doch zu, Tweed! Das Internet ist mit dem Telefonnetz verbunden.«

»Was Sie nicht sagen ...«

Paula gab auf. Als sie in ihrer Suite war, genehmigte sie sich die Dusche, nach der sie sich seit Stunden gesehnt hatte.

Tweed verschob seine Dusche um ein paar Minuten und rief Cord Dillon auf dessen Privatnummer an.

»Was ist denn los, Tweed?«, fragte eine verschlafene Stimme. »Hier bei uns ist es früher Morgen – und ich bin alles andere als ein Frühaufsteher, außer wenn ich wirklich muss.«

»Es geht um Mark Wendover. Was für eine Art Detektivbüro betreibt er in New York?«

»Er arbeitet viel im Auftrag von Firmen. Unterschlagungen und so Kram, aber auf höchstem Niveau. Wie geht es Mark?«

»Wunderbar.«

»Sonst noch was? Nein? Gott sei Dank, dann kann ich ja weiterschlafen.«

Tweed nahm seinen Block und schrieb »Zürcher Kredit« darauf. Er malte einen großen Kreis um das Wort und verband diesen dann mit dem Kreis um Rondel und schließlich mit dem um Mark Wendover. Nachdem er das Blatt eine Weile angestarrt und dabei auf seinem Bleistift herumgekaut hatte, brummte er etwas, bevor er den Block endlich zuklappte und ins Badezimmer ging.

Nach ihrer Auseinandersetzung mit Tweed, rannte Lisa wütend auf ihr Zimmer. Als sie die Tür öffnete, sah sie, dass ihr jemand einen Umschlag unter dem Türschlitz hindurchgeschoben hatte. Sie öffnete ihn und entfaltete das Blatt Papier darin.

Rufen Sie mich sofort an. Gehen Sie zum Hauptbahnhof, um den Anruf zu tätigen. Rocco

Lisa verließ auf der Stelle das Hotel und ging zu Fuß zum Hauptbahnhof. Auf dem Weg dorthin blieb sie immer wieder stehen und tat so, als müsste sie einen Stein aus ihren Sandalen entfernen. In Wirklichkeit sah sie jedes Mal nach hinten, um sich zu vergewissern, dass sie nicht verfolgt wurde.

Als sie am Bahnhof ankam, war dort nicht allzu viel los. In der riesigen Halle mit dem hohen, gewölbten Glasdach suchte sie sich eine Telefonzelle und wählte dort dann eine Nummer, die sie auswendig kannte. Eine ihr bekannte Stimme meldete sich.

»Hallo, Lisa, würden Sie sich gern fünfzigtausend Euro verdienen?«

»Wie bitte?«

»Sie haben mich schon verstanden. Ich möchte, dass Sie von nun an so viel an Information wie nur möglich aus Tweed herausholen. Wie viele Leute arbeiten für ihn? Wo geht er in Hamburg und außerhalb von Hamburg hin? Ich bin übrigens der Einzige, dem Sie diese Einzelheiten dann zukommen lassen, ist das klar?«

»Einen Augenblick bitte«, sagte sie. »Jemand macht gerade die Tür der Telefonzelle auf.«

Lisa drehte sich um und sah einen ihr völlig unbekannten Mann, der ihr einen weißen Umschlag in die Hand drückte und anschließend wieder verschwand.

»Haben Sie den Umschlag?«, fragte die Stimme am Telefon. »Wenn ja, zählen Sie seinen Inhalt nach.«

Lisa öffnete den Umschlag und sah, dass darin ein dickes Bündel Fünfhundert-Euro-Scheine war. Lisa schob den Umschlag in ihre Handtasche.

»Und denken Sie dran: Niemand anderer als ich erfährt die Einzelheiten.«

Lisa Trent hatte noch nie in ihrem Leben so viel Geld in Händen gehabt.

17

Tweed und Paula nahmen ihr Abendessen auf dem Balkon über dem Restaurant ein, wo sie die einzigen Gäste waren. Auch unten im Speisesaal waren nur wenige Tische besetzt.

»Ich hätte es mir voller vorgestellt«, bemerkte Paula. »Muss wohl die Hitze sein.«

Sie aß Rühreier, was eigentlich nicht auf der Karte stand. Der Ober hatte ihr das kleine Gericht auf ihren besonderen Wunsch gebracht, weil sie bei der Hitze nur wenig Appetit hatte.

»Dieses Wetter ist für Hamburg höchst ungewöhnlich, Madame«, hatte der Mann gesagt. »So eine Hitzewelle haben wir hier nur alle heiligen Zeiten einmal.«

»Da unten sitzen Newman und Mark Wendover«, sagte Tweed. »Als wir gekommen sind, habe ich mitbekommen, wie Mark Newman gefragt hat, ob er sich zu ihm setzen kann. Er benimmt sich wie jemand, der nicht gern allein isst.«

»Das tut er nur, damit es nicht so aussieht, als ob sie sich kennen würden«, sagte Paula.

»Marler isst ein paar Sandwiches in der Halle. Dort hat er alles gut im Blick. Sehen Sie jetzt nicht nach unten, aber raten Sie mal, wer soeben allein an einem Tisch Platz genommen hat.«

»Keine Ahnung.«

»Unser guter Lord Barford. Er trägt einen weißen Smoking.«

»Bei der Hitze?«, sagte Paula.

»Das ist typisch für ihn. In seinen Kreisen kleidet man sich korrekt, ganz gleich, wie das Wetter ist. So etwas lernt man als Offizier bei der Armee.«

»Du meine Güte.« Die Bedeutung von Tweeds Beobachtung war Paula erst jetzt so richtig klar geworden. »Barford ist wirklich der Letzte, den ich hier erwartet hätte. Wieso tauchen auf einmal alle Leute in Hamburg auf?«

»Das weiß ich auch nicht.«

»Sie glauben doch auch nicht an Zufälle, Tweed. Und Hamburg war auch nicht unter den Orten, die mir der betrunkene Aubrey im Martino's genannt hat. Ich frage mich, wieso das alles. Hält Barford diesen Besuch in Hamburg etwa absichtlich vor seinem Sohn geheim?«

»Auch da bin ich völlig überfragt.«

Tweed machte sich mit Heißhunger über seine Kutterscholle her. Ebenso wie Paula trank er bei diesem Essen keinen Alkohol, sondern nur Wasser gegen den Durst.

»Ob Barford uns wohl gesehen hat?«, fragte Paula, nachdem sie die letzte Gabel voll Rührei gegessen hatte.

»Nein. Als er hereinkam, hat er nicht nach oben geschaut, und jetzt ist er mit dem Lesen irgendwelcher Dokumente beschäftigt.«

»Aber dann sieht er uns, wenn wir vom Balkon herunterkommen.«

»Wir werden einen Moment abpassen, wenn ihm etwas serviert wird. Zum Glück gibt es ja genügend Kellner in diesem Restaurant.« Tweed legte sein Besteck beiseite und sah auf die Uhr.

»Was machen wir eigentlich nach dem Besuch bei Dr. Kefler?«, fragte Paula.

»Dann müssen wir Rhinozeros ausfindig machen. Möchten Sie einen Kaffee? Oder einen Nachtisch?«

»Heute nicht, vielen Dank.«

»Dann wäre jetzt wohl der richtige Zeitpunkt, um zu gehen.«

Von der Treppe aus hatte Paula einen guten Blick auf Barford, dem gerade drei Kellner ein Steak servierten. Er saß so aufrecht wie ein Ladestock da und machte einen sehr aufgeweckten Eindruck.

»Er hat uns nicht gesehen«, sagte Paula, als sie das Restaurant verließen.

»Da wäre ich mir nicht so sicher. Barford ist ein alter Fuchs, dem nicht so schnell etwas entgeht.«

In der Halle saß Marler halb verborgen hinter einer Palme. Tweed ging langsam an ihm vorbei und ließ einen zusammengeknüllten Zettel in dessen Schoß fallen.

»Was haben Sie Marler denn geschrieben?«, fragte Paula.

»Dass wir zu einer Verabredung gehen und dass Harry Butler uns den Rücken freihält.«

Ein paar Meter weiter stieß wie verabredet Newman zu ihnen.

»Wendover hat seine Rolle als Tourist gut gespielt«, sagte er mit leiser Stimme. »Er hat mir die ganze Zeit über von New York erzählt und mich gefragt, was ich beruflich mache. Ist ein cleverer Bursche, unser Amerikaner. Aber sehen Sie mal, wen wir hier haben.«

Sie waren gerade hinaus auf die Straße getreten, als plötzlich Lisa vor ihnen stand. Sie schwang ihre Schultertasche am Riemen hin und her und lächelte so freundlich, als ob alles in bester Ordnung wäre.

»Gehen Sie noch aus?«, fragte sie Paula.

»Wir machen nur einen Abendspaziergang«, antwortete Tweed schnell. »Wir haben etwas Vertrauliches zu besprechen.«

»Kann ich mitkommen?«

»Sie sehen wirklich müde aus«, sagte Tweed. »Am besten legen Sie sich hin und schlafen sich aus …«

Die drei setzten sich in Richtung Landungssteg in Bewegung. Lisa rannte ihnen hinterher und fasste Tweed am Arm.

»Es tut mir wirklich Leid, dass ich heute Nachmittag so explodiert bin. Das wollte ich gar nicht …«

»Lisa«, zischte Paula. »Gehen Sie jetzt ins Hotel und legen Sie sich ins Bett. Haben Sie nicht gehört, dass wir etwas Vertrauliches zu besprechen haben?«

Lisa starrte sie verblüfft an, machte auf dem Absatz kehrt und ging zurück zum Hotel. Nach den ersten Stufen hinauf zum Eingang blieb sie stehen und schaute den dreien hinterher.

»Das war aber nicht sehr nett von Ihnen«, sagte Newman. »Sie hätten sie auch höflicher abblitzen lassen können.« Er runzelte die Stirn. »Irgendwie scheint das gute Verhältnis mit Lisa zerstört zu sein. Hatten Sie Streit mit ihr?«

»Sie war heute Nachmittag sehr unhöflich zu Tweed«, erklärte Paula.

»Aber darum geht es nicht«, sagte Tweed und blickte nach hinten. »Ich möchte sehen, was sie alles tut, um sich bei uns wieder lieb Kind zu machen. Ach, hier kommt ja ein Taxi …«

Mit Hilfe seines Stadtplans erklärte Tweed dem Fahrer, wo er sie absetzen sollte. Der Mann blickte ihn zunächst erstaunt an, dann nickte er.

»Er hält das wohl für keine so gute Idee«, flüsterte Paula.

Zunächst sagte niemand ein Wort. Paula blickte nach draußen auf die hohen, verlassen wirkenden Gebäude. Als sie ins Hafenviertel kamen, wurde die Beleuchtung spärlicher, und große Teile der Straßen lagen in tiefer Dunkelheit. Paula tastete mit der rechten Hand in ihre Schultertasche und vergewisserte sich, dass sie im Notfall raschen Zugriff auf die Browning hatte. Tweed blickte die ganze Fahrt über auf seinen Stadtplan.

»Die scheinen hier früh zu Bett zu gehen«, bemerkte Newman. »Keine Menschenseele auf der Straße.«

»Die Leute müssen eben früh zur Arbeit«, sagte Paula, wie um ihre eigene Nervosität zu dämpfen.

Auf einmal blieb das Taxi neben einem seltsam aussehenden modernen Gebäude stehen. Der Fahrer sah sich ängstlich um und ließ den Motor laufen.

»Wollen Sie wirklich hier aussteigen?«, fragte er auf Deutsch.

»Ja«, erwiderte Tweed.

»Sicher?«

Paula sah, dass sich der Mann in dieser Gegend ausgesprochen unwohl fühlte. Schon nachdem Tweed ihm das Fahrziel genannt hatte, hatte er alle Türen verriegelt.

»Ganz sicher«, sagte Tweed und gab dem Fahrer zusätzlich zum Fahrpreis ein großzügiges Trinkgeld.

»Vielen Dank. Und wie kommen Sie zurück?«

Als Tweed ihm sagte, dass er das noch nicht wisse, schrieb ihm der Mann seinen Namen auf eine Visitenkarte des Taxiunternehmens. Er hieß Eugen. Tweed steckte die Karte ein und stieg dann aus. Kaum hatten auch die anderen das Taxi verlassen, gab Eugen Gas und raste davon.

»Ich habe auf der Fahrt hinter uns ein Motorrad gehört«, sagte Newman. »Jetzt scheint es angehalten zu haben.«

»Das ist Harry«, sagte Paula. »Ich bin froh, dass er uns im Auge hat.«

Die drei gingen an den merkwürdigen modernen Gebäuden entlang, die Paula wie riesige abstrakte Skulpturen vorkamen. Es war sehr schwül und vollkommen still. Die Luft roch etwas nach Maschinenöl.

»Wie weit ist es von hier bis zur Elbe?«, fragte sie.

»Nicht weit«, antwortete Tweed, der seinen Stadtplan inzwischen aber eingesteckt hatte.

Nirgends war eine Menschenseele zu sehen. Als Paula sich umdrehte, konnte sie nicht einmal Harry Butler entdecken, was sie aber nicht sonderlich beunruhigte. Wenn Butler jemanden verfolgte, war er praktisch unsichtbar. Was Paula viel mehr auf die Nerven ging, war die unheimliche Stille, die ringsum herrschte. Erst nachdem sie eine Weile gegangen waren, konnte sie das leise Plätschern von Wellen hören. Sie hatten die Elbe erreicht. Tweed führte sie nach rechts, wo Paula im schwachen Licht einer Laterne ein Straßenschild entziffern konnte. *Elbstraße.*

Linkerhand konnte sie nun den Fluss sehen, der etwa so breit wie die Themse in London war. Über dem Wasser ragten Dutzende riesiger Kräne auf, deren Führerkabinen aber alle dunkel waren. Paula kamen sie wie Raumschiffe vom Mars vor, die gerade gelandet waren. Der Mond verbarg sich hinter dunklen Wolken, die erst vor kurzem aufgezogen waren, aber ein paar Scheinwerfer zwischen den Kränen zeichneten deren Gitterwerk als lange, unheimliche Schatten auf den Asphalt. Zwischen diesen riesigen Monstren fühlte Paula sich ganz klein und schutzlos.

»Wenn die Deutschen etwas bauen, wird das immer gigantisch groß«, bemerkte sie.

»Wie auch diese riesigen Panther-Panzer im Zweiten Weltkrieg«, sagte Tweed. »Ich habe Bilder von den Dingern gesehen.

Sie haben unseren Invasionstruppen in der Normandie damals schwer zu schaffen gemacht.«

»Solange uns hier keines von diesen Monstren entgegenkommt, bin ich schon zufrieden«, sagte Paula.

»Das wird wohl kaum der Fall sein«, beruhigte sie Newman.

Auf der anderen Seite des Flusses konnte Paula jetzt einen weiteren Wald von Kränen erkennen, von denen starke Scheinwerfer nach unten strahlten. Zwei Frachter lagen dort am Kai und wurden gerade entladen.

»Nimmt denn dieser Hafen überhaupt kein Ende?«, sagte Paula.

»Er ist immerhin der zweitgrößte auf dem Kontinent«, entgegnete Tweed. »Lediglich der Europort in Rotterdam ist noch größer, aber Hamburg holt immer mehr auf.«

Eine Kette klirrte durch die stille Nacht, und Paula wäre vor Schreck fast aus der Haut gefahren. Es war das erste laute Geräusch, das sie hörte, seit sie aus dem Taxi gestiegen waren.

»Das war nur ein Lastkahn, der sich in der Strömung bewegt hat«, sagte Newman.

»Ein unheimlicher Ort«, sagte Paula.

Sie schaute nicht mehr hinüber zu den Kränen, war sich aber deren Gegenwart weiterhin bewusst. Zumindest konnten sie sich nicht bewegen.

Tweed hob einen Arm und deutete nach vorn.

»Sehen Sie die Häuser da oben auf der Böschung? Dort wohnt Dr. Kefler. Und hier ist auch der Fußweg, von dem er gesprochen hat. Gehen wir also hinauf und suchen die Nummer dreiundzwanzig.«

»Hübsche Aussicht hat er da«, sagte Paula sarkastisch. »Auf lauter Kräne, die höher als die Häuser sind.«

Sie und Newman folgten Tweed, der langsam die Stufen hinaufging. Die kleinen Häuser oben auf der Böschung sahen nicht gerade besonders gepflegt aus. Paula fragte sich, warum ein bedeutender Mann wie Dr. Kefler wohl in einer solchen Gegend wohnte.

Das Haus Nummer 23 gehörte zur ersten Reihe, die direkt am

Rand der Böschung stand. In einem Fenster im ersten Stock war hinter den Gardinen ein Lichtschein zu sehen. Dann ging das Fenster auf, und eine Gestalt leuchtete Tweed mit einer starken Taschenlampe ins Gesicht. Kurze Zeit später wurde die Lampe ausgeknipst.

Tweed hörte, wie im Haus jemand eilig die Treppe hinunterlief. Newman hinter ihm scharrte nervös mit den Füßen. Ihm gefiel es nicht, so exponiert oben auf der Böschung zu stehen. Er ließ die Blicke über den Wald von Kränen schweifen, konnte dort aber nichts Verdächtiges bemerken. Dann hörte er, wie an der Haustür nacheinander zwei Schlösser aufgesperrt wurden. Schließlich öffnete sich die Tür, und die drei konnten im dunklen Hausgang eine kleine Gestalt sehen. Warum machte Dr. Kefler kein Licht?

»Kommen Sie schnell herein«, sagte eine tiefe Stimme auf Englisch.

Erst als sie im Hausgang standen und die Tür hinter ihnen wieder fest verriegelt war, schaltete ihr Gastgeber das Licht ein. Er war ein kleiner, dicklicher Mann, der Tweed zur Begrüßung die Hand entgegenstreckte.

»Tut mir Leid, dass ich Sie mit der Taschenlampe geblendet habe, aber ich musste sichergehen, dass es wirklich Sie sind. Keith Kent hat Sie mir gut beschrieben. Ach, übrigens, ich bin Dr. Kefler ...«

Paula fand, dass Kefler tatsächlich wie ein Teddybär aussah. Er hatte dichtes, kurz geschnittenes braunes Haar und kleine Knopfaugen hinter der dicksten Brille, die sie je gesehen hatte. Als Tweed sie ihm vorstellte, schenkte ihr Kefler ein offenes, freundliches Lächeln. Zum Knuddeln, dachte Paula, auch wenn ihr das nicht so recht zu der Situation zu passen schien. Kefler, der eine Samtjacke und dunkelblaue Hosen trug, tänzelte fast vor Vergnügen, als er seine Gäste über eine schmale Wendeltreppe hinauf in sein im ersten Stockwerk gelegenes Arbeitszimmer führte.

»Ich habe mir extra englischen Kaffee besorgt«, verkündete er fröhlich. »Vielen Engländern ist unser deutscher Kaffee meist zu stark.«

»Das ist sehr nett von Ihnen«, sagte Paula. »Vielen Dank.«

»Gerade habe ich eine Kanne aufgebrüht. Ich hole sie mal gleich nach oben, ja? Machen Sie es sich inzwischen bequem. Ich habe ein paar interessante Papiere für Sie, Mr. Tweed.«

Noch bevor Tweed ihn fragen konnte, um welche Papiere es sich handelte, war Kefler schon in Richtung Küche verschwunden. Paula setzte sich in einen Sessel und ließ ihre Blicke durch den Raum schweifen. Auf einem großen alten Schreibtisch, der Paula allerdings nicht besonders deutsch vorkam, standen ein Faxgerät, ein Computer, ein Drucker – und eine alte Remington-Schreibmaschine, die neben all den modernen Geräten irgendwie deplaziert wirkte. An den Wänden des Zimmers standen vom Boden bis zur Decke reichende Bücherregale. Paula erhob sich und sah sich die Bücher an.

»Dieser Sessel wäre nichts für mich«, flüsterte Newman.

»Sie sind einfach zu groß dafür«, flüsterte Paula zurück.

Womit sie richtig lag. Die Sessel waren so niedrig, dass Newman die Beine weit nach vorn ausstrecken musste. Kefler hatte sich die Möbel offenbar nach den eigenen Körpermaßen ausgesucht.

»Er hat hier eine sechsbändige Geschichte der Familie Frankenheim stehen«, sagte Paula und deutete auf eines der Bücherregale.

»Tut mir Leid, dass es so lange gedauert hat«, entschuldigte sich Kefler, während er mit einem Tablett wieder in der Tür erschien. Als er es auf dem niedrigen Couchtisch abstellte, bemerkte Paula, dass Tassen und Kanne aus Meißener Porzellan waren. Anscheinend hatte Kefler sein bestes Geschirr verwendet. »Bedienen Sie sich doch bitte«, sagte er lächelnd. »Nehmen Sie Milch und Zucker, ganz wie Sie wollen.« Paula nahm die Kanne und begann den Kaffee auszuschenken.

»Haben Sie die beiden neuen Schlösser an der Haustür bemerkt, Mr. Tweed?«, fragte Kefler, nachdem auch er sich gesetzt hatte.

»Ja, das habe ich ...«

»Ich habe sie erst kürzlich anbringen lassen, weil sich in letzter Zeit hier viele üble Gestalten herumtreiben. In einem der Häuser ist erst vor einer Woche eingebrochen und alles gestohlen worden. Sogar ein Papagei war dabei, können Sie sich so was vorstellen?«

»Ein Papagei?«, sagte Paula ungläubig. »Was ist, wenn der zu reden anfängt...«

»Nein, nein«, sagte Dr. Kefler und winkte lachend ab. »Es war ein getöpferter Papagei, ein ganz billiges Ding. Ich frage mich nur, wer wohl an so etwas Interesse haben könnte. Schmeckt Ihnen der Kaffee?«

Alle bejahten die Frage aus voller Überzeugung. Der Kaffee war wirklich wunderbar, aber Kefler sah sie zweifelnd an, als ob sie das nur aus Höflichkeit gesagt hätten.

»Sie sind ja gut ausgerüstet«, sagte Paula und deutete auf den Schreibtisch.

»Das meiste von dem Zeug brauche ich eigentlich nicht, aber meine alte Schreibmaschine verehre ich geradezu. Wissenschaftler sind gefährlich. Sie erfinden ständig neue Dinge, ohne die Konsequenzen zu bedenken. Wie zum Beispiel bei dieser Zeitbombe namens Internet. Alle Leute meinen, es lässt die Welt näher zusammenrücken, und finden es deswegen ganz toll. Aber ist das wirklich so erstrebenswert? Wenn Nationen sich zu sehr auf den Pelz rücken, kommt es leicht zu Meinungsverschiedenheiten und schließlich sogar zu Kriegen.«

»Da kann ich Ihnen nur zustimmen, so traurig es ist«, sagte Tweed und nützte dabei die Pause in Keflers Redefluss. »Sie haben vorhin von Papieren gesprochen, die Sie mir zeigen wollten.«

»Ach ja! Sie haben am Telefon gesagt, die Zürcher Kredit Bank gehöre zu den besten und ehrlichsten Banken der Welt. Das stimmt aber nicht. Sie haben vorhin meinen alten Schreibtisch eingehend angeschaut, Miss Grey. Sieht nicht sehr deutsch aus, oder? Ich habe ihn in der Portobello Road in London gekauft. Ich liebe London geradezu... aber ich schweife ab...« Kefler starrte Tweed an, als ob er sich davon überzeugen wollte, dass er ihm vertrauen konnte. »Große Summen Geldes werden in dieser Bank gewaschen, außerdem werden Einlagen von reichen Kunden auf geheime Konten in Liechtenstein transferiert.«

»Wissen Sie das genau?«, fragte Tweed.

»Bei einhundertfünfzig Millionen Euro bin ich mir jedenfalls sicher.«

Paula rechnete schnell im Kopf um. Das waren etwa hundert Millionen Pfund Sterling. Wahrlich kein Pappenstiel.

»Ich werde Ihnen jetzt die Papiere geben«, sagte Dr. Kefler schließlich.

Er sprang auf, bückte sich unter seinen geliebten Schreibtisch aus der Portobello Road und holte dort eine kleine Ledermappe hervor, die er offenbar mit Klebeband an der Unterseite der Tischplatte befestigt hatte. Nachdem er das Klebeband sorgfältig entfernt hatte, reichte er die Mappe an Tweed weiter.

»Bitte, sehen Sie doch hinein.«

Der kleine Mann trat vor lauter Erwartung von einem Bein aufs andere. Tweed öffnete die Mappe und entnahm ihr einen Stapel gefalteter Blätter, die er sich nacheinander ansah. Es waren Bankauszüge der Zürcher Kredit Bank, die lange Reihen von Zahlen und kryptische Buchstabenkombinationen wie beispielsweise *GT* enthielten.

»Wahrscheinlich wird Ihnen das ziemlich unverständlich vorkommen«, sagte Kefler, »aber wenn sie die Blätter Ihrem cleveren Keith Kent zeigen, wird er sie für Sie bestimmt decodieren können. Habe ich vorhin hundertfünfzig Millionen Euro gesagt? Ich kriege das mit der Umstellung noch nicht so richtig auf die Reihe. Ich meinte *dreihundertfünfzig* Millionen Euro. Das ist die Geldmenge, die ins Ausland verschoben wurde.«

Paula rechnete wieder nach – und kam auf 230 Millionen Pfund! Sie schaute Newman an, der offenbar ebenfalls die Summe umgerechnet hatte, da er ein erstauntes Gesicht machte.

»Dr. Kefler«, sagte Tweed ernst. »Sind diese Papiere wirklich für mich?«

»Natürlich. Sonst hätte ich sie Ihnen nicht gegeben. Keith Kent wird sie zu lesen wissen.«

»Haben Sie vielleicht eine alte Aktentasche oder etwas Ähnliches, worin ich diese Ledermappe verstauen könnte?«

»Ich weiß, was Sie meinen. Die Hafengegend ...«

Kefler langte in eines der Seitenfächer des Schreibtisches und holte eine altmodische Aktentasche hervor. Nachdem er sich davon überzeugt hatte, dass sie leer war, gab er sie Tweed. Dann stand er auf und ging ans Fenster.

»Bei Tageslicht hat man hier eine recht interessante Aussicht«, sagte er. »Unten auf der Elbe fahren riesige Containerschiffe, und um halb eins kommt immer die Fähre aus Newcastle, die ...«

Der Schuss gellte entsetzlich laut durch die schwüle Sommernacht. Kefler begann zu taumeln und fiel zu Boden, wo er schließlich mit dem Gesicht nach oben regungslos liegen blieb. Er blutete heftig aus einer Wunde am Kopf, und auch seine Jacke war blutdurchtränkt. Newman kniete sich neben ihn, wobei er darauf achtete, unterhalb des Fensterbretts in Deckung zu bleiben. In der Fensterscheibe war dort, wo die Kugel sie durchschlagen hatte, ein sternförmiges Loch.

»Ist er ...«

Paula konnte die Frage nicht zu Ende sprechen.

»Kein Puls mehr«, stellte Newman fest. »Er ist tot. Sehen Sie nicht hin, Paula. Die Kugel hat ihm den halben Kopf weggerissen. Muss wohl ein Explosivgeschoss gewesen sein.«

»Großer Gott! Nein!« Paula schlug die Hände vors Gesicht. Dann stand sie auf und stammelte: »Er war so ein netter Mensch ...«

Newman reagierte umgehend. Noch immer unterhalb des Fensterbretts in Deckung, zog er die dicken Vorhänge zu und kroch auf dem Boden zum nächsten Fenster, um dort das gleiche zu tun. Dann stand er auf, hielt sich aber so weit wie möglich von den Fenstern entfernt. Paula trat neben ihn und blickte nach unten auf Dr. Keflers sterbliche Überreste.

Jetzt ist er nur noch ein halber Teddybär, dachte sie und erschrak selber über die Obszönität dieses Gedankens.

»Er war so ein netter Mensch«, wiederholte sie. »Er hätte keiner Fliege etwas zu Leide tun können. Man trifft nicht oft Menschen, von denen man auf den ersten Blick weiß, dass sie gut sind, und denen man auf Anhieb vertraut. Er war einer von diesen Menschen.«

»Dieselbe Technik, dieselbe Situation«, sagte Tweed mit sehr ruhiger Stimme. »Alles genau so wie beim Mord an Helga Trent in der Ebury Street. Auch damals war es Nacht, auch damals stand das Opfer hinter einer Gardine im Gegenlicht. Es hätte mir auffallen müssen …«

»Ich gehe jetzt nach unten«, sagte Newman, der inzwischen seinen Revolver gezogen hatte. »Wenn es eine Hintertür gibt, gehe ich nach draußen und schaue mich um.«

»Nein, Sie bleiben hier«, sagte Tweed.

Newman ignorierte ihn und wollte gerade die Treppe hinuntergehen, als sein Handy schrillte. Er nahm es aus der Tasche und ging ran.

»Ja?«

»Hier Harry.« Die Stimme war so leise, dass Newman sie kaum verstand. »Bleiben Sie alle im Haus, bis ich mich wieder melde.«

Newman wiederholte den anderen, was Butler gesagt hatte.

»Harry weiß, was er tut«, sagte Tweed. »Wir bleiben hier, bis er wieder anruft …«

Harry Butler, der in seiner Motorradkleidung stark schwitzte, war vorsichtig die Böschung hinaufgekrochen, bis er einen guten Blick auf das Haus hatte, in dem Tweed und die anderen verschwunden waren. Als er hinter sich ein Geräusch wie von rostigen Türangeln hörte, wirbelte er herum und sah, wie hoch oben auf einem der riesigen Kräne jemand in die Führerkabine stieg. Butler war innerhalb des Maschendrahtzauns, der die Hafenanlagen umschloss. Zuvor hatte er mit einem Dietrich ein Vorhängeschloss geöffnet und war durch eine Gittertür auf das Gelände gelangt. Jetzt arbeitete er sich in der Hocke langsam in Richtung Kran vor. Sein Scharfschützengewehr mit dem Zielfernrohr hatte er in der rechten Hand, während er die linke ausgestreckt hielt, um etwaige Hindernisse, die Lärm hätten verursachen können, rechtzeitig zu ertasten.

Als er am Fuß des Krans angelangt war, der ihm aus dieser Perspektive wie eine verkleinerte Version des Eiffelturms vorkam, blickte er nach oben. Eine Leiter mit Eisensprossen führte hinauf zur Kabine. Butler wusste nicht so recht, was er tun sollte.

Die Person in der Kabine konnte jemand sein, der Tweed hinterherspionierte, vielleicht aber handelte es sich auch nur um jemanden, der dort idiotische Graffiti sprühen wollte. Da Tweed und die anderen im Haus und damit nicht in unmittelbarer Gefahr waren, beschloss Butler zu warten.

Dabei blickte er immer wieder von der Kabine zum Haus und wieder zurück. Von oben war kein Geräusch zu hören, das auf irgendwelche Aktivität hätte schließen lassen. Möglicherweise war es ja auch ein Drogenabhängiger, der sich dort oben einen Schuss setzen wollte. Solche Leute machten oft die verrücktesten Dinge. Wieder blickte Butler hinüber zum Haus. Im ersten Stock brannte noch immer Licht, aber hinter den Gardinen war niemand zu sehen.

Butler wischte sich die verschwitzten Handflächen an der Lederhose ab, damit er, wenn er zur Waffe greifen musste, trockene Finger hatte. Jetzt sah er, wie im Haus eine Gestalt am Fenster erschien, und blickte nach oben zur Krankabine. Als er den Blitz des Mündungsfeuers sah, riss er den Kopf herum und sah gerade noch, wie die Gestalt am Fenster zusammenbrach. Im gleichen Augenblick gellte der Knall des Schusses über die Elbe.

Butler riss das Handy aus der Tasche und rief Newman an. Nachdem er ihm die entsprechende Anweisung gegeben hatte, stützte er sich am Gerüst des Krans ab, hob das Gewehr und richtete das Fadenkreuz des Zielfernrohrs auf die Tür der Führerkabine. Eine ganze Weile lang passierte nichts.

Dann öffnete sich die Tür langsam, und eine Gestalt trat hinaus auf die kleine Plattform. Als sie mit einem leisen Quietschen die Kabinentür wieder schloss, hätte Butler schießen können, aber er hatte vor, den Attentäter lebend zu fassen. Jetzt begann die Gestalt die Leiter hinunterzuklettern. Sie drehte Butler den Rücken zu, über dem sie nach Jägerart das Gewehr trug.

Harry nahm seine Waffe in beide Hände und wartete. Als die Gestalt den halben Weg nach unten zurückgelegt hatte, hielt sie inne und schaute nach unten. Dann griff sie, während sie sich mit der linken Hand an der Leiter festhielt, mit der rechten in die Jacke und zog eine Pistole hervor.

»Nun denn, du willst es ja nicht anders«, murmelte Butler, bevor er die Gestalt ins Fadenkreuz brachte und abdrückte. Die Gestalt zuckte zusammen, ließ die Leiter los und stürzte dann aus beträchtlicher Höhe herab. Harry trat vorsichtshalber ein paar Schritte beiseite und hörte gleich darauf, wie der schwere Körper mit einem furchtbaren Geräusch unmittelbar neben dem unteren Ende der Leiter auf den Beton schlug. Das Gewehr, das sich im Fallen von dem Attentäter gelöst hatte, stürzte ein paar Meter neben ihm zu Boden.

Mit schussbereitem Gewehr trat Butler an das leblos daliegende Bündel heran. Man konnte ja nie wissen. Erst nachdem er am Nacken des Toten keinen Pulsschlag feststellen konnte, legte er die Waffe beiseite. Die Leiche lag grotesk verdreht auf dem Rücken und umklammerte zu Butlers Erstaunen mit der rechten Hand noch immer den Griff des Revolvers.

Butler schaltete seine Taschenlampe an und leuchtete dem Toten damit ins Gesicht. Der Attentäter hatte langes Haar und ein slawisch anmutendes Gesicht mit hohen Wangenknochen, einer ausgeprägten Adlernase und einem grausamen Mund. Harry nahm sein Handy und rief Newman an.

»Sie können jetzt herauskommen. Gehen Sie den Fußweg nach unten, und achten Sie auf die Zeichen, die ich Ihnen mit meiner Taschenlampe gebe.«

Während er wartete, zog Butler sich Latexhandschuhe über und durchsuchte die Taschen des Toten nach einem Ausweis oder anderen Dingen, mit deren Hilfe man diesen identifizieren konnte. Nichts. Aus der Art, wie der Hinterkopf des Toten eingedrückt war, schloss er, dass dieser wohl an einem Schädelbruch gestorben war.

Dann ging Butler zum Tor, durch das er auf das Gelände gelangt war, und leuchtete Tweed, Paula und Newman, die gerade den Fußweg herunterkamen, mit der Taschenlampe entgegen. Als sie bei ihm waren, ließ er sie herein. Tweed hatte eine alte Aktentasche in der Hand. Butler leuchtete den dreien mit der Taschenlampe voraus, damit sie nicht über eine der vielen rostigen Ketten stolperten, die überall auf dem Boden herumlagen. Er bat Paula zurückzubleiben, weil er ihr den Anblick der Leiche ersparen wollte, aber Paula bestand darauf, mit den anderen mitzukommen.

Butler zuckte mit den Achseln. Diese Paula ließ sich einfach nichts mehr sagen.

Als Paula den Toten sah, fühlte sie kein MitLeid. Immerhin war das der Mörder von Dr. Kefler. Butler leuchtete der Leiche direkt ins Gesicht.

»Er war oben in der Führerkabine«, sagte er. »Hat er jemanden erschossen?«

»Ja, Dr. Kefler«, antwortete Tweed. »Den Mann, mit dem wir gesprochen haben. Wissen Sie, wer der Tote ist?«

»Keine Ahnung.« Butler zeigte Tweed, dass seine Hände in Latexhandschuhen steckten. »Ich habe ihn, so gut es ging, durchsucht. Er hat keine Papiere dabei.«

»Sieht aus wie ein Kroate«, bemerkte Newman.

»Das habe ich mir auch gedacht«, stimmte Butler ihm zu. »Soll ich ihn in die Elbe werfen? Sein Gewehr liegt übrigens da drüben.«

»Nein, auf keinen Fall«, sagte Tweed. »Lassen Sie alles so, wie es ist. Die Polizei wird den Mord an Kefler untersuchen, und wenn die Ballistiker beweisen sollen, dass dieser Mann den Doktor erschossen hat, müssen wir das Gewehr hier lassen. Aber ich will nicht, dass Sie in eine Untersuchung der Polizei verwickelt werden, Harry. Zumindest nicht, wenn es sich vermeiden lässt. Also werfen Sie Ihr eigenes Gewehr möglichst weit hinaus in den Fluss. Das ist doch nicht das einzige, das Sie haben, oder?«

»Nein. Ich habe noch eines im Hotel.«

»Gut. Tun Sie also, was ich gesagt habe, und fahren Sie dann so schnell wie möglich zurück. Wo ist Ihr Motorrad?«

»Das habe ich in einiger Entfernung gut versteckt. Übrigens sehe ich gerade, dass im Nachbarhaus von Dr. Kefler das Licht angegangen ist. Und zwar in beiden Stockwerken.«

»Es wird höchste Zeit, dass wir von hier verschwinden. Wir gehen zurück zu der Stelle, an der wir uns haben absetzen lassen. Von dort rufe ich uns ein Taxi. Sie sehen aus, als ob Ihnen schlecht wäre, Harry.«

»Stimmt«, sagte Paula. »Ich habe ein paar schnell wirkende Magentabletten dabei.«

»Brauche ich nicht«, sagte Butler. »Das kommt wohl nur von dem widerlichen Ölgestank hier. Ich werfe jetzt mal lieber mein Gewehr in den Fluss ...«

Als sie später von Newmans Handy aus die Taxifirma anriefen, deren Adresse ihnen dieser Eugen gegeben hatte, kam ausgerechnet dieser, um sie wieder abzuholen.

»Alles in Ordnung?«, fragte er auf Deutsch, nachdem Tweed ihm gesagt hatte, er solle sie zurück zum Jungfernstieg fahren.

»Warum sollte etwas nicht in Ordnung sein?«, gab Tweed spitz zurück. »Wir sind Schifffahrtsagenten und wollten uns mal in den Hafenanlagen von Hamburg umsehen.«

»Ziemlich gut, was?«

»Nicht schlecht, aber wir ziehen wohl doch den Europort in Rotterdam vor ...«

Es war Paula, die Mark Wendover als Erste entdeckte, nachdem Tweed den Taxifahrer am Jungfernstieg, eine gute Strecke vom Hotel entfernt, bezahlt hatte. Er musste ja nicht unbedingt mitbekommen, wo seine Fahrgäste untergebracht waren.

»Wer ist denn das?«, sagte Tweed, während das Taxi fortfuhr.

»Unser Freund Wendover, der wieder Mal auf Extratour ist. Und das zu dieser Stunde.«

Der Amerikaner kam direkt auf sie zu – und zwar aus der Richtung der Zürcher Kredit Bank. In der Hand hielt er seine Videokamera.

»Waren Sie einkaufen?«, fragte er und deutete auf Tweeds Aktentasche.

»So was Ähnliches. Und was haben Sie gerade gemacht?«

»Ich war in der Bank und habe Schließfächer ausgeräumt.«

Tweed blieb abrupt stehen und musterte Wendover von Kopf bis Fuß. Aus dessen Jackentasche schaute eine schwarze Wollmütze heraus. Erst jetzt fiel ihm auf, dass der Amerikaner überhaupt nur schwarze Sachen trug.

»Das soll doch wohl hoffentlich ein Scherz sein.«

»Nein. Die Sicherheitsvorkehrungen sind zwar gut, aber nicht gut genug für mich. Ich habe bei der CIA eine Menge gelernt.«

»Was zum Teufel glauben Sie eigentlich, wer Sie sind? Ich erwarte, dass ich informiert werde, bevor ein Mitglied meines Teams so etwas tut.«

»Na ja, nun sind Sie ja informiert«, sagte Wendover. »Also, ich habe fast jedes Schließfach geöffnet. Sie würden nicht glauben, wie viele Banknoten darin versteckt liegen, von den Juwelen und Wertpapieren ganz zu schweigen.«

»Sie haben sich doch nicht etwa bedient?«

»Natürlich nicht. Ich war lediglich auf der Suche nach Beweisen. Die habe ich schließlich auch gefunden, und zwar in einem der letzten Schließfächer, die ich geknackt habe. Ein in blaues Leder gebundenes Buch voller verschlüsselter Aufzeichnungen. Ich gebe es Ihnen, sobald wir oben sind.«

Inzwischen waren sie am Hotel angelangt und betraten die Halle. Bevor sie in einen der Aufzüge steigen konnten, näherte sich ihnen eine Frau, die in einem Sessel in der Halle gewartet und eine Zigarette geraucht hatte. Es war Lisa Trent.

18

Newman fand, dass Lisa phantastisch aussah. Sie trug ein eng anliegendes grünes Kleid, das hervorragend zu ihren roten Haaren passte, und trat lächelnd auf Tweed zu, der kurz vor dem Aufzug stehen geblieben war.

»Mr. Tweed, ich habe eine wichtige Information für Sie ...«

»Später. Ich muss jetzt erst einmal dringend telefonieren.«

Die Tür des Aufzugs ging auf, und Tweed trat, gefolgt von Paula und Newman, der Lisa freundlich anlächelte, in die Kabine. Kurz bevor sich die Tür wieder schloss, drängte sich Lisa ebenfalls in den Fahrstuhl. Niemand sagte ein Wort, bis sich die Tür im dritten Stock wieder öffnete und Tweed mit dem Zimmerschlüssel in der Hand entschlossenen Schrittes den Gang entlangeilte. Er sperrte die Tür seiner Suite auf, ohne sich noch einmal umzudrehen, und ging, gefolgt von Paula, hinein. Als Newman einen Augenblick zögerte, betrat Lisa an ihm vorbei ebenfalls die Suite. Tweed schaute sie grimmig an.

»Sie haben hier nichts zu suchen.«

»Das ist aber nicht besonders nett von Ihnen«, sagte Lisa ruhig. »Man bezahlt mich dafür, dass ich Ihnen hinterherspioniere.«

»Erzählen Sie mir das morgen früh. Und jetzt muss ich Sie bitten zu gehen.«

»Na schön, schmollen Sie ruhig weiter«, sagte Lisa, die sichtlich wieder wütend wurde.

Tweed stand schon an der Tür, bereit, sie für Lisa aufzuhalten.

»Jemand hat mir gesagt, ich solle vom Hauptbahnhof aus eine bestimmte Nummer anrufen«, sagte Lisa, während sie in ihrer Handtasche herumkramte. Sie holte ein Blatt Papier heraus und ließ es auf die Couch fallen. »Das ist die Mitteilung, die ich bekommen habe. Als ich am Bahnhof von einer Telefonzelle aus die Nummer anrief und mir eine Stimme, die ich nicht kannte, den Vorschlag unterbreitete, Sie zu bespitzeln, drückte mir plötzlich ein zwielichtig aussehender Typ diesen Umschlag mit hundert Fünfhundert-Euro-Scheinen in die Hand. Mein Lohn dafür, dass ich Sie ausspioniere.« Sie warf einen dicken Briefumschlag auf die Couch. »Machen Sie mit dem Geld, was Sie wollen. Sie können es für wohltätige Zwecke spenden oder von mir aus auch selbst behalten …«

Sie schenkte Newman ein Lächeln, warf Paula einen bösen Blick zu und stürmte aus der Tür, die Tweed für sie aufhielt. Tweed schürzte die Lippen, verriegelte die Tür und eilte zum Telefon. Im Telefonbuch suchte er sich die Nummer der Polizei heraus. Paula hatte inzwischen den nicht zugeklebten Umschlag geöffnet und die Banknoten darin gezählt.

»Lisa hat Recht«, rief sie Tweed zu. »Da sind tatsächlich hundert Fünfhundert-Euro-Scheine drin. Ein Vermögen also …«

»Die Frau ist verdammt clever«, knurrte Tweed, während er die Nummer wählte. »Das ist doch nur ein Trick, mit dem sie sich wieder unser Vertrauen erschleichen will.«

»Jetzt machen Sie aber mal halblang …«, sagte Paula entrüstet.

Sie wollte noch etwas hinzufügen, aber Tweed brachte sie mit erhobener Hand zum Schweigen.

»Polizei?«, fragte Tweed auf Deutsch.

»Wer spricht da?«, fragte eine barsche, aber irgendwie vertraut klingende Stimme in derselben Sprache zurück.

»Mein Name ist Tweed …«

»Wusste ich's doch! Ich habe mir gleich gedacht, dass Sie es sind«, sagte Otto Kuhlmann, der Chef des Bundeskriminalamts, auf Englisch. »Ich wollte Sie eben anrufen und hatte gerade herausgefunden, dass Sie im Vier Jahreszeiten abgestiegen sind.«

»Was machen Sie denn in Hamburg, Otto? Ich wollte anrufen, um einen Mord zu melden …«

»An einem gewissen Dr. Kefler?«

»Ja. Deshalb rufe ich an.«

»Sind Sie allein?«

»Nein. Paula und Bob Newman sind bei mir.«

»Ich komme gleich zu Ihnen rüber.«

»Vielleicht wäre es besser, wenn ich zu Ihnen käme«, sagte Tweed. »Wo genau sind Sie denn?«

»Auf dem Polizeirevier zwölf. Es ist im Rathaus, fünf Gehminuten vom Hotel entfernt. Der Eingang ist auf der Rückseite. Ist aber leicht zu übersehen.«

»Wir sind schon unterwegs ...«

Draußen war es jetzt zwar etwas kühler als zuvor, aber immer noch ziemlich schwül.

»Sie waren vorhin ganz schön streng mit Lisa«, sagte Paula zu Tweed, als sie an der Anlegestelle vorbeigingen.

»Haben Sie meine Warnung schon wieder vergessen? In diesem Fall können wir niemandem vertrauen außer uns selbst.«

Paula ließ es für den Augenblick dabei bewenden. Oben in der Suite hatte Tweed zweimal »verdammt« gesagt, was für einen Mann wie ihn, der nur äußerst selten fluchte, sehr ungewöhnlich war. Offenbar hatte Lisa ihn richtiggehend aus der Fassung gebracht, etwas, was sonst nur wenigen Menschen gelang. Sie gingen auf einer Brücke über einen Kanal, der von der Binnenalster zur Elbe führte, und weiter über einen weiten, unheimlich leeren Platz, bis sie das Rathaus erreichten, dessen reich verzierte neugotische Türme düster in den Nachthimmel ragten. Paula war froh, dass der Mond jetzt wieder hinter den Wolken hervorgekommen war.

»Was wollen wir Otto Kuhlmann erzählen?«, fragte Paula, während sie um das große Gebäude herumgingen.

»Die Wahrheit, aber nur soviel davon, wie unbedingt nötig. Kein Wort über Rhinozeros ...«

Kuhlmann hatte Recht gehabt. Der Eingang zum Polizeirevier war leicht zu übersehen, aber Tweed hatte aufgepasst. Durch eine Einfahrt, die gerade breit genug war, um einen Wagen durchzulassen, gelangten sie in einen Innenhof, in dem an der linken Wand der weiße Polizeistern angebracht war. Gerade als sie den Innenhof betreten hatten, kam ihnen auch schon Kuhlmann entgegen, der, wie immer, in Zivil war.

Wieder einmal erinnerte der kleine, bullige und breitschultrige Kuhlmann Paula an den amerikanischen Schauspieler Edward G. Robinson, den sie in vielen alten Gangsterfilmen gesehen hatte. Nachdem Kuhlmann sie zur Begrüßung umarmt hatte, wandte er sich an Tweed.

»Diesmal stecken Sie in echten Schwierigkeiten, Tweed«.

»Was Sie nicht sagen …«

»Aber kommen Sie erst mal rein. Sie sehen gut aus, Bob«, sagte er zu Newman.

»Bloß keine Schmeicheleien«, sagte Newman abwinkend. »Außerdem hätte diese Bemerkung eher Paula gebührt …«

»Aber die sieht doch immer gut aus …«

Kuhlmann führte sie in einen kahlen Raum mit einem Metalltisch in der Mitte, an dem vier Polsterstühle standen. Bis auf die Stühle kam der Raum Tweed wie ein Verhörzimmer vor, in dem die Verdächtigen auf harten Holzstühlen Platz nehmen mussten. Eine Polizistin in Uniform brachte ein Tablett mit Kaffee, Milch und Zucker und bot sich an, den Kaffee in die bereitstehenden Tassen zu gießen, aber Kuhlmann schickte sie hinaus.

»Ich habe Dr. Keflers Leiche gesehen«, begann er, nachdem er sich gesetzt hatte. »Sie lag auf dem Rücken und hatte eine schlimme Kopfwunde, die von einem Explosivgeschoss herrührte. Ich habe Kefler übrigens gekannt und ihn sehr gemocht. Und jetzt sind Sie dran, Tweed.« Er verschränkte die Arme und sah den Engländer erwartungsvoll an.

Tweed erzählte, wie der Kontakt mit Kefler zustande gekommen war, vermied es dabei aber, Keith Kent beim Namen zu nennen. Danach berichtete er von den Vorfällen in Keflers Haus und wie sie zum Hotel zurückgekommen waren.

»Und was ist mit der zweiten Leiche?«

»Was für eine zweite Leiche?«

Wenn es nur irgendwie möglich war, wollte Tweed Harry

Butler aus der Sache heraushalten. Sonst konnte es sein, dass man ihn wochenlang hier in Hamburg festhielt und verhörte.

»Wollen Sie etwa behaupten, Sie hätten nichts von der zweiten Leiche mitbekommen?«, sagte Kuhlmann und schaute Tweed dabei direkt in die Augen.

»Wo soll die denn gewesen sein?«

»Nicht weit vom Haus entfernt auf dem Hafengelände. Sie lag am Fuß eines großen Krans und hatte ebenfalls eine Schusswunde. Wir nehmen an, dass es die Leiche von Keflers Mörder ist, aber das werden unsere Ballistiker noch zweifelsfrei feststellen, wir haben nämlich auch die Waffe des Toten gefunden. Es handelt sich dabei um ein Präzisionsgewehr. Ich vermute, dass der Mörder – der seinem Aussehen nach wohl vom Balkan kommen dürfte – Kefler vom Kran aus erschossen hat. Wir haben seine Fußspuren in der Führerkabine gefunden, von der aus man eine hervorragende Sicht auf Dr. Keflers Haus hat. Wo stand Kefler, als er erschossen wurde?«

»Vor dem Fenster hinter der Gardine. Das Licht war hinter ihm.«

»Das passt genau ins Bild. Nach dem Mord ist der Täter die Leiter am Kran hinuntergeklettert. Dabei muss er jemanden weiter unten bemerkt und versucht haben, ihn zu erschießen, als wir ihn gefunden haben, hat er nämlich einen Revolver in der Hand gehabt. Nach den Kopfverletzungen zu schließen, muss er noch ziemlich weit oben gewesen sein, als der andere ihn von unten getroffen hat. Muss ein Meisterschütze gewesen sein. – Ist eigentlich Marler auch in Hamburg?«, fragte er wie nebenbei.

Paula wurde durch die Präsizion, mit der Kuhlmann die Ereignisse rekonstruierte, wieder einmal in ihrem Urteil bestätigt, dass der Deutsche einer der fähigsten Kriminalisten Europas war. Seine Frage nach Marler bereitete ihr allerdings Sorgen.

»Natürlich ist Marler dabei«, antwortete Tweed liebenswürdig. »Aber er ist nicht mit zu Dr. Kefler gekommen. Er hatte einen schweren Tag und wollte sich im Hotel mal richtig ausschlafen.«

»Warum haben Sie Kefler eigentlich besucht, Tweed? Ich weiß, dass Sie mir schon einen Grund genannt haben, aber da muss doch noch mehr gewesen sein.«

»Er hat mir Papiere übergeben.«

Kuhlmann nahm einen Schluck Kaffee, bevor er dann die Hände hinter dem Kopf faltete.

»Ich könnte sie Ihnen abnehmen, wenn ich wollte.«

»Das ist mir klar. Aber wenn Sie das tun, dann behindern Sie meine Untersuchungen, was wiederum Ihre Untersuchung behindern würde.«

»Was für eine Untersuchung?«

»Die, von der Sie am Telefon gesprochen haben. Wegen der Sie in Hamburg sind.«

»Ach, die.«

»Ja«, sagte Tweed. »Und ich bezweifle, dass Sie mir sagen werden, um was für eine Untersuchung es sich dabei handelt.«

Der Deutsche grinste und fing dann laut zu lachen an.

»Wissen Sie was, Paula?«, sagte er. »Immer, wenn ich mit Ihrem Chef rede, komme ich mir vor wie in einem Irrgarten. Oder wie in einem Schachspiel mit Worten. Aber wieso bin ich dabei immer der Verlierer?«

»Werden Sie ihm nun von Ihrer Untersuchung erzählen oder nicht?«, fragte Paula mit einem strahlenden Lächeln zurück.

Kuhlmann stand auf und ging mit hinter dem Rücken gefalteten Händen langsam um den Tisch herum, wobei er keinen seiner Gäste anschaute. Als er schließlich wieder auf seinen Platz zurückkehrte, trank er erst seine Kaffeetasse leer, füllte sie erneut und bot die Kanne dann auch den anderen an, die aber dankend ablehnten.

»In Deutschland gehen zurzeit seltsame Dinge vor«, begann er. »Unsere GSG 9 – eine Sondereinheit, die sich etwa mit Ihrem SAS vergleichen lässt – ist in höchste Alarmbereitschaft versetzt worden. Auch hier in dieser Stadt bereitet sich eine Abteilung davon auf ihren Einsatz vor.«

»Erwarten Sie weitere Krawalle?«, fragte Paula.

»Nein. Aber es gibt da gewisse Gerüchte aus ziemlich hoch angesiedelten Quellen …« Kuhlmann hielt inne. »Was ich Ihnen jetzt sage, müssen Sie unbedingt für sich behalten. Es darf auf keinen Fall in falsche Hände geraten. Also, wir haben von einem streng geheimen Treffen wichtiger internationaler Politiker läuten hören, das bald stattfinden, dessen Ergebnis aber erst nach seinem Abschluss der Öffentlichkeit mitgeteilt werden soll.«

»London, Washington und Paris«, sagte Tweed, als ob er mit sich selber spräche.

»Ja, aber eine weitere wichtige Hauptstadt haben Sie bei Ihrer Aufzählung vergessen.«

»Man trifft sich angeblich auf einer abgelegenen Insel der Bahamas.«

Paula erschrak, versuchte aber, sich nichts anmerken zu lassen. Tweed schien jetzt komplett verrückt geworden zu sein. Sie vermied es, Newman anzusehen, wohl wissend, dass er es gewesen war, der die Bahamas neulich in London ins Gespräch gebracht hatte.

»Dieses Gerücht habe ich auch gehört«, sagte Kuhlmann bedächtig. »Es wurde systematisch unter wichtigen Journalisten und Sicherheitsexperten verbreitet. Eine Nebelkerze par excellence, mit der man den wahren Versammlungsort zu verschleiern versucht. Es muss jemanden geben, der als Verbindungsglied zwischen den Teilnehmern an dieser Konferenz fungiert, aber ich kann einfach nicht herausfinden, wer das ist. Aber auch auf einer weiter unten angesiedelten Ebene muss es Verbindungsglieder geben, die ich allerdings ebenfalls nicht kenne. Eines aber weiß ich: dass es ein verdammt riskanter Job ist.«

»Jason Schulz, Jeremy Mordaunt, Louis Lospin«, sagte Tweed.

»Alle drei sind sie tot. Soviel zum Thema riskanter Job«, sagte Kuhlmann nachdenklich. »Wahrscheinlich haben sie zu viel gewusst.«

»Und was soll das alles mit den Krawallen zu tun haben?«, fragte Paula.

»Gute Frage«. Kuhlmann schwieg einen Augenblick. »Ich habe da eine Hypothese«, fuhr er nach kurzem Schweigen fort.

»Aber wohlgemerkt, es ist nur eine Hypothese. Nehmen wir einmal an, es käme eine zweite Welle von Ausschreitungen auf uns zu, noch gewalttätiger und brutaler als die erste, wie wäre dann die Reaktion in unseren westlichen Staaten?«

»Na ja…«, sagte Paula und fragte sich, ob sie nicht lieber schweigen sollte – aber jetzt hatte sie schon einmal angefangen. »Die Öffentlichkeit in den betroffenen Ländern würde wohl nach einer schnellen Niederschlagung und der Wiederherstellung von Recht und Ordnung rufen. Wenn's sein muss, auch mit drastischen Mitteln.«

»Kluges Kind«, sagte Kuhlmann. »Aber jetzt will ich Sie nicht länger aufhalten. Tweed, kennen Sie eigentlich die Insel Sylt? Sie liegt im nördlichen Teil von Schleswig-Holstein, ganz dicht an der Grenze zu Dänemark.«

»Ja«, antwortete Tweed. »Man erreicht sie nur per Eisenbahn über einen langen Deich. Auch Autos müssen auf die Bahn verladen werden.«

»Tja, ich frage mich nämlich, warum man mehreren Besitzern von großen Anwesen auf der Insel Geld dafür gegeben hat, dass sie für einen Monat ihre Häuser verlassen«, sagte Kuhlmann nachdenklich. »Sehr viel Geld übrigens.«

Kuhlmann stand auf und streckte sich. Das Gespräch war vorbei. Zum Abschied nahm er Paula noch einmal in den Arm.

»Es geht um Macht, nicht wahr?«, sagte sie.

»Kluges Kind«, sagte Kuhlmann noch einmal und sah hinüber zu Tweed, der schon am Ausgang war. »Ich wünschte, ich hätte Sie in meinem Team.«

»Leider gehen nicht alle Wünsche in Erfüllung«, sagte Tweed.

Auf dem Rückweg wollte Paula noch einen kleinen Spaziergang zur Binnenalster machen, wo man von einer Plattform neben dem Anlegesteg einen schönen Blick über das mondbeschienene Wasser hatte. Weit draußen dümpelte friedlich ein kleines Fischerboot, in dem ein einzelner Mann saß.

»Kuhlmann hat zweimal von Verbindungsgliedern gesprochen«, sagte Paula. »Ich weiß nicht, aber ich muss dabei an Lisa denken.«

»Das erscheint mir aber sehr weit hergeholt«, sagte Tweed.

Auf einmal zerriss der Knall eines Schusses die Stille der Nacht. Die Kugel schlug unmittelbar neben der Plattform ins Wasser ein, wo sie eine kleine Fontäne aufspritzen ließ. Tweed packte Paula und riss sie von der Plattform in die Deckung eines Wartehäuschens. Newman blieb draußen und zog seinen Revolver. Die Kugel hatte Paula nur um wenige Meter verfehlt. Inzwischen war der einsame Fischer vom See hereingerudert und steuerte auf den Steg zu. Dort winkte er Newman mit einem Umschlag zu. Newman rannte auf den Steg, bückte sich und nahm dem Mann den Umschlag aus der Hand.

»Wer hat Ihnen den gegeben?«, fragte er, aber der Fischer hatte sich bereits mit seinem Bootshaken vom Steg abgestoßen und startete einen Außenbordmotor, der sein Boot schnell wieder in die Mitte der Alster brachte.

Wütend kehrte Newman zurück zu Tweed und gab ihm den Inhalt des Umschlags. Es war ein Blatt Papier, auf dem mit Schreibmaschine nur wenige Worte geschrieben waren. Sie waren ebenso einfach wie brutal.

Fahren Sie nach Hause. Verlassen Sie Deutschland innerhalb von 24 Stunden. Die nächste Kugel wird Paula den Schädel zerschmettern. Dieser Schuss ging absichtlich daneben.

Tweed half Paula auf und geleitete sie in Richtung Hotel. Newman blieb an der Plattform zurück und suchte, noch immer den Revolver in der Hand, die umliegenden Gebäude nach irgendetwas Verdächtigem ab. Als er nichts entdecken konnte, lief er Paula und Tweed hinterher.

»Was stand denn auf dem Zettel?«, fragte Paula, während sie sich dem Vier Jahreszeiten näherten.

»Eine Drohung. Man hat uns den Krieg erklärt. Ab jetzt reicht's. Von nun ab werden wir auch keine Rücksicht mehr nehmen.«

Paula hatte Tweed noch nie so energisch und wütend erlebt, und noch nie hatte er einen so unerbittlichen Ausdruck auf dem Gesicht gehabt.

19

Die drei gingen gerade zu den Aufzügen, als ein großer, gut gekleideter Mann auf sie zutrat. Es war Lord Barford, der immer noch seinen Smoking trug.

»Ich muss mit Ihnen reden, Tweed«, sagte er. »Kommen Sie doch gleich mit in die Halle. Was trinken Sie?«

»Danke für die Einladung, aber ich habe leider keine Zeit, weil ich dringend telefonieren muss. Morgen am frühen Abend hätte ich etwas Zeit, wenn auch nicht allzu lange.«

»Dann muss ich wohl warten«, sagte Barford, ohne sein Missfallen zu verbergen. »Sagen wir um achtzehn Uhr in der Lounge, in Ordnung?«

Als sie im Aufzug nach oben fuhren, sagte Paula: »Das hat ihm gar nicht gefallen.«

»Er war General«, sagte Tweed. »Da ist man es eben gewohnt, dass jeder Befehl sofort befolgt wird...«

Newman verabschiedete sich, und Paula und Tweed gingen den Gang entlang zu ihren Suiten. Vor seiner Tür blieb Tweed stehen und vergewisserte sich, dass sie allein waren.

»Paula, ich mache mir große Sorgen um Sie. Die Kugel hat Sie nur um ein paar Meter verfehlt. Ich werde heute Nacht bestimmt nicht schlafen können, dazu geht mir viel zu viel im Kopf herum. Darf ich Ihnen deshalb mein Schlafzimmer anbieten? Ich lege mich im Wohnzimmer aufs Sofa, falls mir wider Erwarten doch nach Schlafen zumute sein sollte.«

»Da würde ich mich tatsächlich sicherer fühlen«, sagte Paula. »Ich hole mir nur schnell ein paar Sachen für die Nacht...«

Kurze Zeit später war sie mit einer Tasche, in der sie Nachthemd und Waschzeug hatte, wieder zurück. Stirnrunzelnd betrachtete sie die Couch.

»Vielleicht war das doch keine so gute Idee. Die Couch sieht nicht gerade so aus, als ob man auf ihr schlafen könnte. Ich gehe lieber doch zurück in meine Suite ...«

»Nein. Sie nehmen jetzt mein Schlafzimmer, und basta. Aber ziehen Sie die Vorhänge fest zu. Und jetzt gute Nacht.«

Tweed setzte sich an den Schreibtisch und nahm die Papiere, die Kefler ihm gegeben hatte, aus der Aktentasche. Beim Durchsehen erkannte er bald, dass er aus ihnen nicht schlau werden würde. Nur ein Buchhalter war vielleicht in der Lage, den Zahlenverhau zu entwirren, aber es müsste selbst dann wahrscheinlich ein erstklassiger sein. Deshalb griff Tweed nach dem Telefon und rief Keith Kent an, von dem er wusste, dass er häufig bis spät in die Nacht hinein arbeitete.

»Hier ist Tweed«, sagte er, nachdem Kent abgehoben hatte. »Ich rufe Sie aus dem Hotel Vier Jahreszeiten in Hamburg an. Ihr deutscher Freund hat mir ein paar höchst komplexe Finanzunterlagen gegeben, bei denen ich aber nicht im Geringsten durchsteige. Es geht um die Firma, über die wir gesprochen haben. Meinen Sie, Sie könnten vielleicht hierher kommen und die Unterlagen für mich analysieren?«

»Bleiben Sie einen Augenblick dran ...«

Tweed schob die Papiere zusammen und steckte sie zurück in die Aktentasche. Dann war Kent wieder in der Leitung.

»Ich nehme morgen früh gleich das erste Flugzeug und dürfte wohl so gegen Mittag bei Ihnen sein.«

»Ich bin Ihnen sehr dankbar, Keith. Ich buche Ihnen schon mal ein Zimmer hier im Hotel.«

»Bis bald also.«

Tweed legte auf und starrte an die Zimmerwand, wobei er sich alle Ereignisse der letzten Wochen und Monate noch einmal durch den Kopf gehen ließ. Nach einer halben Stunde erschien Paula in Pantoffeln und Morgenmantel und setzte sich auf einen Stuhl neben dem Schreibtisch.

»Ich kann auch nicht schlafen«, sagte sie. »Darf ich ein bisschen hier bleiben, oder störe ich Sie beim Nachdenken?«

Noch bevor Tweed antworten konnte, klopfte es an der Tür. Paula reagierte sofort und verschwand wieder im Schlafzimmer. »Ich möchte nicht, dass jemand falsche Schlüsse zieht«, flüsterte sie Tweed zu, bevor sie leise die Türe schloss. »Sie wissen ja, wie die Leute sind ...«

Als Tweed zur Tür ging, griff er mit der anderen Hand an das Halfter, in dem seine Walther steckte. Dann stellte er sich neben der Tür mit dem Rücken an die Wand und schob mit der linken Hand den Riegel zurück, bevor er mit einem Ruck die Tür weit aufriss. Draußen stand Mark Wendover, der einen großen Umschlag in der Hand hielt.

»Kommen Sie rein, Mark.«

»Ich habe vorhin schon mal geklopft, aber Sie waren nicht da«, erklärte Wendover, während Tweed den Riegel wieder vorschob.

»Das kann schon mal passieren. Was führt Sie zu mir?«

»Ich dachte, Sie sollten sich das unbedingt ansehen«, sagte Mark und reichte ihm den Umschlag. »Es ist das ledergebundene Notizbuch, das ich aus dem Schließfach in der Zürcher Kredit entwendet habe.«

»Danke. Das haben Sie gut gemacht.«

Tweed legte den Umschlag auf seinen Schreibtisch und wandte sich wieder Wendover zu.

»Sind Sie sich auch sicher, dass niemand Sie beim Betreten und Verlassen der Bank beobachtet hat?«

»Ganz sicher. Beide Male war die Straße völlig leer. Außerdem war ich äußerst vorsichtig. Die Bank hat zwar eine gute Alarmanlage, aber in Amerika haben wir noch bessere, und selbst die könnte ich mit verbundenen Augen ausschalten.«

»Was ist mit Videokameras?«

»Für die habe ich mir eine Wasserpistole mitgenommen, in der eine bestimmte Substanz war, die ein Objektiv in Sekundenbruchteilen undurchsichtig macht.«

»Waren denn keine Wachleute in der Bank?«

»Doch. Drei«, antwortete Wendover grinsend. »Ich habe sie gesehen, als ich am Kontrollraum vorbeigeschlichen bin. Sie haben sich einen Boxkampf im Fernsehen angeschaut und nicht mal gemerkt, dass auf ihren Monitoren nichts mehr zu sehen war.«

»Sie klingen ziemlich selbstbewusst«, sagte Tweed mit skeptischem Unterton.

»Mag sein. Aber hauptsächlich bin ich vorsichtig. Und zwar verdammt vorsichtig, wenn ich eine Sache wie die in der Bank durchziehe.«

»Das überzeugt mich«, sagte Tweed. »Aber jetzt sollten Sie sich lieber aufs Ohr legen ...«

Nachdem Mark die Suite verlassen hatte, kehrte Paula aus dem Schlafzimmer zurück und starrte ungläubig auf die Walther, die Tweed inzwischen auf den Schreibtisch gelegt hatte.

»Sie gehen kein Risiko ein, nicht wahr?«

»Das hier ist vielleicht der gefährlichste Fall, mit dem wir es je zu tun hatten. Jetzt sollten wir mal kurz alles rekapitulieren. Die ganze Sache fing in Alfriston an, wo wir den Mord an Jeremy Mordaunt untersucht haben ...«

»Halt, Sie haben etwas vergessen. Vorher waren wir bei Lord Barford eingeladen, der heute hier im Hotel aufgetaucht ist. Dort haben wir ja auch Lisa Trent kennen gelernt.«

»Sie haben Recht. Lisa, die uns ebenfalls hier im Hotel aufgesucht hat. Aber zurück nach Alfriston. Dort hat Bogle versucht, uns das Verbrechen als Selbstmord zu verkaufen, was ihm wiederum Gavin Thunder eingeredet hatte. Und Sergeant Pole hat uns von einem Unsichtbaren erzählt, dem geheimnisvollen Mr. Rondel. Wir sind daraufhin zu Rondels seltsamem Haus gefahren – dem Eagle's Nest also – und haben gesehen, wie aus dem Turm ein merkwürdiger Mast mit Parabolantennen herausgefahren wurde. Danach sind wir zurück zur Park Crescent ...«

»Vergessen Sie nicht, dass auf dem Weg dorthin auf Sie geschossen wurde«, warf Paula ein.

»Stimmt. Dort angekommen, stößt Mark Wendover zu uns, verschwindet aber gleich wieder und kocht seither ständig sein eigenes Süppchen.«

»Genau wie hier, wo er auf eigene Faust in die Zürcher Kredit eingebrochen ist.«

»Lassen Sie mich fortfahren, bitte. Also, ich treffe mich mit Gavin Thunder, der sich widerstrebend davon überzeugen lässt, dass Mordaunt ermordet wurde. Außerdem wird Lisas Schwester Helga erschossen, wobei der Anschlag möglicherweise Lisa selbst gegolten hat …«

»Und Sie vertrauen ihr noch immer nicht.«

»Meinen Sie?«, sagte Tweed erstaunt. »Und ich habe immer gedacht, *Sie* würden ihr nicht über den Weg trauen.«

»Das war, bevor ich von dem Mord an Helga erfahren hatte.«

»Der beweist überhaupt nichts …«

»Und was ist mit der Liste von Zielen der Randalierer, die Lisa uns besorgt hat?«, sagte Paula.

»Vielleicht war auch die nur dazu da, um sich unser Vertrauen zu erschleichen. Unser Gegner – wer immer das auch sein mag – spielt immerhin mit hohen Einsätzen. Und jetzt kommen wir zu den Gerüchten. Newman hat gehört, dass irgendwo auf den Bahamas ein streng geheimes Treffen stattfinden soll …«

»Und jetzt erfahren wir von Otto Kuhlmann, dass der Tagungsort eher Sylt sein wird«, warf Paula ein.

»Drei Dinge weisen meiner Meinung nach darauf hin, was wirklich vorgeht«, fuhr Tweed unbeirrt fort. »Das erste ist die große Summe, die in der Zürcher Kredit Bank verschwunden ist. Keith hat von Milliarden gesprochen. Als zweites hätten wir dieses streng geheime Treffen von mächtigen Männern, wo immer es auch stattfinden wird. Und drittens ist da die Frage: Wer steckt hinter dem Ganzen? Ich bin nach wie vor der Meinung, dass wir es mit zwei starken Interessengruppen zu tun haben, die miteinander im Clinch liegen. Das Problem ist nur, dass ich nicht weiß, wer zu welcher Seite gehört. Aber eines weiß ich: Die eine Seite ist gut, und die andere ist böse.«

Paula legte eine Hand vor den Mund und unterdrückte ein Gähnen, was Tweed, der seinen Block aus der Schreibtischschublade genommen hatte, nicht entging.

»Ich finde, Sie sollten wirklich ins Bett gehen. Jetzt können Sie bestimmt schlafen.«

»Das glaube ich auch«, sagte Paula und stand auf. »Wir haben es mit einer ganzen Menge undurchsichtiger Figuren zu tun. Gavin Thunder, Lisa, Rondel, Lord Barford. Manchmal frage ich mich sogar, ob man Mark Wendover über den Weg trauen kann.«

»Ab ins Bett.«

»Und überhaupt hat ja alles mit dem Mord an Jason Schulz in Washington angefangen. Auch so ein angeblicher Selbstmord wie der von Jeremy Mordaunt und Louis Lospin.«

»Trotzdem: Ab ins Bett.«

Paula schlurfte in ihren Pantoffeln in Richtung Schlafzimmer, drehte sich aber noch einmal um.

»Und vergessen Sie nicht die Störung im Internet, die Monica so erschreckt hat. Und zur selben Zeit ist auch das Telefonnetz ausgefallen.«

»Paperlapapp«, brummte Tweed. »Monica hat doch mit aller Welt telefoniert und gefragt, ob dort auch das Internet ausgefallen ist.«

»Aber das war später. Monica hat mir erzählt, dass sie gleich nach der Störung telefonieren wollte und die Leitung mindestens zwei Minuten lang tot war. Schließlich funktioniert das Internet ja über das Telefonnetz. Aber das haben wir alles schon einmal besprochen.«

»Wenn Sie meinen«, knurrte Tweed.

»Außerdem muss ich immer noch an den Mann im Aufzug denken, der sofort wieder nach oben gefahren ist, nachdem er uns gesehen hat. Ich hatte einen besseren Blick auf ihn als Sie. Er hatte stechende Augen hinter seiner Goldrandbrille und sah aus, als wäre er voller Energie und Willenskraft.«

»Und jetzt sage ich Ihnen zum letzten Mal: Ab ins Bett. Viel wichtiger als das Internet und irgendwelche Leute in Aufzügen ist für mich, dass wir endlich diesen Rhinozeros ausfindig machen.«

20

Als Tweed erwachte, war es heller Tag. Er lag auf dem Sofa und blinzelte verschlafen in seine Suite. Irgendjemand hatte die Vorhänge aufgezogen, sodass sonniges Vormittagslicht in den Raum strömte. Tweed blieb liegen und lauschte.

Während er sich streckte, erinnerte er sich daran, dass er, bevor er sich am frühen Morgen aufs Sofa gelegt hatte, noch aus Jackett und Schuhen geschlüpft war, aber das Kissen unter seinem Kopf hatte er nicht dorthin gelegt. Das musste ihm jemand im Schlaf untergeschoben haben. Als er es jetzt wegnahm, entdeckte er, dass darunter seine Walther, Dr. Keflers Papiere und das blaue Notizbuch lagen, das Mark Wendover ihm gegeben hatte. Er selbst hatte die Sachen jedenfalls nicht dorthin gelegt, dazu war er viel zu müde gewesen.

»Paula«, rief er. »Ich bin wach.«

Keine Antwort. Tweed stand auf und spähte vorsichtig ins Schlafzimmer. Es war leer. Er rieb sich den Nacken und sah, dass zwei Briefumschläge auf dem Teppich vor der Tür lagen. Offenbar waren sie von außen unter der Tür hindurchgeschoben worden. Tweed überprüfte die Tür, die aber fest verschlossen war. Dann bückte er sich, hob die beiden Umschläge auf und öffnete sie.

Der erste war mit dem Hotelwappen versehen und enthielt den Schlüssel zur Suite. Logisch, dachte er. Paula war aufgestanden und zu ihrer Suite gegangen, hatte aber vorsichtshalber Tweeds Tür von außen abgeschlossen, um ihm dann auf diese Weise den Schlüssel wieder zukommen zu lassen. Im zweiten Umschlag, der ohne Aufdruck oder Aufschrift war, befand sich ein Blatt Papier mit einer kurzen Mitteilung:

Kommen Sie in den Turm. Dort kriegen Sie Kaffee und Informationen. Lagerstraße 2–8. Lisa.

Tweed runzelte die Stirn. Die ganze Nachricht war mit Schreibmaschine geschrieben, auch die Unterschrift.

Tweed sah auf die Uhr – es war acht – und ging unter die Dusche, wo er weiter über die seltsame Mitteilung nachdachte. Dann zog er sich einen frischen Anzug an und steckte die Nachricht in die eine Tasche und die Walther in die andere Tasche. Unten am Empfang fragte er nach einem Schließfach. Er unterschrieb ein entsprechendes Formular und wurde daraufhin von einem Hotelangestellten eine kurze Treppe hinuntergeführt.

Der Mann holte einen Schlüssel aus der Tasche und öffnete eine Tür, die man leicht hätte übersehen können. Als die beiden drinnen waren, schloss der Mann die Tür wieder, die sofort automatisch verriegelt wurde. Danach führte er Tweed in einen weiteren Raum, dessen Wände mit Schließfächern unterschiedlicher Größe versehen waren. Nachdem er eines davon mit seinem Generalschlüssel entsperrt hatte, zog er sich diskret zurück.

Tweed drehte seinen eigenen Schlüssel im Schloss, zog die Metallschublade aus dem Schließfach und legte Keflers Papiere sowie das von Wendover entwendete Notizbuch und Lisas Umschlag mit den fünfzigtausend Euro hinein. Dann schob er die Schublade zurück, schloss das Schließfach ab und versuchte gleich darauf, es mit seinem Schlüssel wieder zu öffnen, was aber nicht möglich war. Ein automatischer Mechanismus hatte es verriegelt, sodass es nur mit Hilfe des Hauptschlüssels wieder zu entsperren war. Tweed nickte anerkennend. Das Hotel verfügte über ausgezeichnete Sicherheitsvorkehrungen.

Als Nächstes ging Tweed in den Frühstücksraum, wo bereits Paula, Newman, Wendover und Lisa an einem Tisch saßen und sich, nach dem fröhlichen Lachen zu schließen, königlich amüsierten. Lisa trug eine ärmellose grüne Bluse, einen weißen Faltenrock und Turnschuhe.

»Willkommen zu unserem Arbeitsfrühstück«, sagte Paula mit einem freundlichen Lächeln. »Haben Sie gut geschlafen?«

»Wie ein Mann ohne Gewissen«, sagte Tweed, während er sich auf einen leeren Stuhl neben Lisa setzte.

»Aber, aber, Tweed«, neckte ihn Lisa. »Sie meinen wohl wie ein Mann mit reinem Gewissen.« Sie sah ihn schief an. »Oder täusche ich mich etwa?«

Nachdem Tweed sein Frühstück bestellt hatte – Orangensaft, Kaffee, Toast und Orangenmarmelade –, zeigte er den anderen die maschinengeschriebene Mitteilung, die man ihm in seine Suite geschoben hatte.

»Haben Sie das geschrieben?«, fragte er Lisa.

»Natürlich nicht«, antwortete Lisa empört, nachdem sie den Zettel überflogen hatte. »Was geht hier vor? Mir hat man auch eine Nachricht unter der Tür hindurchgeschoben. Hier, lesen Sie.«

Lisa gab Tweed einen Umschlag, der genauso aussah wie der, den er erhalten hatte. Auch er enthielt eine mit Schreibmaschine geschriebene Botschaft:

Gehen Sie sofort zum Hauptbahnhof. Warten Sie dort in der kleinen Cafeteria auf einen Mann mit einer Nelke im Knopfloch. Er wird Sie ansprechen.

»Keine Unterschrift«, bemerkte Tweed.

»Genau«, sagte Lisa. »Deshalb bin ich auch nicht hingegangen. Jetzt frage ich mich allerdings, ob man mich nicht etwa aus dem Hotel locken wollte, damit Sie mich nicht fragen können, ob ich die Botschaft an Sie wirklich geschrieben habe.«

»Das denke ich auch.«

»Würden Sie mich bitte einen Augenblick entschuldigen«, fragte Lisa. »Ich habe mir Kaffee auf meinen neuen Rock gekleckert und würde mich gern umziehen. Es dauert nicht lang.«

Als sie fort war, sagte Tweed, nachdem er sich vergewissert hatte, dass die Nachbartische unbesetzt waren, mit leiser Stimme: »Paula, ich habe Ihnen ja gestern schon gesagt, dass ich fortan keine Rücksicht mehr nehmen werde. Dieses angebliche Rendezvous am Turm gibt uns die Gelegenheit, gezielt und hart zurückzuschlagen. Hier ist mein Plan ...«

Tweed erklärte den anderen, was er vorhatte, und stand dann

auf, um im Hotel Renaissance anzurufen. Dort sprach er mit Pete Nield, der ihm mitteilte, dass Butler soeben eingetroffen sei. Tweed gab ihm ebenso knappe wie präzise Instruktionen, bevor er wieder an den Frühstückstisch zurückkehrte. Dort war inzwischen auch Lisa wieder da, die einen frischen, ebenfalls weißen Rock trug.

»Ich war gerade eben mal telefonieren«, sagte er zu ihr.

»Da wird aber Ihr Orangensaft inzwischen kalt geworden sein«, erwiderte Lisa grinsend.

Punkt elf Uhr verließen sie zu sechst das Hotel und gingen zu den beiden cremefarbenen Mercedeslimousinen, die Newman für sie gemietet hatte. Noch im Frühstücksraum hatte Tweed Marler, der allein an einem Tisch gesessen hatte, zu der Gesellschaft geholt und ihn Lisa vorgestellt.

»Ich bin der Mann fürs Grobe«, hatte Marler ihr erklärt. »Zum Beispiel fürs Koffertragen.«

»Für einen Gepäckträger sehen Sie mir aber ein bisschen zu elegant aus«, hatte Lisa lächelnd zurückgegeben und ihm die Hand geschüttelt.

»Ich habe mich auf edles Gepäck spezialisiert«, hatte Marler geantwortet, der einen hellen Leinenanzug, ein blaues Hemd und eine Krawatte von Valentino trug.

»Jetzt machen Sie sich aber über mich lustig.«

Ein livrierter Hoteldiener hielt den Wagenschlag des ersten Mercedes auf. Als Tweed Lisa bedeutete, sich auf den Rücksitz zu setzen, stupste Paula Marler mit dem Ellenbogen.

»Setzen Sie sich zu ihr. Sie mag Sie.«

»Wenn Sie meinen …«

Nachdem der Hoteldiener die Autotür zugeschlagen hatte, gab Paula ihm ein Trinkgeld und sagte, dass er nicht mehr benötigt werde. Als sie allein mit Tweed war, flüsterte sie ihm zu: »Sie wollen diesen Wagen selbst fahren, oder? Gut, aber sagen Sie mir bitte, weshalb Sie wirklich zu diesem Turm wollen.«

»Das habe ich gerade Newman erklärt, der mit Wendover im anderen Mercedes hinterherfährt.« Sein Gesichtsausdruck wurde grimmig. »Wir sind an einem Punkt, wo wir dem Feind einen Schlag versetzen müssen. Einen harten Schlag. Wir müssen so viele von ihnen außer Gefecht setzen wie nur möglich.«

»Sie sind also auch der Meinung, dass diese Einladung zum Turm eine Falle ist?«

»Ja. Aber nicht für uns, sondern für unsere Gegner.«

»Aber es hat doch wohl nichts damit zu tun, dass gestern Nacht auf mich geschossen wurde?«

»Teilweise schon. Es gibt allerdings auch strategische Gründe…«

Paula und Tweed stiegen ein, und Tweed fuhr los. Auf der Rückbank brachte Marler Lisa gerade zum wiederholten Mal zum Lachen.

»Wir haben Gesellschaft«, sagte Tweed, der in regelmäßigen Abständen in den Rückspiegel blickte. »Newmans Wagen wird von zwei BMWs verfolgt. Bestimmt hat Bob sie auch schon gesehen.«

»Was ist eigentlich mit Harry Butler und Pete Nield?«, fragte Paula.

»Die haben auf der anderen Straßenseite hinter geparkten Autos gewartet und sind im letzten Moment in Newmans Mercedes gestiegen.«

»Was gibt es denn da vorn zu flüstern?«, fragte Lisa. »Haben Sie Geheimnisse vor uns, oder ist es etwas Persönliches?« Sie lachte fröhlich.

»Das sagt genau die Richtige«, gab Paula scherzhaft zurück. »Da hinten bei Ihnen wird doch schon die ganze Zeit gegackert und gekichert, dass es kaum auszuhalten ist.«

»Ich muss schon sehr bitten. Hier bei uns geht es äußerst gesittet zu.«

»Sehen Sie mal, Paula«, sagte Tweed. »Da drüben ist der Fernsehturm.«

Paula blickte aus dem Fenster und betrachtete den weißen, nadelspitzen Turm, der in unglaubliche Höhen hinaufreichte. Ganz oben konnte sie unter einem rot-weiß gestrichenen Antennenmast eine große, runde Aussichtsplattform erkennen.

»Das ist ein drehbares Restaurant«, erklärte Tweed. »Es braucht allerdings eineinhalb Stunden für eine volle Umdrehung, weshalb man jetzt auch nicht sehen kann, dass es sich tatsächlich bewegt. So. Ich werde den Wagen hier im Parkverbot abstellen.«

Sie stiegen aus. Obwohl es noch nicht einmal Mittag war, brannte die Sonne erbarmungslos aus dem wolkenlosen Himmel herab. Die Luft war heiß wie in einem Backofen. Marler streckte Tweed die Hand hin und ließ sich den Autoschlüssel geben. Lisa sah ihn verwundert an.

»Kommen Sie denn nicht mit?«

»Nein, ich bleibe beim Wagen ...«

Tweed ging raschen Schrittes einen Betonweg entlang, der quer über eine Rasenfläche zum Fuß des Fernsehturms führte. Paula fragte sich, weshalb er so in Eile war. Sie drehte sich um und sah, dass Newmans Mercedes inzwischen direkt hinter Tweeds Wagen parkte. Newman und Wendover standen auf dem Gehsteig, aber Harry Butler und Pete Nield waren nirgends zu entdecken. Wahrscheinlich versteckten sie sich auf den Rücksitzen des Wagens, dachte Paula. Aber weshalb?

Am Eingang des Fernsehturms kaufte Tweed drei Karten. Die junge Frau an der Kasse sagte, dass gleich ein Aufzug nach oben fahren würde. Sie waren die einzigen Fahrgäste. Paula bereitete sich auf eine raketenartige Beschleunigung der Fahrstuhlkabine vor, wie sie es im Empire State Building in New York erlebt hatte. Aber sie hatte sich getäuscht. Der Aufzug fuhr ganz sanft an.

»Zum Café?«, fragte die Fahrstuhlführerin auf Englisch.

»Ja.«

Oben angelangt, verließen sie den Aufzug und begaben sich in das Café mit den riesigen Aussichtsfenstern. In der Mitte war eine erhöhte Plattform, auf der weiß gedeckte Tische standen. Tweed wählte einen davon aus, und kaum dass die drei Platz genommen hatten, kam auch schon eine Kellnerin auf sie zu. Tweed bestellte Kaffee.

»Nehmen Sie das«, sagte Lisa und reichte ihm ein Fernglas, das sie aus ihrer Handtasche genommen hatte.

»Und Sie?«, fragte Tweed.

»Ich habe noch ein zweites dabei. Das können Paula und ich uns teilen.«

Tweed trat an eines der Fenster, hob das Fernglas an die Augen und schaute hinaus. Paula und Lisa folgten ihm. Als Paula sah, wie hoch oben sie hier waren, bekam sie einen Schreck. Die beiden Limousinen unten auf der Straße kamen ihr wie Spielzeugautos vor.

»Verdammt hoch oben sind wir hier«, sagte sie. »Gut, dass ich schwindelfrei bin.«

Sie nahm das Fernglas, das Lisa ihr reichte und stellte auf Newman scharf, der mit unbewegtem Gesicht an seinem Mercedes lehnte. Wendover ging neben dem Wagen auf und ab. Von den beiden BMWs, die sie verfolgt hatten, war weit und breit nichts zu sehen, ebensowenig von deren Insassen. Paula teilte diese Beobachtung Tweed mit.

»Die lassen sich Zeit und planen, wie sie uns am besten angreifen. Ich an ihrer Stelle würde das jedenfalls so machen. Aber jetzt wollen wir erst einmal unseren Kaffee trinken ...«

Paula kehrte zwar mit den anderen an den Tisch zurück, setzte sich aber nicht. So hatte sie einen besseren Blick nach draußen, wo sie einen grünen Park und einen breiten Streifen in der Sonne glitzernden Wassers sah, auf dem sich viele weiße Segel verteilten.

»Ist das die Elbe?«, fragte sie.

»Nein, die Außenalster«, antwortete Tweed, der ebenfalls wieder aufgestanden war. »Sie ist mit der Binnenalster durch einen Kanal verbunden.«

»Wunderschön«, sagte Paula träumerisch.

Lisa, die ihren Kaffee bereits getrunken hatte, war wieder an eines der Fenster getreten und blickte mit dem Fernglas nach unten. Auf einmal winkte sie Tweed und Paula aufgeregt herbei.

»Ich habe gerade den Mann im rosa Hemd gesehen«, rief sie. »Sie wissen schon, den, der auch am Reefers Wharf war. Nur dass er heute ein knallgelbes Hemd trägt. Kann es sein, dass er auch hier die Operation leitet? Er macht ein grimmiges Gesicht und hat gerade auf die Uhr geschaut.«

»Wo ist er genau?«, fragte Tweed, der zusammen mit Paula neben sie getreten war.

»Sehen Sie die Straße da drüben, die in einer scharfen Kurve nach rechts abbiegt? Ein ganzes Stück von unseren Autos entfernt. Da steht er halb hinter einem Baum versteckt auf dem Gehsteig.«

»Hab ihn«, sagte Tweed, der durch das Fernglas schaute, das Lisa ihm gegeben hatte. »Das ist er tatsächlich. Und ich gebe Ihnen Recht, Lisa, er sieht wirklich so aus, als ob er eine Operation leiten würde.«

»Ich hätte nie geglaubt, dass wir diesem Mistkerl hier in Deutschland wieder begegnen«, sagte Paula. Sie trat ganz nahe an Tweed heran und flüsterte ihm, als sich Lisa ein paar Schritte von ihnen entfernte, ins Ohr: »Wäre es möglich, dass er dieser Rhinozeros ist?«

»Möglich wäre es schon.«

»Da kommen sie«, sagte Lisa. »Geben Sie mir doch bitte das Fernglas, Paula. Vielen Dank.« Sie stellte scharf und ließ gleich darauf einen kleinen Schrei hören. »Ist denn das die Möglichkeit? Da sind die beiden Schläger, die mich in London verfolgt haben und denen ich am Bedford Square mit Müh und Not entkommen bin. Sie haben Vorschlaghämmer.«

»Die Typen, die bei ihnen sind, gefallen mir auch nicht sonderlich«, sagte Paula, der Tweed sein Fernglas gereicht hatte. »Sie sehen aus, also ob sie vom Balkan kämen.«

»Sollten wir nicht hinuntergehen, um Newman und den anderen zu helfen?«, fragte Lisa.

»Gegen eine solche Übermacht?«

»Sehen Sie mal, was Marler mir gegeben hat«, sagte Lisa und zeigte Paula ihre Schultertasche. Paula erkannte eine 6,35 mm Beretta-Pistole mit Munition.

»Lisa hat eine Beretta«, sagte Paula zu Tweed.

»Wir bleiben hier«, sagte Tweed schließlich. »Wir dürfen uns unter keinen Umständen in eine Schießerei verwickeln lassen.

Noch mehr Tote in dieser Stadt würden Kuhlmann große Probleme bereiten, und dabei hat er auch so schon beide Hände voll zu tun.« Er blickte nach unten. »Außerdem kommt Newman schon allein zurecht.«

Als Barton und Panko, schwere Vorschlaghämmer in Händen, an der Spitze einer Bande von übel aussehenden Schlägern auf Newman zukamen, blieb er mit vor der Brust verschränkten Armen stehen. Mark Wendover, der neben ihm stand, schob sich einen Schlagring über die Finger der rechten Hand.

Barton ging auf den zweiten Mercedes zu und holte gerade mit dem Vorschlaghammer zum Schlag aus, da riss der auf dem Rücksitz verborgene Butler mit einem Ruck die Tür auf und brachte ihn dadurch aus dem Gleichgewicht. Butler sprang aus dem Wagen und trat Barton mit voller Wucht zwischen die Beine, sodass dieser den Hammer fallen ließ und sich, vor Schmerzen laut aufstöhnend, nach vorn beugte. Butler packte ihn an den Haaren, riss den Kopf des anderen herum und schlug ihn mit lautem Krachen gegen den Kotflügel des Wagens.

Panko ließ seinen Vorschlaghammer fallen und hatte auf einmal ein Messer mit langer Klinge in der Hand. Mit einem fiesen Grinsen auf dem Gesicht näherte er sich Newman, der aber die rechte Hand öffnete, die Finger versteifte und Panko einen Karateschlag an dessen mageren Hals verpasste, der ihn neben dem bewusstlosen Barton zu Boden schickte.

Als nun die restlichen Schläger in wildem Angriff auf Newman, Butler und Wendover losstürmten, erschien von hinten auf einmal Marler. Er nahm ein Stück von einem alten Geländer, das wohl irgendwann einmal von einem Auto umgefahren worden war und jetzt rostig und verbogen am Straßenrand lag, und schlug damit einem der Angreifer von hinten in die Kniekehlen. Der Schläger schrie auf, fiel nach vorn und wand sich auf dem Gehsteig, während Marler die Prozedur bei einem Komplizen des Schlägers wiederholte. Ein anderer, der eine riesige Machete schwang, ging währenddessen auf Mark Wendover los. Als er damit zu einem Schlag ausholte, der, wäre er zur Ausführung gekommen, Wendovers Kopf vom Rumpf getrennt hätte, schlug dieser ihm mit seinem Schlagring ins Gesicht, wobei er Nase und Wangenknochen seines Gegenübers brach. Das Blut strömte dem Schläger zwar schon aus dem Gesicht, aber Wendover war noch nicht fertig mit ihm. Er holte mit der schlagringbewehrten Faust noch einmal aus und brach dem Angreifer den Unterkiefer. Jetzt stieg auch Pete Nield aus dem Mercedes und mischte sich ins Kampfgetümmel. Zwei Banditen, die dicht nebeneinander standen, kehrten ihm den Rücken zu. Nield sprang auf sie zu, packte sie bei den Haaren und schlug ihre Schädel krachend aneinander, woraufhin die beiden bewusstlos zu Boden sanken.

Ein weiterer Angreifer schlich sich mit einem Messer in der Hand von hinten an Newman heran. Gerade als er ihm die Klinge in den Leib stoßen wollte, schlug Marler ihm seine Eisenstange mit aller Kraft gegen den Ellenbogen. Der Bandit schrie laut auf und ließ das Messer fallen, woraufhin sich Newman umdrehte und ihm einen Schlag mitten ins Gesicht verpasste. Der Mann begann zu taumeln, und Newman drosch so lange mit den Fäusten auf ihn ein, bis auch dieser Angreifer rückwärts zu Boden fiel.

Währenddessen kroch der erste Angreifer, dem Marler von hinten in die Kniekehlen geschlagen hatte, noch immer wimmernd auf dem Gehsteig herum.

»Du machst zu viel Lärm, Freundchen«, sagte Wendover. Er beugte sich nach unten und schlug dem Banditen mit dem Schlagring ins Gesicht. Der hörte sofort auf zu wimmern und rührte sich nicht mehr.

Newman rieb sich die Hände und schaute sich um. Keiner der Angreifer war mehr auf den Beinen, und weit und breit war kein Passant zu sehen. Newman erinnerte sich daran, dass er im Hotel etwas von einer Erotikmesse gelesen hatte, die heute einen Tag lang abgehalten wurde. Vielleicht war das ja die Erklärung dafür, warum niemand auf der Straße war.

»Verschwinden wir von hier«, sagte er. »Weiß eigentlich jemand, wo die Typen ihre BMWs geparkt haben?«

»Gleich um die Ecke«, sagte Marler. »Ich zeige sie Ihnen.«

»Harry, ziehen Sie sich Handschuhe an«, rief Newman Butler zu. »Wir holen nur schnell die Krankenwagen.«

Butler hob die Hände, um zu zeigen, dass sie bereits in Latexhandschuhen steckten. Er folgte Marler und Newman zu den beiden Autos, die ein paar Meter hinter einer Straßenkreuzung abgestellt waren. In beiden Zündschlössern steckten noch die Schlüssel. Damit sie schneller wegkommen, dachte Newman.

Die drei arbeiteten schnell. Minuten später hatten sie die BMWs hinter den beiden Limousinen geparkt und die bewusstlosen Angreifer ohne viel Federlesen hineingepackt. Nachdem sie die Türen geschlossen hatten, schlug Butler noch eine zusätzliche Verfeinerung vor. Er und Nield schnappten sich die Vorschlaghämmer und droschen damit die Windschutzscheiben der beiden BMWs ein.

»Operation erfolgreich beendet«, verkündete Newman.

Durch die Fenster des Cafés hoch oben auf dem Fernsehturm beobachteten Lisa und Paula erst angsterfüllt, dann mit wachsender Erleichterung die Straßenschlacht.

»Damit verglichen, war Reefers Wharf der reinste Kindergeburtstag«, sagte Lisa.

Tweed hatte sein Fernglas auf den Mann im gelben Hemd gerichtet, der das Debakel mit verschränkten Armen aus sicherer Distanz betrachtete. Als alles vorüber war, strich er sich das Jackett glatt und verschwand anschließend um eine Straßenecke. Auf seinem Gesicht waren weder Wut noch Enttäuschung zu erkennen gewesen.

»Newman winkt zu uns herauf«, sagte Paula. »Wir sollten lieber sofort zu ihm hinuntergehen.«

»Wird gemacht. Und dann nichts wie weg hier …«

Als sie wieder am Hotel waren, ließ Newman die Wagen in die Garage fahren, während Tweed, gefolgt von Paula, in die Lobby eilte, wo bereits Keith Kent auf sie wartete.

»Willkommen, Keith. Ich hole nur schnell die Papiere aus dem Hotelsafe«, sagte Tweed.

Dann bemerkte er einen Mann, der weiter hinten in der Halle saß und ihre Ankunft beobachtete. Es war Lord Barford, der kerzengerade dasaß.

»Ich habe es mir anders überlegt«, sagte Tweed. »Gehen wir erst hinauf in meine Suite ...«

Zusammen mit Newman traten sie in den Aufzug, und kurz bevor die Tür sich schloss, schlüpfte auch noch Lisa in die Kabine. Kent hatte nur einen schmalen Aktenkoffer dabei und erklärte, dass er sein Zimmer bereits bezogen habe.

»Der Mann da unten war doch Lord Barford, oder?«, fragte Kent auf dem Weg zu Tweeds Suite.

»Richtig.« Tweed wandte sich an Lisa, die auf ihr Zimmer gehen wollte. »Würden Sie bitte in einer Stunde kurz bei mir vorbeischauen?«

»Klar doch.«

Als sie in Tweeds Suite waren, sagte Kent: »Die Frau kommt mir äußerst intelligent vor. Eine echte Persönlichkeit. Und dazu noch sehr attraktiv.«

»Sie geraten ja richtig ins Schwärmen, Keith«, sagte Newman und verpasste Kent einen freundschaftlichen Rippenstoß.

»Lord Barford ...«, begann Tweed.

»Einen Augenblick bitte«, unterbrach ihn Paula. »Was würden Sie gern trinken, Keith? Das Hotel hat uns wieder eine eisgekühlte Flasche Champagner aufs Zimmer gestellt. Möchten Sie vielleicht ein Glas davon?«

»Da sage ich nicht Nein. Aber nur eines, bitte.« Kent nahm auf Tweeds Einladung hin Platz und hob das Glas, das Paula ihm reichte. »Auf den Erfolg Ihrer Aktion – und zum Teufel mit allen Schurken.«

»Letzterem sind wir soeben ein ganzes Stück näher gekommen«, sagte Newman trocken.

»Sie haben Lord Barford also auf Anhieb erkannt«, sagte Tweed, an Kent gewandt. »Kennen Sie ihn denn?«

»Und ob«, erwiderte Kent. »Er ist wie ich Mitglied einer sehr exklusiven Vereinigung, nämlich des *Institute of Corporate Security*. Die Mitgliedschaft ist auf zwanzig Personen begrenzt, und bevor man aufgenommen wird, muss man sich strengen Prüfungen unterziehen. Ehrlich gesagt, ich habe keine Ahnung, weshalb die ausgerechnet auf mich gekommen sind.«

»Haben Sie schon mit Barford gesprochen?«

»Ab und zu auf den Treffen des ICS. Er gibt sich gerne als alter Kommisskopf und erinnert einen ständig daran, dass er früher mal General war, aber dahinter steckt sehr viel mehr. Barford weiß nicht nur genau darüber Bescheid, was in der Weltpolitik aktuell gespielt wird, er verfügt auch über hochkarätige Kontakte in England, dem restlichen Europa und den Vereinigten Staaten. Angeblich soll man ihn sogar bei internationalen Krisen gern um Rat fragen. Vielleicht reist er deshalb ja auch ständig in der Welt herum.

»Soll ich mal runtergehen und schauen, ob die Luft rein ist?«, fragte Newman.

»Das wäre nett von Ihnen, Bob«, sagte Tweed.

Kurze Zeit später kam Newman wieder zurück und reckte den Daumen nach oben.

»Er ist fort. Vielleicht sitzt er beim Mittagessen.«

»Dann hole ich jetzt die Papiere.«

»Keith«, sagte Paula nachdenklich, nachdem Tweed die Suite verlassen hatte, »ich erinnere mich gerade daran, wie Tweed und ich uns mit Gavin Thunder in dessen Club in der Pall Mall getroffen haben. Als wir nach dem Gespräch die Bibliothek verließen, habe ich mich noch einmal umgedreht. Thunder zog sich seinen Mantel an und schlug dabei das Revers seines Jacketts um, sodass ich dessen Innenseite sehen konnte. Er trug dort eine Anstecknadel aus Metall, die ich damals für einen griechischen Buchstaben gehalten habe, aber jetzt bin ich mir nicht mehr so sicher. Ich glaube eher, dass es der Buchstabe ›E‹ war, aber spiegelverkehrt…«

»Könnten Sie mir diesen Buchstaben vielleicht aufzeichnen?«, sagte Kent. Auf einmal wirkte er nicht mehr so locker und entspannt wie sonst. Mit einem besorgten Gesichtsausdruck beugte er sich zusammen mit Newman über den Tisch, wo Paula auf einem Block das Symbol zeichnete.

»Großer Gott!«, rief Kent daraufhin aus. »Er ist Mitglied im Elite Club …«

Kurze Zeit später kam Tweed zurück und trug einen großen Umschlag bei sich, in dem sich Keflers Papiere und das ledergebundene Notizbuch befanden, das Mark Wendover in der Zürcher Kredit gestohlen hatte. Sofort fiel ihm die merkwürdige Stimmung in der Suite auf. Paula machte ein verwirrtes Gesicht, Newman hob die Hände zum Zeichen, dass er überhaupt nichts mehr verstand, und Kent blickte geradezu erschüttert drein.

»Was ist denn passiert?«, fragte Tweed und setzte sich Kent gegenüber. »Sie sehen alle aus, als wäre gerade eine Bombe explodiert.«

»In gewisser Weise stimmt das auch. Paula, wiederholen Sie doch bitte für Tweed, was Sie mir gerade erzählt haben.«

Paula tat, worum Kent sie gebeten hatte, und erklärte, warum sie Tweed nicht gleich von ihrer Beobachtung erzählt hatte. Sie hatte es schlicht vergessen, weil sie nach dem Besuch in Thunders Club ja ganz schnell zu ihrer Verabredung mit Aubrey ins Martino's hatte eilen müssen. Dann zeigte sie Tweed das Symbol, das sie auf den Notizblock gezeichnet hatte, und sagte ihm, wie Kent darauf reagiert hatte.

»Was soll das bedeuten?«, sagte Tweed. »Und was ist dieser Elite Club? Ich habe noch nie von ihm gehört.«

»Das geht den meisten Leuten so«, sagte Kent grimmig. »Auch ich habe nur aus Zufall davon erfahren – mir hat es jemand erzählt, der zuviel getrunken hatte. Es war übrigens der kürzlich verstorbene Jeremy Mordaunt.«

»Möchten Sie ein Glas Wasser, Keith?«, fragte Paula. »Irgendwie sind Sie ein wenig blass um die Nase geworden.«

»Ja, bitte.«

Sie warteten, bis Kent sein Wasser getrunken hatte und Paula das Glas zum Nachfüllen zurückreichte.

»Diese Sache ist brandgefährlich«, sagte er.

»Warum?«, fragte Tweed. »Was *ist* denn nun dieser Elite Club?«

»Ein ganz kleiner exklusiver Verein«, sagte Kent. Ihm zitterte die Hand, als er das Glas auf den Tisch stellte. »Er dürfte höchstens vier oder fünf Mitglieder haben – sorgfältig ausgewählt unter den mächtigsten Männern der Welt. Es sind üble Genossen, die vor nichts zurückschrecken, was der Durchsetzung ihrer Ziele dient. Wenn sie wüssten, was in diesem Raum eben gesprochen wurde, wäre vierundzwanzig Stunden später niemand von uns mehr am Leben.«

Alle in der Suite sagten eine Weile lang kein Wort. Kent lehnte mit einer Handbewegung das zweite Glas Champagner ab, das Paula ihm einschenken wollte. Mit den Fingern trommelte er nervös auf den Armlehnen seines Sessels herum. Tweed hatte Kent noch nie so nervös gesehen. Mehr noch, der Finanzexperte schien panische Angst zu haben.

»Immer mit der Ruhe, Keith«, sagte er.

»Ich kann jetzt an nichts anderes denken als daran, dass ich morgen früh gern wieder aufwachen würde. Und zwar so lebendig wie heute.«

Tweed nahm eine Packung Zigaretten aus seiner Reisetasche und hielt sie Kent hin.

»Ich weiß, dass Sie hin und wieder eine rauchen, Keith«, sagte er mit sanfter Stimme.

Kent sah ihn an und nahm eine Zigarette, die Tweed ihm daraufhin mit einem juwelenbesetzten Feuerzeug anzündete, das Paula ihm einmal zur Genesung geschenkt hatte, nachdem ihm eine Kugel aus der Brust operiert worden war.

»Sie halten mich wohl für einen Feigling, Tweed«, sagte Kent.

»Unsinn. Nur ein Narr hat keine Angst vor großer Gefahr.«

»Danke.« Er fuhr sich mit der Zunge über die Lippen. »Ich hatte keine Ahnung, dass diese Angelegenheit mit dem Elite Club zu tun haben könnte. Das hat mich irgendwie durcheinander gebracht.« Kents Stimme klang jetzt wieder etwas normaler, und die Farbe kehrte in sein Gesicht zurück. »Dass ich Ihnen noch nie von dem Club erzählt habe, Tweed, liegt einfach daran, dass es bisher keinen Grund dafür gab.«

»Wer sind denn die Mitglieder dieses Clubs?«

»Keine Ahnung, aber womöglich gehört Gavin Thunder dazu. Jeremy Mordaunt hat das mir gegenüber jedenfalls behauptet, nachdem er einmal gehörig über den Durst getrunken hatte. Zudem meinte er noch, dass die Mitglieder des Elite Clubs nicht unbedingt Präsidenten oder Premierminister sein müssten. Aber alle seien starke Männer. Genau so hat er das gesagt, und Minuten später lag er unter dem Tisch. Ich glaube, er war Alkoholiker.«

»Das muss eine ganz schön peinliche Situation für Sie gewesen sein, Keith«, sagte Tweed.

»In meiner Welt lassen sich solche Situationen manchmal nicht vermeiden. Ich habe ein Taxi gerufen und Mordaunt mit Hilfe des Barkeepers hineingesetzt. Dann habe ich ihn zu seiner Wohnung am Eaton Square gebracht. Natürlich hat er seinen Schlüssel nicht gefunden, also habe ich klingeln müssen. Eine gut gebaute Blonde, die aber strohdumm war, hat uns hineingelassen und mir dann geholfen, Mordaunt in voller Montur auf sein Bett zu legen. Sie meinte, sie würde ihn dann später ausziehen.«

»Das hat sie vermutlich nicht zum ersten Mal gemacht«, sagte Newman sarkastisch.

»Als ich gehen wollte, hat mich die Blonde noch gefragt, ob ich nicht noch ein bisschen Spaß mit ihr haben wolle und wer ich eigentlich sei. Ich habe gesagt, dass ich ein Freund von Jeremy bin. Wie ich denn heiße, wollte sie wissen. Ich habe den erstbesten Namen genannt, der mir eingefallen ist, Morrison, und gesagt, ich hätte noch eine Verabredung mit einem Geschäftsfreund vom Kontinent. Mann, war ich froh, als ich aus der Wohnung wieder draußen war.«

»Und das war's dann?«

»Nicht ganz. Am nächsten Morgen hat mich Mordaunt von einer Telefonzelle aus angerufen und mich gefragt, ob die Leitung sicher sei. Ich habe das bejaht und ihn gefragt, was er denn von mir wolle. Er sagte, er habe am Abend vorher wohl einen Filmriss gehabt und könne sich an nichts mehr erinnern, was er mir gesagt habe. Ich sagte ihm die Wahrheit, dass er nämlich versucht hätte, mir ein paar Börsentipps aus der Nase zu ziehen, und dass ich ihm darauf geantwortet hätte, ich würde so etwas grundsätzlich nicht machen. Kurz danach sei er zusammengeklappt. Mordaunt schien erleichtert zu sein und hat dann einfach aufgelegt. Typisch.«

»Wie haben Sie Jeremy Mordaunt eigentlich kennen gelernt?«

»Das war just am Abend zuvor auf einer Party.« Kent lächelte. »Es war eine kurze Bekanntschaft. Der Trottel, der mich ihm vorgestellt hat, nannte mich ein Finanzgenie, und Mordaunt hat sofort angebissen. Er hat sich mit mir für den besagten nächsten Abend in einer teuren Bar verabredet, wo es ziemlich ruhig zugehe und man gut reden könne. Ich bin hingegangen, weil er mir auf der Party erzählt hat, er sei Unterstaatssekretär im Rüstungsministerium. Ich dachte, ich könnte vielleicht etwas aus ihm herausbekommen. Und stattdessen ließ er eine Bombe hochgehen.«

»Hatten Sie denn vorher schon mal etwas über den Elite Club gehört?«, fragte Tweed.

»Ja. Einmal hat ihn ein Informant, dem ich nie richtig vertraut habe, kurz erwähnt. Ich habe das damals als heiße Luft abgeschrieben, aber Mordaunt ...« Kent erschauderte. »Mordaunt ist – oder besser: war – viel näher am innersten Kreis als besagter Informant.« Er sah Tweed an. »Ich nehme jetzt diese Papiere mit auf mein Zimmer und sehe sie mir gründlich durch.«

»Aber lassen Sie niemanden das blaue Notizbuch sehen«, sagte Tweed, als er Kent den Umschlag gab. »Auch das Hotelpersonal nicht. Und verlassen Sie unter keinen Umständen das Hotel. Wenn das Telefon klingelt, sagen Sie, Sie seien in einer Besprechung, und legen wieder auf.«

»Keine Sorge.« Kent stand auf. »Wenn ich zum Essen gehe, lege ich die Papiere in den Hotelsafe.«

»Ich begleite Sie zu Ihrem Zimmer«, sagte Newman.

»Das ist nicht nötig ...«

Es klang wenig überzeugend. Kents Hände waren so feucht vom Schweiß, dass sie auf dem Umschlag Spuren hinterließen, und auch sonst machte er noch immer einen ziemlich mitgenommenen Eindruck.

»Ich rufe Kuhlmann an«, sagte Tweed, nachdem die beiden gegangen waren. »Die Reaktion von dem Kerl mit dem gelben Hemd auf den Zusammenbruch seines Angriffs gefällt mir ganz und gar nicht. Paula, Sie können doch recht gut Leute beschreiben. Vielleicht hole ich Sie später an den Apparat.«

»Guten Morgen, Tweed ...«, sagte Kuhlmann mit seiner kräftigen Stimme am anderen Ende der Leitung. »Ich wollte Sie gerade auch anrufen. Haben Sie heute vielleicht einen Ausflug zum Fernsehturm gemacht? Ein Zeuge, der in der Nähe wohnt, hat dort heute Vormittag eine schlimme Schlägerei auf der Straße beobachtet. Sie wissen nicht zufällig etwas mehr darüber?«

»Doch. Ich war mit Paula oben im Café und habe zugesehen, wie eine Bande von Rowdys eine gehörige Tracht Prügel bekommen hat.«

»Und Ihre Leute hatten nichts damit zu tun?«

»Wo denken Sie hin, Otto. Aber wo ich Sie schon mal an der Strippe habe, würde ich Ihnen gern Paula geben, die mit dem Fernglas einen merkwürdigen Mann beobachtet hat. Es hat so ausgesehen, als ob er der Anführer des Schlägertrupps gewesen wäre ...«

Während Paula mit Kuhlmann sprach, goss Tweed sich ein Glas Wasser ein und schaute aus dem Fenster. Die Sonne brannte so erbarmungslos auf die Alster herab, dass das Wasser aussah, als ob es gleich kochen würde.

»Otto möchte Sie noch einmal sprechen, Tweed«, sagte Paula und gab ihm den Hörer.

»Ihre Paula ist wirklich ein Goldstück«, sagte Kuhlmann. »Sie hat den Mann so genau beschrieben, dass ich mich sofort an einen alten Kunden erinnert habe. Er heißt Oskar Vernon. Oskar mit ›k‹. Eine außergewöhnliche Erscheinung.«

»Um was für einen Menschen handelt es sich da?«

»Um einen ziemlich rätselhaften Burschen. Er hat eine Menge Geld und zieht sich extravagant und sehr teuer an. Wir haben ihn im Verdacht, dass er die treibende Kraft hinter einer groß angelegten internationalen Geldwäscheaktion ist. Außerdem soll er illegale Einwanderer ins Land schmuggeln ...«

»Warum verhaften Sie ihn dann nicht?«

»Weil ich nichts gegen ihn in der Hand habe. Er arbeitet immer über eine lange Kette von Mittelsmännern. Außerdem ist er ebenso intelligent wie rücksichtslos.«

»Ist er der Kopf der Bande?«

»Das glaube ich nicht, aber ich könnte mich auch täuschen. Vernon reist in der halben Welt herum und kennt jede Menge einflussreiche Leute. Fragen Sie mich aber nicht nach Namen, die sind mir nicht bekannt. Vernon verbringt übrigens viel Zeit in England und den USA. Wenn Sie mir ein Foto von dem Verdächtigen besorgen würden, könnte ich ihn für Sie identifizieren.«

»Was hat er für eine Nationalität?«

»Er besitzt zwar einen britischen Pass, aber ich bin mir ziemlich sicher, dass er kein Engländer ist.«

»Ich glaube, es wäre tatsächlich möglich, Ihnen ein Foto von dem Mann im gelben Hemd zu besorgen, Otto.«

»Aber seien Sie vorsichtig, Tweed, wenn Sie es mit ihm zu tun haben. Schon mehrere Agenten, die ihm auf der Spur waren, haben im Krankenhaus geendet.«

»Noch mal zurück zu den Ereignissen am Fernsehturm. Da war wie gesagt ein ziemlich brutaler Kampf im Gange, bei dem es viele Verletzte gegeben hat. Haben Sie eigentlich welche von den Rowdys in Gewahrsam genommen?«

»Das hätten wir gern, aber als unsere Leute am Ort des Geschehens waren, haben sie dort nur noch ein paar Blutflecken auf dem Pflaster gefunden und sonst nichts. Offenbar hat Vernon einen solchen Ausgang der Geschichte vorausgesehen und bereits vorab Fahrzeuge organisiert, um die Verletzten blitzschnell abzutransportieren.«

»Ja, so muss es wohl gewesen sein.«

»Ich kann Ihnen nur noch mal raten: Unterschätzen Sie Vernon auf gar keinen Fall. Jeder Fehler, den Sie bei ihm machen, kann tödlich sein …«

Tweed legte auf und erzählte Paula, was Kuhlmann gesagt hatte. Paula machte ein nachdenkliches Gesicht.

»Ob Vernon wohl dieser Rhinozeros ist?«

»Gehen Sie zu Newman und erklären Sie ihm den Sachverhalt«, sagte Tweed, anstatt ihre Frage zu beantworten. »Wenn Vernon noch immer im Hotel Renaissance wohnt, schafft Harry Butler es vielleicht, ein Foto von ihm zu machen. Dafür braucht er dann natürlich Ihre Kamera. Newman soll sie ihm bringen. Sie selber bleiben bitte in Newmans Zimmer, bis ich mich bei Ihnen melde. Lisa müsste jeden Augenblick hier sein.«

»Nehmen Sie sich vor Lisa in Acht. Die ist verdammt clever.«

»Vielleicht ist sie sogar zu clever, so was soll ja vorkommen ...«

Zwei Minuten nachdem Paula gegangen war, stand Lisa vor der Tür. Tweed sah auf die Uhr. Sie war überpünktlich. Tweed bot ihr einen Sitzplatz und ein Glas Champagner an.

»Gern«, sagte Lisa mit einem verbindlichen Lächeln. »Aber nur halb voll, bitte. Es gibt ja nichts Unangenehmeres als eine Frau, die zuviel getrunken hat.«

Lisa trug dieselbe Kleidung wie zuvor, hatte sich aber die Haare hochgesteckt und ein grünes Tuch um die Stirn gebunden. Außerdem hatte sie Lippenstift und Mascara aufgelegt. Sie nahm in einem der Sessel Platz und streckte ihre nackten Arme auf den Lehnen aus. Newman hätte sie vermutlich sehr sexy gefunden, aber Tweed, der schlechter Laune war, beachtete sie kaum.

»Lisa, ich muss Ihnen ein paar Fragen stellen«, sagte er, nachdem er sich ihr gegenüber gesetzt hatte. »Und zwar über Ihren persönlichen Hintergrund. Wenn Sie bei uns bleiben wollen, sollten Sie mir die Fragen beantworten.«

»Nur zu.«

»Wo sind Sie zur Schule gegangen?«

»Ich hatte ein Stipendium auf der Roedean, aber die war mir für meinen Geschmack zu hochgestochen, obwohl ich dort gute Freundinnen gefunden habe. Fürs Studium habe ich dann wieder ein Stipendium bekommen, und zwar in Oxford ...«

»Was haben Sie studiert?«

»Französisch und Deutsch. Ich war dort eine Art Außenseiterin und hatte nur wenig Kontakt mit meinen Kommilitonen, weil ich mich voll und ganz auf mein Studium konzentriert habe, während viele andere nur Unsinn gemacht haben. Ich war in beiden Fächern die beste meines Jahrgangs.«

»Beeindruckend«, sagte Tweed und lächelte. Er gab sich absichtlich freundlicher, um Lisas Vertrauen zu gewinnen. »Und was haben Sie nach dem Studium gemacht?«

»Da war ich Stewardess, weil ich die Welt sehen wollte. Aber wenn man sich in diesem Job an die Regeln hält, sieht man so gut wie nichts. So habe ich auch ein paar Mal meinen Rückflug verpasst, weil ich interessante Städte erkunden wollte. New York, Singapur, und sogar die, in der wir gerade sind – Hamburg. Eine Zeit lang hat mir die Fluggesellschaft das durchgehen lassen, weil ich verdammt gut in meinen Job war, aber nach zwei Jahren hat sie mich dann doch gefeuert.«

»Und danach?«

»Danach bin ich nach New York, wo ich ein paar Jahre lang bei einer Sicherheitsfirma gearbeitet habe.«

»Als was?«

»Ich habe Angestellte von Firmen überwacht, die der Unterschlagung verdächtigt wurden. Dazu musste ich eine ganze Menge über Buchhaltung und Ähnliches lernen – das habe ich mir im Abendstudium beigebracht.«

»Kannten Sie eigentlich Mark Wendover schon, bevor Sie ihm in London vorgestellt wurden?«

»Wie bitte?«

»Ich habe Sie gefragt, ob Sie Mark Wendover schon kannten, bevor Sie ihn in meinem Büro in der Park Crescent sahen.«

»Nein.«

Tweed war sich ziemlich sicher, dass Lisa, wäre sie an einen Lügendetektor angeschlossen gewesen, dessen Nadel mit ihrer Antwort zum Ausschlag gebracht hätte. Zum ersten Mal, seit er sie kannte, hatte er das Gefühl, dass sie ihn angelogen hatte, aber er ließ sich nichts anmerken und wechselte das Thema seiner Fragen.

»Was hat Ihr Vater beruflich gemacht?«

»Er war beim Intelligence Corps. Kurz nachdem man ihn nach Zypern versetzt hatte, wurde er von einem Heckenschützen aus dem Hinterhalt angeschossen. Meine Mutter flog hin, um ihn nach Hause zu bringen, aber auf dem Rückflug stürzte das Flugzeug ab, und mein Vater starb. Meine Mutter hat den Absturz überlebt und später wieder geheiratet.«

»Der Tod Ihres Vaters muss ein schwerer Schock für Sie gewesen sein.«

»Ja.« Lisa hielt inne. »Aber zu dieser Zeit habe ich schon als Stewardess gearbeitet. Ich war einigermaßen reif, hatte etwas von der Welt gesehen und wusste, wie ich allzu zudringliche Männer abwehren musste.«

»Wo sind Sie eigentlich zur Welt gekommen?«, fragte Tweed ruhig.

»In einem Ort namens Pinner in Middlesex. Ich habe dort gelebt, bis ich auf die Roedean gekommen bin. Die genaue Adresse war Shoals Cottage in der Orchard Tree Road.«

Tweed lächelte. Lisa hatte seine nächste Frage schon vorweggenommen. Er machte sich keine Notizen, weil das Gesprächspartner meist befangen machte.

»Sind Sie eigentlich mit Ihrer verstorbenen Schwester gut ausgekommen?«

»Nein. Wir waren wie Hund und Katze. Weil sie älter war, hat Helga geglaubt, sie könne mich ständig herumkommandieren. Fairerweise muss ich sagen, dass ich heute glaube, dass es nun mal an ihrem Temperament lag. Meine Mutter hatte einen deutschen Professor aus Freiburg geheiratet und war zu ihm gezogen. Keine Ahnung, weshalb sie das gemacht hat.«

»Sie haben alle meine Fragen mit Bravour beantwortet«, sagte Tweed freundlich. »Und ich dachte schon, Sie würden wieder auf mich losgehen.«

»Das tut mir Leid. Manchmal geht mir einfach der Gaul durch, besonders dann, wenn ich sehr angespannt bin. Aber in einer Notlage kann man sich hundertprozentig auf mich verlassen.«

»Und Sie wissen, wie man mit einer Beretta umgeht«, sagte Tweed beiläufig.

»Sagen wir mal so, ich schieße mir nicht gerade in den Fuß damit«, erwiderte Lisa kichernd. Sie griff nach dem Glas Champagner, das Tweed ihr hingestellt hatte. »Und mit einer Walther und einer Browning bin ich ebenso vertraut.«

»Wo haben Sie das alles gelernt?«

»Eigentlich aus Zufall. Ich hatte einen Freund, der Waffennarr war. Er hat mich in einen Sportschützenclub in London mitgenommen, um mir zu zeigen, wie gut er schießen konnte. Dabei war er nur ein mittelmäßiger Schütze. Als er mir aber seine Beretta gab, habe ich auf Anhieb sechsmal ins Schwarze getroffen und dreimal nur knapp daneben. Mein Freund meinte, das wäre nur Anfängerglück, also habe ich es noch mal probiert. Diesmal habe ich fünfmal ins Schwarze getroffen und einmal knapp daneben. Wir sind also zurück in meine Wohnung in der Ebury Street und hatten einen entsetzlichen Streit. Er konnte es wohl nicht verwinden, dass eine Frau besser schießen konnte als er. Das war das Ende unserer Beziehung. Männer, sage ich dazu nur.«

»Und jetzt arbeiten Sie für Rhinozeros?«

Lisa kicherte abermals, schlug die Beine übereinander und nahm einen Schluck Champagner.

»Bei einem Verhör muss man sich den Tiefschlag immer bis zum Schluss aufsparen«, sagte sie und schaute Tweed tief in die Augen. »Nur zu ihrer Information, Mr. Tweed, ich habe nicht die geringste Ahnung, für wen ich arbeite. Aber ich werde gut bezahlt, und ich glaube, dass die Sache auch meinen Einsatz wert ist.«

»Was meinen Sie damit?«

»Ich bin mir sicher, dass zwei starke Kräfte miteinander im Wettstreit sind. Die eine ist gut und die andere sehr böse. Ich kämpfe auf der guten Seite, wie man so schön sagt.«

Tweed zündete sich eine Zigarette an, was er nur sehr selten tat. Endlich wurde seine Hypothese von den zwei Lagern von jemand anderem bestätigt. Er sah Lisa durchdringend an, die sich mit verschränkten Armen in seine Richtung beugte und wartete.

»Haben Sie schon einmal von Rhinozeros *gehört*?«, fragte er schließlich.

»Ja. Ich habe zufällig mitbekommen, wie sein Name genannt wurde. Aber ich weiß weder, wer er ist, noch, wo er sich aufhält.«

»Wie erhalten Sie Ihre Instruktionen und Ihr Geld?«

»Man schiebt mir Umschläge unter der Tür durch. In denen finde ich mit Schreibmaschine geschriebene Blätter, auf denen steht, was ich zu tun habe. Das fing in meiner Wohnung in der Ebury Street an. Auf den Blättern stand zum Beispiel, zu welcher Zeit ich mich in einer bestimmten Telefonzelle in der Waterloo Station einzufinden hätte. Dort hat mich dann ein Mann namens Olaf angerufen, einer, der sehr langsam spricht und jedes Wort gesondert betont. Manchmal spricht er Deutsch, manchmal Englisch.«

»Ich frage mich, wie dieser Olaf wohl auf Sie gekommen ist«, sagte Tweed und blies einen Rauchring.

»Keine Ahnung. Aber mit meinen guten Abschlüssen in zwei Fremdsprachen, meiner Erfahrung als Stewardess und als Mitarbeiterin einer Sicherheitsfirma eigne ich mich recht gut für diesen Job.«

»Das bezweifle ich nicht«, sagte Tweed, während er aufstand und in die Hände klatschte. »Und, ehrlich gesagt, ich finde, dass dieser Olaf mit Ihnen eine gute Wahl getroffen hat. Haben Sie vielen Dank für Ihre Geduld.«

Lisa stand ebenfalls auf. Dann strich sie das Kissen glatt, auf dem sie gesessen hatte und ging zur Tür, die Tweed für sie aufsperrte. Sie legte ihm eine Hand auf die Schulter und sagte: »Jetzt haben Sie jede Menge Einzelheiten über mich, die Sie alle überprüfen können. Ich gehe inzwischen einkaufen, ich brauche nämlich bessere Schuhe. Bis später …«

Nachdem sie fort war, blieb Tweed noch eine Weile hinter der geschlossenen Tür stehen und machte ein benommenes Gesicht. *Jetzt haben Sie jede Menge Einzelheiten über mich, die Sie alle überprüfen können.* Genau das würde er jetzt tun.

Oskar Vernon stand im Krankenzimmer einer abgelegenen Privatklinik und sprach mit deren Chefarzt, dem er ein hohes

Schweigegeld bezahlt hatte. Delgado, der frisch rasiert war und einen teuren Anzug trug, hörte dem Gespräch mit halbem Ohr zu.

Barton saß auf der Kante des Bettes, aus dem Delgado ihn soeben herausgezerrt hatte, und betastete vorsichtig den Verband um seine Leistengegend. Einen weiteren Verband hatte er am Kopf. Panko, der vollständig angezogen war, schlurfte langsam in dem großen Krankenzimmer auf und ab. Um den Hals, wo Newmans Karateschlag ihn getroffen hatte, trug er einen Stützkragen.

»Morgen früh müssen diese Männer wieder fit sein«, verlangte Vernon von dem Arzt.

»Dazu müsste schon ein Wunder geschehen«, sagte der Mediziner auf Englisch.

»Dann vollbringen Sie eins. Dafür bezahle ich Sie schließlich.«

Der Arzt, ein kleiner, dicklicher Mann mit geldgierig funkelnden Augen, trug einen weißen Kittel und hatte ein Stethoskop um den Hals hängen. Delgado fand es an der Zeit, ein wenig Stunk zu machen. Er ging hinüber zu Barton.

»Worüber beklagst du dich?«, sagte er. »Na schön, du hast einen Tritt in die Eier bekommen. Aber wieso lässt du dir das gefallen, du Waschlappen? Wenn das einer mit mir gemacht hätte, hätte ich ihn auf der Stelle abgemurkst.«

»Mein Kopf…«

»Kein Wunder, dass du Kopfschmerzen hast, wenn du dir auch den Schädel gegen einen Wagen schlagen lässt. Aber ich will dir mal was sagen: Ich habe auch Kopfschmerzen. Und zwar von eurer Lahmarschigkeit. Also mach dich auf die Socken, und geh in dem verdammten Zimmer auf und ab, damit du wieder auf die Beine kommst.«

Barton stand langsam auf, ging ein paar Schritte und blieb stehen. Delgado packte ihn am Arm und zwang ihn weiterzugehen. Als Panko, der inzwischen stehen geblieben war, das sah, grinste er schief und setzte sich wieder in Bewegung.

»Überlassen Sie die Behandlung mir«, sagte Vernon zu dem Arzt. »Morgen früh sind sie wie neu geboren.«

Der Doktor nickte und steckte das Bündel Banknoten ein, das Vernon ihm in die Hand gedrückt hatte. Dann verließ er mit einem verdrießlichen Gesicht das Zimmer.

»Und jetzt hört mir mal gut zu, ihr Weicheier«, sagte Vernon mit scharfer Stimme. »Wenn wir Tweed und sein Team aufs Land locken können, bringen wir sie alle um. Ich habe mit der Fähre von Newcastle zehn neue Leute bekommen. Knallharte Burschen.«

»Mit der Fähre?«, sagte Delgado ungläubig. »Wie sind die denn an Land gekommen?«

»Na, wie glaubst du wohl?«, sagte Vernon und formte mit seinen dicken Lippen einen Schmollmund. »Als Seeleute natürlich. Jetzt, in der Urlaubszeit, sind die Fähren gesteckt voll, da braucht man eine große Mannschaft.«

»Sind das auch Flüchtlinge?«

»Flüchtlinge«, sagte Vernon verächtlich und zündete sich trotz Rauchverbot eine Zigarre an. »Die Kerle wurden in einem geheimen Lager in der Slowakei bestens ausgebildet. Wenn wir die Engländer fertig machen, seid ihr, Barton und Panko, ganz vorn mit dabei. Wir greifen in drei Abteilungen an, und ihr beide führt je eine davon an.«

»Und wie locken wir sie hinaus aufs Land?«

»Ich ziehe um ins Hotel Atlantic, und ihr drei bleibt im Hotel Renaissance. Wartet, bis ich mich melde, und versucht auf keinen Fall, vorher mit mir Kontakt aufzunehmen.«

»Aber wie kriegen wir Tweed aufs Land?«, bohrte Delgado nach.

»Nichts einfacher als das«, sagte Vernon mit einem fiesen Grinsen. »Wir benutzen Lisa.«

21

Als Tweed wieder allein in seiner Suite war, rief er Mark Wendover in dessen Zimmer an. Obwohl er das Telefon minutenlang läuten ließ, ging niemand ran. Selbst wenn Wendover unter der Dusche gewesen wäre, hätte er genügend Zeit gehabt, abzuheben. Tweed gab auf.

Er setzte sich auf einen Stuhl und zündete sich eine weitere Zigarette an. Lisa war also »einkaufen«, und Wendover war nicht auf seinem Zimmer.

»Ein seltsamer Zufall«, sagte er laut.

Er stand wieder auf, nahm seinen Block aus der Schublade und ging zurück zum Telefon. Er rief Monica an und gab ihr Lisas Angaben durch, versehen mit der Bitte, sie für ihn zu überprüfen.

»Das mache ich sofort«, sagte Monica. »Ich rufe Sie an, sobald ich fertig bin ...«

Tweed beschloss, einen kleinen Spaziergang zu machen, weil das Laufen ihm gelegentlich beim Nachdenken half. Als er sich dem Landungssteg näherte, sah er, wie ein Opel mit Pete Nield am Steuer in eine Lücke einparkte, aus der gerade eine Frau herausgefahren war. Als Nield Tweed entdeckte, stieg er aus und eilte zu ihm hinüber.

»Sie sollten nicht allein hier herumlaufen. Diese Stadt ist das reinste Pulverfass.«

»Bin ich etwa ein Mitglied der königlichen Familie, das keinen Schritt ohne Leibwächter machen darf?«, grummelte Tweed. »Was machen Sie überhaupt hier?«

»Ich fahre durch die Stadt und halte die Augen nach möglichen Unruhestiftern offen. Inzwischen kenne ich Hamburg in- und auswendig, was uns ja später vielleicht auch mal nützlich sein könnte. Was haben wir als Nächstes vor?«

Tweed näherte sich jetzt der Zürcher Kredit Bank. »Als Nächstes treffe ich mich mit Lord Barford auf einen Drink. *Exakt um achtzehn Uhr.*« Bei seinen letzten Worten hatte Tweed den Exgeneral so täuschend echt nachgeahmt, dass Nield laut auflachen musste. Nur wenige Menschen wussten, dass Tweed ein hervorragender Parodist war. »Um halb neun gehe ich dann mit Paula und Bob zu der Einladung des geheimnisvollen Mr. Rondel. Er zahlt unser Abendessen, isst aber selber mit einem Geschäftspartner an einem anderen Tisch.«

»Komische Idee«, sagte Nield und zupfte einen Fussel von seinem eleganten Anzug. »Was will er denn damit bezwecken?«

»Das weiß ich auch nicht. Aber wir werden es ja sehen.«

Tweed blieb stehen und sah am Gebäude der Bank empor. Hinter einer Balustrade im ersten Stock war eine gut getarnte Videokamera verborgen, die auf den Haupteingang gerichtet war.

»Mark Wendover ist gestern Nacht in diese Bank eingebrochen«, sagte Tweed. »Er hat alle Schließfächer geöffnet und in einem davon tatsächlich etwas gefunden, was möglicherweise Gold wert ist – ein Buch mit verschlüsselten Daten, die Keith Kent vielleicht dabei helfen könnten, Dr. Keflers Papiere zu entschlüsseln.«

»Harry hat mir von Marks Einbruch erzählt. Meiner Meinung nach ist er damit ein großes Risiko eingegangen.«

»Er hat die Alarmanlage ausgeschaltet und die Objektive der Kameras mit einem Spray blind gemacht. Das hat er alles bei der CIA gelernt. Ich hoffe bloß, dass er auch die Kamera da oben hinter der Balustrade gesehen hat. Schon jetzt, bei Tageslicht, ist sie nicht leicht zu entdecken, um so schwieriger dürfte es in der Nacht sein …«

Sie hatten die Mündung der Großen Bleichen erreicht. Weil die Straße zum Hotel Renaissance führte, schaute Tweed vorsichtig um die Ecke und blieb wie angewurzelt sehen. Unwillkürlich folgte Nield seinem Beispiel. Am Eingang des Hotels, der im hellen Sonnenlicht lag, stand mit verschränkten Armen Oskar Vernon. Ganz in der Nähe war Paula.

Vernon schaute hinauf zu einem Gebäude auf der anderen Straßenseite, als wartete er auf etwas – oder jemanden. Dann senkte er den Blick auf einen kleinen, breitschultrigen Mann, der in einer Aschentonne herumwühlte. Es war Harry Butler, der in schäbiger Jacke und zerfetzten Jeans wie ein Penner wirkte, der unter den Abfällen nach etwas Essbarem suchte.

Tweed hielt den Atem an, als Paula, die sich einen Strohhut tief ins Gesicht gezogen hatte, ein Foto von Vernon machte, während dieser von Butler abgelenkt wurde. Hätte Vernon nur ein Stück nach links geblickt, hätte er Paula mitsamt ihrer Kamera entdecken müssen.

»Jetzt beeilen Sie sich doch, Paula«, sagte Tweed zu sich selbst. »Jeden Augenblick kann er sich umdrehen.«

Mit einem Seufzer der Erleichterung sah er, wie Paula in einer Seitenstraße verschwand. Im selben Augenblick fuhr ein Taxi vor, und Vernon winkte dem Hotelportier zu, der daraufhin sein Gepäck herausbrachte. Dann stieg er mit seiner Reisetasche in das Taxi.

Als Nächstes trat ein gut gebauter Mann aus den Arkaden gegenüber des Hotels und schlenderte über die Straße. Die Art, wie er ging, sagte Tweed, dass es Newman war, der Paula bei ihrer Mission beschützt hatte.

Tweed ging hinter der Ecke in Deckung, weil das Taxi vorbei an einem in zweiter Reihe geparkten Lieferwagen langsam auf ihn zugefahren kam. Butler steckte sich eine leere Zigarettenpackung, die er aus dem Abfalleimer gefischt hatte, in die Jackentasche und schlurfte die Straße hinauf in Richtung Landungssteg.

»Pete«, sagte Tweed in dringlichem Ton. »Könnten Sie dieses Taxi da bitte verfolgen?«

»Nichts leichter als das …«

Das Taxi musste an einer roten Ampel anhalten, und Nield rannte über die Straße zu seinem Opel. Als das Taxi auf den Neuen Jungfernstieg abbog, hatte Nield den Wagen bereits gewendet und setzte sich dahinter, wobei er darauf achtete, dass ein weißer Lieferwagen zwischen ihm und dem Taxi fuhr.

Tweed sah das alles durch die Glastür eines Kaufhauses, in das er sich geflüchtet hatte, um von Vernon nicht entdeckt zu werden. Als Nields Wagen an ihm vorbei war, trat er wieder hinaus auf die Große Bleichen, wo er auf Paula traf, die, gefolgt von Newman, gerade an dem Kaufhaus vorbeieilte. Butler humpelte gebückt auf der gegenüberliegenden Straßenseite.

»Das war verdammt riskant«, sagte Tweed zu Paula.

»Aber es hat sich gelohnt«, sagte Paula triumphierend. »Ich habe sechs Fotos von ihm geschossen. Da, sehen Sie selbst. Ich habe die kleine Sofortbildkamera genommen, die mir die Eierköpfe in der Park Crescent zusammengebastelt haben.«

Als Tweed die sechs hervorragend gelungenen Fotos sah, hob er eine Augenbraue und küsste Paula auf die Wange.

»Mehr kriege ich nicht dafür?«, sagte sie mit einem breiten Grinsen.

Tweed beugte sich vor und gab ihr einen Kuss auf die andere Wange. Dann reichte er Newman drei der Fotos und winkte Butler zu sich herüber. Dieser hatte seine schmutzige Jacke inzwischen ausgezogen und trug sie zusammengerollt unter dem Arm. Er hatte jetzt ein helles Leinenjackett an, in dem er, trotz der zerrissenen Jeans, sehr viel respektabler aussah.

»Auf der Rückseite des Rathauses gibt es ein Polizeirevier, Harry«, sagte Tweed. »Es ist leicht zu übersehen …«

»Ich weiß, wo es ist«, unterbrach ihn Butler. »Während Pete mit dem Wagen die weitere Umgebung erkundet hat, habe ich mich hier in der Gegend zu Fuß umgesehen. Was soll ich auf dem Polizeirevier machen?«

»Ich möchte, dass Sie Otto Kuhlmann diese Fotos bringen.« Tweed gab ihm die Bilder, und Paula kramte aus ihrer Schultertasche einen Umschlag hervor, auf den sie »Otto Kuhlmann« schrieb.

»Nein, Harry soll die Fotos persönlich übergeben«, sagte Tweed.

»So hatte ich Sie auch verstanden«, sagte Butler.

»Möglicherweise ist es nicht so einfach, an ihn heranzukommen.«

»Das schaffe ich schon«, sagte Butler. »Und wenn ich alle seine Untergebenen aus dem Weg schieben muss ...«

Nachdem Butler in Richtung Rathaus verschwunden war, machten sich die drei anderen auf den Rückweg zum Hotel.

»Sie sind einfach Klasse, Paula«, sagte Tweed und klopfte Paula anerkennend auf die Schulter.

»Ich weiß. Aber trotzdem höre ich es immer wieder gern.«

Sie gingen langsam am Ufer der Alster entlang, und Tweed erzählte den anderen von seinem Gespräch mit Lisa und seinem Anruf bei Monica.

»Ich bin mir bei Lisa irgendwie nicht ganz sicher«, sagte er nachdenklich, als sie sich dem Hotel näherten. »Das mit dem Einkaufen gehen kommt mir spanisch vor ...«

»Aber sie muss dafür doch nicht extra um Erlaubnis fragen, oder?«, sagte Paula mit gespielter Entrüstung.

»Ich habe Ihnen doch gerade erzählt, dass ich das Gefühl hatte, sie würde mich anlügen. Und zwar bei ihrer Antwort auf meine Frage, ob sie Mark Wendover schon vorher gekannt hat. Als sie fort war, habe ich bei Wendover angerufen und es fünf Minuten lang klingeln lassen. Er ist nicht rangegangen.«

»Verstehe. Das bringt ihn und Lisa tatsächlich in Verdacht. Kann man denn niemandem mehr trauen, der nicht zu unserem engsten Team gehört? Wohl nicht. Das haben Sie ja immer wieder gesagt, Tweed. Ich habe übrigens Bob darüber informiert, was Otto Kuhlmann uns über diesen Vernon erzählt hat.«

»Jetzt wissen wir also, dass der Mann im rosa Hemd Oskar Vernon heißt«, sagte Newman, als sie die Stufen zum Hoteleingang hinaufgingen. »Und dass er noch gefährlicher ist, als wir gedacht haben.«

In der Halle trafen sie auf Lord Barford, der offenbar auf dem Weg in die Lounge war.

»Punkt achtzehn Uhr«, rief Tweed ihm zu.

Barford blieb stehen und warf Tweed einen bösen Blick zu. Er öffnete den Mund, als ob er nicht wüsste, was er auf diesen Ausfall erwidern sollte. Dann aber nickte er nur und ging weiter.

»Auf welcher Seite steht er eigentlich?«, fragte Newman.

»Keine Ahnung. Noch nicht jedenfalls.«

Als sie Tweeds Suite betraten, klingelte das Telefon. Tweed hob ab.

»Hier Otto Kuhlmann. Vielen Dank für die Bilder – es sind die ersten überhaupt, die wir von Vernon haben.«

»Bedanken Sie sich bei Paula. Sie ist ein großes Risiko eingegangen, um sie zu schießen.«

»Dann grüßen Sie sie ganz herzlich von mir …« Tweed legte auf.

»Noch was«, sagte Newman. »Ich habe vorhin doch Keith Kent auf sein Zimmer begleitet. Auf dem Weg hat er einen Blick in die Papiere geworfen und gesagt, dass es bis zu einer Woche dauern könnte, bis er alles durchgearbeitet hat – und dass das blaue Buch ihm dabei eine große Hilfe sein wird.«

Paula goss aus einer frischen Wasserkaraffe, die man inzwischen in die Suite gestellt hatte, drei Gläser ein. Dann setzte sie sich und trank ihr Glas auf einen Zug aus.

»Die Hitze kann man kaum noch ertragen«, sagte sie. »Und der Wetterbericht sagt, dass es in den nächsten Tagen sogar noch heißer wird. Ich glaube, ich gehe kurz auf mein Zimmer und hüpfe unter die Dusche.«

»Und was machen wir als Nächstes?«, wollte Newman wissen.

»Ich glaube, ich verstehe jetzt, was in Oskar Vernon vor sich geht«, sagte Tweed, während er zwischen Balkontür und Schreibtisch auf und ab ging. »Vom Fernsehturm aus konnte ich sein Gesicht genau beobachten. Als seine Männer die Prügel bezogen haben, hat er richtiggehend hasserfüllt ausgesehen. Ich bin mir sicher, dass er sich an uns rächen will. Wahrscheinlich wird er versuchen, uns aus der Stadt zu locken, um uns irgendwo draußen auf dem Land fertig zu machen.«

»Wenn er dafür noch Leute zur Verfügung hat«, sagte Newman. »Wir haben seine Truppe immerhin ganz schön dezimiert.«

»Darauf würde ich mich nicht verlassen«, sagte Tweed. »Wahrscheinlich hat er längst Verstärkung bekommen. Ich schätze, wir werden bald einen Kampf erleben, der unser Scharmützel vor dem Fernsehturm wie eine Balgerei im Kindergarten aussehen lässt. Das nächste Mal werden sie versuchen, uns für immer auszuschalten.«

22

Gerade als Tweed und Newman die Suite verlassen wollten, läutete das Telefon. Es war Monica, die Tweed das Resultat ihrer Überprüfungen mitteilen wollte.

»Lisa scheint soweit okay zu sein«, sagte sie. »Der einzige Ort, wo ich ihre Angaben nicht nachprüfen konnte, war New York – dazu müsste ich den Namen der Sicherheitsfirma wissen, für die sie gearbeitet hat.«

»Ich staune wie immer über das Tempo, das Sie vorlegen, Monica. Wie machen Sie das bloß?«

»Indem ich mich auf eine Sache konzentriere und nicht locker lasse. Passen Sie auf sich auf, Tweed ...«

Nachdem Tweed aufgelegt hatte, sagte er: »Ich würde gerne eine Spaziergang an die Alster machen. Hier drinnen ist es ja so heiß wie in einer Sauna.«

Als sie das Hotel verließen, bemerkte Tweed einen Opel, der unmittelbar neben dem Eingang parkte. Auf den Vordersitzen saßen Butler und Nield, die aber nicht ausstiegen, als sie ihren Vorgesetzten sahen.

Tweed blickte sich auf der Straße um, konnte aber niemanden entdecken, der verdächtig aussah. Dann überquerten er und Newman die Straße. Hier draußen schien es noch heißer zu sein als in der Suite. Tweed schwitzte am ganzen Körper. Als er an dem Opel angelangt war, öffnete er eine der hinteren Türen und stieg ein. Newman tat es ihm gleich.

»Ich wollte Sie schon auf dem Handy anrufen, um Ihnen meine Informationen codiert durchzugeben«, sagte Nield, »aber jetzt kann ich sie Ihnen ja gleich so mitteilen. Oskar Vernon ist im Atlantic abgestiegen, einem Fünf-Sterne-Hotel an der Außenalster.«

»Warum das nur?«, sagte Newman.

»Machen wir unseren Spaziergang«, sagte Tweed ausweichend.

»Ich gehe Ihnen hinterher und decke Ihnen den Rücken«, sagte Nield.

»Nein, das werden Sie nicht tun. Wenn Sie mitkommen wollen, gehen Sie mit uns, dann kann ich Sie gleich auf den neuesten Stand bringen.«

»Ich bleibe beim Wagen«, sagte Butler, als die anderen ausstiegen. »Ach, übrigens, Otto Kuhlmann hat mir gesagt, dass er Vernons Foto vervielfältigen und dann an alle Polizisten in Hamburg verteilen lässt.«

»Genau das habe ich gehofft«, sagte Tweed. »Jetzt haben wir die gesamte Polizei auf unserer Seite.«

»Außerdem hat Kuhlmann gesagt, dass Vernon, sobald man ihn entdeckt, auf Schritt und Tritt überwacht wird.«

»Das klingt ja immer besser.«

Auf dem Fußweg die Alster entlang ging Tweed in der Mitte, eingerahmt von Nield und Newman. Bis auf die Hitze war es ein herrlicher Sommernachmittag mit strahlend blauem Himmel. Passagierboote auf dem Weg zum Anlagesteg zogen ihre Bahn über die spiegelglatte Wasseroberfläche, und auf dem Spazierweg spendeten hohe Bäume angenehmen Schatten. Tweed führte die beiden zu einer Fußgängerbrücke über einen Kanal und dann weiter durch einen Tunnel in einen Park, der sich an der Alster entlangzog.

»So kommen also die Boote in die Außenalster«, sagte Nield. »Ich wusste gar nicht, dass da ein Kanal existiert.«

»Sagen Sie mal, Bob«, sagte Tweed, »Sie haben doch die beiden cremefarbenen Mercedes-Limousinen gemietet. Vernon hat die Wagen am Fernsehturm bestimmt gesehen und weiß deshalb, dass wir damit unterwegs sind. Geben Sie also bitte eine davon zurück, und mieten Sie genau dasselbe Fabrikat in blau. Diesen Wagen stellen Sie dann in der Tiefgarage des Hotels ab, während wir weiterhin mit dem cremefarbenen Mercedes herumfahren.«

»Darf ich fragen, weshalb?«

»Ich habe meine Gründe dafür. Vorausschauende Taktik würde man so was beim Militär nennen.«

»Sie haben mir noch immer nicht meine Frage beantwortet weshalb Oskar Vernon ins Atlantic umgezogen ist.«

»Der Mann ist ebenso durchtrieben wie gefährlich. Immer, wenn man glaubt, ihn irgendwo ausfindig gemacht zu haben, ist er schon woanders.«

Die drei gingen weiterhin am Ufer entlang, wo eine große Frau mit bläulich gefärbtem Haar die Enten fütterte. Sie trug ein Kleid mit Blumenmuster und eine dicke Brille, und als sie aufblickte und Tweed sah, bedachte sie ihn mit einem Lächeln auf ihren dünnen Lippen.

»Schöner Tag heute«, sagte Tweed.

»Wie im Paradies«, antwortete sie auf Englisch mit ausländischem Akzent, bevor sie sich wieder den Enten widmete.

»Die Frau hat Sie angeschaut, als ob sie eine alte Bekannte von Ihnen wäre«, sagte Newman und runzelte die Stirn.

»Ist nicht mein Typ«, sagte Tweed.

»Aber sie hat Sie trotzdem angeschaut«, sagte Newman beharrlich. »Und sie hat die Walther in Ihrem Hosenbund bemerkt.«

»Ach, das ist doch nur eine Einheimische«, sagte Tweed, der sich sein Jackett ausgezogen hatte. Sein Hemd war unter den Achseln durchgeschwitzt. »Langsam fangen Sie an, überall eine Gefahr zu wittern, Bob. Das grenzt ja fast schon an Verfolgungswahn.«

»Vielleicht hat er ja Recht«, mischte Nield sich ein. »Ich habe vorhin gesehen, wie die Frau auf der Straße aus einem Auto gestiegen ist.«

Sie gingen noch ein paar Minuten weiter, bis Tweed vorschlug, den Rückweg anzutreten. Seine Verabredung mit Lord Barford rückte langsam näher. Als sie wieder an der Stelle vorbeikamen, an der die Frau die Enten gefüttert hatte, war diese nicht mehr da. Nield schaute hinauf zur Straße. Auch der Wagen der Frau war verschwunden. Newman bückte sich und hob eine Papiertüte voller Brotstücke auf.

»Die scheint sich ja nicht mehr besonders lange mit den lieben Entlein abgegeben zu haben, nachdem Sie ihr eine Abfuhr erteilt haben«, bemerkte er. »Die Tüte ist noch fast voll.«

»Stellen Sie sie wieder hin, Newman. Wir wollen jetzt nicht Enten füttern.«

»Verstehen Sie denn nicht, was ich sagen will?«, sagte Newman verärgert. »Die Frau muss uns schon vorher gesehen haben – vielleicht, als wir aus dem Hotel kamen – und ist dann hierher gefahren, um uns abzufangen. Wenn sie Sie jetzt irgendwo wieder trifft, wird sie Sie erkennen. Und heutzutage können viele Frauen gut mit Schusswaffen umgehen. Nicht nur Paula.«

Vor seinem Treffen mit Lord Barford ging Tweed noch einmal in seine Suite, wo er duschte und sich einen frischen Anzug anzog. Den durchgeschwitzten ließ er von einem Hoteldiener in die Reinigung bringen.

Gerade als er auf die Uhr sah – es war zehn Minuten vor sechs –, klingelte das Telefon. Es war Otto Kuhlmann, der fuchsteufelswild war.

»Was ist denn los, Otto?«, fragte Tweed.

»Ich habe schon vor Wochen die Gerüchte gehört, dass ein gewisser Mr. Blue diesen Jason Schulz ermordet haben soll. Als Nächstes bringt er Jeremy Mordaunt in Sussex um, und etwas später als Monsieur Bleu – wie die Franzosen ihn nennen – Louis Lospin in Paris. Alle drei Morde wurden als Selbstmord getarnt, und alle drei Opfer waren enge Mitarbeiter von mächtigen Politikern ihrer jeweiligen Länder …«

»Nicht so schnell, Otto, Sie sitzen nicht im Führerstand eines ICE …«

Aber Kuhlmann war nicht zu bremsen. »Und heute früh hat dieser Herr Blau in Berlin Kurt Krüger umgebracht. Auch er hatte einen Revolver in der Hand, aber so, wie man ihn nie halten würde, wenn man sich selbst in den Kopf schießt. Ein plumper Versuch, einen Mord als Selbstmord zu tarnen …«

»Moment mal. Wer ist – oder war – dieser Kurt Krüger?«

»Der persönliche Referent und Berater unseres Außenministers. Er ist im Auftrag seines Chefs überall in der Welt herumgereist.«

»Wo in Berlin ist der Mord denn geschehen?«

»Im Zoologischen Garten, wo bei dieser Hitze nicht viel los ist. Krüger, ein verheirateter Mann, hat sich dort an einem abgeschiedenen Ort mit seiner Geliebten getroffen. Man hat ihn tot am Fuß eines Baumes gefunden.«

»Wie Jason Schulz«, sagte Tweed. »Der wurde auch in einem Park getötet. Hat Krüger sich mit seiner Geliebten dort regelmäßig getroffen?«

»Ja. Die Dame hat es uns bestätigt.«

»Dann hätte Herr Blau ihn über längere Zeit beobachten und sich einen Plan zurechtlegen können.«

»Richtig. Seit seine Leiche gefunden wurde, ist in Berlin die Hölle los. Man wollte, dass ich sofort hinkomme, aber ich habe mich geweigert und stattdessen einen meiner besten Kriminalisten auf den Fall angesetzt.«

»Gibt es denn schon irgendwelche Spuren?«, fragte Tweed.

»Keine, die uns weiterführt. Herr Blau scheint ein sehr gründlicher Killer zu sein. Ich habe mich bei meinen sämtlichen Informanten aus der Unterwelt umgehört, aber niemand weiß Genaueres über ihn. Immerhin konnte ich in Erfahrung bringen, dass er nie Geld für seine Morde nimmt und sich seine Opfer selber aussucht. Was ich höchst merkwürdig finde.«

»Ich auch. Aber dieses Verhalten könnte irgendwann mal der Schlüssel zu seiner Festnahme sein.«

»Wie denn?«

»Das erzähle ich Ihnen, wenn ich noch weiter darüber nachgedacht habe.«

»Vielen Dank, Tweed ...«

Punkt 18 Uhr erschien Tweed in der Hotelbar, wo Lord Barford bereits an einem kleinen Tisch in der Ecke saß. Tweed hätte sich nicht gewundert, wenn der Exgeneral seine Ankunftszeit mit einer Stoppuhr überprüft hätte. Zu seiner Überraschung trug der Lord heute ein deutsches Jackett, deutsche Hosen und ein deutsches Hemd, dessen Kragen offen stand und den Blick auf seinen kräftigen Stiernacken freigab.

»Zwei doppelte Scotch, und zwar ein bisschen dalli«, bellte Barford dem Mann hinter der Bar zu.

Als Tweed sich setzte, bemerkte er, dass Barford schon ein fast leeres Glas vor sich auf dem Tisch stehen hatte. Vermutlich war das nicht der erste Scotch, den er sich genehmigt hatte, sein Gesicht war nämlich knallrot, und die Äderchen auf der Nase traten violett hervor.

»Ich habe untertags auf Ihrem Zimmer angerufen«, sagte Tweed, »aber Sie waren nicht da.«

»Ich bin nach Bremen gefahren. Habe mir dort einen neuen Zerstörer angesehen. Hübsches Schiff mit jeder Menge neumodischem Schnickschnack. Ich habe mich dumm gestellt, und die Deutschen haben mir alles gezeigt, was ihr neues Spielzeug kann. Wenn die wüssten, wie gut ich mir alles gemerkt habe ...«

»Aber Sie gehören doch gar nicht zur Admiralität.«

Tweed hatte den Eindruck, als ob Barford heute gesprächiger wäre als normalerweise.

»Genau das haben sich die Deutschen auch gedacht. Deshalb haben sie mir ja so viel erzählt. Aber ich habe zu Hause einen Freund bei der Navy, den rufe ich noch heute an und erzähle ihm brühwarm, was ich alles gesehen habe. Cheers!«

Tweed nahm einen Schluck von seinem Scotch, während Barford das halbe Glas hinunterstürzte. Er war zwar nicht betrunken, fand Tweed, aber nüchtern war er auch nicht mehr.

»Waren Sie schon mal in Berlin?«, fragte er.

»In Berlin?«

»Der neuen deutsche Hauptstadt.«

»Weiß ich doch. Und ich war auch schon dort. Habe mir die neue Architektur angeschaut. Die Stadtmitte ist eine einzige Baustelle. Ein Riesenchaos. Ich halte nicht viel von diesen sonderbaren Glaswürfeln und Häusern, die wie aufgestellte Röhren aussehen. Da kriegt man ja schon Höhenangst, wenn man bloß hinaufschaut.«

»Von hier nach Berlin ist es nur ein kurzer Flug.«

»Tatsächlich? Na ja, Sie müssen so was ja wissen.«

Lord Barford kam Tweed ausgesprochen nervös vor. Ständig blickte er zur Tür der Bar, als könnte dort jeden Augenblick der Teufel hereinspazieren.

»Na, wie läuft Ihre Untersuchung?«, fragte der Lord und bestellte noch zwei doppelte Scotch.

»Für mich bitte keinen«, sagte Tweed. »Außerdem geht diese Runde auf mich.«

»Sie trinken, wenn ich Sie einlade«, sagte Barford in einem Kommandoton, als würde er im Offizierskasino einen unbotmäßigen Untergebenen abkanzeln. »Außerdem habe ich Sie gefragt, wie Ihre Untersuchung vorankommt.«

»Was für eine Untersuchung?«

»Halten Sie mich für blöd, Tweed?«, sagte Barford ungehalten. »Sie stecken doch immer bis über beide Ohren in irgendwelchen Nachforschungen.«

»Was sagen Sie eigentlich zu den Krawallen, die uns vor ein paar Wochen so in Atem gehalten haben?«, fragte Tweed unvermittelt.

»Was ich zu den Krawallen sage«, wiederholte Lord Barford und trank langsam einen Schluck von seinem Whisky, als wollte er sich damit Zeit zum Nachdenken verschaffen. »Ich bin dafür, das Pack ohne viel Federlesen zu erschießen – und zwar nicht mit Gummigeschossen. Unsere Gesellschaft ist total verweichlicht. Was wir brauchen, ist eine starke Regierung ...«

Er verstummte, weil jemand in die Bar kam, aber Tweed hatte den Eindruck, als ob er bei Barford einen Nerv getroffen hätte. Als der Exgeneral sah, dass der Neuankömmling nur die Ablösung für den Barkeeper war, wirkte er sichtlich erleichtert. Tweed stand auf.

»Ich muss jetzt gehen. Vielen Dank für den Drink.«

»War wirklich nett, mit Ihnen zu plaudern. Das müssen wir demnächst wiederholen ...«

Auf einmal hatte Tweed das Gefühl, als ob Lord Barford nicht annähernd so alkoholisiert wäre, wie dieser sich den Anschein gab. Als er sich beim Hinausgehen noch einmal umdrehte, sah er, wie Barford aufstand und an die Bar ging, um sich noch etwas zu bestellen. Dabei schwankte er kein bisschen. Im Gegenteil, er ging so aufrecht und gerade wie der Soldat, der er einmal gewesen war.

In seiner Suite war Tweed gerade noch einmal unter der Dusche gewesen und hatte sich für das Abendessen umgezogen, als es an der Tür klopfte.

Es waren Paula und Newman, die bereit zur Abfahrt waren. Paula trug ein eng anliegendes blaues Kleid mit hohem Kragen, das an einer Seite einen Schlitz hatte, der bis hinauf zum Knie reichte.

»Sie sehen phantastisch aus«, sagte Tweed.

»Das sagen alle«, erwiderte Paula in scherzhaftem Ton. »Soll heißen, dass auch Bob etwas Ähnliches gesagt hat. Wie kommen wir eigentlich hin?«

»Wir nehmen ein Taxi«, sagte Newman.

»Was? Zum Hafen?«, rief Paula erstaunt.

»Beruhigen Sie sich.« Newman legte ihr eine Hand auf die Schulter. »Hinter dem Taxi fahren zwei Geländewagen. Einer mit Butler und Marler, der zweite mit Pete Nield und, wie ich hoffe, Mark Wendover.«

»Was ist eigentlich mit dem los?«, brummte Tweed. »Der ist doch hoffentlich nicht schon wieder auf einer seiner Extratouren?«

Wie auf ein Stichwort hin klopfte es an der Tür, und als Newman öffnete, spazierte breit grinsend Mark Wendover herein.

»Hallo, Leute«, grüßte er fröhlich. »Ich wette, Sie haben mich gerade verflucht«, fügte er, an Tweed gewandt, hinzu.

»Richtig. Wo haben Sie die ganze Zeit gesteckt? Von jetzt an sagen Sie mir, was Sie machen, oder Sie nehmen das nächste Flugzeug nach Hause.«

»Ich bleibe lieber hier. Aber ich frage mich, was mit Ihnen los ist. Sind Sie denn alle über Nacht zu Schwächlingen geworden?«

»Was meinen Sie damit?«, fragte Newman.

»Haben Sie schon vergessen, wie wir diesen Verbrechern am Fernsehturm eine Tracht Prügel verpasst haben?«

»Worauf wollen Sie hinaus?«

»Ich habe heute Nachmittag eine ganze Weile das Hotel Renaissance beobachtet. Und wer glauben Sie, ist dort hineinspaziert? Barton und Panko. Sie haben an der Bar etwas getrunken und dann zu Fuß das Hotel wieder verlassen. Ich bin ihnen hinterher gegangen. Können Sie mir soweit folgen?«, sagte er und grinste Newman frech an.

»Ja«, antwortete Newman kurz angebunden.

»Die Kerle sind zu einer Turnhalle in der Nähe des Hotels gegangen. Ich habe den Eintritt bezahlt und mich auf der Empore versteckt. Von dort aus habe ich gesehen, wie Barton einen Punchingball bearbeitet hat. Keine schlechte Beinarbeit, das muss der Neid ihm lassen. Und Panko hat unterdessen Gewichte gestemmt. Mit anderen Worten, unsere Freunde sind wieder im Geschäft.«

»Kaum zu glauben«, sagte Newman.

»Aber es stimmt.«

»Vernons Männer sind harte Burschen«, sagte Tweed gelassen. »Also müssen wir noch härter sein.« Er erklärte Wendover kurz, um wen es sich bei Oskar Vernon handelte und dass dieser jetzt im Hotel Atlantic wohnte. Dann bat er Newman, Wendover von der geplanten Fahrt zum Restaurant Fischereihafen zu erzählen.

»Ich kann mir schon vorstellen, wie die Sache ablaufen wird«, sagte Wendover. »Während Sie im Lokal sind, bleiben wir anderen draußen und verteilen uns so, dass wir immer den Eingang im Auge haben. Ich war vorhin am Hafen. Bei Nacht ist das nicht gerade ein Ort, an dem man sich gern aufhält.«

»Da haben Sie Recht«, sagte Paula.

»Eines muss ich Ihnen noch sagen, bevor wir gehen«, begann Tweed und erzählte den anderen dann von dem Mord an Kurt Krüger, dem Vertrauten des deutschen Außenministers. »Ist Ihnen klar, was das zu bedeuten hat?«, fragte er und sah dabei Paula und Newman an.

Die beiden schüttelten den Kopf.

»Dann strengen Sie mal ihre kleinen grauen Zellen an«, knurrte Tweed, während er zur Tür ging. »Sie verfügen über sämtliche Einzelheiten, über die auch ich verfüge.«

Paula gefiel die Fahrt zum Hafen überhaupt nicht. Immer wieder blickte sie aus den Fenstern des Taxis, und erst als sie in die Elbstraße einbogen und sie hinter sich die beiden Geländewagen sah, war sie etwas erleichtert.

Wieder plagte sie die irrationale Angst, die riesigen Kräne könnten über ihr zusammenklappen, und sie vermied es, hinauf zum Haus Nr. 23 zu schauen, in dem Dr. Kefler gewohnt hatte. Tweed hingegen sah hinauf und bemerkte, dass das Haus noch immer von der Polizei abgesperrt war.

Der Mond verbarg sich hinter dichten Wolken, und die Schwüle war erdrückend. Vor einem großen Lagerhaus unmittelbar am Fluss hielt das Taxi an. Der Fahrer deutete auf einen hell erleuchteten Eingang. Tweed ging eine lange Treppe hinauf voraus, während Paula sich noch einmal umdrehte und dabei sah, wie Marler seine Leute in Position brachte. Die Geländewagen hatten sie außer Sichtweite abgestellt.

»Wissen Sie, was Tweed vorhin gemeint hat?«, fragte Paula, an Newman gewandt. »Er hat gesagt, wir würden über alle Einzelheiten verfügen, um irgendetwas selbst herauszufinden. Ob er damit die Identität von diesem Rhinozeros gemeint hat?«

»Keine Ahnung.«

»Oder hatte es was mit diesem Elite Club zu tun?«

»Immer noch keine Ahnung.«

»Sie strengen sich ja überhaupt nicht an!«

Tweed wartete am oberen Treppenabsatz in einem Empfangsraum mit Garderobe. Ein Geschäftsführer im weißen Smoking kam auf ihn zu und begrüßte ihn.

»Herzlich willkommen, Mr. Tweed«, sagte der Geschäftsführer, nachdem Tweed seinen Namen genannt hatte. »Herr Rondel hat uns schon gesagt, dass Sie kommen würden. Darf ich vorausgehen?«

Paula war beeindruckt. Das Restaurant war riesengroß und erstreckte sich über zwei Ebenen eines umgebauten Lagerhauses. Die etwas tiefer gelegene Hauptebene, aus deren Fenstern man einen schönen Blick auf die nächtliche Elbe hatte, war bedeutend größer als die obere Ebene, die einer kleinen Empore glich.

Das Restaurant wimmelte nur so von Männern in Smokings oder Geschäftsanzügen und Frauen in teueren Abendkleidern. Kellner eilten von Tisch zu Tisch, und überall war ausgelassenes Lachen und das Klingen von Gläsern zu hören. Der Geschäftsführer geleitete sie zu einem Tisch am Rand der Empore und rückte ihnen die Stühle zurecht. Tweed setzte sich an die Balustrade, Paula nahm ihm gegenüber Platz und Newman bekam den Stuhl neben ihr. Tweed erklärte, dass er mit dem Tisch zufrieden sei, winkte einen Kellner herbei und bestellte Champagner.

Auf der Ebene unter ihnen sah Tweed den blonden Kopf von Victor Rondel, der mit dem Rücken zu ihm an einem Zweiertisch saß. Der Mann ihm gegenüber war kleiner als Rondel, gut gebaut und trug wie dieser einen Smoking. Tweed hatte den Mann schon einmal gesehen, konnte sich aber zunächst nicht erinnern, wo. Dann aber fiel ihm der Mann im Hotel Vier Jahreszeiten wieder ein, der, sobald er ihn und Paula erblickt hatte, mit dem Aufzug wieder nach oben gefahren war. Der Mann schaute hinauf zu ihm und sagte daraufhin etwas zu Rondel. Dabei ließ er Tweed, der auf einmal das Gefühl hatte, an einem entscheidenden Wendepunkt des Falles angelangt zu sein, nicht aus den Augen.

23

Die Augen des Mannes wirkten hart wie Glasmurmeln, aber ohne einen Anflug von Grausamkeit. Er musterte Tweed so gründlich, dass dieser das Gefühl hatte, der Mann könne ihm ins Innere des Kopfes blicken. Zuvor, als er mit Rondel gesprochen hatte, waren die Blicke des Mannes prüfend von einem Tisch des Lokals zum anderen gewandert. Jetzt ruhten sie auf Tweed, der seinerseits den Mann eingehend abschätzte.

Er war etwa einen Meter fünfundsechzig groß und hatte breite Schultern, einen großen Kopf und eine gesunde Gesichtsfarbe. Sein sorgfältig gekämmtes Haar war ebenso weiß wie seine buschigen Augenbrauen, und die gerade Nase hätte man fast als klassisch bezeichnen können. Er hatte einen festen Mund und ein energisch wirkendes Kinn und mochte wohl zwischen Ende fünfzig und Anfang siebzig sein. Schwer zu sagen.

Schließlich senkte der Mann den Blick und nahm aus einer länglichen Silberdose einen Zahnstocher, mit dem er sich hinter vorgehaltener Hand etwas aus den Zähnen holte. Paula bemerkte, dass der Zahnstocher aus Elfenbein war. Als der Mann fertig war, legte Rondel die Hände auf den Tisch, als ob er aufstehen wollte. Der andere Mann sagte etwas zu ihm, und Rondel erhob sich endgültig und verließ den Raum. Während Tweed weiter den jetzt allein dasitzenden Mann betrachtete, erinnerte er sich daran, dass Paula ihn wie jemanden beschrieben hatte, der eine natürliche Autorität ausstrahlte. Er musste ihr Recht geben. Tweed trank gerade einen Schluck Champagner, als Rondel an ihren Tisch trat.

»Willkommen im Fischereihafen«, sagte er. »Ich persönlich halte es für das beste Restaurant in ganz Deutschland. Darf ich mich kurz zu Ihnen setzen?« Er nahm auf dem Stuhl neben Tweed Platz. »Mein Partner lässt Sie grüßen. – Ja, ich hätte gern etwas Champagner«, sagte er zu dem Kellner, der ihm ein Glas hingestellt hatte. Dann lächelte er Paula freundlich an. »Mal sehen, ob der Champagner hier etwas taugt.«

»Er ist vorzüglich, glauben Sie mir«, sagte Paula, ebenfalls lächelnd.

»Dann verbeuge ich mich vor Ihrer exzellenten Auswahl«, sagte Rondel, nachdem er an seinem Glas genippt hatte. »Sie scheinen mir eine profunde Weinkennerin zu sein, Miss Grey.«

»Bitte, nennen Sie mich doch Paula.«

»Und Sie mich Victor.« Er lächelte Newman an, bevor er sich schließlich an Tweed wandte.

»Und jetzt kommen wir zur Frage, was Sie essen. Es sollte etwas sein, was Ihnen Ihren Besuch hier unvergesslich erscheinen lässt. Ich hoffe, Sie mögen Fisch, etwas anderes kommt hier nämlich nicht in Frage ...« Er lachte kurz auf. »... aber dafür gibt es hier die beste Auswahl weit und breit. Herr Ober, noch eine Flasche Champagner, bitte!«

Paula fand, dass Rondel ein gut aussehender Mann war. Im Licht der Tischlampe schimmerte sein glattes, blondes Haar golden auf, während er mit seinen meergrünen Augen unverhohlen in die ihren blickte. Seine Gesichtszüge erinnerten sie an eine Statue von Apollo, die sie einmal in einem Museum gesehen hatte, aber das bei weitem Attraktivste an ihm waren seine spritzige Persönlichkeit, seine guten Manieren und sein gepflegtes, hervorragend artikuliertes Englisch. Es wäre bestimmt angenehm, mit ihm einen Abend lang auszugehen, fand sie.

Paula wählte eine Fischsuppe und danach Seezunge und betätigte sich damit als Trendsetterin, denn nach kurzem Studium der Karte bestellten Tweed und Newman das Gleiche. Tweed blickte hinunter zu Rondels Partner, der wieder mit seinem Zahnstocher zugange war und sich dabei unauffällig im Restaurant umsah.

»Entschuldigen Sie bitte, aber wir waren hungrig und haben schon gegessen. Mein Partner isst schnell, lässt sich dafür aber stundenlang Zeit mit dem Kaffee.« Dabei sah er hinüber zu Tweed, der immer noch nach unten blickte. »Er trinkt das Zeug literweise. Übrigens macht es ihm nichts aus, eine Zeit lang alleine zu bleiben. Das gibt ihm Zeit zum Nachdenken. Und das ist seine wichtigste Beschäftigung.«

»Wohnt er in Hamburg?«, fragte Tweed.

»Gute Frage«, sagte Rondel und beugte sich vor, um Paulas Glas erneut zu füllen. »Er wohnt praktisch überall, weil er überall Häuser hat. In London, Paris, New York, San Francisco. Aber er legt großen Wert auf seine Privatsphäre. Genau wie Sie, Tweed, oder täusche ich mich da?«

»Kommt drauf an.«

»Tweed kann auch sehr gesellig sein«, sagte Paula. »Je nachdem, mit wem er zusammen ist.«

Ihr gefiel es, wie Rondel die Unterhaltung am Laufen hielt und wie er jeden einzelnen seiner Gesprächspartner mit einbezog.

»Hat denn Ihr Partner auch ein Haus in Hamburg?«, fragte Tweed, nachdem sie ihr Essen bestellt hatten.

»O ja. In Blankenese, wenn Sie wissen, was das ist.«

»Das Millionärsviertel von Hamburg.«

»Manche nennen es immer noch so«, sagte Rondel lachend. »Aber die Zeiten haben sich geändert. Ich würde es eher als das Gaunerviertel bezeichnen.«

»Gibt es denn viele Gauner dort?«

»Leider ja. Wie Sie ja sicherlich wissen, sind die Grundstückspreise dort ziemlich hoch. Manche der Neureichen dort, um einmal einen etwas milderen Ausdruck zu verwenden, haben sich ihr Vermögen auf etwas zweifelhafte Weise verschafft. Mit Methoden am Rande des Abgrunds, wie mein Partner zu sagen pflegt.«

»Doppelte Buchführung«, sagte Tweed.

»Pardon?«

»Doppelte Buchführung, wie sie auch gern von manchen Firmen betrieben wird – von ziemlich großen sogar. Die eine Buchführung ist für die Steuer, die andere für firmeninterne Zwecke.«

»Verstehe«, sagte Rondel kichernd. »So etwas wird heute bestimmt häufig betrieben.« Er blickte zu Paula, die gerade ihre Suppe kostete. »Können Sie so gut reiten wie mit einer Waffe umgehen, Paula?«

»Wie kommen Sie darauf, dass ich mit einer Waffe umgehen kann, Victor?«

Im Stillen gab Newman Paula die Note Eins für ihre Schlagfertigkeit. Immerhin hatte Rondel sie mit seiner Frage völlig überrascht.

»Die Antwort darauf ist einfach«, sagte Rondel mit einem liebenswürdigen Lächeln. »Es gehört zu unserem Geschäft, über wichtige Personen Bescheid zu wissen. Information ist heutzutage wertvoller als Diamanten.«

»Ich wusste gar nicht, dass ich zu den wichtigen Personen gehöre«, gab Paula zurück.

»Nun ja, schließlich sind Sie eine enge Vertraute und Mitarbeiterin von Mr. Tweed. Muss ich da noch mehr sagen?«

»Nur zu. Ich höre Ihnen fasziniert zu.«

Nochmal eine Eins, Paula, dachte Newman. *Er ist zwar clever, aber du bist ihm mehr als gewachsen.*

Während Paula ihre Suppe löffelte, sah sie Rondel quer über den Tisch an und hob auffordernd die Augenbrauen. Er grinste, schüttelte den Kopf und machte eine Geste, die wohl soviel wie »Sie haben gewonnen« bedeutete.

»Es ist auf einmal so still am Tisch«, bemerkte Tweed.

»Vielleicht sollten wir uns über den Zustand der Welt unterhalten«, schlug Rondel vor. »Uns sind Gerüchte zu Ohren gekommen, dass es in den westlichen Ländern bald wieder Krawalle geben soll, und zwar noch viel heftigere als letztes Mal.«

»Es sind ja ständig die absurdesten Gerüchte im Umlauf«, sagte Tweed.

»Mag sein. Aber unsere Kontaktleute sind für gewöhnlich sehr zuverlässig.«

»Haben diese Kontaktleute Sie etwa vor dem bevorstehenden Mord an Jason Schulz in Washington gewarnt? Und später vor dem an Jeremy Mordaunt in Alfriston?«

»Nein. Aber Sie wissen ja, wie es in Amerika ist. Da wird doch alle nasenlang jemand umgebracht.«

»In Europa ist es inzwischen auch nicht viel anders. Und was soll Ihrer Meinung nach mit den Krawallen bezweckt werden?«

»Chaos.«

»Und dann?«

»Dann ziehen wir alle nach Nepal.«

Tweed schaute hinunter zu Rondels Partner, der sich jetzt eine Brille mit Goldrand aufgesetzt hatte und die Rechnung studierte, die ihm einer der Kellner gebracht hatte. Ohne aufzublicken, deutete er hinauf zu Tweeds Tisch, unterschrieb die Rechnung und lehnte sich zurück.

»Mein Partner würde sich gern morgen mit Ihnen in seinem Haus in Blankenese treffen«, sagte Rondel auf einmal. Er riss eine Seite aus einem Notizbuch, schrieb eine Adresse darauf und gab sie Tweed.

»Von Hamburg aus gesehen, befindet sich das Haus im rechten Teil von Blankenese. Den Zeitpunkt Ihres Besuchs können Sie selbst wählen, aber mein Partner würde Sie am liebsten so bald wie möglich sehen.«

»Wäre ihm elf Uhr morgen Vormittag Recht?«

»Einverstanden. Mein Partner ist bestimmt auch einverstanden. Sie können gerne Paula und Bob Newman mitnehmen.«

Als Paula hinunter zu Rondels Tisch schaute, war der Stuhl, auf dem noch vor wenigen Augenblicken sein Partner gesessen hatte, auf einmal leer. Der Mann aus dem Aufzug war verschwunden wie ein Gespenst bei Tagesanbruch.

»Bevor ich mich verabschiede«, sagte Rondel und stand auf, »möchte ich Ihnen noch sagen, wie wohl ich mich in Ihrer Gesellschaft gefühlt habe.« Er streckte Paula die Hand hin. »Vielleicht finden wir ja mal etwas, was wir gemeinsam tun könnten. Pingpong wäre zum Beispiel nicht schlecht.«

»Da schlachte ich Sie ab«, sagte Paula lächelnd.

»Achten Sie doch ein wenig auf Ihre Wortwahl, Paula«, sagte Tweed ernst. »Es werden heutzutage viel zu viele Menschen abgeschlachtet.«

Rondel gab ihm die Hand und klopfte Newman im Vorbeigehen auf die Schulter. Dann verschwand auch er.

»Sagen Sie nichts, während wir noch in diesem Lokal sind«, sagte Tweed warnend.

Als sie gerade vor dem Restaurant in ein Taxi steigen wollten, kam Marler aus der Dunkelheit auf sie zu. Er nahm Tweed beiseite und sagte leise: »Verdammter Mist, er hat es schon wieder getan. Mark Wendover, meine ich. Er hat sich schon wieder abgeseilt.«

»Hat er denn gesagt, was er vorhat?«

»Ja. Er wollte zurück ins Vier Jahreszeiten. Auf einmal ist ihm in den Sinn gekommen, dass Keith Kent dort völlig ohne Bewachung ist. Ich glaube, er hat damit nicht Unrecht – immerhin arbeitet Kent ja an hochbrisanten Papieren. Aber er hat mich nicht gefragt, ob er zurückfahren darf – er hat es einfach getan. Mark meinte, Sie würden es gutheißen, deshalb habe ich auch nichts gesagt.«

»Seit wann ist er weg?«

»Kurz nachdem Sie ins Restaurant gegangen waren, hat er sich davongemacht.«

»Ich glaube, ich muss jetzt wirklich einmal ein ernstes Wort mit ihm reden. So wie ich Keith kenne, kann der alles andere gebrauchen als einen selbst ernannten Leibwächter, der ihm bei der Arbeit auf die Nerven geht.«

Während der Fahrt zurück ins Hotel sagten weder Paula noch Newman ein Wort. Zu dieser Stunde war die Elbstraße wie ausgestorben. Zumindest war der Mond wieder hinter den Wolken hervorgekommen und tauchte die riesigen Kräne, die Paula jetzt noch bedrohlicher vorkamen als zuvor, in ein gespenstisch blaues Licht. Paula hatte das Gefühl, als ob das Haus Nummer 23 magisch ihre Blicke anzöge. Sie sah das Absperrband der Polizei, und ein Beamter stand vor der Tür und hielt Wache, als ob das jetzt noch etwas nützen würde.

Als sie den Neuen Jungfernstieg entlangfuhren und schon fast am Hotel waren, sahen sie auf einmal Blaulicht und Polizeiuniformen. Ein schrecklicher Verdacht befiel Tweed.

»Warten Sie hier«, sagte er zu Paula und Newman, während er den Taxifahrer bezahlte.

Als er die Stufen zum Eingang hinaufrannte, folgten Paula und Newman ihm trotz seines Verbots auf dem Fuß. Als er auf den Aufzug zurannte, sah er, dass Otto Kuhlmann in der Hotellobby saß. Neben ihm stand ein uniformierter Polizist.

Tweed, Paula und Newman stiegen in einen der Aufzüge, und kurz bevor sich die Tür schloss, schlüpfte auch Kuhlmann in die Kabine. Seine Stimme war so grimmig wie sein Gesichtsausdruck.

»Ich möchte Sie alle in Ihrer Suite sprechen, Tweed. Und zwar sofort.«

»Was ist denn passiert?«, fragte Newman.

Kuhlmann gab keine Antwort, sondern starrte stumm an die Decke der Fahrstuhlkabine. Als sie in Tweeds Suite waren, deutete Tweed auf ein Sofa, aber der Deutsche setzte sich lieber auf einen Stuhl mit hoher Lehne.

»Wahrscheinlich ist das ein Schock für Sie, aber ich muss Ihnen mitteilen, dass Mark Wendover, von dem ich annehme, dass Sie ihn alle kennen, heute Nacht vor dem Hotel erschossen wurde. Wahrscheinlich mit einem Explosivgeschoss.«

»Nein!«

Paula schlug die Hände vors Gesicht. Tweed goss ein Glas Wasser ein und reichte es ihr. Nachdem sie es ausgetrunken hatte, blickte sie zu Tweed und hielt sich an seinem Ärmel fest. Er lächelte und füllte das leere Glas, das sie ihm hinstreckte, ein zweites Mal.

»Er war so ein guter Mensch«, sagte sie mit heiserer Stimme.

»Stimmt«, sagte Newman, der sich neben sie auf die Couch gesetzt hatte.

Auf einmal fiel Paula auf, dass Kuhlmann sie genau beobachtete.

»Es geht mir schon wieder besser«, sagte sie, während sie sich gerade hinsetzte.

»Ich muss Ihnen ein paar Fragen stellen, Tweed«, begann

Kuhlmann. »Wenn Sie wollen, können Sie auf Ihr Zimmer gehen, Paula. Sie dürfen aber auch hier bleiben.«

»Ich bleibe. Ich möchte jetzt nicht allein sein.«

»Von wo aus wurde Wendover erschossen?«, fragte Tweed, der sich noch immer nicht gesetzt hatte.

»Von der gegenüberliegenden Straßenseite aus. Möglicherweise saß der Schütze in einem der Autos, die an der Alster parken. Wir haben alle überprüft, aber nichts Verdächtiges gefunden.«

Tweed, der hinter Kuhlmann stand, sah Paula an und runzelte die Stirn. Sie verstand sofort, was er damit meinte. Sie sollte Kuhlmann nichts über den Einbruch in die Zürcher Kredit erzählen, weil ihn das bestimmt nur dazu veranlassen würde, die Herausgabe des blauen Buchs zu verlangen, das ja wiederum Keith Kent dringend brauchte, um den Code zu knacken.

»Wissen Sie, um welche Uhrzeit er erschossen wurde?«

»Vor zwei Stunden. Der Portier hat sofort die Polizei gerufen. Er sagt, dass er vor dem Schuss aber nichts Verdächtiges wahrgenommen hat. Tweed, ich muss alles über Wendover wissen. Er hatte einen Ausweis der CIA in der Tasche, weshalb ich vermute, dass der Teufel los sein wird, wenn Washington von seinem Tod erfährt.«

Tweed ging im Zimmer auf und ab und erzählte Kuhlmann, wie Wendover zu ihnen gestoßen war. Dabei betonte er, dass dieser die CIA schon vor einiger Zeit verlassen habe, um ein Detektivbüro in New York zu gründen.

»Mehr kann ich Ihnen auch nicht sagen«, schloss er seine Rede.

»Sie waren also beim Abendessen im Restaurant Fischereihafen, und Ihre Leute haben draußen nach dem Rechten gesehen. Warum ist dann Mark Wendover allein ins Hotel zurückgefahren?«

»Wie ich Ihnen gerade erklärt habe, ist Wendover gern auf Extratouren gegangen. Vermutlich wollte er sichergehen, dass hier alles in Ordnung war. Immerhin ist das Vier Jahreszeiten unsere Operationsbasis hier in Hamburg.«

»Wer könnte denn Ihrer Meinung nach hinter dem Mord stecken?«

»Da fallen mir zuallererst Oskar Vernon und seine Schläger ein. Vernon ist heute ins Hotel Atlantic umgezogen, vielleicht wollte er nicht in der Nähe sein, wenn sie einen von uns erschießen.«

Kuhlmann stand auf und sah Tweed an, als ob er ihm seine Geschichte nicht glauben würde.

»Jemand von Ihnen muss Mark Wendover identifizieren«, sagte er. »Aber ich warne Sie. Er ist kein schöner Anblick.«

»Ich mache das«, sagte Newman und stand auf.

»Danke. Dann kommen Sie bitte mit mir nach unten. Ich lasse Sie von Kriminalobermeister Brand zum Leichenschauhaus bringen, werde mir selbst aber noch einmal den Weg an der Alster ansehen. Ich habe noch nie einen Beamten gehabt, der so gründlich wäre, wie ich mir das wünschte.«

»Warum wurde Mark wohl erschossen?«, fragte Paula, als sie mit Tweed allein war.

»Ich könnte mir vorstellen, dass ihm die Kamera hinter der Balustrade der Bank zum Verhängnis wurde. Vermutlich hat er sie in der Dunkelheit nicht bemerkt. Außerdem glaube ich, dass Vernon immer rücksichtsloser wird und uns einen nach dem anderen ausschalten will. Es könnte allerdings auch sein, dass ihm jemand den Befehl gegeben hat, Wendover gezielt auszuschalten. Vielleicht ist dieser Jemand wütend auf ihn, weil er ihm das blaue Buch geklaut hat. Suchen Sie sich eine der beiden Möglichkeiten aus.«

»Seltsam, dass er erschossen wurde, während wir in dem Fischrestaurant waren. Ich frage mich, ob man uns nur deshalb eingeladen hat, damit wir aus dem Weg waren.«

»Aber wer hätte denn voraussehen können, dass Wendover allein zum Hotel zurückkehren würde?«, sagte Tweed. Dann beschloss er, das Thema zu wechseln, um Paulas Gedanken von dem grausigen Geschehen abzulenken. »Wie haben Sie denn unsere beiden Gastgeber heute Abend empfunden?«

»Ich fand Victor Rondel ziemlich sympathisch. Er ist ein intelligenter Mann mit einer geradezu hypnotischen Persönlichkeit. Ich mochte ihn auf Anhieb.«

»Das ist mir nicht verborgen geblieben.«

»War das so offensichtlich? Großer Gott, ich muss wirklich lernen, mich besser zu beherrschen. Aber setzen Sie sich doch.«

Tweed ließ sich neben Paula auf der Couch nieder. Paula drückte ihm die Hand, und Tweed trank etwas Wasser.

»Sie haben sich überhaupt nicht auffällig benommen«, versicherte ihr Tweed. »Aber ich kenne Sie nun mal viel zu gut. Wie hat Ihnen das Essen geschmeckt?«

»Besser als alles, was ich seit vielen Jahren gegessen habe. Das Restaurant ist wirklich ausgezeichnet.«

»Und was sagen Sie zu Rondels Tischgenossen?«

»Ich fand es seltsam, dass Rondel von ihm immer nur als ›seinem Partner‹ gesprochen hat. Nie hat er seinen Namen genannt.«

»Das ist mir auch aufgefallen. Bestimmt erfahren wir morgen mehr über ihn, wenn wir ihn in seinem Haus in Blankenese besuchen. Er kam mir ziemlich außergewöhnlich vor, wie eine Persönlichkeit, die man nur selten trifft. Wie schätzen Sie die Beziehung zwischen ihm und Rondel ein?«

»Gute Frage. Aber es ist schwer, darauf eine gute Antwort zu finden.«

»Oberflächlich betrachtet, sieht es so aus, als ob die beiden gleichberechtigte Partner wären. Aber je länger ich darüber nachdenke, desto mehr gerate ich zu der Überzeugung, dass dem vielleicht gar nicht so ist. Morgen nach unserem Besuch wissen wir vielleicht mehr. Aber jetzt finde ich, dass Sie ins Bett gehen sollten, Paula.«

»Sie haben Recht, Tweed. Ich bin hundemüde. Bis morgen.«

Ein halbe Stunde später kam Newman zurück. Er ging hinüber zum Barschrank und holte eine Flasche Scotch daraus hervor.

»Entschuldigen Sie bitte, aber ich brauche jetzt was zu trinken.«

»War es so schlimm?«, fragte Tweed.

»Jetzt, wo Paula weg ist, kann ich ja offen sprechen«, sagte er und goss sich einen doppelten Whisky ein. »Es war ziemlich schlimm.«

»Erzählen Sie.«

»Der arme Mark. Die linke Seite seines Gesichts – und seines Schädels – war nicht mehr vorhanden. Wie Kuhlmann schon sagte, der Mörder hat ein Explosivgeschoss verwendet. Es war wirklich kein schöner Anblick.«

Tweed setzte sich an den kleinen Tisch neben dem Sofa, auf das Newman sich hatte sinken lassen, und nahm Paulas Handy, das sie in der Aufregung vergessen hatte. Aus dem Gedächtnis wählte er die Nummer von Pete Nields Mobiltelefon.

»Hier Tweed. Wo sind Sie gerade?«

»Ich sitze ein paar Meter vom Hotel entfernt im Wagen.«

»Können Sie so schnell wie möglich in meine Suite kommen? Bis gleich.«

»Sie sehen auf einmal so entschlossen aus«, bemerkte Newman. »Ich würde sagen, Sie haben eine wichtige Entscheidung getroffen. Stimmt das?«

»Ja. Aber warten Sie, bis Nield hier ist.« Fünf Minuten später klopfte Nield an der Tür. Tweed öffnete ihm und sagte ihm, er solle sich setzen. Dann bot er ihm einen Drink an, aber Nield, der so gelassen war wie immer, lehnte dankend ab.

»Ich muss noch Auto fahren. Das mit Mark Wendover tut mir Leid. Sehr Leid.«

»Woher wissen Sie, dass es Mark war, den sie erschossen haben?«

»Ich bin Ihnen vorhin bis in die Hotelhalle gefolgt. Sie haben mich wohl nicht gesehen. Als Kuhlmann mit Ihnen im Lift nach oben gefahren ist, habe ich dem anderen Polizisten meinen Ausweis gezeigt und ihn gefragt, was los ist. Der hat mir beschrieben, was der Tote anhatte, und da wusste ich, dass es nur Mark Wendover sein konnte. Was soll ich für Sie tun?«

»Gehen Sie zurück zu Butler und sagen Sie ihm, er soll die Waffen, die Marler besorgt hat, hierher bringen. Blendgranaten, Tränengas, Rauchgranaten, das ganze Zeug – bis auf das, was er für sich selbst braucht. Wie steht es eigentlich mit Schusswaffen? Wissen Sie, welche Marler besorgt hat?«

»Drei Uzis, mehrere Schnellfeuergewehre und jede Menge Pistolen und Revolver.«

»Wenn es so weit ist, werden wir wohl alle drei Uzis brauchen – und wahrscheinlich den Rest auch noch. Wo wohnt Marler jetzt?«

»Im Hotel Renaissance.«

»Setzen Sie sich mit ihm in Verbindung. Er soll noch mal auf Einkaufstour gehen. Die Feinde sind in der Überzahl, also müssen wir für mehr Feuerkraft sorgen.«

»Alles klar. Bin schon unterwegs ...«

»Sie rüsten ja auf wie für einen Krieg«, sagte Newman. »Hat Sie der Mord an Mark dazu veranlasst?«

»Ich glaube, das war wohl das auslösende Moment.« Tweed stand auf und begann, in der Suite auf und ab zu laufen. »Wendovers Ermordung hat mir gezeigt, wie skrupellos Vernon tatsächlich ist. Außerdem glaube ich, dass ich langsam die gute Seite von der bösen unterscheiden kann. Morgen, nach dem Treffen mit Rondel und seinem Partner, werde ich wohl noch etwas klarer sehen.«

Newman öffnete die Tür und wollte gerade hinaus, da verbeugte er sich kurz und drehte sich dann zu Tweed um.

»Sie haben Besuch«, sagte er mit einem Augenzwinkern. »Aber bleiben Sie nicht die ganze Nacht auf.«

Newman ging, und Lisa kam in die Suite. Sie schloss die Tür sorgfältig hinter sich. Tweed stand auf und starrte sie an. Sie trug ein eng anliegendes, trägerloses Abendkleid in Weiß, dazu einen dünnen grünen Gürtel mit einer goldenen Schnalle und hatte eine grüne Handtasche dabei, die nicht viel größer als ein Briefumschlag war.

»Na, habe ich die Überprüfung bestanden, Sir?«, fragte sie mit einem frechen Grinsen.

Tweed erkannte, dass sie in einer launigen Stimmung war, was allerdings nicht gerade zu seiner eigenen Gemütsverfassung passte. Die Tragödie um Mark Wendover steckte ihm immer noch in den Knochen. Trotzdem brachte er ein halbherziges Lächeln zustande.

»Nicht schlecht. Möchten Sie etwas trinken?«

Lisa setzte sich auf die Couch an der Wand und schlug ihre wohlgeformten Beine übereinander. Tweed bemerkte, dass sie einen Schlitz im Kleid hatte, der fast bis hinauf zur Hüfte reichte. Unter ihren falschen Wimpern sah sie Tweed kritisch an und sagte mit einer scherzhaft entrüsteten Stimme:

»Nicht schlecht? Ist das alles? Und ja, bitte, ich hätte gern etwas zu trinken.« Sie schaute auf die Flasche, die Newman auf dem Couchtisch hatte stehen lassen und sagte: »Ein doppelter Scotch wäre mir recht.«

Tweed holte ein frisches Glas und goss ihr den Whisky ein.

»Sagen Sie halt.«

»Nur zu.«

Tweed goss weiter und sah dabei Lisa an, die seinen Blick lächelnd erwiderte und einen ihrer nackten Arme lasziv auf der Rückenlehne der Couch ausstreckte. Als kaum mehr Whisky in das Glas passte, zwängte Tweed noch ein paar Eiswürfel hinein und hoffte dabei, dass diese den Scotch ein wenig verdünnen würden.

»Mehr geht nicht«, sagte er, während er das Glas vor sie auf den Couchtisch stellte. »Sonst machen Sie sich noch einen Fleck auf ihr wunderschönes Kleid.«

»Das klingt schon besser. Viel besser. Nehmen Sie auch einen? Ich trinke ungern allein.«

Tweed holte noch ein Glas und goss sich einen Fingerbreit Scotch ein. Lisa klopfte mit der flachen Hand neben sich auf die Couch. Als Tweed nicht reagierte, hob sie die Augenbrauen und wiederholte ihre Einladung.

»Setzen Sie sich doch zu mir.«

Lieber nicht, dachte Tweed. Wenn ich ihr zu nahe komme, kann ich für nichts mehr garantieren. Er nahm in einem Sessel Lisa gegenüber Platz und hob sein Glas.

»Zum Wohlsein!« Er nahm einen Schluck von seinem Scotch. »Und jetzt sagen Sie mir bitte, wo Sie die vergangenen Stunden über gesteckt haben.«

»Sie haben mich vermisst. Das ist schön.«

»Wo waren Sie?«, knurrte Tweed.

»Ich mag es, wenn Sie so brummig sind.«

Tweed begann zu ahnen, dass es mit Lisa nicht leicht werden würde, und beschloss, ihr nichts vom Mord an Mark Wendover zu sagen. So, wie sie sich gab, hatte sie davon noch nicht erfahren.

»Was macht denn die Polizei unten vor dem Hotel?«, fragte sie.

»Da war wohl ein Verkehrsunfall. Aber jetzt will ich wirklich wissen, wo Sie waren, Lisa.«

»Sie sind heute Abend ohne mich ausgegangen«, sagte Lisa und zog einen Schmollmund. »Und ich hatte schon gehofft, Sie nehmen mich mit zum Essen. Deshalb habe ich auch dieses Kleid angezogen.«

Wieder hatte sich ihre Stimmung verändert, was Tweed nun vollends in seiner Erkenntnis bestätigte, dass er es mit ihr nicht leicht haben würde. Aber entschuldigen würde er sich nicht bei ihr. Auf keinen Fall. Stattdessen sagte er genau das Falsche.

»Es war ein Geschäftsessen. Eine Besprechung ...«

»Worüber? Über die heraufziehende Krise?«, fragte sie. »Ich dachte mir eigentlich, Sie würden mich auf dem Laufenden halten. Aber jetzt sieht es so aus, als wollten sie mich bewusst ausgrenzen.« Ihre Stimme klang verärgert. »Geben Sie mir eine Zigarette.«

Tweed reichte ihr das Päckchen. Lisa nahm eine Zigarette, und Tweed zündete sie ihr an. Sie dankte ihm, setzte sich stocksteif hin und nahm einige tiefe Züge, ohne etwas zu sagen, bevor sie dann in den kristallenen Aschenbecher auf dem Tisch abaschte. Auch Tweed schwieg, bis sie die Zigarette ausgedrückt hatte und sich zurück in die Kissen der Couch lehnte. Ihre Brust bebte, was sie dadurch kaschieren wollte, dass sie ihre Arme verschränkte.

»Was für eine Krise?«, fragte Tweed.

»Die ganz große, die uns aus heiterem Himmel treffen wird«, antwortete Lisa. »Die, auf die Sie sich vorbereiten sollten. Aber so, wie ich Sie kenne, haben Sie das längst getan.«

Tweed musste sich konzentrieren, um ihren Worten zu folgen. Er fragte sich, ob sie abermals ausweichen würde, wenn er sie jetzt zum dritten Mal fragte, wo sie gewesen sei. Lisa schien seine Gedanken erraten zu haben.

»Als mir klar wurde, dass Sie mich nicht zu dem Essen mitnehmen würden, bin ich in die Stadt gegangen. Ach, Sie fragen sich vielleicht, woher ich wusste, dass Sie zu dem Essen gehen würden.« Genau das hatte Tweed sich tatsächlich gefragt. »Ich habe Newman im Gang gesehen, wo er in einem nagelneuen Anzug mit frischem Hemd und handgearbeiteten Schuhen vor dem großen Spiegel stand, um sich seine Chanel-Krawatte zurechtzurücken. Der geht zu einem vornehmen Dinner, dachte ich mir. Und wieso hat Tweed mir nichts davon erzählt? Na klar, weil ich nicht eingeladen bin.«

»Jetzt wissen Sie ja, weshalb«, sagte Tweed ruhig. »Ich stimme übrigens mit Ihnen überein, dass wir auf eine internationale Krise zusteuern, aber woher wissen Sie das?«

»Das sagt mir mein sechster Sinn«, fauchte Lisa.

»Das ist mir zu wenig.«

»Dem Herrn ist das zu wenig«, sagte Lisa wie zu sich selbst. »Okay, dann probieren wir es eben mit etwas anderem.« Sie lächelte schief. »Ich bin etwas auf der Reeperbahn herumgezogen. Schauen Sie mich nicht so an, warten Sie lieber, bis ich fertig bin. Ich habe mich von einem Taxi von Kneipe zu Kneipe fahren lassen.«

»In diesem Aufzug?«, sagte Tweed besorgt.

»Sehen Sie her.«

Aus ihrer kleinen Handtasche holte Lisa ein paar Haarklammern, mit deren Hilfe sie ihre rote Mähne hochsteckte. Dann nahm sie das Dreieckstuch, das sie über dem Arm gehabt hatte und das jetzt neben ihr auf dem Sofa lag, und band es sich wie ein Kopftuch um. Der nächste Gegenstand, den sie aus ihrer

Handtasche hervorzauberte, war eine große Brille mit dünnem Hornrand, die sie sich auf die Nase setzte. Als sie auch noch einer kleinen Metallschachtel einen Zigarillo entnahm und ihn sich in den Mund steckte, sah sie völlig verändert und sehr viel weniger attraktiv aus.

»Na, was sagen Sie dazu?«, fragte sie.

»Erstaunlich. Vermutlich haben Sie diese Tricks bei der Sicherheitsfirma in New York gelernt.«

»Sie haben den Nagel auf den Kopf getroffen, Mister.«

Ihr Akzent war so überzeugend amerikanisch, dass Tweed ihr leise Beifall klatschte.

»In den Kneipen habe ich meine Drinks kaum angerührt, ich wollte ja nüchtern bleiben. Erst in der sechsten hatte ich endlich Erfolg«, erzählte Lisa, nachdem sie den Zigarillo aus dem Mund genommen hatte. »Wen, glauben Sie, habe ich da sitzen gesehen? Unseren Mann im rosa Hemd, nur dass er diesmal ein blaues anhatte.«

»Wir wissen inzwischen seinen Namen. Er heißt Oskar Vernon und wohnt im Fünf-Sterne-Hotel Atlantic an der Außenalster.«

»Schön, dass ich das auch erfahre.« Lisa lächelte. »Nun gut, dieser Oskar Vernon sprach mit meinem alten Freund Barton, der mir vom Bedford Square noch in unangenehmer Erinnerung ist. Ich habe sehr gute Ohren, deshalb habe ich alles mitbekommen, was die beiden da geflüstert haben. ›Wir werden ein Blutbad unter Tweed und seinen Leuten anrichten‹, hat dieser Vernon gesagt. ›Die radieren wir ein für allemal aus, und zwar bald. Wir müssen sie nur aus der Stadt locken. Ich habe auch schon einen Plan dafür.‹ Nachdem ich das gehört hatte, habe ich beschlossen, lieber das Weite zu suchen. Ach, übrigens, Vernons Hemd hatte einen Stich ins Violette. Igitt.«

»Jetzt wissen wir also, was sie vorhaben.«

Lisa griff nach ihrem halb leeren Glas, stellte es aber, ohne daraus zu trinken, wieder zurück auf den Tisch. Dann band sie sich das Tuch vom Kopf und nahm die Brille ab, die ihr das Aussehen einer Lehrerin verliehen hatte. Auf einmal wirkte sie so, als ob sie ihr letztes Quäntchen Energie verbraucht hätte. Langsam begann sie zur Seite zu sinken, und Tweed sprang auf, setzte sich neben sie und stützte sie. Lisa fielen die Augen zu, und nur unter größter Kraftanstrengung gelang es ihr, sie wieder zu öffnen.

»Ich bin völlig kaputt«, krächzte sie heiser. »Ich kann die Beine nicht mehr bewegen. Ich möchte nur noch schlafen. Am besten eine ganze Woche lang …«

Wieder schloss sie die Augen und kippte um. Tweed konnte gerade noch ein Kissen schnappen und es sich auf den Schoß legen. Lisas Kopf sank nieder und gleich darauf war sie fest eingeschlafen. Er beugte sich vor, nahm ihre Beine und legte sie ebenfalls auf die Couch. Dabei öffnete sie ihre grünen Augen halb.

»Danke«, murmelte Lisa. »Ich weiß übrigens, dass sie den armen Mark erschossen haben. Ich habe seine Leiche auf dem Gehsteig gesehen, als ich zurück ins Hotel kam …«

Danach schlief sie auf einmal tief und fest. Tweed verstand jetzt, weshalb sie vorhin so seltsam gewesen war. Der Anblick von Mark Wendover, dem der halbe Kopf weggerissen worden war, musste sie zutiefst erschüttert haben. Er lehnte sich zurück, und wenige Minuten später war auch er eingeschlafen.

Als Tweed am Morgen erwachte, lag Lisas schlafender Kopf noch immer auf seinem Schoß, und durch die Ritzen zwischen den Vorhängen drang helles Tageslicht in die Suite. Tweed fühlte sich steif wie ein Brett, trotzdem hatte er ohne Unterbrechung durchgeschlafen. Weil er Lisa nicht wecken wollte, blieb er so lange still sitzen, bis sie von selbst aufwachte. Sie öffnete die Augen und lächelte ihn an. Dann hob sie den Kopf, setzte sich auf und stellte die Beine auf den Boden.

»Eine Dusche«, murmelte sie und unterdrückte ein Gähnen. »Ein Königreich für eine Dusche …«

Tweed deutete auf das Badezimmer und sagte ihr, sie solle sich ruhig Zeit lassen. Er selbst werde dann nach ihr duschen.

»Ich lasse uns ein Frühstück aufs Zimmer bringen«, rief er Lisa hinterher.

»Aber ist das nicht verfänglich? Was wird der Zimmerkellner denken?«

»Wen kümmert es, was der Zimmerkellner denkt? Was hätten Sie denn gern zum Frühstück?«

Nachdem Lisa im Bad verschwunden war, bestellte er Orangensaft, Kaffe, Toast, Rührei mit Tomaten, Croissants und Orangenmarmelade für zwei Personen. Dann strich er sich den Anzug glatt und warf einen Blick in den Spiegel. Er würde wohl keine Zeit haben, sich zu rasieren, aber auch mit einem Anflug von Bart sah er nicht allzu schlecht aus.

»Das Bad ist frei«, sagte Lisa, die schneller fertig war, als er gedacht hatte.

Sie trug einen weißen Flanellbademantel, den sie im Bad gefunden hatte, und sah wieder aus, wie Tweed sie kannte.

»Entschuldigen Sie bitte, dass ich den Bademantel angezogen habe. Ich habe das Kleid darunter an.«

»Ich muss mich beeilen, unser Frühstück kommt gleich ...«

Sobald der Kellner das Frühstück gebracht hatte, machte Lisa sich mit Heißhunger darüber her. Auch Tweed aß mit großem Appetit, und eine ganze Weile sagten die beiden kein Wort. Dann fing Tweed an, von unverfänglichen Dingen zu reden, und beschrieb ihr die Außenalster, wie man dort die Fähren benutzen könne und wie sie an ihrem anderen Ende zu einem Fluss mit Weiden und kleinen Parks an beiden Ufern werde.

»Klingt ja richtiggehend idyllisch«, sagte Lisa.

»Wir sollten einen Ausflug dorthin machen«, erwiderte Tweed.

»Das würde ich sehr gern. Ich sehne mich nach Entspannung, und Sie haben mir jetzt richtig den Mund wässrig gemacht. Aber jetzt muss ich erst einmal auf mein Zimmer gehen.«

Sie brachte den Bademantel zurück ins Bad, strich sich ihr verknittertes Kleid glatt und ging zur Tür.

»Bin ich wieder in Ihrem Team?«

»Sie waren nie draußen.«

24

Paula klopfte leise an Lisas Tür. Sie hörte, wie innen aufgeschlossen wurde und lobte Lisa insgeheim dafür, dass sie abgeschlossen hatte. Lisa öffnete und bat Paula herein.

»Ich sehe fürchterlich aus«, sagte Lisa. »Setzen Sie sich doch, während ich mein Make-up auflege.«

»Sie schauen doch gut aus«, sagte Paula, während sie an dem Tisch mit dem Telefon Platz nahm.

»Aber ich fühle mich nicht so.«

»Haben Sie es schon gehört?«, fragte Paula zaghaft.

»Was? Dass Mark gestern erschossen wurde? Schrecklich, nicht wahr? Ich habe ihn auf dem Gehsteig liegen sehen, es muss wohl, kurz bevor ich ins Hotel kam, passiert sein. Mir war richtig schlecht danach.«

Das Telefon klingelte, und Lisa bat Paula abzuheben, damit sie sich weiter schminken könne. Paula wollte gerade fragen, wer dran sei, als sie aus dem Hörer eine unheimliche Stimme vernahm.«

»Hier spricht Oskar. Ich habe Neuigkeiten ...«

Paula ließ den Hörer fallen, als ob er rotglühend wäre, und vermied es, Lisa anzusehen, die sich an ihrem Schminktisch umgedreht hatte.

»War es Tweed?«

»Nein. Jemand hat sich verwählt.«

»Tweed hat mich vor ein paar Minuten angerufen und mir gesagt, dass er mit Ihnen und Newman zu einer geschäftlichen Besprechung fährt. Er meinte, dass Sie in ein paar Stunden zurück seien. Wissen Sie, ich leide immer noch unter dem Anblick des armen Mark. Aber Sie sehen auch nicht besonders gut aus.«

»Ich bin okay. Ich wollte nur bei Ihnen vorbeischauen und fragen, ob Sie schon von Mark gehört haben, und falls ja, wie es Ihnen geht.«

Paula selbst saß der Schreck noch immer in allen Gliedern. Was hatte Oskar Vernon – und dass er es gewesen war, dessen war sie sich sicher – mit Lisa zu schaffen? Aus Angst, dass ihre Stimme sie verraten könnte, verließ sie das Zimmer, ohne ein weiteres Wort zu sagen.

Auf dem Gang begegnete sie demselben dicklichen Mann, der schon zuvor dort Staub gesaugt hatte, und bemerkte, dass seine Hosen viel zu lang waren und die Jacke auch nicht allzu gut saß.

»Guten Morgen«, sagte sie im Vorbeigehen.

Der Mann brummte etwas, sah sie aber nicht an, was in diesem Hotel mit seinem ausgesprochen freundlichen Personal sehr ungewöhnlich war. Aber vielleicht war der Mann ja noch neu. Paula ging zu Tweeds Suite und klopfte. Tweed, der einen neuen Anzug trug, bat sie herein. Er hatte einen Mantel über den Arm gelegt.

»Den brauchen Sie bei diesem Wetter nicht«, sagte Paula. »Es ist jetzt schon kochend heiß.«

»Sie haben Recht. Ich weiß auch nicht, weshalb ich den Mantel aus dem Schrank genommen habe. Wahrscheinlich war ich in Gedanken ganz woanders.«

Beim Tod von Mark, dachte Paula. Oder vielleicht hat er sich auch seine Strategie für das Treffen mit Rondel und dessen Partner zurechtgelegt. Paula setzte sich und wusste nicht, ob sie Tweed von dem seltsamen Telefonanruf in Lisas Zimmer erzählen sollte.

»Lisa geht es ziemlich schlecht«, sagte sie. »Sie hat Marks Leiche auf dem Bürgersteig gesehen, als sie zurück ins Hotel kam. Das muss ja ein schrecklicher Anblick gewesen sein.«

»Das kann ich mir vorstellen.«

Paula überlegte immer noch, ob sie Tweed von dem Anruf erzählen sollte, als Newman eintraf. Er lächelte sie an und drückte ihre Schulter.

»Mein Bedarf an Leichenschauhäusern ist fürs Erste gedeckt«, sagte er. »Und? Wie sieht unsere Taktik für das heutige Treffen aus?«

»Ich werde reden«, sagte Tweed, »während Sie beide die Augen offen halten. Möglicherweise können Sie ja etwas beobachten, was mir entgeht.« Er schaute auf die Uhr. »Es wird langsam Zeit. Nield hat den Mercedes aus der Garage holen lassen – natürlich den cremefarbenen.«

Als sie hinaus auf den Gang traten, war der Mann mit dem Staubsauger verschwunden, obwohl der Teppich noch nicht überall sauber war. Tweed, der vorausging, drehte sich um und sagte zu Paula: »Ich möchte noch kurz mit Lisa sprechen und dann mit Keith Kent.«

Er klopfte an Lisas Tür.

»Lisa, ich muss jetzt weg«, sagte er, nachdem sie geöffnet hatte. »Wir werden in etwa zweieinhalb Stunden wieder hier sein. Wollen Sie dann mit uns zu Mittag essen? Gut, dann bis später.«

Gefolgt von Paula und Newman eilte Tweed weiter zum Zimmer von Keith Kent, der ihnen mit verschlafenem Gesicht öffnete. Auf seinem Schreibtisch lagen Keflers Papiere, und auf einem Block hatte er lange Zahlenreihen notiert. Keith nahm das blaue Buch aus der Schublade.

»Ich wusste nicht, dass Sie es sind, deshalb habe ich das Büchlein vorsichtshalber verschwinden lassen.«

»Wie kommen Sie voran?«

»Ich mache Fortschritte, habe den Code allerdings noch nicht vollständig geknackt. Aber ohne das Notizbuch hier hätte ich nicht die geringste Chance. Wir können Wendover wirklich dankbar dafür sein, dass er es entwendet hat.«

Paula kam in den Sinn, dass Kent ja noch gar nichts von Mark Wendovers Tod wusste. Er trug kein Jackett, und auf dem Tisch stand ein Tablett mit Kaffeegeschirr und einem halben Croissant.

»Wann haben Sie das letzte Mal etwas Ordentliches gegessen?«, fragte Tweed.

»Keine Ahnung. Ich war die ganze Nacht auf. Die Arbeit hat mich völlig in Anspruch genommen.«

»Dann gehen Sie jetzt hinunter ins Restaurant und bestellen sich erst einmal ein anständiges Frühstück«, sagte Tweed.

»Ich möchte diese Papiere nicht allein lassen, nicht einmal im abgesperrten Zimmer.«

»Lisa könnte sie bewachen, bis Sie wieder da sind«, schlug Tweed vor.

»Lisa ist völlig fertig«, sagte Paula rasch. »Sie hat mir gesagt, dass sie die ganze Nacht kein Auge zugetan hat«, log sie. »Wahrscheinlich war der gestrige Tag zu viel für sie.«

Tweed schaute Paula skeptisch an, erwiderte aber nichts. Er überzeugte sich davon, dass Newman die Tür geschlossen hatte, und fragte Kent:

»Können Sie mir schon einen Hinweis geben, was in den Papieren steht?«

»Es sieht so aus, als wäre in der Zürcher Kredit viel Geld abhanden gekommen, aber ob es noch irgendwo in der Bank oder bereits an einem anderen Ort ist, habe ich bisher noch nicht herausfinden können. Genauso wenig kann ich Ihnen sagen, wer für die Transaktion verantwortlich ist. Ich komme bestimmt dahinter, aber das kann noch ein paar Tage dauern.«

»Versprechen Sie mir, dass Sie sich wenigstens vom Zimmerservice ein Frühstück bringen lassen?«

»Das mache ich bestimmt, mir ist nämlich gerade bewusst geworden, wie hungrig ich wirklich bin ...«

Die cremefarbene Limousine wartete bereits vor dem Hotel. Newman setzte sich ans Steuer, Paula nahm neben ihm Platz, und Tweed stieg hinten ein. Weil er schon einmal in Blankenese gewesen war, erklärte er Newman, wie dieser fahren musste.

Es dauerte nicht lange, da hatten sie die stattlichen Gebäude der Innenstadt hinter sich gelassen und fuhren eine fast ländlich anmutende Allee entlang. Hinter den Bäumen konnte Paula imposante Villen mit gepflegten Gärten und makellosen Rasenflächen entdecken. Manche von ihnen waren gediegene Gebäude im Stil der Jahrhundertwende, andere hatten Reetdächer, und wieder andere fielen durch seltsame Zinnen und verspielte Türmchen auf. Jede der Villen, so dachte Paula, musste ein Vermögen wert sein.

»Marler und Nield folgen uns in dem Opel«, sagte Newman. »Keine schlechte Idee, muss ich sagen. Hier draußen ist es ja richtiggehend einsam.«

»Fahren Sie langsam. Wir nähern uns dem Haus«, sagte Tweed vom Rücksitz aus. »Da vorn ist schon das Straßenschild. Taxusweg. Rondel hat mir das auf den Zettel geschrieben.«

Newman ging vom Gas und setzte den rechten Blinker. Während er abbog, bemerkte er, dass auch Marlers Opel hinter ihm blinkte. Wahrscheinlich würde er sich einen unauffälligen Parkplatz im Taxusweg suchen.

»Fahren Sie in die Auffahrt dort«, sagte Tweed. »Das Haus ist etwas von der Straße zurückgesetzt.«

Newman fuhr durch ein Tor, das von zwei Pfeilern mit eleganten Laternen flankiert wurde, in einen Garten, der eigentlich eher ein kleiner Park mit wunderschönen, teilweise exotischen Bäumen und Sträuchern war. *Aber kein elektronisch gesteuertes Tor*, dachte Paula – *und keinerlei Anzeichen von Wachen. Wir konnten einfach unbehelligt hineinfahren.*

Zwischen den Bäumen waren noch weitere Laternen auf Metallpfosten verteilt. Wenn die nachts alle brannten, musste es im Park taghell sein, überlegte Paula. Dann kam ein lang gestrecktes weißes Gebäude in Sicht. Newman hielt den Mercedes vor dem Haupteingang, der aus einer schweren Doppeltür aus Eichenholz bestand.

»Dann wollen wir mal hoffen, dass wir hier den Schlüssel zu unserem Geheimnis finden«, sagte Tweed, bevor er aus dem Wagen stieg.

Ein uniformierter Chauffeur kam herbeigeeilt und öffnete mit geschmeidigen, athletisch wirkenden Bewegungen die Tür. Tweed sah, dass hinter einer Ecke des Hauses ein Jaguar geparkt war, und musterte den Chauffeur eingehend. Er sah anders aus, als man sich gemeinhin einen Chauffeur vorstellte. Der Mann war Mitte dreißig, ziemlich groß und hatte kurzes braunes Haar und ein gut geschnittenes Gesicht, aber es waren seine außerordentlich intelligenten Augen, die Tweeds Aufmerksamkeit fesselten.

»Dürfte ich Ihren Namen erfahren?«, fragte der Chauffeur.

»Ich bin Tweed.«

»Sie werden erwartet, Sir«, sagte der Chauffeur daraufhin in makellosem Englisch. »Wenn Sie so freundlich wären und einen Augenblick warten würden …«

Der Chauffeur ließ die drei in einer geräumigen Eingangshalle zurück. Tweed bemerkte einen Louis-Vuitton-Koffer, der an einer der Wände stand. Er bücke sich und studierte die Lufthansa-Bordkarte, die jemand unter den Griff gesteckt hatte. *Von BER nach HAM.* Das Datum war das des vergangenen Tages. Jemand war am Nachmittag von Berlin nach Hamburg geflogen, und zwar genau an dem Tag, an dem dort Kurt Krüger, der persönliche Referent des Außenministers, ermordet worden war.

Tweed hatte die Bordkarte noch immer in der Hand, als Rondel, der Reitkleidung trug, wie ein Wirbelwind in die Halle stürmte.

»Willkommen! Willkommen! Herzlich willkommen!«

Er verbeugte sich vor Paula, gab ihr einen Handkuss und lächelte sie strahlend an. Obwohl Paula Handküsse sonst gar nicht schätzte, gefiel ihr Rondels Begrüßung sehr. Tweed zeigte Rondel die Bordkarte.

»Die habe ich gerade auf dem Boden gefunden. Sie muss wohl von diesen Koffer da heruntergefallen sein.«

»Der Koffer gehört Danzer, dem Chauffeur, der Sie hereingelassen hat. Er ist gestern nach Berlin und zurück geflogen.« Rondel grinste. »Der Gute hat dort eine neue Freundin. Sie sollten wissen, dass Danzer die Frauen schneller wechselt als so mancher die Unterwäsche … Bitte entschuldigen Sie meinen Aufzug, aber ich bin zu einem Ausritt verabredet. Hätten Sie vielleicht Lust, mich zu begleiten, Paula?«

»Vielen Dank für die Einladung, aber ich möchte mich heute lieber ausruhen. Gestern hatte ich einen furchtbar hektischen Tag. Trotzdem habe ich das Abendessen im Restaurant Fischereihafen sehr genossen.«

»Bestimmt nicht so sehr, wie ich Ihre Gesellschaft genossen habe … Ich konnte deshalb gestern Nacht lange nicht einschlafen. Ihr Bild kam mir immer wieder vor Augen …«

Rondel redete so charmant daher wie am vergangenen Tag und zeigte Paula dabei ein weiters Mal, wie rege und geschmeidig sein Geist war. Dann deutete er ins Innere des Hauses.

»Mein Partner wartet bereits auf Sie. Aber er würde Mr. Tweed gern allein sehen, falls Sie das nicht als allzu unhöflich empfinden. Sie, Paula, und Mr. Newman können einstweilen mit mir etwas trinken – ich wollte schon lange mal den berühmten Auslandskorrespondenten fragen, warum es auf unserer Welt so schlimm zugeht.« Er öffnete eine Tür und machte eine einladende Geste. »Wenn Sie es sich vielleicht inzwischen schon mal hier bequem machen wollten – ich bin gleich wieder bei Ihnen.«

Dann drehte er sich um zu Tweed, der inzwischen die Bordkarte wieder unter den Griff des Koffers gesteckt hatte.

»Mr. Tweed, darf ich Sie jetzt zu meinem Partner bringen?«

Paula blieb in der Mitte des Raumes stehen, in den sie Rondel zusammen mit Newman geschickt hatte. Auf einmal kam ihr wieder die seltsame Botschaft in den Sinn, die Lisa, als sie damals mit Gehirnerschütterung im Krankenhaus lag, herausgekrächzt hatte.

Ham … Dan … Vier Ja.

Ham bedeutete Hamburg, *Vier Ja* das Hotel Vier Jahreszeiten. War es möglich, dass das *Dan* für Danzer stand, den Chauffeur, der sie ins Haus gelassen hatte?

Rondel führte Tweed einen langen Gang entlang, an dessen Ende sich ein großes Gewächshaus mit exotischen Pflanzen befand. Dort saß Rondels Partner in einem Korbstuhl mit hoher, gerader Lehne und pickte sich mit einem seiner Elfenbeinzahnstocher im Mund herum.

Vor dem Stuhl standen auf einem Glastisch die Reste eines Frühstücks. Als er Tweed sah, legte er den Zahnstocher in sein silbernes Etui zurück und steckte es in eine Tasche seines Leinenjacketts.

»Hier ist der Herr, den Sie sehen wollten«, sagte Rondel.

»Vielen Dank. Und lassen Sie seine Begleiter nicht gehen. Eventuell komme ich später noch dazu, sie persönlich zu begrüßen«, sagte der Mann im Korbstuhl. »Wollen wir nicht hinaus in den Garten gehen, Mr. Tweed? Dort können wir uns ungestört unterhalten. Darf ich Ihnen etwas zu trinken anbieten?«

Er sprach langsam und artikulierte dabei sorgfältig jedes einzelne Wort, was Tweed dem Temperament seines Gegenübers zuschrieb. Er kam ihm wie ein sehr bedächtiger Mann vor.

»Nur Wasser, bitte.«

Nachdem sein Gastgeber ihm ein Glas Wasser eingegossen hatte, führte er ihn hinaus in den kleinen Park, in dem viele Blumen blühten, darunter auch wunderschöne Hortensien. Mehrere gewundene Gehwege verschwanden irgendwo zwischen Büschen und Bäumen. Rondels Partner spazierte gemächlich einen der Wege entlang, wobei Tweed stumm neben ihm her ging. Er wartete, bis sein Gastgeber zur Sache kam.

»Ich werde Ihnen jetzt etwas mitteilen, was nur ganz wenige Menschen auf der ganzen Welt wissen. Mein Name ist Milo Slavic. Daran, dass ich Ihnen meinen Namen nenne, können Sie sehen, wie sehr ich Ihnen vertraue.«

»Und warum tun Sie das?«, sagte Tweed.

»Weil ich jeden, den ich an mich heranlasse, vorher peinlich genau überprüfe.« Er sprach das Adjektiv ›peinlich‹ so gedehnt aus, dass es fast wie zwei einzelne Worte klang. »Ich habe Sie auf zwei Kontinenten durchchecken lassen, Tweed. Sie sind ein einzigartiger Mann. Übrigens, ich schmeichle nie.«

»Warum haben Sie mich herbestellt?«

»Darüber hinaus sind Sie sehr direkt. Das gefällt mir. Finden Sie nicht auch, dass ein wesentliches Merkmal unserer heutigen westlichen Regierungen ihre eklatante Führungsschwäche ist? Brauchen wir nicht Staatsmänner, die Stärke zeigen?«

»Hängt ganz davon ab, was man unter Stärke versteht. Im vergangenen Jahrhundert hatten wir in Europa eine ganze Reihe von so genannten starken Männern. Adolf Hitler, Benito Mussolini, Josef Stalin. Wollen Sie so etwas wirklich wieder haben?«

»Als diese Männer an die Macht kamen, herrschte das Chaos. Die Massen waren verunsichert und sehnten sich nach einer starken Hand. Wäre es nicht denkbar, dass so etwas heute wieder passiert?«

»Sind Sie eigentlich ein Nachkomme einer frühen Linie der Frankenheim-Dynastie?«, fragte Tweed unvermittelt.

»Aha!«, rief Tweeds Gastgeber aus und lachte leise. »Manchmal wiederholt sich die Geschichte. Sie haben sich offenbar über die Frankenheims bestens informiert. Tja. Der erste Frankenheim nahm diesen Namen übrigens an, weil er sich damit als Jude ausgeben konnte, um so das Vertrauen von Meyer Amschel erringen zu können, jenem, der das Haus Rothschild begründet hat. Das war Ende des achtzehnten Jahrhunderts. Nachdem Frankenheim von seinem Mentor in alle Geheimnisse des Bankwesens eingeweiht worden war, verließ er ihn und gründete in Paris seine eigene Bank. Machen wir jetzt einen Zeitsprung ins Jahr 1940. Damals war ich ein junger Mann und lernte den letzten Frankenheim kennen; er war kinderlos. Ich verfügte über eine mathematische Begabung und konnte deshalb ein schwieriges buchhalterisches Problem für ihn lösen. Frankenheim besorgte mir einen Schweizer Pass und machte mich zum Direktor seiner Zürcher Bank. Erst als er starb, fand ich heraus, dass er mich zu seinem Universalerben eingesetzt hatte. Ich habe Ihnen soeben eine komplizierte Geschichte sehr vereinfacht erzählt.«

»Und wo stammen Sie ursprünglich her?«

»Aus Slowenien.«

»Das war einmal der nördlichste Staat von Titos Jugoslawien. Heute ist Slowenien ein unabhängiges Land.«

»Nicht jeder weiß das so detailliert wie Sie. Macht Ihnen die momentane Weltlage eigentlich Sorgen?«

»Ja. Es ist gut möglich, dass wir am Rande einer Katastrophe stehen.«

Tweed hielt an und musterte Slavic genau. Er wirkte breitschultriger, als er ihn vom gestrigen Abend im Restaurant Fischereihafen in Erinnerung hatte und strahlte mindestens ebenso viel körperliche Kraft aus wie geistige Stärke. Tweed wusste immer noch nicht, wie er ihn einschätzen sollte.

»Rondels Chauffeur ist ein ungewöhnlicher Mensch«, sagte er.

»Danzer ist mein Chauffeur. Blondel zieht es vor, seinen Bugatti selbst zu fahren. Jetzt hat er sich auch noch einen Maserati gekauft. Ein hübsches Spielzeug. Sollen wir zum Haus zurückgehen?«

»Sie haben Ihren Partner eben Blondel genannt. Ich dachte, er heißt Rondel.«

»Das liegt an seiner Eitelkeit. Weil er blonde Haare hat, findet er seinen wirklichen Namen albern und nennt sich Rondel. Er hatte einen deutschen Vater und eine französische Mutter. Tja, wir sollten uns unbedingt wieder einmal treffen. Vielleicht in meinem Hauptquartier hoch oben im Norden. Ich liebe die Abgeschiedenheit.«

»Woher soll ich wissen, wo Sie sich gerade aufhalten?«

»Das ist nicht nötig, denn ich, Mr. Tweed, weiß immer, wo *Sie* sind.«

»Noch etwas. Wie soll ich Sie bezeichnen, wenn ich mit meinen Mitarbeitern über Sie rede?«

»Nennen Sie mich einfach Milo. Es hat übrigens den Anschein, als würden sich Ihre Leute königlich amüsieren.«

Sie hatten eine halb geöffnete Tür erreicht, die vom Haus hinaus in den Garten führte. Tweed hörte, wie Rondel etwas sagte und Paula daraufhin fröhlich auflachte. Auf einmal stand eine Frau mit bläulich getönten Haaren neben ihm und Milo. Sie hatte einen großen Strauß Hortensien in der Hand und machte ein enttäuschtes Gesicht, als Milo sie mit einer unwirschen Geste wegwinkte.

»Das war Gina France, meine Chefbuchhalterin. Sie leistet hervorragende Arbeit, hat aber leider ein sehr aufbrausendes

Temperament.« Er hielt inne. »Aber Sie haben mir noch immer nicht gesagt, ob Sie an starke Regierungen glauben.«

»Kommt drauf an, wie stark sie wirklich sind.«

»Wir müssen uns unbedingt wiedersehen«, sagte Slavic in eindringlichem Ton. »Ich werde Sie kontaktieren, sobald der Zeitpunkt gekommen ist. Dann sollten Sie allerdings ganz schnell zu mir kommen.« Mit diesen Worten betrat er das Zimmer, in dem Rondel mit Paula und Newman saß.

»Wir müssen jetzt gehen«, sagte Tweed.

»Was?« Rondel sprang auf. »Jetzt schon? Wo die charmante Dame und ich gerade Freundschaft geschlossen haben …«

»Wir werden uns bestimmt bald wiedersehen, Victor«, sagte Paula lächelnd. Sie und Newman standen auf.

Tweed wollte seinem Gastgeber für die Einladung danken, aber der Mann aus Slowenien war verschwunden.

»Bitte richten Sie Ihrem Partner aus, dass ich das Gespräch mit ihm sehr erhellend fand«, sagte er stattdessen zu Rondel. »Ich freue mich schon darauf, ihn recht bald wieder zu treffen …«

Rondel brachte sie durch die Eingangshalle nach draußen. Als er die doppelte Eingangstür öffnete, erschien von hinten eine weitere Person in der Halle. Es war Danzer, der Chauffeur.

»Kommen Sie gut zurück in Ihr Hotel«, sagte Rondel und schloss die Tür.

Als sie langsam die Auffahrt zurückfuhren, kam ihnen Gina France hinterhergelaufen, die immer noch die Hortensien in der Hand hielt.

»Halten Sie an«, sagte Tweed zu Newman und kurbelte das Fenster auf seiner Seite herunter.

»Das ist ja die Frau im Blümchenkleid«, sagte Newman. »Die, die im Park an der Alster die Enten gefüttert und Sie angesprochen hat, Tweed.«

Völlig außer Atem reichte die Frau mit dem rundlichen Gesicht und der dicken Brille die Blumen durch das offene Fenster herein. Paula nahm sie entgegen und lächelte die Frau an.

»Die sind ja wunderschön.«

»Vielen Dank. Das ist sehr nett von Ihnen«, sagte Tweed und lächelte ebenfalls.

Die Frau streckte den Kopf zum Fenster herein. Sie war sehr nervös, und ihre Hände zitterten. Mehrmals versuchte sie zu sprechen, bekam aber kein Wort heraus.

»Mr. Tweed«, sagte sie schließlich. »Ich muss unbedingt mit Ihnen reden. Etwas sehr Schlimmes geht hier vor. Ich werde bestimmt vom Haus aus beobachtet, deshalb kann ich Ihnen jetzt nichts sagen. In welchen Hotel wohnen Sie? Ich komme zu Ihnen.«

»Im Vier Jahreszeiten«, antwortete Tweed und nannte ihr die Nummer seiner Suite. »Wollen Sie heute Nachmittag kommen? Sagen wir gegen drei?«

»Um drei bin ich bei Ihnen. Und haben Sie vielen Dank. Sie sind so ein netter Mann. Aber jetzt muss ich zurück. Die werden mich bestimmt fragen, was ich von Ihnen wollte. Ich sage ihnen, dass ich bei Ihrer Ankunft gehört hätte, wie gut Miss Grey die Hortensien gefallen haben, und dass ich ihr einen Strauß davon gebracht habe.«

»Sie sind wirklich sehr schön…«, sagte Paula, was Gina France aber nicht mehr hören konnte, weil sie bereits die Auffahrt entlang zurück zum Haus eilte.

»Diese Frau hat Angst«, sagte Newman. »Panische Angst.«

25

Während Tweed in Blankenese mit Milo Slavic sprach, stand in London Gavin Thunder in seinem Büro in Whitehall und kanzelte seinen neuen Assistenten Montagu Carrington ab, den Ersatzmann für Jeremy Mordaunt.

»Während ich im Urlaub bin, sind Sie mein Stellvertreter. Sehen Sie also zu, dass Sie kein allzu großes Chaos anrichten. In fünf Tagen bin ich wieder zurück.«

England litt noch immer unter der Hitzewelle, weshalb Thunder einen leichten Tropenanzug trug. Er war so angespannt, dass seine Gesichtszüge noch schärfer geschnitten wirkten als sonst, und seine Geduld hing an einem seidenen Faden.

»Das war aber ein kurzfristiger Entschluss, Sir«, bemerkte Carrington, ein bleicher Mann Mitte dreißig, der sich selbst für einen Überflieger hielt. »Darf ich fragen, wo Sie sind, damit ich mich im Notfall mit Ihnen in Verbindung setzen kann?«

»Nein, das dürfen Sie nicht, verdammt noch mal. Wie soll ich mich im Urlaub entspannen, wenn Leute wie Sie mich jederzeit belästigen können? Mein Ziel ist streng geheim, kapiert? Was muss ich eigentlich noch alles tun, um das endlich in Ihren dummen Kopf zu kriegen?«

»Soll ich eine Limousine bestellen, die Sie zum Flughafen bringt?«

»Nein. Ich fahre selbst. Verstanden?«

Carrington, der in seinem grauen, für die gegenwärtigen Temperaturen denkbar schlecht geeigneten Anzug furchtbar schwitzte, runzelte verstimmt die Stirn und trat von einem Fuß auf den anderen.

»Sollten Sie nicht wenigstens zwei Leibwächter mit in den Urlaub nehmen, Sir? Schließlich sind Sie ein Minister.«

»Ich weiß, dass ich Minister bin, Sie Idiot. Habe ich Ihnen schon mal gesagt, dass sie mich an einen räudigen Hund erinnern, der ständig auf demselben Knochen herumkaut?«

»Nein, Sir.«

»Dann habe ich es jetzt getan.« Thunders Blicke schienen Carrington förmlich zu durchbohren. »Keine Leibwächter, verstanden? Keine Limousine. Nichts. Soll ich Ihnen das schriftlich geben?«

»Nicht nötig, Sir.« Man hatte Carrington fälschlicherweise beigebracht, als Ministerialbeamter müsse man sich gegenüber seinem Vorgesetzten behaupten. »Aber wenn während Ihrer Abwesenheit nun ein Notfall eintreten würde…«, setzte er erneut an.

»Verdammt noch mal!«, explodierte Thunder. »Habe ich Ihnen nicht schon hundertmal erklärt, dass Sie sich in einem Notfall direkt an den Premierminister zu wenden haben? Also halten Sie sich gefälligst daran.« Er hörte auf zu brüllen und fügte in einem fast beiläufigen Ton hinzu: »Wenn Sie bei meiner Rückkehr immer noch solchen Unsinn verzapfen, werde ich Sie hochkant hinausschmeißen. Und jetzt gehen Sie mir aus den Augen!«

Als Thunder allein war, schloss er einen Schrank auf, entnahm ihm seinen bereits gepackten Koffer und ging dann aus dem Büro. Durch eine Hintertür verließ er das Ministerium und stieg in einen unauffälligen Ford.

Auf dem Weg zum Flughafen Heathrow hielt er in einer verlassenen Seitenstraße an. Thunder wusste, dass sein Gesicht in der Öffentlichkeit bekannt war – schließlich hatte er mehr als einmal vor laufender Kamera einen Fernsehmoderator zur Schnecke gemacht, was beim Publikum immer sehr gut angekommen war. Er brauchte nur ein paar Sekunden, um sich ein jüdisches Käppchen aufzusetzen und einen prüfenden Blick auf seinen falschen Pass, der auf den Namen Rosen lautete, zu werfen. Dann band er sich eine Augenklappe vor das linke Auge und überprüfte sein Aussehen im Rückspiegel. So würde ihn niemand erkennen.

Am Flughafen passierte er unbeanstandet alle Kontrollen. Er schaute auf einen der Informationsmonitore. Sein Flug nach Hamburg ging in fünfzehn Minuten.

»Als ich mit unserem Gastgeber im Park spazieren war, habe ich gesehen, wie Marler hinter einem Baum hervorgeschaut hat«, sagte Tweed auf der Rückfahrt zum Hotel. »Zuerst dachte ich, es wäre ein Schatten, aber dann habe ich ihn doch erkannt.«

»Er passt eben gut auf Sie auf«, sagte Paula.

»Ich habe mich zunächst gewundert, dass ich im Park kein Wachpersonal entdecken konnte. Ein Mann wie Milo muss doch Leibwächter haben, dachte ich mir, aber da fielen mir zwei Gärtner auf, die gerade beim Unkrautjäten waren. Einer davon hat sich nach unten gebeugt, und ich konnte unter seiner Jacke ein Halfter mit Pistole sehen.«

»Apropos Marler«, sagte Newman von vorn. »Er und Nield fahren wieder in ihrem Opel direkt hinter uns.«

»Was haben Sie für einen Eindruck von Rondels Partner?«, fragte Paula. »Kann man ihm vertrauen?«

»Das weiß ich nicht. Wir haben über die jüngsten Krawalle überall in der Welt gesprochen, und er hat mich gefragt, ob ich nicht auch der Meinung sei, dass wir eine starke Regierung brauchten. Ich habe ihn daraufhin auf Hitler, Mussolini und Stalin hingewiesen, aber er ist mir ausgewichen.«

»Meinen Sie damit, dass er das befürwortet, was diese Diktatoren getan haben?«

»In gewisser Weise vielleicht schon, aber wie bereits gesagt, er hat mir keine klare Antwort gegeben. Er möchte sich aber wieder mit mir treffen und hat gesagt, dass sein Hauptquartier oben im Norden sei. Das könnte irgendwo nördlich von Hamburg sein, aber natürlich auch weiter weg in Skandinavien.«

»Er hat ihnen also nicht allzu viel erzählt«, stellte Paula fest.

»Dieser Milo ist ziemlich gewieft. Ach, übrigens, Rondel heißt in Wirklichkeit Blondel. Er hat einen französischen Vater und eine deutsche Mutter. Angeblich hat er seinen Namen aus purer Eitelkeit geändert, damit man sich nicht über sein blondes Haar lustig macht.«

»Falls ich ihn je wieder sehe, muss ich aufpassen, dass ich ihn nicht aus Versehen Blondel nenne«, sagte Paula kichernd.

»Sie finden ihn sympathisch, nicht wahr?«

»Er ist sehr charmant.«

»Ich habe ihm jedenfalls von Anfang an misstraut. Wahrscheinlich liegt das daran, dass ich selbst nicht über allzu viel Charme verfüge.«

Das Mittagessen nahm Tweed zusammen mit Lisa, Paula und Newman im Hotelrestaurant ein. Obwohl Lisa sich angeregt mit Paula unterhielt, spürte er, dass sie sich nicht gut fühlte. Als sie gerade beim Kaffee waren, kam Lord Barford auf sie zu und zog sich einen Stuhl vom Nebentisch heran.

»Darf ich mich zu Ihnen setzen?«, fragte er.

»Sie sitzen ja ohnehin schon fast«, entgegnete Tweed lächelnd. »Herzlich willkommen. Sie machen aber ein ernstes Gesicht.«

Paula fand, dass Tweed Recht hatte. Der Lord trug uniformartige Khakikleidung und blickte grimmig drein. Seine Adlernase kam ihr viel größer vor als sonst, und sein Gesicht wirkte noch hagerer und wilder. Tweed bot Barford einen Kaffee an, den dieser nicht ablehnte. Bis der Kellner den Kaffee brachte, blieb er stumm und in sich gekehrt.

»Haben Sie gehört, dass gestern Abend vor dem Hotel jemand erschossen wurde?«, fragte er dann.

»Ja«, sagte Tweed.

»Ich habe den Toten gesehen, weil ich gerade von einem Spaziergang zurückkam. Vielleicht war ich sogar der Erste. Der halbe Kopf war weggeschossen, man konnte direkt ins Gehirn sehen.«

»Ich weiß«, sagte Tweed, den es ärgerte, dass Barford in Gegenwart von Paula und Lisa eine so drastische Schilderung abgab.

»Ich war es auch, der die Polizei verständigt hat«, fuhr Barford fort. »Irgendwie hat der Tote übrigens wie einer Ihrer Leute ausgesehen.«

»Das war er auch.«

»Vielleicht wäre es da gescheiter, wenn Sie wieder heimfliegen würden, Tweed. Hamburg wird langsam ein zu gefährliches Pflaster für Sie.«

»Es überrascht mich, dass ausgerechnet Sie mir diesen Vorschlag machen. Schließlich waren Sie bei der Armee und haben bestimmt viel schlimmer zugerichtete Tote gesehen.« Tweed beugte sich vor. »Warum sind Sie so ängstlich darauf erpicht, dass wir Hamburg verlassen?«

»Ängstlich erpicht?« Der Lord trank einen Schluck von seinem Kaffee. »Ich bin nie ängstlich. Aber das, was ich auf dem Gehsteig vor dem Hotel gesehen habe, war ein deutlicher Hinweis darauf, dass Hamburg der Gesundheit Ihrer Leute nicht gerade zuträglich ist.«

»Wir können uns auch in ungesunden Situationen recht gut behaupten«, sagte Tweed ruhig.

»Sie vielleicht, aber wie sieht es mit den beiden Damen aus?«

»Wie meinen Sie das?«, sagte Paula aufgebracht. »Ich möchte ja nicht gefühllos erscheinen, aber es gehört nun mal zu unserem Geschäft, dass jemand dabei sein Leben lassen kann.«

»Scheint mir ein recht gefährliches Geschäft zu sein«, sagte Barford.

»Wie gefährlich meinen Sie denn?«, sagte Tweed. »Vielleicht könnten Sie uns da einen Hinweis geben, da Sie ja offenbar sehr viel mehr wissen als wir.«

»Wie kommen Sie denn darauf? Ich bin rein geschäftlich hier.« Er stand auf. »Aber jetzt muss ich gehen …«

Newman, der Barford genau beobachtet hatte, wartete, bis dieser das Restaurant verlassen hatte.

»Das war wirklich seltsam«, sagte er dann. »Sein Ton hat mir überhaupt nicht gefallen. Er klang fast so, als ob er uns Befehle geben wollte.«

»Und mir hat *er* nicht gefallen«, sagte Lisa. »In Barford Hall in Essex war er ein Ausbund an Höflichkeit, und jetzt kommt er mir wie Dr. Jekyll und Mr. Hyde vor. Wie Hyde, um es genauer zu sagen. Tja. Oh, ich bin ganz durchgeschwitzt, weil ich in der brütend heißen Lounge so lange auf Sie gewartet habe. Deshalb würde ich jetzt gern auf mein Zimmer gehen, um kurz unter die Dusche zu springen. Vielen Dank für das Essen – und Ihre nette Gesellschaft…«

»Wenigstens hat uns Rondels Partner nicht dazu aufgefordert, die Stadt zu verlassen«, sagte Paula. »Im Gegenteil, er wollte sich sogar noch mal mit Ihnen treffen, Tweed.«

»Das stimmt. Aber ich frage mich, weshalb seine Buchhalterin mich sprechen will. Milo meinte, sie habe ein aufbrausendes Temperament.«

»Milo?«, fragte Paula. »Das ist jetzt schon das zweite Mal, dass Sie diesen seltsamen Namen erwähnen.«

»So will Rondels Partner genannt werden, wenn ich von ihm spreche.«

»Klingt nach Balkan«, meinte Newman.

»Er sagt, dass er aus Slowenien kommt. Ein ziemlich abgelegenes Land.«

»In dem es bestimmt nicht besonders leicht ist, irgendwelche Angaben nachzuprüfen. Meinen Sie, er könnte Rhinozeros sein?«

»Also ich persönlich tippe auf Lord Barford«, sagte Paula.

Als Gavin Thunder auf dem Hamburger Flughafen Fuhlsbüttel gelandet war, verschwand er als Erstes in einer Toilette und nahm Mütze und Augenklappe ab, die er auf dem Weg zur Passkontrolle in einen Abfalleimer steckte. Hier in Deutschland hatten bislang weder Fernsehen noch Zeitungen sein Bild sonderlich oft gebracht, sodass er nicht befürchten musste, von irgendjemandem erkannt zu werden.

Er nahm ein Taxi zum Hotel Atlantic, wo er sich als A. Charles einschrieb und dann von einem Pagen auf seine Suite bringen ließ. Als er allein war, sah er auf die Uhr. Sein Besucher musste bald hier sein. Nachdem er sich einen doppelten Scotch aus der Minibar eingeschenkt hatte, sah er sich in der Suite um und beschloss, dass er wohl am eindrucksvollsten wirkte, wenn er sich hinter den großen Barockschreibtisch setzte.

Außerdem fand er es besser, seinen Anzug anzuziehen, damit wirkte er seriöser. Nachdem er das getan hatte, befestigte er noch schnell das umgedrehte »E« an der Innenseite des Jackettaufschlags. Gerade als er damit fertig war, klopfte es laut und vernehmlich an der Tür. Gavin setzte sich hinter den Schreibtisch und rief: »Herein!«

Oskar Vernon, der heute ein schreiend orangefarbenes Hemd unter einem hellgrauen Anzug trug, kam lässigen Schritts in die Suite spaziert. Da er sein Jackett nicht zugeknöpft hatte, konnte Thunder sehen, wie ihm sein dicker Bauch über den Hosenbund hing. Während Thunder noch auf Vernons schrilles Outfit starrte, schloss dieser die Tür hinter sich und sah sich dann in der Suite um.

»Dieses Hemd macht Sie nicht gerade unauffällig«, meinte Thunder kritisch.

»So was nennt man einen doppelten Bluff«, entgegnete Vernon. »Wenn man sich so kleidet wie ich, fällt man zunächst zwar allen Hotelgästen auf, aber dann gewöhnen sie sich daran und nehmen einen nicht mehr wahr. Alles eine Frage der Psychologie.«

»Setzen Sie sich. Wir haben nicht ewig Zeit.«

»Wenn wir wollen, können wir uns den ganzen Tag Zeit nehmen.«

Vernon war nicht der Mann, der sich ohne weiteres einschüchtern ließ. Er hatte längst erkannt, weshalb Thunder hinter dem ausladenden Schreibtisch saß, und verschmähte deshalb den niedrigen Stuhl davor, den dieser ihm zugewiesen hatte. Stattdessen schob er ihn beiseite und holte sich von der Wand neben dem Fenster einen ähnlichen Stuhl wie den, auf dem der Rüstungsminister saß. Nachdem er ihn vor den Schreibtisch gestellt hatte, ließ er sich aufreizend langsam darauf nieder, schlug die dicken Beine übereinander und lächelte Thunder strahlend an.

»Unser größtes Problem«, sagte Vernon, »ist Tweed. Er ist im Hotel Vier Jahreszeiten abgestiegen, etwa eineinhalb Kilometer Luftlinie von hier …«

»Das weiß ich doch alles«, unterbrach ihn Thunder unwirsch. »Delgado hat mich zu Hause angerufen. Wir müssen diesen Tweed beseitigen – und zwar unverzüglich und für immer. So etwas muss gut geplant werden und …«

»Die Vorbereitungen laufen bereits«, fiel Vernon ihm ins Wort. »Wir erledigen Tweed und sein gesamtes Team.«

»Um wie viele Leute handelt es sich dabei eigentlich?«, knurrte Thunder, der spürte, wie ihm die Kontrolle über das Gespräch immer mehr entglitt.

»Das wissen wir nicht genau. Aber Delgado hat zwanzig Mann, was wohl mehr als genug sein dürfte, um die Sache zu erledigen.«

»Das möchte ich doch auch hoffen.«

»Es wird ein Kinderspiel«, sagte Vernon.

»Meinen Sie?« Thunder platzte der Kragen. »Jetzt will ich Ihnen mal was sagen, Sie selbstgefällige Witzfigur! Dieser Tweed ist extrem clever, extrem erfahren und extrem gefährlich«, schrie er den ungerührt weiter lächelnden Vernon an. »Richten Sie sich gefälligst darauf ein. Und sorgen Sie dafür, dass er ein für alle Mal ausgeschaltet wird.«

»Wozu die Aufregung?«, erwiderte Vernon gelassen und verschränkte die Arme vor seinem dicken Leib. »Wer aufgeregt ist, macht Fehler. Bleiben Sie locker, Gavin. Tweed und seine Leute sind schon so gut wie tot.«

»Schön wär's.«

»Wusste ich's doch, dass wir einer Meinung sind.« Wieder lächelte er Thunder gewinnend an. »Und bezeichnen Sie mich niemals wieder als Witzfigur, das mag ich nämlich überhaupt nicht.«

»In Ordnung«, brummte Thunder, der nun vollends die Kontrolle über das Gespräch verloren zu haben schien. Er durfte jetzt nicht vergessen, dass er nicht zu Hause war. »Könnten Sie mir jetzt vielleicht mitteilen, wie ich zu meiner Konferenz gelange?«

»Darauf wollte ich gerade zu sprechen kommen. Sie bleiben im Hotel und gehen nicht nach draußen, bis Sie mit dem Hubschrauber nach Sylt fliegen …«

»Ich fliege nie mit diesen Dingern.«

»Aber diesmal muss es sein. Es sei denn, Sie wollen hier in Hamburg bleiben. Es ist eine große Maschine, die von einem abgelegenen Teil des Flughafens aus starten wird. Ein Taxi wird Sie abholen, wenn es so weit ist. Der Name des Fahrers ist Thomas. Die anderen vier Mitglieder …«

Oskar Vernon hielt inne, und Thunder war entsetzt. Vernon konnte doch nichts vom Elite Club wissen, geschweige denn, wer dessen Mitglieder waren!

»Wen meinen Sie mit Mitgliedern?«, fragte er heiser.

»Habe ich Mitglieder gesagt? Ich meinte natürlich Mitflieger. Sie kommen ebenfalls mit Taxis zum Flughafen. Der Hubschrauber bringt sie dann alle zu einem geheimen Landeplatz in der Nähe von Sylt, von wo aus Sie mit dem Zug über den Hindenburgdamm auf die Insel fahren werden. Vielleicht ist es schon morgen so weit, vielleicht aber auch erst übermorgen.«

Oskar Vernon stand auf und strich sich sein Jackett glatt. Dann brachte er den Stuhl, auf dem er gesessen hatte, zurück zum Fenster und stellte den niedrigen Stuhl wieder an seinen ursprünglichen Platz.

»Ist das alles?«, sagte Thunder.

»Genügt Ihnen das etwa nicht?«, gab Vernon zurück und verließ die Suite.

26

Tweed war gerade mit Paula und Newman auf seine Suite zurückgekehrt, als jemand laut an die Tür klopfte. Newman bedeutete den beiden anderen zurückzubleiben und näherte sich mit gezogener Smith & Wesson der Tür. Er öffnete sie erst nur einen Spalt, dann aber weit und ließ Pete Nield eintreten.

Pete wirkte so gelassen wie immer, aber Tweed bemerkte, dass er sich über seinen schmalen Schnurrbart strich. Das und die Tatsache, dass Pete so vehement geklopft hatte, sagte ihm, dass er aufgeregt war.

»Setzen Sie sich doch, Pete«, sagte Tweed. »Und entspannen Sie sich.«

»Möchten Sie ein Glas kaltes Wasser?«, fragte Paula.

»Vielen Dank, das wäre sehr freundlich. Ich bin völlig ausgedörrt.«

Nield trank das Glas in zwei großen Schlucken aus und ließ es sich von Paula noch einmal nachfüllen. Dann lehnte er sich zurück und grinste.

»Ich habe eine interessante Neuigkeit für Sie.«

»Da wäre ich jetzt nie draufgekommen«, sagte Tweed.

»Gavin Thunder ist in Hamburg. Er wohnt im Hotel Atlantic.«

Die anderen schwiegen erstaunt. Newman verschränkte die Arme, und Paula, die es sich auf der Couch bequem gemacht hatte, pfiff leise durch die Zähne.

»Wahrscheinlich ist er in einer schwarzen Limousine mit Diplomatenkennzeichen angekommen«, sagte sie. »Mit Pauken, Trompeten und einem ganzen Spielmannszug.«

»Sie werden es nicht glauben«, sagte Nield, »aber er hat sich wie ein Dieb in die Stadt geschlichen. Nahm ein normales Taxi vom Flughafen und muss den Fahrer schon während der Fahrt bezahlt haben, kaum hatte das Taxi nämlich angehalten, wischte er auch schon ins Hotel und war verschwunden.«

»Sind Sie sich sicher, dass es Thunder war?«, fragte Newman.

»Darauf verwette ich meine Pension. Durch mein Fernglas konnte ich sein Gesicht genau erkennen. Schließlich habe ich Thunder oft genug im Fernsehen erlebt, wie er einen Interviewer heruntergeputzt hat. Aber jetzt sollte ich wieder zurück zum Atlantic. Wer weiß, wer noch so alles dort eintrudelt.«

»Das war gute Arbeit, Pete«, sagte Tweed.

»Da tut sich was«, bemerkte Paula, nachdem Nield gegangen war.

»Die Falken sammeln sich«, murmelte Tweed, der hinaus auf den Balkon getreten war und ins Freie blickte.

Nicht einmal eine Minute später klopfte es wieder an der Tür, diesmal allerdings viel leiser. Newman öffnete, und Lisa kam herein. Sie hatte ein gefaltetes Blatt Papier in der Hand.

»Sie werden nie erraten, was man mir unter der Tür hindurchgeschoben hat. Kann sein, dass es schon eine Weile her ist, ich war nämlich eine halbe Ewigkeit unter der Dusche.«

Sie reichte Tweed das Blatt. Er faltete es auseinander und schaute es eine Weile an. Seinem Gesicht war nicht anzumerken, wie der Inhalt des Schreibens auf ihn wirkte. Es waren nur wenige, maschinengeschriebene Zeilen.

Fahren Sie morgen nach Flensburg. Dort warten wichtige Informationen auf Sie. Es ist sehr wichtig. Lisa.

Tweed gab das Blatt an Paula weiter. Während sie es las, lief Lisa, die nicht stillsitzen konnte, in der Suite auf und ab.

»Blöd ist nur, dass ich diese Nachricht nie geschrieben habe«, sagte sie. »Wieso sollte sie also jemand mit meinem Namen unterzeichnen, um sie dann auch noch ausgerechnet mir zukommen zu lassen?«

»Vielleicht mag der Absender Sie nicht besonders«, sagte Tweed. »Interessant ist, dass sie auf derselben Maschine geschrieben wurde wie die Nachricht, die uns zum Fernsehturm bestellt hat. Der Buchstabe ›i‹ ist auf beiden Mitteilungen etwas nach oben verrutscht.«

»Das ist eine Falle«, sagte Paula, während sie das Blatt an Newman weiterreichte.

»Natürlich ist das eine Falle«, stimmte Tweed ihr zu und holte eine Landkarte aus der Schreibtischschublade. »Wenn ich mich richtig erinnere, dann ist der direkte Weg von Hamburg nach Flensburg die A 7, die durch Schleswig-Holstein nach Norden führt. Stimmt, so ist es. Ich bin diese Autobahn vor einigen Jahren schon einmal gefahren und kann mich noch gut daran erinnern. Sie ist über weite Strecken nur sehr wenig befahren und führt meistens durch flaches Ackerland, wo man nur hier und da mal einen einsamen Bauernhof sieht.«

»Die ideale Gegend für einen Hinterhalt«, sagte Newman.

»Was Sie nicht sagen. Aber was der Gegner kann, können wir schon lange.«

»Sie glauben mir doch hoffentlich, dass diese Botschaft nicht das Geringste mit mir zu tun hat?«, fragte Lisa nervös.

»Aber natürlich«, antwortete Tweed mit einem Lächeln.

»Dann gehe ich jetzt zurück auf mein Zimmer und ziehe mich richtig an. Ich bin bloß in irgendwelche Sachen geschlüpft, um Ihnen die Nachricht so schnell wie möglich zu überbringen.« Sie zögerte. »Darf ich denn heute mit Ihnen zu Abend essen?«

»Sicher, wenn nicht noch etwas dazwischenkommt… Wir bleiben in Verbindung.«

Wieder geriet Paula, die noch immer auf der Couch saß, in Gewissenskonflikte. *Jetzt muss ich es ihm einfach sagen*, dachte sie, nachdem Lisa gegangen war.

»Tweed, ich habe Ihnen etwas Wichtiges mitzuteilen…«, begann sie.

Während die anderen ihr gespannt zuhörten, schilderte Paula ihren Besuch bei Lisa und den Anruf eines Mannes namens Oskar, den sie dort entgegengenommen hatte.

»Tut mir Leid, dass ich Ihnen das nicht schon früher erzählt habe. Jetzt hat Lisa erfahren, dass wir möglicherweise einen Hinterhalt planen.«

»Das lässt eine Reihe von Dingen in einem ganz anderen Licht erscheinen«, sagte Newman grimmig. »Jetzt wissen wir, dass wir einen Spion in den eigenen Reihen haben.«

In einem großen Kellerraum unter einem leer stehenden Lagerhaus hatten sich zwanzig Männer verschiedener Nationalitäten versammelt. Es war ein kahler Raum mit einer Decke aus mächtigen Balken und einem Boden aus Naturstein. Aus winzigen Ritzen in den steinernen Wänden, die so aussahen, als wären sie mindestens hundert Jahre alt, drang Wasser, das in dem Raum für eine klamm-feuchte Atmosphäre sorgte. Die Bewohner des Raumes fühlten sich hier nicht sonderlich wohl, aber Delgado, der auf einer schweren Holzkiste saß und seine Schlägertruppe musterte, kam das gerade recht. Er wollte, dass die Männer ständig unter Spannung standen. Es war Barton, der die gespenstische Stille schließlich durchbrach.

»Wie lange sollen wir eigentlich noch hier unten in diesem Rattenloch warten? Was ist, wenn die Mauer auseinander bricht? Ersaufen wir dann alle?«

Delgado grinste wie ein Wolf, als er die Angst auf Bartons Gesicht sah. Es gefiel ihm, dieser brutalen Bande von Schlägern und Kriminellen Angst einzujagen. Angst war ein gutes Mittel, um sie unter Kontrolle zu halten. Obwohl sie wegen ihres verwegenen Aussehens kaum so wirkten – die meisten der Männer waren Slowaken, Kroaten oder Angehörige von Nationen, deren Existenz vielen im Westen praktisch unbekannt war –, hatten sie alle dennoch eine gute Ausbildung an den unterschiedlichsten Waffen erhalten. Für das, was sie hier zu erledigen hatten, würden sie viel Geld bekommen.

»Morgen schlagen wir zu«, sagte Delgado. »Und zwar hier.«

Mit seinem dicken Zeigefinger deutete er auf eine Karte von Schleswig-Holstein, die er an eine Tafel geheftet hatte. »Das hier ist die Autobahn nach Flensburg. Barton und Panko, habt ihr die Fahrzeuge besorgt?«

Er meinte damit vier große Landrover, mit denen man über so gut wie jedes Gelände fahren konnte.

»Sie stehen in der Garage, die Sie angemietet haben«, antwortete Barton.

»Woher wissen Sie, dass die Engländer die Autobahn nehmen?«, fragte der stets aufgeweckte Panko.

»Wieso sollten sie nicht? Es ist der schnellste Weg.«

»Und was stellen wir mit ihnen an?«, wollte Barton wissen. »Wieder so was wie am Fernsehturm?«

Der Sarkasmus in seiner Stimme war nicht zu überhören. Delgado, der nicht an dieses Fiasko erinnert werden wollte, hätte ihm am liebsten den Hals umgedreht. Er atmete tief durch.

»Diesmal töten wir Tweed und alle seine Leute. Habt ihr verstanden? Töten. Töten. Töten.«

Das zustimmende Gemurmel der Männer vor ihm klang wie das Knurren eingesperrter Raubtiere.

»Was machst du denn für ein Gesicht, Barton?«, fragte Delgado. »Sag schon, was du auf dem Herzen hast.«

»Du redest zu laut, Delgado. Was ist, wenn jemand von draußen hört, was wir hier besprechen?«

»Ach ja? Hören soll uns jemand?« Delgado grinste abermals wie ein Wolf. »Dann sag mir mal, du Schlauberger, ob du hier unten schon mal eine Schiffssirene gehört hast.«

»Nein, habe ich nicht.«

»Gleich hinter dieser Mauer fließt die Elbe, und da fahren ständig irgendwelche Schiffe, die immer wieder mal ihre Sirenen betätigen. Aber du hörst sie nicht, also kann uns da draußen auch niemand hören. Ist doch logisch, oder?« Delgado hielt kurz inne und fuhr dann fort: »Also, morgen machen wir Folgendes …«

Es war schon Abend, als Tweed Marler, Butler und Nield zu sich, Paula und Newman in die Suite bat. Er hatte sein Jackett ausgezogen, die Balkontür weit geöffnet und eine aufgeschlagene Karte von Schleswig-Holstein auf den Tisch gelegt.

»Wir haben eine mysteriöse Mitteilung bekommen, die uns für morgen nach Flensburg bestellt«, erklärte er. »Es ist eine Falle, aber wir werden in diese Falle gehen. Marler, Sie sind dafür verantwortlich, dass unsere Angreifer ein für allemal ausgeschaltet werden. Auch wenn es brutal klingt: Wir machen keine Gefangenen.«

Paula war entsetzt. So lange sie Tweed kannte, hatte er noch nie einen derartigen Befehl gegeben. Als er so dastand und sich hemdsärmelig über die Landkarte beugte, strahlte er eine unerbittliche, ja tödliche Entschlossenheit aus.

»Wir fahren in dem cremefarbenen Mercedes, den der Feind jetzt mit uns identifiziert. Nur Sie, Harry, folgen uns eine halbe Stunde später mit dem blauen Mercedes. Und nehmen Sie sich ein Handy mit, damit sie Marler jederzeit mitteilen können, wenn Sie etwas Verdächtiges bemerken. Sehen Sie sich als eine Art Nachhut an.«

»Nehmen wir die Autobahn?«, fragte Marler und fuhr mit dem Finger auf der Karte die A 7 entlang, die vom nördlichen Stadtrand Hamburgs hinauf nach Flensburg am nördlichen Rand Deutschlands führte.

»Richtig.«

»Wie weit ist es denn von Hamburg nach Flensburg?«

»Einhundertachtzig Kilometer«, sagte Tweed. »Wenn man mit normaler Geschwindigkeit fährt und nicht wie eine gesengte Sau, braucht man knapp zwei Stunden dafür.«

»Wie sieht es mit dem Verkehr auf dieser Autobahn aus?«

»Fast nicht vorhanden, selbst um diese Jahreszeit. Wenn wir erst mal die Vororte von Hamburg hinter uns haben, dann wird es ziemlich einsam.«

»Hoffen wir mal, dass unsere Gegner uns im Konvoi hinterherfahren«, sagte Marler, »und erst den blauen Mercedes von Harry überholen müssen, der uns dann warnen kann. Möglicherweise legen Sie sich aber auch vor uns in einen Hinterhalt.«

»Ich werde fahren«, sagte Newman.

»Gut. Sollten Sie in so einen Hinterhalt kommen«, sagte Marler, »dann bleiben Sie stehen und fahren so schnell wie möglich rückwärts. Sollte ein Waldstück in der Nähe sein, versuchen Sie, den Wagen zwischen die Bäume zu bekommen. Sobald er steht, steigen sofort alle aus.«

»Wie steht es mit Waffen?«, fragte Newman.

»Jeder bekommt von mir Handgranaten, Tränengas, ein Schnellfeuergewehr und eine Handfeuerwaffe. Außerdem hätte ich noch drei Uzis zu verteilen. Eine nehmen Sie, Newman, die andere Nield. Ich behalte die dritte.«

»Wäre es nicht besser, wenn ich eine hätte?«, meldete sich Butler zu Wort. »Wenn ich hinter Ihnen fahre, bekomme ich vielleicht die Chance, dem Feind unbemerkt in die Flanke zu fallen.«

»Stimmt auch wieder. Sie können meine haben, Harry. Und jetzt zu unserer Kampftaktik ...«

Es war fast dunkel, als alle außer Paula und Tweed die Suite verließen. Butler und Nield wollten die restlichen Waffen holen, die sie im blauen Mercedes versteckt hatten. Paula sah auf die Uhr.

»Sieht nicht so aus, als ob Mrs. France noch kommen würde. Sie hätte schon vor Stunden hier sein sollen.«

»Vielleicht wurde sie aufgehalten. Oder sie hat es sich anders überlegt. Wenn sie doch noch kommt, würde ich sie gern Keith Kent vorstellen. Natürlich nicht, bevor ich sie mir genau angesehen habe. Ich will sichergehen, dass sie uns nicht an der Nase herumführt.«

»Marler ist ein großartiger Stratege«, sagte Paula. »Als Sie ihm gesagt haben, dass das Land dort oben flach wie ein Tortenboden ist, schien er sich richtiggehend darüber zu freuen.«

»Weil er weiß, dass wir es mit einer Truppe zu tun haben werden, die auf dem Balkan beziehungsweise in der Hohen Tatra ausgebildet wurde – also in den Bergen. Solche Leute sind es gewohnt, von irgendwelchen Felsspitzen herunterzuschießen. Auf einem freien, offenen Feld ist ein solches Training möglicherweise wertlos für sie.« Er hielt inne und fragte Paula dann: »Was haben Sie für ein Gefühl?«

»Ich bin ziemlich aufgeregt. Aber machen Sie sich keine Sorgen um mich. Wenn es losgeht, bin ich die Ruhe selbst. Allerdings fehlt mir Mark Wendover sehr«, fügte sie traurig hinzu. »Wir hätten ihn jetzt gut gebrauchen können.«

»Vorhin, als ich allein war, habe ich kurz Cord Dillon in den USA angerufen. Er war erschüttert, hat mir aber versprochen, die Rückholung der Leiche zu organisieren, sobald Kuhlmann sie freigibt. Er will sie sogar persönlich auf dem Dulles Airport abholen.«

Das Telefon klingelte. Paula ging ran und sagte zu Tweed: »Es ist Mrs. France. Sie ist unten in der Lobby. Ich habe ihr gesagt, sie soll heraufkommen. Am besten hole ich sie vom Aufzug ab.«

Mrs. France wirkte etwas durcheinander, als sie mit einem Ordner unter dem Arm die Suite betrat. Sie trug dasselbe Kleid mit Blumenmuster, das Tweed schon im Park an der Alster an ihr gesehen hatte.

»Mr. Tweed, ich bin untröstlich. Es tut mir so Leid, dass ich mich verspätet habe. Was für ein schlechtes Benehmen. Aber ich hatte keine andere Wahl, Herr Rondel hat mich nämlich heute Nachmittag mit Arbeit überhäuft, die ich augenblicklich zu erledigen hatte. Ich habe ihm zwar gesagt, dass ich noch etwas einkaufen müsse, aber er hat darauf nur gemeint, dann solle ich eben später zum Hauptbahnhof gehen, da hätten die Geschäfte länger auf. Können Sie mir verzeihen?«

Tweed wartete, bis die aufgeregte Frau eine Atempause einlegte und führte sie dann zur Couch, wo er sie bat, Platz zu nehmen.

»Hätten Sie gern einen Brandy mit Soda?«, fragte er sie, nachdem sie den Ordner auf den Tisch gelegt hatte.

»Ja, bitte. Sehr freundlich von Ihnen. Ich wusste von Anfang an, dass Sie ein netter Mann sind. Ein sehr netter Mann.«

Als Paula den Drink zubereitete, goss sie aus Versehen mehr Brandy ins Glas als sie vorgehabt hatte.

»Kann sein, dass er ein bisschen stark ist«, sagte sie deshalb, als sie der Besucherin lächelnd das Glas reichte. »Wenn Sie wollen, mische ich Ihnen einen neuen …«

Sie hörte auf zu reden, weil Mrs. France bereits das halbe Glas in einem Schluck geleert hatte. Die Augen der Frau funkelten vor Freude hinter den dicken Brillengläsern.

»So, jetzt fühle ich mich schon viel besser. Ich bin mit dem Auto hergefahren und musste eine Menge Umwege machen, um sicherzugehen, dass ich nicht verfolgt werde.«

»Wer sollte Ihnen denn folgen?«, fragte Tweed.

»Danzer, der Chauffeur. Er schleicht ständig im Haus herum und taucht oft ohne Vorwarnung neben mir auf. Er ist ein höchst seltsamer Mensch. Knallhart, aber intelligent. Und nicht gerade das, was man sich so unter einem Chauffeur vorstellt.«

»Wollten Sie mir nicht etwas mitteilen beziehungsweise zeigen?«, sagte Tweed.

»Ja. Also, in der Zürcher Kredit ist etwas faul.« Sie öffnete den Ordner und holte daraus ein Bündel Kontoauszüge hervor. »Es gibt in Deutschland keinen Menschen, dem ich diese Dinge zu zeigen wage.«

»Mrs. France«, sagte Tweed und stand auf. »Ich habe einen guten Freund zu Besuch hier. Er ist Finanzexperte. Würde es Ihnen etwas ausmachen, wenn ich Sie ihm vorstellen würde?«

»Aber nein, überhaupt nicht. Wenn es ein enger Freund von Ihnen ist, kann man ihm ja bestimmt vertrauen. Vertrauen ist ja so wichtig ...«

Tweed rief Keith Kent an und bat ihn, auf seine Suite zu kommen. Als er da war, stellte er ihn Mrs. France vor.

»Das ist Gina France, die Chefbuchhalterin der Zürcher Kredit Bank. Mrs. France, das ist Peter, der Finanzdirektor einer Firma in London.«

»Es ist mir eine Ehre, Mrs. France«, sagte Kent und setzte sich neben sie. »Seien Sie versichert, dass alles, was Sie hier sagen, streng vertraulich behandelt wird.«

»Sie sind ein Freund von Mr. Tweed, deshalb vertraue ich Ihnen voll und ganz. Aber ich rede zu viel. Sehen Sie sich lieber das hier an.« Sie fing an, die Kontoauszüge auf dem Couchtisch auszulegen. Einige der Zahlen darauf waren mit Kugelschreiber markiert. »Das sind Fotokopien, die Sie ruhig behalten können. Von den Konten wichtiger Kunden in verschiedenen Filialen der Zürcher Kredit wurden riesige Summen abgebucht und auf eine Bank auf den Bahamas überwiesen. Das Seltsame daran ist, dass diese Bank das Geld sofort wieder zurücküberwiesen hat und zwar an die Zürcher Kredit in Hamburg. Die Überweisungen tragen alle den Vermerk ›Irrtum, sofort zurücküberweisen‹. Verstehen Sie das?«

»Ich glaube schon«, sagte Kent.

»Ist denn so etwas technisch überhaupt möglich?«, fragte Tweed.

»Ja«, antwortete Kent. »Nicht jeder weiß, wie das anzustellen ist, aber es ist machbar. Mir ist jedenfalls ziemlich klar, was hier gelaufen ist.«

»Und? Wieso sollte jemand erst Geld überweisen, um es dann postwendend wieder rücküberweisen zu lassen. Wozu der ganze Aufwand?«, fragte Tweed.

»Es wirkt tatsächlich mysteriös«, sagte Kent, »aber ich könnte mir vorstellen, dass der Vermerk ›Irrtum, sofort zurücküberweisen‹ erst im letzten Moment hinzugefügt worden ist. Kurz bevor die ursprüngliche Überweisung rausging.«

»Von jemand anderem als demjenigen, der die Transaktion ursprünglich veranlasst hat?«

»Durchaus möglich. Dazu ist nichts weiter als eine rasche und geheime Aktion vonnöten.«

»Wer in Ihrer Bank verfügt über das Wissen, um so eine Aktion auszuführen, Mrs. France?«

»Da fallen mir nur die beiden Partner ein. Aber auch Danzer hat ein dickes Konto auf der Bank.«

»Wieso erwähnen Sie das?«

»Weil Danzer viele Qualifikationen hat, die man ihm auf den ersten Blick nicht ansieht. Er war sogar einmal Chefbuchhalter einer anderen Bank, und danach hat er als Ingenieur gearbeitet. Angeblich kennt er sich hervorragend mit Sprengstoff aus.«

»Mit Sprengstoff?«, sagte Tweed erstaunt. »Hat er dieses Wissen denn jemals zum Einsatz gebracht, seit er für Rondel und seinen Partner arbeitet?«

»Nicht dass ich wüsste.«

Mrs. France sah auf die Uhr, trank ihren Brandy aus und stand auf.

»Ich hoffe, Sie entschuldigen mich jetzt. Ich muss zum Bahnhof, bevor dort die Geschäfte zumachen. Schließlich war das ja mein Vorwand, um zu Ihnen zu kommen. Bitte, behalten Sie die Kopien, Peter. Jetzt muss ich aber wirklich gehen. Mr. Tweed, ich bin Ihnen ja so dankbar …«

Nachdem sie fort war, nahm Kent die Fotokopien mit auf sein Zimmer, während Tweed das Telefon abhob und Lisa anrief.

»Hallo, Lisa, hier Tweed. Wir verlassen morgen früh das Hotel. Könnten Sie vielleicht schon mal Ihre Sachen packen? Gut. Später essen wir dann gemeinsam zu Abend.«

Nachdem er wieder aufgelegt hatte, sagte Paula: »Wollen Sie Lisa wirklich mitnehmen? Ich finde, Sie machen da einen großen Fehler.«

»Nein, mache ich nicht. Wenn Lisa bei uns ist, können wir sie besser im Auge behalten.«

Es klopfte, und Paula öffnete vorsichtig die Tür. Es war Nield, der so aussah, als ob er es eilig hätte.

»Ich habe vor zwei Stunden gesehen, wie Oskar Vernon ins Atlantic gegangen ist«, sagte er.

»Wissen Sie auch, ob er sich dort mit Gavin Thunder getroffen hat?«, fragte Tweed.

»Nein, leider nicht. Aber immerhin ist er nicht lange nach Thunder angekommen. Und inzwischen wurde übrigens noch ein hohes Tier ins Hotel geschmuggelt. Ein Amerikaner.«

»Wieso geschmuggelt?«

»Man hat ihn mit dem Lastenaufzug nach oben gefahren. Der Typ hatte jede Menge Leibwächter bei sich. Einer von denen hat mich gefragt, ob ich vorhätte, mit meinem Auto noch länger vor dem Hotel zu stehen. Ich habe gerade einen Apfel gegessen und so getan, als ob ich ein Buch lesen würde. Ich habe ihm gesagt, er solle mich in Ruhe lassen, ich würde auf meine Freundin warten. Daraufhin ist er abgeschoben. Tja, ich gehe lieber wieder zurück. Vielleicht gibt's ja noch mehr zu sehen …«

Tweed trat hinaus auf den Balkon, und Paula folgte ihm. Es war fast dunkel. Die Lichter der Gebäude am anderen Ufer spiegelten sich im Wasser der Alster, und zwei angestrahlte

Kirchtürme ragten in den sternenklaren Nachthimmel. Lange standen Tweed und Paula schweigend da und bewunderten die herrliche Aussicht.

»Wie ein impressionistisches Gemälde«, sagte Tweed nachdenklich. »Jetzt ist also auch Gavin Thunder hier, und ein wichtiger Mann aus den Vereinigten Staaten schleicht sich heimlich in das Hotel, in dem jener und Oskar Vernon abgestiegen sind. Wissen Sie was? Ich frage mich manchmal, ob ich mir nicht alles ganz falsch zusammengereimt habe, ob es in Wirklichkeit nicht doch ganz anders ist.«

27

Nield saß hinter dem Steuer des Opels und hatte wegen der großen Hitze das Fenster heruntergekurbelt, als ihm plötzlich von draußen die Mündung eines Magnum-Revolvers an die Schläfe gedrückt wurde.

»Raus aus dem Auto, aber langsam. Und Hände weg von den Taschen, sonst geht die Kanone plötzlich von selbst los.«

Nield öffnete die Tür vorsichtig, während der Revolver dreißig Zentimeter von seinem Kopf nach draußen wanderte. Verärgert erkannte Nield die Stimme. Sie gehörte demselben Amerikaner, der vorhin mit ihm gesprochen hatte.

Erst als er vor dem Auto auf dem Gehsteig stand, bemerkte er, dass der Leibwächter wie ein Football-Spieler gebaut war. Er war fast einen Meter neunzig groß und trug ein versteinertes Gesicht zur Schau. Auf Nield wirkte er wie ein Mann, den man keinesfalls unterschätzen durfte.

»So, Freundchen, jetzt dreh mir den Rücken zu. Aber langsam. Keine plötzlichen Bewegungen. So was macht mich nervös, und wenn ich nervös bin, drücke ich ab.«

Nield drehte sich wie in Zeitlupe um und blieb dann stehen, als er dem Leibwächter den Rücken zukehrte. Er spürte den Lauf des Revolvers an seinem Rücken und fluchte innerlich. Weit und breit war niemand zu sehen. Die Straße lag wie ausgestorben da. Nield atmete tief ein, um seine Wut etwas abzukühlen.

»So, und jetzt werde ich dich durchsuchen, Freundchen. Zuerst nach Waffen, dann nach einem Ausweis. Kapiert? Wenn du dich wehrst, gibt's was auf die Mütze, und das wollen wir doch nicht, oder? Also denk dran: Ich habe die Knarre immer in meiner rechten Hand und taste dich mit der linken ab. Deine Freundin hätte sich nicht so viel Zeit lassen dürfen.«

Nield blieb stocksteif stehen. Obwohl er seine Walther unter dem Armaturenbrett befestigt hatte, war es ein Fehler gewesen, so lange in dem Wagen zu bleiben, um das Hotel zu beobachten. Der Bastard musste sich wohl von hinten angeschlichen haben.

»Eine falsche Bewegung, und du hast eine Kugel im Rücken.« Es war eine andere Stimme, die so eiskalt klang wie der Nordpol. Die Stimme von Harry Butler. »Falls du es noch nicht erraten hast, Kumpel, das Ding, das ich dir da an deine Wirbelsäule drücke, ist eine Automatik, die jeden Augenblick losgehen kann. Vielleicht wäre es besser für dich, wenn du deine ›Knarre‹, wie du sie zu nennen beliebst, hübsch brav auf den Boden fallen lässt. *Wird's bald?*«

Als die Magnum einen Augenblick später mit einem metallischen Klappern auf den Gehsteig fiel, wirbelte Nield herum, bückte sich und hob sie auf. Dann hielt er sie dem Amerikaner vors Gesicht. Nields völlig emotionsloser Gesichtsausdruck beunruhigte den Leibwächter sichtlich.

»Bevor ich dir ein Loch in deinen Schädel puste, möchte ich dir noch eine Frage stellen«, sagte Nield. »Für welches hohe amerikanische Tier spielst du den Leibwächter?«

»Das ist streng geheim«, stammelte der Amerikaner.

Als sich daraufhin die Mündung seines eigenen Revolvers gefährlich seinem rechten Auge näherte, fing der Mann an zu zittern. Wenn jemand wusste, was für eine verheerende Wirkung die Kugeln dieser Waffe anrichten konnten, dann war er es.

»Ich frage dich das nur noch ein einziges Mal«, sagte Nield völlig ruhig. »Wen habt ihr über den Lastenaufzug ins Hotel geschmuggelt? Vielleicht ziehen wir ja alle am selben Strang. Wir sind von der britischen Special Branch, die unter dem Befehl von New Scotland Yard steht. Du sagst uns, wen du bewachst, und wir sagen dir, wen wir beschützen. Ist das ein faires Angebot? Oder soll ich lieber abdrücken? Deine Leiche entsorgen wir ohne jedes Problem in der Alster, die ist ja nicht weit von hier entfernt.«

»Bleibt das unter uns?«, sagte der Amerikaner und fuhr sich mit der Zunge über die Lippen. »Wenn meine Leute das herauskriegen, komme ich vors Kriegsgericht.«

»Natürlich bleibt das unter uns. Aber es muss schnell gehen, ich kriege schon nervöse Zuckungen im Zeigefinger.«

»Wir bewachen unseren Außenminister. Und ihr?«

»Winston Churchill.«

Während Harry den wütend dreinblickenden Amerikaner weiter mit seiner Walther in Schach hielt, leerte Nield die Trommel des Revolvers und warf die Patronen in verschiedenen Richtungen über die Straße in den Park.

»Wie soll ich dem Sergeant erklären, dass ich meine Patronen verloren habe?«, fragte der Leibwächter entsetzt.

»Gar nicht«, antwortete Nield. »Du schleichst dich einfach an euren Munitionsvorrat und holst dir neue.«

»Stimmt, das könnte funktionieren.« Der Amerikaner nahm von Nield die leere Waffe entgegen und steckte sie sich ins Schulterhalfter. »Special Branch? Ich habe von euch Jungs schon gehört.«

»Die ganze CIA kennt uns.«

»Stimmt …«

Der Leibwächter erschrak. Er hatte soeben die Organisation preisgegeben, für die er arbeitete. Dann drehte er sich um und ging mit großen Schritten zurück zum Hotel. Dort rannte er die Stufen zum Eingang hinauf und verschwand. Er wagte es nicht einmal mehr, sich umzudrehen.

»Dem haben Sie aber ganz schön eingeheizt«, sagte Butler.

»Nur so kann man solche Typen zum Sprechen bringen. Jetzt muss ich aber unbedingt Tweed erzählen, was wir herausgefunden haben.«

»Ich fahre Sie zum Vier Jahreszeiten und übernehme dann hier die Wache.«

»Ziemlich britisch, wie Thunder sich ganz allein ins Hotel gemogelt hat«, sagte Nield, als Butler den Wagen startete. »Der Amerikaner hingegen braucht eine ganze Horde Gorillas, die ihn auf Schritt und Tritt bewachen.«

Vor der Tür zu Tweeds Suite traf Nield auf Paula, die einen farbigen Prospekt in der Hand hielt.

»Ich muss Tweed etwas zeigen«, sagte sie.

»Und ich habe interessante Neuigkeiten für ihn.«

Tweed trug noch immer kein Jackett – die Schwüle hatte eher noch zugenommen – und bot den beiden, nachdem er sie in die Suite gelassen hatte, etwas zu trinken an. Nield trank zwei Gläser Wasser hintereinander und stieß einen Seufzer der Erleichterung aus.

»Wir beide haben Ihnen etwas mitzuteilen«, sagte Paula. »Ich lasse Pete den Vortritt.«

»Der amerikanische Außenminister ist im Hotel Atlantic abgestiegen«, verkündete Nield.

»Das passt hervorragend«, sagte Tweed. »Erinnern Sie sich nicht auch an frühere Fälle, in denen sich die Ereignisse plötzlich überschlugen und erst dann wieder Ruhe einkehrte, wenn alles vorbei war? An so einem Punkt sind wir jetzt angekommen.«

Stirnrunzelnd hörte sich Tweed daraufhin an, unter welchen Umständen Nield und Butler diese Information erhalten hatten.

»Glauben Sie, dass der CIA-Mann seinen Kollegen etwas davon erzählen wird, Pete?«, fragte er.

»Ich wette, nein«, mischte Paula sich ein. »Damit setzt er doch seine ganze Karriere aufs Spiel.«

»Das glaube ich auch«, sagte Nield. »So, jetzt würde ich mich gern ein paar Minuten aufs Ohr legen, wenn's recht ist.«

»Auch Harry braucht Schlaf«, meinte Tweed. »Holen Sie ihn, und dann ab ins Bett.«

Als Nield die Suite verlassen hatte, wandte Tweed sich an Paula. »Haben Sie etwas auf dem Herzen?«

»Erinnern Sie sich noch daran, wie Lisa in der Klinik versucht hat, uns etwas mitzuteilen? Sie hat *Ham … Dan … Vier … Ja* gesagt. Wir haben erst kürzlich darüber spekuliert, ob mit *Dan* vielleicht Danzer gemeint sein könnte, der Chauffeur von Rondel und seinem Partner. Aber ich glaube das jetzt nicht mehr. Ich habe von der Rezeption diese Broschüre hier mitgenommen. Sehen Sie mal.«

Sie zeigte Tweed den Prospekt, den sie in der Hand hielt. Auf der Titelseite waren groß die Buchstaben DAN zu sehen. Dann klappte Paula die erste Seite auf, und aus dem DAN wurde das Wort DANMARK.

»Das ist das dänische Wort für Dänemark«, sagte sie. »Ich glaube, Lisa wollte uns sagen, dass in Dänemark etwas Wichtiges vorgeht.«

»Sie können Lisa ja fragen, wenn Sie morgen mit ihr zusammen im Wagen sitzen. Vielleicht haben Sie ja Recht. Dänemark liegt nördlich von hier, und Milo hat gesagt, dass sich sein Hauptquartier im hohen Norden befindet.«

Kaum hatte Tweed das gesagt, klopfte es an der Tür, und Marler erschien. Er sah so gut erholt aus, als ob er gerade den halben Tag lang geschlafen hätte, aber Tweed wusste, dass er seit vielen Stunden ohne Unterlass auf den Beinen war.

»Hatten Sie schon Zeit, über unseren Schlachtplan nachzudenken? Gibt es irgendwelche Bedenken dagegen?«

»Nein. Schließlich handelt es sich ja um einen flexiblen Plan, der allen Möglichkeiten Raum lässt. Ich rechne damit, dass die Gegenseite zwischen fünfzehn und dreißig Mann zur Verfügung hat, vorausgesetzt, wir haben es mit Delgados Truppe zu tun. Wir hingegen sind nur zu sechst.«

»Zu siebt«, korrigierte ihn Marler. »Vergessen Sie Lisa nicht. Ich habe ihr eine Beretta mit einer Menge Munition gegeben. Sehen Sie mich nicht so an, Tweed. Ich war mit ihr auf einem Schießstand hier in der Gegend, wo sie auf Anhieb sechsmal ins Schwarze getroffen hat. Bei der nächsten Runde fünfmal, wobei der eine Schuss auch nur knapp daneben lag. Die Frau schießt wirklich nicht schlecht. Ich war ziemlich baff.«

»Sie sind der Leiter der Aktion, Marler. Tun Sie, was Sie für richtig halten.«

Tweed sah Paula bei diesen Worten nicht an, weil er wusste, dass sie ein skeptisches Gesicht machen würde. Es klopfte wieder, und als Paula öffnete, stand Nield vor der Tür.

»Raten Sie mal, wen Harry und ich gesehen haben, als wir vom Hotel Atlantic losgefahren sind«, sagte er.

»Nun spucken Sie's schon aus«, sagte Tweed ungeduldig.

»Lord Barford. Er ist gerade aus dem Atlantic gekommen und hat sich schnurstracks auf den Weg hierher gemacht.«

»Vielleicht hat er heute mal seinen Drink in einer anderen Hotelbar genommen.«

»Und wozu braucht er in der Bar die altmodische Aktentasche, die er mit sich herumgeschleppt hat?«

Nachdem Nield wieder gegangen war, trat Tweed hinaus auf den Balkon. Paula folgte ihm und sah, dass er, wie so häufig in den letzten Tagen, ins Leere starrte. Dann trank er seinen Scotch aus und zündete sich eine Zigarette an.

»Sieht wirklich so aus, als hätte ich das Pferd vom Schwanz her aufgezäumt«, sagte er schließlich. »Und was den morgigen Tag anbetrifft – bereiten Sie sich auf das Schlimmste vor.«

28

Obwohl die Autobahn praktisch leer war, hielt sich der cremefarbene Mercedes mit Newman am Steuer strikt an die Geschwindigkeitsbegrenzung. Kurz hinter Hamburg waren noch einige Lastwagen und ein paar Pkws unterwegs gewesen, aber jetzt, auf dem flachen Land, war die überlange Limousine weit und breit das einzige Fahrzeug.

Neben Newman saß Marler, während auf der mittleren Sitzbank Tweed und Paula Platz genommen hatten. Ganz hinten hatten es sich Nield und Lisa bequem gemacht. Paula wischte sich mit einem Papiertaschentuch die schwitzenden Hände trocken, damit sie im Ernstfall ihre Browning auch gut zu fassen bekam.

Die Sonne brannte so erbarmungslos aus einem wolkenlosen Himmel herab, dass es trotz aufgedrehter Klimaanlage im Inneren des Mercedes sehr warm war. Paula schaute hinaus auf die grünen Felder neben der Autobahn, die sich bis zum Horizont zu erstrecken schienen.

»Das ist Mais«, sagte Tweed. »Unzählige Hektar Mais. Wenn die Hitze anhält, kann er bald geerntet werden. Er steht schon erstaunlich hoch für diese Jahreszeit.«

»Ist das ein Vorteil für uns?«, fragte Paula.

»Möglicherweise – es sei denn, der Feind legt sich ausgerechnet in einem Maisfeld in den Hinterhalt.«

»Mir kommt der Mais wie gerufen«, sagte Marler. »Er könnte für uns sogar Schlacht entscheidend sein.«

Ein Personenwagen kam ihnen auf der anderen Fahrbahn der Autobahn entgegen. Er war das erste Fahrzeug seit langem.

»Wie weit ist es noch bis Flensburg?«, rief Lisa von hinten.

»Noch ziemlich weit«, antwortete Tweed. »Über eine Stunde Fahrt, würde ich sagen. Wir sind hier mitten in der Pampa.«

»Die einzige menschliche Behausung, die ich bisher gesehen habe, war ein kleiner Bauernhof«, sagte Lisa.

Paula betrachtete weiterhin die Felder, die fast bis an den Standstreifen der Autobahn heranreichten. Die hohen Maisstauden trugen große Blätter und standen so dicht, dass man zwischen ihnen nicht hindurchblicken konnte. Paula, die noch niemals derart große Felder gesehen hatte, kamen sie wie ein endloses grünes Meer vor.

»Delgado lässt sich aber Zeit«, bemerkte sie.

»Gedulden Sie sich«, sagte Tweed. »Die kommen schon.«

In einem Abstand von fünfzehn Minuten folgte der cremefarbenen Limousine die blaue. Am Steuer des mit getönten Scheiben ausgestatteten Mercedes saß Harry Butler, die Uzi griffbereit auf dem Beifahrersitz. Ständig beobachtete er den Rückspiegel, aber bisher war darin kein Fahrzeug aufgetaucht.

Jetzt aber sah er dort einen schwarzen Punkt auftauchen, der zusehends größer wurde. Es dauerte nicht lange, bis Butler erkannte, dass es ein Landrover Discovery war, der ihn mit hoher Geschwindigkeit aufholte. Dem Geländewagen folgte ein zweiter vom gleichen Typ, dann ein dritter und schließlich ein vierter.

Butler behielt die Geschwindigkeit bei und ließ sich von dem Konvoi überholen. Dabei schaute er sich die Insassen des ersten Wagens an und erkannte Delgado, der in Tarnjacke und schwarzem Barett am Steuer saß.

Als alle Landrover, die ohne Ausnahme mit zwielichtigen Schlägertypen besetzt waren, an ihm vorbei waren, rief Butler über sein Handy Marler an.

»Hier Harry«, sagte er. »Vier Landrover voller übler Gestalten haben mich gerade überholt. Sie fahren verdammt schnell, und im ersten sitzt Delgado am Steuer …«

»Danke, Harry«, sagte Marler mit ruhiger Stimme. »Wann, glauben Sie, werden die bei uns sein?«

»Ich schätze mal, in fünf Minuten. Vielleicht schon etwas früher…«

Marler gab Butlers Warnung an die anderen im Wagen weiter. Während er das tat, sah sich Tweed die Umgebung an. Rechts der Autobahn tauchte gerade einer der wenigen Parkplätze auf, die es in dieser Gegend gab. Um den Parkplatz herum befand sich ein kleines Kiefernwäldchen, dahinter erstreckte sich wiederum ein riesiges Maisfeld.

»Fahren Sie auf den Parkplatz«, sagte er zu Newman. »Und lassen Sie den Wagen dort so stehen, dass er von der Autobahn aus gesehen werden kann. Sobald wir anhalten, verteilen Sie sich im Maisfeld und bilden drei Abteilungen, so wie wir es besprochen haben…«

Paula wischte sich mit dem Papiertaschentuch noch einmal die Hände trocken. Innerlich war sie eiskalt. Newman bremste ab und steuerte die Limousine auf den Parkplatz. Sofort stiegen alle aus und rannten in das hohe Maisfeld. Als Paula den Wagen verließ, hatte sie das Gefühl, dass sie sich in einen Backofen begab, so heiß war die Luft draußen.

Newman und Marler sicherten die rechte Flanke und waren damit der Autobahn am nächsten. Tweed und Paula bildeten die Mitte der Front, während Nield und Lisa links von ihnen Position bezogen. Kaum hatte Paula sich zwischen den hohen Maispflanzen versteckt, da hörte sie auch schon einen Hubschrauber, der aus Richtung Hamburg kam.

»Da ist ein Hubschrauber!«, sagte sie zu Tweed.

»Ein Hubschrauber!«, rief Tweed so laut, dass alle es hören konnten. »Er hat uns gesehen und wird bestimmt Delgado informieren.«

Verborgen im mannshohen Mais, sah Paula, wie der Hubschrauber über dem Feld Kreise zog, um sie ausfindig zu machen. Dann hörte sie die Motoren der Landrover, gefolgt von lautem Bremsenquietschen.

Paula konnte es zwar nicht sehen, aber Delgado hatte die vier Geländewagen auf dem Parkplatz direkt neben dem cremefarbenen Mercedes anhalten lassen und befahl seiner Truppe auszusteigen.

Tweed rüttelte ein paar Maispflanzen, um die Aufmerksamkeit der Angreifer auf sich zu lenken. Das Manöver gelang, denn sofort drangen zwanzig schwer bewaffnete Männer vom Parkplatz her in das Maisfeld ein.

Paula hörte, wie der Hubschrauber nach Süden abdrehte. Er hatte seine Arbeit getan und Tweeds Team ausfindig gemacht. Wäre er noch etwas länger geblieben, hätte er vielleicht bemerkt, dass Tweed und seine Leute mitten im Maisfeld einen alten, im Sommer völlig ausgetrockneten Entwässerungsgraben entdeckt hatten, der ihnen gute Deckung bot.

Sie hatten gerade Stellung bezogen, als die ersten beiden Angreifer auf sie zukamen. Einer schwang eine Machete, mit der er sich eine Schneise durch den Mais schlug. Tweed schoss auf den anderen Mann, der auf der Stelle zusammensackte und dabei fast von seinem Kameraden enthauptet worden wäre. Ein gezielter Schuss von Paula streckte auch den Mann mit der Machete nieder. Aus der Ferne hörte sie Delgado schreien: »Tötet! Tötet! Tötet!«

»Wenn er's nicht anders haben will …«, knurrte Tweed. »Sein Wille sei uns Befehl.«

Links von ihnen wischte sich gerade Lisa die feuchten Hände an ihrer Jeans ab, als ein anderer Angreifer, der ebenfalls eine Machete schwang, sie entdeckte, um sofort mit einem teuflischen Grinsen mit seiner Waffe auszuholen. Er kam aber nicht mehr dazu, sie niedersausen zu lassen, weil ihn ein Schuss von Nield, der ihn mitten in der Kehle traf, niederstreckte.

Delgados Männer waren schneller in das Maisfeld vorgedrungen, als Tweed und Marler es erwartet hatten. Marler erkannte, dass es bald zu einem Nahkampf kommen würde, bei dem sie heillos in der Unterzahl wären. Er musste sich etwas einfallen lassen.

Aus seiner Umhängetasche nahm er eine Handgranate, zog den Sicherungsstift heraus und stand auf. Vier grimmig dreinblickende Männer stampften Schulter an Schulter auf ihn zu, um sich auf ihn zu stürzen. Marler warf die Handgranate, entsicherte eine zweite und schleuderte auch diese unter die Angreifer. Drei der Männer wurden von der ersten Handgranate zerfetzt, während die zweite vor die Füße des vierten Mannes fiel, der ein paar Schritte zurückgeblieben war. Als sie explodierte, sah Marler das Gewehr des Mannes in hohem Bogen durch die Luft fliegen.

Jetzt packte Marler zwei Ampullen mit Tränengas und schleuderte sie in die Richtung, in der er die Maispflanzen sich bewegen sah. Dann riss er sein Armalite-Gewehr hoch und wartete. Es dauerte nicht lange, bis zwei der Angreifer hustend und mit den Händen vor den Augen aus der Gaswolke auf ihn zutaumelten. Marler zielte sorgfältig und erschoss sie einen nach dem anderen. Nield, der ebenfalls aufgestanden war, steckte die Walther ein und griff nach der Uzi. Es war keine Sekunde zu früh, in diesem Moment gingen nämlich fünf der Rowdys im Pulk auf ihn los. Nield mähte sie mit einem langen Feuerstoß aus der Maschinenpistole nieder. Dann legte sich eine unheimliche Stille über das Maisfeld. Als Paula keine Geräusche oder Bewegungen mehr wahrnahm, machte sie Anstalten aufzustehen, aber Tweed zog sie zurück in den Graben. Er war sich noch nicht sicher, ob die Schlacht wirklich vorbei war.

Nachdem die vier Landrover ihn überholt hatten, gab Butler Gas und ließ den Mercedes mit Höchstgeschwindigkeit über die Autobahn rasen. Ein paar Minuten später sah er den Parkplatz mit den Geländewagen und der beigefarbenen Limousine und trat auf die Bremse. Als er aus dem Wagen stieg, hörte er aus dem Maisfeld vereinzelte Schüsse. Er nahm die Uzi und kletterte aufs Dach des Mercedes, von wo aus er einen besseren Überblick hatte. Rechter Hand sah er, wie fünf Männer mit Schnellfeuergewehren gebückt durch das Maisfeld schlichen und versuchten, Tweed und seiner kleinen Truppe in den Rücken zu fallen.

Butler sprang vom Wagendach und stürzte den fünf Männern wie ein wilder Stier quer durch das Maisfeld hinterher. Als er sie schon fast erreicht hatte, strauchelte er und fiel hin. Bis er sich wieder aufgerappelt hatte, waren die fünf Killer längst ausgeschwärmt. Einer von ihnen drehte sich um, sah Butler und hob sein Gewehr. Butler betätigte den Auslöser der Uzi und schwenkte die Waffe, ohne mit dem Schießen aufzuhören, in einem weiten Halbkreis, bis alle fünf blutüberströmt zusammenbrachen.

Während er sich vergewisserte, dass sie auch wirklich tot waren, hörte er vom Parkplatz her das Geräusch von rennenden Füßen auf dem Asphalt und eilte zurück zu den Fahrzeugen.

Delgado war nicht mit seinen Männern ins Maisfeld gegangen, um im Notfall sofort den Rückzug antreten zu können. Als ihm klar wurde, dass die Schlacht verloren war, stieg er in den nächstbesten Landrover. Er griff gerade zum Zündschlüssel, als Barton und Panko aus dem Mais gerannt kamen. Delgado wollte losfahren, aber Barton baute sich vor dem Kühler des Landrovers auf und zielte mit seiner Waffe auf ihn. Also gab er laut fluchend nach und ließ die beiden einsteigen. Dann gab er Vollgas und fuhr los.

Als Butler aus dem Maisfeld kam, sah er gerade noch, wie der schwere Geländewagen hinaus auf die Autobahn fuhr. Es machte allerdings keinen Sinn mehr, ihm hinterher zu schießen, dafür war er schon zu weit entfernt.

29

Der blaue Mercedes hatte das Schlachtfeld im Maisfeld weit hinter sich gelassen und näherte sich langsam Flensburg. Die Autobahn vor und hinter der Limousine war völlig leer. Auf der hinteren Sitzbank saß Butler zwischen Nield und Lisa und biss genüsslich in ein Sandwich.

»Das war eine gute Idee von Ihnen, Lisa«, sagte er. »Wenn es nur irgendwie geht, lasse ich keine Mahlzeit aus.«

»Gut, dass Sie daran gedacht haben, uns von der Hotelküche Lunchpakete machen zu lassen«, sagte auch Paula, die auf der mittleren Bank der Stretchlimousine saß. »Auch Obst und Wasser sind dabei. Großartig.«

»Ohne Wasser kann man es in dieser Hitze ja nicht aushalten«, sagte Marler, der vorn neben Newman saß.

»Der Hubschrauber ist wieder da«, sagte Paula plötzlich. »Er fliegt ein gutes Stück neben der Autobahn in Richtung Flensburg, scheint sich aber nicht für uns zu interessieren.«

»Die rechnen nicht damit, dass wir in der blauen Limousine sitzen. Die glauben, wir sind wie in Hamburg immer noch in den beiden anderen unterwegs.«

»Das war ein genialer Schachzug von Ihnen«, sagte Paula.

»Ab und zu braucht man eben ein neues Image«, sagte Tweed bescheiden.

»Wenigstens werden wir eine ruhige Fahrt bis Flensburg haben«, sagte Paula.

»Darauf würde ich mich nicht verlassen«, sagte Marler. »Immerhin hat Harry gesehen, wie drei Männer in einem der Landrover nach Norden entkommen sind. Lisa hat sie anhand seiner Beschreibung als Barton, Panko und Delgado identifiziert. Die drei dürften zusammen eine ziemlich tödliche Kombination ergeben.«

»Aber sie rechnen bestimmt nicht damit, dass wir nach dem Kampf im Maisfeld noch nach Flensburg weiterfahren. Wahrscheinlich glauben sie, dass wir uns nach Hamburg zurückziehen.«

»Kann sein«, sagte Tweed. »Aber sicher bin ich mir da nicht.«

Flensburg ist eine alte Stadt nahe der deutsch-dänischen Grenze. Nachdem Tweed und seine Leute ihre Limousine auf einem gut besetzten Parkplatz abgestellt hatten, gingen sie zu Fuß in die Innenstadt. Paula fiel sofort die ruhige, fast ländliche Atmosphäre auf, die einen starken Kontrast zur lebhaften Geschäftigkeit in Hamburg darstellte. In der Großen Straße, der Fußgängerzone, waren die Gebäude nur drei bis vier Stockwerke hoch. In den Erdgeschossen mit ihren schönen, alten Bogenfenstern waren oft kleine Läden untergebracht, und vor den Häusern spendeten hohe Laubbäume, deren Stämme mit Eisengittern geschützt waren, willkommenen Schatten.

Tweed hatte seine Leute angewiesen, in kleinen Gruppen zu zwei bis drei Personen durch die Stadt zu gehen. Paula, die sich mit Tweed zusammengetan hatte, genoss die frische Brise, die durch die nahe gelegene Förde von der Ostsee herüberblies.

»So schön ruhig ist es hier«, sagte Paula. »Und kaum Menschen unterwegs. Nicht einmal Touristen.«

»Ich kann Ihnen auch sagen, warum«, sagte Tweed und deutete auf ein Plakat, auf dem ein Jahrmarkt an einem Ort angekündigt wurde, dessen Namen er allerdings noch nie gehört hatte. »Wahrscheinlich sind sie alle dort.«

»Den Jahrmarkt können sie von mir aus für sich allein haben«, sagte Paula. »Mir ist nicht nach Lärm und Menschenmengen. Die Stadt ist wirklich schön. Bestimmt ist es bei Nacht hier ganz zauberhaft, wenn all die hübschen Laternen brennen.«

Vor sich konnte Paula ein paar Marktstände sehen, aber nur wenige Leute interessierten sich für die angebotenen Waren. Sie blickte nach oben, weil sie das Geräusch eines Hubschraubers hörte, der in geringer Höhe über die Stadt flog. Neben dem Piloten saß ein Mann, der mit einem Fernglas nach unten schaute. Nach ein paar Sekunden war der Hubschrauber wieder verschwunden.

»Ich wollte es Ihnen eigentlich schon früher sagen, aber ich hatte keine Zeit dazu. Ich bin mir ziemlich sicher, dass der Hubschrauber, der nach dem Kampf die Autobahn entlanggeflogen ist, nicht derselbe war wie der, den wir vorher gesehen haben. Der Hubschrauber wiederum, der eben über die Stadt geflogen ist, sah aber genauso aus wie der zweite.«

»Heutzutage sieht man ständig irgendwelche Hubschrauber«, sagte Tweed ohne großes Interesse.

Ein Stück hinter ihnen spazierte Marler zusammen mit Newman die Fußgängerzone entlang. Auf einmal blieb er stehen und griff nach seiner Walther, die er in einem Schulterhalfter trug. Er dachte, er hätte gerade Barton gesehen. Als der fragliche Mann sich aber umdrehte, erkannte Marler, dass er sich getäuscht hatte.

»Falscher Alarm«, sagte Newman grinsend.

Noch ein Stück weiter hinten gingen Nield und Lisa. Nield hatte jede Menge Zeug in seiner Jackentasche und machte sich daran, die Dinge zu sortieren. Dabei fiel ihm seine Walther aus der Hand und schlug mit einem lauten Geräusch auf die Steinplatten der Fußgängerzone. Ohne dass Lisa, die ein paar Schritte vorausgegangen war, es bemerkte, bückte er sich, hob die Pistole auf und steckte sie in das Schulterhalfter, in das sie eigentlich hineingehörte. Dann sah er sich um, ob jemand sein Ungeschick mitbekommen hatte, aber die wenigen Leute, die in der Nähe waren, schauten alle nur in irgendwelche Schaufenster.

Lisa war inzwischen allein weitergegangen. Sie schlenderte nach rechts durch einen Torbogen und gelangte auf einen kleinen, stillen Platz, von dem mehrere Seitenstraßen abgingen. Als sie ihn entlangspazierte, kam sie am Fremdenverkehrsamt vorbei in eine enge, kopfsteingepflasterte Gasse, von der sie annahm, dass sie zur Fußgängerzone zurückführen würde.

Kurz vor einem alten Haus mit offen stehender Eingangstür hörte sie auf einmal ein Geräusch hinter sich und spürte, wie sich ihr eine Hand mit Lederhandschuh über den Mund legte. Lisa trat mit aller Kraft nach hinten, aber es kam ihr so vor, als ob sie gegen einen Baumstamm treten würde. Dann erschien eine zweite Hand vor ihren Augen, die ihr ein weißes, penetrant nach Chloroform riechendes Tuch auf die Nase presste. Obwohl Lisa versuchte, den Atem anzuhalten, spürte sie, wie ihr ganz schwummrig wurde. Trotzdem verlor sie nicht das Bewusstsein.

Der Angreifer zog sie ins Haus, ohne den chloroformgetränkten Lappen von ihrem Gesicht zu nehmen. Sie hörte, wie die Tür ins Schloss fiel und ein Riegel vorgeschoben wurde. Der Mann steckte das Tuch weg und packte Lisa mit beiden Händen an der Hüfte. Lisa ließ ihren Körper schlaff herunterhängen, um dem Angreifer vorzugaukeln, dass sie bewusstlos sei. Dabei war ihr ganz schwindelig, und sie hatte das Gefühl, in einem Albtraum gefangen zu sein. Der Mann trug sie eine Treppe hinauf. Das Poltern seiner Stiefel auf den Steinstufen klang in ihrem benebelten Kopf so hohl wie weit entfernte Glockenschläge.

Oben auf dem Treppenabsatz blieb der Mann kurz stehen und schob mit der Schulter eine weitere Tür auf. Dann trug er sie in ein Zimmer und schaltete das Licht an. Im trüben Schein einer nackten, höchstens vierzig Watt starken Glühbirne sah Lisa das Zimmer wie durch einen dicken Watteschleier, und die Bewegungen des Mannes kamen ihr so langsam wie in Zeitlupe vor. Vorsichtig atmete sie ein und wieder aus. Obwohl sie nur ganz wenig Chloroform abbekommen hatte, war ihr so schlecht, dass sie sich auf der Stelle hätte übergeben können.

Als der Mann sie auf einem Stuhl absetzte, ließ sie den Kopf auf die Brust sinken. Obwohl sie große Angst hatte, kochte sie innerlich vor Wut. Der Mann drückte sie mit dem Rücken an die Stuhllehne, und dann spürte sie auf einmal kaltes Metall an ihren Handgelenken. Es waren Handschellen. Lisa öffnete vorsichtig die Augen einen winzigen Spalt und sah, dass die beiden Schellen mit einer etwa dreißig Zentimeter langen Stahlkette verbunden waren.

Der Mann bückte sich und band ihre Füße mit einem Seil zusammen. Als er mit ihr fertig war, hörte Lisa, die die Augen wieder fest geschlossen hatte, wie sich seine Schritte von ihr entfernten. Sofort nutzte sie die Gelegenheit, um ein paar tiefe Züge der warmen, stickig riechenden Luft zu atmen.

Dann hörte sie, wie der Mann sich wieder näherte, und spürte auf einmal einen Schwall kalten Wassers auf Gesicht und Oberkörper. Obwohl der unerwartete Guss ihr mit einem Schlag die Benommenheit vertrieb, blieb Lisa immer noch zusamengesunken auf dem Stuhl sitzen. Auch als der Mann ihr ohne Vorwarnung mit der flachen Hand erst rechts, dann links ins Gesicht schlug, reagierte sie nicht, sondern ließ den Kopf locker von einer Seite auf die andere fallen. Ihre Angst hatte sich jetzt vollständig in eine kalte, mörderische Wut verwandelt. Als der Mann mit den Schlägen aufhörte, öffnete sie langsam die Augen und schaute ihren Peiniger an. Es war Delgado.

Lisa verspürte ein übermächtiges Verlangen, den Dreckskerl zu töten, und wusste, dass das keine vorübergehende Emotion war. Bei der nächsten Gelegenheit, die sich ihr bot, würde sie ihn umbringen, ganz gleich auf welche Weise. Im Augenblick aber konnte sie nichts anderes tun, als sich in ihrem Gefängnis umzusehen. Es war ein altertümlicher Raum mit hölzernen Wänden, an deren einer sie zwei seltsam aussehende, große Türen sah. Durch die Ritzen zwischen ihnen und dem Türstock drang helles Tageslicht herein. Was war das nur für ein merkwürdiger Ort? Und wieso führten Türen im ersten oder zweiten Stock ins Freie? Schließlich hatte sie Delgado doch eine Treppe hinaufgetragen.

Lisa ließ ihre Blicke weiter durch den Raum wandern, dessen einziges Möbelstück ein großer alter Holztisch war, vor dem auch Delgado stand. In einer Ecke sah sie ein paar verrostete Ketten, die so aussahen, als ob sie seit Jahrzehnten dort gelegen hätten, in einer anderen einen Haufen Leinensäcke. Vor einem, der umgefallen war, lagen ein paar Holzkeile.

Lisa erinnerte sich, dass sie solche Keile schon einmal in einem Seefahrtsmuseum gesehen hatte. Früher hatte man sie verwendet, um mit Pech getränktes Werg in die Ritzen zwischen den Schiffsplanken zu stopfen und damit den Rumpf abzudichten. Die Tür, durch die Delgado sie hereingetragen hatte, war jetzt mit einem dicken hölzernen Riegel gegen Eindringlinge von draußen abgesichert. Der Raum roch muffig, und Lisa fühlte sich richtig eingesperrt.

Vorsichtig bewegte sie die Zehen in ihren Schuhen, um die Durchblutung ihrer Beine möglichst aufrechtzuerhalten. Dann warf sie Delgado einen verächtlichen Blick zu, der ihm signalisieren sollte, für was für eine widerwärtige Kreatur sie ihn hielt. Er hatte fettiges Haar und einen ungepflegten Bart. Sein angeschmutztes, ehemals weißes Hemd stand an der Brust offen und gab den Blick auf eine affenartig behaarte Brust frei, während seine Jeans voller Bier- und Soßenflecken war.

»Na, können Sie jetzt sprechen, Gnädigste?«, sagte Delgado süffisant.

»Was haben Sie gesagt? Ich habe Sie nicht verstanden«, log Lisa. Wenn sie ihn töten wollte, musste sie Zeit gewinnen.

Er trat auf sie zu und schlug sie abermals von beiden Seiten ins Gesicht. Lisa warf den Kopf herum, um den Aufprall der Schläge so gut wie möglich zu neutralisieren, trotzdem tat ihr das ganze Gesicht weh. Erst jetzt dachte sie an Tweed und die anderen, die sie hier wohl niemals finden würden. Sie verspürte das dringende Bedürfnis, sich zu schnäuzen. Genau das hatte sie ja gerade tun wollen, als sie in den Hausgang gezerrt worden war. Sie hatte das Taschentuch schon in der Hand gehabt. Jetzt schniefte sie, was Delgado dahingehend interpretierte, dass sie Angst hatte. Er grinste sie an und entblößte dabei zwei Reihen bräunlicher Zähne.

»Ich kann ganz schön brutal werden, Gnädigste.«

Lisa, die sein dreckiges Grinsen anwiderte, sah, wie er sich bückte, ein Messer aus der Tasche nahm und damit das Seil durchschnitt, mit dem er ihr die Füße gefesselt hatte. Dann schaute er ihr wieder ins Gesicht.

»Wie dumm von mir, dir die Füße zusammenzubinden. Da

kann ich ja nachher gar keinen Spaß mit dir haben. Aber das kommt später. Erst wirst du mir alles verraten.«

Am liebsten hätte Lisa ihm in sein ekelhaftes Gesicht gespuckt, was sie aber nicht tat, um ihn nicht unnötig zu reizen. Delgado trat ein paar Schritte zurück in Richtung Tisch, und Lisa achtete darauf, ihre befreiten Füße nicht allzu sehr zu bewegen. Sie wollte ihn in dem Glauben lassen, dass sie starr vor Schreck war und sich von ihrer Narkose noch nicht vollständig erholt hatte. Die Kette zwischen den Handschellen war lang genug, dass sie die Hände auf die Knie legen und sie fest zusammendrücken konnte. Auf diese Weise konnte sie überprüfen, ob sie schon wieder Kraft in den Fingern hatte.

»Wie viele Leute hat Tweed?«, fragte Delgado.

»Nicht mehr viele. Die meisten haben Ihre Männer erschossen.«

»Gut«, sagte Delgado, aber dann leuchteten seine gelblichen Augen misstrauisch auf. Er trat auf Lisa zu und hob seine behaarte Hand, als wollte er sie wieder schlagen. »Du lügst.«

»Warum sollte ich? Jetzt, wo Sie mich in Ihrer Gewalt haben, wäre das doch vollkommen sinnlos.«

Delgado grinste und rieb sich die Hände wie jemand, der sich auf ein exquisites Vergnügen freute. Lisa gab sich unbeeindruckt. Ihr ging es nur darum, Zeit zu gewinnen.

»Stimmt. Ich habe dich in meiner Gewalt«, sagte er und grinste abermals. »Wie sehr, das wirst du gleich spüren.«

»Was wollen Sie sonst noch wissen?«

»Wie viele Leute sind mit Tweed hier in Franzburg?«

Der Ignorant kann ja nicht einmal »Flensburg« richtig aussprechen, dachte Lisa und überlegte fieberhaft, was für eine Zahl sie ihm nennen sollte. War sie zu hoch, bekam er es vielleicht mit der Angst zu tun und floh. Aber vorher würde er kurzen Prozess mit ihr machen.

»Außer mir ist nur noch ein Mann bei ihm«, sagte sie. »Die beiden sind zum Mittagessen gegangen.«

»Nur einer?«, sagte Delgado und ballte die Faust. »Dem breche ich mit bloßen Händen das Genick.«

»Er hat eine Waffe.«

»Eine Waffe!« Delgado lachte höhnisch auf und zog ein langes Messer aus dem Hosenbund. »Dann schneide ich ihn in ganz kleine Stücke.«

»Wie Sie meinen.«

»Und jetzt will ich die Wahrheit wissen«, brüllte Delgado sie an. »Oder soll ich dir dein hübsches Gesicht verbrennen?«

Aus seiner Jacke, die er auf den Tisch geworfen hatte, holte er ein zerknautschtes Päckchen Zigaretten und eine Schachtel mit Zündhölzern. Lisa spürte, wie blanke Angst in ihr aufstieg, die aber sofort wieder von dem Wunsch, Delgado umzubringen, überlagert wurde. Delgado steckte sich eine Zigarette an und paffte ein paar Züge. Die Zigarette ging aus. Er warf sie weg und versuchte eine neue anzuzünden, die aber ebenfalls ausging. Beim erneuten Versuch, sie in Brand zu stecken, fiel ihm die Streichholzschachtel aus der Hand, und er bückte sich, um sie aufzuheben. Das war ein fataler Fehler.

Lisa sprang auf und warf sich mit ihrem ganzen Gewicht auf Delgado, der sofort umfiel und zu Boden ging. Lisa schlang ihm die Kette zwischen ihren Handschellen um den Hals und zog sie so fest zu, wie sie konnte. Die Kette schnitt sich tief in Delgados Hals und drückte ihm die Luftröhre ab.

Delgado strampelte wie ein Wilder, aber Lisa ließ nicht locker. Verzweifelt tastete er mit der Hand hinauf zum Tisch, wo er sein Messer hingelegt hatte, erreichte es aber nicht. Lisa zog die Kette erbarmungslos immer weiter zu, bis Delgados Augen aus ihren Höhlen hervorquollen.

»Du Dreckskerl«, schrie sie. »Du mieser, widerlicher Dreckskerl!«

Delgados Arm fiel auf einmal kraftlos nach unten, und auch sein Würgen wurde immer leiser. Trotzdem zog Lisa mit zusammengebissenen Zähnen die Kette um seinen Hals noch fester zu. Delgado öffnete den Mund, um zu schreien, brachte aber keinen Ton mehr hervor. Er röchelte und spuckte und versuchte mit einer letzten Kraftanstrengung, Lisa von sich abzuschütteln, aber es war nur noch ein mattes Aufbäumen. Dann schloss er die Augen und lag still und bewegunslos da, während Lisa die Kette, unter der aus dem zerschundenen Hals jetzt an mehreren Stellen Blut sickerte, noch immer nicht locker ließ. Erst nachdem er sich mehrere Minuten lang nicht mehr gerührt hatte, stand sie, vor Anstrengung laut keuchend, auf. Sie sehnte sich nach einer Dusche und frischen Sachen zum Anziehen.

30

»Lisa ist verschwunden. Ich hätte besser auf sie aufpassen sollen. Wir müssen sie suchen.«

Tweed hatte Nield noch nie so besorgt erlebt. Er machte einen richtiggehend verstörten Eindruck auf ihn.

»Beruhigen Sie sich«, sagte Tweed, während Paula und Newman zu ihnen stießen. Marler und Butler kamen einen Augenblick später. »Wo haben Sie Lisa zuletzt gesehen, Pete?«

»Mir ist die Walther aus der Tasche gefallen, und bis ich sie wieder aufgehoben hatte, war sie verschwunden. Dabei war sie nur ein paar Meter vor mir.«

»Harry und Marler, Sie kommen mit mir«, sagte Tweed. »Alle anderen suchen die Fußgängerzone ab. Vielleicht ist sie ja bloß in ein Geschäft gegangen.«

»Nein, das hätte sie bestimmt nicht gemacht, ohne mir Bescheid zu sagen«, sagte Nield.

»Möglich ist alles«, sagte Tweed. »Aber reden wir nicht lange, fangen wir dort mit unserer Suche an, wo Sie sie zum letzten Mal gesehen haben.«

Tweed ging langsam voraus, und Marler und Butler folgten ihm in kurzem Abstand. Tweed hatte auf einmal das ungute Gefühl, dass sich Delgado, Barton und Panko in diesem Teil der Innenstadt aufhalten könnten. Vor einem Durchgang blieb er stehen und blickte auf den kleinen Platz dahinter.

»Hübsche Häuser gibt es da«, sagte er. »Vielleicht haben die Lisas Aufmerksamkeit erregt.«

Tweed betrat den Platz und ging langsam in Richtung Fremdenverkehrsamt, wobei er immer wieder auf den Boden schaute. Mit einem kurzen Blick vergewisserte er sich, dass Lisa nicht in der Touristeninformation war, bevor er dann auf einen weiteren Durchgang zuschritt. Seine alten Instinkte aus der Zeit, in der er als Ermittler für Scotland Yard gearbeitet hatte, sagten ihm, dass sie vermutlich in diese Richtung gegangen war.

»Was ist denn das?«, sagte er. Gleich hinter dem Durchgang bückte er sich und hob ein Taschentuch mit Spitzenrand vom Pflaster des Gehsteigs auf. Es hatte an einer Ecke eine Glockenblume eingestickt. Aus seiner Hosentasche zog Tweed ein identisches Tuch und zeigte es Harry.

»Im Wagen wollte ich mich schnäuzen und hatte kein Taschentuch. Lisa gab mir eines von ihren, und jetzt habe ich genau das Gleiche hier auf dem Gehsteig gefunden. Ich bin mir ziemlich sicher, dass Lisa in eben diesem Haus ist.« Tweed rüttelte an der Tür, die aber keinen Millimeter nachgab. »Wir müssen da hinein. Und zwar schnell.«

»Überlassen Sie das mir«, sagte Butler. Er trat ein paar Schritte zurück, holte tief Luft und warf sich mit seinem ganzen Körpergewicht gegen die Tür, die daraufhin von der Wucht des Aufpralls aus den Angeln gerissen wurde und ins Innere des Gebäudes fiel. Vor ihnen führte eine Treppe mit Steinstufen hinauf in den ersten Stock.

Tweed zog seine Walther und betrat vorsichtig den Hausflur, wo er stehen blieb und sich umhörte. Alles war still. Butler nahm aus seiner Umhängetasche eine starke Taschenlampe, schaltete sie an und leuchtete damit zum oberen Treppenabsatz, wo sich eine weitere Tür befand. Wie auf Kommando rannten die drei Männer gleichzeitig die Treppe hinauf.

Vor der Tür blieb Tweed stehen und bedeutete den anderen, still zu sein. Dann hörte er ein leises Klopfen und eine ebenso leise Stimme.

»Helfen Sie mir. Ich bin hier drinnen gefangen. Hilfe!«

Butler gab Tweed die Taschenlampe. »Gehen Sie ein paar Stufen zurück«, sagte er. Tweed und Marler taten, was er verlangte.

Butler hatte nicht viel Platz auf dem kleinen Treppenabsatz, aber er warf sich trotzdem mit seinem ganzen Körpergewicht gegen die Tür, die zwar in den Angeln verblieb, aber am Schloss splitterte und weit aufsprang. Butler, Tweed und Marler betraten einen großen Raum, an dessen anderen Ende Lisa stand. Sie deutete auf einen Tisch, vor dem eine reglose menschliche Gestalt lag.

»Das ist Delgado«, flüsterte Lisa. »Ich habe ihn getötet. Er wollte mich foltern, aber ich habe ihn mit der Kette zwischen den Handschellen erwürgt. Dann habe ich ihm den Schlüssel aus der Tasche genommen und mir die Dinger abgemacht.« Ihre Stimme war ruhig. Zu ruhig für Tweeds Geschmack.

»Marler«, sagte er rasch. »Bringen Sie Lisa zu Paula, und kommen Sie dann so schnell wie möglich hierher zurück.«

»Wir haben ein Problem, Harry«, sagte Tweed zu Butler, nachdem Marler Lisa aus dem Raum geführt hatte. Er hatte Delgado am Hals den Puls gefühlt und sofort erkannt, dass er tot war. »Wenn jemand unten die kaputte Haustür sieht und heraufkommt, findet er unweigerlich die Leiche. Das wäre nicht gut für uns.«

»Dann müssen wir sie eben verschwinden lassen.«

»Genau das habe ich mir auch gerade gedacht.«

Butler untersuchte den umgefallenen Leinensack in der Ecke und ging dann zu der merkwürdigen Doppeltür, die schon Lisa aufgefallen war. Nachdem er einen altertümlichen Schließmechanismus betätigt hatte, öffnete er beide Türflügel und schaute vorsichtig hinaus.

»Wir sind in einem alten Lagerhaus«, sagte er. »Durch diese Tür hat man früher Waren nach oben gezogen.«

Tweed trat an die Tür und blickte hinab auf die verlassene Straße. Aus der Wand des Hauses ragte ein dicker Eichenbalken mit einer Laufrolle am Ende, über die eine verrostete Kette lief. An ihrem Ende hing ein eiserner Haken. Tweed drehte sich um und entdeckte an einer der Zimmerwände eine alte Kurbel, die sich mit etwas Kraftanstrengung sogar noch drehen ließ. Als Tweed das tat, begann sich die Kette mit dem Haken draußen langsam zu senken.

»Newman könnte den Wagen in diese Straße fahren«, schlug Butler vor. »Ich stecke inzwischen Delgado in diesen Sack hier, und dann könnten wir ihn an der Kette nach unten lassen – direkt in den Kofferraum.«

»Riskante Geschichte.«

»Aber weniger riskant, als die Leiche hier liegen zu lassen.«

Bis Newman durch das Labyrinth der kleinen Seitenstraßen gefunden und den Mercedes vor dem Lagerhaus geparkt hatte, waren Tweed und Butler längst mit ihrer Arbeit fertig. Gemeinsam hatten sie den toten Delgado in den alten Leinensack gesteckt und ihn mit ein paar alten Ketten zusätzlich beschwert. »Wenn wir den Sack ins Wasser werfen, geht er damit schneller unter«, hatte Tweed erklärt.

»Wird nicht einfach sein, hier ein Gewässer zu finden, in dem wir ihn unbemerkt versenken können.«

»Nichts an dieser Aktion ist einfach, aber wir haben keine andere Wahl…«

Newman hatte Nield mit einer Trillerpfeife am Eingang der Gasse postiert, damit dieser sie sofort warnen konnte, falls jemand in die Nähe kam. Als der Wagen vor dem Haus in Position stand, hängten Butler und Tweed den Sack, den sie fest mit einem Seil zugebunden hatten, an den Haken. Nun kam der wirklich nervenaufreibende Teil des Unterfangens: Sie mussten den Sack, in den Tweed auch die Handschellen gesteckt hatte, mit denen Delgado Lisa gefesselt hatte, unbemerkt in den Kofferraum des Mercedes hinablassen.

Butler trat an die Tür, schwenkte den Balken mit seiner grausigen Last nach draußen und gab Tweed dann ein Zeichen, die Kurbel zu betätigen. Während er sie vorsichtig drehte, hoffte er, dass der Mechanismus störungsfrei funktionieren würde. Was sollten sie tun, wenn er auf halbem Weg stecken blieb und der Sack mit dem Toten sich weder nach oben noch nach unten bewegen ließ? Gerade als Tweed insgeheim bereute, dass er dieser verrückten Idee zugestimmt hatte, spürte er, wie sich die Kurbel immer schneller zu drehen begann. Schließlich konnte er sie mit seinen nassgeschwitzten Händen nicht mehr halten und musste loslassen, woraufhin die Kette mit dem Sack an ihrem

Ende laut klackernd nach unten raste. Dann blieb sie auf einmal mit einem Ruck stehen, und der schwere Sack riss sich von dem Haken los und landete mit einem dumpfen Schlag im Kofferraum. Newman klappte geistesgegenwärtig den Deckel zu, und tat so, als wäre nichts geschehen. Tweed konnte kaum fassen, dass sie es geschafft hatten.

Als er versuchte, die Kurbel in die andere Richtung zu drehen, bewegte sie sich keinen Millimeter mehr. Butler, der noch immer die Handschuhe trug, die er sich übergestreift hatte, um die Leiche in den Sack zu stecken, versuchte sich seinerseits an der Kurbel, aber auch ihm gelang es nicht, die Kette, die noch immer hinab auf die Straße hing, wieder hochzukurbeln.

»Wir können doch die Kette nicht so hängen lassen«, sagte Tweed. »Das fällt sofort auf.«

»Uns bleibt nichts anderes übrig«, sagte Butler. »Lassen Sie uns endlich von hier verschwinden und die Leiche zum Fluss fahren. Gehen Sie schon mal runter zum Wagen, ich mache hier noch schnell alle Türen zu.«

»Wo sind denn Lisa und Paula«, fragte Tweed Marler, der gerade wieder den Raum betreten hatte.

»In einem Restaurant in der Fußgängerzone. Es geht Lisa schon wieder besser. Ich gehe kurz hin und hole die beiden.«

»Aber erzählen Sie ihnen nicht, was im Kofferraum ist«, sagte Tweed.

»Und Sie sehen zu, dass Sie jetzt aus dem Haus kommen«, brummte Butler. »Und zwar alle beide.«

Nachdem Tweed und Marler gegangen waren, schloss Butler sorgfältig die Doppeltür und verließ dann selbst den Raum. Auf dem Treppenabsatz zog er die Tür, die er zuvor mit der Schulter aufgestemmt hatte und die jetzt schief in ihren Angeln hing, wieder gerade. Das Holz rings um das Schloss war zwar gesplittert, aber wenigstens blieb sie zu. Mithilfe seiner Taschenlampe stieg er vorsichtig die Treppe hinunter. Das Letzte, was er jetzt gebrauchen konnte, war ein verstauchter Knöchel.

Als er über die noch immer flach auf dem Boden liegende Eingangstür stieg, kam gerade Marler mit Paula und Lisa die Straße entlang. Tweed hielt ihnen die Autotür auf und bat sie einzusteigen.

»Was ist denn das?«, fragte Lisa und deutete auf den Haken, der knapp oberhalb des Wagendachs an seiner Kette baumelte.

»Stellen Sie jetzt keine überflüssigen Fragen«, sagte Butler ruhig. »Steigen Sie lieber ein.«

Tweed, der einen Stadtplan von Flensburg ausgebreitet hatte, dirigierte Newman zu einem langen Damm am Ende des Hafens. Nachdem sie über eine Brücke gefahren waren, folgten sie dem Damm ein Stück, bis sie in ein Gebiet mit nur wenigen altersschwachen Gebäuden kamen. Die Altstadt mit ihren hübschen, frisch renovierten Häusern sahen sie jetzt am gegenüberliegenden Ufer der Flensburger Förde.

»Delgado ist im Kofferraum, nicht wahr?«, sagte Lisa plötzlich.

Tweed drehte sich zu ihr um und sah, dass sie sich offenbar wieder beruhigt hatte.

»Stimmt«, sagte er. »Er steckt in einem Leinensack, den wir mit dem Flaschenzug hinuntergelassen haben. Aber dann hat sich die Kette verklemmt, und ich konnte sie nicht mehr hinaufziehen.«

»Und was haben Sie mit der Leiche vor?«

»Wir wollen sie in der Förde versenken. Deshalb sind wir auch hierher gefahren.«

»Und dann ist er weg.« Lisa schien erleichtert zu sein. »Für immer.«

Sie fuhren an einem kleinen Hafen mit Fischerbooten und Segeljachten vorbei, in dem kein Mensch zu sehen war. Newman verringerte die Geschwindigkeit und parkte den Wagen hinter ein paar klapprig aussehenden Bootshäusern.

»Haben Sie das Ruderboot dort unten gesehen?«, fragte er.

»Ja«, antwortete Butler. »Genau das, was wir jetzt brauchen. Dann wollen wir mal …«

Auf Tweeds Vorschlag hin gingen Paula und Lisa mit ihm und Nield ein Stück am Wasser entlang. Falls jemand sie vom anderen Ufer der Förde aus beobachtete, sah es so aus, als ob sie lediglich einen kleinen Spaziergang machten. Marler blieb zurück, um Newman und Butler zu helfen. Als Erstes inspizierten sie das Ruderboot, das vor einer der Hütten auf dem Trockenen lag.

»Sieht so aus, als wäre der Boden schon halb durchgefault«, sagte Newman.

»Wie gesagt, genau das, was wir brauchen«, sagte Marler und sperrte den Kofferraum auf.

Gemeinsam trugen die schwere Leiche hinunter zum Strand. Dort band Butler den Sack noch einmal richtig zu.

»Der Strand ist voller Kieselsteine und größeren Felsbrocken«, sagte Newman. »Wenn wir das Boot ins Wasser ziehen, müssen wir verdammt aufpassen, dass es uns nicht den Boden herausreißt.«

Butler zog sich ein paar alte Gummistiefel an, die er in der Hütte gefunden hatte. »Dann tragen wir das Boot eben ins Wasser«, sagte er. »Ich nehme das Heck, und Sie beide nehmen die Seiten. Ich zähle bis drei, dann geht's los. Eins – zwei – drei ...«

Die drei Männer hoben mit einem Ruck das Boot mit seiner schweren Last an und schleppten es hinunter zum Wasser. Die körperliche Anstrengung unter der prallen Sonne trieb ihnen den Schweiß aus allen Poren. Nachdem sie das Boot vorsichtig ins Wasser gesetzt hatten, blieben Newman und Marler zurück, während Butler mit seinen Gummistiefeln noch ein paar Schritte weiterwatete, um dem Boot einen letzten, kräftigen Schubs zu geben. Erst langsam, dann immer schneller glitt es hinaus auf in die Förde.

»Großer Gott«, sagte Newman. »Die Strömung ist aber ganz schön stark hier.«

Mit angehaltenem Atem beobachteten die drei, wie das Boot dem gegenüberliegenden Ufer immer näher kam. Durch sein Fernglas konnte Newman sehen, dass in den Häusern der Altstadt niemand am Fenster war.

»Jetzt mach schon, du Mistding«, brummte Butler.

Das Boot musste ihn gehört haben, genau in diesem Augenblick brach nämlich der morsche Boden durch, und der Sack verschwand in den Fluten. Das Boot nahm immer mehr Wasser auf, brach auseinander und versank ebenfalls. Nur ein paar einzelne Planken schwammen noch auf dem Wasser.

»Das wäre geschafft«, sagte Butler. »Wo sind denn Tweed und die anderen?«

Die vier Spaziergänger hatten sich schon ein ganzes Stück weit von dem Bootshaus entfernt. Als Paula sich umdrehte, sah sie, wie Newman ihnen winkte.

Tweed machte kehrt und ging neben Nield zurück zum Wagen. Paula und Lisa folgten ihnen mit einigem Abstand. Tweed hatte den Spaziergang hauptsächlich deshalb gemacht, damit Lisa nicht mit ansehen musste, wie die drei anderen Delgados Leiche versenkten. Obwohl sie äußerlich schon wieder einen sehr gefassten Eindruck machte, würde es bestimmt mehrere Tage dauern, bis sie das schreckliche Erlebnis wirklich verwunden hatte.

»Lisa«, sagte Paula leise. »Ich wollte Sie schon lange etwas fragen, und jetzt erscheint mir die richtige Gelegenheit dafür. Macht es Ihnen etwas aus?«

»Nein. Schießen Sie los.«

»Als Sie mit der Gehirnerschütterung in der Klinik lagen, haben Sie versucht, uns etwas mitzuteilen. Ich fand es bewundernswert, wie Sie sich bemüht haben. Was Sie gesagt haben, war *Ham … Dan … Vier Ja*. Wir haben uns inzwischen ausgerechnet, dass *Ham* für Hamburg steht und *Vier Ja* für das Hotel Vier Jahreszeiten. Aber was bedeutet *Dan*?«

»Das soll ich gesagt haben? Daran kann ich mich überhaupt nicht mehr erinnern. Aber das mit Hamburg und dem Hotel scheint mir logisch zu sein.«

»Könnte *Dan* möglicherweise für Danzer stehen, den Chauffeur von einem der Partner, die die Zürcher Kredit Bank kontrollieren?«

»Diesen Namen habe ich noch nie gehört. Und von welchem Partner soll er der Chauffeur sein? Von dem mit der Goldrandbrille?«

Paula wäre um ein Haar stehen geblieben. Ihrem Erkenntnisstand nach konnte Lisa überhaupt nicht wissen, wer die beiden

Männer waren. Außerdem hatte Paula Milo nur bei zwei Gelegenheiten mit Goldrandbrille gesehen, und zwar bei dem zufälligen Treffen vor dem Aufzug und als er im Restaurant Fischereihafen die Rechnung beglichen hatte.

»Keine Ahnung, von welchem Partner Danzer der Chauffeur ist«, sagte Paula. »Aber das ist ja auch nicht weiter wichtig.«

Während sie und Lisa schweigend zum Auto gingen, kamen Paula ihre alten Zweifel über Lisas Zuverlässigkeit wieder in den Sinn. Es machte ihr mehr zu schaffen, als sie gedacht hatte.

Obwohl der große Sikorsky-Hubschrauber erst in einer halben Stunde von einem abgelegenen Teil des Hamburger Flughafens abheben sollte, waren seine vier Passagiere schon alle an Bord. Während die Piloten noch auf ihre Starterlaubnis warteten, machten es sich die Fluggäste auf den ledergepolsterten Sesseln im luxuriös ausgestatteten Inneren der Maschine bequem. Gavin Thunder bestellte sich einen Brandy bei einem der bewaffneten Leibwächter, der von einem fahrbaren Barwagen aus Drinks servierte.

Thunder saß neben dem amerikanischen Außenminister, einem untersetzten Mann mit hoher Stirn und einem harten, aber hochintelligenten Gesicht. Mehrere Reihen weiter vorn hatten der französische Premierminister und der deutsche Außenminister nebeneinander Platz genommen.

»Sie kommen mir ein bisschen nervös vor, Gavin«, bemerkte der Amerikaner.

»Ich fliege nicht allzu gern mit Hubschraubern.«

»Ich schon. Ich benutze die Dinger ziemlich häufig. Auf Kurzstrecken sind sie nicht zu schlagen. Wieso haben Sie eigentlich Ihren Aktenkoffer die ganze Zeit auf dem Schoß? Ist da etwas so Wichtiges drin?«

»Das kann man wohl sagen. Es ist der komplette Operationsplan.«

Thunder öffnete den Koffer und entnahm ihm ein paar mit einer Büroklammer zusammengeheftete Blätter, von denen er das erste herauszog und seinem Sitznachbarn reichte.

»Das hier ist die Zusammenfassung.«

Der Amerikaner überflog die eng bedruckte Seite, die in mehrere Abschnitte aufgeteilt war. Er war ein schneller Leser.

»Gefällt mir. Sie denken in dieselbe Richtung wie ich, Gavin. Dass Sie Ihr Land in sechs Kontrollzonen aufgeteilt haben, die je einem Gouverneur mit umfassenden Befugnissen unterstellt sind, hat eine Menge für sich. Ebenso das Netz geheimer Informanten, die den Gouverneur ständig über gefährliche Dissidenten auf dem Laufenden halten sollen. Und geradezu genial finde ich den Einfall, das Parlament de facto das Kriegsrecht einführen zu lassen, ohne es als solches zu deklarieren. Aber sagen Sie mal, der oberste Gouverneur, den Sie da vorschlagen, dieser Brigadegeneral Barford – wer ist denn das?«

»Ein erfahrener und hoch dekorierter Soldat, der auch schon Leiter der Special Branch war – unseres Äquivalents zu Ihrem FBI. Er denkt genauso wie Sie und ich.«

»Alles, was jetzt noch fehlt, damit der Elite Club die Macht übernehmen kann, ist der Ausbruch von Unruhen, wie die Welt sie noch nicht gesehen hat. Soviel ich weiß, sind die Vorbereitungen dazu schon weit fortgeschritten.«

»Sehr weit sogar. Mit diesen Krawallen werden wir die Bevölkerung unserer Staaten so lange in Angst und Schrecken versetzen, bis sie alles akzeptieren, was den Terror auf den Straßen stoppt. Hitler ist nur an die Macht gekommen, weil der Mittelstand in Deutschland die ständigen Straßenschlachten zwischen Nazis und Kommunisten satt hatte. Ich habe übrigens den Verantwortlichen, der für die ersten Krawalle zuständig war, abgelöst, weil ein Mann, auf dessen Urteil ich viel gebe, mir klar gemacht hat, dass sie dilettantisch organisiert waren. Dieser Mann ist es auch, der in Zukunft die Unruhen organisieren wird.«

»Ist es jemand, den ich kenne?«

»Ich glaube nicht. Er heißt Oskar Vernon und ist ein genialer Stratege. Wenn er und Lord Barford die Operation leiten, kann eigentlich nichts mehr schief gehen.«

31

»Da ist ja eine Windmühle«, sagte Paula. »Und die Flügel drehen sich sogar.«

»Tja, schließlich weht ja zum ersten Mal, seit wir in Deutschland sind, auch ein Wind«, sagte Tweed. »Aber versprechen Sie sich davon keine Linderung der Hitze. Es ist ein Südwind und daher sehr warm.«

»Wie tröstlich. Aber sagen Sie mir doch bitte, wo wir jetzt hinfahren?«

»Wir versuchen, so nahe wie nur irgend möglich an die Insel Sylt heranzukommen. Sie liegt in der Nordsee und ist die letzte der friesischen Inseln. Nördlich davon ist Dänemark.«

»Und warum wollen Sie nach Sylt?«

»Weil ich wissen will, ob dort wirklich Vorbereitungen für ein Treffen wichtiger Staatsmänner laufen.«

»Sie meinen wohl Politiker«, sagte Newman, der hinter dem Steuer der blauen Limousine saß. »Staatsmänner gibt es heutzutage keine mehr.«

»Eins zu null für Sie, Bob. Wir sind jetzt auf der B 199, aber gleich biegen wir auf kleine Nebenstraßen ab. Ich sage Ihnen, wo Sie hinfahren müssen.«

Paula schaute hinaus in die sonnenverbrannte Landschaft, die jetzt nicht mehr flach wie ein Brett war, sondern hügelig und abwechslungsreicher wurde. Wieder war die Straße wie ausgestorben, und Paula genoss die friedliche, ruhige Atmosphäre, die über allem lag. Tweed drehte sich nach hinten zu Lisa.

»Sieht so aus, als würde es Ihnen jetzt wieder besser gehen.«

»Soll ich ihm sagen, wieso?«, sagte Paula kichernd.

»Nur zu«, sagte Lisa. »Es war lustig.«

»Wir sind in ein Restaurant in der Großen Straße gegangen und haben uns einen Kaffee bestellt«, sagte Paula. »Lisa hat sich nach dem Erlebnis mit Delgado furchtbar schmutzig gefühlt, deshalb habe ich ihr vorgeschlagen, so zu tun, als ob ihr schlecht wäre, und sich von mir zur Toilette bringen zu lassen. Dort habe ich mich vor die Tür gestellt und niemanden hineingelassen, während sich Lisa drinnen von Kopf bis Fuß gewaschen hat. Natürlich kam eine ziemlich bissig aussehende ältere Dame, die unbedingt in die Toilette wollte und sogar versucht hat, mich mit Gewalt beiseite zu drängen. Aber ich habe dem Ansturm standgehalten und ihr auf Deutsch erklärt, dass die Toilette kaputt sei und sie sich etwas anderes suchen müsse. Sie hat geflucht wie ein Fuhrknecht und ist dann wutentbrannt abgezogen.«

»In der Zwischenzeit habe ich mich komplett ausgezogen und mich mit kaltem Wasser gewaschen«, sagte Lisa. »Danach habe ich mich wie neu geboren gefühlt, obwohl ich natürlich wieder meine verschwitzten Klamotten anziehen musste.«

»Das mit der Toilette war eine gute Idee«, sagte Tweed.

»Ach, da war noch etwas«, sagte Paula mit ernster Stimme. »Als wir wieder im Restaurant waren, habe ich draußen vor dem Fenster einen alten Bekannten gesehen. Sie werden mir nicht glauben, wer es war.«

»Probieren Sie's aus ...«

»Zuerst habe ich ihn gar nicht erkannt, aber dann hat sein Gang ihn verraten.«

»Jetzt sagen Sie schon, wer es war«, sagte der zur Verzweiflung gebrachte Tweed.

»Unser Lord. Exgeneral Lord Bernard Barford.«

»Was um alles in der Welt ist dieses riesige Ding da draußen im Meer«, fragte Paula, als sie an die Küste kamen, wo ein langer Damm hinaus ins Wattenmeer führte. Davor, noch an Land, stand ein Zug.

»Das«, sagte Tweed, »ist der berühmte Hindenburgdamm, über den die Eisenbahn nach Sylt fährt. Es ist der einzige

Zugang zur Insel. Sieht so aus, als ob der Zug auf jemanden warten würde. Höchst seltsam.«

»Ich glaube, ich höre ein Flugzeug«, sagte Lisa. »Es kann aber auch ein Hubschrauber sein.«

»Bob«, rief Tweed nach vorn. »Biegen Sie da vorn rechts ab.«

Newman trat auf die Bremse und steuerte die lange Limousine mit quietschenden Reifen um eine enge Kurve auf einen schmalen, von Hecken eingefassten Feldweg, der einen bewaldeten Hügel hinaufführte. Auf einem etwas höheren Hügel daneben war eine Windmühle, deren Flügel stillstanden.

»Fahren Sie weiter«, sagte Tweed.

»Wohin denn?«, rief Newman nach hinten.

»Nach rechts.«

Ein schmaler Weg führte hinüber auf den Hügel mit der Windmühle, neben der eine Gruppe von Bäumen stand.

»Halten Sie unter den Bäumen an«, sagte Tweed.

»Wird gemacht.« Newman fuhr den unbefestigten Weg bis zum Ende und wendete den Wagen, sodass die Kühlerhaube in die Richtung zeigte, aus der sie gekommen waren. Alle konnten nun das Geräusch eines großen Hubschraubers hören, der gerade zur Landung ansetzte. Tweed schnappte sich sein Fernglas und sprang aus dem Wagen. Paula nahm ihre Kamera und folgte ihm.

Draußen waren sie unter den Bäumen gut getarnt, hatten aber dennoch einen freien Blick hinunter auf den bewaldeten Hügel gegenüber. Paula blickte durch ihr eigenes Fernglas und hielt den Atem an.

»Sehen Sie den Mann da drüben?«, fragte sie Tweed. »Er hat zwar keine Uniform an, aber ich könnte schwören, dass es Danzer ist.«

»Wo?«

»Jetzt ist er hinter einem Baum verschwunden. Ich habe ihn nur ganz kurz gesehen.«

»Haben Sie sich auch nicht getäuscht? Wieso sollte Danzer ausgerechnet hier sein?«

»Ich habe ihn ganz deutlich gesehen«, sagte Paula trotzig. »Er hatte dasselbe schwarze Haar, dieselbe Figur, dieselbe Art, sich zu bewegen. Was wollen Sie denn noch?«

»Ein Foto von ihm.«

»Wenn wir früher hier gewesen wären, hätte ich eines schießen können.«

»Ist ja gut«, beruhigte sie Newman, der sich inzwischen zu den beiden gesellt hatte. »Und schauen Sie lieber nach unten. Da gibt es eine Menge zu sehen.«

Der große Hubschrauber ging ganz langsam auf einer Lichtung am Fuß des Hügels nieder, während zwischen den Bäumen auf einmal etliche Männer hervortraten. Manche trugen amerikanische Uniformen, andere waren in Zivil. Sie warteten, bis die Rotoren des Hubschraubers zum Stillstand gekommen waren, dann liefen sie auf die Maschine zu. Paula spürte, wie auf einmal der warme Wind aus dem Süden wieder einsetzte.

»Ich frage mich, ob es den Deutschen sonderlich gefällt, dass eine Truppe uniformierter Amerikaner in ihrem Land herumläuft«, bemerkte Newman. »Aber vielleicht sind sie ja mit Billigung der Regierung hier. Übrigens haben die Jungs alle Schnellfeuergewehre. Am besten bleiben wir da, wo wir sind.«

Tweed und Paula richteten ihre Ferngläser auf den Helikopter, wo jetzt die Tür aufging und automatisch eine Treppe aus Aluminium ausfuhr. Dann verließ ein Mann mit einem Aktenkoffer hastig die Maschine. Auf der Treppe geriet er ins Stolpern, und der Aktenkoffer fiel ihm aus der Hand. Er knallte so heftig auf den Boden, dass er aufging und der Wind die Papiere, die in ihm waren, hoch in die Luft wirbelte. Eines davon trug er sogar bis zu dem Gebüsch hinauf, hinter dem Tweed und seine Leute sich versteckten.

»Schnappen Sie es sich«, sagte Tweed, und Butler spurtete los. Neben der Straße, auf der sie zu dem Wäldchen gekommen waren, gab es einen Graben, der wohl bei Regen das Wasser ableiten sollte. Butler legte sich flach in den Graben und robbte auf das Blatt Papier zu. Nachdem er es von den Zweigen des Busches gepflückt hatte, kroch er auf demselben Weg wieder zurück und gab es Tweed, der es unbesehen zusammenfaltete und in die Tasche steckte. Dann schaute er mit dem Fernglas wieder hinunter zu dem Hubschrauber.

»Der Mann mit dem Koffer ist Gavin Thunder«, sagte er. »Und hinter ihm steigt gerade der amerikanische Außenminister aus dem Hubschrauber, gefolgt vom deutschen Außenminister und dem französischen Premier. Der Elite Club scheint komplett zu sein.«

»Da fährt jetzt eine Limousine heran«, sagte Newman. »Wahrscheinlich soll sie die Herrschaften abholen. Und am Ende des Zuges sehe ich eine Rampe. Bestimmt fährt die Limousine gleich dort hinauf.«

»Thunder sagt gerade etwas zu einem kleinen, untersetzten Mann in Zivil«, sagte Tweed. »Er deutet hinauf in unsere Richtung.«

Nachdem die vier Männer eingestiegen waren, setzte sich die Limousine in Richtung Rampe in Bewegung, während der untersetzte Mann ein paar Soldaten herbeiwinkte und auf den Hügel deutete, wo sich Tweed und seine Leute verbargen. Die Soldaten, zu denen sich nun auch ein paar bewaffnete Zivilisten gesellten, begannen den Abhang hinaufzusteigen. In diesem Augenblick startete der Pilot des Hubschraubers die Rotoren.

»Sie kommen zu uns herauf«, rief Newman durch das laute Geknatter. »Ich gehe schon mal zum Wagen.«

»Jetzt wäre eine gute Gelegenheit zu verschwinden«, sagte Paula. »Bei dem Lärm, den der Hubschrauber macht, können sie den Automotor nicht hören.«

Während die Amerikaner schnell näher kamen, rannten Tweed und die anderen zu dem Mercedes, der ihnen rückwärts entgegenkam. Nachdem sie alle eingestiegen waren, gab Newman Gas.

»Fahren Sie zur Windmühle«, sagte Tweed. »Da können wir uns verstecken.«

Wenn sie überhaupt ein Versteck fanden, dann hier, dachte Paula. Am Fuß des Hügels breitete sich rechts ein weite, flache Ebene aus, die vermutlich bis nach Dänemark reichte, und links lag das bräunlich-graue Wattenmeer.

»Was ist, wenn in der Windmühle jemand wohnt?«, gab Newman zu bedenken. »Die Flügel bewegen sich nicht, obwohl jetzt ein starker Wind weht.«

»Tun Sie, was ich sage«, erwiderte Tweed. »Ich habe keine Lust auf eine Begegnung mit den Typen, die Thunder den Hügel hinaufgeschickt hat.«

Die Windmühle war groß, sechseckig und hatte Fenster im Erdgeschoß, hinter denen Tweed die Wohnräume vermutete. Einer der riesigen, jetzt stillstehenden Flügel des Windrades reichte bis auf eineinhalb Meter auf den Boden herab. Die Eingangstür war fest verschlossen, und Tweed hatte den Eindruck, als ob niemand in der Mühle wäre.

»Das Erdgeschoss ist bei solchen Mühlen meist zum Wohnen da«, erklärte er Paula. »Dort gibt es auch einen Mechanismus, mit dem man die Flügel entsperren kann.«

»Das klingt ja fast so, als wären Sie schon mal in einer Windmühle gewesen.«

»War ich auch. In East Anglia, bei einem Freund von mir.«

»Da ist ein großer Schuppen neben der Mühle. Vielleicht können wir dort den Wagen verstecken.«

»Falls er leer ist«, sagte Newman.

»Reden Sie nicht, fahren Sie«, sagte Tweed und schaute aus dem Rückfenster. Obwohl die Amerikaner noch nicht am Waldrand zu sehen waren, konnten sie jeden Moment dort auftauchen.

»Ich fahre so schnell, wie ich auf der schlechten Straße eben kann«, sagte Newman zu seiner Verteidigung.

Es war ein Wettrennen mit der Zeit. Newman brachte den Mercedes unmittelbar vor dem Schuppen zum Stehen, und Tweed und Paula rannten sofort zur Mühle. Tweed suchte nach einer Klingel, fand aber keine. Also probierte er, ob die Tür abgeschlossen war, und als sie sich öffnen ließ, trat er in den muffig riechenden Hausgang hinein.

»Ist jemand zu Hause? Wir sind Engländer«, rief er ins stille Halbdunkel.

Keine Reaktion. Keine Bewegung. Kein Geräusch. Falls jemand auf den alten Holzfußböden der Mühle herumgelaufen wäre, hätte man es hören müssen.

»Sieht so aus, als ob niemand zu Hause ist.«

»Los, alle hier herein«, rief Tweed nach draußen. »Beeilen Sie sich!«

Während die anderen Tweeds Aufforderung nachkamen, öffnete Marler die Doppeltür des Schuppens, die ebenfalls nicht abgeschlossen war. Der Schuppen war so gut wie leer. Marler trat beiseite und ließ Newman den Mercedes hineinfahren. Nachdem sie die großen Türflügel wieder geschlossen und verriegelt hatten, eilten auch sie zu den anderen in die Mühle.

»Passen Sie auf, und fassen Sie um Gottes willen keinen der Hebel dort drüben an«, sagte Tweed, während er den Riegel vor die Eingangstür schob. »Wenn einer von Ihnen den Mechanismus in Gang setzt, könnte es gefährlich werden.«

»Harry und ich schauen oben nach«, verkündete Nield und fing an, die Wendeltreppe aus rohen, unbehandelten Holzbohlen hinaufzusteigen. Da sie kein Geländer hatte, war das nicht ganz ungefährlich.

»Aber lassen Sie sich nicht im Fenster sehen«, rief Tweed ihm hinterher.

Als Nield eine hölzerne Plattform erreichte, die ebenfalls keinerlei Geländer besaß, kauerte er sich vor einem kleinen Fenster auf den Boden und spähte vorsichtig durch den Spitzenvorhang.

Aus dem Wald, den sie vor wenigen Minuten verlassen hatten, kamen nun die uniformierten amerikanischen Soldaten zum Vorschein. Ihnen folgten Zivilisten mit Schnellfeuergewehren im Anschlag. Einer von ihnen, ein baumlanger Kerl, kam Nield bekannt vor. Es war der CIA-Mann, mit dem er in Hamburg vor dem Hotel Atlantic eine Auseinandersetzung gehabt hatte.

»Einer von den Amerikanern könnte Butler und mich wieder erkennen«, meldete Nield nach unten.

»Halten Sie den Mund. Keiner macht einen Mucks«, befahl Tweed.

Er beobachtete die Amerikaner durch die angegilbten Gardinen und setzte sich währenddessen einen alten Strohhut auf, der an einem Haken an der Wand hing. Dann zog er sein Jackett aus und krempelte die Hemdsärmel hoch.

»Sie sehen ja wie ein Bauer aus«, flüsterte Paula ihm zu.

»Das ist auch beabsichtigt.«

»Was ist denn das genau für ein Mechanismus?«, fragte Paula und deutete auf ein riesiges, hölzernes Rad, das in der Mitte des Raumes parallel zum Fußboden an einem dicken Holzpfahl befestigt war, der hinauf in die oberen Regionen der Mühle reichte. Am Außenrand des Rades befanden sich in regelmäßigen Abständen eng beieinander stehende Holzzähne.

»Damit kann man das Mahlwerk an die Flügel der Mühle koppeln«, flüsterte Tweed. »Und mit diesem Hebel hier werden die Flügel freigegeben. Aber jetzt seien Sie still und verstecken Sie sich. Das gilt für alle.«

Nachdem sich alle Mitglieder seines Teams ein Versteck gesucht hatte, trat Tweed noch einmal ans Fenster. Paula entdeckte an dem Haken, von dem Tweed den Hut genommen hatte, eine alte Trägerschürze, die früher wohl einmal der Müllerin gehört hatte. Kurz entschlossen schlüpfte Paula aus ihrer Jeans und band sich die Schürze um. Tweed schaute noch immer aus dem Fenster.

Die Amerikaner marschierten jetzt geradewegs auf die Eingangstür der Mühle zu. Bevor sie klopfen konnten, trat Tweed nach draußen und fing an, in einer Sprache auf sie einzuplappern, die Paula noch nie gehört hatte. Dabei lächelte er die Besucher freundlich an. Der untersetzte Mann zeigte Tweed einen Ausweis.

»FBI.«

»Was ist das? FBI?«, fragte Paula, die von hinten neben Tweed trat, auf Deutsch.

»Sprechen Sie Englisch, Madam?«, fragte der FBI-Mann. »Und was für eine Sprache spricht er?« Dabei deutete er auf Tweed.

»Was?« Paula tat verwirrt. »Was du sagen?«

»In welcher Sprache spricht er?« Der FBI-Mann bewegte die Lippen, als ob er sprechen würde, und deutete auf Tweed.

»Aha!«, lächelte Paula. »Sprache. Er sprechen Dänisch.«

»Auch das noch.« Der FBI-Mann trat einen Schritt zurück. »Kann sein, dass wir schon in Dänemark sind. Die Grenze ist ganz nahe. Das Letzte, was wir jetzt brauchen können, ist ein internationaler Zwischenfall. Nicht jetzt, wo die Sache auf Sylt steigt.«

Er sagte das zu dem großen amerikanischen Zivilisten, der neben ihm stand und Paula mit Blicken förmlich durchbohrte. Sie konnte die Aggressivität dieses Mannes geradezu körperlich spüren.

»Ich bin trotzdem dafür, die Klitsche hier auf den Kopf zu stellen. Wir müssen dieses Blatt Papier finden.«

»Jau«, sagte Tweed und lächelte treuherzig.

»Du gesehen Stück Papier draußen?«, fragte der FBI-Mann. »Hat Wind geblasen Stück Papier hierher?«

Tweed ließ einen weiteren Redeschwall los und fuchtelte dabei wild mit den Armen herum. Schließlich zeigte er den Amerikanern mit einem breiten Lächeln seine leeren Handflächen und tat so, als wollte er sie von der Mühle wegschieben.

»Er möchte, dass wir gehen«, sagte der FBI-Mann.

»Das machen wir erst, wenn wir diese Bruchbude auf den Kopf gestellt haben«, erwiderte der CIA-Mann.

Er machte Anstalten, in die Mühle einzudringen. Tweed musste handeln. Er sagte etwas auf Dänisch zu Paula und ging hinein. Paula wusste zwar nicht, was er vorhatte, aber ihr war klar, dass sie die Amerikaner aufhalten musste.

»Er müssen arbeiten. Arbeit. Du verstehen Arbeit?«

»Und ob wir das verstehen, Püppchen«, erwiderte der CIA-Mann grinsend. »Wir arbeiten auch viel, aber wir haben auch gern ein bisschen unseren Spaß. Besonders mit einem Schnuckelchen wie dir.«

Im Inneren der Mühle versuchte sich Tweed daran zu erinnern, wie sein Freund in East Anglia die Windmühlenflügel immer in Bewegung setzte. Er schloss die Augen und zog am erstbesten der drei Hebel neben dem großen hölzernen Rad. Er hatte offenbar den richtigen erwischt, das Rad fing nämlich an, sich ächzend zu drehen. Draußen fuhr der Wind in die Flügel, von denen einer nach unten sauste und den CIA-Mann am Hinterkopf streifte. Der fluchte laut und packte den Flügel, um ihn in seiner Bewegung aufzuhalten, was ihm aber nicht gelang. Noch bevor er loslassen konnte, trug der Flügel ihn hoch hinauf in die Luft. *Geschieht dir Recht*, dachte Tweed, der alles durch das Fenster beobachtet hatte, und brachte den Hebel, genau als sich der Flügel mit dem verzweifelt zappelnden Amerikaner an seinem höchsten Punkt befand, zurück in seine Ausgangsposition. Das Rad hörte auf, sich zu drehen, und die Flügel standen still. Von draußen hörte Tweed lautes Rufen, in das sich schadenfrohes Gelächter mischte.

Der CIA-Mann klammerte sich verzweifelt an den fast senkrecht stehenden Windmühlenflügel und starrte angsterfüllt nach unten zu den feixenden Soldaten.

»Holt mich runter«, schrie er voller Entsetzen. »Ich kann mich nicht mehr lange halten.«

Tweed starrte zum Windmühlenflügel nach oben und wedelte verärgert mit den Armen herum, als wollte er sagen, dass ein Mensch dort oben nichts zu suchen habe. Dann redete er auf den FBI-Mann ein, der sich ein Grinsen nicht verkneifen konnte, und stapfte zurück ins Innere der Mühle, wo er den Verriegelungshebel wieder umlegte.

Der Windmühlenflügel bewegte sich in rasanter Fahrt nach unten, wo er den CIA-Mann mit einem dumpfen Geräusch zu Boden warf, um dann mit unverminderter Geschwindigkeit wieder nach oben zu steigen. Keiner der Soldaten rührte einen Finger, sodass sich der Leibwächter, der allen anderen wegen seines großspurigen Auftretens sichtlich schon länger auf die Nerven ging, allein aufrappeln musste.

»Ich habe mir die Schulter gebrochen«, japste er. »Ich brauche sofort erste Hilfe.«

»Die Schulter ist okay«, raunzte der FBI-Mann. »Und jetzt schafft ihn weg von hier. Er hat schon genug Unheil angerichtet.«

Zwei Kameraden packten den Verletzten unter den Schultern und schleiften ihn zurück zum Wald, aus dem jetzt ein weiterer Zivilist kam und auf die Mühle zulief.

»Der fünfte Mann ist nicht gekommen«, rief er dem FBI-Mann zu. »Er lässt ausrichten, dass er verhindert ist.«

»Mir soll's recht sein«, sagte der FBI-Mann, bevor er sich wieder an Tweed wandte. Paula sah, wie ihm der Anflug eines Lächelns über das harte Gesicht huschte. »Okay, Abmarsch!«

Der Mann nickte Paula zu, machte kehrt und marschierte mit seiner Truppe zurück in Richtung Wald.

Paula und Tweed schauten ihnen hinterher, bis sie in dem Wäldchen verschwunden waren. Dann stieß Paula einen Seufzer der Erleichterung aus.

»Was war das nur für eine unglaubliche Sprache, die Sie denen vorgeplappert haben?«

»Unglaublich ist das richtige Wort. Ich habe mal einen Finnen sprechen hören und jetzt genau diesen Tonfall imitiert. Aber Sie waren auch nicht schlecht, Paula. Ohne Ihre Hilfe hätte ich es nie geschafft. Aber gehen wir jetzt lieber wieder rein.«

Tweed hantierte so lange mit den Hebeln, bis die Flügel der Windmühle sich wieder langsamer drehten. Kurz darauf trat Harry Butler auf ihn zu. Er redete nicht lange um den heißen Brei herum.

»Wir müssen sofort von hier verschwinden. Aber erst möchte ich Ihnen noch zeigen, was ich gefunden habe.«

Mit großer Vorsicht öffnete er die Schublade einer massiven Kommode und deutete auf ein großes Metallgehäuse, aus dem mehrere Drähte heraushingen.

»Das ist eine Bombe, die man mit starken Magneten an etwas Metallischem befestigen kann. Beispielsweise an einem Auto, obwohl sie eine sehr viel größere Sprengkraft besitzt als eine normale Autobombe. Und dann ist da noch was.« Er schloss die Schublade mit derselben Sorgfalt, mit der er sie geöffnet hatte, und zog dann eine zweite auf.

»Was ist denn das?«, sagte Paula.

»Ein Arbeitsoverall, wie ihn die Amerikaner tragen. Und eine Baseballmütze. Aber ich hole das Zeug jetzt nicht noch mal heraus, weil ich es gerade erst wieder zusammengefaltet habe. Außerdem lag unter dem Tisch ein Stück von einem noch ziemlich frischen Croissant. Die Mühle hat also einen Bewohner. Finden Sie jetzt nicht auch, dass wir sofort verschwinden sollten?«

»Lieber vorher als gleich«, stimmte Tweed ihm zu.

Nachdem sie alles wieder so arrangiert hatten, wie sie es vorgefunden hatten, verließen sie die Mühle. Newman fuhr den Wagen aus dem Schuppen, und Marler schloss die Tore des Schuppens wieder.

Butler hatte inzwischen den Weg zum Waldrand ausgekundschaftet. »Da unten steht noch immer der Hubschrauber. Anscheinend wird er gerade gewartet«, sagte er. »Überall rennen Mechaniker in Overalls herum. Die sehen uns bestimmt, wenn wir auf demselben Weg zurückfahren, auf dem wir gekommen sind.«

Tweed setzte sich in den Mercedes und studierte die Landkarte. Newman sah ihm über die Schulter.

»Gibt es eine andere Route?«

»Ja. Fahren Sie einfach geradeaus, bis Sie an eine Landstraße kommen. Sie führt uns direkt nach Tønder.«

»Und wo ist Tønder?«, fragte Lisa.

»Hinter der Grenze in Dänemark. Ich habe dort vor ein paar Jahren einmal übernachtet und erinnere mich daran, dass es ein hübscher Ort mit netten Leuten ist. Ein Ausbund an Ruhe und Frieden.«

»Ihr Wort in Gottes Ohr«, sagte Newman trocken.

32

Das leichte Privatflugzeug mit dem blauen Emblem auf dem Leitwerk setzte elegant auf der Landebahn des kleinen Flugplatzes von Tønder auf. Vor einem flachen, hölzernen Schuppen stand Oskar Vernon und beobachtete mit verschränkten Armen die Landung. Nachdem das Flugzeug quer über das Flugfeld gerollt war, kam es vor dem Schuppen zum Stehen, wo auch der Propeller abgeschaltet wurde.

»Barton scheint ein guter Pilot zu sein«, sagte Vernon zu sich selbst. »Das hätte ich ihm gar nicht zugetraut.«

Barton, der Fliegerkleidung und einen Helm trug, stieg aus dem Flugzeug und schritt, ohne Vernon zu beachten, auf den Eingang des Schuppens zu. Als er drinnen verschwunden war, kletterte auch Panko aus der Kabine.

»Na, sind wir nicht pünktlich?«, sagte er zu Vernon.

»Das habe ich auch nicht anders erwartet.«

»Wir haben Tweed und seine Leute in Flensburg aus den Augen verloren. Und Delgado ist verschwunden.«

»Halt dein blödes Maul, Panko«, raunzte Barton, der wieder aus dem Schuppen herausgekommen war. »Ich erzähle.«

»Na dann mal los«, sagte Vernon. »Was soll das heißen, ›Delgado ist verschwunden‹?«

»Er wollte sich in Flensburg umsehen, ob er eine von Tweeds Weibern allein erwischt. Die wollte er sich dann vornehmen, um Informationen aus ihr herauszuquetschen. Aber er ist nicht zurückgekommen.«

»Merkwürdig. Aber wir können wegen ihm keine Zeit vergeuden. Ihr habt doch nicht etwa Tweed in Flensburg gesehen?«

»Doch«, antwortete Barton zögerlich. »Er ist dort mit ein paar seiner Leute die Fußgängerzone entlanggegangen. Wir haben uns in einer Seitenstraße versteckt, aber als wir wieder rauskamen, waren sie verschwunden. Wie vom Erdboden verschluckt.«

»Wieso läuft Tweed in Flensburg herum? Ihr hättet die ganze Bande doch schon auf dem Weg dorthin umbringen sollen. Was ist passiert?«

»Sie waren in der Überzahl«, sagte Barton. »Sie haben uns in einen Hinterhalt gelockt und alle unsere Männer getötet. Nur Delgado und wir beide konnten entkommen.«

»In der Überzahl«, sagte Vernon skeptisch. »Dann seid ihr beiden also meine letzte Reserve.« Er klopfte auf sein Mobiltelefon. »Morgen werde ich vermutlich erfahren, wo ich euch hinschicken soll. Ich habe euch Zimmer im Hotel Tønderhus gebucht. Ich bringe euch jetzt hin. Da drüben steht mein Audi.«

»Wohnen Sie auch in dem Hotel?«, fragte Barton.

»Nein. Ich wohne bei einem dänischen Freund, der keine Ahnung hat, was ich beruflich mache. Ihr könnt im Hotel essen und dann einen kleinen Spaziergang durch den Ort machen. Er ist klein, aber recht nett. Aber geht früh ins Bett, morgen braucht ihr nämlich eure ganze Kraft. Und jetzt steigt endlich ein, ich habe nicht ewig Zeit.«

Als Newman den Mercedes wieder von den Küste wegsteuerte, fiel Paula ein großer, lang gezogener Betondamm auf.

»Was ist denn das?«, fragte sie.

»Das ist ein Deich, der nach einer verheerenden Sturmflut vor ein paar Jahren gebaut wurde. Er schützt Tønder, das man auch die ›Hauptstadt der Marsch‹ nennt, obwohl es eigentlich nicht viel mehr als ein großes Dorf ist. Die Dänen sind fast so gute Deichbauer wie die Holländer.«

»Er scheint unendlich weit nach Norden zu reichen«, sagte Paula.

Auf der Fahrt nahm Tweed das Blatt Papier zur Hand, das der

Wind aus Gavin Thunders Koffer geweht hatte, und las es. Paula sah, wie sein Gesichtsaudruck dabei immer düsterer wurde.

»Probleme?«, fragte Paula, nachdem er das Blatt wieder in die Tasche gesteckt hatte.

»Katastrophe wäre ein besseres Wort. Wir stehen nicht nur vor dem schwierigsten Fall, mit dem wir es jemals zu tun hatten, sondern müssen auch gegen unglaublich mächtige Gegenspieler antreten.«

»Wie ermutigend.«

»Ich erkläre es Ihnen später, aber jetzt muss ich erst einmal auf die Karte schauen. Bob, biegen Sie da vorn nach links ab. Wird wohl wieder eine von diesen kleinen Landstraßen sein.«

Kurze Zeit später erschienen neben der Straße einige Waldstücke, die Paula den Blick auf das weite, flache Land von Dänemarks festländischem Teil Jütland verdeckten. Als sie erst an einem schwarz-rot-goldenen und dann an einem rot-weiß gestreiften Grenzpfahl vorbeikamen, wunderte sich Paula, dass nirgends ein Grenzer zu sehen war.

»Jetzt sind wir in Dänemark«, sagte Tweed.

»Gott sei Dank. Ich fühle mich schon sehr viel sicherer.«

»Wir sind ganz nahe an unserem Ziel. Wenn wir in Tønder sind, müssen wir uns ein Hotel suchen. Ich bevorzuge das Hotel Hostrups, weil man von dort aus einen schönen Blick auf den Fluss hat. Wenn es voll ist, könnten wir aber auch im Tønderhus absteigen.«

»Wer mag wohl Nummer fünf sein?«, fragte Lisa.

»Nummer fünf?«, sagte Tweed, der mit den Gedanken woanders war.

»Ja. Als die Amerikaner von der Windmühle abzogen, kam ein Soldat aus dem Wald – nein, falsch, es war ein Zivilist – und sagte zu dem FBI-Mann, dass Nummer fünf nicht käme.«

»Stimmt«, sagte Tweed. »Das hat er gesagt. Bisher sind vier Mitglieder des Elite Clubs eingetroffen: Gavin Thunder, der amerikanische Außenminister, der deutsche Außenminister und der französische Premier. Wer also könnte Nummer fünf sein?«

»Rhinozeros«, flüsterte Paula.

Das Hotel Hostrups war ein dreistöckiges, weiß getünchtes Gebäude, das unmittelbar am schilfbestandenen Ufer eines breiten Flusses lag. Tweed und Paula stiegen aus, um nach Zimmern zu fragen.

»Wenn es keine gibt, ist es nicht weit bis zum Tønderhus.«

»Mir gefällt dieses Hotel hier. Es hat Charakter ...«

Die Frau am Empfang, die perfekt Englisch sprach, hatte zum Glück noch genügend Zimmer für alle.

»Früher waren wir um diese Jahreszeit ständig ausgebucht, aber jetzt fliegen die Leute nach Thailand oder in die Dominikanische Republik oder weiß Gott wo sonst noch hin in den Urlaub. Möchten Sie etwas essen, nachdem Sie Ihre Zimmer bezogen haben?«

»Ja, bitte«, antwortete Paula. »Ich habe einen Bärenhunger.«

Als auch die anderen im Hotel waren, sagte Lisa zu Tweed, dass sie erst später zum Essen kommen könne.

»Ich möchte mich erstmal ausgiebig in die Badewanne legen.«

Paula konnte das gut verstehen. Nach ihrem Erlebnis mit Delgado wollte Lisa bestimmt jeden Quadratzentimeter ihres Körpers abschrubben und sich frische Kleider anziehen. Alle anderen hingegen wollten so bald wie möglich zu Abend essen.

Nachdem sie auf ihre Zimmer gegangen waren und sich frisch gemacht hatten, trafen sich alle im etwas steril wirkenden Speisesaal des Hotels zu einem ausgezeichneten Abendessen, währenddessen niemand ein Wort sagte. Auch Tweed starrte mit ernstem Gesicht auf seinen Teller und hob nur selten den Blick. Erst als der Kaffee serviert wurde, ergriff er das Wort.

»Könnten Sie bitte noch alle mit auf mein Zimmer kommen? Ich habe Ihnen etwas mitzuteilen.«

Auf der Treppe trafen sie Lisa, die gerade nach unten ging. Sie trug frische Kleider und hatte einen Wäschesack in der Hand.

»Das Essen hier ist wunderbar«, sagte Paula.

»Toll. Ich könnte einen halben Ochsen verschlingen, so hungrig bin ich. Aber der steht bestimmt nicht auf der Speisekarte. Bob, ich habe die Sachen, die ich heute Nachmittag getragen habe, in diesen Sack gesteckt und würde ihn gern irgendwo loswerden.«

»Geben Sie ihn mir. Ich erledige das für Sie.«

In Tweeds Zimmer nahmen manche auf den Stühlen, andere auf der Bettkante Platz. Bevor er zu sprechen begann, schloss Tweed das Fenster.

»Es gibt in diesem Fall drei wichtige Faktoren, die wir nicht aus den Augen lassen dürfen. Der eine ist das Treffen des Elite Clubs auf Sylt. Geheimtreffen wäre vielleicht der richtigere Ausdruck dafür. Wir wissen, dass die Mitglieder des Clubs dort etwas aushecken, um in ihren Ländern Diktaturen einzuführen. Der zweite Faktor ist die enorme Summe Geldes, die in der Zürcher Kredit Bank in Hamburg verschwunden ist. Ich bin mir ziemlich sicher, dass mit diesem Geld die vielen Terrorgruppen finanziert werden, die unsere westlichen Demokratien in Angst und Schrecken versetzen sollen. Und der dritte Faktor ist das Internet.«

»Was soll denn mit dem Internet sein?«, fragte Newman.

»Jemand hat herausgefunden, wie man es dazu verwenden kann, geheime Codes an die Terrorgruppen zu übermitteln. Wahrscheinlich werden sie damit instruiert, wo und wann sie zuschlagen sollen.«

»Aber dagegen kann man wohl schlecht etwas unternehmen«, sagte Nield.

»Wir werden sehen. Es gibt übrigens noch einen vierten Faktor. Rhinozeros. Wer ist er? Wie passt er in unser Bild hinein? Und ist es möglich, dass er der fünfte Mann ist?«

»Ich kann mir nicht vorstellen, wie das alles zusammenpassen soll«, sagte Nield.

»Keine Sorge, am Ende wird es das. Aber jetzt möchte ich Ihnen vorlesen, was auf dem Blatt steht, das Gavin Thunder davongeweht ist. Es ist glasklar und sehr methodisch strukturiert, leider ist Thunder ja nun mal ein brillanter Kopf.« Tweed nahm das Blatt aus seiner Tasche und faltete es auf.

»›Punkt eins: Um diktatorische Regierungen in unseren Ländern durchzusetzen, müssen wir ein Chaos von solchen Ausmaßen erzeugen, dass die Bürger jedes politische System akzeptieren, wenn es ihnen nur Ruhe und Ordnung bringt. Dafür, dass ein solches Chaos demnächst überall ausbricht, ist gesorgt. Punkt zwei: Jedes unserer Länder wird in großräumige militärische Bezirke aufgeteilt, denen jeweils ein starker Gouverneur vorsteht. Drittens: Jegliche Opposition muss umgehend und rücksichtslos unterdrückt werden. Dazu werden spezielle Gefängnisse auf einsamen Inseln eingerichtet. In England wird über Nacht ein Ermächtigungsgesetz vorgelegt, das der Regierung weitgehende Befugnisse einräumt. Die Militärgouverneure der sechs Bezirke unterstehen einem Generalgouverneur. Dieser wird Brigadegeneral Lord Bernard Barford sein.‹ Ende des Zitats.«

»Großer Gott!« Newman hatte es fast den Atem verschlagen. »Das ist ja eine auf Kriegsrecht fußende Diktatur. Und Barford ist mit in die Verschwörung verwickelt.«

»Sehen Sie jetzt, wie ernst die Lage ist?«, sagte Tweed. »Außerdem geht aus dem Papier klar hervor, dass wir nicht mehr viel Zeit haben.«

»Ich bin völlig erschlagen«, sagte Paula. »Was machen wir nur?«

»Ich habe Ihnen ja schon einmal gesagt, dass es meiner Überzeugung nach noch eine zweite, ebenfalls sehr mächtige Gruppe gibt, die diese Verschwörung verhindern möchte, und rechne eigentlich jeden Augenblick damit, dass ich von einem Repräsentanten dieser Gruppe kontaktiert werde.«

»Und woher soll diese Gruppe wissen, dass wir hier in Tønder sind?«, fragte Paula.

»Weil sie bis jetzt immer wusste, wo wir uns aufgehalten haben. Als wir von der Windmühle abgefahren sind, habe ich in der Ferne ein Flugzeug gehört. Vielleicht saß darin ja jemand von dieser Organisation. Aber jetzt möchte ich, dass wir uns in

Tønder umsehen, ob uns hier irgendwelche Gefahr droht. Wir bewaffnen uns und teilen uns in drei Gruppen von jeweils zwei Leuten. Ich gehe mit Paula, Newman tut sich mit Marler zusammen, und Butler und Nield bilden das dritte Team. Wir schwärmen alle in unterschiedliche Richtungen aus und durchkämmen die Straßen. Aber gehen Sie in keine Bars oder Hotels. Das ist zu riskant. Was Lisa anbetrifft, so werde ich sie dazu überreden, sich nach dem Essen etwas hinzulegen. Sie braucht viel Schlaf, um sich von ihrem Schock zu erholen. Gibt es noch irgendwelche Fragen?«

Alle schüttelten den Kopf. Paula war beeindruckt, aber auch ein wenig beunruhigt von Tweeds energiegeladenem Auftreten. Bei ihr erweckte es den Eindruck, als ob sie kurz vor dem Ausbruch eines Krieges ständen.

Die drei Paare verließen das Hotel und schwärmten aus. Tweed ging mit Paula die Søndergade entlang ins Zentrum des Ortes, wo es viele schmale, kopfsteingepflasterte Gassen gab, die von alten Straßenlaternen nur spärlich beleuchtet wurden. Es war still, und nirgends war eine Menschenseele zu sehen.

»Dieses Tønder ist richtiggehend malerisch«, sagte Paula. »Ich liebe diese putzigen kleinen Häuser.«

Die meistens nur zwei Stockwerke hohen Reihenhäuser waren in bunten Farben gestrichen – ocker, rosa, blau oder gelb. Viele von ihnen hatten große Fenster im Erdgeschoß und gemütliche, spitzgiebelige Mansarden. Auf den Gassen war es so ruhig, dass Paula jeden ihrer Schritte auf dem Pflaster hören konnte.

»Wie idyllisch«, sagte sie. »Ich kann mir kaum vorstellen, dass an einem so friedlichen Ort wie diesem eine Gefahr lauern sollte.«

»Seien Sie trotzdem auf der Hut. Was auf der Autobahn nach Flensburg passiert ist, müsste Ihnen eigentlich gezeigt haben, dass der Feind nichts unversucht lässt, um uns zu vernichten.«

»Aber woher sollen unsere Feinde wissen, dass wir in Dänemark sind?«

Tweed schaute auf den Stadtplan, den er sich an der Rezeption des Hotels hatte geben lassen. In dem Gewirr von kleinen Gassen konnte man sich schnell verlaufen.

Während Paula entspannt und guter Dinge war, schien Tweed sich große Sorgen zu machen. Paula sah, dass er die rechte Hand nicht aus der Tasche seines Sommermantels nahm, in die er zuvor seine Walther gesteckt hatte, und hoffte, dass das nur eine überflüssige Vorsichtsmaßnahme war. Als sie sich dem Stadtrand näherten, deutete sie nach vorn.

»Sehen Sie das rote Gebäude da? Das ist das Tønderhus, das andere Hotel, von dem Sie uns erzählt haben.«

Als sie sich dem Hotel näherten, kam gerade ein großer, beleibter Mann heraus. Er blieb stehen, um sich eine Zigarre anzuzünden, und als Paula im Licht des Feuerzeugs sein Gesicht sah, griff sie unwillkürlich nach Tweeds Hand. Fast gleichzeitig packte Tweed sie am Ellenbogen und zog sie in eine unbeleuchtete Seitenstraße.

»Ich kann es kaum fassen«, flüsterte Paula. »Das war doch Oskar Vernon, oder?«

»Natürlich war er das. Na, fühlen Sie sich jetzt hier im friedlichen Dänemark immer noch so sicher?«

»Wie um alles in der Welt kommt denn der hierher?«

Während sie sprachen, eilten sie die Gasse entlang und bogen in eine andere ab, die sie noch weiter vom Hotel wegführte. Paula atmete schwer. Die Begegnung hatte sie sichtlich mitgenommen.

»Das muss ein Zufall sein«, sagte sie.

»Sie wissen genau, dass ich nicht an Zufälle glaube.«

»Das heißt aber noch lange nicht, dass es ab und zu nicht doch einen gibt.«

»Wo Vernon ist, können Barton und Panko auch nicht weit sein«, sagte Tweed nachdenklich.

»Am liebsten hätte ich ihn auf der Stelle erschossen.«

»Hier wird nicht herumgeballert«, sagte Tweed. »Jedenfalls nicht, solange wir es vermeiden können. Am besten gehen wir jetzt wieder zurück in unser Hotel.«

»Dieses Städtchen ist viel zu schön für Abschaum wie Oskar Vernon«, sagte Paula.

»Beeilen Sie sich«, sagte Tweed. »Und halten Sie die Augen offen. Wir sind nicht mehr weit vom Hotel entfernt.«

Als sie auf einer Brücke den Fluss überquerten, ging gerade der Mond auf und überglitzerte das Wasser mit seinem blauen Licht. Wie paradiesisch könnte doch dieser Ort sein, dachte Paula, ohne widerliche Killertypen wie diesen Oskar Vernon. Sie hätte ihn, ohne mit der Wimper zu zucken, erschießen können.

Im Hotel geleitete Tweed sie zur Bar und bestellte ihr einen Brandy, während er selbst ein Glas Rotwein nahm. Sie trugen die Drinks mit hinauf in Tweeds Zimmer, wo Paula sich auf die Couch setzte, um dann einen großen Schluck zu nehmen.

»Tut mir Leid, dass ich mich so aufgeregt habe«, sagte sie.

»Nicht der Rede wert. Sie haben völlig richtig reagiert. Und immerhin hat Vernon uns nicht gesehen, wir aber ihn.«

Es klopfte, und Tweed ging mit seiner Walther in der Hand zur Tür und machte auf. Newman und Marler kamen herein, die beide ziemlich ernst dreinblickten.

»Wir haben schlechte Nachrichten für Sie«, sagte Tweed, nachdem sich die beiden gesetzt hatten. »Es sieht so aus, als ob Oskar Vernon im Hotel Tønderhus abgestiegen wäre.«

»Aber das ist noch nicht alles ...«, begann Newman und verstummte, weil er bemerkt hatte, dass Paula blasser war als sonst.

»Reden Sie nur«, sagte Paula. »Ich bin okay.«

»Wenn Sie meinen. Unsere schlechte Nachricht ist die, dass wir Barton und Panko in einer Bar gesehen haben. Gott sei Dank haben sie uns aber bemerkt.«

»Tweed hat so etwas schon vermutet«, sagte Paula. »Jetzt wissen wir wenigsten, mit wem wir es hier zu tun haben.«

»Und? Was machen wir jetzt?«, fragte Newman.

»Das will ich Ihnen sagen«, sagte Tweed aufgeräumt. »Sie drei gehen auf der Stelle ins Bett und schlafen sich erst einmal aus. Und morgen treffen wir uns zu einem richtig schönen Frühstück ...«

Newman und Marler verabschiedeten sich und gingen. Gerade als Paula ihrem Bespiel folgen wollte, klingelte das Telefon. Es war die Frau vom Empfang.

»Wer, sagten Sie, ist hier und will mich sprechen?«, fragte Tweed ungläubig.

Paula blieb an der Tür stehen und wartete. Tweed sagte, die Besucherin solle heraufkommen, legte den Hörer auf und sah Paula an.

»Sie können bleiben, wenn Sie wollen.«

»Wer kommt Sie denn besuchen?«, fragte Paula.

»Gina France, die Buchhalterin der Zürcher Kredit Bank, die uns schon mal im Vier Jahreszeiten besucht hat. Ich frage mich, ob Sie wohl die Abgesandte ist, von der ich Ihnen nach dem Abendessen erzählt habe.«

»Fragt sich nur, ob sie nicht eine Abgesandte des Feindes ist«, sagte Paula nachdenklich.

33

Als Tweed die Besucherin einließ, starrte Paula sie ungläubig an. Die Gina France, die vor ihnen stand, hatte nichts mehr mit der konfus und unsicher wirkenden grauen Maus gemein, die sie erwartet hatte.

Die Frau, die mit energischem Schritt Tweeds Zimmer betrat, trug eine Pilotenjacke und eine Fliegermütze, unter der ein paar Strähnen ihres bläulich gefärbten Haares hervorschauten. Zielstrebig ging sie auf Paula zu und gab ihr die Hand. Nachdem Tweed ihr eine Tasse Kaffee aus der Thermoskanne eingeschenkt hatte, ließ sie sich auf der Armlehne eines Sessels nieder und lächelte die beiden an.

»War gar nicht einfach, Sie zu finden, das kann ich Ihnen sagen. Zuerst habe ich es im Hotel Tønderhus versucht...«

»Aber Sie haben dort doch hoffentlich nicht unsere Namen genannt«, unterbrach sie Tweed.

»Natürlich nicht. Ich habe lediglich auf den Parkplatz geschaut, und als ich dort keine blaue Mercedes-Limousine fand, bin ich erst gar nicht in das Hotel hineingegangen.«

»Darf ich fragen, woher Sie wissen, dass wir mit einem solchen Wagen unterwegs sind?«, fragte Tweed freundlich, während er ihr die Kaffeetasse reichte.

»Sie dürfen. Schon als Sie das Vier Jahreszeiten in Hamburg verlassen haben, wussten wir, dass sie die cremefarbene Limousine gegen eine blaue ausgetauscht haben.«

»Sie haben gerade ›wir‹ gesagt. Darf ich erfahren, wen Sie damit gemeint haben?«

»Ach so.« Sie lächelte traurig und schlug ihre in einer Lederhose steckenden Beine übereinander. »Das ist eine alte Gewohnheit von mir. Ich war einmal verheiratet, habe dann aber herausgefunden, dass mein Mann eine Geliebte hat, und mich daraufhin scheiden lassen. Trotzdem sage ich manchmal noch ›wir‹.«

»Aber woher wussten Sie, dass Sie uns hier in Tønder finden würden?«

»Wir haben Ihre Spur in Flensburg wieder aufgenommen, und von dort aus habe ich Sie mit dem Flugzeug verfolgt. Kurzzeitig hatte ich Sie verloren, aber als ich Ihren Wagen wieder sah, fuhren Sie in Richtung Dänemark. Dann waren Sie wieder verschwunden, und ich musste halb Jütland abfliegen, ehe ich Sie kurz vor Tønder wieder entdeckt habe.« Sie lächelte. »Sie sind ganz schön mobil, Mr. Tweed. Vielen Dank für den Kaffee. Der stellt ja Tote wieder auf die Füße.«

»Also, was können wir für Sie tun?«

»Bevor ich Ihnen das sage, muss ich Sie vor ein paar übel aussehenden Verbrechern warnen, die sich hier in Tønder herumtreiben. Ich habe zwei von ihnen in einer Bar erkannt. Es waren dieselben Männer, die ich schon in Hamburg gesehen habe, nachdem ich bei Ihnen im Hotel war. Nehmen Sie sich also in Acht.«

»Danke für die Warnung.«

»Außerdem sollten Sie wissen, dass überall in der westlichen Welt bald der Teufel los sein wird. Ich glaube, Sie sind der Einzige, der die Katastrophe noch aufhalten kann.«

»Warum glauben Sie das?«, fragte Paula.

»Weil wir einiges über Ihre Vergangenheit in Erfahrung gebracht haben, Mr. Tweed. Wir verfügen glücklicherweise über ein weit gespanntes Netz von Kontaktpersonen.« Sie lehnte sich lächelnd zurück. »Vielleicht fragen Sie sich, wie wir dieses Netz aufgebaut haben. Die Antwort ist ganz einfach. Geld macht nun mal die meisten Menschen gesprächig. Wir wissen – wenn Sie mir die Bemerkung gestatten –, dass Sie ein Mann von höchster persönlicher Integrität sind. Solche Männer wie Sie, Mr. Tweed, sind heutzutage leider Mangelware.«

Paula war erstaunt, wie gut Mrs. France auf einmal Englisch sprach. Es war gar kein Vergleich zu ihrer stockenden Sprechweise in Hamburg.

»Was raten Sie uns zu tun?«, fragte sie.

»Bleiben Sie über Nacht hier im Hotel, und fahren Sie morgen früh in Richtung Travemünde.« Sie blickte hinüber zu Tweed. »Wissen Sie, wo das ist?«

»An der Ostseeküste östlich von Lübeck. Ich war schon einmal dort.«

»Von hier aus ist es eine ziemlich lange Fahrt, aber schließlich sind Sie ja auch von Flensburg ganz schnell hierher gekommen. Aber sehen Sie sich vor, dass Sie auf dem Weg dorthin nicht angegriffen werden – obwohl ich davon überzeugt bin, dass Sie sich hervorragend zu verteidigen wissen.«

»Wann sollen wir denn in Travemünde sein?«, fragte Paula.

»Ach, am späten Nachmittag, würde ich vorschlagen.« Sie lächelte wieder. »Angesichts der weiten Entfernung werden Sie sowieso nicht früher dort eintreffen.«

»Und wo sollen wir in Travemünde hingehen?«, fragte Tweed.

»Darauf wollte ich gerade kommen. Es gibt dort eine Uferpromenade am Fluss Trave, die Vorderreihe heißt. Sie führt von der Ostsee zu einem Polizeirevier. Direkt hinter dem Revier ist ein großes Restaurant mit einer Terrasse. Setzen Sie sich dort an einen Tisch im Freien, der möglichst nahe an der Promenade ist. Dort wird sich eine Kontaktperson an Sie wenden.«

»Wer wird diese Person sein? Sie?«, fragte Tweed, dessen Ton zum ersten Mal etwas aggressiv klang. »Wir fahren nicht bis nach Travemünde, wenn wir nicht wissen, wer uns dort erwartet.«

»Die Kontaktperson ist Herr Rondel, den Sie ja bereits kennen gelernt haben.«

»Und worum geht es bei dieser seltsamen Schnitzeljagd?«, verlangte Tweed in demselben Ton wie zuvor zu wissen.

»Man hat mir gesagt, dass Sie ein kritischer Kopf sind, Herr Tweed«, sagte Mrs. France und nickte anerkennend. Dann ließ sie sich in dem Sessel nieder, auf dessen Armlehne sie bisher gehockt hatte. »Das war nicht übertrieben. Wir haben es hier mit einer der gefährlichsten internationalen Verschwörungen seit dem Zweiten Weltkrieg zu tun. Mehrere mächtige Politiker sind darin verwickelt, darunter auch einer aus Ihrem Land. Zurzeit beraten sich diese Männer auf Sylt. Wir müssen verhindern, dass sie ihren teuflischen Plan in die Tat umsetzen, notfalls auch dadurch, dass wir sie eliminieren. Aber sagen Sie den Partnern nicht, dass ich Ihnen das enthüllt habe.«

»Ich wusste es schon vorher.«

»Das hätte ich mir denken können.«

»Eines möchte ich noch wissen«, sagte Tweed. »Sind Sie wirklich Milos Chefbuchhalterin? Ist das Ihre Hauptbeschäftigung?«

»Nicht ganz«, antwortete Mrs. France und trank von der frischen Tasse Kaffee, die Tweed ihr inzwischen eingeschenkt hatte. »Wie Sie gesehen haben, bin ich auch eine Fliegerin, aber was noch viel wichtiger ist: Ich bin darüber hinaus eine Expertin für das Internet.«

»Dann wissen Sie wohl auch, dass die Terroristen das Internet für das Versenden kodierter Botschaften an ihre Untergruppen in aller Welt verwenden«, sagte Tweed lächelnd. »Sie teilen ihnen auf diese Weise mit, wo und wann sie zuschlagen sollen.«

»Sieh mal einer an«, sagte Mrs. France erstaunt. »Das wissen Sie also auch schon.«

»Ich weiß vermutlich sehr viel mehr, als Sie glauben, Mrs. France.«

»Bitte, nennen Sie mich doch Gina.«

»Gerne, Gina. Ist eigentlich dieser Danzer vertrauenswürdig?«

»Danzer?«

»Lassen Sie doch das Versteckspiel, Gina«, sagte Tweed scharf. »Wir sollten jetzt wirklich beide die Karten auf den Tisch legen. Also, kann man diesem Danzer vertrauen?«

»Absolut, Mr. Tweed. Milo vertraut ihm blind und überträgt ihm selbst die schwierigsten Missionen.«

»Das habe ich mir fast gedacht. Spricht Danzer Englisch?«

»Perfekt. Er hat mehrere Jahre in London Ingenieurswesen studiert.«

»Als sie bei uns im Hotel Vier Jahreszeiten waren, haben Sie auch über Danzer gesprochen. Ich bin mir jetzt nicht mehr im

Klaren, ob Sie uns vor ihm warnen oder nur Informationen an uns weitergeben wollten.«

»Letzeres. Damals wusste ich noch nicht, wie viel ich Ihnen anvertrauen konnte. Aber wenn Sie erlauben, erzähle ich Danzer von unserer Unterhaltung heute.«

»Nur zu.«

Sie stand auf, sah auf die Uhr und lächelte Paula freundlich an.

»Es hat mich sehr gefreut, mit Ihnen zu plaudern, aber jetzt muss ich mich auf den Rückflug machen.«

»Kann man denn von diesem Flughafen nach Einbruch der Dunkelheit noch starten?«, fragte Tweed und stand auf.

»Man kann. Es gibt eine Startbahnbefeuerung, die man im Schuppen anschalten kann.«

»Aber ich lasse Sie nicht allein mitten in der Nacht zum Flughafen. Warten Sie einen Augenblick …«

Tweed nahm das Telefon ab und rief bei Newman an. Er fragte ihn, ob er noch angezogen sei, was dieser bejahte, und bat ihn, auf sein Zimmer zu kommen. Dann wandte er sich wieder an Mrs. France.

»Newman wird Sie zum Flughafen fahren. Er ist bewaffnet und sorgt dafür, dass Sie sicher zu Ihrer Maschine kommen.«

»Das ist wirklich sehr nett von Ihnen, Mr. Tweed, aber ich kann selbst auf mich aufpassen. Deshalb *bestehe* ich darauf, allein zu gehen.«

Sie küsste Tweed auf beide Wangen, und Paula sah, dass sie dabei Tränen in den Augen hatte. Mrs. France zog ein Taschentuch aus ihrer Fliegerkombi, nahm ihre dicke Brille ab und tupfte sich die Wangen trocken.

»Entschuldigen Sie bitte. Aber irgendwie geht mir das alles ans Herz.«

»Das ist doch überhaupt nicht schlimm«, sagte Paula und lächelte ihr zu.

Als Newman kurz darauf an der Tür klopfte, erklärte ihm Tweed, dass Mrs. France doch lieber allein zu ihrem Flugzeug zurückkehren wolle und seine Begleitung nicht benötige.

Oskar Vernon betrat eilig die Bar und steuerte schnurstracks auf den Tisch zu, an dem Barton und Panko saßen. Nachdem er sich gesetzt hatte, nahm er Bartons Bier und schüttete es ihm mitten ins Gesicht.

»He, was soll das?«, protestierte Barton. »Jetzt müssen Sie mir aber ein neues zahlen.«

»Halt den Mund«, sagte Vernon mit ruhiger Stimme. »Habe ich euch nicht befohlen, im Hotel zu bleiben und euch auszuschlafen? Und was macht ihr? Ihr rennt in die nächste Kneipe und sauft euch die Hucke voll. Treibt es nicht zu bunt, sonst fischt man irgendwann mal eure Leichen aus der Ostsee.«

Barton ließ sich sonst nicht so leicht einschüchtern, aber als er den Blick in Vernons leicht hervorstehenden Augen sah, gab er sofort klein bei.

»Wir sind noch nicht lange hier …«, begann er schuldbewusst.

»Das ist mir egal«, fuhr Vernon ihm über den Mund. »Ich habe gesagt: keinen Alkohol, und damit basta! Jetzt kommt ihr auf der Stelle mit mir zurück ins Hotel und geht ins Bett. Auf dem Weg dorthin gebe ich euch noch ein paar neue Anweisungen.«

Die Kellnerin kam, um das verschüttete Bier aufzuwischen, und Vernon war auf einmal die Liebenswürdigkeit selbst. Mit einem freundlichen Lächeln reichte er ihr eine dänische Banknote.

»Aber das ist viel zu viel für das Bier«, sagte die Kellnerin.

»Der Rest ist für Sie.«

»Vielen Dank. Sehr großzügig von Ihnen.«

Sie schenkte Vernon, der ein unverbesserlicher Charmeur war, ein strahlendes Lächeln.

»Das war ja ein gigantisches Trinkgeld«, sagte Barton, als die drei draußen auf der Straße waren.

»Nenn es lieber ein Schweigegeld. Und jetzt zu meinem Plan für morgen. Während ihr nur ans Saufen gedacht habt, war ich unterwegs und habe auf dem Parkplatz vor dem Hotel Hostrups Tweeds blauen Mercedes entdeckt. Haltet euch also morgen früh bereit, dem Wagen zu folgen.«

»Warum gehen wir nicht gleich zu dem Hotel und legen die ganze Bagage um?«, sagte Barton, der seinen Fehler wieder gutmachen wollte.

Panko gefiel der Vorschlag offensichtlich so sehr, dass er mit einem breiten Grinsen sein Messer zog.

»Steck das Ding sofort wieder weg«, fauchte Vernon. »Ihr kommt jetzt mit mir ins Hotel und legt euch ins Bett, damit ihr morgen früh fit seid. Ich fahre euch zum Flugplatz, wo ihr euch versteckt, bis ich euch übers Handy Bescheid gebe, dass Tweed aufbricht. Dann verfolgt ihr den Mercedes mit dem Flugzeug und berichtet mir in regelmäßigen Abständen, wo er sich befindet, damit ich ihm mit dem Auto hinterherfahren kann. Zu gegebener Zeit entscheide ich, was wir mit ihnen tun. Und fliegt nicht zu nahe an den Wagen heran, sondern haltet Abstand und benutzt eure Ferngläser. Das ist alles für heute.«

»Um wie viel Uhr frühstücken wir?«, fragte Barton.

»Um sechs. Wenn es dann noch kein Frühstück gibt, müsst ihr eben hungrig losfliegen. Vielleicht ist euer Verstand dann ja auch nicht so träge wie sonst.«

Sobald Newman und Mrs. France das Zimmer verlassen hatten, ging Paula Tweed frontal an.

»Was haben Sie sich denn dabei gedacht?«, sagte sie mit eindringlicher Stimme. »Sie haben ja sämtliche Vorsichtsmaßregeln außer Acht gelassen und Mrs. France praktisch alles erzählt, was wir über diese Verschwörung wissen. Meiner Meinung nach haben Sie damit den größten Fehler in Ihrer ganzen Karriere gemacht.«

»Sagen Sie nur, was Sie auf dem Herzen haben, Paula«, entgegnete Tweed, der sich mit einer Tasse Kaffee auf der Couch niedergelassen hatte, mit einem spöttischen Unterton. »Bei uns hat jeder das Recht auf seine eigene Meinung.«

»Machen Sie sich nicht über mich lustig, Tweed«, sagte Paula und stampfte trotzig mit dem Fuß auf. »Immerhin steht unser aller Leben auf dem Spiel.«

»Da muss ich Ihnen völlig Recht geben.«

»Warum haben Sie es dann gemacht, in drei Teufels Namen?«

»Weil ich mir jetzt endlich sicher bin, wer in diesem Spiel die Bösen sind und wer die Guten, die auf unserer Seite stehen, auch wenn sie sich bisher noch nicht als solche zu erkennen gegeben haben.«

»Tatsächlich?«

Paula war verblüfft. Sie setzte sich Tweed gegenüber und schaute ihn erwartungsvoll an.

»Jetzt verstehe ich überhaupt nichts mehr«, sagte sie.

»Ihnen sind doch bestimmt die außerordentlichen Veränderungen an Mrs. France aufgefallen, die sich auf ihr Aussehen, ihr Benehmen und vor allem ihre Persönlichkeit erstrecken. Wie würden Sie sie beschreiben?«

»Nun ja, bei unseren zwei Begegnungen in Hamburg kam sie mir wie eine nette, aber irgendwie konfuse ältere Dame vor. Ehrlich gesagt, ich konnte es kaum glauben, als Sie mir sagten, sie sei die Chefbuchhalterin der Zürcher Kredit Bank. War das sehr dumm von mir?«

»Nein, überhaupt nicht. Ich hatte genau den gleichen Eindruck. Aber wie finden Sie sie jetzt?«

»Jetzt war ich ehrlich verblüfft. Sie erscheint mir wie ausgewechselt, extrem kompetent und weltgewandt. Jetzt würde ich ihr die Chefbuchhalterin sofort abnehmen, aber nun stellt sie sich auch noch als Pilotin und Internet-Expertin heraus. Und ihr Benehmen war total geschäftsmäßig und kraftvoll. Außerdem kam sie mir in der Fliegerkombi viel schlanker vor als in ihrem unsäglichen Blümchenkleid.«

»Was beunruhigt Sie also?«

»Dass Sie ihr so viel über uns erzählt haben und überhaupt so offen zu ihr waren.«

»Das war ich nur, weil ich zu dem Schluss gekommen bin, dass sie auf der Seite der Guten steht. Ich habe ein untrügliches Gespür dafür, wem ich vertrauen kann, und ihr kann ich vertrauen. Deshalb habe ich sie ja auch nach Danzer gefragt. Ihre Antwort hat mich – zusammen mit anderen Dingen –

noch mehr in der Auffassung bestärkt, dass sie die Wahrheit sagt.«

»Tut mir Leid, dass ich mich so aufgeregt habe. Ich habe mich wohl getäuscht.«

»Das tun wir doch ständig alle«, sagte Tweed versöhnlich. »Mir jedenfalls passiert das häufig. Aber jetzt schweben wir in großer Gefahr. Wenn ich unser Feind wäre, würde ich nichts unversucht lassen, um uns möglichst schnell zu vernichten. Und zwar für immer.«

»Befürchten Sie das aus einem bestimmten Grund?«

»Ja.« Tweed leerte seine Tasse und stellte sie zurück auf den Tisch. »Und der ist, dass sie Lord Barford auf ihrer Seite haben. Ich glaube, dass er für den Angriff im Maisfeld verantwortlich ist, der war nämlich generalstabsmäßig vorbereitet. Erinnern Sie sich noch daran, wie fünf der Angreifer uns in den Rücken fallen wollten? Wäre Harry Butler nicht im letzten Augenblick mit seiner Uzi aufgetaucht, dann hätten sie uns höchstwahrscheinlich erledigt.«

»Dann glauben Sie also, dass uns ein weiterer Angriff bevorsteht?«

»Davon gehe ich aus. Und wenn er kommt, werden wir ihn vielleicht nicht so leicht zurückschlagen können wie den letzten.«

Haus Inselende war ein großes, abseits gelegenes Gebäude an der Westküste von Sylt. Es bestand aus zwei Teilen mit reetgedeckten Dächern, die durch einem kreisrunden Mittelbau miteinander verbunden waren. Das Anwesen war der ideale Ort für ein geheimes Treffen, weil es auf der einen Seite vom schier endlosen Wattenmeer begrenzt wurde und auf der anderen von einem weglosen Moor.

Trotzdem wurde das Gelände streng bewacht. Überall lagen mit Schnellfeuergewehren bewaffnete FBI-Männer im Heidekraut verborgen, und zusätzlich patrouillierten uniformierte amerikanische Soldaten ständig um das Haus. An der einzigen Straße, die auf das Gelände führte, war ein Kontrollpunkt eingerichtet worden, an dem sämtliche Fahrzeuge angehalten wurden.

Auf dem Meer weiter draußen kreuzten amerikanische Schnellboote, und mit Maschinengewehren bewaffnete Hubschrauber überflogen ständig das Haus und leuchteten nachts das umliegende Gelände mit ihren Suchscheinwerfern ab. Selbst der Präsident der Vereinigten Staaten wäre nicht besser bewacht worden.

Im Inneren von Haus Inselende war gerade die Konferenz der vier Politiker für das Abendessen unterbrochen worden. Während drei der Teilnehmer tatsächlich zu Abend aßen, traf sich Gavin Thunder mit Lord Barford in einem schalldichten Nebenzimmer zu einem persönlichen Gespräch.

»Ich habe schlechte Neuigkeiten für Sie«, begann Barford. »Tweed und seine Leute sind trotz unseren Anstrengungen noch immer am Leben.«

»Und ich dachte, Sie hätten das Ungeziefer längst vernichtet«, schnarrte Thunder enttäuscht. »Ich kenne Tweed und weiß, dass er der Einzige ist, der uns jetzt noch in die Suppe spucken kann.«

»Da gebe ich Ihnen Recht«, sagte Barford. »Auch ich kenne ihn gut. Wir müssen alles tun, um ihn auszuschalten – bevor er uns ausschaltet. Aber uns bleibt nicht mehr viel Zeit.«

»Vermutlich haben Sie keine Ahnung, wo er ist«, bemerkte Thunder sarkastisch.

»Doch. Er ist in Tønder.«

»Und wo ist das, verdammt noch mal?«

»Nicht allzu weit entfernt von hier. Auf dem Festland. Es ist eine kleine Stadt in Dänemark.«

»Woher wollen Sie wissen, dass Tweed wirklich dort ist?«, fragte Thunder.

»Weil ich gut organisiert bin. Barton hat mich vor einer Stunde angerufen und es mir berichtet. Ich weiß sogar den Namen des Hotels, in dem sie abgestiegen sind. Es heißt Hostrups.«

»Warum hat Barton Sie angerufen und nicht Oskar Vernon?«

»Weil Vernon schon einen neuen Angriff auf Tweed plant und nicht will, dass wir ihm dazwischenfunken.«

»Aber war Vernon nicht auch für den Angriff auf der Autobahn nach Flensburg verantwortlich, der zu diesem totalen Fiasko wurde?«

Barford fand es klug, Thunder nicht zu sagen, dass er selbst den Schlachtplan dazu entworfen hatte. Der Rüstungsminister war nicht gerade dafür bekannt, dass er Fehler wie einen solchen verzieh.

»Nein, das war Delgado. Er hat mir noch aus Flensburg gemeldet, dass er Tweed und sein Team dort gesehen hat, aber seitdem ist Delgado wie vom Erdboden verschluckt.«

»Das gefällt mir nicht.« Thunder stand auf, ging an den Barschrank und kehrte mit zwei Gläsern Brandy zum Tisch zurück.

»Das gefällt mir ganz und gar nicht«, wiederholte er, während er sich wieder setzte. »Tweed taucht mit seinen Leuten überall in Norddeutschland auf. Erst in Hamburg, dann in Flensburg, und jetzt wurde er sogar jenseits der dänischen Grenze gesehen. Die Amerikaner haben eine Einheit ihrer geheimen Einsatzreserve hier, von der wir vielleicht ein paar Leute für ein Sonderkommando abzweigen können. Schließlich haben wir hier ja Wachmannschaften genug.«

Barford nahm einen Schluck von seinem Brandy. Thunders Vorschlag gefiel ihm nicht. Die Einsatzreserve war eine kleine Truppe gut ausgebildeter Leute vom Secret Service, die normalerweise den Präsidenten der USA bewachten, aber auch für andere Spezialaufträge zur Verfügung standen. Barford hatte gehört, dass sie schon diverse Männer – und Frauen – liquidiert hätten, deren Aktivität der amerikanischen Regierung ein Dorn im Auge war. Sogar ein tragischer »Unfall«, der zum Tod eines US-Senators geführt hatte, sollte auf ihr Konto gehen. Viel schlimmer als das fand Barford allerdings, dass die Einsatzreserve nicht seinem Kommando unterstellt sein würde.

»Ist das nicht ein bisschen drastisch?«, sagte er. »Ich habe gehört, dass die Einsatzreserve ziemlich brachiale Methoden anwendet. Sie soll angeblich nicht einmal etwaige Leichen beseitigen.«

»Die Entscheidung ist gefallen.« Thunder trank seinen Brandy aus und stand auf. »Ich werde mit dem Außenminister reden. Bestimmt leiht er uns ein paar seiner Männer.«

»Sind Sie sich sicher, dass das wirklich eine gute Idee ist?«

»Verdammt noch mal!« Thunder knallte sein Glas auf den Tisch. »Tweed muss eliminiert werden, und die Einsatzreserve wird das erledigen. Sie ist skrupellos und bestens ausgerüstet. Solchen Leuten ist Tweed nicht gewachsen.«

34

Tweed war noch immer wach und suchte auf der Landkarte die beste Route von Tønder nach Travemünde. Sein Instinkt sagte ihm, dass es eine Strecke sein sollte, auf der es nicht allzu leicht wäre, sie anzugreifen. Als es leise an seine Tür klopfte, öffnete er vorsichtig. Es war Paula.

»Störe ich?«, fragte sie.

»Sie stören nie. Setzen Sie sich doch. Möchten Sie Kaffee?«

»Nein, danke. Wenn ich jetzt einen Kaffee trinke, kann ich überhaupt nicht mehr einschlafen. Aber Sie scheinen das Zeug ja literweise in sich hineinzuschütten.«

»Er hilft mir, mich zu konzentrieren. Was führt Sie zu mir?«

»Ich habe über die Fahrt nach Travemünde nachgedacht. Könnte es nicht sein, dass man uns schon wieder in eine Falle locken will?«

»Natürlich könnte es das. Aber wenn wir diesen Fall lösen wollen, müssen wir das Risiko eingehen.«

»Nicht dass ich Gina misstrauen würde«, sagte Paula. »Ganz im Gegenteil. Ich bin mittlerweile derselben Meinung wie Sie.«

»Sie kennen doch meine alte Kokon-Theorie, oder?«

»Nein. Was soll das sein?«

»Nun, diese Theorie geht davon aus, dass jeder Mensch in einer Art Kokon lebt. Dazu gehört das normale Alltagsleben, aber auch die Art, wie man denkt und auf Dinge reagiert. Viele Menschen leben in einem sehr engen Kokon. Sie fahren jeden Tag mit demselben Zug zur Arbeit, sitzen dort immer am selben Schreibtisch, und alles, worüber sie nachdenken, hat etwas mit ihrer Arbeit zu tun – oder mit ihrer Familie, falls sie eine haben. Was sonst noch in der Welt vor sich geht, interessiert sie nicht.

Das ist soweit in Ordnung, falls ihnen dieses ziemlich eingeschränkte Leben – ihr Kokon eben – genügt. Andere leben in einem sehr viel weiteren Kokon – Geschäftsleute mit großen Firmen oder Generäle, die große Truppenkontingente kommandieren. Solche Menschen müssen große Teile der Welt kennen, es könnte nämlich gut sein, dass sie über kurz oder lang dort zu tun bekommen. Wenn ich mit jemandem spreche – wie in unserem Beispiel mit Mrs. France –, versuche ich zuallererst abzuschätzen, wie groß der Kokon ist, der die Person umgibt.«

»Und wie ist es um den von Mrs. France bestellt?«

»Er ist ausgesprochen groß. Ihr Kokon ist die ganze Welt. Sie hat einen weiten Horizont, weil die Bank, für die sie arbeitet, Niederlassungen in vielen Ländern der Erde hat. Sie muss überall nach verschwundenem Geld suchen, muss wissen, wie man verschlüsselte Nachrichten über das Internet schickt, und außerdem arbeitet sie für zwei bemerkenswerte Männer. Darüber hinaus ist sie vertrauenswürdig und moralisch über jeden Zweifel erhaben. Wenn in Travemünde wirklich eine Falle auf uns warten sollte, dann hat Gina France nichts damit zu tun.«

»Ich glaube, Sie haben Recht.«

»Übrigens, ich habe beschlossen, dass wir morgen schon um halb sieben losfahren. Fragen Sie mich nicht, weshalb, es ist eine Entscheidung, die ich aus dem Bauch heraus getroffen habe. Den anderen habe ich es schon telefonisch mitgeteilt und ihnen gesagt, sie sollen sich möglichst bald aufs Ohr legen. Morgen haben wir einen langen Tag vor uns.«

»Dann gehe ich jetzt auch ins Bett«, sagte Paula und gähnte. »Kommt Lisa eigentlich mit uns?«

»Ja. Wir können sie ja schlecht hier lassen.«

Paula erzählte ihm, dass Lisa gewusst hatte, dass Rondels Partner eine Goldrandbrille trug.

»Woher hat sie das bloß?«, fragte sie abschließend.

»Auch das passt in mein Bild von den zwei im Widerstreit liegenden Kräften. Aber ich werde Ihnen jetzt nicht erklären, wie. Also, ab ins Bett mit Ihnen!«

Bevor Paula die Tür öffnete, wandte sie sich noch einmal an

Tweed und drohte ihm mit dem Zeigefinger. »Sie brauchen aber auch Ihren Schlaf.«

Sie warf ihm eine Kusshand zu und verschwand. Tweed nahm die Brille ab und rieb sich die Augen. Paula hatte Recht. Auch er musste morgen wenigstens halbwegs ausgeschlafen sein.

Beim Abendessen in Haus Inselende saß Lord Barford am Tisch der FBI-Männer, deren Aufgabe es war, das Gelände zu bewachen. Sein Tischnachbar war der Chef der Gruppe, ein intelligenter und interessanter Mann namens Cordell. Nach dem Essen tranken die beiden noch zusammen Kaffee und plauderten. Cordell hatte es offenbar nicht eilig, den Tisch zu verlassen.

»Es ist ganz schön stressig, zusätzlich zum Außenminister noch drei weitere Politiker zu bewachen«, sagte er. »Besonders hier in einem fremden Land. Mir persönlich wäre es sehr viel lieber, wenn das Treffen zu Hause in unserer gewohnten Umgebung stattfinden würde.«

Cordell war ein mittelgroßer, gut gebauter und perfekt durchtrainierter Mann mit harten Gesichtszügen, die aber manchmal von einem liebenswürdigen Lächeln erhellt wurden. Lord Barford war ihm irgendwie sympathisch.

»Na ja, bald haben Sie es ja hinter sich«, sagte der Engländer. »Wie lange dauert denn das Treffen noch?«

»Darüber lassen sich die Herren nicht aus. Aus Gründen der Sicherheit, wie sie sagen. Aber ich nehme mal an, dass sie wohl in ein, zwei Tagen wieder abreisen werden.« Er hielt inne und zündete sich eine Zigarette an. »Ich habe gehört, dass sie die Einsatzreserve losschicken wollen, um irgendwelche armen Schweine zu jagen.«

»Das stimmt. Hört sich so an, als ob Sie das für keine allzu gute Idee halten.«

»Ehrlich gesagt, ich mag die Reserve nicht besonders. Für mich ist das eine Schlägertruppe, die üble Sachen macht. Ich habe mal gehört, dass zwei von ihnen sich einen Bankier vorgeknöpft haben, der nicht richtig pariert hat. Sie haben seine Gewohnheiten ausgekundschaftet, und als er eines Tages zum

Mittagessen ging, haben sie ihn in der Drehtür seines eigenen Bankhauses erschossen. So etwas würden wir vom FBI nie tun. Das ist kaltblütiger Mord.« Cordell hielt inne und sah Barford an. »Aber ich kann mich doch darauf verlassen, dass Sie das, was ich Ihnen gerade erzählt habe, nicht weitersagen, oder?«

»Von mir wird niemand ein Sterbenswörtchen erfahren. Versprochen.«

»Jetzt muss ich aber nach draußen, um meinen Leuten mal wieder auf die Finger zu schauen …«

Lord Barford wartete noch ein paar Minuten, bevor auch er den Speisesaal verließ. Draußen im Gang wäre er um ein Haar mit Gavin Thunder zusammengestoßen.

»Wir hatten ein sehr konstruktives Arbeitsessen«, sagte der Rüstungsminister. »Das Treffen hier ist bisher wirklich ein voller Erfolg.«

»Könnte ich Sie noch einmal unter vier Augen sprechen?«

»Warum nicht? Gehen wir doch in das Zimmer, in dem wir uns vorhin schon unterhalten haben.«

Als sie in dem Raum waren, holte Thunder die Flasche Brandy und zwei Gläser aus dem Barschrank. Barford lehnte dankend ab, weil er nicht noch mehr trinken wollte, aber Thunder, der blendend gelaunt war, goss sich ordentlich ein.

»Auf den Erfolg unseres großen Vorhabens«, sagte er und hob das Glas. Erst jetzt sah er den bedrückten Ausdruck auf Barfords Gesicht. »Was ist denn mit Ihnen los?«, sagte er. »Sie sehen ja nicht gerade glücklich aus.«

»Das bin ich auch nicht. Und zwar deshalb, weil Sie die Reserve der Amerikaner zum Einsatz bringen wollen. Dem kann ich unmöglich zustimmen.«

»So, dem können Sie nicht zustimmen?«, wiederholte Thunder mit lauter Stimme. »Dann will ich Ihnen mal was sagen, Barford. Auf Ihre Zustimmung pfeife ich, damit Sie ganz klar sehen. Die Entscheidung ist gefallen, ob Sie nun Ihre Zustimmung findet oder nicht. Und noch etwas: Ich möchte, dass Sie die Amerikaner morgen begleiten, wenn sie mit einem Boot aufs Festland übersetzen. Dort bringen Sie die Männer zu den drei

Jeeps, die dort auf sie warten, verabschieden sich von ihnen und wünschen ihnen viel Glück.«

»Wie Sie wollen. Aber ich betone noch einmal, dass ich die Aktion keinesfalls gutheiße. Mehr noch: Ich fordere Sie hiermit auf, dieses Unternehmen auf der Stelle abzublasen.«

»Abblasen? Ich soll das Unternehmen abblasen? Mein lieber Bernard, noch sind Sie nicht der Militärgouverneur von England, also maßen Sie sich gefälligst nicht an, mir Vorschriften zu machen.«

»Ich bin mir dessen vollauf bewusst.«

»Bernard, nun hören Sie mir doch zu ...« Thunders Ton war jetzt auf einmal wieder ganz freundlich und zuvorkommend. »Niemand macht Ihnen einen Vorwurf, weil es Ihnen nicht gelungen ist, Tweed und seine Leute auszuschalten. Er ist nun mal ein schlauer Fuchs. Außerdem hatten Sie in letzter Zeit jede Menge Stress. Ich verstehe das. Und vielleicht hilft es Ihnen ja, wenn ich Ihnen sage, dass zwei von der Einsatzreserve Engländer sind, die früher beim SAS gedient haben. Sie sind in die Staaten ausgewandert, haben dort die amerikanische Staatsbürgerschaft angenommen und sind zur Einsatzreserve gekommen. Na, macht Ihnen das die Truppe etwas sympathischer?«

»Ich bin müde. Ich glaube, ich möchte jetzt zu Bett gehen.«

»Tun Sie das, Bernard. Morgen fühlen Sie sich bestimmt viel besser.«

Nachdem Barford gegangen war, trank Thunder langsam seinen Brandy aus und freute sich, dass es ihm wieder einmal gelungen war, jemanden mit Worten einzuseifen.

Tweed war noch immer nicht zu Bett gegangen, sondern saß am Tisch in seinem Hotelzimmer und schrieb den Namen Gina France auf seinen Notizblock. Dann zeichnete er einen Kreis um diesen neuen Eintrag und verband ihn mit dem von Lisa. Langsam bekommt das Mosaik so etwas wie eine Struktur, dachte Tweed gerade, als sein Handy klingelte. Er fluchte leise und ging ran.

»Ja?«

»Mr. Tweed?«

»Am Apparat. Wer spricht da?«

»Sie sind morgen in großer Gefahr. Lebensgefahr. Nehmen Sie sich in Acht.«

Die Stimme klang wie die einer Frau, aber es hätte auch ein Mann sein können, der ein Bonbon im Mund hatte und durch ein Taschentuch sprach.

»Vielen Dank für die Warnung«, sagte Tweed.

»Die Lage ist sehr ernst für Sie. Sieben professionelle Killer in drei Jeeps werden Ihrem Wagen folgen und sie angreifen, wenn die Gelegenheit günstig ist. Sie haben den Auftrag, Sie alle zu töten.«

»Woher kommen diese Killer?«

Tweed hatte beschlossen, die Warnung ernst zu nehmen und so viele Einzelheiten über die drohende Gefahr zu sammeln wie möglich, aber die Leitung wurde unterbrochen, worauf er nur noch das Besetztzeichen hörte. Tweed lehnte sich in seinem Sessel zurück und dachte nach. Er konnte unmöglich herausfinden, wer ihn angerufen hatte, es kannten einfach zu viele Leute seine Handynummer. Die Warnung hatte jedenfalls sehr ernst geklungen. Am liebsten hätte er sofort Butler angerufen, aber der brauchte seinen Schlaf, um morgen fit zu sein.

Als ob Tweeds Wunsch erhört worden wäre, klopfte es wenig später an seiner Tür, und Harry Butler stand davor. Er hatte seine Walther in der Hand.

»Dachte ich mir's doch, dass Sie noch auf sind«, sagte er. »Ich wollte mit Ihnen noch mal die Taktik für unsere bevorstehende Expedition besprechen.«

»Sie sollten sich lieber schlafen legen.«

»Zuviel Schlaf ist schlecht fürs Gehirn.«

Butler schlug Tweeds Einladung auf eine Tasse Kaffee oder einen Drink aus und wollte gleich zur Sache kommen, aber Tweed erzählte ihm erst einmal von der seltsamen Warnung, die er soeben erhalten hatte.

»Nehmen Sie sie ernst?«, fragte Butler.

»Zuerst habe ich sie für psychologische Kriegsführung gehalten, aber dann wurde die Anruferin – oder der Anrufer – so konkret, dass ich es mir wieder anders überlegt habe. Sieben Männer in drei Jeeps. Wir sollten uns auf dem Weg nach Travemünde nach einer starken Verteidigungsstellung umsehen, wo wir uns verschanzen und einen Angriff abwehren können.«

»Ich habe mir ein Motorrad besorgt«, sagte Butler.

»Wie haben Sie denn das mitten in der Nacht in einem Ort wie Tønder geschafft?«

»Na ja, ich habe noch eine Runde gedreht, um zu schauen, ob der Feind irgendwelchen Ärger macht, und da bin ich auf einen Typen gestoßen, der gerade vor einer Garage den Ölstand seines Motorrads überprüft hat. Ich habe ihn gefragt, was er für die Maschine haben will. Er dachte wohl zuerst, ich würde einen Scherz machen und hat mir einen doppelt so hohen Preis genannt, wie das Motorrad wert ist. Es war ein Däne, der aber perfekt Englisch sprach. Ich habe ein Bündel Geld aus der Tasche gezogen und ihm die gesamte Summe hingeblättert, da hat er mir das Motorrad gegeben. So einfach war das.«

»Sie verblüffen mich jedes Mal aufs Neue, Harry.«

»Sie werden lachen, aber manchmal verblüffe ich mich selbst«, erwiderte Butler trocken. »Aber viel wichtiger ist, dass ich jetzt mit dem Motorrad die Strecke vor und hinter unserem Wagen auskundschaften kann.«

»Das verbessert unsere Situation ganz gewaltig. Mir war gar nicht wohl bei dem Gedanken, dass wir uns alle in einen einzigen Wagen zwängen müssen.«

»Ich glaube, ich nehme mir die Maschine gleich noch mal vor. Vielleicht kann ich sie ja noch ein bisschen frisieren. Bis morgen früh um sechs dann.« Er ging zur Tür, drehte sich dort aber noch einmal um. »Ach, übrigens, ich nehme natürlich meine Uzi mit …«

Tweed beschloss, sich zu duschen und danach ins Bett zu gehen. Als er das Licht ausknipste und den Kopf aufs Kissen sinken ließ, gingen ihm noch immer viele ungelöste Fragen durch den Kopf, auf die er dringend eine Antwort benötigte.

Wer, zum Beispiel, war Nummer fünf – der Mann, von dem der

FBI-Agent vor der Windmühle gesprochen hatte? Und war die telefonische Warnung, die er soeben erhalten hatte, nur ein Versuch, sie einzuschüchtern, oder tödliche Realität? Wenn ja, wer war dann der mysteriöse Anrufer? Woher hatte er seine Handynummer? Tweed hätte doch nicht auf Monica hören sollen, die eines Tages darauf bestanden hatte, dass er die Nummer an wichtige Leute weitergab. Sie hatte ihm eine Liste vorgelegt, und Tweed hatte widerwillig zugestimmt. Aber jetzt war er zu müde, um sich an alle Namen auf dieser Liste zu erinnern. Und dann war da noch eine Frage. Die entscheidende vielleicht. Wer war Rhinozeros?

Auf einmal standen Tweeds Gedanken still, und so, als ob jemand sein Gehirn ausgeschaltet hätte, fiel er in tiefen, traumlosen Schlaf.

Mitten in der Nacht wurde Oskar Vernon geweckt, weil sein Handy klingelte. Fluchend knipste er die Nachttischlampe an.

»Ja? Wer spricht da, verdammt noch mal? Es ist drei Uhr früh!«

»Gavin Thunder. Und wenn Sie mit mir sprechen, unterlassen Sie gefälligst das Fluchen, verstanden?«

Vernon, der nicht einmal vor dem Präsidenten der Vereinigten Staaten mitten in der Nacht einen Kotau gemacht hätte, brummte etwas Unverständliches.

»Ich möchte Ihnen noch einmal ins Gedächtnis rufen, wie wichtig es ist, dass Sie Tweed morgen nicht verlieren«, fuhr Thunder fort. »Ich bin mir sicher, dass er in aller Früh Tønder verlassen wird. Sie müssen ihn auf Schritt und Tritt verfolgen. Haben Sie das verstanden?«

»Es ist bereits alles in die Wege geleitet. Barton und Panko verfolgen ihn mit dem Flugzeug. Und jetzt gute Nacht.«

Vernon schaltete das Telefon aus. Thunder war ein Mensch, der seine Befehle immer dreimal gab. Wieso kann der Kerl keine Schlaftablette nehmen?, fragte sich Vernon, während er das Licht ausknipste. Ein paar Sekunden später war er wieder eingeschlafen.

Früh am Morgen klopfte er an Bartons Tür, und da er drinnen

nichts vernahm, trat er ein. Das Zimmer war leer, und das Bett sah wie eine Müllhalde aus. Auch im Bad war niemand. Dann bemerkte Vernon, dass Bartons Koffer fehlte. Er ging nach unten und fragte an der Rezeption nach seinen beiden Freunden.

»Sie haben sich ein paar Lunchpakete und Thermoskannen mit Kaffee bestellt, weil sie ganz früh los wollten«, sagte der Nachtportier. »Sie sind schon vor einiger Zeit aufgebrochen. Sie haben gesagt, dass Sie ihre Rechnung begleichen würden.«

»Richtig. Das werde ich auch.«

Vernon ging in den Speisesaal, wo er sich ein ausgedehntes englisches Frühstück gönnte, als Ausgleich dafür, dass er nur ein paar Stunden Schlaf gehabt hatte. Zum Schluss trank er noch zwei große Gläser Orangensaft, bevor er sich daran machte, die Rechnung zu begleichen und seine Sachen zu packen.

Bereits eine Stunde zuvor hatten sich Barton und Panko vom Hoteldiener zum Flugplatz fahren lassen. Barton war noch immer so wütend auf Oskar Vernon, dass er ihn unter keinen Umständen sehen wollte. Der Hoteldiener hatte sie in einem uralten Skoda, dessen Motor bedenklich geschnauft und geächzt hatte, bis kurz vor das Flugzeug gebracht und war dann, nachdem Barton ihm ein großzügiges Trinkgeld gegeben hatte, wieder abgefahren.

Barton genoss die kühle Morgenluft. Ein leichter Nebel lag wie ein Tischtuch über dem Rollfeld, der sich aber bestimmt auflösen würde, sobald die Sonne etwas höher stieg. Mit seiner .45er Colt in der Hand sah sich Barton auf dem Flugplatz um, bevor er schließlich zu dem kleinen Schuppen ging. Er mochte seine Waffe, deren Magazine jeweils sieben Schuss fassten, sehr.

Barton ging bei seinen Einsätzen immer sehr gründlich und gewissenhaft vor. Einmal hatte er einen Mann zehn Wochen lang beschattet, bevor er ihn umgebracht hatte. Jetzt drückte er langsam die Klinke an der Tür des Schuppens herunter, bevor er sie aufriss und mitten in den Raum stürmte. Mit seiner Pistole zielte er in alle Winkel, aber der Schuppen war leer. Barton hatte es auch nicht anders erwartet, dennoch wollte der kein Risiko eingehen.

Panko stand mit den Reisetaschen neben dem Flugzeug und betrachtete kopfschüttelnd die Aktion, die ihm völlig überflüssig erschien. Nachdem sie am Abend zuvor aus der Maschine gestiegen waren, hatte Barton die Türen abgeschlossen und kleine Stücke Klebeband über Tür und Rumpf geklebt. So konnte er feststellen, ob jemand in der Zwischenzeit die Türen geöffnet hatte. Die Klebestreifen waren noch da; dass sie etwas verzogen waren, schrieb Barton lediglich dem Temperaturwechsel zwischen Nacht und Tag zu. Er zog sie ab, öffnete die Tür und setzte sich auf den Pilotensitz.

Panko verstaute die beiden Reisetaschen im hinteren Teil der Maschine und setzte sich dann neben Barton, der sichtlich froh war, Oskar Vernon losgeworden und wieder sein eigener Herr zu sein. Er streckte eine Hand aus, um die Maschine zu starten, hielt aber auf einmal inne.

Bei seinem üblichen Kontrollblick durch die Kabine hatte er ein kleines, schwarzes Objekt bemerkt, das unter einem der Fußpedale klemmte und ganz offensichtlich nicht dorthin gehörte. Barton kramte eine kleine Taschenlampe aus seiner Hosentasche, beugte sich nach unten und besah sich in deren Lichtstrahl das Objekt genau. Dann richtete er sich wieder auf und sah seinen Kumpan an.

»Wann starten wir endlich?«, grummelte Panko ungeduldig.

»Können wir machen«, erwiderte Barton seelenruhig. »Aber wenn ich die erste Kurve fliege und auf das Pedal dort unten trete, zerreißt es das Flugzeug in tausend kleine Stücke. Jemand hat uns in der Nacht eine Bombe an Bord geschmuggelt.«

»Eine Bombe?«

Panko riss die Tür auf und ließ sich aus dem Flugzeug fallen. Auf dem Boden rappelte er sich wieder auf und rannte, so schnell er konnte, zum nächsten Baum, hinter dessen Stamm er Deckung nahm. Barton grinste freudlos. Es war ihm recht, dass Panko wie ein aufgeschreckter Hase davongelaufen war, weil er so in Ruhe nachdenken konnte.

Im Internet hatte Barton einmal gelesen, wie man eine primitive Bombe bastelte. Der Erbauer des schwarzen Kästchens unter dem Pedal für das Seitenruder hatte sich offenbar an dieselbe Anleitung gehalten. Die Bombe war zwar sehr einfach aufgebaut, aber sie wäre mit Sicherheit explodiert. Auf der Internetseite hatte auch gestanden, wie so eine Bombe zu entschärfen war. An der Seite des Kästchens brannte eine rote Leuchtdiode, neben der sich ein kleiner Schalter befand. Barton legte den Schalter um, und die Diode erlosch.

Ein paar Minuten später stieg er vorsichtig aus dem Flugzeug und trug die Bombe, aus der mehrere Drähte heraushingen, in den Wald, wo er sie in einem Gebüsch unter altem Laub versteckte.

»Du kannst wieder hinter deinem Baum hervorkommen, du Waschlappen«, rief er Panko zu, während er zurück zum Flugzeug ging. »Die Höllenmaschine ist nicht mehr an Bord.«

Als Panko vorsichtig hinter dem Stamm hervorlugte und einen zögernden Schritt nach vorn machte, packte Barton die Wut. Er zog seine Pistole und richtete sie auf seinen Komplizen.

»Beeil dich, oder ich knalle dich ab.«

Panko rannte los und kletterte keuchend in die Maschine, wo Barton schon wieder am Steuerknüppel saß.

»Weißt du was?«, sagte Barton, der kein Hehl daraus machte, wie sehr er Pankos Feigheit verachtete. »Manch anderer wäre jetzt dankbar dafür, dass ich der Pilot dieser Maschine bin.«

»Das hast du wirklich toll gemacht«, beeilte sich Panko zu sagen. »Du bist ein großartiger Pilot. Der beste, den es gibt.«

»Übertreib's nicht«, knurrte Barton und schaltete den Motor an. »Ich frage mich nur, wer wohl die Bombe hier versteckt hat. Aber wenn ich das rausfinde, dann bringe ich denjenigen um. Und zwar ganz langsam …«

Barton steuerte die Maschine auf die Startbahn, wo er Gas gab und den Steuerknüppel nach hinten zog. Die leichte Maschine hob lange vor dem Ende des Flugfelds ab und gewann rasch an Höhe. Barton wollte ein Stück nach Süden fliegen und dann so lange kreisen, bis er Tweeds Mercedes entdeckte. Er war davon überzeugt, dass Tweed wieder zurück nach Deutschland fahren würde.

35

Wer war der Mann, der in England Mr. Blue, in Frankreich Monsieur Bleu und in Deutschland Herr Blau genannt wurde?

Mit dieser Frage im Kopf wachte Tweed am frühen Morgen auf und rieb sich die Augen. Nachdem er auf die Uhr geschaut hatte, stand er auf, duschte und rasierte sich und zog sich an. In nicht einmal fünf Minuten hatte er seine Sachen gepackt – in einer solchen Rekordzeit schaffte das nicht einmal Paula. Tweed hatte sich diese Fähigkeit, die ihm schon mehrmals das Leben gerettet hatte, vor vielen Jahren antrainiert.

Unten saßen die anderen schon beim Frühstück. Nur Harry Butler fehlte. Gerade als Tweed sich ein englisches Frühstück bestellt hatte, hörte er draußen auf der Straße das gedämpfte Grummeln eines schweren Motorrads. Kurz darauf kam Butler mit einem Sturzhelm in der Hand herein und setzte sich auf den letzten freien Platz am Tisch.

»Ich nehme dasselbe wie der Herr«, sagte er zur Kellnerin und deutete auf Tweed.

»Wo haben Sie denn bloß das Motorrad her?«, fragte Paula.

Butler erzählte ihr die Geschichte des Kaufs, als ob sie ein Witz wäre, und fügte noch an, wie er einen Tankstellenbesitzer mitten in der Nacht dazu überredet hatte, seine Zapfsäule noch einmal in Gang zu setzen, damit er die Maschine auftanken konnte.

»Wie haben Sie das geschafft?«, fragte Nield. »Haben Sie ihn aus dem Bett gezerrt und halb erwürgt? Ihnen würde ich das ohne weiteres zutrauen.«

Butler lächelte und schwieg.

»Und wo haben Sie den Sturzhelm her?«, wollte Tweed wissen.

»Den habe ich zusammen mit dem Motorrad gekauft«, erwiderte Butler. »Aber sollten wir jetzt nicht die anderen in unsere Taktik einweihen?«

Tweed erklärte, dass Butler mit dem Motorrad mal Vorhut, mal Nachhut spielen würde, und erzählte dann von der düsteren Warnung, die er in der Nacht über sein Handy erhalten hatte.

»Und ich dachte, das würde ein Vergnügungsausflug werden«, sagte Newman grinsend. »Stattdessen sieht es jetzt so aus, als ob der Feind langsam auf Touren kommt.«

»Zumindest weiß er offenbar immer, wo wir uns gerade aufhalten«, sagte Lisa.

»Woher bloß?«, sagte Paula und warf Lisa einen vielsagenden Blick zu.

»Jedenfalls müssen wir uns auf einen Angriff einstellen«, sagte Tweed.

»Aber nicht mit leerem Magen.« Paula schlug wieder einen fröhlicheren Ton an. »Ich habe von der Küche Lunchpakete und Obst geordert und dazu ausreichend Mineralwasser.«

»Dann wird es vielleicht doch noch ein Picknick«, sagte Lisa scherzhaft.

»Warum auch nicht?«, sagte Tweed. »Wenn wir vor lauter Angst keinen klaren Gedanken mehr fassen können, hat der Feind sein Ziel schon halb erreicht.«

Als alle mit dem Essen fertig waren, breitete Tweed eine Landkarte auf dem Tisch aus und zeigte den anderen die Route nach Travemünde, die er sich in der Nacht ausgedacht hatte.

»Ich habe mit Absicht hauptsächlich kleine Nebenstraßen gewählt«, erklärte er. »Da findet uns der Feind nicht so schnell.«

Als sie nach draußen zu dem Mercedes gingen, war es schon wieder ziemlich warm. Alle bis auf Butler nahmen dieselben Plätze ein, auf denen sie schon am Tag zuvor gesessen hatten. Newman saß am Steuer, und Marler fungierte als Beifahrer. Hinter ihnen saßen Tweed und Paula, und auf der hintersten Bank nahmen Nield und Lisa Platz. Paula hatte den Eindruck, als ob Nield großen Gefallen an Lisa gefunden hätte.

Butler setzte sich auf sein Motorrad und fuhr los, gefolgt von der blauen Limousine. Als sie über den Fluss fuhren, sah Paula einen alten Mann, der friedlich unten am Ufer saß und angelte. Liebend gern wäre sie noch länger in Tønder geblieben.

Als sie den Ort hinter sich gelassen hatten, faltete Tweed seine Karte auf und sagte Newman, wie er fahren musste. Die Route führte durch sanft gewelltes Hügelland mit kleinen Wäldchen hier und da. Paula schaute durch die Windschutzscheibe und sah, wie Butler gerade hinter einem Hügel verschwand.

»Was hat Harry eigentlich in der großen Packtasche?«, fragte sie.

»Eine Uzi«, antwortete Tweed. »Und jede Menge Munition. Nield hat die zweite Uzi und Lisa die dritte. Das ist eine Menge Feuerkraft. Und jetzt möchte ich, dass Sie alle ständig nach möglichen Verteidigungsstellungen neben der Straße die Augen aufhalten.«

»Bis jetzt habe ich noch keine Ritterburg gesehen«, witzelte Lisa. »Wozu brauchen wir so was überhaupt?«

»Es muss nicht unbedingt eine Burg sein«, sagte Tweed. »Ein Graben, in dem wir uns verschanzen können, würde mir schon genügen.«

»Mal sehen, was uns unterkommt«, sagte Marler.

Auf dem Festland gegenüber der Insel Sylt waren drei Jeeps so aufgereiht, dass sie von der Eisenbahn aus nicht gesehen werden konnten. Davor standen sieben Männer in Tarnuniform mit Schnellfeuergewehren in den Händen.

Gavin Thunder, der von einem widerstrebenden Lord Barford begleitet wurde, trat auf die Gruppe zu. Barford hoffte nur, dass keiner der beiden Ex-SAS-Männer, die zum Trupp gehörten, im Golfkrieg unter ihm gedient hatte.

»Das ist Ed Miller, der Gruppenführer«, flüsterte Thunder Barford zu.

Der Amerikaner, auf den er deutete, war einen Meter neunzig groß, breitschultrig und hatte vorzeitig ergrautes, fast weißes Haar sowie ein Gesicht, das aussah, als wäre es aus einem Stein gemeißelt. Barford konnte darin keine Spur von Menschlichkeit erkennen.

»Er war bei den Marines«, flüsterte Thunder. »Ein geborener Führer.«

Eher ein geborener Killer, dachte Barford bei sich. Ihm kam Miller wie ein Mann vor, dem das Töten Spaß machte und der seine Männer rücksichtslos ins Verderben hetzte. Miller starrte ihn mit eiskalten Augen an, aber Barford hielt ihm stand. Es war der Amerikaner, der zuerst den Blick abwendete.

»Wer sind die beiden Männer, die beim SAS waren?«, fragte Barford Thunder.

Miller hatte seine Worte mitbekommen und grinste wie eine Viper. Dann drehte er sich zu seinen Männern um, die sofort Haltung annahmen. Miller musterte sie über eine Minute lang, aber keiner zuckte auch nur mit der Wimper.

»Die Briten einen Schritt vortreten!«, kommandierte er mit einer schneidenden Stimme, die jedem englischen Oberfeldwebel zur Ehre gereicht hätte.

Zwei Männer folgten seinem Befehl und stellten sich stocksteif vor die Reihe ihrer Kameraden. Barford musste zugeben, dass die Disziplin in Millers Truppe hervorragend war. Was ihm allerdings Sorge bereitete, war die Persönlichkeit des Amerikaners. Bestimmt führte er seine Männer mit eiserner Hand. Erleichtert stellte Barford fest, dass er die beiden Männer noch nie gesehen hatte. Es wäre auch ziemlich unwahrscheinlich gewesen, wenn einer von ihnen unter ihm gedient hätte, aber er wollte nun einmal auf Nummer sicher gehen.

»Noch nie gesehen«, sagte er zu Thunder.

Auch diesmal bekam Miller jedes Wort mit, ließ die Männer aber trotzdem eine volle Minute lang nicht zurück ins Glied treten.

Dann wandte er sich Thunder zu, wobei er Barford völlig ignorierte. »Die Zeit wird knapp, Sir. Ich bitte um Erlaubnis zum Abmarsch. Wir werden keine Gefangenen machen.«

»Aber das ist gegen die Genfer Konvention«, protestierte Barford, der seine Entrüstung nicht verbergen konnte.

Miller starrte ihn abermals an, aber wieder hielt Barford dem Blick des Amerikaners stand, in dem jetzt ein Gutteil Verachtung lag. Die stumme Konfrontation dauerte noch länger als das letzte Mal.

»Sir«, wandte sich Miller schließlich an Thunder. »Ich bitte nochmals um den Befehl zum Abmarsch.«

»Legen Sie los«, sagte Thunder.

Er drehte sich zu Barford um, aber der hatte sich schon abgewandt. Wer ihn kannte, hätte an seinem steifen, kerzengeraden Gang erkennen können, wie verärgert der Exgeneral war. Barford konnte seine Wut nur mühsam im Zaum halten und verfluchte sich innerlich dafür, dass er Thunder begleitet hatte. Außerdem trugen einige der Entscheidungen, die bei dem Treffen auf Sylt gefallen waren, noch mehr zu seiner Beunruhigung bei. Sie waren nämlich sehr viel extremer ausgefallen, als er gedacht hatte. Darüber hinaus hatte er ein schlechtes Gewissen, weil er Thunder für gewisse Aktionen seine Zustimmung gegeben hatte. Wenigstens hatte er Tweed mit seinem anonymen Anruf mitten in der Nacht über die Gefahr informiert, die ihm und seinen Leuten drohte.

Schnell hatte Miller seine Leute auf die drei Jeeps verteilt. Er selbst würde mit seinem Fahrer und einem weiteren Soldaten im ersten Fahrzeug sitzen, während sein Stellvertreter Ollie im dritten Jeep die Nachhut bilden sollte. Ollie saß selbst am Steuer und hatte einen weiteren Soldaten bei sich. Auch der mittlere Jeep war mit zwei Soldaten besetzt. Nachdem die Männer aufgestiegen waren, ging Miller mit einer Landkarte in der Hand an den Fahrzeugen entlang und bellte seine Befehle.

»Die ersten beiden Jeeps fahren mit hundert Metern Abstand hintereinander. Ollie folgt dann mit vierhundert Metern Abstand.«

»Was für eine Route nehmen wir, Sir?«, fragte Ollie.

»Thunder und ich haben gestern Nacht noch überlegt, dass Tweed wohl von Tønder nach Süden zur deutschen Grenze fahren wird. Dazu nimmt er wahrscheinlich die Landstraße bis

Klixbüll, wo er dann auf die Bundesstraße abbiegt, die ihn direkt zur Autobahn führt. Am besten fangen wir ihn kurz vor Klixbüll ab.«

»Wissen Sie, wann er in Tønder abfährt?«, wollte Ollie wissen.

»Wenn du nicht ständig quasseln würdest, hätte ich die Chance, es dir zu erklären«, wies Miller ihn zurecht. Dann sah er auf die Uhr. »So früh macht er sich bestimmt nicht auf die Socken.«

»Was für ein Fahrzeug benutzt er?«, fragte Ollie unbeirrt weiter.

»Wenn du jetzt nicht sofort den Mund hältst, klebe ich ihn dir mit einem Stück Klebeband zu«, fauchte Miller.

Ollie war groß, wenn auch nicht so groß wie Miller. Innerlich überlief ihn ein Schauder, als ihn sein Vorgesetzter mit seinen kalten Augen ansah. *Kein Wort mehr,* sagte er sich, *sonst macht er dich zur Schnecke.* Einmal, während einer Übung in North Carolina, hatte ein Soldat so lange mit Miller diskutiert, bis dieser ihm mit einem Faustschlag das Kinn gebrochen hatte. Erst nach dem Ende der Übung hatte Miller einen Krankenwagen gerufen.

»Tweed ist ein Knallkopf«, sagte Miller. »Er fährt mit allen seinen Leuten in einer überlangen Mercedes-Limousine herum. Wenn wir wissen, auf welcher Straße er fährt, stellen wir uns links und rechts der Straße im Gelände auf und warten, bis er vorbeikommt, und du, Ollie, gibst ihm dann von hinten Saures. Kapiert? Dann wollen wir mal …«

Newman verließ Tønder und fuhr in Richtung deutsche Grenze. Butler war auf seinem Motorrad so weit voraus, dass Newman ihn nicht mehr sehen konnte.

»Da ist ein kleines Flugzeug über uns«, sagte Paula, die schon länger aus dem Fenster geschaut hatte. »Sieht so aus, als ob es parallel zu uns fliegen würde.«

»Hier gibt es viele kleine Flugplätze«, sagte Tweed. »Flugzeuge dürften hier also nichts Ungewöhnliches sein.«

»Was ist eigentlich unser nächstes Ziel?«, fragte Paula.

»Ein Ort, dessen Namen ich noch nie zuvor gehört habe. Er heißt Klixbüll.

»Nehmen wir nicht die Autobahn?«

»Auf keinen Fall. Unser nächstes Ziel nach Klixbüll ist Bad Bramstedt. Dort kommen wir auf die B 206, auf der wir die Autobahn kreuzen und in Richtung Lübeck fahren. An der Stadt vorbei geht es dann auf direktem Weg nach Travemünde.«

»Klingt so, als wäre es nicht allzu weit.«

»Es dauert länger, als man denkt«, sagte Tweed. »Newman, könnten Sie bitte die Klimaanlage ganz aufdrehen? Es wird ziemlich warm hier hinten.«

»Der Regler steht bereits auf Anschlag. Übrigens, da kommt uns Harry entgegen. Mal sehen, ob die Luft vor uns rein ist.«

Er hielt an und kurbelte das Fenster herunter. Butler, der am anderen Straßenrand ebenfalls hielt, bockte sein Motorrad auf und kam herüber. Er nahm den Sturzhelm ab und wischte sich mit einem Taschentuch den Schweiß vom Gesicht.

»Da vorn ist niemand«, berichtete er. »Alles ruhig und kaum Verkehr. Ich sehe mich jetzt mal hinter Ihnen um, damit sich niemand unbemerkt anschleichen kann.«

»Ich beneide ihn bei dieser Hitze nicht um seinen Job«, meinte Paula. »Übrigens, das Flugzeug ist eine Schleife geflogen und kommt jetzt wieder näher.«

»Wahrscheinlich steuert es einen nahe gelegenen Flugplatz an«, sagte Tweed und widmete sich wieder der Landkarte.

Barton schaute durch sein starkes Fernglas hinunter auf den Wagen und war sich ziemlich sicher, dass er Tweed hinter einem der mittleren Seitenfenster entdeckt hatte. Auf seinem Handy wählte er Vernons Nummer, aber schon zum dritten Mal bekam er keine Verbindung.

»Zum Teufel mit dem Kerl«, fluchte er. »Jetzt rufe ich gleich Thunder an. Der kann dann den Typen von der Spezialtruppe sagen, wo Tweed ist.«

»Die Amis sind nirgends zu sehen«, sagte Panko.

»Die werden schon kommen, verlass dich drauf.«

Es dauerte ein paar Minuten, bis Barton telefonisch zu Thunder durchkam.

»Spreche ich mit Gavin Thunder? Gut. Hier ist Barton. Tweeds blauer Mercedes hat soeben Dänemark verlassen und fährt auf der Bundesstraße nach Süden. Geben Sie das bitte weiter, ich kann Oskar Vernon nämlich nicht erreichen. Ich muss jetzt auflegen, um an Tweed dranzubleiben ...«

Barton flog eine weite Schleife, um zu verhindern, dass Tweed Verdacht schöpfte. Während er das Flugzeug in die Kurve legte, grinst er Panko an.

»Damit habe ich bei Thunder einen Stein im Brett. Aber jetzt halten wir uns lieber abseits und schauen uns von oben an, wie die Amerikaner Hackfleisch aus Tweed machen.«

»Wenn die das überhaupt schaffen.«

»Auch ein Tweed hat nicht das ewige Leben, Panko. Das muss mal in deinen stupiden Schädel rein. Du wirst schon sehen, wie schnell es mit dem eingebildeten Pinkel vorbei sein kann.«

Harry Butler fuhr gerade mit hoher Geschwindigkeit über eine Hügelkuppe, als er plötzlich zwei Jeeps sah, die mit hundert Metern Abstand hintereinander her fuhren. Im ersten Jeep saß ein groß gewachsener, weißhaariger Mann mit Tarnanzug neben dem Fahrer. Harry winkte ihnen fröhlich zu. Weil die Jeeps noch ein paar Kilometer von Tweeds Wagen entfernt waren, fuhr er so lange weiter, bis er den zweiten Jeep passiert hatte. Aber wo war der dritte, vor dem der nächtliche Anrufer Tweed gewarnt hatte? Erst wenn er den gefunden hatte, konnte er den anderen Bescheid geben. Butler drehte den Gasgriff voll auf. Er musste sich beeilen, wenn er Tweed noch rechtzeitig vor der Gefahr warnen wollte.

Im dritten Jeep, der einen halben Kilometer hinter den beiden anderen fuhr, schaute Ollie, der gerade eine Zigarre rauchte, in den Rückspiegel und bemerkte einen schwarzen Wagen, der ihm ganz offensichtlich folgte. Sofort witterte er Gefahr.

»Fahr langsam«, wies er den Fahrer an. »Steig auf die Bremse und stell den Jeep quer zur Fahrbahn. Wir wollen dem Wagen hinter uns den Weg versperren.«

Der Fahrer tat, was Ollie ihm befohlen hatte. Er bremste scharf und riss das Lenkrad herum, sodass der Jeep seitlich ausbrach und mit quietschenden Reifen über die Straße schlitterte, bevor er quer zur Fahrbahn zum Stehen kam. Ollie zog seine Automatik aus dem Halfter und wartete.

Auch der schwarze Wagen hatte gebremst und etwa zehn Meter vom Jeep entfernt angehalten. Ollie sah, dass der Fahrer einen breitkrempigen Strohhut trug. Er steckte die Automatik wieder ein und legte die Hände wie ein Sprachrohr an den Mund.

»Die Straße ist gesperrt!«, rief er. »Militärische Übung. Drehen Sie um und fahren Sie zurück.«

Der Fahrer nickte zum Zeichen, dass er verstanden hatte, und legte den Rückwärtsgang ein. Ollies Fahrer zog seine Pistole, aber Ollie gab ihm einen Stoß in die Rippen. »Lass nur. Ich kümmere mich um ihn. Wir können keine Zeugen gebrauchen. Ich warte, bis er umdreht, und dann knalle ich ihn ab.«

Der Mann mit dem Strohhut, der sein Fenster heruntergekurbelt hatte, war alles andere als ein begnadeter Autofahrer. Erst brauchte er endlos lange, bis er den Rückwärtsgang eingelegt hatte, und dann würgte er auch noch den Motor ab.

»Verdammter Amateur«, knurrte Ollie und stieg aus dem Jeep. »Jetzt gehe ich hin und mache ihn fertig.«

Auch Ollies Fahrer war jetzt ausgestiegen und beobachtete, wie der Fahrer des schwarzen Wagens das Lenkrad nach links drehte, kurz anfuhr und abermals den Motor abwürgte. Er hielt eine Hand aus dem offenen Fenster, als wolle er sagen: *Tut mir Leid, aber ich kann es nun einmal nicht besser.*

»Jetzt reicht's. Der Typ ...«, begann Ollie, aber er brachte den Satz nie zu Ende. Im Fenster des schwarzen Wagens erschien auf einmal die Mündung einer Heckler-&-Koch-Maschinenpistole und stieß einen tödlichen, auf Ollie und seinen Fahrer gezielten Feuerstoß aus. Noch bevor sie das Knattern der Salve hören konnten, brachen die beiden Amerikaner tot zusammen.

Der Fahrer des schwarzen Wagens stieg aus, ging zu den Leichen und warf erst Ollie, dann den Fahrer in den Straßengraben hinter dem Jeep. Dann griff er ins Innere des Fahrzeugs, legte den Rückwärtsgang ein und drehte den Zündschlüssel um. Der Jeep machte einen gewaltigen Satz nach rückwärts und fiel in den Graben, wo er die Toten unter sich begrub.

Dann eilte der Fahrer zurück zu seinem Wagen, stieg ein und wendete ihn geschickt. Er gab Gas und brauste in die Richtung davon, aus der er gekommen war. Kaum war er über dem nächsten Hügel verschwunden, als Butler auch schon auf seinem Motorrad herangefahren kam. Er hielt an und staunte nur.

Butler bockte die Maschine auf, nahm seine Uzi aus der Packtasche und trat vorsichtig auf den Jeep zu. Schon auf den ersten Blick in den Graben sah er, dass die beiden Männer, deren Gliedmaßen unter dem schweren Fahrzeug hervorragten, tot waren. Ihre blutdurchtränkten Tarnjacken wiesen nicht wenige Einschusslöcher auf.

Zwei der Männer, die Tweed und seine Leute hätten töten sollen, waren jetzt selbst tot. Irgendjemand hatte sie erschossen. Aber warum lag auch noch der Jeep auf ihnen? Butler hatte keine Zeit, dieses Rätsel zu lösen. Er musste so schnell wie möglich zurück zu Tweed und den anderen, um sie vor den beiden anderen Jeeps zu warnen, die sich ihnen von hinten näherten. Er steckte die Uzi zurück in die Packtasche, stieg auf und startete die Maschine. Dann drehte er um und raste mit Höchstgeschwindigkeit davon. Dabei betete er zu Gott, dass er Tweeds Wagen noch rechtzeitig erreichen würde.

36

Kurz bevor Harry die beiden Jeeps erreichte, fiel ihm ein, dass deren Insassen ihn vielleicht erkennen könnten. Er hielt an, nahm den Sturzhelm ab und setzte seine dunkle Sonnenbrille auf, was angesichts des grellen Sonnenlichts sowieso nicht schlecht war. Ganz wohl war ihm allerdings nicht bei dem Gedanken, ohne Sturzhelm zu fahren.

Dann gab er Gas und hoffte, dass es nicht schon zu spät war. Als er die Kuppe des nächsten Hügels erreicht hatte, sah er die beiden Jeeps vor sich, aber der blaue Mercedes war glücklicherweise noch nicht in Sicht.

Im vorderen Jeep sah Miller das Motorrad im Rückspiegel. Er runzelte die Stirn, was seinem Gesicht ein noch brutaleres Aussehen als sonst gab, und blickte hinüber zu seinem Fahrer, dem die sich rasch nähernde Maschine ebenfalls aufgefallen war.

»Das gefällt mir nicht«, sagte Miller. »Vorhin hat uns doch schon mal ein Motorradfahrer passiert.«

»Aber das ist nicht derselbe. Der vorhin hatte einen Sturzhelm auf und keine Sonnenbrille.«

»Kann sein, dass du Recht hast, aber ich möchte trotzdem kein Risiko eingehen«, gab Miller mit seiner tiefen, kehligen Stimme zurück. »Ich knipse den Kerl vorsichtshalber ab.«

Er hatte seine Magnum noch nicht einmal halb aus ihrem Halfter gezogen, als das Motorrad auch schon an dem Jeep vorbeigerast war.

»Der Kerl muss mindestens hundertachtzig draufgehabt haben«, sagte er verblüfft. »Für den kann ich mir die Kugel sparen, der bringt sich selber um …«

Butler verschwand hinter dem nächsten Hügel, von wo aus er in eineinhalb Kilometern Entfernung Tweeds blauen Mercedes sah. Er riss den Gasgriff auf, worauf das Motorrad einen Satz nach vorn machte. Es dauerte nicht einmal eine Minute, bis er den Mercedes eingeholt hatte. Als Newman ihn sah, fuhr er rechts ran.

»Hinter Ihnen kommen zwei Jeeps mit fünf Männern in Tarnanzügen«, warnte er Tweed.

»Bob«, sagte Tweed zu Newman. »Fahren Sie zurück zu der Sandgrube, an der wir gerade vorbeigekommen sind. Dort werden wir uns verschanzen.«

Ein paar Sekunden zuvor waren sie an einer breiten Einfahrt vorbeigekommen, die in eine halbkreisförmige Sandgrube führte. Sie sah aus wie ein großes Amphitheater und war, dem alten Förderband mit verrosteten Eimern und ein paar verfallenen Wellblechhütten nach zu schließen, offenbar schon lange nicht mehr in Betrieb.

Newman legte den Rückwärtsgang ein und fuhr zu der Einfahrt zurück. Gerade als er zur Sandgrube abbog, sah Tweed, wie die beiden Jeeps am Kamm des Hügels erschienen.

»Stellen Sie den Wagen unmittelbar vor der Wand ab«, sagte Marler. »Und Sie, Harry, fahren mit dem Motorrad hinauf auf diesen Hügel da rechts und gehen dort in Stellung. Aber halten Sie sich versteckt.«

»Wird gemacht.«

»Die Jeeps kommen immer näher«, sagte Tweed.

Newman fuhr so schnell los, dass die Räder hohe Sandfontänen aufwirbelten. Als er am Ende der Grube angelangt war, wendete er die Limousine und fuhr sie mit dem Kofferraum an die gut dreißig Meter hohe Sandwand. So konnte er jederzeit wieder losfahren.

»Ich beziehe in der Höhle dort oben rechts auf halber Höhe Position«, rief Marler, als alle ausgestiegen waren. Newman, Sie verschanzen sich mit Lisa hinter dem Sandhaufen links von uns. Tweed, Nield und Paula nehmen die linke Höhle. Und lassen Sie sich bloß nicht blicken. Hat jeder Waffen und Munition dabei? Gut. Dann los!«

Nield holte Butlers schwere Umhängetasche aus dem Wagen und öffnete sie. Lisa und Paula nahmen sich daraus je eine Handgranate.

»Beeilung!«, zischte Tweed.

Marler, der sein Armalite-Gewehr in der Hand hielt, war schon ein paar Schritte vom Mercedes entfernt.

»Schützen Sie den Wagen, soweit das möglich ist!«, rief er den anderen zu.

Alle rannten auf ihre Positionen. Obwohl Tweed der Älteste der Truppe war, erreichte er als erster die Höhle auf halber Höhe des steilen Abhangs. Als er sich umsah, bemerkte er, dass Paula unten gestrauchelt war. Er rutschte wieder hinab, half ihr auf und machte sich abermals auf den Weg nach oben. Nield hatte inzwischen die Höhle erreicht und schaute besorgt zu den beiden hinab.

»Alles in Ordnung bei Ihnen?«, fragte Tweed Paula.

»Ja.«

Paula hatte bei ihrem Sturz nicht einmal die Handgranate fallen lassen. Als sie oben bei Nield waren, sah Tweed sich um. Zu seiner Erleichterung war die von einem Bagger geschaffene Höhle groß genug für alle drei und bot durch eine Art Brustwehr sogar einen guten Schutz vor feindlichen Kugeln.

»Gehen Sie in Deckung«, sagte Tweed.

Er hörte die Motoren der sich langsam nähernden Jeeps und ließ den Blick über die Sandgrube schweifen. Marler hatte in Sekundenbruchteilen genau erkannt, wo sie sich positionieren mussten, um den Feind optimal unter Feuer nehmen zu können. Sie hatten ihre Festung gefunden, jetzt mussten sie nur noch auf den Angriff warten.

Miller hatte seinem Fahrer befohlen, Schrittgeschwindigkeit zu fahren und dann hinter einer Hecke neben der Einfahrt anzuhalten. Die Hecke war gerade hoch genug, um als Sichtschutz für die beiden Jeeps zu dienen. Mit seiner Maschinenpistole und einer Handgranate bewaffnet, stieg Miller aus.

Vorsichtig spähte er durch ein Loch in der Hecke und besah

sich die Sandgrube, bevor er wieder zu seinen vier Männern zurückkehrte, die noch immer in den Fahrzeugen saßen.

»Wir haben sie im Sack«, sagte er mit einem fiesen Grinsen. »Die blöden Engländer haben sich in eine Falle manövriert, aus der es kein Entrinnen gibt. Ihr wisst, dass ich normalerweise den Frontalangriff bevorzuge, aber in diesem Fall bringt er nichts. Erst müssen wir herausfinden, wo sie sich verkrochen haben, dann teilen wir uns in mehrere Gruppen und schalten sie einen nach dem anderen aus.«

»Haben Sie die Engländer gesehen, Sir?«, fragte Millers Fahrer.

»Keinen einzigen. Aber sobald sie das Feuer auf uns eröffnen, wissen wir, wo sie sich verkrochen haben. Aber ihren Wagen habe ich gesehen. Den werden wir als Erstes in die Luft jagen.«

Er zog den Sicherungsstift aus seiner Handgranate, lief zur Einfahrt in die Sandgrube und wollte die Granate gerade auf den Mercedes schleudern, als Butler, der hoch oben auf dem Sandhügel in Stellung gegangen war, mit seiner Uzi das Feuer eröffnete. Ein Kugelhagel riss unmittelbar vor Millers Füßen den Erdboden auf, sodass dieser seine Handgranate nicht mehr auf den Wagen schleudern konnte. Damit sie ihm nicht in der Hand explodierte, warf er sie auf die andere Straßenseite und schmiss sich dann flach auf den Boden. Die Granate riss ein Loch in die Viehweide jenseits der Straße und überschüttete Miller mit einem Regen aus Erde und zerfetzten Grassoden. Der Amerikaner rappelte sich auf und ging zurück zu den Jeeps.

»Das war aber nicht der Wagen«, sagte sein Fahrer taktlos.

»Das geht dich einen feuchten Dreck an«, fauchte Miller zurück. »Außerdem habe ich etwas viel Wichtigeres erreicht. Jetzt weiß ich, wo sie einen Mann mit Maschinenpistole postiert haben. Er hockt oben auf dem rechten Hügel. Den knöpfen wir uns jetzt als Ersten vor.«

Millers war am Rücken völlig durchgeschwitzt, was daher kam, dass er unter seiner Uniformjacke eine kugelsichere Weste trug, von der er seinen Leuten aber nichts gesagt hatte. Hätten auch sie solche Westen getragen, wären sie in ihrer Bewegungsfähigkeit eingeschränkt gewesen. Er selbst war so muskulös, dass es ihm nichts ausmachte.

»Wir müssen auch die anderen dazu bringen, dass sie sich zu erkennen geben. Und das erreichen wir am besten dadurch, dass wir ihnen ein Ziel geben, auf das sie schießen können.«

Miller sah seine Männer einen nach dem anderen an. »Hör mir gut zu, Brad«, sagte er dann zu seinem Fahrer. »Du fährst jetzt deinen Jeep direkt vor den Eingang der Sandgrube, gibst Gas und rast, so schnell du kannst, hinüber zum Wagen der Engländer. Ich verstecke mich hinter der Hecke und beobachte, von wo aus auf dich geschossen wird.«

»Der Typ mit der Maschinenpistole macht doch ein Nudelsieb aus mir«, protestierte Brad.

»Nicht, wenn du schnell genug fährst«, erwiderte Miller kalt. »Kurz vor dem Wagen wendest du und fährst im Zickzack wieder aus der Grube heraus.«

»Wieso stellen Sie mich nicht gleich in eine Schießbude?«

»Halt den Mund!«, brüllte Miller. »Noch ein Wort, und ich schlage dir die Zähne ein.«

Wäre Miller nicht so knapp an Leuten gewesen, hätte er es nicht bei der Drohung belassen. Er fragte sich, wo wohl Jeep Nummer drei blieb, der inzwischen längst hätte eintreffen müssen. Wenn Ollie und seinem Fahrer etwas zugestoßen war, konnte er es sich nicht leisten, einen weiteren Mann zu verlieren.

»Bevor du losfährst, müssen wir aber noch etwas anderes erledigen«, sagte er. »Wir dürfen die Jeeps nicht hier stehen lassen. Wenn die Engländer Handgranaten über die Hecke werfen, sind die Wagen hinüber. Aber lasst nicht die Motoren an. Wir schieben sie einfach ein paar Meter nach hinten ...«

Von seiner Stellung auf dem Gipfel des Sandhügels aus konnte Butler sehen, wie Marler in seiner Höhle auf dem Bauch lag und das Armalite im Anschlag hatte. Als Butler zuvor den weißhaarigen Amerikaner am Eingang zur Grube gesehen hatte, hatte er zwar umgehend reagiert, in der Eile aber leider nicht gut genug gezielt. Hätte er seine Uzi nur ein paar Zentimeter höher gehalten, hätte der Feuerstoß den Riesen im Tarnanzug durchlöchert.

Butler überlegte sich, ob er jetzt, wo er sich durch die Salve verraten hatte, nicht lieber die Position wechseln sollte, aber Marler hatte ihm nun einmal ausdrücklich befohlen, die Stellung hier oben zu halten. Außerdem hatte er in einem kleinen Graben Deckung gefunden und war somit vor feindlichem Feuer recht gut geschützt. Also blieb er, wo er war. Auch wenn er die Jeeps hinter der Hecke nicht sehen konnte, hatte er von seiner erhöhten Position aus doch einen guten Überblick.

Er griff zu seinem Handy und rief Tweed an. »Ich hatte vorhin keine Zeit, Ihnen zu erzählen, dass ich den dritten Jeep gefunden habe. Er lag im Straßengraben auf zwei toten Männern. Sie waren so durchlöchert, als ob sie jemand mit dem Maschinengewehr umgemäht hätte.«

»Merkwürdig …«

»Das bedeutet aber, dass wir es nur noch mit fünf Angreifern zu tun haben. Damit sind wir mit zwei Mann in der Überzahl.«

»Werden Sie mir deshalb trotzdem bloß nicht übermütig«, sagte Tweed mit Nachdruck. »Wir haben es mit bestens ausgebildeten Soldaten zu tun, die sich aufs Töten verstehen.«

Marler fiel gerade siedend heiß ein, dass er es unterlassen hatte, jemanden auf dem Sandhügel rechts der Grube zu postieren. Sollte es den Amerikanern gelingen, sich dort festzusetzen, hätten sie Tweeds Höhle und Newman in seinem Sandloch voll im Schussfeld. Es war gefährlich, diese wichtige Position nicht zu besetzen, aber noch gefährlicher war es, jetzt, wo alle ihre Stellungen bezogen hatten, noch irgendwelche Umgruppierungen vorzunehmen.

Zur selben Zeit stieß Lisa in ihrem Sandloch Newman mit dem Ellenbogen an. »Was ist nur los?«, flüsterte sie. »Alles ist auf einmal so ruhig. Schade, dass Harry den weißhaarigen Kerl nicht erwischt hat.«

»Die wollen uns bestimmt mürbe machen«, sagte Newman. »So was nennt man psychologische Kriegsführung: durch Nichtstun den Gegner zu Fehlern verleiten. Aber wir lassen uns nicht aus der Ruhe bringen.«

»Ich habe Durst«, sagte Lisa. »Meine Kehle ist wie ausgetrocknet.«

»Gut, dass ich aus dem Wagen eine Flasche Wasser mitgenommen habe«, sagte Newman. »Aber trinken Sie nicht zu viel, sonst haben wir später nichts mehr.«

Newman dachte an die anderen, die überhaupt kein Wasser hatten. Hoffentlich kamen die Amerikaner nicht auf den Gedanken, sie so lange zu belagern, bis sie vor Durst aufgeben mussten. Als Lisa ihm die Flasche hinhielt, lehnte er ab. Er wollte so lange wie möglich, ohne zu trinken, aushalten.

Als Nield über ihnen sah, wie Lisa die Flasche an den Mund führte, schloss er die Augen und wünschte, die Amerikaner würden endlich zum Angriff übergehen.

Nachdem Miller mit seinen Männern die beiden Jeeps ein paar Meter zurückgeschoben hatte, fand er es an der Zeit, seinen Fahrer in die Sandgrube zu schicken, um die Positionen der Engländer auszukundschaften. Zuvor allerdings musste er selbst einen guten Beobachtungsposten finden, von dem aus er ungehinderte Sicht hatte, ohne wiederum selbst von den Engländern entdeckt zu werden. Während Miller an der Hecke entlangging und nach einem geeigneten Guckloch suchte, lief ihm der Schweiß in Strömen hinunter. Trotzdem dachte er keinen Augenblick daran, seine schusssichere Weste auszuziehen. Als er ein geeignetes Loch gefunden hatte, durch das er die gesamte Sandgrube überblicken konnte, zog er sein Taschentuch aus der Uniformhose, wischte sich damit über die schweißnasse Stirn und schwenkte es dann als Zeichen für Brad, dass er losfahren solle.

Der Fahrer manövrierte den Jeep vor den Grubeneingang und brachte den Motor auf Touren. *Nun fahr schon*, dachte Miller. Brad hatte Angst. Wenn er, Miller, Angst hatte, dann trat er immer so schnell wie möglich die Flucht nach vorn an.

Brad zog den Kopf zwischen die Schultern und gab Vollgas. Wenn er Glück hatte, schaffte er es bis zur hinteren Wand der

Sandgrube, ohne dass die Engländer ihn mit Kugeln durchlöcherten. Kaum aber hatte die Motorhaube des Jeeps die Einfahrt passiert, da schlugen auch schon die ersten Kugeln aus Butlers Maschinenpistole in den Kotflügel. Auch Newman ballerte mit seinem Schnellfeuergewehr, was das Zeug hielt, und Lisa stand auf und warf eine Handgranate, die aber erst detonierte, als der Jeep schon vorbei war.

Miller war sehr zufrieden, wusste er jetzt doch, wo sich die Engländer versteckten. Der MPi-Schütze befand sich noch immer oben auf dem rechten Sandhügel, und ein Mann und eine Frau verbargen sich in einem Loch links in der Sandgrube. Nicht mitbekommen hatte er allerdings, dass auch in den beiden Höhlen Feinde in Stellung waren.

Während sein Fahrer am Fuß der Sandwand wendete, suchte Miller mit seinem Fernglas alle Stellen ab, an denen sich zuvor etwas bewegt hatte. Jetzt hielten sich die Engländer wieder versteckt, aber Miller wusste trotzdem, dass sie da waren. In Gedanken legte er sich bereits eine Strategie für den Angriff zurecht. Er glaubte, eine gewaltige Lücke in der Verteidigungslinie des Gegners entdeckt zu haben, weil offenbar niemand auf dem linken Sandhügel in Stellung gegangen war. Um sich dessen zu vergewissern, musste er aber jemanden hinaufschicken. Oder halt, vielleicht war es doch besser, wenn er das selbst erledigte.

Der Jeep hatte inzwischen gewendet, und der Fahrer trat aufs Gas, um möglichst schnell wieder aus dem Gefahrenbereich herauszukommen. Wahrscheinlich hatte ihm die Handgranate von eben zusätzlich Beine gemacht.

Marler rief über sein Handy erst Tweed und dann Newman an, um ihnen zu sagen, sie sollten diesmal nicht auf den Jeep feuern, es sei denn, jemand würde direkt auf sie schießen.

Nur Butler wartete so lange, bis der Jeep in sein Schussfeld kam und ließ dann einen weiteren Kugelhagel auf das Fahrzeug niederprasseln. Leider waren seine Hände schweißnass, sodass ihm die Mündung der MPi nach unten verrutschte und die Geschosse nur den unteren Teil des Fahrzeugs trafen.

»Verdammt«, fluchte Butler, als der Jeep wieder außer Sicht war. »Verdammt, verdammt, verdammt.«

»Was haben die vor?«, fragte Lisa, die vorhin von Marlers Befehl, sich zu verstecken und nicht auf den Jeep zu schießen, nicht gerade begeistert gewesen war.

»Das könnte so eine Art Versuchsballon gewesen sein«, antwortete Newman. »Sie wollen, dass wir auf den Jeep schießen, um damit unsere Positionen zu verraten. Vielleicht schaut jemand durch ein Loch in der Hecke und beobachtet alles, was wir tun.«

In seiner Höhle horchte Tweed angestrengt nach draußen und hoffte darauf, dass ihm der Feind durch ein Geräusch seine Absichten verriet, aber es blieb alles still. Auch Lisa ging die Ruhe auf die Nerven.

»Wieso brauchen die denn so lange?«, knurrte sie.

»Vielleicht wissen sie nicht, was sie tun sollen«, sagte Newman. »So was kommt vor. Außerdem sind wir in einer starken Stellung, die nicht so leicht zu knacken ist.«

Newman sagte das nur, um Lisa zu beruhigen. Insgeheim war er davon überzeugt, dass die Amerikaner sich sorgfältig auf einen letzten, vernichtenden Angriff vorbereiteten.

In der Höhle über ihnen machte sich Tweed Sorgen wegen der Lücke in ihrer Verteidigungsstellung. Auf dem Hügel rechts von ihm hatte Marler niemanden postiert. Tweed machte ihm daraus aber keinen Vorwurf, immerhin hatte er binnen Sekunden einen sehr praktikablen Plan aus dem Ärmel geschüttelt. Trotzdem war Tweed bei dem Gedanken an die unbesetzte Höhenstellung nicht wohl. Nield konnte ihm ansehen, dass ihn etwas beunruhigte.

37

Miller lehnte an den beiden Jeeps und skizzierte auf einem Block seinen Angriffsplan. Seine vier Männer standen im Halbkreis um ihn herum und warteten auf neue Befehle.

»Seht euch das gut an«, sagte Miller, nachdem er mit der Zeichnung fertig war. »Alles hängt davon ab, dass der zeitliche Ablauf exakt eingehalten wird. Brad, du warst ja schon mal mit deinem Jeep drinnen in der Sandgrube. Der Jeep hat zwar ein paar Einschusslöcher, aber dir ist nichts passiert. Das beweist, dass es machbar ist.«

»Was soll machbar sein?«, fragte Brad.

Normalerweise hätte Miller ihn für eine solche Frage zur Sau gemacht, aber jetzt, kurz vor Beginn der Aktion, fand er es klüger, sich zurückzuhalten. Es war schlecht für die Moral der Truppe, wenn man seine Männer noch kurz vor einer Schlacht zusammenschiss.

»Du fährst da noch mal rein, Brad, aber diesmal nicht allein. Ich gebe dir Stu mit, der ein Schnellfeuergewehr und jede Menge Handgranaten mitnimmt. Ihr fahrt direkt auf den Mercedes zu. Stu ballert drauflos, was das Zeug hält, und zwingt die Engländer dadurch in Deckung. Wenn ihr beim Wagen seid, verschanzt ihr euch dahinter, feuert aber weiter auf den Feind. Wenn die Briten ihr einziges Transportmittel kaputtschießen wollen, dann sollen Sie's ruhig tun. Und keine Angst, ihr kriegt von uns jede Menge Feuerschutz. Habt ihr alles soweit verstanden?«

»Ja«, antwortete Brad und befeuchtete seine Lippen. »Aber könnten Sie das mit dem Feuerschutz noch mal genauer erklären, Sir?«

»Du, Moke«, wandte Miller sich an einen Soldat mit leicht asiatischen Gesichtszügen. »Hast du gesehen, wo ich vorhin durch die Hecke geschaut habe?«

»Ja.«

»Da postierst du dich jetzt und gehst so in Deckung, dass du durch das Loch freies Schussfeld in die Sandgrube hinein hast. Wenn ich dir ein Zeichen gebe, schießt du, wie ein Irrer auf den Sandhaufen, den ich dir hier auf meiner Skizze angezeichnet habe. Ich schätze, dass sich mehrere Engländer dahinter verschanzt haben. Der Halbkreis dahinter ist die Rückwand der Grube. Ist klar, welchen Sandhaufen ich meine?«

»Ja, Sir. Ich bin schließlich nicht blöd.«

»Da wäre ich mir nicht so sicher, Moke«, blaffte Miller zurück, der sein Temperament nicht mehr zügeln konnte. »Und bei euch anderen auch nicht. Dieser Angriff wird kein Spaziergang, aber wir werden die Engländer alle töten. Übrigens ist mindestens eine Frau unter ihnen.«

»Überlassen Sie die mir«, sagte Brad.

»Gern. Aber eine davon hat vorhin die Handgranate auf deinen Jeep geworfen, also nimm dich in Acht. Jetzt weiter im Plan. Ich werde auf den linken Hügel steigen, und sobald du das siehst, Alan, gehst du auf den rechten Hügel und schaltest den MPi-Schützen dort aus.«

Alan ging ein paar Schritte die Straße entlang, bis er durch ein Loch in der Hecke den Hügel sehen konnte. Dann kam er zurück zu Miller.

»Geht in Ordnung, Sir. Ich werde mich unbemerkt hinaufschleichen und den Kerl von hinten kaltmachen.«

»Am besten begleitest du Moke zu seiner Stellung und kriechst dann durch das hohe Gras, bis du am Fuß des Hügels bist. Aber warte, bis auch ich losgehe. Wenn ich oben bin, kann ich die Engländer einen nach dem anderen erledigen. So, und jetzt vergleichen wir die Uhren. Wie gesagt, alles hängt vom präzisen zeitlichen Ablauf ab…«

Nachdem alle ihre Armbanduhren auf die gleiche Zeit eingestellt hatten, erklärte Miller jedem einzelnen seiner Männer, was er wann zu tun hatte. So musste Moke beispielsweise abwarten, bis Alan am Fuß des Sandhügels angekommen war, bevor er auf die ihm zugewiesene Stellung zu feuern begann.

»Und trinkt alle noch etwas, bevor wir loslegen …«

Miller holte ein paar Wasserflaschen aus Jeep Nummer eins und verteilte sie unter seinen Leuten. Nachdem sie getrunken hatten, sammelte er die Flaschen wieder ein. Bei einem Angriff sollte ein Soldat nichts anderes mitführen als Waffen und Munition.

Während Brad sich ziemlich widerstrebend hinters Steuer klemmte, sah Miller noch einmal auf die Uhr. Auch Stu stieg in den Jeep, während Alan und Moke an der Hecke entlanggingen. Miller steckte seine Magnum in ihr Gürtelhalfter, nahm sein Schnellfeuergewehr und lud es durch. Als er damit begann, den Abhang hinaufzusteigen, hörte er, wie Brad den Motor anließ.

In der Sandgrube wurde das Warten immer zermürbender. Tweed lugte verstohlen auf seine Uhr und befürchtete, dass noch viele Stunden in der Gluthitze der Sonne vor ihnen lagen. Jetzt galt es, Durchhaltevermögen zu beweisen.

Er blickte nach unten und sah, wie Lisa mit Newman sprach. Das hatte sie in der letzten halben Stunde schon häufiger getan, und Tweed wünschte, Paula wäre bei ihr, um sie zu beruhigen. Als er hinüber zu Paula blickte, zwinkerte sie ihm zu, bevor sie sich wieder an die Wand der bunkerartigen Höhle zurücklehnte. Sie hatte es anscheinend nicht eilig, dass etwas passierte.

»Diese Warterei erinnert mich daran, wie ich mich in dem Souterrain vor Barton und Panko versteckt habe«, sagte Lisa zu Newman. »Zum Glück hat der Penner die beiden damals von meiner Fährte abgebracht.«

»Das war aber am Bedford Square«, sagte Newman. »Ganz schön weit weg von hier.«

»Stimmt. Aber hier bin ich wenigstens nicht allein. Ich habe auch darüber nachgedacht, wie mir Delgado am Reefers Wharf mit seinem Knüppel fast den Schädel eingeschlagen hätte und wie ich dann in der Klinik lag und nicht mehr sprechen konnte. Das war schrecklich.«

»Aber Sie haben doch gesprochen. Sie haben uns den entscheidenden Hinweis auf Hamburg gegeben.«

Es tut ihr gut, wenn ich mit ihr rede, dachte Newman. Dann vergisst sie die Hitze und denkt nicht an unsere prekäre Situation.

»Und dann hatten Sie ja noch das schlimme Erlebnis in Flensburg, wo Delgado Sie in das Lagerhaus gezerrt hat«, sagte er. Gott sei Dank sind Sie ja aber mit ihm fertig geworden.«

»Ja. Zum Glück konnte ich ihn mit den Handschellen erwürgen«, sagte sie mit tiefer Befriedigung. »Anderen Menschen würde ein solches Erlebnis vielleicht schlaflose Nächte bereiten, aber bei mir ist das mit Sicherheit nicht der Fall. Er oder ich, lautete die Frage, und ich war wild entschlossen, dass er es sein würde. Genauso war es auch am Bedford Square. Wenn Barton zu mir heruntergekommen wäre, hätte ich dem Penner die Flasche aus der Hand gerissen, an der Wand zerschmettert und sie dem Dreckskerl mitten in seine widerwärtige Fresse gerammt.«

»Ich frage mich, ob wir den wohl jemals wiedersehen werden«, sagte Newman.

In ihrem Kleinflugzeug flogen Barton und Panko etliche Kilometer von der Sandgrube entfernt eine weite Schleife.

»Der Mercedes kann sich doch nicht in Luft aufgelöst haben, oder?«, sagte Panko.

»Hoffen wir, dass er irgendwann mal wieder auf der Straße auftaucht«, antwortete Barton, der ebenso vor einem Rätsel stand wie Panko. Als er wieder einmal ein Stück weit von der Straße entfernt geflogen war, hatte er den Wagen auf einmal verloren und trotz intensiver Suche nicht wieder gefunden. Obwohl er mehrere Schleifen geflogen war, hatte er die Sandgrube übersehen. Jetzt fragte er sich, wo sich die große Limousine denn versteckt haben könnte. Es gab weit und breit keine Scheune, in der man Unterschlupf hätte finden können. Barton ließ das Flugzeug auf eine größere Höhe steigen.

»Sollen wir vielleicht Thunder anrufen?«, fragte Panko.

»Großartige Idee«, knurrte Barton. »Wir rufen jetzt einen mächtigen Mann wie ihn an und erklären ihm, dass wir Mist gebaut haben. Meinst du etwa, der gibt uns einen Orden dafür?«

»Und Oskar? Sollten wir nicht wenigstens den anrufen?«

»Wozu? Dass er uns den Schädel herunterreißt? Wenn du noch mehr so tolle Ideen hast, Panko, dann behalte sie gefälligst für dich.«

»Ich wollte doch nur helfen ...«

»Dann halt die Klappe. Das ist das Einzige, womit du mir helfen kannst.«

Moke kroch hinter Alan durch das Loch in der Hecke und robbte sich im hohen Gras am Eingang zur Sandgrube vorbei. Dann ging er in Stellung und wartete, bis Alan eine Kuhle am Fuß der Sandwand erreicht hatte. Dort sondierte er kurz die Lage, bevor er begann, mit dem Gewehr in der Hand den Hügel hinaufzusteigen.

Inzwischen ließ Brad den Motor des Jeeps im Leerlauf aufheulen. Dann nickte er Stu, der neben ihm saß, zu. Stu brachte sein Schnellfeuergewehr in eine schussbereite Position und legte sich eine Handgranate in den Schoß.

Miller hatte zu dieser Zeit auf der anderen Seite der Sandgrube schon die Hälfte des Hügels erklommen und wartete auf dem Bauch liegend darauf, dass Brad losfuhr, um die Aufmerksamkeit der Engländer auf sich zu ziehen. Dann wollte er den Rest des Anstiegs bewältigen. Während er mit der linken Hand sein Schnellfeuergewehr nahm – Miller war Linkshänder –, hörte er, wie der Jeep losfuhr. Er hätte gern den Kopf gehoben und hinuntergeschaut, aber er wollte seine Position nicht enthüllen.

Als sich der Jeep in Bewegung setzte, eröffnete Moke hinter der Hecke das Feuer und jagte eine Salve nach der anderen in den Sandhaufen, hinter dem sich Newman und Lisa verbargen. Als der Jeep in sein Schussfeld kam, hörte er kurz auf, bis der

Wagen vorbei war, und ballerte dann so lange weiter, bis sein Magazin leer geschossen war. Seiner Meinung nach lief alles hervorragend.

Als Paula den Motor des Jeeps hörte, stand sie auf, verließ die Höhle und begann, noch bevor Tweed sie zurückhalten konnte, den Hang hinaufzuklettern.

Paula, die ihre Handgranate mitgenommen hatte, kam gut voran. Marler und Butler beobachteten sie, wie sie völlig ungeschützt immer höher kletterte.

»So ein verrücktes Huhn«, sagte Marler, der jeden Moment damit rechnete, dass man das Feuer auf sie eröffnen würde.

Auch Tweed blickte Paula hinterher und war zum ersten Mal in seinem Leben starr vor Angst. Er hatte sich noch nie so hilflos gefühlt und überlegte sogar, ob er ihr nicht hinterher sollte. Nield erriet, was in ihm vorging.

»Bleiben Sie bloß hier«, sagte er. »Marler hat sich schließlich was dabei gedacht, als er uns in dieser Höhle postiert hat.«

Während er das sagte, packte er Tweed am Arm, um ihn daran zu hindern, die Höhle zu verlassen. Tweed hätte ihn beinah geschlagen, um sich aus seinem Griff zu befreien, aber dann begriff er, was Nield zu ihm gesagt hatte. Wie gebannt starrte er auf Paula, die immer höher kletterte.

Als sie den Kamm des rechten Sandhügels erreichte, war sie von der Grube aus nicht mehr zu sehen. Schwer atmend blickte sie sich um. Und dann sah sie ihn. Einen großen, kräftig gebauten Mann mit weißem Haar, der etwa zehn Meter über ihr den Hügel hinaufstieg. Paula richtete sich auf, zog den Sicherungsstift der Handgranate heraus und holte mit dem rechten Arm weit aus, so wie sie es beim Ballwerfen im Schulsport gelernt hatte.

In diesem Augenblick drehte Miller sich um und sah, wie die Granate auf ihn zuflog. Er warf sich zu Boden und ließ sich den Abhang hinabrollen. Augenblicke später hörte er die Granate explodieren und spürte, wie ihn einer der Splitter an der Brust traf, aber anstatt ihn zu durchbohren, brach er ihm nur eine Rippe. Die kugelsichere Weste hatte Miller das Leben gerettet.

Er stand auf, zog die Magnum aus dem Gürtel und ging langsam auf Paula zu, die, keine fünf Meter von ihm entfernt, wie angewurzelt stehen blieb. Gerade war ihr eingefallen, dass sie ihre Tasche in der Höhle zurückgelassen hatte – und mit ihr die Browning.

Miller hob grinsend seine Magnum und zielte damit auf Paulas Stirn.

Für Paula sah es so aus, als ob eine Kanone auf sie gerichtet würde.

Starr vor Angst bereitete sich darauf vor zu sterben.

Miller fixierte sie mit kalten, harten Augen, in denen keine menschliche Regung mehr war.

Dann drückte er ab.

Nichts. Der Abzugsmechanismus hatte sich bei dem Sturz verklemmt.

»Um dich kümmere ich mich später, Süße«, knurrte Miller und stieg mit raschen Schritten den Hügel hinauf. Er hätte Paula auch mit seinem Schnellfeuergewehr erschießen können, aber dazu hatte er jetzt keine Zeit mehr, weil er unten in der Sandgrube den Motor des Jeeps aufheulen hörte, gefolgt von dem Geknatter automatischer Waffen. Er musste sich beeilen.

Hinter ihrem Sandhaufen hatten Lisa und Newman nichts von dem Drama mitbekommen, das sich um ein Haar über ihren Köpfen ereignet hätte. Stattdessen sahen sie den Jeep wie ein Geschoss in die Sandgrube rasen. Stu auf dem Beifahrersitz ballerte wie ein Wilder mit seinem Schnellfeuergewehr herum, während Brad den Jeep geradewegs auf den blauen Mercedes zusteuerte.

Newman hob sein Gewehr und zielte auf den Fahrer des Jeeps, während Marler ihn mit seinem Präzisionsgewehr ebenfalls ins Visier nahm. Auch Tweed in seiner Höhle nahm die Walther in beide Hände und zielte auf die Brust des Fahrers. Die drei Männer drückten praktisch gleichzeitig ab.

Newmans Kugel zerfetzte dem Fahrer die Brust, das Geschoss aus Marlers Armalite durchschlug seine Stirn, und Tweeds Projektil bohrte sich in seinen Hals. Brad sackte zur Seite und schlug damit Stu das Gewehr aus der Hand. Obwohl er sofort tot war, verblieb sein Fuß noch immer auf dem Gaspedal.

Starr vor Schreck musste Stu zusehen, wie der Jeep in wildem Zickzackkurs durch die Sandgrube raste. Weil der tote Brad auf ihm lag, konnte er nicht ins Lenkrad greifen. Dabei kam er dem Mercedes immer näher.

Tweed hielt den Atem an. Wenn der schwere Jeep in den Wagen krachte, hätten sie keine Möglichkeit mehr, aus dieser Einöde wegzukommen, selbst wenn sie den Kampf überlebten. Mit klopfendem Herzen beobachtete er, wie das außer Kontrolle geratene Fahrzeug die Limousine nur um Zentimeter verfehlte und dann mit Höchstgeschwindigkeit auf die Sandwand zusteuerte. Stu, der halb über die Windschutzscheibe hing, sah starr vor Schreck die senkrechte Wand auf sich zurasen und konnte nicht einmal mehr abspringen.

Mit einem gewaltigen Aufprall bohrte sich die Kühlerhaube des Jeeps in den Sand, der daraufhin den Wagen mitsamt seinen Insassen wie eine Lawine unter sich begrub.

Inzwischen hatte Miller den oberen Rand der Grube erreicht und war mit seinem Schnellfeuergewehr in Stellung gegangen. Von hier aus konnte er beobachten, wie die Engländer unter ihm gebannt auf den Jeep starrten, von dem nur noch ein kleines Stück aus dem Sand herausragte. Er beschloss, Tweed als Ersten zu erschießen. *Das macht die anderen führerlos*, dachte er, während er ihn sorgfältig ins Visier nahm.

Lediglich Marler hatte sich nicht vom grausigen Ende des Jeeps ablenken lassen, sondern den Rand der Sandgrube im Auge behalten. Als er dort einen großen Mann mit weißem Haar sah, der mit seinem Gewehr auf Tweed zielte, hob er das Armalite, und als er die Brust des Mannes genau im Fadenkreuz des Zielfernrohrs hatte, drückte er ab. Die Kugel traf Miller knapp unterhalb des Herzens, aber dank seiner kugelsicheren Weste brach sie ihm lediglich eine weitere Rippe und brachte ihn aus dem Gleichgewicht. Einen weniger kräftig gebauten Mann hätte der Aufprall des Geschosses wahrscheinlich umgeworfen, aber Miller ließ nicht einmal sein Gewehr fallen. Er trat noch näher an den Rand der Sandgrube heran und zielte wieder auf Tweed.

Marler schaute verdutzt.

Kugelsichere Weste, dachte er, als er abermals durch sein Zielfernrohr blickte und den Lauf des Gewehrs um ein paar Millimeter anhob. Er zielte auf Millers Kopf und schoss.

Die Kugel riss Miller das halbe Kinn weg. Er begann zu taumeln, machte einen Schritt nach vorn und fiel dann über den Rand der Grube nach unten, wo er dreißig Meter tiefer mit einem dumpfen Knall aufschlug.

Butler nahm unterdessen das Loch in der Hecke ins Visier, durch das Moke noch immer in die Sandgrube hineinschoss. Als er den Kopf des Amerikaners zwischen den Blättern auftauchen sah, drückte er ab. Das Schießen hörte auf, und eine tiefe Stille senkte sich über die Sandgrube. Butler zählte die toten Gegner und kam auf vier. Zwei waren im Jeep unter den Sandmassen begraben, Marler hatte den weißhaarigen Riesen oben am Rand der Grube erledigt und er selbst den verborgenen Heckenschützen. Wo aber war der fünfte Mann?

Während Miller nach seinem fehlgeschlagenen Versuch, Paula zu töten, sofort an den Rand der Sandgrube gestürmt war, hatte sich Alan sehr viel vorsichtiger den Hang hinaufgearbeitet. Es gab hier viele große Felsblöcke, und hinter jedem von ihnen konnte sich der Mann mit der Maschinenpistole verstecken.

Butler war noch immer wachsam, und so hörte er, dass hinter ihm ein Stein ins Rollen kam. Mit der Uzi in der Hand wirbelte er herum und sah Alan, der mit dem Gewehr im Anschlag nur wenige Meter vor ihm stand. Butler drückte sofort ab und streckte den Amerikaner mit einer gut gezielten Geschossgarbe nieder.

Auf einmal erschien Paulas Kopf über dem Rand der Sandgrube.

»Hallo!«, rief sie nach unten. »Ist alles in Ordnung?«

Als Tweed ihre Worte hörte, die gespenstisch durch das jetzt totenstille Halbrund hallten, verspürte er eine Welle der Erleichterung, die ihm durch den ganzen Körper lief.

38

Sie fuhren auf einer schmalen Landstraße nach Süden. Newman saß am Steuer, während Tweed auf der mittleren Sitzbank die Karte las und ihm sagte, wie er fahren solle. Harry Butler war mit seinem Motorrad, das er in der Sandgrube hinter der Limousine versteckt hatte, bereits weit voraus. Paula, die neben Tweed saß, sehnte sich nach einer Dusche; sie war am ganzen Körper schweißgebadet. Sie schaute nach hinten zu Lisa und wischte sich lächelnd den Schweiß von der Stirn.

»Ich weiß, was Sie denken«, sagte Lisa. »Irgendwann einmal kommen wir bestimmt wieder zurück in die Zivilisation.«

»Ich kann's kaum erwarten.«

Bevor sie die Sandgrube verlassen hatten, waren Tweed und Marler zu den toten Amerikanern gegangen und hatten ihnen den Puls gefühlt, obwohl keiner von ihnen so ausgesehen hatte, als ob er noch am Leben wäre. Die Leichen ließen sie einfach liegen – was hätten sie auch sonst mit ihnen anfangen sollen?

»Wir fahren jetzt direkt nach Travemünde«, sagte Tweed.

»Ich freue mich schon darauf, in dem Café zu sitzen, das Mrs. France uns genannt hat – und zwar mit einem Riesenglas Wasser«, sagte Lisa.

»Trifft sich Mrs. France dort mit uns?«, fragte Marler.

»Nein«, antwortete Tweed. »Sie hat nur gemeint, dass Rondel kommen wird ...«

Nachdem sie bei Bad Bramstedt die Autobahn überquert hatten, bat Tweed Newman, am Straßenrand anzuhalten.

»Ich muss mir ein bisschen die Beine vertreten«, erklärte er. »Hätten Sie vielleicht auch Lust auf einen kleinen Spaziergang, Paula?«

»Große Lust sogar. Wenn ich noch länger in diesem Auto sitzen muss, bekomme ich noch Wadenkrämpfe …«

Newman stellte den Wagen auf dem Rasen neben der Straße ab, und alle stiegen aus. Tweed nahm Paula beiseite und ging mit ihr so weit, bis sie außer Hörweite der anderen waren. Als sie bereits zehn Meter vom Mercedes entfernt waren, kam auf der Gegenfahrbahn auf einmal Butler mit seinem Motorrad angebraust.

»Wir machen nur einen kleinen Spaziergang«, sagte Tweed zu Butler, der neben ihnen anhielt.

»Vor uns ist alles sicher«, sagte Butler. »Ich bin einige Kilometer vorausgefahren, habe aber nichts Verdächtiges entdeckt. Ich fahre jetzt zurück, um nachzusehen, ob auch hinter uns alles in Ordnung ist. Man kann ja nie wissen …«

»Da haben Sie Recht. Besonders in diesem Fall, wo viele nicht die sind, die sie auf den ersten Blick zu sein scheinen.«

»Wie beruhigend. Wer hat uns denn Ihrer Meinung nach diese Killerbande an den Hals gehetzt? Oskar Vernon?«

»Möglich. Aber hinter dem steckt höchstwahrscheinlich Gavin Thunder. Übrigens frage ich mich, ob sich Danzer noch immer in der Windmühle in der Nähe von Sylt versteckt.«

»Wieso sollte er das?«, fragte Paula. »Und wer ist nicht der, der er auf den ersten Blick zu sein scheint?«

»Zum Beispiel Mrs. Gina France. Ich werde das Gefühl nicht los, dass ich sie irgendwo schon einmal gesehen habe«, sagte Tweed nachdenklich. »Viel früher. Aber ich weiß nicht, wann und wo.«

»Na ja, sie kleidet sich ja auch sehr unvorteilhaft. Dieses komische Blümchenkleid, und dann die alberne Brille und der Schlapphut. Das lässt sie dicker, älter und schusseliger wirken, als sie ist. Als sie in Flensburg in ihrer Fliegerkombi zu uns ins Hotelzimmer gekommen ist, hat sie auch wieder ganz anders ausgesehen, von ihrer gewandelten Persönlichkeit ganz zu schweigen. Sie hat sogar anders gesprochen, viel klarer und selbstsicherer.«

»Wirklich seltsam«, sagte Tweed.

»Aber sie hat uns doch eine Erklärung für ihre Verwandlung gegeben«, sagte Paula. »Sie hat behauptet, dass sie Rondel nicht mag und sich deshalb in seiner Gegenwart besonders schusselig gibt. Ich möchte übrigens bezweifeln, dass er oft nach Hamburg kommt, um in der Bank nach dem Rechten zu sehen.«

»Trotzdem bin ich mir sicher, dass ich Gina France schon vorher einmal gesehen habe. Wenn mir nur einfallen würde, bei welcher Gelegenheit …«

»Und ich frage mich, wo Oskar Vernon jetzt wohl ist. Wartet er vielleicht mit einem Empfangskomitee in Travemünde auf uns? Ach, übrigens, das kleine Flugzeug ist wieder da. Es fliegt direkt über uns.«

»Wieso glauben Sie, dass es dasselbe ist wie vorhin?«

»Weil es dasselbe blaue Emblem am Leitwerk hat wie das Flugzeug, das wir kurz hinter Tønder gesehen haben. Es verfolgt uns ganz offenbar. Würde mich nicht wundern, wenn Barton und Panko drinsäßen.«

»Das ist ziemlich unwahrscheinlich. Vermutlich sind die beiden noch in Tønder. Nach der Schlacht im Maisfeld hat Harry sie doch gesehen, wie sie mit Delgado im Landrover weggefahren sind. Wir wissen, dass Delgado in Flensburg war, wo Lisa ja Entsetzliches mit ihm durchmachen musste. Und wo Delgado war, waren auch Barton und Panko, dessen bin ich mir sicher. Die fliegen nicht einfach mit einem Flugzeug in der Weltgeschichte herum, um uns zu verfolgen.«

Paula blieb stehen und stampfte wütend mit dem Fuß auf.

»Immer, wenn ich eine Hypothese aufstelle, schießen Sie sie mir ab«, fauchte sie und gab ihm einen Schlag auf den Arm. »Was ist bloß mit Ihnen los?«

»Tut mir Leid, aber Sie haben mir einen gehörigen Schrecken eingejagt, als Sie vorhin allein den Sandhügel hinaufgeklettert sind. Mir ist es so vorgekommen, als ob Sie eine Ewigkeit lang weg gewesen wären. Und dann auch noch die Handgranate, die plötzlich explodiert ist. Was war denn da oben los?«

»Das erzähle ich Ihnen lieber nicht.«

»Ich würde es aber gern wissen«, sagte Tweed mit ruhiger Stimme.

»Es war ziemlich grausig«, begann Paula stockend. Vor ihrem geistigen Auge sah sie wieder den riesenhaften Mann im Tarnanzug, der seine Waffe direkt auf sie richtete. Und dann erzählte sie Tweed alles. Er hörte ihr zu, schürzte die Lippen und stellte sich das, was sie ihm erzählte, bildlich vor. Als sie am Ende angelangt war, fing sie an zu zittern und hatte Tränen in den Augen. Sie warf die Arme um Tweed, der sie fest an sich drückte und ihr sanft über den Kopf streichelte.

»Tut mir Leid, dass ich die Beherrschung verloren habe«, schluchzte sie. »Sie haben bestimmt andere Sorgen, als mich zu trösten. Schließlich tragen Sie ja die ganze Verantwortung, und das muss furchtbar anstrengend für Sie sein. Ich weiß nicht, wie Sie das alles aushalten.«

Tweed nahm sein Taschentuch zur Hand und tupfte Paula damit vorsichtig die Augen ab.

»Weinen Sie sich ruhig aus. Das ist eine Reaktion auf die schrecklichen Dinge, die in der Sandgrube geschehen sind. Auch ich leide darunter, aber ich darf es den anderen nicht zeigen. Das wäre nicht gut für ihre Kampfmoral.«

Nachdem Tweed ihr die Tränen getrocknet hatte, blieb Paula eine Weile still stehen und spürte, wie seine Blicke auf ihr ruhten. Ihr Zittern war verschwunden. Sie gab Tweed einen Kuss auf die Wange und trat einen Schritt zurück.

»Danke«, sagte sie mit ihrer normalen Stimme. »Danke für Ihr Verständnis.«

In diesem Moment schrillte Tweeds Mobiltelefon. Er schnitt eine Grimasse und zog es aus der Hosentasche.

»Wer ist dran?«

»Monica. Gott sei Dank komme ich endlich zu Ihnen durch. Ich probiere es schon seit Stunden, weil ich Ihnen etwas Wichtiges mitzuteilen habe. Es ist mir nämlich gelungen, die Botschaften zu dekodieren, die übers Internet geschickt wurden. Sie kommen aus Seattle und besagen, dass sämtliche Kräfte in den westlichen Ländern darauf vorbereitet sind, jederzeit das Chaos ausbrechen zu lassen. Wo es zuerst losgehen wird, konnte ich leider nicht herausfinden, aber dafür, dass die lokalen Gruppen darauf warten, dass man ihnen übers Internet die genaue Zeit zum Losschlagen mitteilt. Ich befürchte, dass das innerhalb der nächsten zwei Tage geschehen wird. Der Mann in Seattle heißt übrigens Pferdeschwanz. Sie müssen ihn aufhalten, bevor es zu spät ist.«

»Woher wissen Sie eigentlich, dass er in Seattle sitzt?«

»Weil er seine verschlüsselten Befehle, die er normalerweise mit ›Pferdeschwanz‹ unterschreibt, einmal aus Versehen mit ›Seattle‹ signiert hat. Vielleicht war er müde.«

»Sie sind ja eine richtige Internet-Expertin geworden.«

»Ach, ich surfe eben gern, und da kommt man mit der Zeit einfach dahinter, wie alles funktioniert. Howard hat mir übrigens seine volle Unterstützung zugesagt und ist damit einverstanden, dass ich in Ihrer Abwesenheit hier den Laden schmeiße.«

Howard war der Direktor des SIS.

»Sagen Sie mir eines, Monica. Wann haben Sie zum letzten Mal etwas Vernünftiges gegessen?«

»Wer muss denn schon essen?«

»Wir alle müssen das. Und Sie auch ...«

Auf einmal war die Verbindung unterbrochen. Tweed steckte sein Handy ein und erzählte Paula, die sich jetzt wieder völlig unter Kontrolle hatte, was Monica ihm mitgeteilt hatte.

»Wir können wohl schlecht etwas in Seattle unternehmen, oder?«

»Stimmt, das können wir nicht. Aber wir können so schnell wie möglich nach Travemünde fahren und unsere Verabredung einhalten. Gehen wir zurück zum Wagen.«

Paula fing an zu laufen, aber Tweed packte sie am Arm.

»Nicht bei dieser Hitze. Gehen wir ganz gemütlich zurück. Haben Sie nicht bemerkt, dass es noch heißer geworden ist? Und wenn wir im Wagen sind, erzählen Sie den anderen bitte nicht, was Monica berichtet hat.«

»Sie haben Recht.«

Im *Haus Inselende* auf Sylt fand im schalldichten Konferenzraum ein weiteres Treffen der vier Politiker statt. Thunder hatte den Vorsitz.

»Ich habe mich mit Seattle in Verbindung gesetzt, meine Herren«, sagte er mit seiner klaren, dominanten Stimme. »Ich freue mich, Ihnen berichten zu können, das wir kurz vor dem Ziel all unserer Bemühungen stehen«, fuhr er selbstgefällig fort. »In genau zwölf Stunden werden in verschlüsselten Botschaften allen unseren Einheiten die genauen Zeiten zum Losschlagen mitgeteilt.«

»Hatten wir nicht ausgemacht, dass das später erfolgen wird?«, wandte der deutsche Außenminister ein. »Schließlich sollten wir alle wieder zu Hause sein, bevor die Welt in Flammen aufgeht.«

»Das stimmt nicht ganz«, erwiderte Thunder mit einem liebenswürdigen Lächeln. »Wir wollten auf dem *Nachhauseweg* sein, wenn es losgeht. Damit geben wir dem Chaos etwas Zeit, sich richtig schön auszubreiten und unsere Bevölkerungen in Angst und Schrecken zu versetzen, bevor wir mit unserem energischen Durchgreifen der Panik ein Ende setzen. Nur so sieht man in uns die starken Männer, die es in solchen Zeiten braucht.«

»Klingt überzeugend«, sagte der amerikanische Außenminister.

»Wann dürfen wir also dieses Gefängnis verlassen?«, fragte der französische Premier.

»In ein paar Stunden fliegen wir mit dem Hubschrauber zurück nach Hamburg. Dort warten wir dann ab, bis die Situation in unseren Heimatländern genügend eskaliert ist und wir als die Retter zurückkehren können.«

»Sieht ganz so aus, als hätten Sie sich den Zeitplan exakt ausgearbeitet«, lobte der deutsche Außenminister. »Von Hamburg aus bin ich im Nu in Berlin.«

»Aber tauchen Sie nicht zu früh dort auf«, mahnte Thunder. »Niemand von uns kann voraussagen, wie lange es dauern wird, bis die Bevölkerung völlig demoralisiert ist. Und davon hängt es nun mal ab, ob unsere Regierungen zusammenbrechen oder nicht.«

»Können Sie garantieren, dass Seattle die Botschaften rechtzeitig versendet?«, wollte der amerikanische Außenminister wissen.

»Seattle ist völlig sicher«, sagte Thunder mit fester Stimme. »Deshalb habe ich ja nicht einmal Ihnen mitgeteilt, wo sich das Gebäude befindet, von dem aus die Botschaften verschickt werden. Wenn Sie keine weiteren Fragen haben, würde ich vorschlagen, dass wir uns jetzt in den Speisesaal begeben und ein Glas auf unseren Erfolg trinken.«

Mit diesen Worten stand Thunder auf. Nichts konnte er jetzt weniger gebrauchen als eine Diskussion.

Vom Pilotensitz des kleinen Flugzeugs aus hatte Barton auf einmal wieder den blauen Mercedes entdeckt, der mit konstanter Geschwindigkeit dieselbe Straße entlangfuhr, auf der er schon vorher gewesen war.

»Da sind sie«, platzte er heraus. »Wo zum Teufel haben die bloß die ganze Zeit gesteckt?«

»Keine Ahnung. Aber jetzt haben wir sie ja wieder gefunden«, sagte Panko. »Das ist alles, was zählt. Wo glaubst du denn, fahren sie hin?«

»Sie fahren gerade an Lübeck vorbei«, sagte Barton nach einem Blick auf die Karte. »Ich schätze mal, die wollen nach Travemünde. Jedenfalls führt dort die Straße hin, auf der sie sich gerade befinden.«

Barton überlegte hin und her, ob er Thunder anrufen sollte, Oskar Vernon hatte er nämlich längst als unerreichbar abgeschrieben. Schließlich fällte er die Entscheidung, den Minister zu informieren.

Thunder hatte es sich gerade in seiner Suite auf dem Sofa bequem gemacht und erholte sich vom vielen Reden, Diskutieren und Beschwören, mit dem er während der langen Sitzung die anderen auf seine Linie eingeschworen hatte. Als sein Handy klingelte, fluchte er leise und ging ran.

»Ja?«

»Hier spricht Barton, Sir. Wir verfolgen Tweeds Mercedes noch immer aus der Luft und …«

»Wie bitte?«

Thunder war erschüttert. Mehrmals hatte er sich schon nach Miller erkundigt, der eigentlich seit Stunden hätte zurück sein müssen. Insgeheim hatte er schon geahnt, dass etwas schief gegangen sein musste, aber trotzdem traf ihn die Nachricht, dass Tweed noch am Leben war, wie ein Schock. Ausgerechnet jetzt, wo er so kurz vor seinem Ziel war, tauchte der einzige Mann wieder auf, der ihm noch einen Knüppel zwischen die Beine werfen konnte.

»Wo ist Tweed jetzt?«

»Er fährt gerade an Lübeck vorbei. Meiner Meinung nach will er nach Travemünde.«

Lübeck? Travemünde? Thunder war entsetzt. Wie hatte Tweed nur so weit kommen können? Und warum fuhr er ausgerechnet nach Travemünde? Dafür musste es doch einen Grund geben.

»Sie müssen Tweed und seine Leute in Travemünde eliminieren«, befahl er mit harter, angespannter Stimme.

»Verstanden. Aber es gibt da ein Problem. Travemünde hat keinen Flugplatz. Wir müssen in Lübeck landen, was Tweed einen Vorsprung verschaffen dürfte ...«

»Dann denken Sie sich was aus, verdammt noch mal. Wenn Sie Kontakt mit dem Flugplatz in Lübeck aufnehmen, dann erzählen sie denen, dass Sie einen Wagen brauchen, der am Rollfeld auf Sie wartet. Sagen Sie einfach, Sie hätten einen wichtigen Politiker an Bord. Und halten Sie mich weiter auf dem Laufenden ...«

Thunder legte auf und warf das Handy ans andere Ende der Couch. Dann trank er seinen Brandy in einem Schluck aus und goss sich gleich darauf noch einen ein. Er überlegte, ob er die anderen über diese Entwicklung informieren sollte, entschied sich aber dann dagegen. Thunder leerte sein Glas abermals, und auf einmal hatte er eine düstere Vorahnung. Etwas würde seinen genialen Plan in letzter Minute zum Scheitern bringen. Und dieses Etwas hieß Tweed.

39

Kaum waren Tweed und seine Leute in Travemünde, stellten sie den Wagen in der Nähe des Bahnhofs ab. Zwar war dort Halteverbot, aber Tweed legte eine alte Bescheinigung, die ihm Otto Kuhlmann einmal gegeben hatte, hinter die Windschutzscheibe. Darauf wurde amtlich bestätigt, dass dieser Wagen einem Notarzt im Einsatz gehörte. Solche Bescheinigungen benutzten verdeckte Ermittler der deutschen Behörden gern, wenn sie sichergehen wollten, dass ihre Zivilfahrzeuge nicht abgeschleppt wurden. Butler stellte sein Motorrad hinter dem Mercedes ab.

Auf einem wenig frequentierten Gehweg erreichten sie die Innenstadt von Travemünde. Dabei kamen sie an einem aus Ziegeln erbauten Polizeirevier vorbei, das aussah, als ob es schon seit Jahrhunderten dort stand. Auch hier war niemand zu sehen. Erst als sie das Ufer der Trave erreicht hatten, kamen sie unter Menschen, und das Gefühl der Einsamkeit, das sie bei ihrer Fahrt über Land die ganze Zeit begleitet hatte, verflüchtigte sich.

Es war noch vor Beginn der eigentlichen Ferien, und Travemünde wurde hauptsächlich von einem begüterten Publikum besucht, das die beliebte Stadt noch vor dem Ansturm der Massen besuchen wollte.

»Die wollen mit dem gemeinen Volk wohl nichts zu tun haben«, sagte Newman, nachdem Tweed den anderen diesen Umstand erklärt hatte.

Paula genoss das geschäftige Treiben, während sie mit Tweed und Lisa die Trave entlangschlenderte. Der Fluss war hier etwa halb so breit wie die Themse in Westminster. In kleinen Jachthäfen lagen Motorboote und Luxusjachten, die bestimmt ein Vermögen gekostet hatten. Tweed blieb stehen und teilte sein Team in mehrere Gruppen auf.

»Wenn wir alle im Pulk laufen, ist das zu auffällig«, sagte er. »Harry und Pete, Sie sehen sich flussaufwärts um, bis Sie den Fischereihafen erreichen. Dann kommen Sie zurück zu dem Restaurant, das ich Ihnen vorhin im Wagen beschrieben habe. Wir warten dort auf Sie. Newman, Sie bummeln durch die Innenstadt und halten die Augen offen, und ich gehe mit Paula und Lisa direkt zum Restaurant. Mal sehen, ob auch wirklich jemand zu unserer Verabredung erscheint.«

»Ich komme mit«, sagte Marler bestimmt. »Ich folge Ihnen in einiger Entfernung und halte Ihnen den Rücken frei.«

Auch wenn die Innenstadt nicht gerade überlaufen war, sah man doch viele Deutsche in Sommerkleidung, die einen Schaufensterbummel machten oder in den Straßencafés saßen. Es herrschte eine heitere, fast fröhliche Atmosphäre. An der Uferpromenade gab es viele Geschäfte, Cafés und Restaurants, wo die Gäste unter gestreiften Markisen, die willkommenen Schatten spendeten, im Freien sitzen konnten. Die meisten Gebäude hier waren alt und nicht höher als drei oder vier Stockwerke.

Tweed blieb stehen und deutete auf eine bewaldete Insel mitten in der Trave, auf die gerade eine mit Autos beladene Fähre zusteuerte.

»Das ist die Insel Priwall«, erklärte er. »Ich habe einmal gelesen, dass am Ende des Zweiten Weltkriegs eine britische Panzereinheit dort gelandet und in der Mitte der Insel auf eine sowjetische Panzertruppe gestoßen ist, die aus der entgegengesetzten Richtung kam. Die Russen beanspruchten die ganze Insel für sich, aber der britische Kommandeur blieb hart und ließ sich nicht vertreiben. Also einigte man sich auf einen Kompromiss, und die Briten besetzten die eine Hälfte von Priwall, die Sowjets die andere. Inzwischen ist auf der Insel ziemlich viel gebaut worden, wie Sie an den weißen Wohnblocks sehen können.«

»Mir hat Tønder zwar besser gefallen«, sagte Paula. »Aber diese Stadt hat auch etwas. Hier ist so viel Leben. Das mag ich.«

»Da vorn ist übrigens das Restaurant, von dem Mrs. France gesprochen hat. Gehen wir hinein, und harren wir der Dinge, die da kommen mögen.«

Das Restaurant sah ziemlich vornehm aus und verfügte über eine von mächtigen Sonnenschirmen beschattete Terrasse, von der aus man einen herrlichen Blick auf den Fluss hatte. Marler kam von hinten heran und wandte sich an Tweed.

»Mir wäre es lieber, wenn Sie nicht auf der Terrasse Platz nehmen würden«, sagte er. »Da sind sie zu sehr auf dem Präsentierteller. Nehmen sie lieber einen Tisch im Café da drüben an der Straße. Da können Sie auch im Freien sitzen.«

Tweed und die anderen gingen auf die andere Straßenseite und setzten sich an einen der Tische, die Marler vorgeschlagen hatte. Sie bestellten sich jeder einen großen Orangensaft und kaltes Mineralwasser dazu. Marler trank seinen Saft mit einem Zug aus und stand gleich wieder auf. Mit seiner länglichen Sporttasche, in der sich das Armalite verbarg, stieg er eine steile Steintreppe neben dem Lokal hinauf.

»Ich sehe mich da oben mal ein bisschen um«, sagte er zum Abschied.

»Schauen Sie mal, was da kommt«, sagte Paula. Auf dem Fluss glitt ein großes, sechs Decks hohes Schiff vorbei, das die meisten Häuser der Stadt sogar noch überragte.

»Das ist die Fähre aus Schweden«, erklärte Tweed. »Sie macht weiter flussaufwärts am Skandinavienkai fest. Von dort aus können die Passagiere mit dem Zug nach Lübeck, Hamburg oder Rostock weiterfahren.«

Newman war an den Tisch gekommen und hatte gehört, was Tweed gerade gesagt hatte.

»Hören Sie mir bloß mit Rostock auf«, meinte er säuerlich. »Wissen Sie noch, wie Sie mich während des Kalten Kriegs mal hinter den Eisernen Vorhang geschickt haben?«

»Natürlich. Das war nicht sonderlich angenehm für Sie …«

Marler stieg unterdessen weiter die Treppe hinauf, deren Stufen von einer dicken Staubschicht bedeckt waren. Ganz offensichtlich wurde sie nicht allzu häufig benutzt. Am oberen Ende befand sich eine hölzerne Tür. Marler sah sich um, aber da er nichts Verdächtiges entdecken konnte, drückte er die Klinke der Tür nach unten. Sie war nicht abgeschlossen und ließ sich mit einem leisen Knarzen öffnen. Marler trat in einen mit ein paar Stühlen und einem Tisch möblierten Raum und ging ans Fenster. Als er es öffnete, quietschte es laut, aber glücklicherweise ging das Geräusch im Heulen der Schiffsirene unter.

Marler zog einen Stuhl ans Fenster und setzte sich, nachdem er die Stabilität der Sitzgelegenheit überprüft hatte, vorsichtig darauf. Dann öffnete er die Sporttasche und holte sein Armalite heraus. Unter sich sah er den Tisch, an dem die anderen drei unter ihrem Sonnenschirm saßen. Darüber hinaus hatte er einen freien Blick über den Fluss.

»Ich muss mal verschwinden«, sagte Lisa und stand auf. »Bin gleich wieder da.«

»Ich habe das in der Sandgrube erledigt, kurz bevor wir losgefahren sind«, erzählte Paula. »Und gerade als ich hinter dem Sandhaufen wieder aufstand, kam Newman vorbei. ›Hat man denn überhaupt kein Privatleben mehr?‹, habe ich gesagt, und der Teufel antwortete mir mit einem unverschämten Grinsen: ›Wir sind doch alle eine große Familie, oder?‹ Ich hätte ihn umbringen können. Und jetzt ist er schon wieder verschwunden, und Lisa auch. Aber ist es nicht schön, sich ein wenig zu entspannen und die Ruhe zu genießen? Ich frage mich, ob überhaupt jemand zu unserer Verabredung kommt.«

Nur Minuten nachdem das kleine Flugzeug auf dem Flugplatz südlich von Lübeck gelandet war und Barton die Formalitäten erledigt hatte, eilten er und Panko zu dem gemieteten Audi, der vor dem Flughafengebäude auf sie wartete.

Ohne sich an die Geschwindigkeitsbeschränkung zu halten, raste Barton los in Richtung Travemünde. Zum Glück war nirgends ein Streifenwagen zu sehen. In Travemünde stellte er den Wagen in einer gerade frei gewordenen Parklücke ab und stieg aus. Aus den Augenwinkeln heraus bemerkte er etwas und wäre am liebsten sofort hingerannt, aber dann erinnerte er sich daran, was ihm vor vielen Jahren sein Lehrmeister einmal beigebracht hatte: Wenn man eine Zielperson verfolgt, darf man sich nie schnell bewegen, hastige Bewegungen werden nämlich noch schneller bemerkt als ein plötzliches Geräusch.

»Was ist denn los?«, fragte Panko.

Er wollte gerade in die Richtung schauen, in die Barton seinen Kopf gewandt hatte, aber sein Komplize packte ihn so fest am Arm, dass es ihm richtig wehtat.

»Still«, zischte Barton. »Wir müssen uns unauffällig verkrümeln. Da drüben unter dem Sonnenschirm sitzen Tweed und seine Tusse. Lass uns ganz normal da um die Ecke verschwinden.«

»Wieso denn?«

»Weil ich es so will, verdammt noch mal.«

Barton erinnerte sich daran, dass er vorhin, als sie in die Stadt hineingefahren waren, am Wasser ein großes Motorboot mit einem »Zu vermieten«-Schild gesehen hatte. Obwohl Barton nicht gut Deutsch konnte, verstand er genug von der Sprache, um zu wissen, was das bedeutete.

Grinsend ging er auf den Matrosen zu, der an der Reling des Boots lehnte. Der Seemann machte ein abweisendes Gesicht. Ihm gefielen die beiden Männer offenbar überhaupt nicht.

»Wie viel?«, fragte Barton auf Englisch, in der Hoffnung, dass der Mann diese Sprache verstand.

»Wofür?«, gab der Mann zurück und blickte gelangweilt hinaus auf den Fluss.

»Dafür, dass ich das Boot für zwei, drei Stunden miete.« Der Matrose nannte eine Summe, die Barton fast umgehauen hätte. Selbst wenn der Mann mit ihm feilschen wollte, fing er sehr hoch oben an. Am liebsten hätte er dem Matrosen in die Fresse gehauen, aber dann besann er sich auf das, was Thunder ihm gesagt hatte.

»Für diese Summe könnte ich mir das Boot ja kaufen«, sagte er gutmütig. »Dürfen wir es uns trotzdem mal ansehen?«

»Haben Sie gerade gesagt, dass Sie das Boot kaufen wollen?«, fragte der Matrose weit weniger feindselig. Seine Augen funkelten vor Gier.

»Richtig.«

»Willkommen an Bord.«

Der Seemann führte die beiden über die Gangway auf das Boot und dann weiter hinunter in den Salon, wo wegen der Hitze die Vorhänge zugezogen waren. Noch bevor sich der Matrose umdrehen konnte, verpasste ihm Barton einen Handkantenschlag gegen den Hals. Der Mann begann zu taumeln, aber Barton packte ihn an seinen langen Haaren, riss ihm den Kopf nach vorne und schmetterte ihn dann mit voller Wucht gegen die holzgetäfelte Wand der Kabine. Der Mann fiel zu Boden und rührte sich nicht mehr.

»Du hast ihn umgebracht«, schnaufte Panko.

»Na und?«, sagte Barton und nahm ein Schnellfeuergewehr aus der alten Tasche, die er mit an Bord gebracht hatte. »Los, komm mit ins Steuerhaus. Wir haben eine Menge zu tun.«

»Was machen wir denn jetzt mit ihm?«, fragte Panko, während er Barton hinterher eilte.

Barton ging nicht darauf ein und stellte sich ans Steuerrad.

»Weißt du denn, wie man so ein Boot steuert?«

»Ich bin solche Dinger in Norfolk schon öfter gefahren«, gab Barton zurück. »Jetzt geh an Land und mach die Leinen los, dann komm wieder an Bord und zieh die Gangway an Deck. Und beeil dich gefälligst, wir haben nur wenig Zeit.«

Während Barton den Bootsmotor startete, sprang Panko an Land. Nachdem er die Leinen an Bord geworfen hatte, zog er die Gangway ein. Als er damit fertig war, rannte er hinunter in den Salon und fühlte dem regungslos daliegenden Matrosen den Puls. Es war keiner zu spüren. Panko stieg wieder hinauf ins Steuerhaus und sah zu, wie Barton das Boot hinaus in den Fluss steuerte.

»Der Mann ist tatsächlich tot«, sagte Panko. »Was machen wir also mit ihm?«

»Den schmeißen wir später über Bord.«

»Wieso später? Was hast du denn vor?«

»Schau mir genau zu, wie ich das Boot steuere. Sobald ich es dir sage, hältst du es auf Kurs, damit ich in aller Ruhe Tweed und die Kleine abknipsen kann. Die rechnen bestimmt nicht damit, dass sie vom Fluss aus angegriffen werden.«

»Okay. Und wann soll das passieren?«

»In fünf Minuten. Dann sind Tweed und seine Tusse mausetot.«

Auf der Insel Berg, weit draußen in der Ostsee, saß Milo Slavic in seinem Arbeitszimmer und zündete sich einen Zigarillo an. Dann schaute er auf seine bescheidene Armbanduhr und wandte sich an Victor Rondel, der vor dem vom Boden bis zur Decke reichenden Fenster an der Schmalseite des länglichen Raumes stand.

»Es wird langsam Zeit für Ihre Verabredung mit Tweed«, sagte Slavic.

»Ist noch zu früh«, sagte Rondel nach einem Blick auf seine Rolex. »Wir müssen uns an den Fahrplan halten, weil wir noch andere Passagiere mitnehmen.«

»Heute wird es nicht viel andere Passagiere geben«, sagte Slavic ruhig, aber bestimmt. »Das Wetter ist viel zu warm.«

»Wie Sie meinen …«, sagte Rondel und ging zur Tür.

»Ach, Victor«, rief Slavic ihm nach. »Wenn Tweed seine Leute dabeihat, bringen Sie sie auch gleich mit.«

»Das hatte ich ohnehin vor.«

Rondel trat hinaus in einen langen, breiten Korridor, von dem aus eine Tür ins Freie führte. Milo Slavic hatte sein Schloss knapp unterhalb des Berggipfels errichten lassen, von dem aus ein gewundener Fußweg hinunter zur Küste führte. Obwohl es einen Aufzug hinunter zur Landungsstelle gab, rannte Rondel, der körperlich sehr fit war, den Pfad mit seinen vielen Stufen so rasch und sicher hinab wie eine Bergziege.

Unten am Landungssteg lag ein Passagierdampfer, auf dessen Decks sich einige wenige Fahrgäste verloren. Rondel eilte an Bord und begab sich geradewegs zum Kapitän.

»Legen Sie sofort ab! Wir müssen uns beeilen.«

Oben in seinem Arbeitszimmer sah Slavic wieder auf die Uhr. Normalerweise erledigte Rondel seine Aufträge immer zu seiner vollsten Zufriedenheit. Slavic drückte seinen Zigarillo aus und griff nach einer versilberten Pistole, die hinter einem Bücherstapel auf seinem Schreibtisch verborgen war.

»Ich kann es kaum erwarten, Mr. Tweed«, sagte er leise.

Tweed, der gerade drei weitere Gläser Orangensaft bestellt hatte, lehnte sich zurück und genoss die Ruhe und den Schatten.

»Wo Lord Barford jetzt wohl ist?«, sinnierte Paula neben ihm. »Und was er wohl wirklich mit dieser ganzen Geschichte zu tun hat?«

»Das Blatt Papier, das der Wind Thunder aus dem Koffer geweht hat, hat in dieser Hinsicht ja nicht allzu viele Zweifel offen gelassen«, sagte Tweed. »Ich frage mich da schon eher, wer sich wohl hinter diesem Mr. Blue verbirgt, den man in Frankreich Monsieur Bleu und in Deutschland Herr Blau nennt. Man findet nicht oft einen Killer, der ohne Auftrag und Bezahlung handelt.«

»Da haben Sie Recht. Das ist wirklich seltsam«, sagte Paula.

»Das bringt mich auf eine Idee, aber fragen Sie mich bitte noch nicht danach. Ich muss erst noch genauer darüber nachdenken.«

»Ach, tut das gut, hier zu sitzen«, sagte Paula und streckte genüsslich die Beine aus.

Sie blickte hinüber zu Tweed, der auf einmal angestrengt hinaus auf den Fluss starrte. Sie folgte seinem Blick und erschrak dann bis ins Mark. Ein großes Motorboot glitt langsam am Ufer entlang, und auf der Brücke stand Panko. Neben ihm hob ein anderer Mann, den Paula als Barton erkannte, ein Gewehr. Mehr konnte Paula nicht sehen, weil Tweed sie in diesem Augenblick von ihrem Stuhl riss.

Flach auf dem Boden liegend, hörte Paula, wie hintereinander vier Schüsse abgefeuert wurden. Dann hörte sie eine gellende Schiffssirene und hob vorsichtig den Kopf. Eine riesige Fähre, die noch größer war als die, die sie vor ein paar Minuten gesehen hatte, fuhr unmittelbar auf das Motorboot zu. Ihr gigantischer Bug rammte das kleine Fahrzeug, zerbrach es in mehrere Teile und drückte es tief unter Wasser.

Tweed half Paula auf und blickte an dem Gebäude hinter ihnen hinauf, wo in einem Fenster im zweiten Stock vier Einschusslöcher zu sehen waren.

»Was war das für ein Monsterschiff?«, krächzte Paula.

»Die Fähre aus Helsinki. Wenn so ein riesiger Kasten erst einmal in Fahrt ist, kann man ihn nicht so ohne weiteres stoppen. Seine bewegte Masse ist einfach zu groß.«

Marler, der sein Armalite wieder in der Sporttasche versteckt hatte, kam unverzüglich die Treppe herunter.

»Ich habe Barton genau im Visier gehabt«, erklärte er. »Aber noch bevor ich abdrücken konnte, hat dieses Riesenschiff ihn erwischt, deshalb gingen seine Schüsse auch viel zu hoch. Der Trottel war doch glatt auf der falschen Seite des Fahrwassers unterwegs.«

Die Leute an den Nebentischen waren aufgesprungen und ans Ufer gerannt, wo sie gebannt hinab ins Wasser blickten. Eine Frau begann hysterisch zu schluchzen.

»Wir sollten wohl lieber von hier verschwinden, bevor der Kellner mit dem Orangensaft kommt«, sagte Tweed. »Sehen Sie bloß diese Schaulustigen an, die darauf warten, dass die Leichen der beiden angeschwemmt werden. Wir gehen in Richtung Ostsee den Fluss entlang. Wer immer uns hier treffen wollte, muss aus dieser Richtung kommen – falls er überhaupt noch kommt. Ach, hier ist ja auch Lisa. Sagen Sie ihr nichts von dem Anschlag.«

»Und da rennt Rondel die Straße entlang«, sagte Paula. »Der Mann würde einen guten Sprinter abgeben.«

»Dem sagen wir auch nichts«, flüsterte Tweed und ging los. Paula, Lisa und Marler folgten ihm.

»Was ist eigentlich mit Harry und Pete?«, fragte Paula.

»Die sind hinter uns«, antwortete Marler. »Und Newman ist auch bei ihnen.«

Inzwischen war Rondel bei ihnen angekommen. Er blieb stehen, lächelte Paula an und küsste sie auf beide Wangen. Dann wandte er sich an Tweed.

»Tut mir Leid, ich habe mich ein wenig verspätet«, sagte er.

»Aber ich musste mich erst mal durch die vielen Passagiere kämpfen, die auf den Dampfer zur Insel Berg gewartet haben.«

»Was für Passagiere?«, fragte Paula.

»Das erkläre ich Ihnen später. Aber kommen Sie erst einmal mit. Zum Glück müssen wir in dieser Hitze nicht weit laufen. An Bord gibt es dann Erfrischungen. Die Überfahrt wird Ihnen bestimmt gefallen…« Wie üblich redete er ohne Punkt und Komma drauflos. »Die Ostsee ist heute so glatt wie ein Dorfteich. Kein Lüftchen regt sich, aber der Salon, den ich für uns habe reservieren lassen, verfügt über eine Klimaanlage. So sind wir unter uns und bekommen von den Touristen nicht das Geringste mit. Sehen Sie, hier sind wir schon. War doch nicht so weit, oder?« Rondel nahm galant Paulas Arm und deutete auf den Passagierdampfer, der vor ihnen lag. »Aber Sie müssen sich nicht hetzen, ohne mich darf der Kapitän nämlich nicht ablegen…«

Der weiß gestrichene Dampfer war ziemlich groß. Er verfügte über drei Decks und zwei Schornsteine, zwischen denen fünf Flaggen schlaff herunterhingen. Es wehte tatsächlich überhaupt kein Wind.

»Wieso fünf verschiedene Flaggen?«, fragte Paula.

»Das sind die Fahnen von Deutschland, Schweden, Norwegen, Dänemark und Finnland, aber was es damit auf sich hat, erkläre ich Ihnen, sobald wir es uns im Salon bequem gemacht haben. Gestatten Sie, dass ich Sie an Bord geleite…«

An seinem Arm führte er Paula über die Gangway auf den Dampfer. Oben an der Reling drängten sich die Touristen und glotzten neugierig zu ihnen herab. Vermutlich fragten sie sich, wer wohl die Ehrengäste waren, auf die der ganze Dampfer hatte warten müssen. Drinnen im Schiff öffnete Rondel eine Tür und ließ Paula in einen großen, luxuriös eingerichteten Salon treten, in dem sich lediglich ein weiß uniformierter Kellner befand.

Als auch die anderen an Bord waren, machten die Matrosen die Taue los und zogen die Gangway an Bord. Der Dampfer setzte sich in Richtung Travemündung in Bewegung. Rondel ließ Paulas Arm los, und sie sah ihn an. Seine Haut war dunkler gebräunt, als sie es bei ihrer letzten Begegnung in Hamburg gewesen war, und bildete einen starken Kontrast zu seinem eleganten weißen Jackett und seiner weißen Seglermütze. Paula fand, dass er unverschämt gut aussah.

Sie ging zu einem Bullauge des Salons und sah hinaus auf die Häuser von Travemünde, die an dem Schiff vorüberglitten. Als sie an dem großen, weißen Block des Hotels Maritim vorbeikamen, erweckte ein dicklicher Mann, der mit einem breitkrempigen Strohhut auf dem Kopf am Ufer stand, ihre Aufmerksamkeit. Es war Oskar Vernon, und als Paula das zufriedene Grinsen auf seinem Gesicht sah, bekam sie es mit der Angst zu tun.

40

In seiner Suite im Haus Inselende auf Sylt packte Gavin Thunder die Wut, weil er bereits viermal vergeblich versucht hatte, Barton zu erreichen. In seiner Verzweiflung rief er Oskar Vernon auf dessen Handy an.

»Ja?«, meldete sich eine hochnäsig klingende Stimme.

»Spricht da Oskar?«

»Ja.«

»Nachname?«

»Vernon, zum Teufel. Wieso können Sie mich eigentlich nicht an der Stimme erkennen, Thunder? Ich erkenne Ihre ja schließlich auch.«

»Beruhigen Sie sich, Mann. Ich will nur wissen, was mit Tweed los ist. Barton meldet sich nicht.«

»Machen Sie sich keine Sorgen, Thunder. Ich habe gesehen, wie er mit seinen Leuten an Bord eines Dampfers gegangen ist, der zu einer Insel weit draußen in der Ostsee fährt. Es wird die letzte Reise dieses Schiffes sein.«

»Ist das sicher?«

»Was ist schon sicher?«, antwortete Vernon und machte eine lange Pause, um Thunder schmoren zu lassen. »Trotzdem wird Tweed nie wieder aufs Festland zurückkehren, glauben Sie mir. Der Mann wird einfach von der Bildfläche verschwinden.«

»Meinen Sie damit, dass er sterben wird?«

»Wie soll ich es denn noch ausdrücken? Tweed ist erledigt, *finito, kaputt*. Einen Augenblick, dann suche ich Ihnen noch den französischen und den spanischen Ausdruck dafür heraus.«

»Nicht nötig …«

Thunder legte auf und wünschte, Oskar Vernon würde ihm gegenüber etwas mehr Respekt an den Tag legen. Trotzdem war ihm jetzt sehr viel leichter ums Herz. Gut gelaunt goss er sich ein großes Glas Brandy ein.

Im Salon an Bord des Dampfers saß Paula auf einem Ledersofa, das vor einer holzgetäfelten Wand stand. Tweed hatte neben ihr Platz genommen, während sich die anderen in dem großen Salon verteilten.

Lisa war in ein angeregtes Gespräch mit Nield vertieft, der förmlich an ihren Lippen zu hängen schien. Marler hatte sich, wie es häufig seine Art war, etwas abseits von den anderen gesetzt und ließ den Blick rastlos durch den Raum schweifen.

»Ich habe Oskar Vernon draußen am Ufer gesehen«, sagte Paula mit leiser Stimme zu Tweed. »Er kam mir sehr selbstgefällig vor und grinste vor sich hin, als ob alles nach Plan laufen würde. Er hat dem Dampfer sogar hinterhergewinkt, was ich irgendwie beunruhigend fand.«

»Zumindest wissen wir jetzt, wo er ist. Zum Glück befindet er sich nicht mit auf diesem Schiff.«

Paula versank in nachdenkliches Schweigen und hatte das schreckliche Gefühl, in einer Falle zu hocken. Weil sie nicht still sitzen konnte, stand sie auf und trat ans Fenster.

»Wann können wir denn die Insel Berg sehen?«, fragte sie Rondel.

»Wenn die deutsche Küste außer Sicht ist, dauert es nicht mehr lang. Ich sage Ihnen, wenn es so weit ist.«

»Sieht man denn von der Insel aus irgendein Festland?«

»Nein. Vielleicht sollte ich jetzt Tweed und Ihnen erzählen, wie Milo Slavic zu der Insel gekommen ist.«

Er führte Paula zurück zum Sofa und setzte sich dann zwischen Tweed und sie. Auf den Tischen des Salons standen die Reste von Sandwiches, halb ausgetrunkene Kaffeetassen und ein großer Eiskübel mit Champagnerflaschen. Paula hatte auch ein paar Sandwiches gegessen, aber nur Wasser getrunken.

»Vor vielen Jahren«, begann Rondel, »stritten sich die Länder Deutschland, Schweden, Dänemark, Finnland und sogar Norwegen um den Besitz der Insel Berg, die so weit draußen in der Ostsee liegt, dass sie sich außerhalb sämtlicher Hoheitsgewässer befindet. Keines der Länder hatte also einen berechtigten Anspruch auf die Insel, aber niemand wollte, dass sie in die Hände der anderen fiel. Als Milo von dem Streit erfuhr, stattete er den Hauptstädten der betroffenen Länder einen Besuch ab und erklärte den Regierungschefs seinen Plan. Er wollte jedem der Länder eine große Summe bezahlen, wenn es ihm dafür seinen Anspruch auf die Insel abtrat. Die Regierungen willigten ein, aber nur, wenn er sich dazu bereit erklärte, ein Viertel der Insel für den Tourismus zugänglich zu machen. Milo setzte allerdings durch, dass die Touristen nur per Schiff von Travemünde aus nach Berg kommen durften – damit hatte er sie besser unter Kontrolle. Jetzt wissen Sie also, weshalb wir nicht die einzigen Passagiere auf diesem Dampfer sind.«

»Wie lange hat denn dieses Abkommen Gültigkeit?«, fragte Tweed.

»Zum Glück nur noch bis zum Ende des nächsten Monats. Ab dann ist es vorbei mit dem Tourismus auf Berg, und die Insel gehört uns ganz allein.«

»Das hat Slavic ja clever eingefädelt«, sagte Tweed. »Führen eigentlich irgendwelche Schifffahrtsstraßen an Berg vorbei?«

»Nein, keine.«

Rondel erhob sich und bat Paula lächelnd, sie solle mit ihm kommen.

»Weshalb?«, fragte sie.

»Weil ich Ihnen gern die Insel zeigen würde. Sehen Sie mal aus dem Fenster da drüben. Die deutsche Küste ist verschwunden. Folgen Sie mir bitte.«

Obwohl Rondel ihn nicht eingeladen hatte, ging Tweed ebenfalls mit. Er und Paula folgten Rondel in einen Gang, der nach ein paar Metern nach links abbog. Rondel führte die beiden vor ein großes Fenster und trat dann einen Schritt zurück.

Paula war von dem Ausblick hingerissen. Weniger als eine

Meile von dem Dampfer entfernt erhob sich ein kegeliger, grüner Berg aus dem stillen Wasser. An seiner Spitze konnte Paula die Zinnen eines großen Schlosses erkennen, dessen hoher Turm sogar den Gipfel des Berges überragte. Während der Dampfer sich in rascher Fahrt der Insel näherte, bemerkte Paula Palmen und Kakteen, neben denen große, durchsichtige Kegel standen.

»Sieht fast so aus wie in der Südsee«, sagte Paula verträumt. »Aber wie kommen diese tropischen Pflanzen über den Winter?«

»Sehen Sie die Plexiglaskegel daneben? Milo hat sie entworfen. Sie sind beheizbar, und wenn es kalt wird, lassen wir sie von den Wachen über die Pflanzen stülpen.«

»Wozu brauchen Sie denn Wachen auf der Insel?«, fragte Paula.

»In letzter Zeit haben immer wieder irgendwelche Rowdys versucht, auf der Insel zu landen. Die Wachen haben zwar scharf geladene Gewehre, aber meistens genügen ein paar Warnschüsse, um die Typen zu vertreiben.«

»Wo finden Sie denn Leute, die auf einer Insel mitten in der Ostsee Wachdienst schieben wollen? Das ist doch bestimmt ein verdammt einsamer Job.«

»Unsere Wachen sind Slowaken, denen macht die Einsamkeit nichts aus. Aber jetzt muss ich mich entschuldigen – wir legen bald an.«

Nachdem Rondel gegangen war, sagte Tweed mit ruhiger Stimme: »Paula, von jetzt an weichen Sie nicht mehr von meiner Seite. Verstanden?«

»Beunruhigt Sie diese Insel so sehr?«

»Nur eine Vorsichtsmaßnahme …«

Nachdem der Dampfer am Kai der Insel angelegt hatte, mussten Tweed und seine Leute warten, bis die Touristen von Bord gegangen waren. Sie hörten, wie Rondel in mehreren Sprachen seine Instruktionen über den Lautsprecher gab. Die Besucher durften auf der Insel die markierten Pfade nicht verlassen und auf keinen Fall die Bereiche betreten, die mit »Verboten«-Schildern gekennzeichnet waren.

Als alle Touristen von Bord waren, führte Rondel seine Gäste eine Treppe hinauf, die am Fuß einer fast senkrecht aufragenden Felswand endete. Schon beim Blick hinauf verspürte Paula einen Anflug von Höhenangst. Mit einer einladenden Handbewegung deutete Rondel auf eine Doppeltür in der Felswand und tippte dann auf einem Nummernblock daneben eine vierstellige Kombination ein. Paula, die ihm dabei genau auf die Finger sah, merkte sich die Zahlen. 3-5-9-1. Die Tür öffnete sich und gab den Blick auf eine mit Spiegelwänden und Teppichboden ausgestattete Liftkabine von der Größe eines Lastenaufzugs frei. Alle stiegen ein, und Rondel drückte einen Knopf. Der Aufzug bewegte sich langsam nach oben.

Als sich die Türen wieder öffneten, ging Rondel voraus in ein geräumiges Wohnzimmer, wo er an einer weiteren Tür klopfte. Sie führte in ein längliches Arbeitszimmer, an dessen Ende ein vom Boden bis zur Decke reichendes Panoramafenster einen herrlichen Ausblick auf die weite, blaue Fläche der Ostsee bot. Vor diesem Fenster saß Milo Slavic an einem Schreibtisch. Als er seine Besucher sah, erhob er sich.

»Willkommen auf der Insel Berg, Mr. Tweed. Wir beide müssen uns unterhalten. Hätten Sie vielleicht Lust, mit mir einen kleinen Spaziergang zu machen?«

»Gern. Aber dürfte ich meine Assistentin Paula mitnehmen?«

»Miss Grey ist mir immer willkommen. Bitte folgen Sie mir.« Auf dem Weg zur Tür drehte er sich noch einmal um. »Blondel, kümmern Sie sich bitte inzwischen um unsere anderen Gäste.«

Blondel. Bei diesem Wort huschte ein Schatten der Verärgerung über das Gesicht des Angesprochenen. Er ließ sich aber nichts anmerken und verbeugte sich nur kurz in Slavics Richtung.

Sieh mal einer an, dachte Paula bei sich.

Milo Slavic war etwas kräftiger gebaut als Tweed und wirkte jetzt, nachdem er aufgestanden war, viel größer, als er Paula hinter dem Schreibtisch vorgekommen war. In seinem hellen

Leinenanzug und dem bis ganz oben zugeknöpften Hemd erinnerte er sie an die Bilder von kommunistischen Kommissaren, die sie einmal gesehen hatte.

Slavic verließ mit ihnen das Arbeitszimmer durch eine andere Tür, die hinter ihnen mit einem leisen Klicken ins Schloss fiel. Dann führte er sie einen langen Gang entlang, von dem aus man durch in der Wand eingelassene Fenster in diverse Räume blicken konnte. Vor einem dieser Fenster blieb er stehen und zeigte Tweed und Paula einen Raum, in dem ein paar junge Frauen in weißen Laborkitteln vor Computerbildschirmen saßen.

»Das ist unser Entschlüsselungsraum«, erklärte Slavic. »Diese Frauen suchen im Internet ständig nach verschlüsselten Botschaften, die sie dann dekodieren und mir bringen. Auf diese Weise habe ich herausgefunden, dass wir vor einer Katastrophe ungeahnten Ausmaßes stehen. Wir können sie nur verhindern, wenn wir sofort handeln. Bei unserer Unterhaltung in Hamburg habe ich den Eindruck gewonnen, dass auch Sie etwas gegen Diktaturen mit einem starken Mann an der Spitze haben, Diktaturen, wie sie Gavin Thunder am liebsten in den wichtigsten Ländern der westlichen Welt installieren würde.«

»Das ist richtig.«

»Viele gescheite Leute sind heutzutage der Meinung, dass wir mehr Disziplin brauchen – in unseren Schulen genauso wie im öffentlichen Leben. Dem stimme ich zu. Aber Thunder versucht, aus dieser Stimmung Kapital zu schlagen und diktatorische Macht zu erringen. Dabei ist ihm das Gemeinwohl völlig schnuppe. Solche Bestrebungen müssen gestoppt werden. Ich weiß, dass er seine Befehle übers Internet gibt, und deshalb habe ich eine Methode entwickelt, mit der ich diese Kommunikation unterbinden kann. Kommen Sie mit.«

Slavic ging weiter den Korridor entlang und blieb schließlich vor einer massiven Stahltür stehen, neben der sich ein Ziffernblock, ähnlich dem unten am Aufzug, befand.

»Sehen Sie mir gut zu, und prägen Sie sich den Code ein.«

Langsam drückte er eine Folge von sieben Zahlen, die Paula sich merkte und gleich darauf in ihr Notizbuch schrieb. 8-9-2-5-

7-5-1. Slavic hob die Augenbrauen, und Paula zeigte ihm das Notizbuch. Sie hatte die Zahlen mit umgekehrter Reihenfolge aufgeschrieben.

»Schlaues Kind«, sagte Slavic lächelnd.

Die Tür öffnete sich automatisch, und Slavic drückte sofort einen roten Knopf an der Wand daneben.

»Wenn ich das nicht mache, geht im Computerraum ein Alarm los«, erklärte er. »Dadurch können sich die Frauen an den Bildschirmen in Sicherheit bringen, wenn wir das System aktivieren.«

Gefolgt von Tweed und Paula betrat er einen kleinen Raum, in dem nur eine merkwürdig aussehende runde Konsole stand, aus der drei Hebel hervorragten. Die Tür hatte sich automatisch hinter ihnen geschlossen.

»Merken Sie sich gut, was ich jetzt tue«, sagte Slavic. »Aber bevor ich's vergesse: Nehmen Sie diesen Schlüssel hier an sich, Tweed.«

»Wozu sollte das nötig sein?«, fragte Tweed.

»Nur für den Fall, dass mir etwas zustößt.«

Slavic hatte diese Worte ganz ruhig ausgesprochen, als ob sie nichts mit ihm zu tun hätten. Dennoch jagten sie Paula einen kalten Schauder den Rücken hinunter, und sie betrachtete eingehend Slavics lang gezogenes, faltiges Gesicht, das so aussah, als ob es aus Granit gemeißelt wäre. Es erinnerte sie an Abbildungen von Propheten des Alten Testaments.

»Aber wofür brauche ich den Schlüssel?«

»Das werde ich Ihnen gleich zeigen. Treten Sie bitte etwas näher.« Slavic ging auf die Konsole zu. »Sehen Sie mir genau zu. Die genaue Abfolge der Aktionen ist entscheidend.«

Anstatt den linken Hebel zu betätigen, wie Paula vermutet hatte, zog er zuerst den rechten und danach erst den linken. Dann griff er nach dem mittleren Hebel, der einen roten Handgriff hatte, zog ihn aber nur bis zur Hälfte nach unten.

Paula blickte nach oben und sah, dass die Decke des Raumes aus einer gläsernen Halbkugel bestand, durch die sie den hohen Turm des Schlosses sehen konnte, der ihr schon vom Schiff aus aufgefallen war. Aus seinem Dach fuhr auf einmal ein dickes Stahlrohr heraus, an dessen Spitze sich mehrere Parabolantennen befanden, die in alle vier Himmelsrichtungen ausgerichtet waren.

»Sehen Sie bitte her«, sagte Slavic.

Er deutete auf den mittleren Hebel, der sich jetzt in einem rechten Winkel zum Boden befand.

»Wenn ich diesen Hebel ganz hinunterdrücke, fängt dieses Gerät zu arbeiten an und zerstört nicht nur sämtliche Internetsysteme in der westlichen Welt, sondern auch die im ehemaligen Ostblock. Konnten Sie mir soweit folgen?«

»Ja«, antwortete Tweed. »Ich weiß jetzt, was ich zu tun habe.«

Slavic schob die Hebel zurück in ihre ursprüngliche Position, und Paula konnte durch die Glaskuppel beobachten, wie die Metallstange mit den Parabolantennen wieder ins Innere des Turmes fuhr. Nachdem sie wieder vollständig verschwunden war, schloss Slavic mit einem Schlüssel die Konsole ab. Tweed blickte auf den Nachschlüssel in seiner Hand.

»Wollen Sie wirklich, dass ich den behalte?«, fragte er.

»Ich bestehe sogar darauf.« Er nahm Tweed am Arm und drückte ihn freundschaftlich. »Sie sind einer der ganz wenigen Menschen, denen ich vertrauen kann. Das weiß ich, weil ich Sie über Jahre hinweg habe überprüfen lassen. So, jetzt gehen wir in den Garten und machen unseren Spaziergang.«

Gerade als er die Stahltür des Kontrollraums wieder geschlossen hatte, kam Lisa den Gang entlang. Slavic nahm auch sie am Arm.

»Kommen Sie doch mit uns nach draußen in den Garten«, sagte er zu ihr. »Was machen eigentlich die anderen in meinem Arbeitszimmer?«

»Die amüsieren sich königlich. Rondel erzählt ihnen am laufenden Band Witze.« Sie hielt inne und wandte sich an Tweed. »Ach übrigens, Harry Butler wollte frische Luft schnappen und ist nach draußen gegangen.«

Aha, dachte Tweed. Irgendetwas gefällt Harry nicht. Was das wohl sein wird?

41

Am Ende des Korridors öffnete Slavic eine Tür und ließ seine Begleiter ins Freie. Paula verschlug es fast den Atem, als sie hinaus in den Garten trat. Der Garten bestand aus einer Unzahl von exotischen Pflanzen, neben denen hohe Kegel aus Plexiglas standen. Slavic ging voran bis zum Gipfel des Berges, von wo aus man einen weiten Ausblick über das Meer hatte. Paula schaute sich um und erschrak. Sie konnte kaum glauben, was sie sah.

Tief unter ihr lag der Kai, der ihr von hier oben so klein wie ein Spielzeug vorkam. Eigentlich hätte dort der Dampfer liegen müssen, aber er war nirgends zu sehen. Slavic war mit Tweed schon vorausgegangen, und Lisa ging ein paar Meter hinter den beiden. Paula beschloss, Tweed zu warnen.

»Milo«, rief sie. »Der Dampfer ist weg. Wie kommen wir jetzt wieder zurück aufs Festland?«

Slavic blieb stehen und sah sich um. Mit einem merkwürdigen Lächeln auf den Lippen wandte er sich an Tweed, der ebenfalls stehen geblieben war.

»Paula befürchtet wohl, dass ich Sie hier auf meiner Insel gefangen halten will. Aber sie hat offenbar nicht auf die andere Seite geschaut.«

Paula blickte sofort in die Richtung, von der Slavic gesprochen hatte. Wo sie nur eine endlose Wasserfläche erwartet hatte, sah sie eine breite Rollbahn aus Beton, die nach Osten weit hinaus ins Meer führte und an deren Ende ein Gulfstream Privatjet stand.

»Damit werden Sie Berg verlassen«, rief Milo Paula zu. »Wenn Mr. Tweed zurück nach Hamburg will, bringt sie der Jet alle zusammen dorthin. Blondel benützt ihn ziemlich häufig. Sind Sie jetzt beruhigt, Paula? Haben Sie wieder Vertrauen in mich?«

»Natürlich«, stammelte Paula verwirrt. »Ich dachte nur ... Weil wir doch mit dem Dampfer hergekommen sind ...«

»Ich verstehe, dass Sie überrascht sind. Aber ich denke mal, dass die Touristen es heute zu heiß auf der Insel fanden und recht froh waren, so bald wieder zurückfahren zu können.«

Tweed drehte sich um und sah, dass Lisa einen spontanen Freudentanz aufführte. Sie winkte mit den Armen und hob sie hinauf zum strahlend blauen Himmel. Als sie Tweeds Blicke bemerkte, hörte sie damit auf. Slavic ging noch ein Stück weiter bis zu einem kleinen Palmenhain, wo ein Tisch mit Gläsern, Flaschen und in Kartons verpackten Sandwiches stand. Slavic lud seine Gäste ein, Platz zu nehmen.

»Eines ist mir noch nicht klar, Milo«, sagte Tweed, »Sie sagten vorhin, dass Sie mit Ihrem neuartigen System in der Lage sind, das Internet zu zerstören. Aber woher wissen Sie, dass es nicht sofort wieder neu aufgebaut werden kann?«

»Das dauert Jahre«, antwortete Slavic. »Das Internet ist vom Telefonnetz abhängig, und das Telefonnetz wird durch meine Vorrichtung ebenso zerstört wie sämtliche Fernmeldesatelliten. Bis das alles wieder repariert ist, vergeht viel Zeit. Die Welt wird nachrichtentechnisch ins neunzehnte Jahrhundert zurückgeworfen. Und das ist gut so.«

»Weshalb?«

»Sie sind ein viel beschäftigter Mann, Tweed, deshalb bezweifle ich, dass Sie häufig im Internet ›surfen‹ – wie ich allein schon dieses Wort hasse. Wir aber wissen, dass Thunder und Konsorten das Netz für ihre üblen Pläne benutzen und verschlüsselte Botschaften an Hunderte von Halsabschneidern schicken, damit diese unsere gesamte zivilisierte Welt ins Chaos stürzen. Auch Terroristen jeglicher Couleur bereiten im Internet ihre verabscheuungswürdigen Anschläge vor, und dann sind da noch die widerwärtigen Websites pädophiler Kinderschänder, die auf diese Weise ihre illegalen Bilder und Videos tauschen. Natürlich kann man einwenden, dass auch Regierungen das Internet benützen, um in Sekundenschnelle miteinander kommunizieren zu können, aber ich frage Sie allen Ernstes, ob das etwas Erstrebenswertes ist. Meiner Meinung nach nicht. So etwas kann durchaus zu einem Krieg führen. Nein, Tweed, glauben Sie mir: Das Internet ist *schlecht.*«

»Sie klingen recht überzeugend, Milo«, sagte Tweed. »Was meinen Sie dazu, Mrs. France?« Dabei blickte er Lisa direkt in die Augen.

»Also ich finde …«

Lisa hörte abrupt zu sprechen auf und sah Tweed peinlich berührt an. Dann wurde sie auf einmal knallrot im Gesicht.

»Mr. Tweed hat unser Geheimnis also gelüftet«, sagte Slavic und kicherte leise vor sich hin. »Das musste ja früher oder später so kommen.«

»Jetzt verstehe ich überhaupt nichts mehr«, sagte Paula.

»Dann werde ich es Ihnen erklären«, sagte Tweed. »Als wir die vermeintliche Mrs. France in Hamburg sahen, hat sie ein Kleid getragen, das viel zu groß für sie war, und dazu einen breitkrempigen Strohhut, unter dem sie ihre roten Haare verbergen konnte. In Tønder verwendete sie für denselben Zweck eine Fliegermütze. Außerdem trug sie gefärbte Kontaktlinsen, und es würde mich nicht wundern, wenn sie auch über eine gewisse schauspielerische Erfahrung verfügen würde.«

»Das stimmt«, sagte Lisa. »Ich habe in London eine Weile Schauspielunterricht genommen. Der Besuch in Tønder war übrigens Milos Idee. Ich habe ständig einen Koffer mit meiner Fliegerkombi bei mir, weil ich nun mal für mein Leben gern fliege. Nachdem ich Ihr Zimmer im Hotel verlassen habe, bin ich kurz in das meine geschlüpft und habe mich umgezogen. Aber wie sind Sie hinter meine kleine Maskerade gekommen, Tweed?«

»Ihre Körpersprache hat Sie verraten.«

»Lisa ist meine Tochter«, sagte Slavic. »Solange ich die Zürcher Kredit Bank aufgebaut habe, hatte ich keine Zeit zum Heiraten. Aber dann traf ich eine wundervolle deutsche Frau, deren Geist und Schönheit mich so fasziniert hat, dass ich sie vom Fleck weg geheiratet habe. Unsere erste Tochter Helga war leider nicht besonders intelligent, aber ihre Schwester Lisa erwies sich als ein wahres mathematisches Genie. Vor ein paar Jahren ist meine Frau leider überraschend gestorben.«

»Milo dachte, ich könnte mehr über Sie herausfinden, wenn Sie nicht wüssten, wer ich wirklich bin«, erklärte Lisa. »Übrigens wissen nur ganz wenige Menschen, dass ich seine Tochter bin.«

Tweed wandte sich an Slavic: »Wann haben Sie vor, Ihr System zum Einsatz zu bringen?«

»Aus den entschlüsselten Botschaften geht hervor, dass unsere Gegner in zwei bis drei Tagen zuschlagen wollen.«

»Da habe ich etwas anderes gehört. Eine meiner Mitarbeiterinnen in London hat ebenfalls die Botschaften aus Seattle dekodiert und ist der Meinung, dass das Chaos sehr viel früher losbrechen wird. Sie sprechen von zwei bis drei Tagen, aber ich glaube, dass wir uns glücklich schätzen können, wenn uns noch zwei bis drei *Stunden* bleiben.«

Slavic sprang auf und machte ein ebenso verblüfftes wie besorgtes Gesicht.

»Folgen Sie mir«, sagte er und eilte den Weg zum Schloss entlang. »Wir müssen sofort zurück in mein Arbeitszimmer. Sie wissen doch, dass zur Zeit auf der Insel Sylt eine merkwürdige Konferenz stattfindet …«

»Ja, das weiß ich. Thunder und drei weitere hochrangige Politiker nehmen daran teil.«

»Ich habe meine Vorkehrungen bezüglich dieser Konferenz getroffen.«

»Was für Vorkehrungen?«

»Das erkläre ich Ihnen später. Die vier Halunken werden jedenfalls ihr blaues Wunder erleben.«

»Ist Ihnen eigentlich bekannt, dass es noch einen fünften Teilnehmer an der Konferenz gibt?«, sagte Tweed. »Leider konnten wir bislang noch nicht herausfinden, wer es ist.«

Auf dem Weg zurück zum Schloss erzählte Tweed, was er bei der alten Windmühle erfahren hatte.

»Ich gäbe viel darum, wenn ich wüsste, wer dieser fünfte Mann ist«, schloss Tweed seinen Bericht.

»Wenn ich das nur geahnt hätte!«, rief Slavic aus und klatschte sich mit der flachen Hand auf die Stirn. »Wenn das mit dem fünften Mann stimmt, dann befinden wir uns alle in höchster Gefahr.«

42

Im Schloss angelangt, verlangsamte Slavic seine Schritte. Die Art und Weise, in der er nun seinen großen Körper mit den relativ kleinen Füßen fortbewegte, erinnerte Paula an einen Tiger, der sich an seine Beute anpirschte. Auch seine Stimmung hatte sich verändert. Paula spürte eine gewisse Anspannung, von der sie aber nicht genau wusste, woher sie rührte.

»Hier ist übrigens das Labor, in dem unsere Wissenschaftler arbeiten«, sagte er und blieb vor einem in der Wand des Ganges eingelassenen Fenster stehen.

Paula blickte durch das Fenster in einen großen Raum, in dem mehrere Männer in weißen Laborkitteln an kompliziert aussehenden technischen Geräten herumhantierten, deren Verwendungszweck Paula allerdings nicht erraten konnte.

»Vergessen Sie nie, beim Betreten eines Raumes hier den roten Knopf hinter der Tür zu drücken«, ermahnte sie Slavic. »Außer wenn es sich um einen echten Notfall handelt.«

Hinter ihrem Gastgeber blickte Tweed auf seine Uhr. Er hoffte, dass Slavic sein System so schnell wie möglich zum Einsatz bringen würde. Sie hatten nicht mehr viel Zeit. Slavic führte sie ins Arbeitszimmer, wo sie ein Chor fröhlicher Stimmen begrüßte. Rondel zieht mal wieder seine Show ab, dachte Paula, die selber lachen musste, als sie sah, wie er auf einem Bein balancierte, während er das andere wie ein Flamingo angewinkelt hatte.

»Wir haben wichtige Dinge zu bereden«, sagte Slavic mit ernster Stimme.

»Meine Damen und Herren, Sie haben es gehört«, verkündete Rondel fröhlich. »Hiermit gehen wir zum ernsten Teil des Programms über ...«

»Hören Sie mit dem Unfug auf, Blondel«, wies Slavic ihn zurecht. »Das ist nichts zum Lachen.«

»Hört, hört!«, tönte Rondel.

Slavic ignorierte ihn und setzte sich an seinen Schreibtisch in der Nähe des großen Aussichtsfensters. Er steckte sich eine dicke Zigarre in den Mund und suchte etwas hinter den Bücherstapeln, mit denen der Tisch übersät war. Paula erschrak, als er auf einmal eine silbern glänzende Pistole in der Hand hielt.

»Kein Grund zur Beunruhigung, meine Liebe«, sagte Slavic, der den entsetzten Ausdruck ihres Gesichts bemerkt hatte. Er richtete die Pistole auf die Wand und drückte ab. Aus der Mündung der Waffe erschien eine Flamme, mit der er sich lächelnd die Zigarre anzündete.

»Die Pistole ist nur ein Feuerzeug«, sagte er und legte die vermeintliche Waffe wieder auf den Schreibtisch zurück. »Meine verstorbene Frau hat es für mich in London anfertigen lassen. Ich liebe es sehr.«

»Originell«, bemerkte Paula.

»So originell wie das hier«, platzte Rondel heraus, der sich offenbar nur ungern die Schau stehlen ließ. Er deutete auf das große Panoramafenster. »Sieht aus wie ganz normales Fensterglas, nicht wahr?«

»Richtig.«

»In Wirklichkeit ist es aber ein ultradünnes Spezialglas. Milo hat es in Tschechien nach seinen Vorgaben anfertigen lassen. Wenn ich zum Beispiel diesen Briefbeschwerer gegen das Fenster werfen würde, würde er nicht etwa die ganze Scheibe zerbersten lassen, sondern lediglich ein Loch reißen, das genau seine Konturen hätte. Auf diese Weise lässt sich die Scheibe ganz einfach reparieren.«

»Ich finde, das Glas ist sehr klar und durchsichtig«, sagte Paula.

»Wir haben wichtigere Dinge zu besprechen als die Beschaffenheit meines Fensters«, unterbrach Slavic die beiden. »Tweed hat mich soeben darüber informiert, dass die Unruhen in unseren Großstädten nach neuesten Erkenntnissen binnen weniger Stunden beginnen sollen.«

»Tatsächlich?«, sagte Rondel mit skeptischem Unterton.

»Glauben Sie das etwa nicht?«, fragte Slavic.

»Hat er Ihnen das erzählt, nachdem Sie ihm Ihr diabolisches System gezeigt haben?«

»*Diabolisch?*«, sagte Tweed.

Er und alle anderen saßen nebeneinander auf einer langen Bank an der dem großen Fenster gegenüberliegenden Wand. Rondel hatte sie gebeten, dort Platz zu nehmen, nachdem Tweed, Paula und Lisa zurückgekehrt waren. Vor der Bank stand ein langer Tisch, der mit Tellern aus Meißener Porzellan und vergoldetem Besteck gedeckt war. Neben jedem Teller standen außerdem mehrere Gläser, die für den in Eiskübeln bereitgehaltenen Champagner und Weißwein sowie den Rotwein gedacht waren, dessen Flaschen in kleinen Körbchen auf dem Tisch angerichtet waren.

»Ja, diabolisch«, sagte Rondel. »Vermutlich hat er Ihnen erzählt, dass er damit das Internet zerstören will, aber dass man damit noch etwas ganz anderes tun kann, hat er Ihnen bestimmt verschwiegen. Milo ist davon überzeugt, dass die Welt bis ins Mark verdorben ist. Hier im Schloss gibt es einen verborgenen Raum, von dem aus sich Langstreckenraketen starten lassen, deren Gefechtsköpfe mit hochgiftigem Gas gefüllt sind. Eine der Raketen ist so programmiert, dass sie über London explodiert, zwei weitere haben als Ziel Paris und Berlin, eine vierte ist für Amsterdam bestimmt.«

Paula fiel erst jetzt auf, dass auf dem Platz neben ihr niemand saß. Harry Butler war noch immer draußen vor dem Schloss. Rondels Worte hatten ihr Angst gemacht. Sie schaute hinüber zu Slavic, der zusammengesunken hinter seinem Tisch saß und mit starrem Blick an die leere Wand vor seinem Schreibtisch starrte.

Großer Gott, dachte sie. Wir haben uns alle in ihm getäuscht.

43

Draußen im Freien lehnte sich Harry Butler an eine Mauer des Schlosses. Über ihm befand sich das Panoramafenster des Arbeitszimmers, das er von seiner Position aus aber nicht einsehen konnte, und hinter dem niedrigen Geländer vor ihm stürzte die Felswand fast senkrecht hinab ins Meer. Zu seinen Füßen hatte Butler die Tasche stehen, in der sich seine Uzi befand.

Die Unterhaltung im Arbeitszimmer hatte ihn ziemlich gelangweilt: Butler war ein Mann der Taten, nicht der Worte. Jetzt war er froh darüber, dass aus dem schallisolierten Arbeitszimmer kein Laut nach draußen drang.

Harry Butler kannte keine Höhenangst, und deshalb konnte er dicht an das Geländer herantreten, um auf den leeren Strand tief unten zu blicken, wo sich schäumend kleine Wellen brachen. Eine mittlerweile aufgekommene Brise sorgte seit ein paar Minuten für leichten Seegang.

Als er eine halbe Stunde zuvor gesehen hatte, dass der Dampfer den Landungssteg verließ, war er ein bisschen besorgt gewesen. Aber dann hatte er beobachtet, wie Tweed und Paula zusammen mit ihrem Gastgeber und Lisa den Weg zum Gipfel des Bergs hinaufgegangen waren. Paula hatte nach unten auf den leeren Landungssteg gedeutet, und Tweed hatte ihr etwas erwidert und gelacht. Wenn Tweed sich so offensichtlich keine Sorgen wegen des verschwundenen Dampfers machte, dann brauchte sich Butler auch keine grauen Haare wachsen zu lassen. Offenbar gab es auf der Nordseite der Insel, die Butler von hier aus nicht sehen konnte, eine zweite Anlegestelle mit einem anderen Schiff, das sie wieder von der Insel wegbringen würde.

Obwohl die Sonne immer noch erbarmungslos herunterbrannte, genoss Butler ihre Strahlen. Manchmal schloss er die Augen und wäre dabei einmal sogar um ein Haar im Stehen eingeschlafen.

Milo Slavic blies den Rauch seiner Zigarre langsam in den Raum und starrte durch die bläulichen Schwaden weiter an die leere Wand. Dann aschte er ab und nahm einen weiteren tiefen Zug. Das Schweigen im Arbeitszimmer war bedrückend. Niemand wagte es, auch nur ein einziges Wort zu sagen.

Paula sah hinüber zu Tweed, der stumm mit dem Rücken an der Wand lehnte und die Augen halb geschlossen hatte. Sie war so aufgeregt, dass sie ihn am liebsten mit einem Stoß in die Rippen dazu aufgefordert hätte, etwas zu sagen oder zu tun. Auch Slavic tat nichts, außer an seiner Zigarre zu ziehen und den Rauch nachdenklich in die Luft zu blasen. Wie hatten sie nur den Fehler machen und diesem bizarren Menschen ihr Vertrauen schenken können? Oskar Vernon fiel ihr wieder ein, wie er dem Dampfer in Travemünde hinterhergewinkt hatte, als ob er sich für immer von ihnen verabschieden wollte. Wahrscheinlich hatte er gewusst, was sie auf dieser Insel erwarten würde.

Paula lenkte ihre Aufmerksamkeit auf Rondel, der aufgestanden war und die Arme vor der Brust verschränkt hatte. Seine attraktive, schlanke Gestalt hob sich wie ein Scherenschnitt vor dem großen Fenster ab. Warum sagte nicht wenigstens *er* etwas?

Dann kam Paula ein weiterer erschreckender Gedanke. Was hatte Slavic Tweed für einen Schlüssel gegeben? War das wirklich ein Duplikat seines Schlüssels oder nur eine Fälschung, mit der man die Konsole der Höllenmaschine niemals würde öffnen können? Slavic war hochintelligent und mit allen Wassern gewaschen. Wahrscheinlich hatte er sich mit der Übergabe des Schlüssels nur Tweeds Vertrauen erschleichen wollen.

Während sich ihre Gedanken förmlich überschlugen, wurde das Bild in Paulas Kopf immer klarer. Slavic hielt die Welt für zutiefst verdorben und plante deshalb ihre völlige Vernichtung. Hier draußen auf seiner Felseninsel mitten in der Ostsee hatte er beschlossen, dass die Welt es nicht wert war, weiter zu bestehen, und eine teuflische Maschine zu ihrer Vernichtung ersonnen. Ja, es passte alles zusammen.

»Giftgas?«, sagte Slavic plötzlich mit ruhiger Stimme.

»Und Schlimmeres«, gab Rondel aufgeregt zurück. »Ich weiß, dass einige Ihrer Wissenschaftler Versuche mit dem Erreger der Beulenpest gemacht haben. Bisher habe ich mich immer gefragt, weshalb sie das getan haben, aber jetzt ist es mir auf einmal klar geworden. Zu spät, wie ich befürchte. Wahrscheinlich sind die Sprengköpfe der Raketen schon längst mit Pestbakterien bestückt worden.«

Paula durchfuhr ein eisiger Schrecken, aber Slavic blieb ungerührt sitzen und rauchte seine Zigarre. Seine offen zur Schau getragene Gleichgültigkeit widerte sie an. Wie konnte man nur so böse sein? Wenn diese Raketen einschlugen und die ersten Fälle der Pest auftraten, würden die Menschen in Panik fliehen und so die tödliche Krankheit über alle Kontinente verbreiten. Vielleicht lähmte Tweed dieses Schreckensszenario genauso wie sie. Vielleicht saß er deshalb so regungslos neben ihr.

Paula musste an die schwer bewaffneten slowakischen Wachleute denken, die nur auf Slavics Befehl hörten. Wahrscheinlich sprach er als Slowene sogar ihre Sprache, war doch Slowenien nicht weit von der Slowakei entfernt. Ob er wohl eine seiner Raketen auch auf den Balkan gerichtet hatte? Sicher nicht.

Schließlich legte Milo die halb gerauchte Zigarre in den Aschenbecher und fing an zu sprechen. Seine Sprechweise war noch bedächtiger als sonst, was Paula als Zeichen dafür auffasste, dass er sich nun von jeglicher Vernunft verabschiedet hatte.

»Mein Kompliment, Blondel. Sie sind ein begabter Märchenerzähler.«

»Glauben Sie ihm kein Wort«, unterbrach ihn Rondel. »Er hat uns alle hinters Licht geführt, sogar seine eigene Tochter!«

Zum ersten Mal seit sie wieder im Arbeitszimmer waren, blickte Paula hinüber zu Lisa, die bewegungslos auf der Bank saß und mit ungläubigem Gesicht ihren Vater anstarrte. Offenbar war sie von dem, was Rondel über Milo Slavic gesagt hatte, ebenso schockiert wie alle anderen.

Paula bekam immer mehr das Gefühl, in einem Albtraum gefangen zu sein, aus dem es kein Erwachen gab. Alle um sie herum saßen still da, sagten nichts und verzogen keine Miene. Paula erinnerte die Situation an den Augenblick in der Sandgrube, als sie plötzlich dem weißhaarigen Riesen Auge in Auge gegenübergestanden hatte. Ebenso wie dort, war sie auch jetzt vor lauter Schreck nicht in der Lage, irgendetwas zu tun.

»Einer von Ihnen beiden sagt die Unwahrheit«, meldete sich auf einmal Tweed zu Wort. »Die Frage ist nur, wer.«

»Das können Sie ja hoffentlich selbst entscheiden«, erwiderte Slavic verbindlich.

Zu verbindlich, dachte Paula. Er saß hinter seinem Schreibtisch wie jemand, der alles unter Kontrolle hatte, und diese Haltung erschreckte Paula mehr als alles andere. Es war genau das Verhalten, das ein Verrückter an den Tag legen würde. Wahrscheinlich hielt er sich für eine Art Gott, der auf seinem selbst erschaffenen Olymp saß und über die Geschicke der Menschen bestimmte. Mit einem Verrückten konnte man nicht diskutieren.

»Blondel hat es schon immer geschafft, die Leute auf seine Seite zu ziehen«, sagte Slavic, während er immer noch an die leere Wand starrte.

»Mein Name ist Rondel, nicht Blondel«, erwiderte sein Partner mit betont ruhiger Stimme.

»Er mag den Namen nicht, weil er blonde Haare hat«, sagte Slavic, als ob das eine Erklärung wäre.

»Etwas verstehe ich an der Sache nicht«, sagte Tweed gelassen.

»Was denn?«, wollte Rondel wissen.

»Wie kann man mit einer Vorrichtung wie der, die wir vorhin gesehen haben, Langstreckenraketen abfeuern? Selbst als sie voll ausgefahren war, sah sie nicht danach aus.«

»Ausgefahren?« Jetzt klang Rondel erstaunt. »Sie wollen doch nicht etwa sagen, dass Milo den Mast ausgefahren hat, während Sie mit ihm im Kontrollraum waren?«

»Doch, das hat er. Ich bin zwar kein Raketenexperte, aber die Parabolantennen kamen mir eher wie eine Vorrichtung zum

Aussenden von Radiowellen vor. Erklären Sie mir bitte, wo die Silos mit den Raketen sind.«

Paula blickte hinüber zu Slavic, der immer noch seine Zigarre rauchte. Er hatte ein leises, fast fragendes Lächeln auf dem Gesicht. Dann drückte er den Zigarrenstummel mit einer entschlossenen Handbewegung im Aschenbecher aus.

Rondel machte mit den Händen eine Geste, als wüsste er nicht, worauf Tweed hinauswolle. Dann aber griff er blitzschnell unter sein Jackett und zog eine Pistole heraus, die er auf Lisa richtete.

»Alle außer Milo stehen sofort auf und falten die Hände hinter dem Kopf, sonst erschieße ich Lisa auf der Stelle.«

Paula und die anderen taten, was Rondel von ihnen verlangte. Newman überlegte kurz, ob er nach seinem Revolver greifen sollte, aber Rondels Waffe war eine .32er Browning, die gleiche Waffe, wie sie auch Paula in ihrer Schultertasche mit sich führte. Ihr Magazin fasste neun Schuss, was mehr als ausreichend war, um sie alle zu töten. Außerdem erkannte Newman an der Art, wie Rondel die Pistole hielt, dass er hervorragend damit umgehen konnte.

»Da hätten wir also unseren Mr. Blue alias Monsieur Bleu«, sagte Tweed. »Oder würden Sie lieber Herr Blau genannt werden, wo wir doch nicht weit von der deutschen Küste entfernt sind?«

Rondel zuckte erschrocken zusammen, behielt aber die Browning nach wie vor sicher in der Hand. Dann wandte er sich an Slavic.

»Du bleibst sitzen, Alter, sonst puste ich deine Tochter um«, fauchte er ihn despektierlich aus dem Mundwinkel an, bevor er Tweed antwortete: »Ich weiß überhaupt nicht, wovon Sie reden.«

»Doch, das wissen Sie genau, Rondel. Sie sind Mr. Blue. Zufälligerweise ist der Sicherheitschef in Heathrow ein alter Freund von mir. Er war so freundlich, in meinem Auftrag die Passagierlisten der vergangenen Monate durchzusehen und das Ergebnis meiner Mitarbeiterin in London mitzuteilen. Sein Computer hat interessante Sachen ausgespuckt, darunter eine ganze Reihe von Flügen eines gewissen Monsieur Blon. Das war ziemlich gewagt von Ihnen, Blondel …«

Fast hätte er ›arrogant‹ gesagt, aber er wollte Rondel, mit dessen Nervenkostüm es sichtlich nicht zum Besten stand, nicht noch weiter reizen.

»Der erste dieser Flüge ging nach Washington, und zwar eine Woche vor dem angeblichen Selbstmord von Jason Schulz, dem Mitarbeiter des amerikanischen Außenministers. Später flog derselbe Monsieur Blon nach Paris, wo fünf Tage später Louis Lospin ermordet wurde, der Mitarbeiter des französischen Premierministers. Und ein Monsieur Blon taucht ebenfalls in der Passagierliste eines Fluges von Hamburg nach Berlin auf, wo tags drauf Herr Krüger, die rechte Hand des deutschen Außenministers umgebracht wird. Für den Mord an Jeremy Mordaunt hingegen brauchten Sie kein Flugticket. Ihn mussten Sie nur nach Alfriston in die Nähe Ihres Hauses locken, um ihn dann in dem Fußgängertunnel zu erschießen. Ich frage mich bloß, weshalb Sie das alles gemacht haben.«

»Sie waren wirklich fleißig, Tweed«, sagte Rondel höhnisch.

»Warum haben Sie diese Menschen umgebracht, Rondel?«

»Weil sie für ihre Vorgesetzten streng geheime Botschaften übermittelt haben. Das hat sie zum Sicherheitsrisiko gemacht. Auch ihre Chefs waren der Meinung, dass sie zu viel wussten. Also habe ich ihnen den Gefallen getan und diese Gefahr für sie beseitigt.«

»So erklärt sich also das seltsame Phänomen des Killers, der ohne Auftrag und Bezahlung arbeitet. Ein einmaliges Kuriosum, das bestimmt in die Kriminalgeschichte eingehen wird.«

»Von mir aus. Ich habe nichts dagegen«, erwiderte Rondel mit einem Anflug von Stolz.

»Aber ganz ohne Geld können Sie doch nicht gearbeitet haben. Solche Reisen kosten Geld. Und außerdem mussten sie den Schlägertrupps, die unsere Städte in Angst und Schrecken versetzt haben, auch eine Menge Bares hinblättern. Aber das ist noch nicht alles.«

»Was denn noch?«, herrschte Rondel ihn an.

»Sie sind der mysteriöse fünfte Mann.«

Tweed wusste, dass er Rondel unter allen Umständen weiter in ein Gespräch verwickeln musste. Wenn sie überhaupt noch eine Chance hatten, die Insel lebend zu verlassen, dann die, dass er einen Augenblick lang unaufmerksam wurde und sie ihm die Waffe entreißen konnten. Allerdings war ihm völlig klar, dass die Chancen dafür alles andere als gut standen.

»Was für ein fünfter Mann?«, fragte Rondel.

»Das fünfte Mitglied des Elite Clubs.«

Rondels Gesichtsausdruck verwandelte sich so überraschend, dass Paula zutiefst erschrak.

Er fing an zu grinsen, aber es war kein humorvolles, sondern ein satanisches Grinsen, das sein ganzes Gesicht zu einer arroganten Fratze verzog. Er nahm die linke Hand von der Browning, drehte mit einer triumphierenden Geste den Kragenaufschlag seines Jacketts um und zeigte allen das spiegelverkehrte »E«, das Symbol des Elite Clubs.

Dann packte er die Waffe wieder mit beiden Händen und zielte damit weiterhin auf Lisa. Newman hatte überlegt, ob er sich auf Rondel stürzen sollte, dann aber widerstrebend zugeben müssen, dass er damit praktisch Selbstmord begehen würde, ohne das Geringste auszurichten. Die Entfernung zwischen ihm und Rondel, der noch immer vor dem Fenster stand, war einfach zu groß. Bevor er Rondel hätte packen können, hätte dieser genügend Zeit gehabt, sie alle zu erschießen.

»Wir wissen, was Sie vorhaben«, sagte Tweed zu Rondel. Langsam gingen ihm die Gesprächsthemen aus, mit denen er ihn noch länger hinhalten konnte. »Ich habe Thunders Aktionsplan hier in meiner Tasche. Er ist sogar mit den Initialen GT unterschrieben. Gavin Thunder.«

»Das glaube ich Ihnen nicht«, fauchte Rondel. »Sie reden doch nur, weil Sie Zeit gewinnen wollen.«

»Wenn Sie mir gestatten, dass ich in meine Jackentasche greife, zeige ich Ihnen das Dokument.«

»Na schön, holen Sie es raus. Aber ganz langsam«, sagte Rondel. »Und versuchen Sie keine Tricks, sonst befördere ich Lisa ins Jenseits.«

Tweed steckte seine Hand wie in Zeitlupe in die Innentasche seines Jacketts. Rondel beobachtete ihn dabei, ohne jedoch die anderen aus den Augen zu lassen. Als Tweed das Blatt Papier aus der Tasche gezogen hatte, knüllte er es zusammen und warf es auf Slavics Schreibtisch.

»Lassen Sie es erst Milo lesen, und sehen Sie es sich dann selbst an«, sagte Tweed.

»Ja, lies es nur, alter Mann. Du hast doch immer so große Stücke auf meine strategischen Fähigkeiten gehalten.«

»Dann sind wohl Sie der geistige Vater dieses Plans«, sagte Tweed, der damit Rondel ein wenig Honig ums Maul schmieren wollte.

»Sie haben's erfasst. Die anderen Mitglieder unseres Clubs haben zwar hier und da ein paar Kleinigkeiten ergänzt, aber im Großen und Ganzen handelt es sich tatsächlich um meinen Plan. Na, was ist, Milo, lies schon.«

Slavic, der sich eine frische Zigarre in den Mund gesteckt hatte, entknüllte die Seite und las sie ganz langsam durch. Als er endlich damit fertig war, nickte er mit dem Kopf.

»Das ist wirklich brillant. Dieser Plan muss einfach gelingen. Ich ziehe den Hut vor Ihnen, Blondel.«

Paula wurde fast schlecht, als sie das hörte. Schon wieder hatte sie sich grundlegend getäuscht. Slavic und Rondel arbeiteten nach wie vor zusammen. Die beiden waren und blieben Partner, und ihre Differenzen waren nur gespielt. Slavic hob die Feuerzeug-Pistole ans Ende seiner Zigarre, aber anstatt sie anzuzünden, richtete er den Lauf mit einer blitzschnellen Bewegung auf Rondel und drückte mehrmals hintereinander ab.

Rondel machte ein ungläubiges Gesicht, während sich ihm die vier Kugeln in die Brust bohrten. Dann riss er die Arme in die Höhe, ließ die Browning fallen und taumelte nach hinten gegen das Panoramafenster. Sein fallender Körper brach ein Loch in die Scheibe, das genau die Form seiner Silhouette hatte.

Sogar die in der Luft wedelnden Arme konnte man erkennen. Es war der makaberste Abgang, den Paula je erlebt hatte.

Nur Harry Butler, der noch immer draußen vor dem Schloss war, bekam mit, was danach geschah. Als er das Geräusch brechenden Glases hörte, blickte er nach oben und sah, wie ein menschlicher Körper aus dem Fenster nach unten stürzte. Einige Meter weiter unten schlug er gegen die Felswand und setzte dann seinen Fall, wilde Kapriolen schlagend, fort, bis er schließlich Hunderte von Metern tiefer mit dem Kopf zuerst aufs Wasser klatschte.

Alles, was Butler noch von ihm sah, war ein runder Schaumfleck, der von der nächsten Welle weggespült wurde. Victor Rondel war für immer in den Fluten der Ostsee verschwunden.

Butler rannte hinauf ins Schloss und stürmte mit der schussbereiten Uzi in der Hand ins Arbeitszimmer.

»Alles in Ordnung, Harry!«, schrie Tweed ihm mit lauter Stimme entgegen. »Kein Grund zur Aufregung.«

Weil Slavic noch immer die versilberte Pistole in der Hand hielt, befürchtete Tweed, Butler könnte das Feuer auf diesen eröffnen. Zum Glück hörte er die Warnung aber rechtzeitig und ließ die Waffe sinken. Dann blickte er in die Runde und bemerkte trocken:

»Wer immer gerade aus dem Fenster gesprungen ist, er hat einen langen Tauchgang vor sich.«

»Ich habe zwei von diesen Pistolen«, erklärte Slavic. »Die eine ist wirklich ein Feuerzeug, die andere habe ich mir von einem Büchsenmacher in genau derselben Form nachbauen lassen – mit dem einzigen Unterschied, dass man mit ihr tatsächlich schießen kann. Ich dachte, sie könnte mir eines Tages einmal nützlich sein.«

»Und das war sie heute ja auch«, sagte Tweed. »Aber sollten wir jetzt nicht Ihr System aktivieren?«

»Sie haben Recht. Folgen Sie mir zusammen mit Paula, und die anderen können sich inzwischen etwas zu trinken genehmigen. Später essen wir dann alle gemeinsam …«

44

Vor der Stahltür zum Kontrollraum bat Slavic Paula darauf zu achten, dass er auch die richtige Kombination auf dem Ziffernblock eintippte. Bisher hatte sie ihn für die eiskalte Ruhe bewundert, die er angesichts all der Aufregung bewahrt hatte, jetzt aber bemerkte sie, dass der unterdrückte Stress doch Spuren an ihm hinterlassen hatte.

Während er die Zahlen eingab, zitterten seine Finger zwar, aber der Code war korrekt. Nachdem die Tür sich geöffnet hatte, drückte Slavic diesmal aber nicht den roten Knopf, der den Alarm ausschaltete.

»In ein paar Sekunden werden meine Leute den Computerraum verlassen und sich in Sicherheit bringen«, sagte er zu Paula. »Da, hören Sie, es geht los.«

Von draußen vernahm Paula das durchdringende Schrillen einer Alarmsirene, und zwanzig Sekunden später liefen die Frauen in den weißen Kitteln, die sie vorhin durch das Fenster des Computerraums beobachtet hatte, den Gang entlang.

»Wenn Sie wollen, können Sie das Ende des Internets mit ansehen«, sagte Slavic und gab Paula eine dunkle Brille und zwei Ohrstöpsel. »Schützen Sie Ihre Augen und Ohren und sehen Sie sich vom Fenster zum Computerraum aus die Bildschirme an.«

Paula setzte sich die Brille auf und steckte sich die Stöpsel in die Ohren, bevor sie wieder hinaus in den Gang trat. Vor dem Fenster zum Computerraum blieb sie stehen und schaute hinein. Sämtliche Bildschirme waren noch angeschaltet und zeigten irgendwelche Seiten im Internet, was Paula angesichts der Tatsache, dass sich kein menschliches Wesen mehr in dem Raum befand, ziemlich grotesk fand.

Sie sah auf die Uhr. Nach dem, was sie bei ihrem ersten Besuch im Kontrollraum mitbekommen hatte, konnte es nicht länger als fünf Minuten dauern, bis Milo den Zerstörungsmechanismus aktiviert hatte.

Paula stellte sich vor, wie Slavic die Konsole aufsperrte und erst den rechten und dann den linken Hebel nach unten drückte und damit den Mast mit den Parabolantennen aus dem Turm fuhr. Wahrscheinlich, so dachte sie, hielt Slavic dann einen Augenblick lang inne, bevor er den mittleren Hebel mit dem roten Griff ganz nach unten drückte, aber darin irrte sie sich. Tweed erzählte ihr später, dass Milo den Hebel, ohne zu zögern, in einem einzigen Schwung betätigt hatte.

Paula schaute weiter in den Computerraum, der ihr durch die dunkle Brille ungewohnt düster vorkam. Nichts geschah. Wieder schaute sie auf die Uhr. Hatte Rondel vor seinem Auftritt im Arbeitszimmer das System außer Funktion gesetzt? Zuzutrauen wäre es ihm gewesen.

Und dann war auf einen Schlag der Teufel los. Trotz der Schutzbrille musste Paula eine Sekunde lang die Augen schließen, weil plötzlich sämtliche Monitore verrückt spielten. Es war noch schlimmer als damals in der Parc Crescent, wo Monicas Computer die »Störung« hatte. Auch jetzt schossen unzählige Pfeile von allen Seiten her über die Bildschirme, nur dass sie diesmal viel dicker und schneller waren als damals. Bald gaben die ersten Monitore den Geist auf und zeigten für den Bruchteil einer Sekunde nur ein schwarzes Bild, bevor die Röhren implodierten und dunkler Rauch aus ihnen aufstieg. Trotz ihren Ohrstöpseln konnte Paula ein infernalisches Kreischen hören, das den ganzen Computerraum in ein einziges Pandämonium verwandelte. Sie stellte sich vor, wie jetzt überall auf der Welt das Internet kollabierte, ein Netz, das viele Menschen im Westen zunächst wie das goldene Kalb angebetet und dann doch nur für ihre perversen Aktivitäten missbraucht hatten.

Auf einmal fiel ihr Monica ein, die jetzt vielleicht auch gerade vor ihrem Computer saß. Sie sah ein Telefon an der Wand und hob es ab, um Monica anzurufen, aber die Leitung war tot. Slavics System hatte sie ebenfalls zerstört.

In der Parc Crescent surfte Monica tatsächlich gerade im Internet, aber weil sie durch ihr früheres Erlebnis vorgewarnt war, verließ sie, als die ersten Linien auf ihrem Bildschirm erschienen, fluchtartig das Büro.

Paula wandte ihre Aufmerksamkeit wieder dem Computerraum zu, in dem jetzt immer mehr Monitore implodierten. Während die meisten Röhren vollständig zerplatzten, zeigten andere lediglich Sprünge in der Scheibe, die wie ein weit verästeltes Spinnennetz aussahen. Als ihr jemand die Hand auf den Arm legte, zuckte sie zusammen. Es war Tweed.

Er bedeutete ihr mit einer Handbewegung, dass sie die Ohrenstöpsel herausnehmen sollte.

»Es ist vorbei«, sagte er leise. »Gehen wir zurück zu den anderen.«

In Slavics Arbeitszimmer schenkte Newman gerade Champagner ein. Slavic ging zu seinem Schreibtisch, drückte die immer noch vor sich hinschwelende Zigarre aus und zündete sich eine neue an.

»Es ist vorbei«, wiederholte Paula Tweeds Worte und ließ sich neben Butler auf die Bank sinken.

»Nicht ganz«, sagte Slavic. »Das ist es erst, wenn Danzer sich gemeldet hat. Er ist gerade in der Nähe von Sylt.«

Hätte Tweed Danzer sehen können, wie er sich in der Nähe des Hubschrauberlandeplatzes hinter einem Baum versteckt hatte, wäre er von der Professionalität des Chauffeurs beeindruckt gewesen. Er hatte es geschafft, sich unbemerkt von den zahlreichen Wachen mehrere Tage lang hier zu verstecken, um darauf zu warten, dass die vier Politiker ihr geheimes Treffen im Haus Inselende beendeten. Dabei hatte er die Routine der amerikanischen Wachsoldaten aufs Genaueste studiert und zwei Tage hintereinander beobachtet, wie kurz vor Einbruch der Dunkelheit ein Mechaniker den Hubschrauber inspiziert hatte. Bevor der Mann ins Innere der Maschine getreten war, hatte er jeweils einen Flachmann aus der hinteren Tasche seines Overalls geholt und sich einen tüchtigen Schluck genehmigt.

In der dritten Nacht torkelte der Mechaniker mit deutlich schwankenden Schritten auf die Maschine zu. Ganz offensichtlich hatte er schon vorher gehörig einen zur Brust genommen. Danzer beschloss, dass der Augenblick zum Handeln gekommen war. Weil bisher alle Nächte ruhig verlaufen waren, nahm es die Wachmannschaft nicht mehr so genau mit ihrem Dienst und hockte, statt zwischen den Bäumen Streife zu gehen, in einer Senke und spielte Poker. Danzer nahm seine Tasche und stieg vorsichtig den Hang hinunter zum Landeplatz. Wie üblich blieb der Mechaniker vor dem Hubschrauber stehen und trank einen langen Schluck aus seinem Flachmann. Er enthielt billigen Whisky, wie Danzer, der unmittelbar hinter ihm stand, am Geruch feststellen konnte. Danzer holte einen Totschläger aus seiner Tasche und schlug ihn dem Mann über den Hinterkopf. Der Mechaniker sackte zusammen und blieb neben dem Hubschrauber liegen.

Danzer fühlte ihm den Puls und stellte erleichtert fest, dass er stark und gleichmäßig war. Dann nahm er den Flachmann, den der Mann hatte fallen lassen, und goss ihm den Whisky über den Overall.

Als Nächstes nahm er das Klemmbrett des Mechanikers und sah es sich im fahlen Licht des Mondes an. Nach jeder erfolgreich durchgeführten Inspektion hatte der Mann einen Haken in ein dafür vorgesehenes Kästchen gemacht. Mit einem dicken Bleistift, der mit einer Schnur am Klemmbrett befestigt war, hakte er nun das nächste Kästchen in der Reihe ab. Dann schaute er noch einmal hinüber zu der Senke, aus der die lauten Stimmen der Wachsoldaten zu ihm herüberdrangen, und kletterte dann über die heruntergeklappte Treppe an Bord. Er musste schnell arbeiten, falls die Soldaten nämlich ihr Spiel beendeten und zurückkamen, war er im Inneren der Maschine gefangen.

Aus seiner Tasche nahm Danzer einen länglichen schwarzen Gegenstand, aus dem mehrere Drähte herausragten. Dann bückte er sich und platzierte ihn so am Boden des Cockpits, dass er von den Pilotensitzen aus nicht zu sehen war. Er zog eine kurze Antenne aus dem Kästchen und drückte einen Knopf, der die darin befindliche Elektronik aktivierte. Eine winzige rote Leuchtdiode begann zu blinken. Nachdem Danzer das Kästchen so gedreht hatte, dass das Licht nicht zu sehen war, richtete er sich auf und verließ den Hubschrauber wieder.

Mit der jetzt leeren Tasche in der Hand schlich er sich wieder leise zurück zu seinem Versteck, in dem er so viele Stunden ausgeharrt hatte. Kaum war er dort angelangt, sah er, wie der Mechaniker ganz langsam aufstand und sich den Hinterkopf rieb. Wenn Danzer Glück hatte, dann glaubte der Mann, er sei in seinem Suff umgekippt und mit dem Hinterkopf gegen den Rumpf des Hubschraubers geschlagen. Der Mechaniker zog eine Taschenlampe aus seinem Overall und beleuchtete damit sein Klemmbrett, das er vom Boden aufgehoben hatte. Er nickte, drehte sich um und machte sich schwankenden Schrittes von dannen. Offenbar hatte er das Häkchen bemerkt, das Danzer gemacht hatte, und glaubte tatsächlich, er habe seine Inspektion des Helikopters bereits vollendet.

Mit einem leisen Seufzer der Erleichterung verließ Danzer sein Versteck und erklomm so leise wie möglich einen weiteren Hügel, der etwas näher an der Grenze nach Dänemark lag. Dort holte er ein Fernglas aus der Jackentasche und hängte es sich griffbereit um den Hals, bevor er sich mit dem Rücken an einen Baumstamm lehnte und eindöste.

Laute Stimmen weckten ihn früh am Morgen. Danzer hob sein Fernglas an die Augen und sah, wie ein Kleinbus vor dem Hubschrauber anhielt und Soldaten eine Menge Gepäckstücke an Bord brachten.

Ein paar Minuten später fuhr eine überlange Limousine vor und blieb vor der Treppe des Hubschraubers stehen. Uniformierte Offiziere rissen die Türen des Wagens auf und standen stramm, während vier Männer ausstiegen und sich nacheinander in den Hubschrauber begaben. Durch sein Glas konnte Danzer genau ihre Gesichter erkennen. Als Erster ging Gavin Thunder an Bord, dann folgten der amerikanische Außenminister, der deutsche Außenminister und schließlich der französische Premier.

Aus einer anderen Tasche seiner dunklen Jacke holte Danzer ein kleines rotes Kästchen mit drei Druckknöpfen: zwei weißen und einem blauen. Während die Treppe des Helikopters eingefahren wurde, zog er eine lange Teleskopantenne aus dem Kästchen hervor. Kurz darauf bemerkte er, wie sich einer der amerikanischen Soldaten, das Gewehr über der Schulter, in seine Richtung in Marsch setzte. Danzer drückte sich fest an seinen Baumstamm und bewegte sich nicht, bis er erleichtert feststellte, dass der Soldat lediglich einem menschlichen Bedürfnis nachging.

Jetzt wurde der Motor des großen Sikorsky angeworfen, und der Hauptrotor mit seinen mächtigen Blättern begann sich erst langsam, dann immer schneller zu drehen. Sekunden später hob die Maschine vom Boden ab und fing langsam an zu steigen. Die Soldaten und Offiziere unten am Boden salutierten.

Danzer wartete, bis der Helikopter eine Höhe von etwas mehr als fünfzig Metern erreicht hatte, bevor er auf den blauen Knopf seines Kästchens drückte. Aus dem Inneren des Hubschraubers war eine laute Detonation zu hören, dann zerbarst der Rumpf in mehrere Teile, und abgebrochene Rotorblätter wurden hoch hinauf in die Luft geschleudert. Das zerborstene Wrack stürzte zu Boden, wo es wie ein Haufen Schrott liegen blieb. Erst eine Sekunde später detonierte der Treibstofftank, und eine riesige orangerote Feuerwolke stieg zum Himmel empor, gefolgt von dichten Schwaden schwarzen Rauchs.

Danzer steckte die Fernsteuerung zurück in seine Jacke und rannte durch den Wald zu der Stelle, an der er seinen alten Volvo geparkt hatte. Er stieg ein, startete den Motor und fuhr in Richtung dänische Grenze los.

45

Nicht lange nach Rondels Tod verließen Tweed und seine Leute die Insel Berg. Nachdem sie mit dem Aufzug nach unten gefahren waren, führte Lisa sie zusammen mit Nield einen langen, schmalen Pfad am Fuß des Berges entlang auf die Nordseite der Insel, wo am Rand der Startbahn der Gulfstream-Jet wartete. Die anderen folgten paarweise, wobei Tweed und Slavic als Letzte gingen. Butler warf im Vorbeigehen einen kurzen Blick auf die Stelle am Fuß der Felswand, wo Rondel in der Ostsee verschwunden war, konnte aber keinerlei Spuren mehr von ihm entdecken. Rondel war für immer verschwunden.

»Lange Zeit habe ich in Rondel meinen Nachfolger gesehen«, sagte Slavic zu Tweed. »Er war fast wie ein Sohn für mich. Jetzt aber wird wohl Lisa eines Tages die Zürcher Kredit erben.«

»Ich finde, sie ist bestens dafür geeignet«, sagte Tweed.

»Ihre Mutter, mein verstorbene Frau, war eine hochintelligente Frau. Leider erben Kinder nur sehr selten die intellektuellen Anlagen ihrer Eltern, aber bei Lisa ist es offenbar der Fall.«

»Aber bis es soweit ist…«

»Ich muss Danzer anrufen!«, sagte Slavic unvermittelt und nahm sein Handy aus der Tasche. »Aber was mache ich denn da?«, sagte er lächelnd. »Sämtliche Telefonsysteme sind ja zerstört. Bei den Handys ist das sozusagen ein doppelter Segen, die meisten Leute haben die Dinger sowieso nur für überflüssiges Geschwätz benutzt.«

Er warf sein Handy in hohem Bogen ins Meer und machte ein zufriedenes Gesicht, als es im Wasser versank.

»Was werden Sie jetzt tun?«, fragte Tweed.

»Erst einmal sehe ich mir in aller Ruhe die Kontobewegungen unserer verschiedenen Zweigstellen an. Mit Lisas Hilfe habe ich sämtliche Buchungen auf ein Lochkartensystem dupliziert. Ich habe vorher vergessen zu erwähnen, dass mein System auch sämtliche Daten von Computern, die ans Netz angeschlossen waren, zerstört hat.«

»Dann sind wir tatsächlich ins neunzehnte Jahrhundert zurückgeworfen worden«, meinte Tweed. »Mir soll's recht sein, die Welt war damals bedeutend friedlicher.«

»Stimmt. Ach übrigens, ich wollte Ihnen auch noch sagen, dass *ich* Rhinozeros bin. Aber das haben Sie sicherlich bereits erraten.«

»Ja, und zwar schon bei unserer ersten Unterhaltung in Blankenese. Aber ich war mir da nicht ganz sicher.«

»Der Name Rhinozeros hat seinen Ursprung in der Frankenheim-Dynastie. Ich habe ihn vom ihrem letzten Oberhaupt übernommen, das kinderlos gestorben ist. Dieser Mann hatte in jeder seiner Banken eine Plakette mit einem Rhinozeroskopf anbringen lassen. Vielleicht war es sentimental von mir, aber ich habe das Symbol auf die Zürcher Kredit Bank übertragen. Auf diese Weise lebt für mich die Frankenheim-Dynastie weiter.«

»Eine Frage hätte ich noch«, sagte Tweed. »In Rondels Haus, also Eagle's Nest in Sussex, gibt es ein elektronisches System, das dem hier auf der Insel verblüffend ähnelt...«

»Nicht mehr«, sagte Milo. »Danzer hat es außer Funktion gesetzt, während Rondel hier bei mir war. Danzer, der ja ein studierter Ingenieur ist, hat mir berichtet, dass das System darauf ausgerichtet war, die Wirkung des meinigen aufzuheben. Obwohl er der Meinung war, dass es ohnehin nicht richtig funktioniert hätte, hat er es vorsichtshalber zerstört.«

»Sie haben einen harten Kampf hinter sich, Milo«, sagte Tweed.

»Ja. Und er hat große Verluste gefordert. Jetzt kann ich Ihnen auch erzählen, dass ich es war, der den armen Mark Wendover angeheuert hat.«

»Wozu?«

»Um einen Informanten in Ihrem Team zu haben.«

»Und wieso wollten Sie mich ausspionieren?«, fragte Tweed lächelnd.

»Weil ich mich aus erster Hand von ihrer Integrität überzeugen wollte. Mark Wendover hat gute Arbeit geleistet – bis ein feiger Mörder ihn getötet hat.«

»Wer da wohl dahintersteckt?«, sagte Tweed. »Oskar Vernon etwa?«

»Nein. Der Befehl für die Tat geht auf Gavin Thunder zurück, einen skrupellosen Mann mit einem unstillbaren Hunger nach Macht. Diktatorischer Macht.«

»Dann war es also Mark, der Sie über alle unsere Tätigkeiten auf dem Laufenden gehalten hat. Und nachdem er tot war, hat seine Aufgabe vermutlich Lisa übernommen.«

»Ganz genau. Auch sie hat das sehr gut gemacht. So wusste ich immer, wo Sie und Ihre Leute waren, und war auch über Ihre Bemühungen, die Wahrheit herauszufinden, bestens informiert. Ich möchte Ihnen übrigens sagen, dass ich Ihren Mut und Ihre Arbeit sehr bewundere.«

»Das gehört nun mal zu meinem Job. Ich nehme an, dass Lisa den Namen Trent nur zur Tarnung angenommen hat.«

»Nein, das stimmt nicht ganz. Als Lisa in England zu studieren anfing, änderte sie ihren Nachnamen. Inspiriert dazu hat sie übrigens ein klassischer Kriminalroman – *Trents letzter Fall* von E. C. Bentley.«

»Und wie sind Sie auf Mark Wendover gekommen?«, fragte Tweed.

»Meine Leute in den USA haben mir berichtet, dass er die CIA verlassen hat, weil er mit vielen ihrer Methoden nicht einverstanden war. Danach baute er eine der erfolgreichsten Detekteien in Amerika auf. Vor allem aber war er für seine Ehrlichkeit bekannt, was in unserer heutigen Welt eine echte Seltenheit ist. Übrigens, das Flugzeug bringt sie überall hin, wohin Sie wollen. Wo darf's denn hingehen? Nach Hamburg? Oder nach London?«

»Wenn es Ihnen nichts ausmacht, möchte ich gern nach Hamburg fliegen. Von dort aus nehmen wir dann einen Linienflug nach Heathrow.«

»Ich werde es dem Piloten sagen.« Er griff in die Tasche, zog dann aber die Hand lachend wieder zurück. »Es wird wohl eine Weile dauern, bis wir gelernt haben, ohne diese verfluchten kleinen Mobiltelefone zu leben. Aber Sie können dem Piloten Ihre Anweisungen ja selbst geben, wenn Sie an Bord gehen.«

»Was wird eigentlich aus den Schlägertrupps, die überall auf den Befehl zum Losschlagen warten?«

»Die werden wohl so lange warten, bis sie müde sind und sich dann auflösen. Der Mann in Seattle – ich glaube, er nennt sich Pferdeschwanz – kann jedenfalls keine Einsatzbefehle mehr übers Internet verbreiten.«

Sie gingen jetzt am Rand der Startbahn entlang, an deren Beton sich die Wellen der Ostsee brachen, und näherten sich dem großen Geschäftsflugzeug. Am Fuß der Treppe stand Lisa mit ihren flammend roten Haaren neben Nield, der die Arme verschränkt hatte.

Kurz bevor Tweed ins Flugzeug stieg, wandte er sich noch einmal an Slavic und sah ihm in die Augen.

»Es war mir eine Ehre, Sie kennen zu lernen«, sagte er.

»Da, wo ich herkomme, ist es üblich, dass sich Freunde zum Abschied umarmen. Aber ich weiß, dass ihr Engländer das nicht mögt.«

»Ach, zum Teufel mit der britischen Reserviertheit«, entgegnete Tweed.

Slavic schloss ihn in seine Arme und drückte ihn lange. Als er ihn wieder losließ, hatte Tweed Tränen in den Augen. Hinter seiner reservierten Fassade war Milo Slavic ein äußerst warmherziger Mensch. Tweed zog sein Taschentuch und tupfte sich die Tränen ab, bevor er sich auch von Lisa mit einer Umarmung verabschiedete.

»Passen Sie gut auf sich auf, Lisa.«

»Tut mir Leid, dass ich Ihnen etwas vorgeschwindelt habe.«

»Wenn Sie wieder einmal nach London kommen, lade ich Sie ins beste Restaurant ein, das wir finden können.«

Dann eilte er die Treppe ins Flugzeug hinauf. Aus Angst, zuviel Gefühl zu zeigen, drehte er sich nicht mehr um. Der Pilot hatte schon die Turbinen angeworfen, und Tweed setzte sich auf den freien Sitz neben Paula. Als das Flugzeug zum Start rollte, blickte Tweed sich um.

»Wo ist eigentlich Pete Nield?«, fragte er.

»Er bleibt noch ein bisschen auf der Insel«, sagte Paula. »Lisa möchte mit ihm nach Stockholm. Wenn es um zwischenmenschliche Beziehungen geht, sind Sie manchmal nicht besonders aufmerksam, Tweed.«

»Ach so ist das«, sagte Tweed leise, während das Flugzeug von der Startbahn abhob. »Ich werde jetzt mal dem Piloten sagen, dass er uns nach Hamburg fliegen soll.«

»Er ist bereits informiert. Als Sie ins Flugzeug gestiegen sind, hat Milo ihm von draußen den Buchstaben H signalisiert. Der Pilot hat uns daraufhin über den Bordlautsprecher informiert, dass unser Flugziel Hamburg ist.«

»Ach so ist das«, sagte Tweed abermals.

Während der Jet Kurs auf die deutsche Küste nahm, schaute Paula zurück zur Insel Berg mit ihrem von Palmen und Kakteen umstandenen Schloss und hatte kurz das Gefühl, als ob sie diesen Ort irgendwie vermissen würde.

EPILOG

Als Tweed zusammen mit seinem Team in sein Büro in der Park Crescent zurückkam, lagen zwei Zeitungen auf seinem Schreibtisch. Voller Freude, wieder daheim zu sein, setzte er sich auf seinen Drehstuhl, entfaltete eine der Zeitungen und las die Schlagzeilen auf der ersten Seite:

HUBSCHRAUBERABSTURZ

Vier hochrangige Politiker sterben bei Unglück
auf der deutschen Insel Sylt
Gavin Thunder unter den Opfern

TELEKOMMUNIKATION WELTWEIT GESTÖRT

Kein Internet – Kein Telefon

»Dann ist es Danzer also doch gelungen, die Halunken in die Luft zu jagen«, sagte Tweed, während er die Zeitung an Paula weiterreichte.

»Wer ist Danzer?«, fragte Monica.

»Jemand, den wir auf dem Festland kennen gelernt haben. Wo ist denn Ihr Computer, Monica?«

»Gestern hat das Internet schon wieder verrückt gespielt. Auf einmal war der Bildschirm voller schwarzer Linien, und aus dem Lautsprecher kam ein fürchterliches Kreischen. Diesmal bin ich gleich aus dem Zimmer gerannt. Als ich wiederkam und es immer noch nicht aufgehört hatte, habe ich einfach den Stecker rausgezogen und versucht, per Telefon einen Computerspezialisten zu erreichen. Aber die Leitung war tot, und deshalb bin ich mit dem Taxi zu einer Firma gefahren, die ich kenne und die viele Computer hat. Dort war genau dasselbe passiert – die Computer waren zerstört, und das Telefon war ausgefallen. Wieder zurück, habe ich den Computer eingeschaltet und versucht, wieder ins Internet zu gelangen, aber es ist mir nicht mehr gelungen. Deshalb habe ich George gebeten, den Computer zum Müllplatz zu bringen, wo, wie er sagt, bereits ein riesiger Haufen anderer Computer lag.«

»Ich bin froh, dass Sie so vernünftig waren und aus dem Zimmer gegangen sind. Ich habe mir schon Sorgen um Sie gemacht.«

»Wussten Sie denn, was hier los war?«

»Ich habe so einiges gehört. Vor unserer Abfahrt nach Flensburg hat mich übrigens Buchanan in Hamburg angerufen und mir erzählt, dass seine Leute die echte Mrs. Mordaunt gefunden haben. Sie war mit einem vorgetäuschten Notfall aus dem Haus gelockt worden. Außerdem hat mir Buchanan erzählt, dass die Flüchtlinge, die Marler bei ihrer Landung in Dorset beobachtet hat, im Dartmoor aufgegriffen wurden. Und jetzt würde ich mir gerne die zweite Zeitung ansehen.«

»Hoffentlich kriegen Sie keinen Schreck.«

»Wieso?«

»Sehen Sie sich mal die Seite drei an.«

Tweed schlug die Zeitung auf und las.

LORD BARFORD BEGEHT SELBSTMORD

Der mehrfach ausgezeichnete Ex-Brigadegeneral Lord Barford wurde tot in seinem Zimmer im Hotel Vier Jahreszeiten in Hamburg aufgefunden. In der rechten Hand hielt er den Revolver, mit dem er sich in den Kopf geschossen hatte. Ein Abschiedsbrief wurde nicht gefunden. Das Motiv für die Verzweiflungstat bleibt im Dunklen.

»Hier ist ein Eilbrief, den Barford an Sie geschrieben hat«, sagte Monica mit leiser Stimme. »Da Sie nicht hier waren, habe ich mir erlaubt, ihn zu öffnen.«

Tweed, der normalerweise ein schneller Leser war, brauchte lange, bis er mit dem Brief, den Monica ihm auf den Schreibtisch gelegt hatte, fertig war. Dann starrte er aus dem Fenster, als ob er draußen die Antwort auf die Fragen finden könnte, die ihm durch den Kopf gingen. Er stand auf, ging hinüber zu Paula und gab ihr den Brief, bevor er sich wieder an seinen Schreibtisch setzte, um abermals ins Leere zu starren. Paula las den Brief mindestens so aufmerksam wie Tweed.

Mein lieber Tweed,

wenn Sie diesen Brief in Händen halten, haben Sie vermutlich schon von meiner Entscheidung vernommen. Sie werden sich vielleicht fragen, warum ich es getan habe. Der Grund ist, dass ich nach einer langen und ziemlich ehrenhaft verlaufenen militärischen Karriere den schlimmsten Fehler meines Lebens begangen habe. Gavin Thunder, der gerne Premierminister werden würde und es nach allem, was nun geschieht, vermutlich auch werden wird, hat mich dazu überredet, den Posten eines Generalgouverneurs über die sechs neu einzurichtenden militärischen Verwaltungsbezirke Großbritanniens anzunehmen. Obwohl auch ich glaube, dass sich in diesem Land grundlegend etwas verändern muss, bin ich nach längerem Nachdenken zu der Erkenntnis gekommen, dass ich mich durch meine Zustimmung zu diesem Angebot eines schweren Verbrechens schuldig gemacht habe. Ich bin der festen Überzeugung, dass ich diesen schrecklichen Irrtum nur dadurch wieder gutmachen kann, indem ich meinem Leben ein Ende setze. Dankbar denke ich an die freundschaftliche Zuneigung zurück, die Sie mir in der Vergangenheit immer wieder haben zuteil werden lassen. Leben Sie wohl.

Bernard Barford

»Das ist ja fürchterlich«, sagte Paula, während sie Tweed das Blatt zurückgab. »Der arme Lord Barford. Ich weiß nicht, was ich sagen soll.«

»Es war der einzige Ausweg, der ihm noch blieb«, meinte Tweed so leise, das Paula ihn nur mit Mühe verstehen konnte. »Er war ein ehrenwerter Mann. Sollte es einen Trauergottesdienst für ihn geben, werde ich daran teilnehmen.«

Paula reichte den Brief an die anderen weiter, die ihn stumm und ergriffen lasen. In die daraufhin einsetzende Stille quäkte die Gegensprechanlage, die Monica nach dem Ausfall des Telefons hatte installieren lassen.

»Hier spricht George. Bei mir ist ein Herr, der mir seinen Namen nicht nennen will.«

»Das geht in Ordnung, George«, sagte Tweed. »Lassen Sie ihn heraufkommen.«

Tweed blickte in die Runde. *Die werden gleich staunen*, dachte er.

»Wenn unser Besuch hereinkommt, erschrecken Sie bitte nicht«, sagte er. »Er wird manchen von Ihnen bekannt vorkommen.«

Als George die Tür öffnete und den Besucher hereinließ, erschraken dennoch alle – außer Tweed und Monica.

Oskar Vernon, der einen knallgelben Anzug, ein giftgrünes Hemd und eine mit Zitronen bedruckte Krawatte trug, schlenderte mit seinem üblichen Grinsen auf den Lippen aufreizend langsam ins Büro. In der Hand hielt er einen breitkrempigen Strohhut.

»Darf ich Sie alle mit Oskar bekannt machen?«, sagte Tweed. »Er war mir in diesem Fall eine äußerst willkommene Hilfe.«

»Jetzt verstehe ich gar nichts mehr«, sagte Paula.

»Das kann ich Ihnen nicht verdenken«, sagte Vernon mit einem Blick hinüber zu Tweed, der ihm mit einer Handbewegung einen Sessel angeboten hatte. »Vielleicht ist es besser, Sie klären Ihre Leute über mich auf, Tweed.«

»Oskar hat mich in diesem Fall über die Pläne unserer Feinde auf dem Laufenden gehalten«, begann Tweed. »Ich habe ihn gebeten, sich in die Organisation unserer Gegner einzuschleichen, weil ich wusste, dass er gute Kontakte zur Unterwelt hat.«

»Was Sie nicht sagen«, meinte Marler, der wie üblich mit dem Rücken an der Wand lehnte.

»Um dieser Kontakte willen hat sich Oskar in jahrelanger Arbeit den Ruf erworben, ein abgefeimter, zugleich aber hochintelligenter Verbrecher zu sein, der auf den Fahndungslisten der europäischen Sicherheitsbehörden ganz oben steht. Nur ist Oskar in Wirklichkeit gar kein Verbrecher, sondern ein Mann, der das Verbrechen verabscheut.«

»Das stimmt«, meldete sich Vernon zu Wort. »Und ich bekämpfe es, indem ich die Verbrecher erst in Sicherheit wiege und dann vernichte. Meine angeblichen Schandtaten basieren sämtlich auf Gerüchten, die ich selbst in die Welt gesetzt habe. Die Polizei konnte mir deshalb auch nie etwas Konkretes nachweisen. Kein Wunder, schließlich war ich in Wirklichkeit ja unschuldig.«

»Haben Sie außer dem, was ich weiß, eigentlich sonst noch etwas unternommen, um uns zu helfen?«, fragte Tweed.

»Na ja …«, erwiderte Vernon und rückte sich den Krawattenknoten zurecht. »Ich habe versucht, Barton und Panko auszuschalten, indem ich am Flugplatz von Tønder eine Bombe in ihrem Flugzeug versteckt habe, aber offenbar haben die beiden sie rechtzeitig entdeckt. Dafür habe ich die Amerikaner im dritten Jeep der Einsatzreserve ausgeschaltet, als diese kurz davor waren, mich umzubringen.«

»Das war wirklich eine große Hilfe für uns«, sagte Tweed. »Sonst hätten wir es in der Sandgrube mit sieben statt mit fünf Gegnern zu tun gehabt. Und wenn Sie mich nicht angerufen und über den letzten Schachzug des Gegners informiert hätten, dann wäre wohl jetzt keiner von uns am Leben.«

»Eines ist mir immer noch nicht klar«, sagte Paula. »Als ich allein in Lisas Zimmer war, hat dort jemand angerufen und gesagt, sein Name sei Oskar.«

»Also ich war das bestimmt nicht«, sagte Vernon verblüfft. »Ist denn zur selben Zeit noch etwas anderes Auffälliges passiert?«

»Draußen auf dem Gang hat ein Mann Staub gesaugt, der aber nicht so aussah, als ob er zum Hotelpersonal gehören würde. Kurze Zeit später war er verschwunden.«

»Aha!«, sagte Oskar. »Ich wette, das war ein Versuch von Gavin Thunder, bei Ihnen Verdacht gegen Lisa zu schüren. Bestimmt hat der falsche Angestellte, während Sie allein in Lisas Zimmer waren, über sein Handy dort angerufen und sich mit meinem Namen gemeldet.«

»Vielen Dank für alles, was Sie für uns getan haben«, sagte Paula. »Eigentlich sollten wir Sie heute zum Abendessen einladen …«

»Das ist sehr nett von Ihnen«, sagte Vernon, »aber ich muss Ihr freundliches Angebot leider ausschlagen. Was würde denn aus meiner Reputation als Verbrecher werden, wenn ich mit anständigen Leuten wie Ihnen in der Öffentlichkeit gesehen würde? Es war mir ein großes Vergnügen, für Sie zu arbeiten, Tweed, aber jetzt muss ich mich wieder auf den Weg machen. Alles Gute Ihnen allen …«

Nachdem Vernon das Büro verlassen hatte, sagte Newman: »Das schlägt ja wohl alles bisher Dagewesene.«

»Na, habe ich es Ihnen nicht gesagt, Paula?«, sagte Tweed lächelnd.

»Was denn?«

»Dass in diesem Fall niemand das ist, was er auf den ersten Blick zu sein scheint.«

